本书为国家社科基金青年项目"'阐释的边界'与当代文学理论的话语重估研究"（18CZW006）的最终成果。

阐释的边界

一个文学理论关键命题的探究

庞弘 著

The Boundaries
of
Interpretation
The Exploration of
A Key Issue
in
Literary Theory

中国社会科学出版社

图书在版编目（CIP）数据

阐释的边界：一个文学理论关键命题的探究／庞弘著．—北京：中国社会科学出版社，2023.12
ISBN 978-7-5227-2780-6

Ⅰ.①阐… Ⅱ.①庞… Ⅲ.①文学理论—研究 Ⅳ.①I0

中国国家版本馆 CIP 数据核字（2023）第 234589 号

出 版 人	赵剑英
责任编辑	王丽媛
责任校对	贾森茸
责任印制	王　超

出　　版	中国社会科学出版社
社　　址	北京鼓楼西大街甲 158 号
邮　　编	100720
网　　址	http://www.csspw.cn
发 行 部	010-84083685
门 市 部	010-84029450
经　　销	新华书店及其他书店
印　　刷	北京君升印刷有限公司
装　　订	廊坊市广阳区广增装订厂
版　　次	2023 年 12 月第 1 版
印　　次	2023 年 12 月第 1 次印刷
开　　本	640×960　1/16
印　　张	26.25
插　　页	2
字　　数	342 千字
定　　价	128.00 元

凡购买中国社会科学出版社图书，如有质量问题请与本社营销中心联系调换
电话：010-84083683
版权所有　侵权必究

目　录

导　言 ·· 1

第一章　阐释边界的概念界说和历史谱系 ······················ 5
第一节　阐释边界的概念界说 ·· 7
一　何为"边界"? ··· 7
二　何为"阐释的边界"? ·· 9
第二节　西方文论中的阐释边界 ······································ 13
一　中世纪边界理论：对神圣精神的追寻 ················· 14
二　近代边界理论：在"科学"与"人文"之间 ········· 17
三　现代—后现代边界理论：与不确定性
　　意义观的交锋 ··· 24
第三节　中国文论中的阐释边界 ······································ 37
一　中国古代文论中的边界问题 ······························· 38
二　"强制阐释论"与边界问题的再叙 ······················ 41
本章小结 ·· 55

第二章　阐释边界的合法性论证 ······································ 56
第一节　不确定性的逻辑困境 ··· 57
一　不确定性的认知迷津 ·· 58
二　不确定性的自我消解 ·· 61

第二节 "视角"与"谬误的视角" …… 66
- 一 "视角"与不确定性的生成 …… 67
- 二 "谬误的视角"与确定性的重构 …… 72

第三节 "科学"与"人文"的离合 …… 79
- 一 "距离"与确定性的消解 …… 80
- 二 "契合"与确定性的回归 …… 86

第四节 阐释边界与阐释的伦理之维 …… 94
- 一 尊重与自尊 …… 95
- 二 自由与限度 …… 102
- 三 快感与职责 …… 108

本章小结 …… 117

第三章 阐释边界的建构路径 …… 118

第一节 作者意图路径 …… 120
- 一 意图的本体构造 …… 121
- 二 意图与阐释边界的建构 …… 126
- 三 意图的阐释之道 …… 134

第二节 文本中心路径 …… 140
- 一 文本中心的理论谱系 …… 142
- 二 文本与阐释边界的建构 …… 147
- 三 理论中心与文本的回归 …… 154

第三节 文化惯例路径 …… 160
- 一 惯例界说 …… 161
- 二 作为意义话语的惯例 …… 163
- 三 惯例与阐释边界的建构 …… 168

第四节 交互主体性路径 …… 181
- 一 从"主体性"到"交互主体性" …… 182
- 二 交互主体性的知识谱系 …… 185

三　交互主体性与阐释边界的建构 …………………… 195
　本章小结 ……………………………………………………… 207

第四章　阐释边界的本体形态 ………………………………… 209
　第一节　意义的"本原性"和"衍生性":阐释边界的
　　　　　外展形态 ………………………………………… 211
　　一　"本原性"和"衍生性"的概念辨析 ……………… 212
　　二　"本原性"和"衍生性"的理论诉求 ……………… 219
　　三　"本原性"和"衍生性"的文化实践 ……………… 228
　第二节　从"非此即彼"到"亦此亦彼":阐释边界的
　　　　　内聚构造 ………………………………………… 235
　　一　"非此即彼":客观主义与相对主义的紧张 ……… 236
　　二　"亦此亦彼":超越客观主义和相对主义的道路 … 244
　　三　"亦此亦彼"与阐释边界的兼容性 ………………… 254
　本章小结 ……………………………………………………… 261

第五章　阐释边界的实践之道 ………………………………… 263
　第一节　阐释的"澄明"与"书写" …………………………… 265
　　一　作为阐释实践的"澄明"与"书写" ……………… 265
　　二　"澄明"的有限性与"书写"的无限性 …………… 270
　第二节　阐释的"或然性"状态 ……………………………… 277
　　一　何谓"或然性"? …………………………………… 278
　　二　如何呈现"或然性"? ……………………………… 281
　　三　"或然性"和语境的复兴 …………………………… 284
　第三节　"渐进式"的阐释路径 ……………………………… 292
　　一　"深度"与"去深度"的紧张 ……………………… 292
　　二　"渐进式"的阐释路径:意义在过程之中 ………… 299
　本章小结 ……………………………………………………… 310

第六章　阐释边界与阐释的文化政治 …………………… 311
　第一节　阐释边界与人文精神的复兴 ………………… 313
　　一　人文主义的精神轨迹 ……………………………… 313
　　二　边界的重构与人文精神的复兴 …………………… 316
　第二节　阐释边界与审美理想的回归 ………………… 323
　　一　文化政治论与阐释的"强制" …………………… 324
　　二　"捍卫边界"与审美理想的回归 ………………… 328
　　三　作为阐释问题的经典：在"审美"与
　　　　"政治"之间 ………………………………………… 334
　第三节　阐释边界与真理价值的追问 ………………… 341
　　一　数字媒介与认知的迷津 …………………………… 342
　　二　实用理性与真相的溃退 …………………………… 345
　　三　从阐释边界到"真理的政治" …………………… 350
　本章小结 ……………………………………………………… 359

结　语 …………………………………………………………… 360

附　录 …………………………………………………………… 365

参考文献 ……………………………………………………… 384

后　记 …………………………………………………………… 412

导　　言

在当代文学理论的建构中，"阐释的边界"（the boundaries of interpretation）是一个难以忽视的命题。① 所谓阐释的边界，不同于现实生活中的实体边界，而更多的是一种想象性的理论构造，它主要指阐释者基于确定性原则，对文本解读实践的规约，对意义之可能性的节制与限定。阐释的边界是一种历史久远的文论话语，它在中西方思想的发轫阶段便初具雏形，经过复杂的演绎和流变，在当代文论的知识版图中得到了更耐人寻味的表现。可以说，阐释的边界一方面为文本解读提供了参照和坐标，另一方面也使我们获得了对当代文论加以观照与审视的重要契机。

本书旨在从思想底蕴、概念内涵、建构路径、本体形态、实践策略、现实关切等几个向度切入，对"阐释的边界"这一关键命题加以分析和探究，由此展开对当代文学理论乃至文化生态的批判性反思和话语重估。"当代"被大致限定为20世纪中叶以来，在这一时期，作为学术体制的文学理论得以建立，同时，"现代—后现代""建构—解构""科学—人文""理性—非理性"等多种精神取向的碰撞与交织，又为研究者对边界问题的聚焦提供了多元视点和杂语共生的场域。

本书大致分为如下几个部分。

---

① 在汉语中，一个句子里有太多"的"字会影响表意连贯性。出于行文简洁的考量，本书在论述中，通常将"阐释的边界"略写为"阐释边界"。

阐释的边界：一个文学理论关键命题的探究

　　第一章对阐释边界的概念内涵和历史谱系加以考察。首先，基于从"边界"到"阐释的边界"的思想进路，发掘阐释边界所拥有的独特意涵，揭橥其有别于传统本质主义话语的动态生长特质。其次，勾勒阐释边界在西方文论中的历史演进，尤其聚焦于中世纪、近代、现代—后现代这三个历史阶段，探讨边界问题是如何通过与上帝之意的交融，与科学精神和人文理想的互渗，与后现代解构思潮的交锋，而呈现出微妙复杂的理论内涵。再次，关注阐释边界在中国文论中的发展状况，梳理古典文论中关于边界问题的思想资源，展现边界问题在当代所陷入的沉寂，以及在近十余年来所获得的新生。

　　第二章对阐释边界的合法性依据加以探究。首先，从逻辑层面出发，发掘不确定性意义观所固有的悖谬或症候，彰显阐释边界在文本解读中的坐标作用。其次，从认知心理层面出发，反思"视角主义"在当代文论话语中的流行，以及随之而来的意义的碎片化和"去中心化"，说明对阐释边界的诉求为何在主体的精神结构中难以祛除。再次，从知识话语层面出发，呈现自然科学与人文学术在当下的"二元分化"，揭示二者在貌似激进的分歧背后，对阐释的限度与有效性的认同，对知识、真理、价值等确定性因素的普遍追寻。最后，从文化伦理层面出发，关注"尊重与自尊""自由与限度""快感与职责"等问题在阐释场域中的微妙表现，以期为阐释边界提供更坚实的道德支撑。

　　第三章对阐释边界的构造路径加以描画。首先，聚焦于作者意图，在辨析其多层次内涵的基础上，考察其在主体表意实践中的奠基作用，以及为阐释之客观有效性所带来的保障。其次，将目光转向文本，勾勒"文本中心论"的演进轨迹，思考文本作为一种语言文字的造物，是如何为阐释提供必要的依据，又是如何消弭人文学术中"理论至上"所造成的困境。再次，关注更复杂的文化惯例，追问其作为一种充满变数的经验形态，是如何由生

导 言

活世界涉入意义场域，又是如何在维系意义之确定性的同时，使阐释的个体性与社会性得以兼容。最后，引入"交互主体性"维度，探讨其对协商式意义观的构造，对阐释中"创造性"与"破坏性"两种倾向的平衡，对阐释中理性、公允、适度的公共状态的呈现，说明其在阐释边界的形成中所起到的独特作用。

第四章对阐释边界的本体形态加以解析。首先，从"外展"的向度切入，辨析意义的"本原性"和"衍生性"维度，在澄清其学理内涵、勘察其思想动因的基础上，展现二者对不确定性意义观的抵御，对阐释之客观性、有效性和正当性的维系，以及对当代精神生活和文化实践的引导。其次，从"内聚"的向度着眼，一方面反思客观主义和相对主义在当下"非此即彼"的紧张；另一方面，发掘阐释边界所蕴含的"亦此亦彼"的构造逻辑，探讨其在坚持确定性立场的同时，又是如何为意义的生成、演绎和流变预留空间，从而在"同一—差异""过去—未来""明晰—含混""恢复—怀疑""结构—事件"等貌似难以调和的二元对立之间取得平衡。

第五章聚焦于阐释边界所衍生的批评实践策略。首先，是阐释之"澄明性"和"书写性"的兼容，前者使文本解读维持在相对稳定的阈限之内，后者试图在回溯确定性意义的基础上，为阐释者激情和想象力的释放提供空间。其次，是意义之"或然性"状态的彰显，亦即承认重构阐释边界的不可能性，同时基于对文本的勘察、对经验事实的探究，对最具确切之可能性的意义向度加以揭示。再次，是一种"渐进式"阐释路径的构造，亦即在反复的调整、修正与更新中，不断趋近作为终极归宿的确定性意义，由此突破阐释中"深度"与"去深度"的对峙，呈现出类似于"猜想与反驳"的动态景观。

第六章旨在发掘阐释边界所蕴含的现实关切和文化政治诉求。首先，在阐释者对确定性意义的维护中，潜藏着对大写的人

阐释的边界：一个文学理论关键命题的探究

文精神的敬畏和信仰，对虚无主义笼罩下的精神症候的诊断与疗救。其次，以边界问题为轴心，展开了"审美理想论"和"文化政治论"的交锋，二者的交互性对话，不仅丰富了对意义问题的理解，同时也有助于对经典等文学理论命题的重新发现。再次，阐释边界不仅是文本意义的限定条件，同时亦涉及对普遍律令和真理价值的守望，在遭遇数字技术和实用理性夹击而丧失确定性根基的当下，这种重构"大叙事"的冲动将体现出不容忽视的价值。

此外，本书还收录了一篇附录，该附录聚焦于"阐释边界论"代表赫希的文艺阐释实践，剖析其学理内涵、演绎形态以及文化精神取向，以期进一步深化对阐释边界在当代文论话语中独特位置的理解。

第一章　阐释边界的概念界说和历史谱系

本章聚焦于全书主题——"阐释的边界",在辨析其概念内涵的同时,从历时性的向度出发,勾勒其发展和演绎的基本轨迹。对人类而言,"阐释"(interpretation)具有不容忽视的价值。荣格(Carl G. Jung)发现,自蒙昧时代以来,阐释便蕴含着神圣的意味,它将促使人们拨开迷雾,"在一个他们所不理解的世界中醒来"[1]。马克斯·韦伯(Max Weber)断言,"人是悬在由他自己所编织的意义之网中的动物"[2]。这种充溢于人类生活的意义,显然需要被阐释,被去蔽,被日复一日地书写与呈现。阿甘本(Giorgio Agamben)更是宣称,人之所以为人的关键,并非生物学上的特殊构造,而在于"人是一种必须要将自己认识为人、使自己成为人的动物"[3]。在他看来,人类于无形中建构了一套意义生产机制,借此不断巩固自身的合法性和独特性,不断将自身"阐释"为一种有别于动物的存在。一言以蔽之,阐释是人类生活中不可缺失的维度,人们生存于世,总是无法摆脱错综纠结的

---

[1] [瑞士] 荣格:《心理学与文学》,冯川等译,生活·读书·新知三联书店1987年版,第82—83页。

[2] [美] 克利福德·格尔茨:《文化的解释》,韩莉译,译林出版社2014年版,第5页。

[3] [意] 吉奥乔·阿甘本:《敞开:人与动物》,蓝江译,南京大学出版社2019年版,第32页。

阐释的边界：一个文学理论关键命题的探究

意义问题，总是要倾尽心力对世界加以追问、理解与阐释。套用笛卡尔的名言，对每一个人来说，"我阐释，故我在"（I interpret, therefore I am）。

如果说，阐释对人类而言至关重要；那么，在人文学术研究中，阐释同样扮演了难以替代的角色。在当代社会，人们面临形形色色的挑战，自我的身份认同不断遭到冲击。这样，阐释便不只是一种操弄文本的技术手段，而是成为了人类应对精神困境和合法化危机的必由之路，它使我们在一定程度上摆脱茫然与困厄，重构赖以维系的精神支点。对此，不少人文学者深有所感。伊瑟尔（Wolfgang Iser）强调，理论兴起的最重要动因之一，乃是"对意义的追寻和由此产生的阐释冲突"①。佛克马（Douwe Fokkema）和蚁布斯（Elrud Ibsch）夫妇深信，阐释在人文学术中居有本体论地位，"它被宣布为认识论上的基础、方法论上的工具以及人文学科的应用目的"②。吉登斯（Anthony Giddens）更是直言不讳地指出："从一定意义上讲，所有社会科学无疑都是解释学。"③ 当然，阐释并非凝固不变的话语体系，而是处于不断调整与更新的"进行时态"中。长期以来，对确定性的追问是阐释中一以贯之的主线；自 20 世纪以来，阐释的多元性和开放性得以彰显，其限定性和规约性遭到一定程度上的遮蔽。在此背景下，一部分研究者基于对不确定性的诊断，试图跨越相对主义的樊篱，对意义的客观性、完整性和确定性加以重建。这样，阐释边界也便重新浮出历史的地平线，成为了一个引起关注和热议的学术命题。

---

① ［德］沃尔夫冈·伊瑟尔：《怎样做理论》，朱刚等译，南京大学出版社 2008 年版，第 3 页。
② ［荷］D. 佛克马、［荷］E. 蚁布思：《文学研究与文化参与》，俞国强译，北京大学出版社 1996 年版，第 20 页。
③ ［英］安东尼·吉登斯：《社会学方法的新规则——一种对解释社会学的建设性批判》，田佑中等译，社会科学文献出版社 2003 年版，第 65 页。

第一章　阐释边界的概念界说和历史谱系

在进入正式的讨论之前，我们首先需要回答的是：究竟什么是"阐释的边界"？

第一节　阐释边界的概念界说

就本体构造而言，阐释边界是一个充满紧张感的范畴。一般来说，"边界"意味着限制和束缚，"阐释"则意味着一种相对灵活、能动的主观行为。二者之间的微妙关系值得深究。在本节中，我们将从对边界的界定入手，逐步深入对阐释边界这一命题的考察。在我们看来，阐释边界并非摒除一切偶然性和差异性的同质化构造，也不是一种带有"卡里斯马"（charisma）特质的大写意义权威，而是潜藏着多重思想进路和逻辑线索，呈现出复杂的、耐人寻味的理论内涵。

一　何为"边界"？

应该说，"边界"（boundary）是我们再熟悉不过的概念。翻开第 6 版《现代汉语词典》，不难找到对边界的定义："地区和地区之间的界线。"[1] 上述解释非常简单，几乎相当于同义词（即"界线"）的替换。相较而言，《牛津英语词典》和《韦伯斯特国际英语词典》上的定义似乎更契合边界的特征。前者指出，边界一词多表示"任何物质或非物质的界限或限度"[2]；后者认为，边界主要有两重内涵，即"标示或确定限度或范围之物"以及"划定界限（如领地或运动场的界限）之物"[3]。从语词的构造上看，

---

[1] 中国社科院语言研究所编：《现代汉语词典》（第 6 版），商务印书馆 2012 年版，第 75 页。
[2] James A. H. Murray, et al., eds., *The Oxford English Dictionary* Ⅰ, Oxford: Clarendon Press, 1970, p. 1022.
[3] Philip Babcock Gove and the Merriam-Webster Editorial Staff, eds., *Webster's Third New International Dictionary of the English Language Unabridged*, Springfield: G. & Merriam Company, 1961, p. 260.

阐释的边界：一个文学理论关键命题的探究

boundary 由两个语言单位组成，即表示"束缚"的"bound"和表示"场所"或"地点"的名词后缀"ary"。这或许暗示，边界一词蕴含着双重的精神取向：其一，边界是一种规约或限制，它支配着人们的思考或行动，使之无法随心所欲；其二，边界还具备一种合法化作用，它将某些物质、精神或文化因素置入既定场域，使之有别于边界以外的世界，获得独立的存在理由。

在日常生活中，充斥着形形色色的边界。足球场上有边界，国与国之间有边界，不同阶层、职业、种族、性别、年龄之间，也存在着各种或隐或显的边界。不止于此，在每个人的内心世界中，同样潜藏着一些不可触犯的底线或边界——"你越界了！"这是我们在遭到冒犯时常说的一句话。边界的一个特征在于其标出性，它可以将某些实体或非实体的对象框限在一定的范围内，使其维持固有的形态，而不会与其他对象彼此混淆。一个国家和邻国泾渭分明，球场的界外和界内判然有别，人和动物分属不同的族类，这体现了边界的标出作用。[①] 边界的另一个特征在于其规范性，它有助于划分出一些物质的或精神的，可见的或不可见的领域，在这些领域中，蕴含着不同的思维方式或行动准则。简言之，一旦你被纳入一条边界之内，那么，你就需要将一整套法则、规范或秩序铭记于心。医生要治病救人，教师要诲人不倦；物理学关注物质的构造和运动方式，文学理论聚焦于文学的基本原理和内在规律，这些是不同职业或学科所暗含的规范。边界还有一个特征是稳定性，它一旦被设定或建构，就必然保持相对明晰、稳固的状态。倘若边界本身是流变不居的，譬如，我今天是律师，明天是医生，后天是银行家；再如，我今天坚信应严守学

[①] 对边界的这种标出性，海德格尔（Martin Heidegger）做出了更富哲理色彩的阐述："边界乃是某物借以聚集到其本己之中的东西，为的是由之而来以其丰富性显现出来，进入在场状态而显露出来。"参见孙周兴《艺术现象学的基本问题》，载孙周兴编译《依于本源而居：海德格尔艺术现象学文选》，中国美术学院出版社 2010 年版，第 3 页。

8

第一章　阐释边界的概念界说和历史谱系

术规范，明天又觉得适当抄袭无妨，那么，人们对周遭世界的认知势必会出现偏差。但同时，必须注意，作为一种人的造物，边界的稳定性只是暂时和相对的，它同样有可能出现微妙的，但又是不容忽视的改变。经过复杂的权力博弈，一个国家的边界会扩容或缩减。随着年龄的增长和阅历的积累，我们在精神或道德层面的边界也会不同于以往，很多人在少年时"眼里揉不得沙子"，而人到中年，则对某些社会阴暗面视若无睹，这何尝不是一种边界的改变呢？

二　何为"阐释的边界"？

至此，我们已大致廓清了"边界"的内涵和属性，接下来，需要将边界问题纳入文学阐释场域，对"阐释的边界"加以界定。就语义而言，"阐释"和"边界"似乎是很难组合到一起的两个词。按照最通俗的理解，阐释是一种分析文本，使之易于理解的行为，具有一定的主观性和开放性；而前文已述，边界是一种对物质或精神世界加以划分的标志，具有较明显的规范性和限定性。但倘若稍加细究，不难发现，"阐释"和"边界"的关系并不像表面上那样冰炭不容。马里奥·瓦尔代斯（Mario J. Valdés）这样说道："阐释恰恰处在从客观性到主观性的发展带中段……该中项不仅是阐释的理论基地，而且还是阐释在方法次序中的来源。"[①] 他相信，阐释携带着某种"居间"特质，它既非绝对主观，亦非绝对客观，而是在主观与客观、稳定与变动、有限与无限之间辗转徘徊，试图寻找一个微妙的平衡点。如此看来，对阐释边界的认同，并非对阐释之本然属性的违逆；相反，阐释边界所表征的，其实是阐释实践中的一种可能性，是主体在不确定性和相对主义蔓延的背景下，对意义之确定性向度的追问、诉求与

[①] ［加］马里奥·瓦尔代斯：《阐释论》，载［加］马克·昂热诺等编《问题与观点——20世纪文学理论综论》，史忠义等译，河南大学出版社2010年版，第271页。

阐释的边界：一个文学理论关键命题的探究

重构。

基于此，我们可以就"阐释的边界"做出初步界定：

> 作为一种历久弥新的学术话语，"阐释的边界"以阐释的客观性和意义的确定性为核心，在不确定性思潮泛滥的当下被不断激活，它一方面强调对文本意义的节制、规约与限定；另一方面，又绝不等同于刻板、凝滞、独断专行的法则或律令，而是蕴含着丰富的理论路径和方法论取向，并不断涉入更加广泛、深邃的文化精神领域。

在上述的界说中，有几个关节点需要格外关注。

首先，阐释边界是一个文学理论命题，一种学术话语的建构，因此，它并非具象化的实存，而毋宁说是一条想象性、虚拟性的精神边界。作为一个学术命题，阐释边界蕴含着丰富的生长空间，它在不同理论家的言说中呈现出各有所异的形态，在20世纪以来的文论话语中更是得到了颇为热烈的讨论。

其次，阐释边界的要旨，在于对意义之确定性（determinacy）状态的维护，或如瓦尔代斯所言，阐释边界意味着文学阐释中偏于描述的"客观性"向度。由此，阐释边界也就指向了对当代文论中某些症候的反思。现今，一种激进的不确定性（indeterminacy）统摄了文本解读，不确定性激活了主体的能动性，拓展了文本的意义空间，但同时，又很容易使人们丧失取舍与评判的稳固坐标，在文化虚无主义的阴霾下迷失方向。阐释边界的合法性，不仅源于其稳固的知识体系，同时也源于不确定性意义观在逻辑论证、价值判断、精神取向等方面所暴露的破绽，因此，阐释边界也就充当了一个契机，它将引导我们对盛行于当下的不确定性思潮加以限定或规约，使阐释摆脱言人人殊的乱象，呈现出更加客观、公允、适度的状态。

第一章　阐释边界的概念界说和历史谱系

再次，阐释边界以确定性意义为核心，那么，有必要追问的是，这种确定性意义究竟从何而来？这就涉及阐释边界的建构路径问题。围绕这个问题，不同研究者基于各自的考量和诉求，书写了斑斓驳杂的知识谱系。有学者强调意图对阐释的限定作用，将作者之意视为通达确定性意义的先决条件；有学者相信，确定性意义深藏于语言性的文本之中，与外在于文本的诸因素无甚关联；另一部分学者放眼更广阔的社会领域，将确定性意义的根源归结为一套共享的话语规则或文化惯例。但事实上，阐释边界更像是一个交互主体性过程的产物。如果说，阐释从不是孤立的行为，而是作者、文本、读者、语境多方面协同作用的结果；那么，阐释边界也绝非由单一路径所构造，它植根于多种文学要素的交织、对话与互动，呈现出多元生成的关系性特质。这样，阐释边界也就成为了一个开放性的场域，它不断召唤新的参与者介入其中，不断期待通过更复杂的协商与斡旋，向新的确定性状态趋近。

复次，从本体构造上看，阐释边界不是铁板一块的实体，而是为一定限度内的调整或更新敞开了大门。如前所述，边界在保持其稳定性的同时，也会因时间或情境的不同而发生改变——现实生活中的边界如此，精神世界中的边界亦然。同样，阐释边界并非一经建构便永恒不变，相反，它往往在一个限定性的初始框架内，为意义的发散、演绎和动态生成预留了一定的空间。因此，阐释边界也就不同于生硬的本质主义话语，而是蕴含着单数与复数、主观与客观、开放与封闭、确定性与不确定性等因素的复杂交织。更进一步，在具体的理论实践中，对阐释边界的"捍卫"和"拆解"貌似彼此悖逆，实则存在着微妙的同构之处：前者以对"本质"或"中心"的诉求为导向，但又在某些方面溢出了中心化意义的边界；后者试图质疑并消解传统的法则、规范或秩序，但往往于无形中将自身转化为一种不容辩驳的"元话语"。

阐释的边界：一个文学理论关键命题的探究

应该说，二者同样承认了阐释边界的存在，只是基于不同立场而对其做出了不同的描述与阐发。

最后，阐释边界不只是一个学术命题，同时也为我们对当代文学理论乃至文化精神生活的重审提供了契机。应该看到，阐释边界充当了一个理论发生器，有助于研究者从新的视角出发，就当代文论中的一些基本问题展开更深入思考：从意图的"在场"和"缺席"，到文本的"开放"与"封闭"；从主体的"单一"和"多元"，到经典的"恒定"与"流变"；从阐释中"深度"和"去深度"的斡旋，到人文学术中"审美"与"政治"的紧张，基于对边界问题的考察，这些并不时髦的议题将呈现出不同以往的面貌。基于此，阐释边界还将引导人们超越语言性文本的阈限，涉入与确定性意义紧密相关的文化精神领域，对知识、道德、真理、价值、合法性、人文精神等问题加以追问。尤其是20世纪下半叶以来，虚无主义俨然成为一种常态，它使当代人深陷其中，不断感受到"一种距离，一种缺失，一种放逐，一种似乎无可救药的对抵达此地的无能"[①]。在此背景下，阐释边界更是体现出重要的文化政治功效，它促使我们超越虚无主义的困局，尽可能寻回赖以维系的精神坐标。

综上，作为文学理论中的一个关键命题，阐释边界体现出某些相对独立的内涵、属性和精神趋向。阐释边界并非执着于唯一不变的意义终极，并非将确定性意义的根源指认为单一文学要素，而是在承认文学意义的多元性、变动性和生长性的基础上，尽可能为阐释设置一条兼具规范性和包容性的界限，使之在彰显主体能动性的同时，避免陷入相对主义和虚无主义的旋涡。接下来，我们将从历时性视域出发，对阐释边界在中西方文论话语中的知识谱系予以勾画。

---

① ［加］查尔斯·泰勒：《世俗时代》，张容南等译，上海三联书店2016年版，第9页。

第一章　阐释边界的概念界说和历史谱系

第二节　西方文论中的阐释边界

在西方文化中,"边界意识"的萌发可追溯至古希腊。赫拉克利特承认世界的常变常新,但同时相信,世界的变化并非紊乱无序,相反,万事万物都受到一个超验、永恒、绝对的"逻各斯"(logos)的支配。①逻各斯的存在,表明在人类的认知活动中,潜藏着某种难以逾越的终极规范。柏拉图同样表现出对意义之确定性的认同。在《普罗泰戈拉篇》中,他这样说道:"在许多场合,只要一讨论起诗歌来,有些人会说诗人是这个意思,有些人会说诗人是那个意思,根本无法对诗歌的主题做出总结性的论证。优秀的人会避免这样的讨论,而乐意使用他们自己的语言,鼓足勇气把自己的观点亮出来。"②换言之,相较于不确定性所带来的众说纷纭,将文本意义框定在一条大致稳定的边界之内,或许是更恰当的选择。亚里士多德对阐释边界问题亦有所思考。他在《范畴篇》中谈道,言语的正确与否取决于事实本身,而无关乎言语的属性或特质,即是说,"言语和意见的本性无论如何是不能更改的"③。在《解释篇》中,他进一步指出,尽管不同人讲话的声音各有所异,但"这些声音所直接标志的心灵的经验,则对于一切人都是一样的"④。亚里士多德聚焦于意义的普遍性和恒定性,在他看来,阐释者的使命,乃是穿越纷纭流变的经验或表象,对蕴含其中的确定性意义加以尽可能真切的重构。

---

① 北京大学哲学系外国哲学史教研室编译:《西方哲学原著选读》上卷,商务印书馆1981年版,第22—23页。
② [古希腊]柏拉图:《柏拉图全集》第1卷,王晓朝译,人民出版社2002年版,第472页。
③ [古希腊]亚里士多德:《范畴篇　解释篇》,方书春译,商务印书馆1959年版,第18页。
④ [古希腊]亚里士多德:《范畴篇　解释篇》,方书春译,商务印书馆1959年版,第55页。

阐释的边界：一个文学理论关键命题的探究

在西方文论史上，对阐释边界的理论建构可划分为三个阶段：在中世纪，对边界问题的讨论植根于神学的土壤；在近代，对边界问题的考察受到"科学"与"人文"的双重形塑；在现代—后现代的更复杂进程中，阐释边界在面临冲击的同时，又在与不确定性思潮的对话中表现出更微妙形态。

一　中世纪边界理论：对神圣精神的追寻

按照最普遍的见解，中世纪是阐释理论的发轫阶段，尤其是彼时居于主导地位的《圣经》注释学，在一定程度上为现代阐释学的形成奠定了基础。[①] 在中世纪，对阐释边界的探究与对上帝的信仰紧密交织，人文学者将《圣经》视为上帝的专属物，致力于穿透语言文字的表象，从中发掘出历尽时间洗礼而不灭的神圣精神。

诚然，在中世纪的意义话语中，不乏确定性和不确定性的恩怨纠葛，如"唯实论"（realism）和"唯名论"（nominalism）的紧张便是其显著表现。[②] 但纵观中世纪思想的演进历程，对确定性意义的尊崇依然是难以撼动的主调。中世纪的注经学家兼有学者和信徒的双重身份，他们怀着对上帝的无限热忱，坚信包括《圣经》在内的世间一切，无不源自上帝的创造。在他们看来，尽管《圣经》或许拥有复杂的多层次内涵，但深藏其中的大写的

[①] Robert Holub, "Hermeneutics", *The Cambridge History of Literary Criticism: From Formalism to Poststructuralism*, Raman Selden ed., Cambridge: Cambridge University Press, 1995, p. 255.

[②] 唯实论秉持新柏拉图主义的理念，相信意义是"先于事物的实在的东西"或"在事物之中的实在的东西"，它将在复杂流变的经验中维持其本然实存；唯名论接续新亚里士多德主义的思路，认为意义"仅仅是个别事物的名称，不先于事物，也不在事物之中，而是在事物以后"，它将伴随时间、处所、情境以及事物本身的改变而呈现出新的形态。可以说，唯实论和唯名论之争，在一定程度上昭示了后世"客观主义"（objectivism）和"相对主义"（relativism）的冲突。参见［美］弗兰克·梯利《西方哲学史》，葛力译，商务印书馆1995年版，第183页。

第一章 阐释边界的概念界说和历史谱系

神圣精神却始终不容侵犯。因此,《圣经》阐释学的要务,在于以虔敬的心态对待上帝之言,通过一丝不苟的文本勘察和语义辨析,从符号化的语言表象中发掘出恒定不变的意义本原——所谓"神之意旨"。在此过程中,对阐释边界的讨论将体现出深切的终极关怀和鲜明的神学色彩。

在《圣经》文本的解读中,对神圣精神的追寻是一条难以断绝的脉络。

作为古希腊和中世纪之间的思想家,亚历山大学派的斐洛(Philo Judeaus)为神学阐释学提供了方法论前提。他认为,《圣经》包含着"文字"和"隐喻"这两个基本层面。其中,语言文字不是对现实境况的反映,而只是上帝所提供的一个契机,它引导我们对文本中玄奥、深邃的隐喻意义加以发现。因此,在斐洛看来,释经者的目标,乃是心怀对上帝的虔敬信仰,不断超越表层语言经验的桎梏,"在完全不同的实在空间维度中进入思考某物的新方式"[①],从而由直观的字面意义进入普遍的、至高无上的神圣精神。

奥利金(Origen)对《圣经》的神圣性和永恒性深信不疑。他将柏拉图关于肉体、灵魂和精神的区分运用于释经实践,认为《圣经》的字面意义对应"肉体"(body),道德意义对应"灵魂"(soul),而更深刻的精神意义则对应"精神"(spirit)。他指出,正如在肉体中充溢着彼此冲突的情绪或感受;在语言性文本内部,同样不乏悖论、含混或矛盾龃龉之处。因此,倘若一味纠结于字面意义,以按图索骥的方式来解读《圣经》文本,只会使人们陷入"重重复重重"的困惑与迷惘。基于此,奥利金宣称,阐释者只有将"肉体"(即字面意义)暂且搁置,竭力探寻暗含于字里行间的道德或精神意义,才有可能拨开迷雾,逐渐抵达崇

---

① [英]罗纳尔德·威廉逊:《希腊化世界中的犹太人——斐洛思想引论》,徐开来等译,华夏出版社2003年版,第133页。

15

阐释的边界：一个文学理论关键命题的探究

高而神圣的真理境界。[1]

作为《圣经》阐释学的集大成者，奥古斯丁（Saint Augustine）同样表现出对永恒神圣精神的钦慕。他一方面承认，隐含在语言文字背后的上帝之意难以通达，更遑论真正还原或复现；另一方面又宣称，释经学家应秉持一种"知其不可为而为之"的态度，通过灵感、顿悟或心灵感应，在最大限度内趋近那尽善尽美的神性智慧。这就如他在代表作《论三位一体》中所言："它们（即上帝之意——引者注）并不是曾经是而现在已停止了是，或它们将要是而现在还未是，而是总是有同样的是［存在］。它们不像物体固定在空间的某处，而是固定在非物体的本性中，它们是可理解的，因而是心灵的寻视可达到的，正如物体是身体感官可见可触的。"[2]

神学阐释学还在一定程度上推动了语文学（philology）方法的建构。语文学是一种旨在"详尽而系统地解析文学文本"[3]的知识话语，它受到了亚里士多德语言观的启发，在希腊化时期初具雏形，伴随中世纪《圣经》注释学的流行而渐趋成熟。在追寻神圣精神的过程中，释经学家将语文学引入阐释领域，他们致力于探本求源，通过对《圣经》文本的深入考察和细致爬梳，回归其生成的历史情境与文化背景，对蕴含其中的大写的上帝之意加以阐述或说明。[4] 在这一点上，奥古斯丁做出了重要贡献。他在笃信上帝的完美绝伦的同时，又构造了一套系统、完备的文本解读策略，以实现对《圣经》中意义本原的充分把握。譬如，阐

---

[1] David Vessey, "Medieval Hermeneutics", *The Blackwell Companion to Hermeneutics*, Niall Keane and Chris Lawn eds., Oxford: Blackwell, 2016, p. 39.
[2] ［古罗马］奥古斯丁：《论三位一体》，周伟驰译，上海人民出版社2005年版，第326页。
[3] J. A. Cuddon, et al., eds., *A Dictionary of Literary Terms and Literary Theory*, Oxford: Blackwell, 2013, p. 533.
[4] 潘德荣：《西方诠释学史》，北京大学出版社2016年版，第50页。

释者应关注简洁明了的段落，以配合理解更晦涩难解的段落；阐释者应着眼于整体，以恰切理解文本的各个部分；阐释者应搜寻文本之外的材料，以推动对文本意义——无论是应有之义还是隐喻意义——的理解；阐释者应知晓他人对《圣经》的解读方式，辨析其与自身解读的一致或分歧之处；阐释者应容许一段话拥有合理的多重含义，同时应想方设法使文本保持和谐连贯，等等。① 当然，对《圣经》阐释学而言，语文学只是一种辅助手段，它有助于人们在熟悉表层意义的基础上，更好地洞察文本中唯一而神圣的精神内核，但显然无法取代释经者在虔敬信仰的状态下，与上帝在精神层面的感应、共振与深度交融。

二　近代边界理论：在"科学"与"人文"之间

在近代，尤其是从启蒙运动到浪漫主义的进程中，对阐释边界的讨论呈现出更复杂的学术光谱。一方面，启蒙思想家受到科学精神的感召，旨在将阐释学建构为一套系统的科学方法，以客观、审慎、有条不紊的方式对阐释边界加以勾勒；另一方面，阐释者又受到浪漫主义的自由、激情与想象的洗礼，将关注点由辨析语词意义转向了对创作者的人格、心性和智识的洞察，这样，边界问题也就成为了主体心理境况的某种征兆。

先来看科学精神对阐释边界的塑造。随着启蒙运动的深入，"理性"（reason）成为了人类文化中难以撼动的支点，或者如卡西尔（Ernst Cassirer）所言，整个启蒙时代"浸染着一种关于理性的统一性和不变性的信仰"②。这种理性至上论的最集中表现，在于自然科学的蔚为大观。在 17、18 世纪，人们越发习惯于运

---

① David Vessey, "Medieval Hermeneutics", *The Blackwell Companion to Hermeneutics*, Niall Keane and Chris Lawn eds., Oxford: Blackwell, 2016, p. 38.
② ［德］E. 卡西勒：《启蒙哲学》，顾伟铭等译，山东人民出版社 1988 年版，第 4 页。

阐释的边界：一个文学理论关键命题的探究

用观测、量化、运算、实验、推演的方式来认识周遭世界，他们热衷于"制定能够组织进一个真理系统中去的清晰的理性原则"①，尽可能穿透动荡不定的表象，从中发掘出"万变不离其宗"的真谛。在科学精神的濡染下，人文知识分子开始自觉或不自觉地向自然科学看齐，将后者对客观性和精确性的追求奉为至高目标。以赛亚·伯林（Isaiah Berlin）对此有敏锐观察：

> 一种关于自然的科学已被创立，而关于精神的科学也得以创立。二者的目标必须保持同一：在观察（"向内的"或"向外的"）的基础上，必要时在实验的基础上形成一般规律；当形成了这些规律时，由此出发演绎出一些特殊的结论。对每一个真实的问题都有过众多的错误解答，但只有一个是正确的，一旦发现了这个正确的解答，那它就是最终的——放之四海而皆准；最需要的乃是一种可靠的发现答案的方法。②

在启蒙语境下，人文学者跟随自然科学的脚步，致力于建构严谨、缜密的方法论体系，而作为人文科学重要分支的阐释学，则同样受到了科学精神的深刻影响。一些研究者意识到，阐释学并非信仰的衍生物，并非与神明的玄奥心灵交融，而完全有理由成为一门严肃的精神科学。由此，他们致力于对阐释学加以重构，使之由一些各行其是的法则，凝聚为一套系统、完备、有章可循的知识体系。他们坚信，在科学精神的烛照下，阐释者将克服时间与空间的障碍，从作为历史留存物的文本中窥见客观、真

---

① ［美］撒穆尔·伊诺克·斯通普夫、［美］詹姆斯·菲泽：《西方哲学史》，丁三东等译，中华书局2005年版，第332页。

② ［英］以赛亚·伯林编著：《启蒙的时代：十八世纪哲学家》，孙尚扬等译，译林出版社2005年版，第5—6页。

第一章　阐释边界的概念界说和历史谱系

切的确定性意义。这样，历史性文本也将褪去其神秘面纱，在当代生活中彰显其有效性与合法性。

在科学精神的启示下，启蒙知识分子从不同向度切入，试图勾画出阐释边界的基本轮廓。

作为现代阐释学的先驱，丹豪尔（Johann C. Dannhauer）致力于建构一种"普遍阐释学"（General Hermeneutics），其核心关切不是神秘的圣典文字，而是包括文学在内的形形色色的语言符号体系。在丹豪尔看来，阐释者不应诚惶诚恐地揣测上帝之意，而是要尽可能使阐释变得客观、严谨和周密，由此对意义的正确与错误、明晰与含混、真实与非真实加以有效辨析。[①]

另一位启蒙学者沃尔夫（Christian Wolff）虽并未使用"阐释学"一词，但始终以科学精神为导向，主张将一种"逻辑演练"（the exercise of logic）或"逻辑实践"（the practice of logic）运用于文本领域。在他看来，阐释不只是打开文本的手段，同时也是一个宏大的理性主义规划的一部分，其目标乃是消除一切的偏见、无知或蒙昧，以保证理解和相互理解的顺利达成。[②]

斯宾诺莎（Baruch de Spinoza）对科学精神深信不疑，他断言，对《圣经》的解读其实类似于科学家对自然现象的探究，其首要任务，在于"把《圣经》仔细研究一番，然后根据其中根本的原理以推出适当的结论"[③]。这种对《圣经》中"根本原理"的提炼，需要分三个步骤展开：其一，对《圣经》所使用的语言（主要是希腊语和希伯来语）详加勘察；其二，就《圣经》的内容做出分门别类的专题研究，尤其对那些晦涩模糊的段落予以澄

[①] 潘德荣：《西方诠释学史》，北京大学出版社2016年版，第193—196页。

[②] Frederick Beiser, "Woff, Chladenius, Meier: Enlightenment and Hermeneutics", *The Routledge Companion to Hermeneutics*, Jeff Malpas and Hans-Helmuth Gander eds., London and New York: Routledge, 2015, p. 51.

[③] ［荷兰］斯宾诺莎：《神学政治论》，温锡增译，商务印书馆1963年版，第108页。

阐释的边界：一个文学理论关键命题的探究

清；其三，将《圣经》置于其生成的历史语境，勾勒其传播和流变的基本轨迹，尽可能消解其中的含混或悖谬之处。①

作为启蒙时代负有盛名的阐释学家，克拉登尼乌斯（Johann Martin Chladenius）同样坚称，有必要构造阐释的普遍规则体系，使阐释学由一种"理解的艺术"转变为一门独立、完整、精密的"科学"。当然，克拉登尼乌斯承认，言语意义取决于言说的具体情境——取决于意义被何人在何时何处以何种方式表达出来。但这种"视角主义"（perspectivism）的意义观，并未遮蔽克氏对确定性的乐观态度。在他看来，任何"视角"的存在，只是为观照文本提供了不同路径，而不会阻碍我们超越视角的局限，对文本中的真理内涵加以充分把握。②

更饶有趣味的，是德国学者迈耶尔（Georg Meier）的观点。迈耶尔试图将"符号"（signs）融入阐释学的科学化建构。他认为，世界是一个充斥着各种符号的场域，阐释者需要通过对符号的深入开掘，对潜藏其中的确定性意义加以重构。同时，迈耶尔还表现出更审慎的态度，他宣称，阐释者不太可能一劳永逸地洞察终极的意义本原，而只能怀抱着对确定性的信仰，在一个不断尝试或试错的过程中接近永恒不变的意义中心。③ 这样的思想进路，显然使阐释边界摆脱本质主义的窠臼，而呈现出动态的生长空间。

再来看人文精神对阐释边界的渗透。如前所述，启蒙运动使理性得到尊崇，在一定程度上推动了科学精神的繁荣。然而，人

---

① Leonardo Amoroso, "Spinoza and Vico: A New Science of Interpretation", *The Routledge Companion to Hermeneutics*, Jeff Malpas and Hans-Helmuth Gander eds., London and New York: Routledge, 2015, p. 41.

② Frederick Beiser, "Woff, Chladenius, Meier: Enlightenment and Hermeneutics", *The Routledge Companion to Hermeneutics*, Jeff Malpas and Hans-Helmuth Gander eds., London and New York: Routledge, 2015, pp. 54–55.

③ 潘德荣：《西方诠释学史》，北京大学出版社2016年版，第212—216页。

第一章　阐释边界的概念界说和历史谱系

们一旦对理性过分关注，便会陷入一种消极、盲目的状态，他们在一个大写的理性面前卑躬屈膝，而丧失追问与反思的自觉意识。① 作为紧随启蒙运动而来的文化思潮，浪漫主义的要旨，在于对这种日渐保守化和刻板化的理性加以反拨。在浪漫主义的精神体系中，有两个关节点尤为引人注目。其一，是对主体及其生存经验的关注。浪漫主义者笃信，主体并非被理性把控或差遣的对象，相反，主体"天生具有想象力和创造性，实际上能够塑造外部世界"②。随着主体挣脱理性的羁绊而彰显其能动性，主体的激情、想象、梦幻、灵感、移情、迷狂、抑郁、苦闷、感伤、怀旧、创造力等独特经验也将破茧而出，成为人文学术中不可缺失的主题。其二，是对"融贯性"或"统一性"状态的渴慕。浪漫主义的核心诉求，乃是"对于整体的执着、对于完满的渴望，以及有机整体的理念"③，它试图消解启蒙时代"主—客""心—物"的二分模式，转而将一种交互性视野引入文化精神领域，不断探寻感性与理性、自我与他者、个体与自然之间隐秘而深刻的内在关联。在浪漫思想家看来，通过不同文化因素的呼应与交织，深藏于古老传统中的诗性智慧将逐渐复苏，而现代性情境下支离破碎的世界也将重新归于完整。

诚然，在浪漫主义语境下，对阐释学的科学化构想从未止

---

① 有学者对启蒙思想家做出过如下评价："他们没有认真怀疑过一种普遍的、独立的、在某种程度上可被理解的客观实在。他们也没有询问是否存在一种为理性动物所共有的思维实在的客观方式。……实际上，他们没有深思客观性的概念本身，他们仅用客观性的概念去表示一种半自觉的确信，即确信理性能力足以把握它的对象，以及物自身和被知物之间的对应关系（correspondence）。"上述观点所触及的，便是理性精神的高涨所带来的自反性（reflexivity）的缺失。参见［美］H. D. 阿金编著《思想体系的时代——十九世纪哲学家》，王国良等译，光明日报出版社 1989 年版，第 3 页。

② ［美］罗兰·斯特龙伯格：《西方现代思想史》，刘北城等译，中央编译出版社 2005 年版，第 240 页。

③ ［美］弗雷德里克·拜泽尔：《浪漫的律令——早期德国浪漫主义观念》，黄江译，华夏出版社 2019 年版，第 55 页。

阐释的边界：一个文学理论关键命题的探究

步。人们依然相信，阐释学的最重要使命，在于"从理论上建立一切历史确定性所赖以维系的阐释的普遍有效性"①。但浪漫主义的兴起，明显改变了科学精神一家独大的局面，为阐释学注入了丰沛的人文精神内涵。浪漫主义者相信，文学固然是语言文字的造物，但更多还是主体生命体验和文化个性的表征。这样，文学阐释也就不同于客观、冷静、缜密的科学分析，而是涉及主体更微妙而复杂的心理活动，涉及阐释者和创造者基于共有的生存境遇和文化积淀，在类似于"交感呼应"的状态下所形成的精神契合。对此，弗里德里希·施莱格尔（Friedrich Schlegel）深有感触："只有在我能以一位作家的精神来行动时，当我可以转述他、多番改变他而无损于他的个性时，我才会表明，我理解了这位作家。"②

在浪漫思潮的驱动下，人文精神在阐释边界的建构中留下了清晰印痕。

开启这一思路的是意大利哲学家维柯（Giovanni B. Vico）。尽管活跃于启蒙时代，但维柯更关注的是主体意识中偏于非理性的一面。他断言，不同文化群体之所以能达成一致意见，关键在于分有了一些"共同意识"（common sense），亦即"整个人类所共有的不假思索的判断"。③

雷姆巴赫（Johann J. Rambach）在浪漫主义的感召下，对阐释学的情感内涵加以重新发现。他宣称，语言不过是一种中性化的、有些空洞的符号，不过是人们抵达确定性意义的一个中介；唯有情感，才是最接近主体本然存在状态的维度，才是文本意义生成的最根本依据和动因。鉴于此，雷姆巴赫宣称，阐释者有必要沉潜于主

---

① Wilhelm Dilthey, "The Rise of Hermeneutics", *New Literary History*, Vol. 3, No. 2, 1972, p. 244.
② ［法］菲利普·拉库-拉巴尔特、［法］让-吕克·南希：《文学的绝对：德国浪漫派文学理论》，张小鲁等译，译林出版社2012年版，第100页。
③ ［意］维柯：《新科学》上，朱光潜译，商务印书馆1989年版，第104页。

第一章　阐释边界的概念界说和历史谱系

体的情感世界，以此来重构完整、清晰、稳固的意义形态。①

作为浪漫阐释学的代表，阿斯特（Friedrich Ast）较充分地践履了人文精神的真谛。他相信，人文学术的任务并非搜集历史资料，也并非勘察古代语言，而是要从经典之作中提炼出隐而不彰的古代精神。所谓"精神"（Geist/spirit），可以被理解为一种原初而纯粹的普遍性，它有助于疗救"理性至上"所带来的片面与偏颇，使现代人的生活重新获得活力。在阿斯特看来，人类在生存境遇和生命体验上的共通之处，使阐释者有可能超越时空的阈限，对潜藏在历史裂隙中的绝对精神加以观照。②

作为阐释学在近代的集大成者，施莱尔马赫（Friedrich Schleiermacher）颇为生动地体现了启蒙理想和浪漫精神的交织。他认为，"误解"（misunderstanding）是人类经验中的常态，而规避误解并还原确定性意义，则是人文学者的重要使命。在探寻确定性之维的过程中，施莱尔马赫将"科学"与"人文"、"理智"与"情感"熔为一炉。他一方面致力于建构阐释的普遍规则体系，以客观、公允、恰适的方式对文本加以解析；另一方面又跟随浪漫主义的思想进路，在神秘的"心灵共鸣"中重现创作者的心路历程。他一方面推崇"语法的阐释"（grammatical interpretation），通过对语言文字的细致辨析，消解文本中的晦涩不明之处；另一方面又倡导"心理的阐释"（psychological interpretation），使阐释者"自觉地脱离自己的意识而进入作者的意识"③，

---

① 潘德荣：《西方诠释学史》，北京大学出版社2016年版，第200—203页。

② Gunter Scholtz, "Ast and Schleiermacher: Hermeneutics and Critical Philosophy", *The Routledge Companion to Hermeneutics*, Jeff Malpas and Hans-Helmuth Gander eds., London and New York: Routledge, 2015, pp. 65–67.

③ Friedrich Schleiermacher, "The Aphorisms on Hermeneutics from 1805 and 1809/10", *The Hermeneutic Tradition: From Ast to Ricoeur*, Gayle L. Ormiston and Alan D. Schrift eds., New York: State University of New York Press, 1990, p. 58.

在"感同身受"的状态下完成对初始性意义的领悟。

狄尔泰（Wilhelm Dilthey）接续施莱尔马赫的思路，他承认客观性和确定性在阐释中的必不可缺，同时又强调，阐释不是对语言文字的理性化操作，而更多是一种非理性的感知活动。在文本解读中，阐释者基于普遍共有的人性，以"重新体验"（re-experiencing）的方式深入创作者的精神世界，从而"将一种完全不同的陌生的个体性带入客观认识之中"[①]。当然，狄尔泰将施莱尔马赫的思路推演至更极端的地步，甚至绕开了语言、文化、社会等因素，直指个体之间心灵交融的超验性和神秘性，这就使意义成为了主体在头脑中凭空构造之物，在一定程度上失去了赖以维系的稳固支撑。[②]

由上可知，启蒙运动和浪漫主义此起彼伏，围绕边界问题发出了不同声音：前者以科学精神为导向，试图抽丝剥茧地揭开文本表象，发掘出相对稳固不变的意义中心；后者在坚守确定性意义的同时，又注意到阐释学作为精神科学的独特性，从主体的情感、心理、人格、个性、无意识等向度切入，对潜藏在语言文字背后的确定性之维加以体认。两种立场形成了意味深长的张力，同时也暗示了阐释边界所拥有的复杂内涵和丰富生长空间。随着20世纪的到来，尤其是在不确定性思潮的冲击下，作为一个学术命题的阐释边界还将得到更富戏剧性的演绎。

三 现代—后现代边界理论：与不确定性意义观的交锋

20世纪以来，在现代—后现代的复杂进程中，阐释边界通过与不确定性意义观的交锋，以更曲折、微妙的方式得以显现。晚

[①] Wilhelm Dilthey, "The Rise of Hermeneutics", *New Literary History*, Vol. 3, No. 2, 1972, p. 231.

[②] Jeff Mitscherling, et al., *The Author's Intention*, Lanham: Lexington Books, 2004, pp. 38–39.

第一章 阐释边界的概念界说和历史谱系

近，随着不确定性的弥散与扩张，阐释边界作为传统"大叙事"的代名词，成为了人文学者颠覆或冲击的对象。然而，各种"非边界"思想在彰显其潜能的同时，又不断暴露出自身的症候或盲区，从而为边界问题的再度浮现埋下了伏笔。基于此，一些研究者从各自的经验与视域出发，以多元、游移、流变的方式投入对边界的重构，形成了一股"逆流而上"的理论姿态。

尽管如前所述，在前现代到近代的漫长历程中，对确定性的执着是西方文化中的枢纽，但事实上，不确定性依然充当了一条难以断绝的脉络。在中世纪，人们将上帝之意尊奉为至高无上的律令，但同时，又承认了字面、道德、象征、隐喻等多层次意涵在《圣经》中的合法性地位。在启蒙时代，人们将凝聚着大写理性的意义设置为不容撼动的中心，但同时，又使个体的小写理性——以及由此而来的个人的选择或判断——得以觉醒，从而为阐释的主观主义和相对主义埋下了伏笔。[①] 浪漫主义启发了阿斯特等人对古老意义本原的尊崇，但必须注意，作为对启蒙理性的某种逆反，浪漫主义从另一个侧面印证了差异或分歧的价值。伯林观察到，浪漫主义蕴含着两个重要特质：其一，是"自由无羁的意志及其否认世上存在事物的本性"，即拒绝"万变不离其宗"的普遍本质，强调主体参与并塑造世界的无限可能性；其二，是"破除事物具有稳固结构这一观念的尝试"，即抵制任何颠扑不破的法则或秩序，转而沉湎于不断转换、更

[①] 如马丁·路德（Martin Luther）在 16 世纪上半叶发起宗教改革运动，他一方面强调上帝意志的永恒性和神圣性；另一方面又宣称每个人只要心存信仰，便可以通过自己的方式，实现与圣典文字背后的大写"神之意旨"的沟通。从路德的见解中，不难见出启蒙主义对个体能动精神的激活，以及随之而来的，从普遍到个别、从同一到多元、从超验到世俗的阐释理念的转变。参见 Jens Zimmermann, "Martin Luther", *The Blackwell Companion to Hermeneutics*, Niall Keane and Chris Lawn eds., Oxford: Blackwell, 2016, p. 336。

阐释的边界：一个文学理论关键命题的探究

迭、流变的文化精神景观。① 上述特质构成了浪漫主义的双翼，它们在一定程度上颠覆了完整、统一、稳固的意义模式，为不确定性的生长提供了充足空间。

如果说，在中世纪—近代的进程中，不确定性更多的还只是一条依稀可见的线索；那么，随着20世纪的到来，在现代—后现代的文化背景下，作为一种意义理念的不确定性迎来了突飞猛进的发展，成为了当代文论中显而易见的"主因"（the dominant）。杰拉德·格拉夫（Gerald Graff）对此深有体会。他观察到，在近几十年来，文学研究已越发被一种激进的不确定性所统摄，"正是这种不确定性，使对任何文本的'正确'或'错误'的解释都化为乌有"②。默罗阿德·韦斯特法尔（Merold Westphal）说得更是直白："在一定意义上讲，认识论已经死了。……过分地要求清晰、确定和完整性——对知识或科学来说是必要的——已证明是空想。"③

为不确定性意义观揭开帷幕的，是海德格尔（Martin Heidegger）和伽达默尔（Hans-Georg Gadamer）的本体论阐释学。两位思想家将本体论视域引入阐释场域，使意义与主体的存在状态交融为一，在他们看来，意义绝不是一个凝固不变的实体，而将伴随主体生命体验的更新，不断呈现出新的形态。

在《存在与时间》中，海德格尔建构了以"此在"（Dasein）为基底的阐释体系。他这样说道："把某某东西作为某某东西加以解释，这在本质上是通过先行具有、先行见到与先行掌握来起

---

① ［英］以赛亚·伯林：《浪漫主义的根源》，吕梁等译，译林出版社2008年版，第118页。

② Gerald Graff, "Determinacy / Indeterminacy", *Critical Terms for Literary Study*, Frank Lentricchia and Thomas McLaug eds., Chicago: University of Chicago Press, 1990, p. 163.

③ ［美］默罗阿德·韦斯特法尔：《解释学、现象学与宗教哲学——世俗哲学与宗教信仰的对话》，郝长墀等译，中国社会科学出版社2005年版，第143页。

第一章　阐释边界的概念界说和历史谱系

作用的。"① 所谓"先行具有"（Vorhabe）指我们所要阐释的对象，总是我们预先拥有的东西；所谓"先行见到"（Vorsicht）指阐释并非中性的行为，而总是在某种观念的引导下进行；所谓"先行掌握"（Vorgriff）指我们在"先行具有"和"先行见到"的基础上，使阐释向某种预先设定的观念延伸。应该说，海德格尔挑战了将初始性意义视为权威的传统阐释学观点，彰显了主体参与意义生产的自主性和能动性。

伽达默尔延续海德格尔的思路，试图将主体及其置身其间的历史语境纳入关注视域。他认为，人类作为一种限定性的存在，总是被形形色色的前见（Vorurteilen/prejudices）所裹缠。② 同样，在面对作为历史传承物的文本时，阐释者往往基于各自的知识、经历、情绪、价值观而建构起理解的先验构架，往往携带着不同的前见来打量有待阐释的对象。伽达默尔指出，施莱尔马赫等方法论阐释学家的核心关切，在于祛除阐释所携带的历史性和情境性因素，以达成对意义的如实还原和真切把握。然而，这些理论家的误区在于，他们忽视了阐释者作为一种历史、社会、文化、精神的造物，本身便拥有特定的倾向性或先入之见，或者说，他们忽视了这样一个事实——"一切理解都必然包含某种前见"③。伽达默尔相信，恰恰是前见的存在，使人们有机会超越一个固定

---

① ［德］马丁·海德格尔：《存在与时间》，陈嘉映等译，生活·读书·新知三联书店1987年版，第184页。

② 所谓"前见"，最初是一个中性的法律术语，表示法官在真相浮出水面之前，对案件的预先的、临时性的判断。启蒙运动改变了对前见的定义，将其限定为一种虚假的、毫无根据可言的决断。伽达默尔提出，启蒙运动虽主张摒弃前见，但依然保留了一种根深蒂固的前见，即"反对前见本身的前见"。由此，他致力于"为前见概念根本恢复名誉"，重新发现其中的真理价值和创造性潜能。参见［德］汉斯-格奥尔格·加达默尔《真理与方法：哲学诠释学的基本特征》上卷，洪汉鼎译，上海译文出版社2004年版，第349—358页。

③ ［德］汉斯-格奥尔格·加达默尔：《真理与方法：哲学诠释学的基本特征》上卷，洪汉鼎译，上海译文出版社2004年版，第349页。

阐释的边界：一个文学理论关键命题的探究

的"起源"或"中心"，而释放阐释的无限丰富的可能性。

20世纪五六十年代以来，随着后现代解构思潮的风靡，更多人文学者试图从不同向度切入，对不确定性的精神内涵予以揭示。

作为解构主义的教父，德里达（Jacques Derrida）致力于瓦解西方人对"中心与边缘"的区分。他这样说道："中心并不存在，中心也不能以在场者的形式去被思考，中心并无自然的场所，中心并非一个固定的地点而是一种功能、一种非场所，而且在这个非场所中符号替换无止境地相互游戏着。"① 既然"中心"只是语言游戏带来的错觉，那么，长期以来被视为中心的确定性意义，也将暴露出稍纵即逝的虚幻面向。

克里斯蒂娃（Julia Kristeva）关注文本的"互文性"（intertexuality）过程，她相信，文本绝不是同质化的实体，而是由不同语言单位连缀、聚合、叠加而成，换言之，"任何文本的建构都是引言的镶嵌组合；任何文本都是对其他文本的吸收与转化"②。如果说，文本是蕴含着诸多异质因素的互文性存在，那么，文本意义便不可能保持完整性和统一性，它是形形色色的意义碎片拼接而成的产物，随着时间的推移和语境的转换而不断改头换面。

罗兰·巴尔特（Roland Barthes）不满于古典阐释学对作者的过分拔高。他宣称，作者并非亘古有之，而只是现代社会的衍生物；同时，作者与语言性文本同时出现（一旦文本产生，作者才真正成其为作者），而并非文本及其意义的唯一所有者。由此，巴尔特将读者引入阐释场域，彰显其在意义生产中的无限潜能："文本由多重写作构成，来自许多文化，进入会话、模仿、争执

---

① ［法］雅克·德里达：《书写与差异》下，张宁译，生活·读书·新知三联书店2001年版，第505页。
② ［法］茱莉娅·克里斯蒂娃：《符号学：符义分析探索集》，史忠义等译，复旦大学出版社2015年版，第87页。

第一章 阐释边界的概念界说和历史谱系

等相互关系。这种多重性集中于一个地方,这个地方就是读者,而不是像迄今所说的,是作者。"① 一旦读者的能动性被充分激活,意义也就不再被作者设置的边界所束缚,而将呈现出游移、增殖、流变的丰富形态。

耶鲁学派在巴尔特的基础上更进一步,旨在发掘"误读"(misreading)的积极意义:"阅读……是一种延迟的、几乎不可能的行为,如果更强调一下的话,那么,阅读总是一种误读。"② 在他们看来,误读不是需要规避的谬误,而是与文本解读相伴相生的一种状态。通过充溢着灵感和洞见的创造性误读,人们才有可能摆脱前辈大师所带来的"影响的焦虑",为自己在语言文字中的辗转腾挪开辟空间。误读之合法性的彰显,说明在文学阅读中不存在关于"正确"或"错误"的绝对标准,相反,一切意义都处于转换与更新的可能性状态,无法被一个恒定的意义中心所限定或把控。

理查德·罗蒂(Richard Rorty)基于新实用主义哲学,试图拆毁确定性意义的思想根基。在他看来,真理——以及蕴含其中的确定性之维——并非不容置疑的律令,而是主体出于实用功利目标所想象或建构之物,或者说,"是我们的信念和愿望形成了我们的真理标准"③。这样,一连串多元、短暂、相对的小写真理,将遮蔽并取代过去被奉为圭臬的、普遍、永恒、绝对的大写真理。在这种偶然性对必然性的僭越中,确定性也将丧失其真理价值,丧失其作为"大叙事"的支配与规约作用。

类似的观点其实不胜枚举,从利奥塔(Jean-Francois Lyotard)

---

① [法]罗兰·巴尔特:《作者之死》,林泰译,载赵毅衡编选《符号学文学论文集》,百花文艺出版社2004年版,第511—512页。
② [美]哈罗德·布鲁姆:《误读图示》,朱立元等译,天津人民出版社2005年版,第1页。
③ [美]理查德·罗蒂:《后哲学文化》,黄勇译,上海译文出版社2004年版,"作者序"第3页。

阐释的边界：一个文学理论关键命题的探究

对"小叙事"的追问，到德勒兹（Gilles Deleuze）对"精神分裂"的崇尚；从福柯（Michel Foucault）对知识的权力话语属性的洞察，到哈桑（Ihab Hassan）对不确定性的"内在化"状态的阐发，都从不同侧面印证了不确定性在当下的难以阻挡。效仿马克思的说法："一个幽灵，不确定性的幽灵，在西方文化中游荡。"

应该说，不确定性在20世纪的风行有其必然性。首先，当代人对文学的独特性有了更深入理解，尤其是晦涩难解的现代派作品，使研究者相信，文学从不是一个均质化的实体，而是蕴含着延展与演绎的丰富空间。其次，随着文学研究由"作者"到"读者"的范式转换，人们注意到，任何文本都无法脱离读者意识而存在，任何阅读说到底都是"一个读者激活或完成文本的过程"①。读者能动精神的彰显，为意义的生长与蔓延敞开了大门。再次，更重要的是，20世纪以来，社会的剧烈变迁，以及各种思潮和运动的层出不穷，使西方思想界成为了一个看不见硝烟的战场。这种充溢着激烈冲突的精神氛围，很容易造成动荡不定的心理体验，造成"社会态度和意识、道德和风俗、敏感性与感受力"②的迅疾变换，从而为不确定性的滋长提供了温床。

诚然，不确定性有着一定的积极意义，在它对多元化和"去中心化"的推崇中，潜藏着对固有社会等级和文化秩序的突破，对公平、宽容与正义的渴求，对不同文化的平等对话的向往。③然而，不确定性在僭越阐释边界的同时，又不断暴露出自身的悖

---

① Gregory Castle, *The Blackwell Guide to Literary Theory*, Oxford: Blackwell, 2007, p. 177.

② [美]文森特·里奇：《20世纪30年代至80年代的美国文学批评》，王顺珠译，北京大学出版社2013年版，第182页。

③ 有学者将不确定性带入对主体存在状态的追问："如果人类没有先定的本质，那么，他们便是无止境的适应与协商的结果。他们的未来，也取决于无止境的交流，以及对个体和群体的可能性视野的挑战与拓展。"这就是说，不确定性并非一场噩梦，而恰恰是"人之为人"的不可缺失的维度，它使主体不再被一些条条框框所约束，而获得多元建构和动态生成的契机。参见 Nicholas Davey, "Gianni Vattimo", *The Blackwell Companion to Hermeneutics*, Niall Keane and Chris Lawn eds., Oxford: Blackwell, 2016, p. 432.

第一章 阐释边界的概念界说和历史谱系

谬与症候,从而为边界的再度浮现埋下了伏笔。从学理层面来看,不确定性作为一种意义话语,在雄辩的表象背后,不免暴露出难以自圆其说之处。譬如,不确定性对意义的支离破碎的执迷,往往使阐释者失去有效的参照标准,造成文本解读的紊乱或失序;又如,不确定性并非一种自足的意义形态,而必须处于一条相对明晰的边界之内,并以对某种确定性框架的认同为必要前提;再者,不确定性如若演绎到极致,则有可能重新陷入僵化的本质主义状态,甚至转化为自己一度嗤之以鼻的大写的"元话语"。不确定性意义观的上述困境,在一定程度上印证了阐释边界的难以磨灭。

更进一步,在不确定性的思想体系中,还蕴藏着值得警醒的文化精神危机。一旦不确定性渗透于当代社会的方方面面,势必使人们失去思考的依据和行动的坐标,失去指引其精神生活的终极归宿。这样,个体也就很容易陷入无止境的空虚、困惑与迷惘,在不断的否定和自我否定中迷失方向。

早在20世纪30年代,精神分析学家卡伦·霍妮(Karen Horney)便注意到不确定性所造成的困扰。在她看来,"焦虑"(anxiety)已成为了当下最严重的病态人格特征;而焦虑产生的关键,就在于生活的暧昧不明和难以把控,使人们被"一种强大的、无法逃避的危险感"[1]牢牢包裹。诺斯洛普·弗莱(Northrop Frye)亦有类似感受,他指出,自现代社会以来,各种事件、观点、潮流、风尚有如走马灯一般变化无端,稍纵即逝,给人以茫然失措的眩晕之感,连带引发了"对于变化的惊恐情绪"[2]。查尔斯·泰勒(Charles Taylor)直言,在眼下这个"世俗时代"(sec-

---

[1] [美]卡伦·霍妮:《我们时代的神经症人格》,冯川译,贵州人民出版社1988年版,第42页。
[2] [加]诺斯洛普·弗莱:《现代百年》,盛宁译,辽宁教育出版社1998年版,第8页。

阐释的边界：一个文学理论关键命题的探究

ular age），不确定性思潮的泛滥，使人们背离了对一切超验之物的信仰，放弃了使生活变得完整、充实的希望，被接踵而至的空虚感和残缺感所笼罩："我们失去了对何处是完满之地的感知，甚至不知道完满可能包含些什么；我们感到已经忘记完满的样子，或再也不能相信完满。但是，缺失的痛楚、丧失的痛楚，依旧在那里，其实，它在某些方面甚至变得更严重了。"① 美国哲学家卡尔（Karen L. Carr）的观点尤为振聋发聩，他观察到，近几十年来，不确定性以及裹挟其中的虚无主义已悄然走向平庸化（banalization），即不再是一种充满威胁的挑战，而是褪去其反叛与变革的思想锋芒，成为了"人类生活的某种普遍状况"②。在此过程中，"任何形式的伦理、宗教或政治变革的可能性都实际上被排除了，现状的永恒性却得到了暗中支持"③。一言以蔽之，不确定性的普遍化或平庸化，所伴随的是人类的能动性和自我意识的衰退，以及对既有的社会权力结构的默认与妥协。由此看来，不确定性对阐释边界的拆毁，释放了人类精神生活的丰富可能性，但也为某些更内在的隐患埋下了伏笔。这样，对阐释边界和确定性意义的诉求，也就在一定程度上成为了迫切需要。

鉴于不确定性在学理和精神层面所面临的困境，一部分人文学者秉持反躬自省的批判态度，试图与各种"非边界"思想展开交锋，由此而重估确定性意义的价值与合法性，并不断对阐释边界加以追问或重构。

意大利学者贝蒂（Emilio Betti）在20世纪60年代对不确定性意义观发难。他指出，伽达默尔以"前见"为核心的阐释学，

---

① ［加］查尔斯·泰勒：《世俗时代》，张容南等译，上海三联书店2016年版，第9—10页。
② ［美］凯伦·L. 卡尔：《虚无主义的平庸化：20世纪对无意义感的回应》，张红军等译，社会科学文献出版社2016年版，第182页。
③ ［美］凯伦·L. 卡尔：《虚无主义的平庸化：20世纪对无意义感的回应》，张红军等译，社会科学文献出版社2016年版，第201页。

第一章 阐释边界的概念界说和历史谱系

掺杂着阐释者个体化的见解或思考,无法"达成与作为精神客观化物（objectivation of mind）的文本所隐含的意义完全符合",①自然也无助于人文科学普遍方法论的建构。贝蒂提出,阐释者应遵循如下四条基本原则:其一,"阐释对象的自主性原则",即文本乃是独立的存在,阐释者在面对文本时,应尊重其本然的构造与属性;其二,"意义融贯性原则",即文本中各意义成分融贯为一,构成稳固的意义有机体;其三,"理解的现实性原则",即充分彰显主体能动性,使客观意义在主体的精神世界中得以重构;其四,"阐释的意义符合原则",即阐释者应坚持自觉的省思态度,尽可能与对象达成精神层面的共振。②贝蒂相信,上述阐释原则的践履,将使意义维持在一个相对稳定的阈限之内,在一定程度上避免相对主义的侵蚀。

美国学者赫希（Eric D. Hirsch）接续贝蒂的思路,对不确定性的潜在隐患予以反思。在其代表作《阐释的有效性》中,赫希逐一批驳三种不确定性主张:一是"激进的历史主义"（radical historicism）,即相信意义随历史演进而不断变化;二是"心理主义"（psychologism）,即认为意义因个体经验和态度的转变而不同;三是"语义自主论"（semantic autonomism）,即认为意义内在于文本之中,故而有可能向读者的多元解读开放。赫希宣称,三种观点的致命误区,在于将文本意义与意义的价值或可能性相混淆,为紧随其后的阐释的"无政府主义"敞开大门。赫希格外关注文学活动中"作者"这一环节。在崇尚"作者隐遁"的背景下,他一反流行趋势,提出了"捍卫作者"的口号。在他看来,

---

① Emilio Betti, "Hermeneutics as the General Methodology of the Geisteswissenschaften", *The Hermeneutic Tradition: From Ast to Ricoeur*, Gayle L. Ormiston and Alan D. Schrift eds., New York: State University of New York Press, 1990, p. 183.

② Emilio Betti, "Hermeneutics as the General Methodology of the Geisteswissenschaften", *The Hermeneutic Tradition: From Ast to Ricoeur*, Gayle L. Ormiston and Alan D. Schrift eds., New York: State University of New York Press, 1990, pp. 164-188.

阐释的边界：一个文学理论关键命题的探究

作者意图充当了"评判阐释之有效性的恰切原则"①，而重构文本中确定性之维的关键，在于通过反复的检验与求证，对作者凝聚于字里行间的原初意义加以探寻。

相较于赫希对作者意图的关注，保罗·利科（Paul Ricoeur）试图将边界问题引入文本领域。利科提出，文本一经诞生，便会带来一种"间距化"（distanciation）效应——即是说，在线性的时间进程中，文本将逐渐脱离作者的把控，它不再被作者的原初意图所束缚，而是以独立的姿态向公众敞开，在读者的释义活动中显现其潜能。至此，一个难题也随之浮现：由于文本是一种缄默不言的存在，从原则上说允许任何人随意进入，那么，如何将读者的自由解读限定在公允、合理、适度的范围之内，而避免造成不必要的谬误或混乱？利科从德文中借来了"占有"（Aneignung/appropriation）这一命题。在他看来，阐释者不应将一己之见强加于文本，而是需要"在文本面前暴露我们自己，并从文本中接受一个放大的自我"②。换言之，阐释者应抛弃其狭隘的主体性，转而以虔敬的态度对待文本，甚至主动被文本"据为己有"。这样，阐释者才会在"物我两忘"的状态下融入文本的意义世界，一方面，勾勒出阐释边界的清晰轮廓，另一方面，又潜移默化地实现对自身主体性的拓展与提升。

另一位不确定性的反思者是安贝托·艾柯（Umberto Eco）。艾柯曾经是不确定性意义观的信徒，在其早期著作《开放的作品》中，他认为，文学文本不是一个闭合的系统，而是具有无限开放的可能性："作者完全可以放心地写作，因为他可以让人自由地演绎他的作品，因为其作品的结局也可以是不确定的，

---

① Eric D. Hirsch, *Validity in Interpretation*, New Haven: Yale University Press, 1967, p. 3.

② ［法］保罗·利科：《诠释学与人文科学：语言、行为、解释文集》，孔明安等译，中国人民大学出版社2012年版，第104页。

第一章 阐释边界的概念界说和历史谱系

是可以摆脱选择而显现出连续的突然性。"① 随着学术思考的深入,艾柯的意义观发生了较大转变。在 1990 年剑桥大学的丹纳讲座上,艾柯直言,不确定性与当代文学理论中流行的"过度阐释"(overinterpretation)关系紧密。过度阐释植根于西方的神秘主义传统,其基本信条在于,任何一望即知的字面意义都无足轻重,更值得关注的,往往是隐藏在语言表象背后的深层次内涵。循此思路,人们将热衷于捕捉文本中扑朔迷离的隐喻或暗示,甚至不惜悖逆文本事实,以牵强附会的方式对意义加以生造。艾柯对这种过度阐释深感怀疑,他强调,阐释所拥有的只是一种有限的开放性,它必须被安置于一条相对明晰的边界之内,而不可以"像水流一样毫无约束地任意'蔓延'"②。进一步,艾柯将"文本意图"(textual intention)指认为建构阐释边界的关键。所谓文本意图,大致相当于文本所蕴含的语言特质和语义规范,它一方面将经验性作者的所思所感具体化,另一方面又召唤读者"按照文本的要求、以文本应该被阅读的方式去阅读文本"③,由此对原初的确定性意义予以揭示。当然,艾柯对文本意图的界定存在着含糊其词之处。但透过其理论言说,不难感受到他将作者、文本、读者等文学要素整合为一,以更具包容性的姿态介入边界问题的尝试。

如果说,贝蒂等人着眼于传统的文学阐释,那么,哈贝马斯(Jürgen Habermas)则将理论视角延展至更复杂的人类生存领域,从主体之间的交互性关系出发,来探究阐释边界的建构之道。哈贝马斯的思考发端于对当代社会中"认知—工具理性"的反拨。

---

① [意]安伯托·艾柯:《开放的作品》,刘儒庭译,新星出版社 2005 年版,第 24 页。
② [意]安贝托·艾柯等:《诠释与过度诠释》,王宇根译,生活·读书·新知三联书店 2005 年版,第 25 页。
③ [意]安贝托·艾柯等:《诠释与过度诠释》,王宇根译,生活·读书·新知三联书店 2005 年版,第 11 页。

阐释的边界：一个文学理论关键命题的探究

在他看来，认知—工具理性"被经验主义深深地打上了现代性自我理解的烙印，具有丰富的自我论断的内涵"①。其必然结果，是人们完全立足于自身的考量或诉求，对本然的文学或文化经验加以粗暴裁断，这很容易造成人文研究中的方法论唯我主义，以及主体与对象、个体与社会、本质主义与相对主义之间激进的二元对立。鉴于此，哈贝马斯将一种"交往理性"（communicative reason）引入阐释实践，以期弥补工具理性的泛滥所造成的缺失。他相信，交往理性不同于观念的强行赋予，而是意味着一个论辩与协商的过程，"它把众多参与者的行为在动机的基础上用充足的理由协调起来"②，其核心目标，在于建构一种普遍的意义规范，从而对阐释的合法性和有效性加以确证。通过对交往理性的探讨，哈贝马斯试图说明，阐释需要被维持在一定的阈限之内，这种阈限的决定因素既非作者意图，亦非语言性文本，而是社会共同体成员在平等状态下所展开的对话、交往和沟通。哈贝马斯的思路，显然为我们对阐释边界的追问提供了更丰富空间。

其实，在现代—后现代的进程中，还有不少理论家投身于对边界问题的考察——从欧文（William Irwin）对"起源性阐释"（urinterpretation）的论证，到居尔（Peter D. Juhl）对阐释中"不兼容性"的反思；从伊格尔顿（Terry Eagleton）对语言的"神圣契约"效应的构想，到皮埃尔·阿多（Pierre Hadot）将确定性与个体"精神修炼"（spiritual exercises）相关联的尝试，皆对此做出过有益的贡献。上述状况表明，通过与不确定性思潮的博弈或交锋，阐释边界已不再是大写的上帝之意，不再是至高的理性精神，不再是吞噬一切差异性而张扬其唯一合法性的意义权威；相

---

① ［德］尤尔根·哈贝马斯：《交往行为理论：行为合理性与社会合理化》，曹卫东译，上海人民出版社2004年版，第10页。
② ［德］尤尔根·哈贝马斯：《交往行为理论：行为合理性与社会合理化》，曹卫东译，上海人民出版社2004年版，第375页。

反，经由不同研究者的建构或言说，阐释边界将分化为数不胜数的小写的理论板块，它们承载着不同的知识积淀和文化期许，在各自的"适用范围"内显现其价值和合法性。这种"去中心化"的理论取向，一方面印证了阐释边界作为一个学术命题的难以磨灭，另一方面，也暗示了阐释边界的弥散性和生长性，以及对种种"非边界"思想的涵纳与吸收。

综上，在西方思想史上，对阐释边界的讨论有着源远流长的脉络。在阐释理论初具雏形的中世纪，阐释边界以神学为底蕴，与对永恒神圣精神的追问休戚相关；在近代，阐释边界受到启蒙理性和浪漫精神的熏陶，一方面被设想为严谨、缜密的科学方法，另一方面，又沾染上了神秘、玄奥的"精神感应"气质；在现代—后现代的进程中，尽管受到不确定性的冲击，但阐释边界并未被彻底湮没，它不再是一个必然、绝对、不容撼动的意义中心，而是基于诸多理论家的言说，以小写、多元、灵活能动的形态显现。以上种种，昭示了阐释边界作为一个文学理论关键命题，所拥有的丰富内涵与广阔生长空间。

第三节　中国文论中的阐释边界

虽然阐释学植根于西方学术语境，但在中国文化中，同样有着"一个漫长的、始终围绕着一套经典文本发展起来的诠释性传统，以及建立在大量品评之上的财富"①。因此，"理解与阐释"同样在中国文论中占有重要地位。在中国古代文论史上，尽管不乏张扬主体能动性的见解，但长期以来，对阐释边界的思考同样未曾断绝。在中国当代文论中，由于伽达默尔本体论阐释学的流行，以及后现代解构主义的强势影响，对碎片化、差异性和流动

---

① 张隆溪:《道与逻各斯：东西方文学阐释学》，冯川译，江苏教育出版社2006年版，"序言"第6页。

阐释的边界：一个文学理论关键命题的探究

性的关注成为时尚，而阐释边界则遭到一定程度上的忽视。然而，常言道"三十年河东，三十年河西"，随着时间的推移，越来越多的研究者开始反思不确定性所造成的虚无主义症候，进而展开对边界问题的持续追问。尤其是2014年以来，伴随"强制阐释论"的提出及其引发的热议，阐释边界更是成为了文学理论中备受瞩目的议题。

一　中国古代文论中的边界问题

中国古代文论的一大标志，在于强调阐释者的自由精神，以及意义在演绎与创生中的无限可能性。刘若愚观察到，古典文论家不那么执着于还原过去，而是致力于超越"此时此地"的有限性，使文学文本"超脱时间而进入超时间的永恒"。[①] 顾明栋更是认为，中国文学批评意味着一种"开放诗学"，它使人们相信，"文学文本并非话语的围栏，只包含特定有限的信息；而是一个阐释空间，由文字符号构建而成，能够产生无限制的诠释"。[②] 纵观古典文论的知识谱系，无论是《周易》中的"言不尽意"，还是汉代董仲舒的"《诗》无达诂"；无论是南宋陆九渊的"六经注我"，还是清代谭献的"作者之用心未必然，而读者之用心何必不然"，[③] 无不强调语言性文本的有限性，以及读者所拥有的介入、想象和创造性发挥的丰富空间。可想而知，在读者张扬其个性，挥洒其灵感，彰显其主观诉求的过程中，文本的原初意义也将被暂且搁置。

尽管对意义的多元性、含蓄性和发散性深有体会，但在古典

---

① ［美］刘若愚：《中国文学理论》，杜国清译，江苏教育出版社2006年版，第229页。
② ［美］顾明栋：《诠释学与开放诗学：中国阅读与书写理论》，陈永国等译，商务印书馆2021年版，第7页。
③ （清）谭献：《复堂词话》，载郭绍虞主编《中国历代文论选》第四册，上海古籍出版社2001年版，第77页。

第一章　阐释边界的概念界说和历史谱系

文论家的心目中，阐释边界依然是一个难以解构的维度。他们在关注文学中咀嚼不尽之韵味的同时，依然试图深入创作者的精神世界，对历史性文本的意义本原予以洞察或复现，从而在一定程度上摆脱相对主义的侵蚀，建构公允、合理、适度的阐释姿态。

早在战国时期，为矫正当时流行的"断章取义"的弊病，孟子提出"以意逆志"的命题。他认为，在解读《诗经》时，阐释者不应揪住个别词句不放，以阻碍对文本中整体意涵的把握；阐释者需要做的，是秉持"将心比心"的态度，以自身之意对创作者的心志、情志或意图加以追溯——正所谓"以意逆志，是为得之"[1]。进一步，孟子宣称，"知人论世"乃是"以意逆志"的必由之路。即是说，阐释者需要采取"设身处地"的方式，对创作者的经历、见闻和背景加以真切领会。这样，阐释者才能与作者为友，充分发掘其蕴藏在字里行间的原初意义——正所谓"是以论其世也。是尚友也"[2]。

到了汉代，相较于今文经学家"六经注我"的自由阐发，古文经学家表现出不同态度："虽然，古文经学家并没有人提出过'《诗》有达诂'的口号，但从他们寸步不离经典原文的阐释态度来看，可以肯定他们决不会同意'《诗》无达诂'的说法，而相信必定有一个毋庸置疑的作品的本义存在。"[3] 由此，古文经学家更多依循"我注六经"的思路，试图通过文字训诂等方式，还原文本生成的历史语境，达成对文本中确定性意义的精确重构。

在魏晋思想中，尽管不乏对"言不尽意"或"得意忘言"的关注，但同样潜藏着向确定性意义回溯的冲动。魏晋士人常常采取"辨名析理"的方法，依凭对概念内涵的澄清，对学理脉络的梳理，如实呈现语言表象背后的观念体系或意义逻辑。简言之，

---

[1] 杨伯峻译注：《孟子译注》，中华书局2010年版，第199页。
[2] 杨伯峻译注：《孟子译注》，中华书局2010年版，第232页。
[3] 周裕锴：《中国古代阐释学研究》，上海人民出版社2003年版，第106页。

阐释的边界：一个文学理论关键命题的探究

"他们一方面认为古代经籍的文字只是寄托圣贤思想的处所（言不尽意），另一方面又相信自己符合逻辑的解释文字可以完整地传达圣贤的言外之意（言尽意）"①。

在唐宋年间，尽管"活参"的阅读方式蔚然成风，但对阐释之有效性或限定性的思考，依然在一定程度上得以延续。一部分研究者承接"知人论世"的传统，建构了一套"本事批评"的文本解读策略。他们相信，诗歌不仅是对史实的记录，同时也是对诗人的生命体验和心路历程的见证，在诗歌文本背后，往往有一个直观、生动的历史事件起到了驱动作用。鉴于此，本事批评的倡导者提出，有必要遵循一条"本事—本意—本义"的思路，"由采集触动情感的'本事'（background）而知道诗人的'本意'（intention），由知道诗人的'本意'而领悟作品的'本义'（meaning）"②。这样，人们才有可能穿透语言文字的层层外壳，揭示出诗歌中秘而不宣的意义本原。

在清代，知识分子有感于才子批评的散漫和随意，及其带来的"不求甚解"的学术风气，主张对意义的客观性和确定性加以重建。在当时盛行的乾嘉考据之学中，人文学者坚持实证性的立场，基于对知识的勘察，对文化背景的梳理，对语言性文本的细致耕犁，尽可能考辨源流，"恢复绝对原始的话语，使解释能够无限地临近于和相似于忠实"③。

在这里，出现了一个引人深思的问题：如果说，意义的客观性和主观性、限定性和开放性、同一性和差异性意味着两条不同的阐释路径，那么，在这两条路径之间又存在着怎样的关系？不少研究者认为，较之当代西方文论中"客观主义"和"相对主义"非此即彼的紧张，在中国古典文论中，对阐释边界的"捍

---

① 周裕锴：《中国古代阐释学研究》，上海人民出版社2003年版，第141页。
② 周裕锴：《中国古代阐释学研究》，上海人民出版社2003年版，第237页。
③ 周裕锴：《中国古代阐释学研究》，上海人民出版社2003年版，第337页。

第一章　阐释边界的概念界说和历史谱系

卫"和"超越"处于更微妙的调和状态。换言之，对意义之多元性和相对性的崇尚，常常被包裹在带有终极关怀色彩的确定性构想之中。有学者发现，在中国阐释学的思想体系中，存在着三个奠基性的理论命题。其一，是"殊途同归"，即如果从较小的语境或视域出发，不同阐释者对文本的解读各有所异，但倘若从更大的语境或视域着眼，这些不同解读又将表现出本质上的同构之处。其二，是"和实生物"，即阐释者的多重解读一方面和谐并存，构成一个统一、通达的意义整体，另一方面又通过复杂的比较与参照，暴露出各自的局限或缺失，使人们以此为契机，来追寻更完满、充实的意义状态。其三，是"自得自足"，即阐释者从文本中发掘出的意义，虽然由于立场、态度和价值观的不同而有所区别，但就作为个体的阐释者而言，这些"地方性"阐释仍将在相对有限的范围内彰显其确定性。[1] 一言以蔽之，在中国阐释学传统中，固然不乏对不确定性的肯定，但始终充溢着对某种永恒不变的终极意义归宿的诉求。正因为如此，"对于任何阐释者来说，他所获得的相对意义同时又是确定的，故而可以成为他本人的意义归宿"[2]。

二　"强制阐释论"与边界问题的再叙

在中国当代文论中，对阐释边界的探讨可谓几经沉浮。由于在20世纪80年代的理论热潮中，学界译介和研究的重点集中于伽达默尔的著作，因此，伽达默尔的本体论阐释学，及其对意义之更迭、流变和创造性生产的关注，成为了占据主导地位的知识话语。

作为最早涉足阐释学的国内学者，张汝伦充分吸收了伽达默尔的思想。他提出，文本解读不同于抽象的理论分析，而是阐释

---

[1] 李清良：《中国阐释学》，湖南师范大学出版社2001年版，第527—548页。
[2] 李清良：《中国阐释学》，湖南师范大学出版社2001年版，第542页。

阐释的边界：一个文学理论关键命题的探究

者主体性和自我意识的投射，因此，理解同时也意味着"一个自我理解的过程"，"必须理解的不仅是文本词句及它们的关系，还有为什么文本对读者有一种要求"。[①] 这就释放了文本意义的无限潜能，使之伴随读者生命体验的更新而呈现出丰富形态。殷鼎同样对本体论阐释学青睐有加。在他看来，意义并无绝对的中心或本原，它只是主体在交互对话和彼此敞开的过程中，逐步建构的一个新的可能性世界："作品的意义世界已不再是作品原有的世界。它新生于两个不同世界的交溶时刻——理解，解释者在理解中，不仅重新规定了他的精神世界，也给作品开拓了作品可能造成的意义世界。"[②] 如此一来，文本的初始性意义自然遭到了不同程度的遮蔽或消解。洪汉鼎断言，当代阐释学包含着两种理论范式。其中，"独断型"阐释学强调阐释的科学性和客观性，致力于探寻历经时间洗礼而不变的意义归宿；"探究型"阐释学相信，"作品的真正意义并不存在于作品本身之中，而是存在于它的不断再现和解释中"[③]，因而表现出更具开放性和包容性的态度。显然，洪汉鼎更认可的是阐释学的"探究型"路径，在他看来，意义并非普遍、永恒、不容撼动的"本质"，而是一种相对、偶然、变动不居的"事件"，它将超越既定法则或规范的约束，在生动的历史进程中获得无尽的生长空间。由上可知，在很长一个时间段，大多数中国学者习惯于跟从伽达默尔的思路，对意义在"突破边界"状态下的生长、弥散和蔓延持充分肯定态度，相较之下，阐释边界作为一个不那么"合乎时宜"的理论命题，则遭到了有意或无意的忽视。

长期以来，由于本体论阐释学的强势，加之后现代解构思潮

[①] 张汝伦：《意义的探究——当代西方释义学》，辽宁人民出版社1986年版，第297页。

[②] 殷鼎：《理解的命运：解释学初论》，生活·读书·新知三联书店1988年版，第92页。

[③] 洪汉鼎：《诠释学——它的历史和当代发展》，人民出版社2001年版，第20页。

第一章　阐释边界的概念界说和历史谱系

的深入人心，对不确定性的讨论在国内显得非常热闹，尽管如此，作为一个学术命题的阐释边界并未被彻底湮没。随着不确定性所暴露的文化虚无主义症候，人文学界对阐释边界重新产生了兴趣，并试图做出拓展性的研究。在此背景下，利科的《阐释学与人文科学》、赫希的《阐释的有效性》、伯恩斯坦（Richard J. Bernstein）的《超越客观主义和相对主义》等涉及确定性问题的作品陆续得到译介；同时，一部分研究者试图从"言必称伽达默尔"的状况中抽身而出，一方面，积极反思"非边界"思想的潜在隐患，另一方面，又基于各自的知识积淀和学术视野，就文学阐释中的边界问题加以审视、开掘与重新发现。

　　张隆溪在《道与逻各斯》中承认，中国阐释学的重要特征，在于对意义之差异性和不可通约性的包容，同时不忘强调，无论在何种情况下，意义的发散与流变都必须处于相对稳定的边界之内，这是因为，"完全是差异而没有任何共同的基础，却会使阐释学变得完全不可能"[①]。周宪的观点与之类似，他指出，当代西方文论中的"读者转向"打破了阐释中的陈规或教条，构造了充满活力的意义景观，但同时，又带来了"极端的相对主义、不确定性和解释自由"，其结果必然是"从根本上解构文学的可交流性与解释的可理解性"[②]。透过其理论言说，不难感受到反思不确定性之弊端，进而重构阐释边界的某种隐性诉求。汪正龙试图对阐释边界的本体构造加以探究，他将文学意义划分为"物理的语言意义"（即所谓"指意"）和"人文的文化意义"（即所谓"蕴意"）两个层面，前者是"文学作品的字面意思或文本客体化内容所呈现的相对确定的意义层面"，体现了某种限定性或规约性；

[①] 张隆溪：《道与逻各斯：东西方文学阐释学》，冯川译，江苏教育出版社 2006 年版，第 31 页。
[②] 周宪：《重心迁移：从作者到读者——20 世纪文学理论范式的转型》，《文艺研究》2010 年第 1 期。

43

阐释的边界：一个文学理论关键命题的探究

后者是"相对于读者的较为含蓄的意蕴、情调或价值以及语言符号意义随情境和个人理解而变化的方面"，体现了某种生长性或扩展性。① 在他看来，蕴意使文本摆脱刻板状态而充满魅力，但又必须以相对稳固的指意为立足根基，这就暗示，"意义的解读首先是一个恢复问题，其次才是一个创造问题"②。应该说，指意和蕴意的相辅相成，昭示了一种将一元与多元、历史与当下、公共与私人等维度融合为一的更复杂边界形态。赵毅衡尝试将边界问题引入符号学领域。他提出了"意图定点"这一有趣的命题，指出在符号文本的传播中，编码者往往基于阅读规范或文化惯例，就意义在何时终止其蔓延，又在何种程度上被作为一个共同体（community）的解码者所接纳，而做出一些最基本的预设或期待。由此，他断言，尽管意义从原则上说拥有无限的衍生潜能，但多半会维持其明晰、稳固的形态，而不会陷入令人无所适从的混乱之中。③ 显然，上述观点从另一个向度丰富了阐释边界的理论内涵。

在中国当代文论中，阐释边界从相对冷清到引发热议的一个关节点，是近年来"强制阐释论"的提出及其产生的广泛影响。2014年，张江发表《强制阐释论》一文，将"强制阐释"指认为西方文论的"基本特征和根本缺陷"之一。他指出，所谓强制阐释，即研究者"背离文本话语，消解文学指征，以前在立场和模式，对文本和文学作符合论者主观意图和结论的阐释"④。大体说来，强制阐释的特征有四：第一，场外征用，即强行将文学场域外的理论资源用于对文学文本的解读与研究；第二，主观预设，即研究者从主观立场出发，强行扭曲、切割文本的原初意

---

① 汪正龙：《文学意义研究》，南京大学出版社2002年版，第5—6页。
② 汪正龙：《文学意义研究》，南京大学出版社2002年版，第62页。
③ 赵毅衡：《意图定点：符号学文化研究中的一个关键问题》，《文艺理论研究》2011年第1期。
④ 张江：《强制阐释论》，《文学评论》2014年第6期。

第一章　阐释边界的概念界说和历史谱系

义；第三，非逻辑证明，即研究者的推演与论证违反逻辑规则，使结论失去依据；第四，混乱的认识路径，即理论建构脱离具体的文本经验，导致认识与实践的倒错。[1] 不难见出，强制阐释是一种颇为粗暴和武断的释义路径，它使阐释者透过某种理论的滤镜来打量周遭世界，对想要忽视的东西视若无睹，又挖空心思从文本中翻找符合其主观意愿的内容，将原本充满变数的文学经验转化为对阐释者先入之见的印证。在张江对强制阐释的反思中，一个最核心的判断，是强制阐释僭越了阐释的边界，使人文研究偏离了稳固的意义根基，陷入天马行空、自说自话的混乱状态。在此背景下，"是否存在阐释的边界""阐释的边界以何种方式存在""如何寻找并构造阐释的边界"等问题也就应运而生，成为了亟待研究者倾注心力的焦点。

作为对强制阐释论的某种延展，张江于 2015—2017 年陆续发表了三篇论文，就文学阐释中的边界问题予以深究。这三篇论文具有理论生长点的意义，成为了国内学界关于阐释边界问题的核心文献。

在《阐释的边界》一文中，张江明确提出，阐释虽然是一种主体行为，但并非自由不羁，相反，"文本阐释的有效性应该约束于一定边界之内，有效边界的规定是评估阐释有效性的重要依据"[2]。他承认，作者的意义世界是一个无限丰富的空间，读者的解读也无法被某些条条框框所限定，同时又强调，作者凝聚于文本之中的意义始终是明确而具体的，正是这种形诸言辞的确定性意义，为阐释提供了再清晰不过的规范与坐标。因此，阐释者有必要遵循作者的表意逻辑，尽可能回归文本的历史语境，"在那个时代的背景和语境下阐释文本的意图"[3]，以达成对阐释边界和

---

[1] 张江：《强制阐释论》，《文学评论》2014 年第 6 期。
[2] 张江：《阐释的边界》，《学术界》2015 年第 9 期。
[3] 张江：《阐释的边界》，《学术界》2015 年第 9 期。

阐释的边界：一个文学理论关键命题的探究

确定性意义的重建。

在《开放与封闭》一文中，张江聚焦于艾柯的两个关键文本——出版于20世纪60年代的《开放的作品》和发表于1990年的关于"过度阐释"的演讲，由此呈现艾柯在学术姿态上的深刻转变，亦即由强调作者表意的模糊性，文本意义的含混性，以及阐释的无限可能性，转向了强调作者表意的规范性，文本意义的相对稳定性，以及阐释在一定程度上的闭合性。张江相信，这种意味深长的转变，不仅折射了艾柯对自身理论立场的反思，同时也暗示，阐释边界始终是意义解读中难以拔除的一个维度，它并非刻板、僵滞的存在，而总是在阐释的封闭性和开放性、意义的确定性和不确定性之间谋求平衡。用他的话来说："文本是自在的，不能否认文本自身所蕴含的有限的确定意义；文本是开放的，不能否认理解者的合理阐释与发挥。确定的意义不能代替开放的理解，理解的开放不能超越合理的规约。"[①]

在《不确定关系的确定性》一文中，张江涉入自然科学领域，试图发掘不确定性意义观的思想底蕴。他观察到，盛行于西方的相对主义乃至虚无主义思潮，从自然科学中的不确定性理念[尤其是海森堡（Werner Heisenberg）的"测不准原理"]中获得精神支撑，将意义的变动性、世界的虚无性，以及真理的建构性指认为一种必然趋势。张江试图证明，在瓦解阐释边界的过程中，人们误读并夸大了科学哲学中的不确定性特质——事实上，在当代自然科学的知识谱系中，主体与客体依然界限清晰，思维与实在始终泾渭分明，在貌似紊乱、无序的思想进路中，同样潜藏着挥之不去的确定性诉求。由此，张江重申阐释边界的合法性："阐释本身是人类理性行为，超越于表层的感性、印象，以及各种各样的非理性范畴，它必须以确定性、真理性追求为己

---

① 张江：《开放与封闭——阐释的边界讨论之一》，《文艺争鸣》2017年第1期。

第一章　阐释边界的概念界说和历史谱系

任,为对自然、社会、人类精神现象的确当理解和认识开辟广阔道路。"①

在张江的带动下,阐释边界浮出人文研究的视域,成为了备受瞩目的热点问题。近些年来,朱立元、周宪、王宁、高建平、姚文放、陶东风、南帆、高小康、傅其林、段吉方等学者从不同向度出发,对文学和文化阐释中的边界问题加以考察。《文艺争鸣》则在 2017 年第 11 期组织了"阐释的边界"专题笔谈,特邀陆扬、赵炎秋、丁国旗、谭好哲、刘方喜、赖大仁等学者,就阐释边界的知识背景、概念内涵、构造方式、演绎形态、内在症候等问题做出了各有侧重的探讨。在此背景下,对阐释边界的追问、反思与重新发现,也就成为了一股不容忽视的,甚至足以同不确定性意义观相抗衡的理论潮流。

在当下中国学界,对阐释边界的研究主要包含如下几条路径。

其一,"强制阐释"与边界的危机:亦即结合强制阐释的内涵与特征,反思其对阐释边界的僭越以及在文学研究中埋下的隐患。

张江提出,强制阐释的最显著标签,在于完全以理论为导向,"执拗地以理论为基准阐释和规整文学"②,而将复杂生动的文本经验弃置不顾。这样的做法,不仅无助于达成阐释的有效性,同时也很容易滋养一种"没有文学的文学理论",使文学研究失去明确的对象和目标,陷入对自身存在依据和学科定位的怀疑。高小康从生物学的"转基因"概念出发,对强制阐释的悖谬之处加以批驳。在他看来,强制阐释背离了阐释所固有的原则,将一些不符合文学属性的知识话语生硬、粗暴地施加于文本,从

---

① 张江:《不确定关系的确定性——阐释的边界讨论之二》,《学术月刊》2017 年第 6 期。
② 张江:《理论中心论——从没有文学的"文学理论"说起》,《文学评论》2016 年第 5 期。

阐释的边界：一个文学理论关键命题的探究

而带来了知识生产的"转基因化"，以及理论言说的空洞、浮泛和"泡沫化"。① 朱斌对此深有同感，他断言，强制阐释对确定性意义的消解，所伴随的是文学理论全方位脱离文学实践的"异化"症候。具体说来，文学理论将"不再来源于文学实践""不再指导文学实践""不再接受文学实践的检验"，而畸变为一种带有自我循环色彩的话语游戏。② 王坤等试图从观念史的向度对强制阐释加以诊断。他们发现，在强制阐释的思维方式中，蕴含着文学研究观念的深刻转变——简言之，人们解读文学，不再是为了洞察真相或关切现实，而只是为了观念的自我指涉、自我生产和自我扩张。在此背景下，文学将抽空其丰沛的审美文化底蕴，降格为研究者印证其理论构想甚至是一孔之见的中性化介质。③ 上述研究，一方面暴露了强制阐释对文学理论的伤害，另一方面又在某种程度上印证了阐释边界在人文学术与文化精神中的不可缺失。

其二，阐释边界的构造因素：亦即着眼于"确定性意义如何产生"这一问题，对促使阐释边界及其规约性形成的文学因素加以探究。

张江对"意图"和"文本"予以特别关注。在《"意图"在不在场》一文中，他宣称，无论当代文论话语如何贬损作者及其权威，意图始终是文学活动中难以忽视的一环，"它决定着文本的质量与价值，影响他者对文本的理解与阐释"④。在《批评的伦理》一文中，他谈道，批评家不应脱离文本经验而肆意发挥，而是应充分重视文本的价值，并尽可能"从文本出发，尊重文本的

---

① 高小康：《理论泡沫化与学科转基因》，《文艺争鸣》2015年第10期。
② 朱斌：《强制阐释与文论异化症》，《文艺争鸣》2015年第9期。
③ 王坤、喻言：《符号的本体意义与文论扩容——兼谈"强制阐释"与"本体阐释"》，《学术研究》2015年第9期。
④ 张江：《"意图"在不在场》，《社会科学战线》2016年第9期。

第一章 阐释边界的概念界说和历史谱系

自在含义……对文本作符合文本意义和书写者意图的说明和阐释"①。上述观点彰显了意图和文本之于阐释边界的建构意义，并得到了张隆溪、高建平、赵炎秋、段吉方、刘毅青、董希文等众多学者的认可与回应。南帆试图从更宏阔的历史语境中发掘阐释边界的形成依据。他这样说道："所有的文学阐释无不依赖特定的理论体系、价值观念、智慧、想象力、理论逻辑和分析技术，这些因素无一不是特定历史时期的产物。"② 因此，历史语境也就起到了类似于过滤器的作用，它使对同一文本的某些解读体现出客观性和合法性，使另一些不那么"经得起考验"的解读淡出公众的视域。相较之下，周宪致力于揭示阐释边界的更复杂面向。他断言，阐释边界并非由单一因素支撑，而毋宁说是"作者、文本、批评家、特定语境、读者反应等多重要素相互作用所形成的协商性产物"③。在阐释实践中，不同文学要素将彰显各自的独特性，编织为一张集公共性与私人性、同一性与差异性、稳定性与变动性于一体的意义网络。韩伟等人试图对周宪的观点加以延伸，他们相信，阐释边界的约束力，来源于作者、文本和读者的交互作用，亦即以文本的意义生产为基点，将创作者和阐释者的历史语境融为一体，做出具有一定开放性的，同时又符合历史和文化之规定性的解读。④ 这种协商性和交互性的思路，显然在一定程度上更新了我们对边界问题的理解。

其三，阐释边界的存在形态：亦即从本体论的视域出发，对阐释边界持存和演绎的最基本状态加以追问。这实际上涉及对阐释边界的内涵、属性和内在规律的理解。

---

① 张江：《批评的伦理》，《求是学刊》2015 年第 5 期。
② 南帆：《作者、读者与阐释的边界》，《社会科学战线》2017 年第 2 期。
③ 周宪：《文学阐释的协商性》，《中国文学批评》2015 年第 2 期。
④ 韩伟、唐圆鑫：《多元视域下阐释的边界约束问题》，《甘肃社会科学》2019 年第 6 期。

阐释的边界：一个文学理论关键命题的探究

　　张江提出，"阐释的边界"不同于"阐释有效的边界"，前者从原则上说可以趋近于无限，而后者则受到公共理性的相对严格的限制。在他看来，阐释者拥有自由解读的权利，但这些形形色色的解读并非全都有效，相反，"只有为公共理性接受的阐释，才为有效阐释，才可能推广和流传，并继续生成新的意义"①。周宪相信，阐释边界在文学解读中真切存在，它使读者的释义实践有所节制，而不致走向泛滥无度。在此基础上，他强调，阐释边界并非铁板一块的实体，而是一种灵活、能动、充满张力的存在："它存在却不僵固，它是想象的却也给文学阐释提供导向，它有自身的定性却又给合理阐释提供新的生长空间。"② 对周宪的观点，不少研究者心有戚戚。赵炎秋认为，文学阐释一方面具有普遍性和可通约性，另一方面又潜藏着作者与作品的角逐，时间与空间的紧张，以及文本内在诸因素的对峙与冲突。以上两个层面的交叠，使阐释边界成为了一种兼具确定性和不确定性的存在。③ 丁国旗承认阐释边界的变动性和生长性，同时强调，这种变动和生长终究要维持在一定的限度之内，切不可落入无章可循的境地。这就好比盲人摸象，尽管限于视野或能力，不同盲人"摸到"（或理解）的东西各有所异，但他们所关注的，毕竟是一个客观存在的共同的"象"（或阐释对象），而不是与"象"风马牛不相及的其他东西。④ 李勇提出，由于阐释者隶属特定的社会共同体，并接受所属共同体的文化规则或意义惯例的引导，因此，阐释不可能恣意妄为，而必然处在一定的界限之内。同时，

---

　　① 张江：《论阐释的有限与无限——从 π 到正态分布的说明》，《探索与争鸣》2019 年第 10 期。
　　② 周宪：《二分路径与居间路径——关于文学研究的一个方法论问题》，《学术界》2015 年第 9 期。
　　③ 赵炎秋：《阐释边界的确定与开放》，《文艺争鸣》2017 年第 11 期。
　　④ 丁国旗：《阐释的"界"线——从盲人摸象谈起》，《文艺争鸣》2017 年第 11 期。

第一章 阐释边界的概念界说和历史谱系

由于共同体的需要、判断或诉求总是随社会发展而变化,因此,阐释边界也并非凝固不变,而是表现出一定的开放性或可变性。①应该说,在关于阐释边界的讨论中,研究者注意到了边界的多层次性,以及蕴含其中的复杂张力结构,这有助于我们超越本质主义的樊篱,对阐释边界做出多元、辩证的考察。

其四,阐释边界的理论延展:亦即在肯定阐释边界的合理性的前提下,就其中衍生出的一系列问题或议题加以更深入的解析。

在《批评的伦理》一文中,张江以边界问题为基点,揭示文学批评家所应当遵守的伦理准则。他宣称,批评家作为有别于业余者的专业人士,其理应背负的道德义务,在于对阐释边界的捍卫,对意义之确定性的探问与追寻。具体说来,"批评应该从文本出发,尊重文本的自在含义,尊重作者的意义表达,对文本作符合文本意义和书写者意图的说明和阐释"②。在《阐释的边界》一文中,张江试图由边界问题涉入对文学经典的思考。他承认,读者的意义构造和价值赋予在经典的形成中有重要意义,同时又强调,经典之所以成为经典,关键在于凝聚其中的某些恒定不变的审美价值和文化底蕴。这就是说,"经典不是因为批评家的批评,更不是因为各路精英的无边界阐释而成为经典"③,其"经典性"(canonicity)的生成需要被安置于一条相对稳定的边界之内。王宁立足于阐释边界,就"过度阐释"和"强制阐释"这两种文本解读的路径予以辨析。在他看来,二者同样是阐释者主体性膨胀的结果,不同在于,过度阐释虽然彰显阐释者的能动性和自我意识,并常常激进地溢出文本的界限,但依然以文本原意为最基本参照;反观强制阐释,

---

① 李勇:《阐释的边界及其可变性》,《学术研究》2016年第1期。
② 张江:《批评的伦理》,《求是学刊》2015年第5期。
③ 张江:《阐释的边界》,《学术界》2015年第9期。

阐释的边界：一个文学理论关键命题的探究

则几乎无视文本中原初意义的存在，"从某个先在的理论概念出发强行对文学文本施以暴力"①，通过对文本的扭曲和附会，以简单粗暴的方式印证阐释者的先入之见。周宪将阐释边界置入思想史的背景下考察。他提出，在"捍卫边界"和"僭越边界"的纠葛中，隐藏着"审美理想论"和"文化政治论"的紧张。其中，前者关注文学的语言形式和审美属性，坚持一种本质主义的立场，"相信文学文本有某种内在的、客观的意义和价值"；后者聚焦于文学背后的政治诉求或文化冲动，坚持一种建构主义的立场，"坚信文本的意义是在话语活动中经由阐释而产生的，因此文本的意义和价值不在于其自身，而在于其持续不断的阐释活动的生产性"。②周宪认为，人文学者不应放大两种立场的对峙与冲突，而应使二者处于"和而不同"的兼容状态。此外，研究者还围绕"主观预设""前置结论""前置立场""场外征用""本体阐释""阐释的冲突"等命题展开讨论，使边界问题得到了更进一步的拓展、充实与更新。

其五，边界视野下的批评实践：亦即以某种"边界意识"为导向，对文学批评中的经典案例或重要论争加以审视、追问和重估。

在关于强制阐释的系列研究中，张江曾论及文学批评中的一些经典案例，如生态批评家对爱伦·坡小说《厄舍老屋的倒塌》的探究，女性主义者对《哈姆雷特》中奥菲利亚形象的解读，詹姆逊（Fredric Jameson）对《聊斋志异》中《鸲鹆》一篇的符号矩阵式分析，以及学界就华兹华斯《独自云游》中"gay"一词所展开的争论，不一而足。其目标，在于证明边界在文本解读中

---

① 王宁：《关于"强制阐释"与"过度阐释"——答张江先生》，《文艺研究》2015年第1期。
② 周宪：《也说"强制阐释"——一个延伸性的回应，并答张江先生》，《文艺研究》2015年第1期。

第一章 阐释边界的概念界说和历史谱系

的确凿存在,以及无视边界在知识话语或文化精神层面所带来的困扰。卢炜聚焦于济慈的长诗《圣阿格尼丝之夜》,概括西方学界对诗中恋爱关系的两种不同理解,提出阐释者需要"从历史的角度为这首诗的文本阐释勾勒出清晰的边界,并试图从中归纳出济慈诗歌文本阐释的一般规律"①,从而尽可能超越"非此即彼"的二元模式,在两种观点的转换与互涉中达成微妙的动态平衡。朱斌基于对阐释边界的认识,对中国当代民族小说中的"第一人称越界叙述"现象予以祛魅。他指出,第一人称越界实质上来自创作者对"限制型视角"的误用,但某些批评家从"民族寓言论"的预设出发,对这种不甚成熟的叙述方式加以过分拔高,将其理解为"强化民族身份认同而为民族代言的一种积极修辞"。②这就消解了阐释的客观有效性,落入了立场前置和观念先行的陷阱。洪治纲关注20世纪90年代以来的"个人化写作",质疑了"集体与个人的紧张""消费文化的侵蚀"以及"欲望本能的压抑与表达"三种关于个人化写作的主流解读。他强调,对某一流派或思潮的理解,同样需要以审慎的方式建构起阐释边界,其要旨,在于"从具体作品出发,让阐释的主体与作品之间构成一种平等的对话关系",唯其如此,阐释才会具备"理性意义上的说服力"。③苏文兰以国产卡通片《大鱼海棠》为蓝本,思考如何将阐释边界内化于中国文化符号的解读,在避免西方理论的把控或"强制"的同时,从中发掘出和合、仁爱、自强不息等富有历史底蕴和时代气息的内涵。④上述研究以文本经验为基点,印证

---

① 卢炜:《〈圣阿格尼丝之夜〉的两种文学解读——兼论济慈诗歌文本阐释的边界》,《外国文学》2017年第3期。

② 朱斌:《第一人称越界叙述与强制阐释——以当代民族小说为例》,《南京师范大学文学院学报》2016年第2期。

③ 洪治纲:《有效阐释的边界——以20世纪90年代的"个人化写作"研究为例》,《探索与争鸣》2020年第6期。

④ 苏文兰:《动画影片〈大鱼海棠〉的文化再生产与阐释边界》,《西南民族大学学报》(人文社会科学版)2020年第6期。

阐释的边界：一个文学理论关键命题的探究

了阐释边界在批评实践中的有效性和参照作用，体现出一定的积极意义。

应该说，在当代中国学界，人们已充分认识到阐释边界的重要性，并形成了一些初步的理论成果，但总体上看，这些研究显得比较零散琐碎，缺乏对边界问题的系统全面的整合性研究。具体说来，一些学者仍习惯于从普遍流行的本体论阐释学出发，将边界简化为有损阐释之开放性的潜在障碍。同时，在考察阐释边界时，研究者的目光大多集中于"文本"和"意图"这两个层面，较少以边界问题为契机，对当代文学理论的总体版图加以审视。此外，由于"强制阐释论"是近年来的一个学术热点，少数研究者出于论文发表或项目申报的考量，试图尽可能利用阐释边界的"热度"。在研究中，他们往往会发起一个关于阐释边界的话题，稍做铺陈之后，便迅速进入自己所熟悉的论域，将原本作为"由头"的边界问题抛诸脑后。这样的做法，在某种程度上不啻一种改头换面的"强制阐释"。当然，上述问题的存在，恰恰为本书的讨论提供了较充分的空间。

综上，在中国文论中，阐释边界同样是难以忽视的维度。在古代，虽不乏"六经注我""诗无达诂""读者自得"等彰显主体能动性的观点，但从孟子的"以意逆志"，到古文经学家的原义考辨；从宋儒的"本事批评"，到清代学人的探微索隐，对阐释边界的关注始终是一条难以断绝的脉络。在当代，由于本体论阐释学和后现代解构精神的流行，"边界意识"遭到了一定程度上的遮蔽。但近十年来，随着"强制阐释论"引起的热议，阐释边界也相应地成为了一个新的学术生长点，研究者基于各自的立场或视域，从不同向度涉入边界问题，共同深化了对意义之限度与可能性的思考。在考察边界问题时，我们不应盲从理论时尚而流于浅薄浮泛，而是有必要发现一些"真问题"，以之为出发点，对阐释边界做出系统、全面、深入的研究。

第一章　阐释边界的概念界说和历史谱系

本章小结

在文学理论中,"阐释的边界"是一个颇具分量的问题,同时也是一个包含着多重头绪或线索,难以用三言两语说清的问题。纵观中西方文论的演进历程,阐释边界充当了一个重要的理论契机,它一方面体现了意义之客观性和确定性的难以磨灭;另一方面也折射了不同学术立场和精神取向的对话、对抗与纠葛,构造了充满活力与可能性的话语场域。

由于阐释边界的复杂内涵,在下文中,我们将从如下几个层面展开研究:首先,通过对不确定性意义观的祛魅,探寻阐释边界的合法性依据和深层次思想动因;其次,以当代文论围绕边界问题的讨论为基点,勾勒阐释边界的建构路径和表现形态,呈现其超越学理层面,在文本解读中所发挥的导向作用;再次,考察阐释边界所带来的,关涉到伦理、价值、文化等问题的更深入思考,以期全方位把握其理论价值和现实关切;最后,在上述讨论中,尽可能将"边界意识"融入对各种概念、观点、学说的观照,发掘阐释边界在当代文论的知识谱系中所具有的反思性和启示意义。

第二章　阐释边界的合法性论证

本章试图从学理层面出发，对阐释边界的合法性加以辨析和确认。如果说，在一个较大的时间跨度内，对确定性意义的追问占据了人文学术的主导；那么，一个不争的事实是，自20世纪下半叶以来，作为对分裂、流变、转瞬即逝的社会生活的回应，德里达、福柯、巴尔特、克里斯蒂娃、利奥塔、德勒兹、布鲁姆（Harold Bloom）、罗蒂、德曼（Paul De Man）等一大批学者竞相从各自的经验和视域出发，对传统的"本质"与"中心"展开不留余地的冲击、撼动和拆解。由此，长期以来作为"元话语"而存在的确定性意义，也便逐渐为各种"去中心化"的不确定性思想所取代。可以说，正是在不确定性的驱动与促发下，文本意义已不再是清晰、单纯、确切无疑的实体，而是更多呈现出模糊、含混、歧义纷呈的暧昧状态。这样，在不少研究者眼中，阐释边界也就不再意味着必然的法则或律令，而是沦落为一种理论的"冗余"或"桎梏"。

尽管不确定性在当下已蔚然成风，但无论如何，阐释边界依然是一个无法被遮蔽的命题。纵观当代文论的话语体系，对阐释边界的"拆解"与"捍卫"常常呈现出意味深长的张力状态。理查德·帕尔默（Richard E. Palmer）观察到，在20世纪以来的人文学术中，固然活跃着强调理解之历史性并致力于消解"客观知识"（objective knowledge）的激进分子；但同样也不乏确定性意义的忠实拥趸,"他们将阐释学视为有效性准则的理论源泉"。①温德尔·哈里斯(Wendell V. Harris)指出,文学研究在20世纪70年代以来出现了两个阵营的分庭抗礼:"一个阵营要么试图证明所有意义都是不确定的,要么设法将语言的意义与语言之外的现实分离开来;另一个阵营则努力表明,意向性意义是如何以足够清晰的方式来传达,以及这样的意义是如何与一个远不止由语言系统所构成的现实相关联。"② 在此背景下,"阐释边界的合法性何在"便成为了一个引人深思的问题。

当然,在大多数情况下,阐释边界的合法性不完全来自理论言说的周密和自成体系,而是与不确定性所面临的真实困境息息相关。具体说来,不确定性一方面通过对边界的破坏而彰显其强大潜能;另一方面又往往以自身的局限或难以自圆其说之处,为阐释边界的存在提供了较为充分的理由。

第一节 不确定性的逻辑困境

在最直观的逻辑论证层面,不确定性暴露出诸多难以摆脱的困境,主要表现有二:其一,是不确定性在开辟阐释之多元空间的同时,又常常造成对规范与共识的遮蔽,从而使阐释者陷入认知的迷津;其二,就根本而言,不确定性依然以确定性为存在前提,甚至无形中将自身转化为一种新的确定性话语,这就极大地消解了不确定性的思想根基。以上种种,无疑在某种程度上暗示了阐释边界的难以祛除。

---

① Richard E. Palmer, *Hermeneutics*: *Interpretation Theory in Schleiermacher*, *Dilthey*, *Heidegger*, *and Gadamer*, Evanston: Northwestern University Press, 1969, p. 65.
② Wendell V. Harris, *Literary Meaning*: *Reclaiming the Study of Literature*, London: Macmillan, 1996, p. 9.

阐释的边界：一个文学理论关键命题的探究

一　不确定性的认知迷津

人文地理学家凯文·林奇（Kevin Lynch）曾谈道，在勘察现代城市时，人们有必要寻找一些具有特殊性和唯一性的"标志物"（landmark），以此在头脑中绘制认知的版图，实现对错综复杂的都市空间的把握。[①] 在文学阐释中，确定性起到了类似于标志物的作用。诚然，确定性并非文本经验的全部，但它所凝聚的却是清晰、明确、自我同一的原则和律令，这就为文本解读提供了不可缺失的参照。可以说，正是在确定性坐标的引导下，阐释者才能以恰切的方式对文本加以开启，而避免在语言文字的丛林中迷失方向。

作为一种风靡当下的意义观，不确定性体现出将所有统一、稳固之物扫荡一空的趋向，为意义的蔓延与流变提供了丰富契机。然而，在不确定性的话语体系中，同样潜藏着严重隐患。以赛亚·伯林断言，人类文化虽充满争议和分歧，但归根结底，却必须以某些颠扑不破的经验或价值为根基："必须有一种共同语言、共同交流以及某种程度的共同价值，否则人类绝无智性可言。一位不能理解别人所言为何的人很难称之为人类；他被定义为反常。"[②] 张隆溪承认，理解产生于事物之间的差异，同时不忘强调，"全是差异而没有任何共同基础，却会使阐释学变得完全不可能"[③]。可见，正是对某些确定性因素的普遍共享，使人类的精神活动获取相对明确的参照与坐标，而不致陷入四顾茫然的窘境。相形之下，不确定性的泛滥，则可能使意义呈现出变幻无常

[①] ［美］凯文·林奇：《城市意象》，方益萍等译，华夏出版社2001年版，第60—63页。

[②] ［英］以赛亚·伯林：《浪漫主义的根源》，吕梁等译，译林出版社2008年版，第143页。

[③] 张隆溪：《道与逻各斯：东西方文学阐释学》，冯川译，江苏教育出版社2006年版，第31页。

第二章 阐释边界的合法性论证

的面貌，这很容易导致规范的瓦解与原则的失落，以及意义解读在一定程度上的失控、失序和无效。弗雷德·多尔迈（Fred Dallmayr）指出，多元论（pluralism）发展到极端，便会赋予每一意义单元以自我封闭的独一性，如此一来，所有的共识或一致都将难以达成，而阐释也将丧失赖以维系的依据和支撑。[①] 借助广为流传的童话《灰姑娘》，赫希强调，如果将"灰姑娘"比作阐释者开启文本的手段或策略，将"水晶鞋"比作客观的确定性意义，那么，正如王子没有水晶鞋的提示便无法找到恋人，倘若失去了确定性的引导，阐释者便压根儿不知道应当以何种姿态展开阐释活动。因此，赫希这样说道："确定性，首先便意味着自我的同一性。……倘若没有这种确定性的话，无论是交流还是阐释的有效性都将不复存在。"[②]

更发人深省的，则是克尔凯郭尔（Soren Kierkegaard）讲述的如下寓言：

> 想像有某一国度。一道皇家敕令向所有官吏和所有臣民——简而言之，向一切人等颁布下去。一种显著的变化传布于所有的人身上，他们都成了阐释者，官吏们成了作者。每一个神圣的日子都会出现一种新的阐释，比前一种更渊博，更敏锐，更高雅，也更深刻，更新颖，更奇妙，更迷人。……一切都成为阐释——却没有一个人按照敕令行动为目标来阅读敕令。而且，不仅仅一切都变成了阐释，同时确定严肃性的标准也被更改。忙于阐释成为真正重大的事体。[③]

[①] Fred Dallmayr, *Integral Pluralism: Beyond Culture Wars*, Lexington, KY: The University Press of Kentucky, 2010, p. 7.

[②] Eric D. Hirsch, *Validity in Interpretation*, New Haven: Yale University Press, 1967, p. 45.

[③] ［丹麦］克尔恺郭尔：《克尔恺郭尔哲学寓言集》，杨玉功编译，商务印书馆2000年版，第24页。

阐释的边界：一个文学理论关键命题的探究

当所有人都有机会充当阐释者时，一切的阐释都将不再生效，因为人们已迷失于纷乱驳杂的私语言说，而找不到明辨是非曲直的稳固标准。由此看来，不确定性固然使人们获得了掌控文本的充分自由，但同时也剥夺了阐释中必不可缺的"意义坐标"。随之而来的，势必是理解的偏狭和盲目，以及众声喧哗的一片混乱。于是，我们也便不难理解，为什么对阐释者而言，一方面正视不确定性的积极效用，另一方面又尽可能保持认知的"边界意识"，将会是一种合乎情理的选择。

此外，在面对所谓"阐释的冲突"（conflicts of interpretation）时，不确定性的认知局限和逻辑困境表现得格外明显。阐释的冲突一说由保罗·利科提出，意即在文学阐释中，不存在大写的"普遍阐释学"（General Hermeneutics）或放之四海而皆准的阐释规则，"而只存在关于解释规则的区别的和对立的理论"。[①] 在具体的阐释实践中，阐释的冲突表现为不同阐释者以不同方式介入文本所得出的相互冲突的答案，这些答案彼此之间难以兼容，然而又都能从文本中找到几乎同等分量的佐证。如哈姆雷特既可被认为是真疯，亦可被认为是装疯；"荒原"既可被认为是暗藏希望，亦可被认为是全然绝望；华兹华斯笔下的"露西"既可被认为是与世长辞，亦可被认为是永世长存，等等。在不确定性的拥趸眼中，阐释的冲突是阐释的本然属性，亦是文学研究富于魅力和包容性的明证。[②] 但这样的思维方式存在着逻辑上的疑点："说一部作品的意义既是 x，同时又不是 x 而是 y，这种说法既不可能

---

① ［法］保罗·利科：《弗洛伊德与哲学：论解释》，汪堂家等译，浙江大学出版社 2017 年版，第 22 页。

② 如马戈利斯（Joseph Margolis）等人便相信，批判性阐释的要点在于"对各有所异以及貌似彼此龃龉的设想的包容"。参见 Joseph Margolis, "Robust Relativism", *Intention and Interpretation*, Gary Iseminger ed., Philadelphia: Temple University Press, 1992, p. 41。

第二章 阐释边界的合法性论证

是合理的，也不可能是正确的。"[1] 换言之，截然对立的阐释不可能真正和谐共存，阐释者必须在其中做出相对有据可凭的选择。在不确定性遭遇"瓶颈"的情况下，对意义之客观确定性的把握便显得至关重要。正是确定性的在场，使人们有可能建构起阐释的基本规则体系，进而从互不相容的阐释中提炼出更为恰切、合理的选项。鉴于此，有学者强调，尽管"文本原意"在今天似乎已饱受争议，但无论如何，"'原意'在理解与解释过程中总是或隐或显地起着不可忽视的作用"[2]。当然，阐释的冲突是文学阐释中一个颇为复杂的问题，在后文中，我们还将从不同侧面对该问题加以探究。

二 不确定性的自我消解

不确定性不仅使阐释者误入认知迷津，同时，还将暴露出更深层次的逻辑悖谬。如前所述，不确定性的要旨，在于对阐释边界的合法性加以撤销。但值得注意的是，在具体的阐释实践中，"边界"与"非边界"又并非截然对立，而是呈现出复杂的共生关系。在很多时候，不确定性非但未能将阐释边界彻底祛除，反倒以不同方式，在不同程度上暗示了边界的合乎情理。如此一来，不确定性将褪去其"颠覆"与"反叛"的激进面纱，而转向对自身思想底蕴和哲性根基的消解。

首先，在具体的文本经验中，不确定性和确定性二者常常处于纠结、交缠、渗透、融合的状态。换言之，不确定性和确定性实乃"一枚硬币的两面"，任何被判定为具有不确定性的意义体系，其实都蕴含着难以消除的确定性因素。卡勒（Jonathan Culler）曾这样说道："我们有各种不同的意义，但有一点可以说是

---

[1] Peter D. Juhl, *Interpretation: An Essay in the Philosophy of Literary Criticism*, Princeton: Princeton University Press, 1980, p. 202.
[2] 潘德荣：《西方诠释学史》，北京大学出版社2016年版，第9页。

阐释的边界：一个文学理论关键命题的探究

具有普遍意义的，那就是意义的基础是区别。"[1] 诚然，不同语言单位的意义由于区别而彰显，但必须承认，倘若文本中只有"区别"而不存在"同一"的话，那么，对文本意义（甚至是意义之不确定性）的理解便根本无法达成。艾布拉姆斯（M. H. Abrams）对此有更直白的说明："作为批评多元论者，我同意认为对《李尔王》这部戏剧有着种种不同理性阐释（尽管恰当与否有所分别）这一观点，不过我要说，我非常清楚地知道李尔王说'请解开这颗扣子'时他的意思是什么。"[2] 言下之意是，意义包含着复杂的多层次性，文本意义在总体上的不确定性，并不会妨碍人们对语词、句子、段落等基本的意义单位加以理解；同时，正是对这些基本意义单位的把握，成为了人们就文本意义展开多元化解读的先决条件。南帆同样强调，德里达的"延异"（différance）命题虽不无道理，但更多是一种发生于"文化真空"中的实验："如果飘浮在真空中，'给我一杯茶'这句话的确意义不明，但是回到凡间，我们坐在一起，谁都知道是什么意思。"[3] 缘何如此？因为在现实的语言经验中，存在着一些可以被普遍分有和理解的确定性因素，它们使信息的发送者（编码者）和信息的接收者（解码者）可以就意义之边界达成一定程度上的认同。更进一步，从某种意义上说，不确定性本身便是确定性的一种表现——当我们强调阐释的"不确定性"时，恰恰是在对某种意义状态做出相对明确的指认。正因如此，迈克尔·克劳斯（Michael Krausz）才会指出，不确定性和确定性只有程度的不同，而不存在实质性的区别："我们最好说，一种意义或多或少具有确定性，而不是

---

[1] ［美］乔纳森·卡勒：《文学理论入门》，李平译，译林出版社2008年版，第59页。

[2] ［美］M. H. 艾布拉姆斯：《以文行事：艾布拉姆斯精选集》，赵毅衡等译，译林出版社2010年版，第228页。

[3] 张江、贾平凹、南帆、张清华：《意图的奥秘——关于文本与意图关系的讨论》，《文艺争鸣》2018年第3期。

第二章 阐释边界的合法性论证

说它是确定或不确定的。确定和不确定应被理解为比较性的而非绝对的。"①

其次，不确定性并非处于纯粹的"悬空"状态，而是存在于一个确定性的总体框架之中。卡勒坦言，人们之所以能够对同一文本加以多重解读，"恰恰是因为我们认定统一的见解是可能的，而任何不同的见解都具有可以认识的基础"②。杰拉德·格拉夫宣称，任何不确定性状态都是局部和有限的，都无法脱离一个"确定性的先验背景"（prior background of determinacy）而独立存在。③ 曼弗雷德·弗拉克（Manfred Frank）承认阐释中差异和分歧的在所难免，但同时强调，一切的差异或分歧都必须具备一个"共同的交往基础"，"只有在这个交往基础上，不同的立场才能够作为对同样一个事物的互有冲突的诠释相互抗争"。④ 由此看来，不确定性尽管充满变数，但始终以确定性的在场为前提，唯有在确定性的支撑下，不确定性所蕴含的多元、差异、分裂、流变、游离、碎片化等特质才可能充分显现。在文艺作品中，常常出现一些隐晦难解的意象，如贝克特笔下的"戈多"，电影《公民凯恩》中的"玫瑰花蕾"，扬·凡·爱克《使节》中颇具超现实色彩的骷髅，不一而足。这些意象诱发了各有所异的解读，从而成为了制造不确定性的重要契机。但在具体的阐释实践中，我们必须为上述意象设置一个大致明晰的意义范围——如戈多意指一种期许之物，玫瑰花蕾暗示逝去的纯真和欢乐，骷髅则是关于

---

① Michael Krausz, "Intention and Interpretation: Hirsch and Margolis", *Intention and Interpretation*, Gary Iseminger ed., Philadelphia: Temple University Press, 1992, p. 156.
② ［美］乔纳森·卡勒：《结构主义诗学》，盛宁译，中国社会科学出版社 1991 年版，第 374 页。
③ Gerald Graff, "Determinacy / Indeterminacy", *Critical Terms for Literary Study*, Frank Lentricchia and Thomas McLaug eds., Chicago: University of Chicago Press, 1990, p. 175.
④ ［德］弗拉克：《理解的界限——利奥塔和哈贝马斯的精神对话》，先刚译，华夏出版社 2003 年版，第 124 页。

63

阐释的边界：一个文学理论关键命题的探究

死亡的不祥预兆，等等。唯有在把握这一意义范围的基础上，人们才有机会就相关意象展开或顺应、或抗拒、或扭曲变形、或极端夸张的多元化阐发。另一个与此相关的问题，是文学语言中的"空白"（blanks）。所谓空白，即"文学作品中所存在的语言空缺、叙述的中断和叙事要素的缺席等断裂与不连贯性"[①]。正是在空白的召唤下，读者才会调动各自的想象力来"填补空白"，由此衍生出纷纭多样的解读。然而，空白之所以成其为空白，是因为它始终处在一个确定性的意义结构之中，倘若作品中只有空白而没有任何确切无疑之物的话，那么，连作品的存在理由恐怕也要打上问号。[②] 至此，不难得出结论，不确定性（及其对阐释边界的反叛）依然以边界所凝聚的确定性意志为前提。这样，从逻辑上看，不确定性的崇尚者对确定性的全然否弃，就颇有些"登楼弃梯"的荒诞意味。

再次，值得关注的是，不确定性非但未能将确定性彻底根除，反倒于无形中将自身演绎为一种确定性的知识话语。诚然，不确定性在一定程度上动摇了凝固的意义秩序，有助于阐释者摆脱机械的认知定式或形而上的抽象迷思。但无法否认，在不确定性的话语体系中，依旧潜藏着确定性的思维方式和实践路径。简言之，即使是不确定性的最狂热拥护者，实际上同样希望自己的观点被置于一定的限度之内，进而以相对确凿、明晰、稳定的形态为大多数人所接受。更值得玩味的是，不确定性一旦发展到极端，又习惯于将自身建构为一种不容辩驳的"元话语"或意义中心，而遮蔽不同观点或见解的生长空间。多尔迈

---

① 汪正龙：《文学语言的空白结构和意义生成》，《文艺理论研究》2005 年第 2 期。
② 如陶渊明《饮酒》中的佳句"此中有真意，欲辨已忘言"通过内容的省略而制造了空白。围绕何为抒情主体所领悟的"真意"，不同赏析者各抒己见，难有定论。但谁也无法否认，诗中的空白（及其带来的不确定性效应）需要以某种确定性——即"真意"的确凿存在——为逻辑前提。如果没有"真意"而只是"忘言"的话，那么整首诗的抒情氛围将荡然无存。

第二章 阐释边界的合法性论证

对此深有感触,他强调,多元主义意义观的一大悖论是,它总是将"差异"(difference)、"他性"(otherness)、"异质性"(heterogeneity)、"断裂"(rupture)等奉为圭臬,其理论宗旨却时常被演绎为一些牢不可破的教义或信条。① 艾布拉姆斯提出,解构批评家所面临的最大危机,是他们的解构策略极有可能沦为一种刻板、生硬的模式或套路:"不管新阅读的路线走得如何惊人,我都无法看出,在移用到文学批评上时,德里达的反哲学策略究竟如何能避免将文学作品的多样性化约为具有一个不变情节的寓言性叙事。"② 塞尔(John R. Searle)尖锐地指出,德里达在贩卖自己的观点时,所采取的是一种"从惊世骇俗到平平无奇再到惊世骇俗"(from the exciting to the banal and back again)的伎俩。在一开始,德里达往往会抛出一些极具震撼性的论点(如"意义是悬而未决的"便是一例);一旦这些论点遭受质疑,德里达又会用一些陈词滥调来对其加以解释(如自己强调意义的悬而未决,其实是想让人们考虑到误解和分歧的可能性);一旦人们被这些陈词滥调说服,德里达便会若无其事地宣称人们认可了他原本的惊人之语。③ 之所以如此耗费心思,不外乎是想让自己的不确定性理念被公众亦步亦趋地全盘接受。从根本上看,德里达等人其实颠倒了"确定性"和"不确定性"的二元对立,他们将确定性赶下神坛,同时又赋予自己的不确定性主张以至高的权威地位。这也就解释了为何他们一方面倡导阐释的开放性、包容性与变动性,另一方面又会因一些哪怕是稍微偏离其原意的见解而

---

① Fred Dallmayr, *Integral Pluralism: Beyond Culture Wars*, Lexington, KY: The University Press of Kentucky, 2010, p. 7.

② [美] M. H. 艾布拉姆斯:《以文行事:艾布拉姆斯精选集》,赵毅衡等译,译林出版社2010年版,第301页。

③ John R. Searle, "Literary Theory and Its Discontents", *Theory's Empire: An Anthology of Dissent*, Daphne Patai and Will Corral eds., New York: Columbia University Press, 2005, pp. 172 – 173.

阐释的边界：一个文学理论关键命题的探究

倍感焦虑。

综上，在逻辑论证层面，不确定性暴露出显而易见的问题：应当承认，不确定性打破了边界的束缚，彰显了阐释者的能动性和创造精神，但又导致了"坐标"和秩序的失落，使阐释者落入认知的迷津；更进一步，不确定性带来了意义的游移、流变和蔓延，同时又吸纳了确定性的精神取向和话语策略，从而于不动声色中将自己拉回了边界的统摄范围。正因为如此，让－伊夫·塔迪埃（Jean-Yves Tadié）认为，对意义之确定性的怀疑实质上属于"信仰行为"，它更多作为一种理论的虚设而存在。① 理查德·沃林（Richard Wolin）则更直白地指出，在德里达及其不确定性思想中，蕴含着根深蒂固的悖谬，那便是"超越形而上学的历史的必要性和与此同时实际地'超越'的不可能性"②。

第二节 "视角"与"谬误的视角"

在认知心理层面，不确定性的盛行与人们对"视角"（perspective）③的迷恋紧密相关。其实，从生物社会学的角度来看，对确定性状态的追求早已铭刻在人类的基因链上。在生产活动、配偶选择、日常作息、人际关系等诸多方面，确定性都起到了重要的参照作用。④ 如此一来，令人疑惑的便是，为何并非出自本

---

① ［法］让－伊夫·塔迪埃：《20世纪的文学批评》，史忠义译，百花文艺出版社1998年版，第320页。

② ［美］理查德·沃林：《文化批评的观念：法兰克福学派、存在主义和后结构主义》，商务印书馆2000年版，第286页。

③ 在英文中，类似的说法还包括viewpoint, standpoint, attitude, angle of vision, point of sight, 等等。

④ 如社会学家郑也夫便提出，在人类文明中，个体的"利他"行为取决于亲缘关系的确定与否。具体而言，母爱之所以常常超过父爱，是因为相较于父子关系，母子关系具有更大的确定性，这就决定了母亲可以无所保留地将情感倾注在后代身上。参见郑也夫《神似祖先》，中国发展出版社2018年版，第58—59页。

能的不确定性在当下会呈现出泛滥之势？对此，赫希做出了较深入的思考。在他看来，不确定性之所以在文学阐释中大行其道，是因为"所有人都从自己的视角来看待文学，并通过自己的价值与联想体系（system of values and associations）对文学予以情感上的回应"①。进而言之，正是视角所蕴含的独特心理效果，造成了文化相对主义（cultural relativism）、历史相对主义（historical relativism）以及方法论相对主义（methodological relativism）在人文学术中的弥漫。从总体上看，视角一方面开辟了阐释的多元空间，印证了不确定性的强大潜能；另一方面又常常暴露出不容回避的症候，从而暗示了对阐释边界加以重构的必要。

一 "视角"与不确定性的生成

从词源学考察，perspective 一词可追溯至中世纪的拉丁语 perspectiva，其初始义为"光学"（optics），后逐渐被赋予"看法""远景""场景""洞察力"等内涵。② 在艺术理论中，perspective 常常译作"透视法"，主要表示"在平面或几乎扁平的表面上表现三维物体或某个空间体积的绘画方法"。③ 将视角引入阐释学领域的重要人物，是启蒙时代的神学家和历史学家克拉登尼乌斯。在启蒙精神的感召下，克拉登尼乌斯一方面对象征着"绝对理性"的原初意义推崇备至，另一方面又关注作为理性主体的阐释者在意义生成中的自主性和独立性。由此，克拉登尼乌斯试图使视角与意义解读的更具体情境联系起来："我们将视角这一术语

---

① Eric D. Hirsch, *The Aims of Interpretation*, Chicago: University of Chicago Press, 1976, p. 36.

② Philip Babcock Gove and the Merriam-Webster Editorial Staff, eds., *Webster's Third New International Dictionary of the English Language Unabridged*, Springfield: G. & Merriam Company, 1961, p. 1687.

③ ［英］爱德华·露西-史密斯：《艺术词典》，殷企平等译，生活·读书·新知三联书店 2005 年版，第 154 页。

阐释的边界：一个文学理论关键命题的探究

指认为那些由我们的精神、身体以及整个人所支配的状况，这些状况使我们以一种方式而不是另一种方式对事物加以构想。"① 所谓视角，即阐释者受制于各自的姿态、位置、立场或境遇，以各有所异的方式介入或观照对象，由此产生的多元化、差异性、各具特色的理解和认知。这就好比，当不同人置身于不同立场，带着不同态度或倾向性来观察同一场战争时，其观察结果必然是大不相同。

通过对视角内涵的拓展，克拉登尼乌斯强调了阐释所难以摆脱的历史文化给定性。在他看来，意义绝非悬浮于真空之中，而总是在阐释者的个体性视角中生成和显现。上述思路深刻影响了以赫尔德（Johann G. Herder）为代表的浪漫主义哲学家。② 当然，克拉登尼乌斯始终相信，视角的存在无损于共识和同一性的最终达成："当然，对同一事件的所有真实描述的某些部分必然是相互一致的，这是因为，我们依然就人类的认知原则保持一致，即使我们发现自己面临不同境况，并且以不同方式对事件的某些部分加以感知。"③ 这就有别于后世尼采（Friedrich Nietzsche）等人对视角的极端化和绝对化处理。

---

① Johann Martin Chladenius, "On the Interpretation of Historical Books and Accounts", *The Hermeneutics Reader*: *Texts of the German Tradition from Enlightenment to the Present*, Kurt Mueller-Vollmer ed., New York: The Continuum Publishing Company, 1985, p. 66.

② 在克拉登尼乌斯的启示下，赫尔德摒弃了启蒙理性所统摄的宏大历史叙事，转而对不同历史形态、文化传统和民族精神的特殊性加以观照。在他看来，"在历史维度方面的每一个时代，在地理维度方面的每一个民族，都潜在地具有人的尊严：存在的并不是唯一的文明，而是诸种文明，它们每一个都是观察人的丰富意义的独特观点和独特角度"。由此，赫尔德提出，面对丰富多样的历史、文化、艺术和人性，"解释学应当发展一种理解力，它也是多种多样的，不能归结为任何总和"。这种对唯一的绝对意义的拒斥，以及对阐释之差异性、情境性和动态生成特质的肯定，体现出对克拉登尼乌斯"视角"理论的某种承继。参见［比］B.斯特万《解释学的两个来源》，王炳文译，《哲学译丛》1990年第3期。

③ Johann Martin Chladenius, "On the Interpretation of Historical Books and Accounts", *The Hermeneutics Reader*: *Texts of the German Tradition from Enlightenment to the Present*, Kurt Mueller-Vollmer ed., New York: The Continuum Publishing Company, 1985, p. 66.

第二章　阐释边界的合法性论证

在克拉登尼乌斯的基础上，尼采对视角问题做出了更深入思考。正是他对视角的创造性重释，以及对一种"视角主义"（perspectivism，又译为"透视主义"）意义观的建构，使不确定性成为了一种普遍的当下经验。对尼采而言，视角具有不同寻常的意义。在《善恶的彼岸》中，他将视角所呈现之物视为"一切生命的基本条件"①。在遗稿《权力意志》中，他更是明确提出，视角主义意味着这样一种态度，即笃信"世界是可以不同地解说的，它没有什么隐含的意义，而是具有无数的意义"②。当然，尼采对视角的理解与克拉登尼乌斯有本质性的区别。前文已述，克拉登尼乌斯相信，拥有不同视角的个体依然有可能实现对客观意义的揭示。换言之，尽管"横看成岭侧成峰，远近高低各不同"，但只要我们详加观察、反复比较，终究会把握对象的真实形态。作为后现代思潮的引领者，尼采试图将视角同自己对生命的哲性思考相结合："我们的需要就是解释世界的需要：我们的欲望及其赞成和反对。每一种欲望都是一种支配欲，都有自己的透视角度，都想把自己的透视角度当作规范强加给其他欲望。"③ 在他看来，世界并不是一个井然有序的整体，而是始终处于混乱、无序、躁动的状态，各种权力意志（will to power）在其中奔涌。每一种意志都代表着一种能动性（agency），每一种意志都在与其他意志竞争，激烈地争夺着主导权。尼采发现，视角实质上是权力意志的一种外化或显现，每一个体都以自己的视角来审视外部世界，试图建构一种权威的知识体系，从而彰显自身的力量。但事实上，由于任何视角都携带着认知的局限或"盲区"，因此，不存在一个客观、完整、稳固的意义中心——我们所能找到的，只

---

① ［德］尼采：《善恶的彼岸》，赵千帆译，商务印书馆2015年版，第5页。
② ［德］尼采：《权力意志——1885—1889年遗稿》上卷，孙周兴译，商务印书馆2007年版，第362—363页。
③ ［德］尼采：《权力意志——1885—1889年遗稿》上卷，孙周兴译，商务印书馆2007年版，第363页。

阐释的边界：一个文学理论关键命题的探究

是不同个体基于特殊视角所做出的驳杂多元的理解。

以视角问题为契机，尼采展开了对真理（truth）之合法性的强烈质疑。他一再强调，我们身处其中的世界并非确凿无疑的事实，而只是某种不断生成流变之物，某种"常新地推移的虚假性"，"它决不能接近于真理：因为——并没有什么'真理'"。[①] 需要注意的是，尼采对视角的理解与我们的惯常之见有所不同。他想要强调的，不是视角使人们从同一真理事实中切割出不同片断，而是压根儿便不存在一个客观、绝对、放诸四海而皆准的普遍真理。所谓的"真理"，不过是人们的本质力量的有限呈现，不过是个体透过特定视角所生产或建构之物。这就对应了尼采的著名论断："恰恰没有事实，而只有阐释。"[②] 对尼采借助视角以消解真理的尝试，美国学者唐纳德·克罗斯比（Donald A. Crosby）有更充分的理解："真理完全是相对的，它只是这种或那种视角的造物，并且完全内在于这种视角中。某一种视角所表达的，对某一种意志或能量中心而言都是真的；于是，就像存在很多视角那样，存在很多真理。"[③] 不难见出，尼采对客观性与确定性的激进反叛，以及基于视角而形成的多元化真理观，在一定程度上呼应了当前这个"后真相时代"（post-truth era）的特质。[④]

[①] ［德］尼采：《权力意志——1885—1889年遗稿》上卷，孙周兴译，商务印书馆2007年版，第135页。

[②] ［德］尼采：《权力意志——1885—1889年遗稿》上卷，孙周兴译，商务印书馆2007年版，第362页。

[③] ［美］唐纳德·A. 克罗斯比：《荒诞的幽灵——现代虚无主义的根源与批判》，张红军译，社会科学文献出版社2020年版，第27页。

[④] 有学者提出，在今天，所谓"真相"（truth）已不再是不容动摇、无懈可击的事实。相反，大部分真相其实是一种"竞争性真相"（competing truth），这些真相一经出现，便处于一个错综复杂的"力场"之中，由不同个体在不同需求下建构为各有所异的形态。这种对真相的相对主义解读，无疑与尼采对视角的演绎形成了契合。参见［英］赫克托·麦克唐纳《后真相时代》，刘清山译，民主与建设出版社2019年版。

第二章 阐释边界的合法性论证

基于对视角的独到阐释，尼采对胡塞尔（Edmund Husserl）、海德格尔、梅洛－庞蒂（Maurice Merleau-Ponty）、伽达默尔、巴塔耶（Georges Bataille）、福柯、德里达、德勒兹等一大批欧陆思想家产生了深刻影响。这种影响在阐释学领域的最集中表现，则是对一种"视角主义"传统的开创与建构。作为20世纪下半叶最重要的哲学思潮，视角主义的要旨，在于摒弃本质主义视域内超验性、单向度、永恒不变的意义中心，转而相信，阐释者可以从多种并行不悖的观念体系和价值预期出发，对同一对象加以个体化、多向度、变动不居的解读和认知。有学者认为，在具体的意义解读中，视角主义遵循了如下操作步骤：其一，是消解客体和存在的合法性，将其还原为"视角的客体"和"为我的存在"，以此强调世界的主观性和情境性；其二，是废黜主体的稳定身份，否认在阐释中存在着一个"理论上无所不知的观察者"，逐步达成对阐释主体的去本质化与非中心化；其三，是聚焦于"视角的多面化、意义的多重性和解释的多元性"，最终呈现出蕴含着多重进路与可能性的，难以被某种阐释权威所垄断的开放的意义状态。[1]

可以说，正是视角主义推动了不确定性对人文学术的强势渗透。保罗·拉比诺（Paul Rabinow）和威廉·沙利文（William Sullivan）于1987年提出，在过去十年中，人文研究领域出现了一次"阐释的转向"（the interpretive turn）。阐释的转向的一个关节点，在于摆脱科学研究中貌似超然、冷峻、公允无私的姿态，坚持从研究者所处的情境（situation）出发来理解整个世界："这种情境始终具有历史性、道德性与政治性。它不仅提供了研究的起点，同时为理解本身的使命提供了出发点和目标。"[2] 在阐释的

---

[1] 王治河：《视角主义》，载王治河主编《后现代主义辞典》，中央编译出版社2003年版，第569—572页。

[2] Paul Rabinow and William M. Sullivan, "The Interpretive Turn: A Second Look", *Interpretive Social Science: A Second Look*, Paul Rabinow and William M. Sullivan eds., Berkeley and Los Angeles: University of California Press, 1987, p. 21.

阐释的边界：一个文学理论关键命题的探究

转向中，人们逐渐意识到，一切认识都不可能做到纯粹中立，其中势必包含着复杂的情境性因素，以及由此所带来的独特视角和个性化解读。这样，科学主义对客观确定性的执着将难以为继，而阐释的差异性、多元性、相对性和不可通约性（incommensurability）则无法避免。阐释的转向为不确定性的兴起敞开了大门，而在这场意味深长的转向中，我们不难感受到一种视角主义的思想轨迹。

二 "谬误的视角"与确定性的重构

在当代人文学术场域，对视角的关注体现出一定的积极意义，它促使人们对自身的有限性状况加以体认，并由此形成一种更具批判性的研究视域。通过对视角的认识，我们将逐渐发现，所谓"知识"（knowledge）其实是一种基于视角所做出的阐释，其中裹挟着主体所独有的遭际、经验、情趣、禀赋、选择和价值判断。如此一来，我们将打破科学主义所编造的种种"大叙事"，对任何看似绝对、普遍、不容置疑之物投以怀疑目光。但必须注意，视角在召唤不确定性并激发批判精神的同时，又暴露出一些有待反省之处。赫希对此颇有感触，在《阐释的目的》一书中，他提出，不确定性的信奉者所热烈追逐的，通常只是一些"谬误的视角"（faulty perspective）。[①] 换言之，他们自认为对视角有充分理解，但充斥于这些理解之中的，其实只是一些危险的误读或歧见。正因为如此，如何对视角加以深入考察，以发掘隐含其中的更微妙内涵，便成为了一个值得严肃对待的问题。

首先，视角并不意味着彻底的相对主义和虚无主义，它同样在一定程度上为确定性提供了合法化依据。如前所述，在视角问题上，尼采提出了发人深省的见解。在他看来，从来便没有一个

---

① Eric D. Hirsch, *The Aims of Interpretation*, Chicago: University of Chicago Press, 1976, p. 36.

第二章　阐释边界的合法性论证

坚实、稳固、恒常不变的真理，我们所拥有的，只是基于不同情境和视角对真理所做出的想象、构造与虚设。然而，尼采在承认视角的去中心化效应的同时，也并未将共识或一致性完全排除在外。有学者正确地指出，尼采之所以强调视角，并不是要证明"每个视角对世界的解释或估价都一样正确"；相反，在各种视角中，依然存在着"中心"或"边缘"，"主导"或"从属"的评判标准，而这种标准的实质乃是"权力的标准"，"或者说对权力的占有的量的差异的标准"。① 由于视角是个体权力意志的外化，由更强的权力意志所支撑的视角，蕴含着较之其他视角而言更令人折服的力量，因此，在特定历史阶段，某些格外强势的视角将赢得社会范围内的广泛认可，从而演化为一种居于社会主流的权力话语，一种带有共识性质的"普遍视角"。② 当然，在尼采看来，任何普遍视角其实依然是一种幻象，它会在漫长的历史进程中逐渐改头换面。③ 但尼采的态度同样表明，至少在某一时间节点或文化区间，一种最低限度的确定性仍将维持其在场。至此，不难发现，视角尽管在很大程度上消解了确定性的权威地位，但同时又暗示了意义之边界或限度的存在必要——至少是在一定条件下的存在必要。通过对视角问题的更深入考察，我们将认识到，或许确定性只是由视角所制造的错觉，但这往往又是一种有意义的、不可缺失的错觉。正因为有了这种错觉，人们才能对一些相对稳定的知识或经验加以分享，而他们的思考与行动也才能

---

① 朱彦明：《尼采的视角主义》，复旦大学出版社 2013 年版，第 100 页。

② 刘擎发现，在坚持视角主义的同时，尼采从未否认一些普遍事实（如太阳东升西落）的存在。但他同样指出，在尼采看来，这些似乎是天经地义的所谓"事实"，其实依然是借助视角所建构的幻象，只不过这些幻象来源于一种更普遍的群体性假设而已。参见刘擎《西方现代思想讲义》，新星出版社 2021 年版，第 81—82 页。

③ 如月食这一自然现象，在过去被理解为"天狗吞月"，在今天，则被公认为"月球沉入地球阴影"的天文现象。我们甚至可以想象，随着时间的推移，对这一现象的"共识性想象"还将发生变化。

阐释的边界：一个文学理论关键命题的探究

获得赖以维系的有效保障。①

其次，视角在制造多元化效应并呈现不确定性景观的同时，还蕴含着自我反思与自我超越的可能性契机。科学哲学家卡斯滕·哈里斯（Karsten Harries）承认，所有人都难以摆脱视角的束缚，同时又指出，当人们开始直面视角的存在，并真正将视角当作视角来看待时，便已经觉察到视角的片面性或匮乏之处。如此一来，自我将彰显其超越视角而趋于无限（infinity）的冲动："自我能够提升自己，以超越最初限制它的各种视角，这促使我们寻求一种更充分的——即较少受视角限制的、最好是真正客观的——描述，从而要求这样一种空间观，它使我们超越于一切纯粹视角性的描述。"② 约翰·卡普托（John D. Caputo）坦言，"阐释的转向"意味着视角主义对人文学术的渗入，意味着研究者必然透过其视角而审视世界。在此基础上，他进一步宣称："解释不是主观的，如果说主观的意思是任意或者把我们锁在自己的头脑里。……解释会赋予我们一个角度，一个进入现实的角度，就像是一艘可以再次进入地球的大气层而不会被烧掉的飞船，只有它选择了正确的角度才能做到。"③ 言下之意是，阐释固然无法规避视角的影响，但作为阐释者的我们，却有必要通过一次次的尝试（或"试错"）而选择更恰当的视角，以更合乎情理的方式对真理加以趋近。故而，真理并不意味着摒除一切预设，而是要

---

① 伊格尔顿曾对激进的反本质主义者发出过辛辣嘲讽："那些赞美不连续主体的人们……他们和我们其他人一样，如果他们的孩子一周又一周地不认识他们，或者如果他们哲学思想上的银行经理拒绝支付他们六个月前所存的钱，理由是钱不再是他们的，那么无疑他们也会不安。"这就是说，如果视角所带来的是彻头彻尾的差异、分裂、流变与动荡的话，那么，任何合乎逻辑的人类行为都将无法展开。参见［英］特里·伊格尔顿《后现代主义的幻象》，华明译，商务印书馆2000年版，第77页。

② ［美］卡斯滕·哈里斯：《无限与视角》，张卜天译，湖南科学技术出版社2014年版，第45页。

③ ［美］约翰·D. 卡普托：《真理》，上海文艺出版社2016年版，第214页。

第二章　阐释边界的合法性论证

"拥有恰当的预设，避免错误的预设"①。更重要的是尼采本人的观点。在《论道德的谱系》一书中，他意味深长地说道："如果我们在某件事情上让更多情绪诉诸言表，如果我们知道让更多眼睛、有差异的眼睛向这件事情打开，那么，我们对这件事情的'概念'、我们的'客观性'就会变得更加完整。"② 这就是说，由于不同个体拥有不同的视角，每一视角又都暗含着自身的局限性或盲区，因此，我们不应固守自己的狭隘视角，而应秉持一种开放的态度，推动不同视角的参照、沟通、互渗与交融，以形成一个观照世界的更宏阔视角。从尼采的见解中，不难感受到某种"交互主体性"（intersubjectivity）思想的萌芽。即是说，当我们意识到视角的有限性，并拒绝对任何绝对状态的盲目追求时，我们将学会扬弃自身的视角，逐步建构一种与他者"和而不同"的良性对话关系。在后世伽达默尔、阿佩尔（Karl-Otto Apel）、哈贝马斯等人的言说中，这种交互主体性诉求将得到更生动的演绎。③

再次，更重要的是，从认知心理的角度来看，视角的存在绝非天经地义，其必要性与合法性始终值得我们不断质疑。虽然视角主义在今天已为人熟知，但在人类文明史上，"视角"其实是一个较晚出现的概念。赫希经过考证发现，直到15世纪左右，一种"视角的律令"（laws of perspective）才在西方的绘画中渐具雏形。④ 为何出现这种情况？原因在于，在人类的知觉体系和心理结构中，潜藏着追求完整、有序而祛除视角干扰的自发冲动。

---

① [美]约翰·D.卡普托：《真理》，上海文艺出版社2016年版，第201页。
② [德]尼采：《论道德的谱系：一本论战著作》，赵千帆译，商务印书馆2018年版，第139页。
③ 对阐释边界建构中的"交互主体性"路径，以及赫希等人对此所做出的诊断或反思，本书在第三章中还有进一步探讨。
④ Eric D. Hirsch, *The Aims of Interpretation*, Chicago: University of Chicago Press, 1976, pp. 36 – 37.

阐释的边界：一个文学理论关键命题的探究

对此，不同心理学派基于各自的知识积淀而做出了有说服力的阐释，比较重要的有二：

其一，是以让·皮亚杰（Jean Piaget）为代表的发展心理学（developmental psychology）。皮亚杰发现，在个体心理发展的"感知—运动阶段"（大约从出生到一岁半），儿童将进入一个"脱离自我中心"的过程，并逐渐对"客体的永久性"形成明确意识。最初，在认识某一对象（如一个盒子）时，儿童会将自己明确感知的部分（如盒子呈现在眼前的一面）视为真实存在，将受视角所限而无法感知的部分（如盒子被挡住的一面）视为完全缺席；此后，通过持续的学习和磨炼，儿童将逐渐获得一种"想象性整合"的能力，他们开始认识到，那些暂时脱离视线的部分并非消失无踪，而是始终维持其坚实、稳固的在场："客体的守恒依存于客体的定位；即是说，儿童既知道客体消失时并非不存在，同时也知道客体往何处去。这事实表明永久客体的图式的形成是同实际世界的整个空间—时间组织和因果性组织密切联系着的。"[1] 结合儿童心理的发展历程，皮亚杰所暗示的是，主体生来便携带着摆脱外部限制而建构完整、统一之对象的诉求；相反，视角则并非一开始便内化于人的生命体验之中，它更多是一种后天的、外在的、非自然的"强加"，是对人类与生俱来的本能的悖逆。赫希对此深表认同，他指出，皮亚杰的观点使我们明白，为何视角的律令是如此缓慢地被公众接受，这是因为，"习得这一律令意味着对童年时期基本而充满艰辛的经验的忘却"[2]。

其二，是以韦特海默（Max Wertheimer）、苛勒（Wolfgang Kohler）、考夫卡（Kurt Koffka）、阿恩海姆（Rudolf Arnheim）等

---

[1] ［瑞士］J. 皮亚杰、［瑞士］B. 英海尔德：《儿童心理学》，吴福元译，商务印书馆1980年版，第13页。

[2] Eric D. Hirsch, *The Aims of Interpretation*, Chicago: University of Chicago Press, 1976, p.37.

第二章 阐释边界的合法性论证

人为代表的格式塔心理学（gestalt psychology）。作为20世纪影响深远的心理学派，格式塔心理学摒弃传统意义上"只见树木，不见森林"的局部性研究①，转而聚焦于主体在知觉或意识层面对某种经验体系的重构。对格式塔心理学的基本理念，库尔特·考夫卡曾做出过恰切的说明：

> 我们的现实不只是基本事实的并置（collocation），而是由一些单位所组成，在这些单位中，没有一个部分是靠它自身而存在的，其中，每个部分都指向它自身以外的地方，从而意味着一个较大的整体。事实和意义不再是属于不同领域的两个概念，因为在内在的一致的整体之中，一个事实始终是一个事实。如果我们把问题的每一点分离出来，逐一予以解决，我们便无法解决任何问题。由此可见，我们确实看到了意义的问题如何与整体及其部分之间的关系问题如此紧密地相联结。我们曾经说过：整体大于它的部分之和。我们还可以更加确切地说，整体除了它的部分之和外，还有其他某种东西，因此，计算总和是一种毫无意义的方法，而部分——整体的关系却是有意义的。②

由此看来，格式塔心理学的核心，在于一种"完形"（gestalt）或整体性原则，即拒绝将对象切割为零散、琐碎的片断，而是将其作为一个有机的经验整体来加以观照。按照格式塔心理学的思路，任何经验现象都不是孤立的单元，而是内在于一个有

---

① 如阿恩海姆便对那种将对象拆分为若干部分的研究方式嗤之以鼻："在我们眼前出现的是一具被大批急于求成的外科医生和外行的化验员们合力解剖开的小小的尸体。"参见［美］鲁道夫·阿恩海姆《艺术与视知觉——视觉艺术心理学》，滕守尧等译，中国社会科学出版社1984年版，"引言"第1页。
② ［美］库尔特·考夫卡：《格式塔心理学原理》，李维译，北京大学出版社2010年版，第144页。

阐释的边界：一个文学理论关键命题的探究

生命的关系性整体之中。整体自有其合法性和独立性，它不是由包含其中的个别要素所决定，而是大于每一构成要素之和，同时规定了这些要素的基本特质和表现形态。这就为抵御意义解读中的视角主义提供了重要契机。

一方面，格式塔心理学暗示，在认知活动中，主体知觉之物总是大于其肉眼可见之物。换言之，主体所具备的完形或"整体性架构"能力，使他们有机会超越视角的限制，在精神世界中建构一个稳定、统一、有序的整体。如此一来，意义的确定性将成为一种常态，而视角所衍生的差异性则只是一种非常态的例外。

另一方面，格式塔心理学还提醒我们，在某些情况下，有必要将一种格式塔的思维方式融入具体的阐释过程。这就是说，阐释者既不能将意义视为单一视角的产物，也不能将意义理解为多重视角叠加的结果，而应在关注整体与部分之关系的基础上，对作为一个完整结构的意义加以更系统的思考。在这个问题上，周宪做出了开创性尝试。他提出，在阐释的"单因论"和"多因论"的张力中，一种"意义格式塔"（gestalt of meaning）的建构或许能为我们带来新的思路。具体说来，意义格式塔主要有如下两重内涵：一是将意义理解为系统结构功能的产物，亦即"一种系统中诸多要素关联形成的场"；二是强调在具体的阐释实践中，阐释者必须立足于系统化、结构化的意义整体，"不能片面强调某个因素的重要性，而是关注这些因素在系统结构中的功能和关联"。[①] 上述思路一方面有助于避免视角主义对意义的肢解，另一方面又不会使意义失去生命力而陷入刻板、凝滞的状态。这样，人们便有可能以更具开放性的姿态，实现对确定性意义的完整、充分、有效的呈现。

综上，从认知心理层面着眼，不确定性可追溯至人们对"视

---

① 周宪：《系统阐释中的意义格式塔》，《中国社会科学》2018年第7期。

角"及其效果的执着。在尼采等人的推动下，视角逐渐由观看的条件演化为对待意义的态度，并在一定程度上带来了动荡、分裂、流变不居的意义状态。但必须注意，对视角的过分推崇又常常转变为一种"谬误"，它阻碍了人们对意义所应有的充分把握和恰切理解。基于对视角的更深入探究，我们将发现，视角实质上是一种非自然的后天强制，其存在无法消除阐释边界的规约，无法阻碍阐释者对确定性意义和普遍真理的追寻。这就像哈里斯所说的那样："真理并不受制于特定的视角。它既不是我的，也不是你的或他的。客观性理想与我们对真理的日常理解密不可分，其基础在于人类精神的自我超越或自我提升。"①

第三节 "科学"与"人文"的离合

在知识话语层面，不确定性还涉及对"科学"与"人文"之区隔的凸显，以及对二者所共有的确定性信念的遮蔽。② 在当代学术场域，一个引人注目的现象是，人文研究常常彰显自身的特殊性和难以替代之处，从而与自然科学保持距离。这种对科学与人文之"距离"的强调，固然有助于维系文学艺术的独立性，但同时，又可能使不确定性成为人文研究中的主导趋向，使人们对阐释边界的忽视，对动荡与分裂的无节制推崇成为一种常态。

---

① ［美］卡斯滕·哈里斯：《无限与视角》，张卜天译，湖南科学技术出版社2014年版，第131页。

② 按照福柯的观点，话语（discourse）不同于抽象的语言规则，而是包括语言、图像、身体、行动在内的一系列社会化、情境化的意义传递方式。话语一方面受到各种社会因素的塑造，另一方面又作为一套表意实践（signifying practices）诉诸个体的精神维度，进而对现实生活产生持续影响。作为人类经验、信息和技能的积累，知识（knowledge）同样与话语密切相关，它并不是一个客观、公允、中立的体系，而是外部社会语境和文化建制（cultural institutions）的产物。在科学与人文两个领域的分殊中，知识的话语属性得到了一定程度的体现。关于"话语"问题的更深入讨论，参见周宪《文学理论：从语言到话语》，《文艺研究》2008年第11期。

阐释的边界：一个文学理论关键命题的探究

一 "距离"与确定性的消解

如果说，在前现代语境下，科学与人文尚处于暧昧纠缠的状态，[1] 那么，伴随现代性分化（differentiation）的演进，科学与人文的分歧则成为了备受瞩目的问题。在此背景下，人文研究常常感受到自然科学的压力，从而产生自我定位的焦虑，甚至主动效仿和挪用自然科学的研究思路。但必须注意，人文研究在趋近自然科学的同时，又试图凸显其自成一格的独特性，尽可能将自身建构为一种迥异于自然科学的知识话语。鲍姆嘉通（Alexander Baumgarten）发现，希腊哲学将知识的对象分为"可理解之物"（thing known）和"可感知之物"（thing perceived），前者是科学的关注焦点，后者是艺术的要旨所在。[2] 黑格尔指出，自然科学致力于探究"对象的普遍性，规律，思想和概念"，而艺术的特征，则在于它始终"不离开它所直接接触的对象，不去把对象作为普遍概念来理解"。[3] 狄尔泰有言："我们说明自然，我们理解精神。"[4] 在他看来，自然科学关注外在于人的客观实在，其研究方法是说明（explanation），而精神科学（human science，或译为"人文科学"）则关注内在于人的精神生活，其研究方法是理解（understanding）。上述观点在20世纪以来的知识话语中得到了更

---

[1] 英国文化批评家威廉斯（Raymond Williams）经考证发现，"艺术"（art）一词的词源可追溯至古拉丁语 artem，用以表示"技术"（skill）；直至17世纪末，art 的含义和今人所理解的"美的艺术"都大不相同，"它被广泛地应用在很多地方，譬如数学、医学、钓鱼等领域都会使用到这个词"。由此，不难见出人文与科学在很长一段时间内的错综交织。参见［英］雷蒙·威廉斯《关键词：文化与社会的词汇》，刘建基译，生活·读书·新知三联书店2005年版，第17页。

[2] ［德］鲍姆嘉滕：《美学》，王晓旭等译，文化艺术出版社1987年版，第169页。

[3] ［德］黑格尔：《美学》第1卷，朱光潜译，商务印书馆1979年版，第47—48页。

[4] Wilhelm Dilthey, *Descriptive Psychology and Historical Understanding*, The Hauge: Martinus Nijhoff, 1977, p. 27.

第二章　阐释边界的合法性论证

有力的回应。具体到文学艺术领域，按照当前最普遍的看法，科学与人文的区分主要表现在如下几个方面。

首先，自然科学以实证性（positivity）为标签，强调研究结论与现实经验的对应或契合；文学艺术则致力于对一个虚拟世界的想象性构造，从而使读者获得了阐发与演绎的广阔空间。瑞恰慈（I. A. Richards）提出，科学语言聚焦于现实的指称对象，可以用真假是非的标准来加以评判；文学语言则从属于主体情感释放和个性表达的需要，它致力于创造一个自我指涉的虚拟空间，与严格意义上的真伪无关。[1] 弗莱将语言与世界的关系概括为三种。其中，"日常对话语言"试图在个体同世界之间建立"认知"与"被认知"的二元关系；"实用技能语言"旨在教会人们应当以何种方式在现实世界中生活；而文学语言则凝聚着对世界的"想象的看法"，亦即"你所能想象并且想要的世界的模型或愿景"。[2] 希利斯·米勒（Hillis Miller）同样强调，文学的要旨，并非以语言符号来记录现实生活，而是要"创造或发现一个新的、附属的世界，一个元世界，一个超现实（hyper-reality）"[3]。他甚至不无夸张地指出，在某种程度上，一部文学作品也就类似于"放在口袋里的可便携的梦幻编织机"[4]。科学与人文的上述区别，也决定了科学史与文学史或艺术史在书写方式上的不同。具体说

---

[1] ［英］艾·阿·瑞恰慈：《文学批评原理》，杨自伍译，百花洲文艺出版社1997年版，第243—244页。科学语言与文学语言相区分的一个案例，是李白《秋浦歌》中的"白发三千丈"。这句话从科学的标准来看，显然是不真实的（一个人在现实生活中或许有可能"长发齐腰"，但万万不可能有"三千丈"的白发），但倘若以文学自身的标准考察，则成为书写诗人内心无尽愁绪的传世佳句。

[2] ［加］诺斯罗普·弗莱：《培养想象》，李雪菲译，中国华侨出版社2018年版，第25页。

[3] ［美］希利斯·米勒：《文学死了吗》，秦立彦译，广西师范大学出版社2007年版，第28—29页。

[4] ［美］希利斯·米勒：《文学死了吗》，秦立彦译，广西师范大学出版社2007年版，第29页。

阐释的边界：一个文学理论关键命题的探究

来，科学对实证性的执着，使其呈现出阶梯式上升的历史形态，一旦研究者得出"更正确"的答案，那么被证明为错误的解答则被抛诸脑后。相较之下，文学艺术的虚构性和想象性，使不同历史阶段的作品难以用"非对即错"的标准来加以衡量，借用塔可夫斯基（Andrei Tarkovsky）的说法，每一部作品将体现出各自的特色和优长，"它们彼此丰富，相濡以沫，形成一个特别的包罗万象的星系，向着无限发展"①。

其次，科学所秉持的是一种不带情感色彩的，相对客观、公允、中立的研究；反观文学艺术，则时刻充溢着主体强烈的情感体验。在浪漫主义的纲领性文本《〈抒情歌谣集〉序言》中，华兹华斯直言，"诗是强烈情感的自然流露"②，由此凸显了情感在文学活动中的至高无上性。弗莱提出，自然科学作为一种"理智活动"，植根于"实际存在的世界"，而文学作为一种"情感活动"，其源头可追溯至"我们想要的世界"。③科学哲学家托马斯·库恩（Thomas S. Kuhn）宣称，科学与艺术的一大区别，是科学研究常常与公众保持距离，而艺术则渴望公众的热烈的情感反应。④更有意思的，是美国学者芮塔·菲尔斯基（Rita Felski）的观点。在她看来，文学在当下的最主要效用之一，是在一个祛魅的世界中使人们重回"着魔"（enchantment）状态，而着魔的显著标志，在于读者"被不同寻常的强烈感知和情感浸透"⑤，从

---

① ［苏］安德烈·塔可夫斯基：《雕刻时光》，张晓东译，南海出版公司2016年版，第37页。
② ［英］W. 华兹华斯：《〈抒情歌谣集〉序言》，曹葆华译，载王春元、钱中文主编《英国作家论文学》，生活·读书·新知三联书店1985年版，第31页。
③ ［加］诺斯罗普·弗莱：《培养想象》，李雪菲译，中国华侨出版社2018年版，第11—12页。
④ ［美］托马斯·库恩：《必要的张力——科学的传统和变革论文选》，范岱年等译，北京大学出版社2004年版，第335页。
⑤ ［美］芮塔·菲尔斯基：《文学之用》，刘洋译，南京大学出版社2019年版，第86页。

第二章　阐释边界的合法性论证

而将外在的俗世考量置之度外，沉浸于令人忘乎所以的巨大快感之中。在中国古典文论中，情感同样是一个源远流长的议题。从汉儒解诂《春秋公羊传》所言"男女有所怨恨，相从而歌。饥者歌其食，劳者歌其事"[①]；到《毛诗序》中的"诗者，志之所之也，在心为志，发言为诗。情动于中而形于言"[②]；再到陆机《文赋》中"诗缘情而绮靡"[③]的经典论断，无不强调文学艺术"缘情而生"的特征，以及情感对文艺作品之审美特性的塑造。相应地，文学艺术研究也带有较强的情感体验性。研究者往往回避自然科学中缜密的归纳、概括和逻辑推演，而更倾向于在某种感同身受的"共鸣"状态下，达成对作品内涵的体察和顿悟。

再次，自然科学是一种非个性化的研究，它所发掘的是隐藏在表象背后的，具有普遍性和通约性的集体规则，其研究结论一经确立，便可以广泛运用于形形色色的案例。[④] 相较之下，文学艺术则具有极强的个体化特征，其目标不在于结论的客观与精确，而是要展现创作者与众不同的精神气质。恰如霍华德（Roy J. Howard）所言，科学的客观性和中立性要求"个体所扮演的角色被尽可能多地忽视"，而在文学艺术领域，"个体的目标、感受与想象是如此内在地（深刻地；透彻地）融入对现实的理解之中"。[⑤] 通而观之，无论是陀思妥耶夫斯基小说中阴郁诡谲的氛

[①] 《十三经注疏》整理委员会整理：《春秋公羊传注疏》，北京大学出版社1999年版，第361页。

[②] 《毛诗序》，载郭绍虞主编《中国历代文论选》第一册，上海古籍出版社2001年版，第63页。

[③] ［晋］陆机：《文赋》，载郭绍虞主编《中国历代文论选》第一册，上海古籍出版社2001年版，第171页。

[④] 如"$1+1=2$"的公式一旦得到证明，便会体现出一定的普适性：一个人和一个人，一个人和一只狗，一个人和一头牛，它们虽涉及复杂多变的情况，但其相加结果都等于"2"。

[⑤] Roy J. Howard, *Three Faces of Hermeneutics: An Introduction to Current Theories of Understanding*, Berkeley: University of California Press, 2006, p. ix.

阐释的边界：一个文学理论关键命题的探究

围，还是八大山人笔下"愤世嫉俗"的鱼鸟形象，再或是梵高作品中充满挑逗性和刺激性的色彩，无不是创作者将其独特人格与文本相融合的明证。文学艺术的个性化，决定了文学艺术研究同样带有鲜明的个性烙印。研究者很少纠结于文本中"唯一正确"的含义，而是以开放性的姿态，将存在于共时状态下的多重内涵不加褒贬地呈现在公众面前。对此，不少人已深有体会。卡尔维诺（Italo Calvino）曾谈道，在这个趋于平面化和同质化的时代，文学将起到沟通不同事物并锐化差异的作用，从而使人们重新感受到生活的旨趣和活力。[①] 英国学者伊戈尔斯通（Robert Eaglestone）相信，文学研究的目标不是形成关于世界的共识，而在于"促成发展一个关于我们所研究的文本的具有持续性的分歧，从而挖掘、探索以及发展我们各自的自我和独异性"[②]。德里克·阿特里奇（Derek Attridge）指出，人们在面对作品时，有必要采取一种"创造性阅读"的策略，即不再追求解码的客观性和精确性，而是在强烈好奇心的驱使下，不断尝试"对作品的他性、独创性和独特性作出反应"。[③] 这样，在每一次阅读（甚至是重读）时，读者都将产生一些从未有过的感触或体验，相应地，文学作品也将获得个性化演绎的更充足空间。由于在文学艺术研究中，个体性和差异性是贯穿始终的线索，因此，不同研究者在不同情境下的每一种解读都有其合法性，而不会出现某些解读被另一些解读所遮蔽或"同化"的情况。

最后，在"意义与阐释"层面上，自然科学以明晰性和确定性为宗旨，追求一个具有普遍阐释力的答案；而文学艺术则以模

---

① ［意］伊塔洛·卡尔维诺：《新千年文学备忘录》，黄灿然译，译林出版社2009年版，第46页。
② ［英］罗伯特·伊戈尔斯通：《文学为什么重要》，修佳明译，北京大学出版社2020年版，第47页。
③ ［英］德里克·阿特里奇：《文学的独特性》，张进等译，知识产权出版社2019年版，第119页。

第二章 阐释边界的合法性论证

糊性和多义性为特征,从而为读者带来了自由解读和创造性重写的丰富契机。伊格尔顿观察到:"大体上,法律和科学语言意在收缩意义,而诗歌语言力求增生意义。"① 燕卜荪(William Empson)对诗歌语言中的"朦胧"(ambiguity,又译为"含混")现象颇为关注。所谓朦胧,即诗歌文本中含混不清、模棱两可的意义状态,其产生原因要么是作者意义表达的不明,要么是诗歌基于自身语言特性所呈现的多重解读空间。在燕卜荪看来,朦胧不是一种缺陷,而恰恰是伟大诗歌的标志所在,它有助于"吸引人们探索人类经验深处的奥妙",并不断"在欣赏者心中激起一种深沉的激动和广阔的宁静"。② 与之相似的是保罗·利科的观点。利科发现,在语言使用上,科学和文学存在着原则性的区别。自然科学往往采取定义、专有词汇、公理化等手段,力求全方位地消除歧义,尽可能实现理解的绝对精确;而在文学中,情况则大不相同:"诗是这样一种语言策略,其目的在于保护我们的语词的一词多义,而不在于筛去或消除它,在于保留歧义,而不在于排斥或禁止它。……从这里就导出同一首诗的几种释读的可能性。"③ 这就好比,我们可以从卞之琳的《断章》中发掘出暗恋的微妙心态,人际关系的相对性,以及自我仅仅是他人梦中点缀的"无限悲哀";可以将民谣《董小姐》中的"野马"解读为寻而不得的恋人,难以企及的理想,或是一匹令人心驰神往的真正的野马。上述多元化解读非但不会使文本失色,反倒使其越发充满魅力。这种对含混与歧义的包容,使文学艺术研究具有极强的延展性,难以被一个既定的理论框架所约束。这就如伊瑟尔所

---

① [英]特里·伊格尔顿:《如何读诗》,陈太胜译,北京大学出版社2016年版,第162页。
② [英]威廉·燕卜荪:《朦胧的七种类型》,周邦宪等译,中国美术学院出版社1996年版,"序言"第11页。
③ [法]P. 利科尔:《言语的力量:科学与诗歌》,朱国均译,《哲学译丛》1986年第6期。

阐释的边界：一个文学理论关键命题的探究

言："艺术拒绝转变成认知，因为它超越了所有的界限、指涉以及期待。结果，它激发起进行理解的认知努力，但同时也超越了所运用的认知框架的局限。"[①]

以上观点的核心在于，较之自然科学的客观性、规范性、精确性和限定性，人文研究具有明显的主观性、个体性、多义性和开放性。科学与人文作为不同的研究领域，蕴含着不同的研究范式和理论思路，这是任何人都不能否认的。但现今人文学术的一个误区，不是将自身与科学混为一谈，而是太过急切地想要同科学划清界限。研究者往往想当然地认为，自然科学的职责就在于证伪求真，就在于抵达一个万变不离其宗的标准答案；人文科学则与之截然相反，它所向往的，是意义的差异性、变动性与碎片化，是一种极端的不确定性状态。在赫希看来，上述思路势必使人文研究走向歧途：一方面，研究者大多沉湎于一些细枝末节的问题，从而使研究"变得琐碎、抽象，偏离正轨，并且日渐衰微"[②]；另一方面，不同流派和思想家又纷纷从各自的立场、观点、视野出发，建构彼此之间缺乏交集的阐释框架和话语体系，其研究结果自然也常常出现各自为政、难以通融的情况。一言以蔽之，当科学与人文无可挽回地渐行渐远时，一切的确定性因素——即使是那些必要的确定性因素——都面临着消解的危机。

二　"契合"与确定性的回归

如前所述，当前学术研究的一种流行趋势，是在自然科学和人文科学之间做出不加保留的激进区分。在大多数人眼中，科学家致力于抵达确定性，人文学者则向不确定性敞开大门，甚至热

[①] ［德］沃尔夫冈·伊瑟尔：《怎样做理论》，朱刚等译，南京大学出版社2008年版，第9页。

[②] Eric D. Hirsch, "Value and Knowledge in the Humanities", *Daedalus*, Vol. 99, No. 2, 1970, p. 353.

第二章　阐释边界的合法性论证

情地拥抱文本中一切暧昧不明之处。在维护或是消解确定性的问题上，"人文"与"科学"代表着截然对立的两极，二者之间几乎不存在丝毫的调和余地。类似的声音在现今学术场域中可谓不绝于耳。

早在20世纪50年代，英国学者斯诺（C. P. Snow）便断言，文学家与科学家已成为两个判然有别的群体，其距离"比渡过一个海洋还要远"[1]。库恩指出，科学与艺术在历史进程中衍生出一系列彼此对立的特质。其中最引人注目的，在于科学家相信"只有一个解答，或者只有一个最好的解答"，艺术家则追求"一个不适于运用排中律的较综合的成果"，从而为多元化解读的共存预留了充足空间。[2] 伊瑟尔强调，科学理论作为一种"硬理论"（hard-core theory），秉持相对稳定的评判标准，通过闭合的研究模式来寻求对假想的确证；文学理论作为一种"软理论"（soft theory），则呈现出更具弹性和延展性的形态，而无法被证明或证伪。因此，在人文研究中，"我们拥有一群理论，每个理论都试图把握甚或开发艺术和文学不可穷尽的潜力"[3]。上述观点体现出研究者的某些洞见，但同时，又往往将人文研究简化为一种以碎片化、偶然性和去中心化为基底的，甚至是毫无任何确定性内容可言的游戏。这就在一定程度上切断了科学和人文之间更微妙的内在关联。

对理解科学与人文在当下的激进分离，张江的见解或许能带来一定的启发。在《阐释逻辑的正当意义》一文中，他这样说道：

---

[1] ［英］斯诺：《两种文化》，纪树立译，生活·读书·新知三联书店1994年版，第2页。
[2] ［美］托马斯·库恩：《必要的张力——科学的传统和变革论文选》，范岱年等译，北京大学出版社2004年版，第338页。
[3] ［德］沃尔夫冈·伊瑟尔：《怎样做理论》，朱刚等译，南京大学出版社2008年版，第8页。

阐释的边界：一个文学理论关键命题的探究

> 阐释必须依据科学自洽的逻辑规范而有序展开，否则，无理解，无表达，无阐释。逻辑是理性生成和演进的基本形式。无论理性及思维的具体内容如何，其生成与展开形式是且只能是逻辑。理性在确定的逻辑构架内生成与展开。由此，阐释必须要有符合自身可能生成与展开的逻辑依据。这个逻辑构成，有同一般思维逻辑相同的方面，同时，也一定要有超越经典逻辑和现有非经典逻辑的特殊规则。这是规范阐释的初始起点。①

张江的这段话包含两层意思。首先，在一切研究中，都蕴含着研究者的某种阐释，而在阐释的过程中，对理性逻辑规则的遵循实乃不可或缺。其次，更重要的是，阐释的逻辑并非铁板一块，而是可划分为两种类型，即适用于某一领域的特殊逻辑和适用于所有学科的"元规则"或普遍逻辑。两种逻辑缺一不可，共同支撑了研究的构架；研究者应平等对待这两种逻辑，而不可偏废其一。

循此思路，不难发现，当前的研究者大多意识到科学与人文所蕴含的特殊逻辑，即"人文学科的阐释更倾向于开放性和多样性，而自然科学的阐释则明显地趋向于收敛性或一致性"②；但同时，又忽视了二者在更具普遍性的层面上所分有的阐释逻辑或意义规则。这很容易使人们陷入对科学与人文的误解，即相信自然科学意味着绝对的精密性和明晰性，人文科学则允许研究者随意置入其个性和主观意图，甚至对一切僭越底线的行为持包容态度。长期如此，人文学科势必面临自我解构的危机。③ 然而，倘

---

① 张江：《阐释逻辑的正当意义》，《学术研究》2019 年第 6 期。
② 周宪：《阐释规则的分层与分殊——关于人文学科方法论的几点思考》，《学术研究》2019 年第 10 期。
③ 原因很简单，如果一门学科充斥着研究者的自说自话，而没有任何明确的对象、规则与方法的话，那么，这一学科的存在理由便会打上问号。

第二章　阐释边界的合法性论证

若从关于科学与人文的"刻板印象"中抽身而出,我们将发现,在两种貌似激烈冲突的知识话语中,隐含着更深层次的契合之处,即一种对规范、本质、知识、共识、真理等确定性因素的追寻。这样,我们便有可能重建科学与人文所共有的普遍阐释逻辑,从而为阐释边界和确定性意义的合法化提供理由。

首先,值得注意的是,在科学与人文的思维方式中,潜藏着一种祛除混乱、无序而趋于整一、有序的确定性诉求。总体上看,这种确定性诉求表现在如下两个方面。

其一,科学与人文虽然在关注点和研究路径上各有所异,但同样致力于穿透纷乱驳杂的表象,从中发掘出某些坚实、稳固,历经时间洗礼而不变的特质。自然科学聚焦于自然现象背后的规律或法则,从原子的内部构造到地心引力的原理,不一而足;而人文研究则指向关乎个体精神生活的更内在律令,从列维-斯特劳斯(Claude Levi-Strauss)对远古神话结构的解析,到萨特对个体荒诞境遇的揭示,再到荣格对沉淀于集体无意识深处的原型意象的探究,无不做出过有意义的尝试。这也在一定程度上呼应了英国学者托马斯·赫胥黎(Thomas Huxley)的说法:"科学和艺术就是自然这块奖章的正面和反面,它的一面以感情来表达事物永恒的秩序,另一方面,则以思想表达事物的永恒秩序。"[1]

其二,更饶有趣味的是,科学与人文都试图赋予世界以秩序,将零散、纷乱、琐碎的自然现象整合为有序整体。诚然,作为一种认知世界的有效方式,科学的要旨在于"把取得的知识——概念、规律等组织起来,使其成为具有高度有序性的系统"[2]。而在文学艺术中,同样充溢着一种对经验(experience)

---

[1] [英]托马斯·赫胥黎:《科学与艺术》,戴吾三、刘兵编《艺术与科学读本》,上海交通大学出版社2008年版,第113页。

[2] [苏]苏霍金:《艺术与科学》,王仲宣等译,生活·读书·新知三联书店1986年版,第22页。

阐释的边界：一个文学理论关键命题的探究

加以重构，使之由无形转向有形，由混乱转向有序，由分散转向统一的内在冲动。美国学者欧文·埃德曼（Irwin Edman）指出，经验固然充满活力，却往往杂乱无章，唯有通过艺术家的整合与再造，经验才有机会脱离混乱状态，彰显其独特的诗性魅力："无论什么内容都具有一定的形式，无论什么运动都具有一定的方向，无论什么样的生活，似乎都有一定的条理和章法。从中我们获得智慧，并把一个混沌的世界改造成为我们所期望的、可取的、有条理的世界，对此人们称之为艺术。"① 苏联学者苏霍金（А. Сухотин）对科学和人文的赋形（form-giving）能力有更深入的阐释。在他看来，自然科学采取一种"离心式"的策略，借助数理逻辑对外部世界加以概括；文学艺术则采取一种"向心式"的策略，借助审美形式对主体的思绪、感觉、印象、经验、情感、记忆等内在因素加以把握。如此一来，"科学家的聪明才智使自然界的混乱状态变得井然有序，而艺术家的天才则是使个人的感受条理化"②。可以说，正是科学与人文所蕴含的确定性思维，保证了在具体研究中，意义被限定于一定的边界之内，而不会呈现出漫无边际的状态。

其次，除去思维方式的契合之外，在科学与人文的研究场域中，还有着对至少是最低限度的确定性因素的共同需求。

在自然科学中，确定性显然是研究赖以维系的关键。有学者宣称，自然科学要彰显其合法性，就必须"通过一种式样或逻辑性结构，使之变成一种可以普遍交流的东西，以便所有人都能依据公认的统一尺度，决定对它的取舍"③。库恩进一步提出，科学研究的推进取决于科学共同体（scientific community）的投入，

---

① ［美］欧文·埃德曼：《艺术与人》，任和译，中国工人出版社1988年版，第3页。
② ［苏］苏霍金：《艺术与科学》，王仲宣等译，生活·读书·新知三联书店1986年版，第22页。
③ ［英］马丁·约翰逊：《艺术与科学思维》，傅尚逵等译，中国工人出版社1988年版，第19页。

第二章 阐释边界的合法性论证

而科学共同体成立的关键,则在于共同体成员对"范式"(paradigm)的普遍分有。所谓范式,即研究中作为"学科基质"(disciplinary matrix)而存在的内容,包括共同体成员所使用的符号表达,所承诺的形而上学信念,所选择的价值判断,所关注的研究范例四个层面。① 正是对一些明确、清晰、稳固的范式的共有,保证了科学共同体的充分发展和顺利运作。如果说,在大多数情况下,自然科学将确定性视为立足根基②,那么,在我们对文学艺术的体验、解读与阐发中,确定性同样是一个不容忽视的维度。具体说来,在人文研究中,研究者首先应分有一些作为前提而存在的背景知识(background knowledge)。赫希注意到人文与科学对知识的共同关注:"无论在词源上还是在事实上,'科学'便是'知识'。所有严肃的研究,包括人文研究,都以知识为目标,因此是科学的。"③ 这就是说,唯有在共享一些确凿无疑的知识话语的情况下,人文学者才能够获取相对稳固的交流平台,其理解的一致性也才有机会形成;若非如此,不同研究者便只能困守于自己的小圈子中,无法进行良性的对话,更遑论产生有建设性的成果。

在此基础上,人文学者还需要对一些约定俗成的惯例(conventions)有所体认。相较于系统化、可验证的知识,惯例潜藏于人类经验的基底,它往往不易察觉,但又在文本阐释中占有重要地位。众所周知,一千个读者眼中有一千个哈姆雷特,但这些各有所异的形象终究是哈姆雷特,而不是奥菲利亚或克劳迪斯。之所以如此,

---

① [美]托马斯·库恩:《科学革命的结构》,金吾伦等译,北京大学出版社2003年版,第163—168页。

② 当然,我们在这里特指的是经典意义上的自然科学,至于晚近以海森堡"测不准原理"(uncertainty principle)为代表的科学理论对传统确定性的冲击,则又是另一种情况。

③ Eric D. Hirsch, "Value and Knowledge in the Humanities", *Daedalus*, Vol. 99, No. 2, 1970, p. 346.

阐释的边界：一个文学理论关键命题的探究

是因为在阐释过程中，某些不言自明的惯例起到了隐性的规约作用，正是这些惯例，使人们的差异性解读被框定于大致稳定的范围之内，而不会出现鸡同鸭讲、难以沟通的局面。这些起限定作用的惯例，其实类似于塞尔笔下的"阐释背景"（background of interpretation），或赫希口中的"意欲类型"（willed type），或艾布拉姆斯所强调的若干"相同但心照不宣的规则"[①]。关于惯例在意义解读中的更复杂形态，我们在下文中还将做进一步阐述。

最后，在更具终极意义的层面上，科学和人文都将对某种真理价值的追寻奉为至高宗旨。

对自然科学而言，真理（truth）始终是一以贯之的准则和尺度。[②] 然而，在人文研究场域，实际上依然不乏对真理的信仰与敬畏。物理学家李政道发现，自然科学的法则一经形成，便具备普遍真理效应，足以对千差万别的具体案例加以说明；在文学艺术中，这种真理的普遍性同样有生动体现，伟大作品（如莎士比亚的剧作）所蕴含的精神和情感力量，往往能超越时空界限而使全人类感同身受。鉴于此，他得出结论："艺术和科学的共同基础是人类的创造力，它们追求的目标都是真理的普遍性。"[③] 菲尔斯基宣称："文学不可因其想象性或虚构性的体裁，被自动排除在认知活动之外。文学文本所包含的真理存在于不同的掩饰外衣之下。"[④] 在她看来，文学并非虚构的语言游戏，它在诱发震

[①] ［美］M. H. 艾布拉姆斯：《以文行事：艾布拉姆斯精选集》，赵毅衡等译，译林出版社2010年版，第239页。

[②] 早在1930年，爱因斯坦在同泰戈尔的一次对话中便谈道："我虽然不能证明科学真理必须被看作是一种其正确性不以人为转移的真理，但是我毫不动摇地确信这一点。"参见［美］爱因斯坦《关于实在的本性问题——同泰戈尔的谈话》，载许良英等编译《爱因斯坦文集》第1卷，商务印书馆2009年版，第393页。

[③] 李政道：《科学与艺术（楔）》，载戴吾三、刘兵编《艺术与科学读本》，上海交通大学出版社2008年版，第119页。

[④] ［美］芮塔·菲尔斯基：《文学之用》，刘洋译，南京大学出版社2019年版，第164页。

第二章　阐释边界的合法性论证

惊、入魔、癫狂、迷醉等非理性体验的同时，也将引导人们探究生命的限度与可能性，由此带来一种真理式的启示和感召。赫希这样说道："所有经验领域的知识都呈现为一个过程，而不是一个静态的体系，这一过程的目标是增大获取真理的可能性。"[1] 他反复声明，人文研究并非一片自行其是的飞地，相反，在人文与科学之间，始终存在着一个重要的契合点，即二者都试图深入纷纭驳杂的经验世界，从中提炼出恒定不变的真理内涵。唯有在人文学者与科学保持同步，并主动向真理趋近的情况下，人文科学才有可能践履其应尽之职责。

当然，必须注意到，科学与人文对真理的理解有较大区别。在自然科学中，真理意味着一种"超乎人类的客观性"，一种"离开我们的存在、我们的经验以及我们的精神而独立的实在"。[2] 而在人文学者看来，真理则往往是"关于人类的本性和情感，人类的欲望表现和欲望受阻的生动真理"[3]，它将涉及想象、情感、本能、欲望、神秘、梦幻、无意识等关乎人类生存的更微妙状况。但谁也无法否认，在现实生活中，科学与人文将从不同向度彰显其真理效应，共同丰富人类的真理价值体系；同时，这种对真理的共同期许，也将成为弥合科学与人文之界限，进而重构阐释边界的最重要动力之一。

综上，在"科学"与"人文"的纠葛中，我们应意识到二者在研究姿态、情感态度、个性表达、文本阐释等方面的分歧，同时也必须承认，二者在对待意义的态度上又存在着更深刻的契合之处。当然，所谓"契合"，不是要使科学湮没于人文话语，也

---

[1] Eric D. Hirsch, "Value and Knowledge in the Humanities", *Daedalus*, Vol. 99, No. 2, 1970, p. 348.

[2] ［美］爱因斯坦：《关于实在的本性问题——同泰戈尔的谈话》，载许良英等编译《爱因斯坦文集》第1卷，商务印书馆2009年版，第395页。

[3] Eric D. Hirsch, *The Aims of Interpretation*, Chicago: University of Chicago Press, 1976, p. 157.

不是要将人文纳入科学的构架，而是要在正视二者之独特性的基础上，彰显科学与人文对规范、秩序、本质、知识、真理、价值等确定性因素的共同追寻。对此，张江有较深入思考。他强调，作为对"强制阐释"的一种积极纠偏，"公共阐释"以主体在平等对话中产生的公共理性为根基，它承认人文研究对多元化理解的宽容，同时又致力于维系阐释的普遍逻辑，即"以普遍的历史前提为基点，以文本为意义对象，以公共理性生产有边界约束，且可公度的有效阐释"①。显然，公共阐释命题的提出，有助于以意义问题为枢纽，在科学与人文之间重构沟通桥梁。

第四节　阐释边界与阐释的伦理之维

在更具普世性的文化伦理层面，阐释边界不仅是一种意义状态，同时还蕴含着强烈的伦理诉求，反观盛行于当下的不确定性思想，则恰恰背弃了阐释者所理应遵循的道德律令。在20世纪文学理论"向内转"的背景下，作为一种学术话语的伦理学（ethics）遭到了遮蔽；而在20世纪八九十年代以来，伦理学在长期的沉寂后重获新生，所谓"伦理学转向"（Ethical Turn）也随之成为了当代人文学术中备受关注的议题。根据弗兰克·梯利（Frank Thilly）的考证，ethics一词来源于古希腊语 ethikos，与 ethos（即"品格"或"气质"）关系密切。梯利进一步对伦理学加以界定。

> 伦理学的对象是道德即有关善恶是非的现象。这是一个事实：人们称某些品质和行为为道德的或不道德的，正当的或错误的，善的或恶的，他们对它们表示赞成或反对，对它

---

① 张江：《公共阐释论纲》，《学术研究》2017年第6期。

第二章 阐释边界的合法性论证

们进行道德判断和评价。他们感到自己在道德上必须做某些事情，或不能做某些事情，他们认识到某些规范或法则的权威，承认它们具有约束的力量。他们说：这是应当做的，那是不应当做的，你必须这样，不要那样。一句话，我们似乎是通过某种道德的方式或范畴来接触世界，从道德的角度来观察世界，给事物打上道德的印记。[①]

可见，伦理学聚焦于人类行为的价值、意义与合法性，它试图解答"何为良善的行为""何为美好的生活""何为人与人的恰适关系"等一系列问题，从而对人的生存与实践方式加以引导。在阐释学的理论视域中，伦理同样是难以忽视的维度。阐释学的核心关切，在于人们围绕意义的对话、互动与沟通，这就触及主体对自身境遇的体察与反思。由此，阐释学将超越单纯的文本解析，逐渐进入伦理学这一同人类生存休戚相关的领域。[②] 接下来，我们将从三个核心问题入手，揭示不确定性所带来的伦理困境，以期为阐释边界的合法性提供道德支撑。这三个问题分别为"尊重与自尊""自由与限度""快感与职责"。

一 尊重与自尊

在"捍卫边界"和"瓦解边界"的张力中，首先将衍生出"尊重"这一严肃的伦理命题。阐释边界的捍卫者相信，文学实质上是

[①] ［美］弗兰克·梯利：《伦理学导论》，何意译，广西师范大学出版社2001年版，第4页。

[②] 在《道与逻各斯》一书中，张隆溪这样说道："阐释学对意义的强调确认了个人与社会的关联，它把人的体验视为参与，视为自我在与他者的相遇中发生了改变。意义，不是存在于意义之中和为了意义本身，而是出于相互投入的目的而存在于思想与思想的富有成果的交流中。"既然阐释不仅涉及对意义的追问，还关乎主体更内在的精神交流，那么，阐释学也将超越语言文字的阈限，而彰显其更具现实性的文化伦理关怀。参见张隆溪《道与逻各斯：东西方文学阐释学》，冯川译，江苏教育出版社2006年版，第149页。

阐释的边界：一个文学理论关键命题的探究

一种精神性的交流，而交流得以实现的关键，在于作者和读者之间融洽、平等的对话。对读者而言，唯有尊重隐含在文本之中的作者原意，这种以文本为契机的对话才可能顺利进行。相较之下，不确定性对阐释边界的消解，则意味着对初始性意义的轻慢乃至亵渎。

　　对"尊重"之于阐释的必要性，不少研究者深有体会。艾柯有言，文学固然为读者带来了多元解读的可能性，但同时又是一个"培养忠诚和尊敬的练习历程"[1]。这种忠诚与尊敬的对象，自然包括作者凝聚于文本之中的原初意义。韦恩·布斯（Wayne C. Booth）说道："理解是这样一种目标、过程和结果，即无论何时一个心灵成功地进入另一个心灵，或者同样可以说，无论何时一个心灵成功地融入另一个心灵的任一部分。"[2] 言下之意是，既然理解涉及个体心灵的互渗与交融，那么，阐释者便有必要对作者的心灵世界和表意逻辑抱以最起码的尊重。赫希将康德的道德哲学融入对"尊重"问题的思考。在《道德形而上学原理》中，康德宣称，作为独立、自在的理性主体，人类应自觉将他人的福祉视为自我实现的内在目标，任何人都没有资格从一己私欲出发，将他人作为工具或手段而肆意征用。[3] 承袭康德的思路，赫希进一步指出，如果说，在世俗生活中，他人理应成为自我的"目的"而非"手段"，那么，具体到文学阐释领域，作为创作者思想的核心或"灵魂"，潜藏于字里行间的原初意义同样应成为阐释者致力于抵达的归宿。反过来说，任何无视作者原意的误读"在伦理上就好比仅仅出于私心而利用他人"[4]，因而也必然导致

---

[1] ［意］翁贝托·艾柯：《艾柯谈文学》，翁德明译，上海译文出版社2016年版，第4页。

[2] Wayne C. Booth, *Critical Understanding*: *The Power and Limits of Pluralism*, Chicago: University of Chicago Press, 1979, p. 262.

[3] ［德］康德：《道德形而上学原理》，苗力田译，上海人民出版社1986年版，第81页。

[4] Eric D. Hirsch, *The Aims of Interpretation*, Chicago: University of Chicago Press, 1976, p. 91.

第二章 阐释边界的合法性论证

一种道德上的堕落与败坏。

诺埃尔·卡罗尔（Noël Carroll）试图将"尊重"置于更复杂的论域中加以解读。他发现，在当前的文学批评领域，盛行的是一种"审美主义"（aestheticism）伦理观。这种观点认为，就本质而言，文学作品是"一个（极有可能）带来审美满足的对象"①，而文学活动中最大的善好（goodness），是引导读者从文本中发掘尽可能丰富的审美内涵。故而，读者不必关心何为作者所意，只需以开放的姿态享用文本，从中体会到令人心醉神迷的快感甚至是"狂喜"（jouissance）。卡罗尔对此持更辩证的态度。他承认审美满足在阐释中的不可或缺，但同时坚称，这种审美满足还必须同一种"对话"（conversation）的旨趣相协调。所谓对话，即我们在阅读过程中与作者保持的精神交流，尽管其互动性较之日常言谈有所不及（因为我们无法立即获得作者的反馈），但同样有助于加深我们对文本之独特性的理解。卡罗尔进一步指出，既然阐释意味着一场精神层面的对话，那么，要想使对话取得令人信服的结果，对作者原初意图的尊重便显得尤为必要。相反，"一场只剩下我们自己的灵活解释或有根据猜测的对话，无论有多么丰富的审美性，也会让我们感觉若有所失"②。这是因为，一旦阐释者流连于审美快感，而将作者本意置之度外，那么，对话的有效性将随之大打折扣。基于此，卡罗尔借鉴宗教哲学家马丁·布伯（Martin Buber）的说法，提出审美主义其实蕴含着一种"我—它"（I-it）的交往模式，它将作者降格为一个死寂的、无生气的"它"，全然无视其作为意义赋予者的尊严；而在他看来，阐释者更应当秉持的，是一种"我—你"（I-Thou）的交往

---

① Monroe C. Beardsley, "The Authority of the Text", *Intention and Interpretation*, Gary Iseminger ed., Philadelphia: Temple University Press, 1992, p. 34.

② Noël Carroll, "Art, Intention, and Conversation", *Intention and Interpretation*, Gary Iseminger ed., Philadelphia: Temple University Press, 1992, p. 118.

阐释的边界：一个文学理论关键命题的探究

模式，即不再以功利性态度来对待文本，不再出于审美需要而对作者原意妄加曲解，而是建构与作者及其意义世界彼此尊重、相得益彰的交互性格局。[1] 这样的思想进路，在某种程度上也和中国古典文论对"以文会友"或"以文尚友"的推崇产生了交集。

在"尊重"的话题背后，还隐含着人们对待"他人"（others）的复杂态度。长久以来，对他人的同情和关爱是伦理学中的一条主线。早在古希腊，亚里士多德便宣称，对他人的友善态度在城邦的建构中具有重要意义："友爱还是把城邦联系起来的纽带。立法者们也重视友爱胜过公正。"[2] 哈奇森（Francis Hutcheson）强调，衡量人类行为之价值的标尺，在于这种行为能否惠及他人，能否在最大范围内为人类带来福祉。故而，"为最大多数人获得最大幸福的那种行为就是最好的行为，以同样的方式引起苦难的行为就是最坏的行为"[3]。亚当·斯密（Adam Smith）聚焦于自我对他人的"同情感"（sympathy）。他在《道德情操论》中指出，同情感带有鲜明的情境性特质，它与其说来自我们对某种情感的观照，"不如说是因为我们看到引起那种感情的处境所引起的"[4]。这种设身处地的同情体验，成为了个体之间交流与沟通的纽带，以及社会道德评判机制形成的基础。

然而，在"工具理性"（instrumental reason）蓬勃发展的当下，他人常常被贬抑为一个纯粹的占有物，一个供人们随意差遣、摆布的消极对象，而丧失其血肉鲜活的本真内涵。如福柯便发现，现代自我为建构其身份认同，往往将自身设定为文明、理

---

[1] Noël Carroll, "Art, Intention, and Conversation", *Intention and Interpretation*, Gary Iseminger ed., Philadelphia: Temple University Press, 1992, p. 118.

[2] ［古希腊］亚里士多德：《尼各马可伦理学》，廖申白译注，商务印书馆2004年版，第228—229页。

[3] ［英］弗兰西斯·哈奇森：《论美与德性观念的根源》，高乐田等译，浙江大学出版社2009年版，第127页。

[4] ［英］亚当·斯密：《道德情操论》，谢宗林译，中央编译出版社2008年版，第6页。

第二章　阐释边界的合法性论证

性、光明、真理、正义的一极,而将"他人"指认为野蛮、疯癫、黑暗、谬误、邪恶的另一极,并不断对其加以压抑、遮蔽、束缚、矫正,乃至彻底放逐。① 鲍曼(Zygmunt Bauman)对他人在现代社会中的困境有更生动的描画。在他看来,大屠杀发生的一个重要原因,就在于工具理性对价值理性的碾压,它使人们习惯于"用纯粹技术性的、道德中立的方式"来对待集中营里的囚犯,将他们简化为一堆有待处理的货物,或一些"纯粹的、无质的规定性的量度"。② 如此一来,人们将失去对他人生命的同情,在毫无愧疚之心的状态下投身于血腥杀戮。

在此背景下,不少人文学者再度将他人纳入关注视域,并试图对"自我"与"他人"的关系加以重新发现。玛莎·纳斯鲍姆(Martha C. Nussbaum)提出,所有美德都带有明显的关系性特质,即一方面聚焦于自我,另一方面又与他人休戚相关。故而,他人在伦理学中占有举足轻重的位置:"若不把政治的和涉及他人的关注作为目的本身,一个人就不仅会缺乏正义,而且缺乏真正的勇敢、真正的节制、真正的慷慨、宽广的心胸和欢乐,等等。"③ 列维纳斯(Emmanuel Levinas)将"责任"视为主体性建构的基础和前提条件,而在他看来,责任的根基,乃是一种"为他人"(pour un autre)的责任,"也就是为那并不是我的所作所为者的责任,甚至为那些根本与我无关者的责任;也可以说是对那恰恰关系到我者——那被我作为脸接近者——的责任"④。因此,主体

---

① Michel Foucault, "The Discourse on Language", *Critical Theory Since* 1965, Hazard Adams and Leroy Searle eds., Tallahassee: University of Florida Press, 1986, pp. 148–162.
② [英]鲍曼:《现代性与大屠杀》,杨渝东等译,译林出版社2002年版,第136—137页。
③ [美]玛莎·C. 纳斯鲍姆:《善的脆弱性:古希腊悲剧与哲学中的运气与伦理》,徐向东等译,译林出版社2018年版,第549页。
④ [法]伊曼纽尔·列维纳斯:《伦理与无限:与菲利普·尼莫的对话》,王士盛译,南京大学出版社2020年版,第56页。"脸"是列维纳斯哲学中一个含义隽永的概念,正是脸的赤裸裸的、无遮蔽的形态,使他人之存在的直接性得以彰显。

阐释的边界：一个文学理论关键命题的探究

性哲学归根结底便是一种"为他人"的哲学。更饶有趣味的，是法国学者米歇尔·翁福雷（Michel Onfray）的观点。翁福雷是享乐主义（Hedonism）哲学的忠实拥趸，但他始终相信，享乐主义并非"自闭症，消费主义，自恋癖"，并非放任力比多奔涌而不顾他人之盛衰祸福，相反，"任何对欢愉的计算都必须顾及他人——不管在哪种伦理中，对他人的定义始终是核心内容"。[1] 一言以蔽之，"自我之乐"必然以"他人之乐"为先决条件。上述见解在文学阐释领域产生了回响。不难见出，正是作为"自我"的阐释者对作为"他人"的创作者的尊重，以及为重构初始性意义所展开的不懈努力，为他人在这个"效益至上"的当下重获合法性提供了某些佐证。[2]

对阐释边界的捍卫不仅涉及对作者原意的尊重，同时还暗示出一种"自尊"的需要。对此，卡罗尔有较深入的思考。他提出，阐释者在与创作者的对话中，如果固守审美主义原则，而无视潜藏于文本之中的原初动机，那么，这种做法"只会破坏我们作为可靠的参与者加入这场对话的参与感"[3]。具体说来，在面对那些故弄玄虚的粗陋之作时，对审美的过分执着往往使人们脱离实际，犹如连上诺奇克（Robert Nozick）的"快乐体验机"一般，沉浸于虚无缥缈的审美快感之中，而失去作为一个平等对话者所应有的尊严。

卡罗尔的观点与波德里亚（Jean Baudrillard）对当代"艺术共谋"（the conspiracy of art）的诊断可谓不谋而合。波德里亚这

---

[1] ［法］米歇尔·翁福雷：《享乐主义宣言》，刘成富等译，社会科学文献出版社2016年版，第110页。

[2] 当然，在文学阐释中，尊重他人并不意味着对作者言听计从，也不意味着将阐释锁定于一个本质主义的极端。这种尊重更多表现为一种有限度的包容，一种自我与他者、主体与对象、言说与倾听之间交互主体性的对话。对此，下文还将有更深入的探讨。

[3] Noël Carroll, "Art, Intention, and Conversation", *Intention and Interpretation*, Gary Iseminger ed., Philadelphia: Temple University Press, 1992, p. 121.

第二章　阐释边界的合法性论证

样说道：

> 当代艺术的大多数试图做的就是这个，把平庸、废物和平凡利用为价值与意识形态。这些无尽的装置与表演仅仅是与物的状态相妥协，与所有艺术史中过去的形式相妥协，把独创、平庸与无效提升到价值的层面，或者甚至是堕落的审美快感。当然，所有这些平凡都宣称通过把艺术转移到一个第二位的反讽的层面，来超越自身。但是在这第二个层面上，就像在第一个层面上一样，空洞而无意义。在通往美学层面的通道上什么也没有营救出来；相反，却是双倍的无效。它声称无效——"我啥也不是！我啥也不是！"——它确实啥也不是。①

在波德里亚看来，当代艺术家的惯用伎俩，是罗列一大堆粗制滥造的"现成物"，主动宣称这些作品的肤浅、粗俗、低劣、无效。由此摆出一副高深莫测的姿态，诱导欣赏者硬着头皮，从中发掘出一些莫须有的"深邃内涵"，如相信这些现成物以独特方式激活感官体验，或拓宽了欣赏者的认知边界，或表现出对艺术陈规的突破与僭越，等等。至此，不难再次感受到阐释边界所蕴含的伦理价值。唯有对初始性意义加以透彻体察，阐释者才可能保持反思与批判的自觉，不断揭穿隐藏在当代艺术背后的"空洞无物"的真相。倘若无法把握作品的确切所指，只是根据策展人的明示或暗示，从原本便粗鄙不堪的对象——有时甚至是垃圾、毛发、尸体、粪便、体液——中寻求虚假的"微言大义"，那么，这只会使我们变得越发自欺欺人，越发陷入一种精神上自轻自贱的状态。这样，我们不难得出结

---

① [法]让·波德里亚：《艺术的共谋》，张新木等译，南京大学出版社2015年版，第54页。

论：如果说，对作者及其意义表达的尊重是一条重要的伦理律令，那么，由这种尊重所带来的自尊对每一位阐释者而言同样不可或缺。

二 自由与限度

在围绕阐释边界的论争中，还蕴含着"自由"与"限度"的错综纠葛。阐释边界的颠覆者赋予了读者把控文本的充分自由，但这种自由的野蛮生长，又将遮蔽阐释者所理应遵循的限定性律令。故而，阐释的自主性并不意味着毫无禁忌的"无政府主义"状态，相反，阐释者应始终将一种对限度的自觉内化于阐释活动乃至整个生命体验之中。

自由，是一个源远流长的伦理命题。尤其在当下，伴随现代性演进所带来的一系列困境，自由得到了越发频繁的追问与反思。马克斯·韦伯断言，理性主义和禁欲主义构造了一个剥夺人自由的"铁笼"。[1] 福柯强调，现代社会通过一套隐微难察的规训手段，使主体变得"驯顺"而"高效"，从而无可自拔地陷入被支配的状态。[2] 弗洛姆（Erich Fromm）发现，现代人在享有自主性的同时，又不免感到孤独、焦虑和无助，因而常常主动抛弃自由，要么走向机械趋同，要么主动臣服于某种权威。[3] 大卫·里斯曼（David Riesman）观察到，当代社会已步入一个"他人导向"（other-directed）阶段。在无所不在的大众传媒的诱导下，人们的饮食、衣着、容貌、身形、情感、态度等无不仿效他人，而失去了个性化的演绎空间："他人导向性格的人所追求的目标随

---

[1] ［德］马克斯·韦伯：《新教伦理与资本主义精神》，于晓等译，生活·读书·新知三联书店1987年版，第143页。
[2] ［法］米歇尔·福柯：《规训与惩罚：监狱的诞生》，刘北成等译，生活·读书·新知三联书店2003年版，第153—192页。
[3] ［美］艾里希·弗洛姆：《逃避自由》，刘林海译，上海译文出版社2015年版，第90—136页。

第二章　阐释边界的合法性论证

着导向的不同而改变,只有追求过程本身和密切关注他人举止的过程终其一生不变。"[1] 凡此种种,一方面对现代人的自由构成威胁,另一方面又使个体的自由选择和自由意志成为了人文学术中一以贯之的关注焦点。

在伦理学中,自由拥有多层次的复杂内涵。托德·梅(Todd May)指出,自由包含"形而上学自由"(metaphysical freedom)和"政治自由"(political freedom)两个层面,前者多涉及"某些使我们抗拒被决定的内容",后者更关注"某人作为特定社会的成员所享有或无法享有的自由"。[2] 以赛亚·伯林认为,自由可区分为"消极自由"(negative liberty)和"积极自由"(positive liberty)两种类型,前者主要指"一个人能够不被别人阻碍地行动的领域",即一种"免于……"的自由;后者主要指自我"能够领会我自己的目标与策略且能够实现它们",即一种"去做……"的自由。[3] 叔本华(Arthur Schopenhauer)则试图从三个向度对自由加以界定:其一,是"自然的自由"(physische Freiheit),即"各种物质障碍的不存在";其二,是"智力的自由"(intellektuelle Freiheit),主要关注"就思维而言是自愿的,还是不自愿的";其三,是"道德的自由"(moralische Freiheit),其实质在于"自由的意志决定(die freie Willensentscheidung)"。[4] 在文学阐释场域,自由主要表现为阐释的开放性和能动性,即阐释者摆脱某种本质或中心的束缚,基于个体化的认知、感受或价值判断,对文本意义加以各有所异的解读和阐发。纵观当代文论

---

[1] [美]大卫·理斯曼:《孤独的人群》,王崑等译,南京大学出版社2002年版,第20页。

[2] Todd May, "Foucault's Conception of Freedom", *Michel Foucault: Key Concepts*, Dianna Taylor ed., Durham: Acumen, 2011, pp. 72–73.

[3] [英]以赛亚·伯林:《自由论》,胡传胜译,译林出版社2011年版,第170—183页。

[4] [德]叔本华:《伦理学的两个基本问题》,任立等译,商务印书馆2011年版,第38—45页。

阐释的边界：一个文学理论关键命题的探究

的话语体系，无论是德里达对消解"在场形而上学"（metaphysics of presence）的能指游戏的推崇，还是德勒兹对不断游移、增殖、蔓延的"游牧"状态的描画；无论是瓦蒂莫（Gianni Vattimo）对阐释学的虚无主义底蕴的揭示，还是保罗·德曼对阅读的反叛性和颠覆性的彰显，都体现出消解可能存在的法则、规范或限度，赋予读者意义解读之充分自由的尝试。

作为一种积极的现代道德，自由有助于释放阐释的丰富潜能，使文本解读摆脱僵滞、凝固的状态，获得生成与演绎的更广阔空间。但必须注意，对自由的过分拔高又可能带来一些隐患，从而使我们对意义之限度的回归成为必然。麦金泰尔（Alasdair MacIntyre）认为，当代社会之所以充斥着无休止的道德论争，是因为人们在一种自由主义伦理观的驱使下，将一切道德判断视为个体的情感、偏见或态度的产物。当不同人坚持各自的道德判断，而无法用统一的标准来加以衡量时，紧随其后的，势必是"道德争论中尖叫之声嘶哑嘈杂"，以及"一种恼人的个人独断的现象"[①]。麦金泰尔的思考在文学阐释领域不乏回响。赫希指出，以接受美学、读者反应批评、耶鲁解构学派为代表的"读者中心批评"，一方面给读者以介入文本的自由，但另一方面，又常常使这种自由泛滥无度，而造成一些负面影响。他观察到，当读者的自由意识过度膨胀时，往往倾向于将作者弃置一旁，而占据其原本应有的位置。这样，"在先前只有一位作者的地方，如今涌现出不计其数的作者，每个人都携带着与其他人同等的权威"[②]。不难想象，当每一位读者都以权威自居，而不愿倾听不同的见解或声音时，一切的共识或一

[①] [美] 阿拉斯戴尔·麦金泰尔：《追寻美德：道德理论研究》，宋继杰译，译林出版社2008年版，第8—9页。

[②] Eric D. Hirsch, *Validity in Interpretation*, New Haven: Yale University Press, 1967, p. 5.

第二章 阐释边界的合法性论证

致性都将付诸阙如，一种言人人殊的"无政府主义"乱象也将在所难免。

更值得警惕的是，在阐释的自由中还裹挟着对文本的暴力。在某些情况下，阐释者一旦拥有了不假节制的自由，便会不自觉地以主观预设，甚至以既定的文化政治诉求为基点，对文本意义加以"一刀切"的附会和裁断。放眼现今的文学批评，类似的情况不可谓罕见：很多人一读到对女性容颜的描画，便必称"男性目光的凝视"；一读到对男女爱情的书写，便必称"欲望的觉醒和释放"；一读到对都市生活的呈现，便必称"现代性想象与消费文化的表征"。上述做法遮蔽了充满变数的文本经验，在削弱研究的有效性的同时，也表现出一种极端自我中心主义的粗暴态度。这就在一定程度上印证了周宪的论断："如果说唯一意义的阐释模式是一种对文本的暴力，那么，无限可能性和多样性的阐释则可能是另一种暴力。"① 因此，对阐释者而言，一方面，认识到自由的重要性，另一方面，又尽可能对自由加以限定和规约，便显得尤为必要。唯其如此，阐释者才不会滥用手中的自由，而造成话语的暴力，或陷入难以调和的冲突。

诚然，限度对阐释者而言不可或缺，但需要追问的是，对限度的强调是否有可能扼杀阐释的自由，使文学阅读重新回到被禁锢的状态？② 这就促使我们思考一个更复杂的问题：在"自由"和"限度"之间究竟存在着怎样的关联？

纵观伦理学的知识谱系，不难发现，大多数思想家从未否

---

① 周宪：《也说"强制阐释"——一个延伸性的回应，并答张江先生》，《文艺研究》2015 年第 1 期。

② 如有学者认为，自由乃是一切阐释行为的枢纽所在，而对阐释中限度的强调，其实是以牺牲读者的自由为代价来成就作者的自由："我并不认为以各有所异的方式来解读文本会限制批评家的自由。毕竟，作者已经在创作过程中实践了自己的自由。如果阐释者不被允许从作品中发掘出别的意义的话，这就会对他的自由造成限制。"参见 Jack W. Meiland, "Interpretation as a Cognitive Discipline", *Philosophy and Literature*, Vol. 2, No. 1, 1978, p. 44。

阐释的边界：一个文学理论关键命题的探究

认自由的价值，只不过坚信，自由绝不意味着无所约束和自行其是，它必须被安置于一个限定性的框架之内，并以对某些确定性因素的认同为必要前提。康德很早便发现，对任何具备理性思辨能力的主体而言，自由无疑是最根本的特质："我们必须承认每个具有意识的有理性的东西都是自由的，并且依从自由观念而行动。"① 但他不忘强调，主体所拥有的并不是百无禁忌的绝对自由，只有在遵循人类所共有的普遍规范的情况下，主体的选择和行动才能够符合道德的必然要求。换言之，"要这样行动，使得你的意志的准则任何时候都能同时被看做一个普遍立法的原则"②。俄国哲学家洛斯基（Nikolay Lossky）强调自由的神圣而不可剥夺，同时又指出，摆脱一切束缚、戒绝一切依据的绝对自由同样不值得追随："这种自由，像实现毫无根据的行动一样，被公正地认为是失去实证价值的自由。"③ 在洛斯基看来，自由既非受制于他人或命运，亦非超越一切限度而恣意妄为，而是呈现出在"决定论"（determinism）与"非决定论"（indeterminism）之间斡旋的状态。查尔斯·泰勒对自由与限度的关系有更深入思考。他指出，人们在过去习惯于将自身视作一个较大秩序的组成部分，对这一秩序的怀疑和突破则带来了现代自由。然而，人们在超越秩序的同时，又必须意识到，"这些秩序限制我们的同时，它们也给世界和社会生活的行为以意义"④。在很多时候，秩序提供了一个价值判断的视野（horizon）或基本框架，从而赋予自由以意义和合法性。倘若一味"听从

---

① ［德］康德：《道德形而上学原理》，苗力田译，上海人民出版社1986年版，第102页。
② ［德］康德：《道德形而上学原理》，苗力田译，上海人民出版社1986年版，第39页。
③ ［俄］尼古拉·洛斯基：《意志自由》，董友译，生活·读书·新知三联书店1992年版，第41页。
④ ［加］查尔斯·泰勒：《现代性的隐忧：需要被挽救的本真理想》，程炼译，南京大学出版社2020年版，第23页。

第二章　阐释边界的合法性论证

内心的声音"而无视任何秩序，那么，主体的一切言行都将变得难以理喻。①

由此看来，自由与限度始终紧密交织，在社会文化层面如此，在文学阐释领域亦然。作为积极、能动的主体，阐释者理应享有较充分的自由，但这种自由必须维持在一定的阈限之内，并经受社会公共规范的权衡与检验。于是，如何在自由与限度之间保持适度的平衡，便成为了需要每一位阐释者深思的问题。这种文学阐释中的"有限度的自由"，在一定程度上折射了主体的现实境遇。可以说，在当代社会中，人们一方面获得了无可比拟的自由，另一方面，又常常因失去行动依据而陷入无从取舍的状态。这样，对一个相对稳定的精神坐标加以追寻，将体现出难以忽视的伦理价值。这就如鲍曼所言，在这个充斥着不确定性的语境下，"我们怀念我们能够信任和依赖的向导，以便能够从肩上卸下一些为选择所负的责任"②。

那么，在文学阐释中，"限度"究竟意味着什么？对此，张江有较明确的回应。他一再声明，批评伦理的核心，在于"尊重文本的自在含义，尊重作者的意义表达，对文本作符合文本意义和书写者意图的说明和阐释"③。不难发现，对阐释者而言，限度主要有两个层次的内涵：首先，限度是对隐含于语言文字背后的初始性意义的尊重，这一点前文已有所阐述。其次，更重要的是，限度还意味着对文本内在属性的尊重，即阐释者应始终以文

---

① 泰勒谈道，一个人可以自由地宣称，自己最大的独特性体现在他是唯一有3732根头发的人，或者他恰好和西伯利亚平原上的某棵树一样高。但这种对独特性的指认是毫无意义的，因为它并未与一个由人类群体所建构的"可理解的背景"相关联。参见［加］查尔斯·泰勒《现代性的隐忧：需要被挽救的本真理想》，程炼译，南京大学出版社2020年版，第23、66—68页。

② ［英］齐格蒙特·鲍曼：《后现代伦理学》，张成岗译，江苏人民出版社2002年版，第24页。

③ 张江：《批评的伦理》，《求是学刊》2015年第5期。

阐释的边界：一个文学理论关键命题的探究

本经验为立足根基，切不可脱离文本实际而任意发挥，更不可出于现实功利目标，对文本加以观念先行式的粗暴处置。如果说，对作者本意的轻慢在研究中时有发生，那么，对现实文本经验的背离同样是文学阐释中的一大症候。尤其在所谓"注意力经济"的驱使下，一些批评家为吸引公众眼球或赚取文化资本，常常不加分辨地挪用一套西方话语，对文学作品做出难以自圆其说的解读，而将本然的文本经验置之度外。① 这样的做法，不啻对阐释的公正性和适当性的损害。因此，如何以文本为基点，对阐释者的自由加以行之有效的限定，以避免造成不应有的失序或混乱，这将是另一个有待深究的问题。

三 快感与职责

更进一步，阐释边界还涉及"责任"这一严肃的伦理命题。对阐释边界的拆解释放了意义的生长空间，但往往将阐释降格为一种浅表的感官享乐，在一定程度上违逆了阐释者本应恪守的精神职责。反观阐释边界的捍卫者，则将一种对责任的自觉担当融入了阐释的整个过程，这样，阐释便不只是一种文本解读的技术手段，而是流露出神圣而庄重的意味。

在伦理学中，"责任"是一个源远流长的、具有奠基意义的问题。康德这样谈道："责任应该是一切行为的实践必然性。所以，它适用于一切有理性的东西……正是由于这样缘故，它才成为对一切人类意志都有效的规律。"② 罗莎琳德·赫斯特豪斯（Rosalind

---

① 如一些学者借用精神分析理论来解读乐府民歌《孔雀东南飞》，将其中的婆媳矛盾指认为两个女人围绕儿子/丈夫的感情纠葛。这样的解读在带来新奇感的同时，也在一定程度上偏离了文本的经验事实——只要是稍微熟悉《孔雀东南飞》的读者，就知道焦母嫌弃刘兰芝的直接原因，不是潜意识中的"恋子情结"，而是其嫁入焦家数年来"无所出"。从中，我们不难感受到漠视文本所造成的负面影响。

② ［德］康德：《道德形而上学原理》，苗力田译，上海人民出版社1986年版，第77页。

第二章　阐释边界的合法性论证

Hursthouse）提出："那种具有善良意志、'出于责任感'而行动的人，与……出于美德（出于某种稳定的品质状态）而行动的人，并没有曾经以为的那么不同。"[1] 威廉·弗兰克纳（William Frankena）更是宣称，责任乃是一切道德价值的根基所在："无论一个人实际的行为动机是什么，只要他的责任感或正当行为的愿望强烈到使他尽力以某种方式履行责任，那么这个人和他的行为在道德上就是善的。"[2] 可见，责任在道德主体的建构中具有不容忽视的价值，它不仅是对承诺的信守，对分内之事的践行，还延伸至关乎生命、存在、真理、价值、尊严、自由的更广阔领域。在文学阐释场域，责任同样是一个颇具话题性的问题。具体而言，我们急需回答的是，应该将阐释视为一种充溢着快感与享乐的游戏，还是将其理解为一项需要虔敬遵守的精神职责？

从历史上看，"阐释"很早便与某种使命感休戚相关。"阐释学"（Hermeneutics）一词来源于古希腊神话中的信使神赫尔墨斯（Hermes），其最重要职责，是在天界和人间加以沟通，将诸神的晦涩难解的指令译解为可以被凡俗之人理解的言语。[3] 阐释的神圣性在基督教正典中亦有所体现。根据《圣经·旧约》记载，约瑟所具备的释梦才能，使其在埃及社会中拥有显赫地位。这同样暗示，阐释在某些情况下可能成为一种关乎国家兴衰存亡的重大事业。[4] 随后的启蒙时代，尽管驱散了环绕在阐释者身边的神圣光晕，但大多数人依然沉浸于"一种关于理性的统一性和不变性

---

[1] ［新西兰］罗莎琳德·赫斯特豪斯：《美德伦理学》，李义天译，译林出版社2016年版，第156页。

[2] ［美］威廉·K. 弗兰克纳：《伦理学》，关键译，生活·读书·新知三联书店1987年版，第147页。

[3] Richard E. Palmer, *Hermeneutics: Interpretation Theory in Schleiermacher, Dilthey, Heidegger, and Gadamer*, Evanston: Northwestern University Press, 1969, p. 13.

[4] Bruce Krajewski, "Hermeneutics and Politics", *The Blackwell Companion to Hermeneutics*, Niall Keane and Chris Lawn eds., Oxford: Blackwell, 2016, p. 72.

阐释的边界：一个文学理论关键命题的探究

的信仰"①，而将阐释视为通达这一大写的至高理性的重要路径。凡此种种，无不巩固了作为"责任"的阐释在人类文化中的核心地位。然而，自20世纪以来，阐释者所拥有的使命感不断遭到侵蚀。在很多时候，阐释不再被视为抵达理性与真理的手段，而常常被指认为一场祛除深度的，掺杂着感官愉悦的游戏。如此一来，"快感"对"责任"的剥夺便成为了一种常态。

在人类文化史上，虽不乏诸如伊壁鸠鲁学派一类的崇尚享乐者，②但总体上看，在很长一段时间内，"快感"基本上处于被压抑与遮蔽的状态。早在古希腊时期，柏拉图便强调"理式"（idea）的永恒性和肉体的速朽性，主张人们超越身体的快感而追求纯粹的知识或精神。在中世纪，禁欲主义（asceticism）成为了最核心的道德律令，欲望与享乐被视为主体自我完善的障碍，遭到彻头彻尾的管制与规训。启蒙运动尽管凸显了主体的独立性和自主性，但依然对非理性所具有的破坏力量保持警惕，其一以贯之的目标，是使快感在一个大写的理性面前俯首称臣。③自19世纪末20世纪初以来，随着理性精神所陷入的僵局，以及人们对现代生活方式的深度反思，快感的积极意义得以显现。不少人意识到，快感并非人类原始欲望的宣泄，并非一种粗陋、浅薄、空洞的感官满足，而是蕴含着积极的文化伦理意义。从尼采对充溢着

---

① ［德］E. 卡西勒：《启蒙哲学》，顾伟铭等译，山东人民出版社1988年版，第4页。

② 当然，伊壁鸠鲁学派所关注的更多是一种内向的、消极的快感，即通过对不必要之欲念的祛除，而达成一种身体的无痛苦，精神的无纷扰状态。这不同于当代学者所强调带有肉欲色彩的激进快感。

③ 有学者指出，启蒙主义拔高理性而贬抑快感的重要策略，是在"美感"和"快感"之间加以区分。在康德等人看来，美感涉及一种不掺杂功利因素的精神愉悦，因而"天生容易成为道德完善的象征"；反观快感，则充溢着粗鄙的、非理性的感官享乐，"它奴役着人们，阻碍人们由沉思而获得自由，因而是暴政式的、有害的、低俗的"。从上述观点中，不难见出快感在启蒙文化精神中的边缘地位。参见季中扬《论西方美学思想史中的快感概念》，《北方论丛》2009年第5期。

第二章 阐释边界的合法性论证

狂喜与陶醉的"酒神精神"的礼赞,到弗洛伊德对主体意识背后的性本能冲动的发掘;从马尔库塞(Herbert Marcuse)对颠覆资本主义运行机制的快感文化的阐扬,到福柯对感官享乐在抵御权力时的"策源地"意义的强调,无不将快感视为主体性建构的必要环节,甚至是一种将人类从现代性牢笼中拯救出来的手段。

在文本解读领域,快感的建构意义同样有生动表现。苏珊·桑塔格(Susan Sontag)发现,大多数人文学者(马克思和弗洛伊德是其中的重要代表)致力于建构一个阐释体系,以期揭示隐藏在表象背后的更深刻内涵。这种对阐释的执着,使公众被禁锢在一种"深度"或"内容"的幻象之中,忘记使世界以"本然如此"的状态得以呈现。长此以往,人们将变得越发麻木、迟钝,而丧失对周遭事物的血肉鲜活的本真感受。由此,桑塔格提出:"我们的任务不是在艺术作品中去发现最大量的内容,也不是从已经清楚明了的作品中榨取更多的内容。我们的任务是削弱内容,从而使我们能够看到作品本身。"[1] 换言之,有必要颠覆"揭开表层,抵达深层"的经典阐释模式,使人们直接面对充满诱惑力的经验与表象,从中获得一种不加掩饰的快感体验。罗兰·巴尔特对桑塔格的观点做出了进一步延伸。他试图以后结构主义的"文本"(text)范式来取代传统文学批评中的"作品"(work)范式。作品是一个中心化、权威性、凝固不变的存在,由一个上帝式的作者所支配和掌控;文本则是不同因素交织而成的网状组织,具有开放、流变、动态生成的特质,它为读者的自由参与和"二度创造"提供了丰富空间。[2] 基于此,巴尔特试图对文本所带来的审美效果——即所谓"文之悦"(the pleasure of text)——加

---

[1] [美]苏珊·桑塔格:《反对阐释》,程巍译,上海译文出版社 2003 年版,第 17 页。

[2] 关于巴尔特对"作品"和"文本"的更细致辨析,参见[法]罗兰·巴特《从作品到文本》,杨扬译,《文艺理论研究》1988 年第 5 期。

阐释的边界：一个文学理论关键命题的探究

以解析。他指出，文本不是抽象语言文字的聚合，而是"一种图式而非模仿的结构，可呈现以身体的形式，碎裂成诸多恋物，诸多色欲区"①。这种颇有些"活色生香"的文本形态，对阐释实践产生了深刻影响：如果说，传统文学批评关注作品中深藏不露的意义，那么，在面对文本时，阐释者常常"摒弃最终之所指的观念"，其核心关切"不在解释甚或描述，而在参与能指的游戏"。② 如此一来，阐释者将体会到一种纯粹的感官愉悦，甚至是一种类似于性高潮的"狂喜"（jouissance），而将对深层次内涵的诉求暂且搁置。

巴尔特和桑塔格的侧重点虽不尽相同，但理论宗旨具有内在的一致性：其一，他们致力于将文本置换为一个欲望的对象，一个充满刺激性和挑逗性的诱人躯体③；其二，既然文本已经被肉体化和欲望化，那么，阐释者便无须纠结于虚无缥缈的"深度"，而只需沉溺于语言文字的表象世界，从中获取酣畅淋漓的感官满足。诚然，这种以快感为核心的阐释学蕴含着一定的批判潜能。在这个趋于"平面化"和千篇一律的社会中，它有助于恢复人们的自我意识和本真体验，或者如桑塔格所言，有助于教会人们"更多地看，更多地听，更多地感觉"④。但无可否认，过分沉湎于浅表化的享乐，同样会造成一些负面效应。在桑塔格等人的言说中，潜藏着这样一个理论预设，即将语言形式和精神内涵彼此

---

① ［法］罗兰·巴特：《文之悦》，屠友祥译，上海人民出版社2009年版，第70页。
② ［法］罗兰·巴特：《文之悦》，屠友祥译，上海人民出版社2009年版，第99页。
③ 身体的隐喻在文化阐释中可谓古已有之。如约翰·奥尼尔（John O'Neill）便指出，先民习惯于用身体来比附目之所及的对象，将不同事物隐喻为身体的不同部位，通过这种形象化的方式来加深对世界的理解。当然，在巴尔特和桑塔格的理论中，身体已不再是一种洞察世界的手段，而是与语言、文本、结构、意义等因素错综交织，成为了阅读之快感的重要来源。参见［美］约翰·奥尼尔《身体形态——现代社会的五种身体》，张旭春译，春风文艺出版社1999年版，第17页。
④ ［美］苏珊·桑塔格：《反对阐释》，程巍译，上海译文出版社2003年版，第17页。

分离，将形式所衍生的快感凌驾于精神性诉求之上。殊不知，在人类文化史上，内容与形式实乃不可分离："形式不是终点：它承载着、支撑着、表现着内容——如果有内容的话。没有了内容，形式就失去了形式，因为形式是在为内容提供机会。"① 倘若驻足于形式化的表象，流连于漫无边际的能指的狂欢，而无视隐藏在形式背后的精神性维度，这无异于对阐释的目标与归宿的消解，对阐释者理应背负的精神职责的背弃。翁福雷对此颇有感触："这种对纯形式的膜拜必然会导向对空洞无物的崇拜。在这场崇拜活动中，虚无主义充当了主心骨。"②

鉴于阐释中"快感至上论"所存在的弊端，一些人文学者试图对阐释者的精神职责加以重建，由此展开对阐释边界和确定性意义的持续追问。法国哲学家皮埃尔·阿多坚称，阐释者的最重要职责乃是对客观性的诉求，而这种诉求可以上升到一种"精神修炼"（spiritual exercises）的高度。在他看来，客观性意味着一种道德转化的契机，它有助于引导我们"摆脱个体的、激情的自我片面性，而提升到理性自我的普遍性的高度"③。赫希同样将伦理之维引入阐释领域。他观察到，在面对一个不熟悉的事物时，阐释者往往会不自觉地调动既有的知识储备，将陌生的对象纳入熟悉的视域之中。这样的状况使所有人都试图从文本中揭示出自己想要发现的东西，并逐渐陷入了两种病态的思维模式：一种可称为"难以理喻的乐观主义"（unwarranted optimism），即认为每一种阐释都具有内在的合法性，因而也将保持和谐、融洽的理想化状态；另一种可称为"难以理喻的犬儒主义"

---

① ［法］米歇尔·翁福雷：《享乐主义宣言》，刘成富等译，社会科学文献出版社2016年版，第164页。
② ［法］米歇尔·翁福雷：《享乐主义宣言》，刘成富等译，社会科学文献出版社2016年版，第165页。
③ ［法］皮埃尔·阿多：《作为生活方式的哲学：皮埃尔·阿多与雅妮·卡尔利埃、阿尔诺·戴维森对话录》，姜丹丹译，上海译文出版社2014年版，第80页。

阐释的边界：一个文学理论关键命题的探究

（unwarranted cynicism），即相信一切阐释都包含着先入之见，因而始终处于激烈的分化、对抗与冲突之中，难以达成哪怕是片刻的统一。① 赫希认为，上述两种态度实际上都放弃了对阐释标准的追寻，它们终将导致"智性层面的卑劣屈服"②，以及对阐释者精神职责的淡忘与背弃。因此，他反复声明，每一位有良知的阐释者都应当担负起自己的精神职责，即怀着虔敬的心态，尽可能为变乱不定的意义世界确立一条相对明晰的边界，在最大程度上化解不同阐释之间的抵触与分歧。

张江基于对批评家和普通读者的比较，再次强调了"责任"在文学阐释中的不可替代性。

> 我不赞成理论家、批评家首先是读者的提法，也不赞成他们展开批评时，首先要以读者的身份开始。对于广大读者而言，我们认真地读你批评家的文章而不是别人的文章，是因为你是批评家，是相信你的专业水准能够告诉我们所不懂和不理解的东西。职业批评家之所以能以专业面孔生存和活动，也是因为你的职业准则是给予人们以更多的知识和思想，以及理解和体认文学的精神和方法。在这个意义上，也就是在专业和职业的意义上说，应该而且必须比普通读者高明一点，否则社会生活和文化构成不需要批评家存在。③

较之作为"业余者"的读者大众，批评家肩负着更严肃而崇高的使命，亦即以更专业的方式，为文学阅读设立最基本的

---

① Eric D. Hirsch, *Validity in Interpretation*, New Haven: Yale University Press, 1967, pp. 167 – 168.
② Eric D. Hirsch, *Validity in Interpretation*, New Haven: Yale University Press, 1967, p. 168.
③ 张江：《阐释的边界》，《学术界》2015 年第 9 期。

第二章 阐释边界的合法性论证

价值标准,从文学作品中发掘出历经时间洗礼而不变的历史底蕴和审美内涵。上述观点有助于对数字媒介时代的文学阅读加以反思。数字媒介技术的虚拟性、匿名性、超文本性,以及作者身份的隐没,一方面为草根网民提供了自由介入和解读的机会,使巴尔特"作者之死"的理想得以实现;另一方面又在一定程度上造成了对阐释权利的误用乃至滥用,带来了一些不良影响——眼下一些对"红色经典"的恶搞式、戏谑式解读,便是极为恶劣的示范。在此背景下,如何重申批评家"向他人说明和阐释文本自在含义的职责承担",以及"对文本和文学本质探索的道义承担",便成为了无法回避的问题。① 相较之下,任何后现代式的游戏与享乐,都不应成为专业批评人士逃避责任的托词。

西班牙学者费尔南多·萨瓦特尔(Fernando Savater)提出,对责任的坚持在主体的身份建构中具有奠基性作用:"'责任',就是知道:我的每一个行动,都在构成、定义、创造一个'我'。一次次选择我想做的,我就在渐渐转变成型(成为'我')。"② 在文学阐释场域,责任的重要性同样不容小觑。正是对责任的明确体认,使阐释者意识到自身的理论原点与精神归宿,从而以公正、友善、恰切的方式对待眼前的阐释对象,在一定程度上摆脱相对主义和虚无主义的阴霾。当然,在文学阐释场域,"责任"还衍生出一些更微妙的问题。首先,责任不只是对阐释边界的捍卫,同时还涉及对文学的审美属性的尊重,亦即"尊重作品的他性,对作品的独特性作出反应",而杜绝"把作品简化为熟悉的甚至是功利的东西"。③ 就文学阐释

---

① 张江:《批评的伦理》,《求是学刊》2015年第5期。
② [西班牙]费尔南多·萨瓦特尔:《伦理学的邀请》,于施洋译,北京大学出版社2015年版,第80页。
③ [英]德里克·阿特里奇:《文学的独特性》,张进等译,知识产权出版社2019年版,第190页。

阐释的边界：一个文学理论关键命题的探究

而言，对"意义之确定性"和"审美之丰富性"的诉求并非截然对立，而是兼容一体，难以分离。其次，阐释者以重建确定性为己任，并不意味着泯灭自身而消融于对象世界，并不意味着放弃自主性而接受规训与禁锢，更不意味着执着于对深层次意义的开掘，将阐释所裹挟的快感统统拒之门外。事实上，在阐释者精神职责的践履中，主体与对象、自律与他律、责任与享乐常常紧密交织，呈现出复杂的、充满张力的状态，这一点在下文中还将有所阐述。

综上，通过对尊重与自尊，自由与限度，以及快感与职责的探讨，阐释边界逐渐溢出了纯然的学术话语，而获得来自精神生活和道德实践的更坚实支撑。当然，在我们由阐释边界所衍生的伦理思考中，还存在着一些有待深究的问题。首先，需要追问的是，文本的原初意义是否唯一具备道德合法性的阐释规范？换言之，阐释者固然应当以初始性意义为皈依，但在某些情况下，基于读者主观意志的自由解读，是否同样能获得道德层面的应允与接纳？[①] 其次，众所周知，伦理学以道德为研究对象，旨在为人类生活设定规范和界限；而文学是一种语言文字的虚构，蕴含着丰富的想象和复杂的情绪体验。那么，是否可以将作为实践理性的伦理学"无差别"地引入文学阐释，而不会出现一种理论上的"强制"？再次，前文已述，在张江等人对阐释者精神职责的阐扬中，潜藏着对专业人士和草根读者的区分。这种区分在体现出合理性的同时，是否也陷入了一种生硬的"二元模式"，即一味彰

[①] 罗杰·伦丁（Roger Lundin）等人曾谈道，将一台钢琴用作柴火无疑是不道德的，但倘若一个人被困在北冰洋的一块浮冰上，在这种濒临冻死的绝境中，即使烧掉一台名贵的钢琴取暖，也不能说是僭越了伦理规范。借此，他们试图说明，虽然从伦理上看，文本原意是阐释中一以贯之的主导，但在某些特殊情况下，读者对初始性意义的灵活运用和自由发挥同样将体现出道德的合法性。参见 Roger Lundin, et al., *The Responsibility of Hermeneutics*, Grand Rapids, Michigan: William B. Eerdmans Publishing Company, 1985, p. 113。

第二章 阐释边界的合法性论证

显知识分子的精英身份,而将普通民众的智性参与排除在外?[①]以上这些问题,吁请我们采取更具开放性的阐释策略,使确定性意义不再固守于一条凝滞的边界之内,而呈现出能动、灵活、充满变数的形态。

本章小结

阐释边界的合法性并非植根于理论言说的周密和自成体系,而更多关涉到不确定性意义观所面临的真实困境。首先,在逻辑论证层面,不确定性在消解阐释边界并释放阐释潜能的同时,也造成了规范的缺席和共识的阙如,并于无形中将自身设置为一个新的意义中心。其次,在认知心理层面,不确定性的根基在于对"视角"的迷恋,它将煽动人们沉湎于稍纵即逝的印象和感受,而背弃对稳定性与完整性的本然想往。再次,在知识话语层面,通过对分裂与动荡的礼赞,不确定性过度渲染"人文"和"科学"之间的隔阂与殊异,故而,也掩盖了二者对知识、价值、真理等确定性因素的普遍追寻。复次,在文化伦理层面,不确定性标志着自我对他者的扭曲,自由对限度的遮蔽,以及阐释者对其精神职责的违逆,从而暗示出一种伦理上的堕落或沦丧。以上种种,暴露了不确定性意义观所固有的缺陷,使我们对阐释边界的回溯在一定程度上成为必然。

[①] 如周宪便提出,文学阐释固然是职业批评家的职责,但文学所具有的开放性和包容性,又使其成为了"一个人人参与的文化活动","一个人皆有之的爱好"。在这种情况下,对批评家的专业素养和特殊使命的强调,便可能遮蔽读者大众参与文学批评的平等权利。参见周宪《从文本意义到文学意义》,《求是学刊》2015年第5期。

第三章　阐释边界的建构路径

本章对阐释边界的建构路径加以考察。前文提及，不确定性在试图瓦解阐释边界的同时，也暴露出一些局限或悖谬之处，在一定程度上印证了边界的合乎情理。但随之而来的一个问题是，对阐释边界的执着，是否又会带来某些阻碍或桎梏，从而扼杀文学意义所拥有的丰富演绎空间？在此，有必要将阐释边界置于文学理论从"现代"到"后现代"的脉络中来思考。

应该说，现代性的要旨，在于对"大叙事"（grand narratives）的建构。按照利奥塔的说法，大叙事是关于人类、启蒙、科学、真理、信仰等问题的合法化论证，它将某一理论学说提升至普遍、绝对、放之四海而皆准的高度，使之成为不言自明的基点和归宿。同时，利奥塔断言，大叙事在后现代状态下势必陷入危机：

> 叙述功能失去了自己的功能装置：伟大的英雄、伟大的冒险、伟大的航程以及伟大的目标。它分解为叙述性语言元素的云团，但其中也有指示性语言元素、规定性语言元素、描写性语言元素等，每个云团都带着自己独特的语用学化合价。我们大家都生活在许多语用学化合价的交叉路口。我们并不一定构成稳定的语言组合，而且我们构成的语言组合也并不一定具有可交流的性质。①

---

① ［法］让-弗朗索瓦·利奥塔：《后现代状况：关于知识的报告》，车槿山译，生活·读书·新知三联书店1997年版，"引言"第2页。

第三章　阐释边界的建构路径

后现代主义的特征，乃是对个体性和差异性的宽容，它拒斥大叙事所蕴含的总体化诉求，转而强调，不同理论话语自有其存在理由，并终将从不同向度彰显其价值和合法性，这就为一种地方化的"小叙事"（little narratives）提供了生长空间。利奥塔的观点很容易让人想到阿多诺（Theodor Adorno）的论说。阿多诺认为，现代性的一个必然结果，是"同一性"（identity）思维的泛滥。同一性意味着一种先验、永恒、绝对的认知模式，它将一切地方性、偶然性和特殊性纳入一个总体化、同质化、中心化的体系之中。故而，同一性往往演变为一种暴力，将个性化的见解和声音统统扼杀。作为对同一性思维的反拨，阿多诺借鉴本雅明（Walter Benjamin）的说法，推崇一种思维的"星丛"（constellation）状态。如同宇宙中繁复、驳杂、难以计数的群星一般，星丛式的理论话语表现出明显的异质性和不可通约性，无法被某种"大一统"的理论构架所规约。对此，阿多诺的说法颇为传神："作为星丛，理论化的思想围绕着它想开启的概念的轨道转，希望概念像妥善保管财物的保险箱的锁突然弹开一样，不是通过一把钥匙或一个密码，而是通过一个密码组合。"[1]

利奥塔和阿多诺的观点在一定程度上适用于对阐释边界的界说。大体说来，在现代文论话语中，阐释边界充当了一种大叙事，或一个同一性的认知模式，其要旨在于将意义之确定性设定为不容置疑的中心，将一切的边缘性、局部性、差异性解读拒之门外。自20世纪下半叶以来，人们对阐释边界的理解则深受后现代思潮影响，他们意识到，边界并非一成不变的同质化体系，而是蕴含着多层次的复杂内涵，它无法由单一的理论话语所框定，而是涉及主体、意图、语言、文本、意义、文化、惯例、话语权等文学理论中的重要问题，经由多元化的思想进

---

[1] ［德］阿多尔诺：《否定的辩证法》，王凤才译，商务印书馆2019年版，第186页。

阐释的边界：一个文学理论关键命题的探究

路而得以建构。因此，在当代文学理论中，阐释边界将摆脱大叙事或同一性的垄断，而呈现出带有小叙事或星丛特质的更丰富表现形态。

基于此，我们试图从不同视角出发，探究阐释边界在当代文论话语中的建构路径。参照马克斯·韦伯"理想型"（idea type）的分类方式，我们认为，阐释边界主要遵循如下四条路径得以构造：作者意图路径，文本中心路径，文化惯例路径，以及交互主体性路径。

第一节　作者意图路径

在阐释边界的建构中，"作者意图"（authorial intention）是一条至关重要的路径。科幻小说《三体》的读者，想必对小说中云天明讲述的三个童话记忆犹新。三个童话奇谲怪诞、扑朔迷离，但又神谕般地昭示了人类在末日的求生之途。全人类倾尽心力，只为破译编织其中的，与自身命运休戚相关的重要信息。其实，上述桥段所暗示的是作者意图在文学活动中的微妙境遇：首先，意图是一种未知的诱惑，吸引读者不断对其加以追问与揭秘；其次，在寻觅意图的过程中，读者发现，意图如镜花水月般难以企及，甚至其存在本身便令人生疑；最后，无论如何，意图依然以不同方式彰显其合法性，同时，对意图的孜孜以求仍将是人们挥之不去的内在冲动。近些年来，随着学界对阐释边界的频繁讨论，"作者意图是否在场"更是成为了一个引人注目的议题。[①] 在本节中，我们将围绕意图的本体构造、精神蕴含、演绎形态和实

---

① 相关研究见张江《"意图"在不在场》（《社会科学战线》2016年第9期），周宪《文本阐释与作者意图》（《社会科学战线》2017年第2期），赵炎秋《作者意图和文学作品》（《社会科学战线》2017年第4期），刘毅青《作者意图的隐匿性及其阐释》（《人文杂志》2019年第9期），高建平《作为阐释活动中预设存在项的作者意图》（《探索与争鸣》2020年第4期），等等。

践路径予以探究，揭示作者意图对阐释边界的建构作用。

一 意图的本体构造

要说清作者意图这一问题，首先应对其本体论内涵有所把握。在不少人眼中，意图理应等同于作者的精神活动。按照《牛津英语词典》的定义，意图主要指"批评家从作者的作品中发现的目标（aim）或构想（design）"①，这就说明了意图和作者之间的紧密关联。新批评的领袖维姆萨特（William K. Wimsatt）和比尔兹利（Monroe C. Beardsley）则坚称："所谓意图就是作者内心的构思或计划。意图同作者对自己作品的态度，他的看法，他动笔的始因等有着显著的关联。"②"艺术家的意图是其头脑中的一系列状态或事件：他打算做什么，他在创作之前或之中是如何想象或筹划其作品的。"③ 上述言论不乏中肯之处，但遮蔽了意图在生成和演绎中涉及的更复杂维度。事实上，意图一方面与作者紧密关联，另一方面又潜移默化地渗入文学研究的理论家族，在充满张力的状态下彰显其独特性。或如有学者所言，意图与其说是一种内在的心理体验，不如说是"一种绵延于作者、作品和读者之间的关系性存在"④。

首先，意图同作者的表意实践息息相关。从逻辑上讲，作者是意图的肇始之处，他将某些态度、理念或价值判断埋藏于文本之中，以待读者发掘和领悟。同时，正是作者的心理投射和意义赋予，使意图呈现出最基本的轮廓或状貌。基于此，华兹

---

① J. A. Simpson and E. S. Weiner, eds., *The Oxford English Dictionary* Ⅶ, Oxford: Clarendon Press, 1989, p. 1079.

② ［美］威廉·K. 维姆萨特、［美］蒙罗·C. 比尔兹利：《意图谬见》，罗少丹译，载赵毅衡编选《"新批评"文集》，中国社会科学出版社1988年版，第209页。

③ Monroe C. Beardsley, *Aesthetics: Problems in the Philosophy of Criticism*, New York: Hackett Publishing, 1958, p. 17.

④ 汪正龙：《论文学意图》，《文学评论》2002年第3期。

阐释的边界：一个文学理论关键命题的探究

华斯才会断言，"一切好诗都是强烈情感的自然流露"①；圣伯夫（Sainte-Beuve）才会相信，"任何一部伟大作品，只能由一个灵魂、一个独特的精神状态产生——这是一般的规律"②；中国古典文论也才会将"知人论世"奉为解码文本意义的重要方法。直到今天，尽管传统传记批评早已饱受诟病，但借助作者的生平经历来推求其意图的做法仍未失去市场。小说家略萨（Vargas Llosa）说道，即使在最天马行空的叙述中，"都有可能钩出一个出发点，一个核心的种子，它们与虚构者的大量生活经验根深蒂固地联系在一起"③。卡尔·西蒙斯（Karl Simms）发现，虽然伽达默尔将保罗·策兰（Paul Celan）的诗歌《托特瑙山》视为真理的自行显现，而将作者之意排除在外；但反讽的是，正是伽氏对策兰的大屠杀记忆的谙熟，才使其拥有远胜于普通读者的洞见。④ 伊格尔顿结合夏绿蒂·勃朗特"家庭教师"的经历，对其笔下人物加以深究。他指出，家庭教师一方面是"仆佣"，另一方面又是具备精神导师气质的"高级仆佣"，前者意味着"需要勤勉顺从、自我牺牲的社会角色"，后者则"拥有想象力和受过培训的情感结构"。⑤ 二者协同作用，造就了简·爱等形象集克制与激情、驯顺与反叛、审慎与果决于一体的人格特征。当然，在文本解读中，完全寄希望于作者是不现实的：作者在创作中可能弃置或变更其意图；可能纳入不属于原初意图的内容；可能故布疑阵，使意图变得晦暗不清、难以辨认；在某些情况下，作者究竟何许人

---

① ［英］W. 华兹华斯：《〈抒情歌谣集〉序言》，曹葆华译，载王春元、钱中文主编《英国作家论文学》，生活·读书·新知三联书店1985年版，第16页。
② 伍蠡甫主编：《西方文论选》下卷，上海译文出版社1979年版，第204页。
③ ［秘鲁］马里奥·巴尔加斯·略萨：《给青年小说家的信》，赵德明译，上海文艺出版社2016年版，第18页。
④ Karl Simms, *Hans-Georg Gadamer*, London and New York：Routledge, 2015, pp. 104 – 105.
⑤ ［英］特里·伊格尔顿：《勃朗特姐妹：权力的神话》，高晓玲译，中信出版社2019年版，第26页。

也尚不得而知,更遑论对其意图加以判定。因此,我们有必要超越作者的限度,探究意图在概念构造上的更复杂形态。

其次,意图并非纯粹的作者之意,还必须由作为"语言编织物"的文本传递和塑造。因此,文本同样是意图建构中不可缺失的环节。在20世纪40年代,维姆萨特和比尔兹利曾提出"意图谬见"(intentional fallacy)一说,强调文本所固有的完整性和独立性,并试图削弱意图在阐释中的核心地位。他们这样说道:"就衡量一部文学作品成功与否来说,作者的构思或意图既不是一个适用的标准,也不是一个理想的标准。"[①] 但稍加细究,不难发现两位学者从未将意图一笔勾销,只是将其限定于"由文本直接或间接呈现的内容"[②]。换言之,他们所关注的意图不同于作者的传记信息,亦有别于作者的内心活动,而是作者之意在白纸黑字的文本中真正"生效"的那一部分。唯有这内聚于文本的意义成分,才是需要批评家持续追索的对象。对此,不少研究者已有所回应。伊格尔顿观察到,"作品的意图——也就是作品被组织起来实现的目的——与作者心中的想法有时并不完全等同"[③]。艾柯提出,对意图的识别"实际上就是确认一种语义策略(a semiotic strategy)","有时这种语义策略可以根据业已确立起来的文体成规(stylistic convention)来判断"。[④] 更饶有趣味的,是美国学者赫希对"言说主体"(speaking subject)的设定。言说主体并非血肉鲜活的现实作者,而是一个非人格化的结构单位,它对应

---

① [美]威廉·K.维姆萨特、[美]蒙罗·C.比尔兹利:《意图谬见》,罗少丹译,载赵毅衡编选《"新批评"文集》,中国社会科学出版社1988年版,第209页。

② Wendell V. Harris, *Literary Meaning: Reclaiming the Study of Literature*, London: Macmillan, 1996, p.94.

③ [英]特里·伊格尔顿:《文学事件》,阴志科译,河南大学出版社2017年版,第169页。

④ [意]安贝托·艾柯等:《诠释与过度诠释》,王宇根译,生活·读书·新知三联书店2005年版,第68页。

阐释的边界：一个文学理论关键命题的探究

于"作者对言语意义加以具体化或确认的'部分'"[①]。言说主体的最重要作用，乃是将作者杂乱纷繁的创作心理固化于文本层面，使之呈现出有迹可循、真切可感的面貌。上述观点既承认作者对意图的赋予，又凸显了内在于文本的公共语言规范对意图的约束，从而实现了主体性（subjectivity）与文本性（textuality）在一定限度内的交融。

再次，意图不仅由作者所规划，由文本所复现，还必须通过读者的解码与阐释而最终完成。阿尔维托·曼古埃尔（Alberto Manguel）曾谈道："作者是讯息的制造者、符号的创造者，但是这些符号和讯息需要一个法术家来破解它们，辨认出它们的意义，赋予它们声音。"[②] 这就暗示了读者之于意图的重要性。伴随晚近"读者转向"的兴起，越来越多的研究者发现，文本不过是一种僵滞、沉重、无生气的客体，而非意图适宜的安置之所；唯有在读者目光的审视下，隐匿于字里行间的意图才有机会践履其潜能。更进一步，意图还因读者的参与而呈现出多元化的形态。阿兰·古德曼（Alan Goldman）观察到，在作者的表意实践中，固然包含着形诸文本的、确凿无疑的字面断言；但更重要的，要数作者借语言符号所构筑的虚拟世界，其中潜藏着大量悬而未决的不确定因素——如海伦究竟拥有怎样的惊世容颜，盖茨比究竟以何种方式一夜暴富，"白象似群山"的背后究竟有何种神秘指涉，等等。[③] 这些令人费解的"意义空白"（blanks），吁请读者介入文本，调用自身的知识积淀和文化想象，对作者未曾言明之处加以填充。由此，意图将超越

---

① Eric D. Hirsch, "Objective Interpretation", *PMLA*, Vol. 75, No. 4, 1960, p. 478.

② ［加］阿尔维托·曼古埃尔：《阅读史》，吴昌杰译，商务印书馆 2002 年版，第 219 页。

③ Alan Goldman, "The Sun Also Rises: Incompatible Interpretations", *Is There a Single Right Interpretation?*, Michael Krausz ed., University Park: The Pennsylvania State University Press, 2002, pp. 18–19.

第三章　阐释边界的建构路径

"此时此地"的局限性，而获取绵延与生长的更充分空间。在读者对意图的发掘中，还涉及"恢复"与"创造"的复杂纠葛。近几十年来，人们越发聚焦于读者的能动性和生产性，相信读者可依凭各自的情趣和禀赋，对留存于文本的意图加以接续、修正乃至"创造性误读"。然而，无论何时，对意图的恢复都将是必不可少的工作。戴维·诺维茨（David Novitz）曾区分"澄明性阐释"（elucidatory interpretation）和"书写性阐释"（writerly interpretation）这两种阅读范式：前者致力于消除歧义，尽可能重建作者的原初意图；后者深受巴尔特"可写之文"（writerly texts）的启发，强调读者可采取多种方式，赋予单一的作者原意以纷纭多样的特质。[1] 诚然，书写性阐释使文本充满魅力，但倘若没有对初始性意图的"澄明"，再精妙的"书写"都将失去立足根基。一言以蔽之，对意图的解读"首先是一个恢复问题，其次才是一个创造问题"[2]。

由上可知，意图不止于作者的心理状态或情感体验，而是一个在多种文学要素的"力场"中生成的关系性范畴。意图之于作者，是一种有意识构造并传递意义的精神行为；意图之于文本，是由语词所凝聚的或隐或显的意义印记；意图之于读者，是有待从不同视域出发来破解的密码或谜题。[3] 很多研究者往往着眼于意图内涵中的某一侧面，而未能在一个"作者赋义—文本传义—读者释义"的完整链条上对意图的丰富性加以揭示。当

---

[1] David Novitz, "Against Critical Pluralism", *Is There a Single Right Interpretation?*, Michael Krausz ed., University Park: The Pennsylvania State University Press, 2002, pp. 105 – 108.

[2] 汪正龙：《文学意义研究》，南京大学出版社 2002 年版，第 62 页。

[3] 乔纳森·卡勒有言："一部作品的意义并不是作者在某个时刻脑子里所想的东西，也不单单是文本内在的属性，或者读者的经验。……它既是一个主体的经验，同时又是一个文本的属性。它既是我们的知识，又是我们试图在文本中得到的知识。"这就道出了意图与诸多文学要素的复杂关联。参见［美］乔纳森·卡勒《文学理论入门》，李平译，译林出版社 2008 年版，第 71 页。

阐释的边界：一个文学理论关键命题的探究

然，在意图的多层次构造中，作者是最基本、最核心的维度，他是意图的起点和肇因，同时规定了意图传递与接收的总体方向。因此，在现今的学术话语中，意图在大多数情况下基本等同于"作者意图"。

二　意图与阐释边界的建构

作为建构阐释边界的重要路径，在文学理论的历史叙事中，意图的境遇可谓跌宕起伏。中世纪的《圣经》阐释学一方面强调文本内涵的复杂性，另一方面又格外关注文本中唯一真实的"意图"或"原意"。但必须注意，这种意图或原意的拥有者，并非世俗意义上的作家或艺术家，而是作为宇宙万物之缔造者的上帝。这样，阐释者也就不必纠结于个别的作者意图，而只需对潜藏在圣典文字背后的大写的"神之意旨"加以揭示。[①] 随着文艺复兴对人性复苏的礼赞，启蒙运动对"我思"之批判性的推崇，以及浪漫主义对情感、想象与个性的张扬，作为普通人的创作者得到了越来越多的关注，其意图更是上升为阐释中不容僭越的准则。

在个体意图被不断凸显的过程中，启蒙运动体现出尤为重要的意义。托多罗夫（Tzvetan Todorov）认为，启蒙运动的一大特征，乃是对个体的独立性和自主性的强调。这就有助于创作者摆脱上帝的宰制与支配，成为文学艺术这一独特场域的绝对主导。

> 个体的自主延伸到他生活和创作的范围内。个体的自主导致对由不服从于几何学要求或实用目的的森林、湍流、林中空地和丘陵构成的自然界的发现。它同时也给艺术家和他们的实践一个崭新的位置。画家和音乐家、演员和作家不再

[①] 殷鼎：《理解的命运：解释学初论》，生活·读书·新知三联书店1988年版，第6页。

第三章　阐释边界的建构路径

仅仅是逗乐者或装饰匠，也不再仅仅是上帝、国王或主人的仆人，而成为具有代表性的一种深受欢迎的活动的化身：艺术创作者就是那样的人，他们自己来决定自己作品的内容并准备使之为纯人文的享受所用。这两方面的开发同时表明感性世界被赋予新的尊严。[1]

在启蒙精神的辉映下，"人变成作品的中心，因为他是世界的中心——或者更确切地说，他是世界意义的生发者"[2]。这样，创造者将无异于主宰一个微观宇宙的上帝，其意图自然也将成为阐释者奉若圭臬的律令。[3] 这种对作者之意的彰显在浪漫主义文论中得到了更有力回响。艾布拉姆斯观察到，在浪漫主义视域内，存在着三种主要的批评模式，即"根据作者来解释他的作品""从作品中读解其作者"，以及"借阅读作品来发现作者"。[4] 三者的侧重点各有不同，但无一例外地将文学视为创作者精神的投射，试图通过对作者精神世界的趋近而实现对文本意义的把握。一言以蔽之，在浪漫主义者看来，文本意义的最重要肇因，在于"诗人的情感和愿望寻求表现的冲动，或者说是象造物主那样具有内在动力的'创造性'想象的迫使"[5]。

---

[1]　[法] 茨维坦·托多罗夫：《启蒙的精神》，马利红译，华东师范大学出版社2012年版，第18页。

[2]　[法] 茨维坦·托多罗夫：《启蒙的精神》，马利红译，华东师范大学出版社2012年版，第109页。

[3]　当然，托多罗夫不忘指出，启蒙运动在提升创作者地位的同时，也推动了接受者的反思性和自我意识的增强。对接受者而言，"认知的自主来自任何权威都不能免受批判的原则，无论这权威多稳固和多有威望。认知只有两个来源，理性和经验，且二者人人可得"。这就在一定程度上为意图之权威的瓦解埋下了伏笔。参见 [法] 茨维坦·托多罗夫《启蒙的精神》，马利红译，华东师范大学出版社2012年版，第16页。

[4]　[美] M. H. 艾布拉姆斯：《镜与灯：浪漫主义文论及批评传统》，郦稚牛等译，北京大学出版社1989年版，第362页。

[5]　[美] M. H. 艾布拉姆斯：《镜与灯：浪漫主义文论及批评传统》，郦稚牛等译，北京大学出版社1989年版，第26页。

阐释的边界：一个文学理论关键命题的探究

在阐释学发展的很长一个阶段，作者意图的重要性得到了不断的强调。作为阐释学学科的创建者，丹豪尔明言，阐释学的要旨在于说明何为作者意指之物，从而使真实与虚假的意义彼此区分。斯宾诺莎将理解文本的"真理内容"和"作者意图"视为两个并行不悖的维度。他相信，当我们面对文本中晦涩不明之处时，便有必要从历史材料中推求作者精神，以此来推动理解的完成。德国学者雷姆巴赫提出，语词乃是思想的表现，而思想又总是与情感紧密交织。因此，他试图建构一种"感情的阐释学"（Hermeneutics of Feelings），意在通过对创作者情感和心性的洞察而理解其言说。鲍姆嘉通的弟子迈耶尔提出，世界以符号的形态而显现，对符号的阐释又必须追溯到符号的创造者。就世界万物中的绝大多数而言，符号的创造者是上帝，就文学艺术等人造物而言，符号的创造者是作者。这同样强调了作者意图在阐释中难以替代的作用。沃尔夫宣称，阐释学的目标不只是理解语词意义，更在于深入作者的精神世界，尽可能像作者本人一样好地理解其蕴含在字里行间的思想。现代阐释学的先驱阿斯特提出，对历史性文本的理解，需要同时把握个体的"作者精神"和普遍的"时代精神"这两个维度。由于作者精神是某种更普遍精神的映射或显现，因此，阐释者有必要以作者意图为契机，基于对个体微观宇宙的洞察而达成对原初而纯粹的时代精神的观照。[①] 以上诸家虽风格各异，但无不将作者视为阐释活动的核心，将重构作者意图视为消除混乱或分歧，揭示确定性意义的关键环节。这种"作者中心论"的最重要代表，是德国哲学家施莱尔马赫。在他看来，误解（misunderstanding）是人类经验中的常态，而消除误解的最有效方式，恰恰是回归作者的原初意图，"重新发现作者与

---

① 对丹豪尔等人观点的更详尽讨论，可参见潘德荣《西方诠释学史》，北京大学出版社 2016 年版，第 193—247 页。

第三章 阐释边界的建构路径

读者之间的原始关联（original relationship）"①。

如果说，在一个较大的时间跨度内，作者意图是阐释中唯一可靠的依据。那么，自20世纪以来，伴随研究者对主体、对作者、对中心化秩序的质疑，意图在文学研究中的合法性被不断褫夺。通而观之，当代文论话语对意图的冲击表现在两个方面：其一，是以形式主义、新批评、结构主义为代表的文本中心论批评，它促使人们将目光转向文学语言的独特审美效应，转向文本作为一个封闭体系的独立自足性，转向语言表象背后的恒定模式和抽象规律。在此过程中，意图常常被贬抑为无关痛痒的"点缀"或"附庸"。其二，是以相对主义和差异性为导向，拒斥一切"本质"或"中心"的后结构主义思想，它鼓动一大批理论家从不同视域出发，对长期以来充当"元话语"的意图加以强烈质疑。无论是德里达对超出作者控制的"能指游戏"的书写，还是福柯对意图的权力话语建构属性的揭示；无论是巴尔特对"作者死亡"背景下"读者重生"的展望，还是布鲁姆等人关于"一切阅读皆为误读"的激进宣言，都体现出将意图作为人文学术之桎梏而拆解的尝试。可以说，在当代文论话语中，反意图论（anti-intentionalism）已然是一种时尚，甚至是一种"政治正确"。这样，"意图之合法性何在"便成为了一个亟待回答的问题。

然而，作者意图在遭受重创的同时，又常常展现出强韧而难以磨灭的一面。赫希于1967年出版《阐释的有效性》一书，明确将作者意图规定为"评判阐释之有效性的恰切的原则"②。沃尔特斯多夫（Nicholas Wolterstorff）则提出"唤醒作者"（resuscitating the author）的口号，宣称作者及其意图从未死去，只是需要

---

① Friedrich Schleiermacher, "The Hermeneutics: Outline of the 1819 Lectures", *The Hermeneutic Tradition: From Ast to Ricoeur*, Gayle L. Ormiston and Alan D. Schrift eds., New York: State University of New York Press, 1990, p. 90.

② Eric D. Hirsch, *Validity in Interpretation*, New Haven: Yale University Press, 1967, p. 3.

阐释的边界：一个文学理论关键命题的探究

在新的情境下被不断激活与更新。① 基于此，居尔、欧文、米切尔舍林（Jeff Mitscherling）、列文森（Jerrold Levinson）、卡纳普（Steven Knapp）、迈克尔斯（Walter B. Michaels）、艾斯明格（Gary Iseminger）等人秉持意图论（intentionalism）立场，试图对意图的内在价值加以探究。可以说，意图在当代文论中一方面遭到遮蔽，另一方面又体现出参与阐释活动并构造阐释边界的强大潜能。

首先，文学作品作为人的造物，势必折射出主体意识活动的脉络和踪迹。因此，作者意图并非无足轻重的附属物，而是与文学意义的生成和演绎休戚相关。斯蒂芬·戴维斯（Stephen Davies）等人编撰的《美学手册》认为，通过意图来探究文本意义一直是批评家的心理"定式"："既然一个艺术品是某人所创制之物，那么，它必须——至少在一定程度上——参照其创作者的意图而得以评判。"② 德里克·阿特里奇提出，尽管"作者之死"的口号已越发响亮，但人们在面对文本时，总会有意无意地预设一种"作者性"（authoredness）的在场："它指我们正阅读的文字是精神事件的产品，或是参与到处理语言意义过程的一系列事件的产品。我们可能对一篇特定文本的作者一无所知，甚至也不知道他的名字，但我们可以在被创造出的预设基础上阅读那篇文本，因为它至少是由一种（几乎肯定是'人的'）思想所调解的作品。"③ 更有意思的，是新实用主义者卡纳普和迈克尔斯的观点。在《反对理论》一文中，他们以波浪冲蚀沙滩后留下的诗行

---

① Nicholas Wolterstorff, "Resuscitating the Author", *Hermeneutics at the Crossroads*, James K. A. Smith and Bruce Ellis Benson eds., Bloomington and Indianapolis: Indiana University Press, 2006, p. 35.

② Stephen Davies, et al., eds., *A Companion to Aesthetics*, Oxford: Blackwell, 2009, p. 366.

③ ［英］德里克·阿特里奇：《文学的独特性》，张进等译，知识产权出版社2019年版，第149—150页。

第三章 阐释边界的建构路径

为例,指出在面对此类神秘玄奥的痕迹时,理应想象一个隐匿其中的有意图的主体(如诗人复苏的灵魂,或一位盖娅式的自然神),若非如此,这首"波浪诗"便无法被视为含义隽永的作品,充其量只是偶然形成、稍纵即逝的自然现象而已。[1] 由此,二人断言,意图"既无法附加在意义上,又无法从意义中祛除"[2],而是与意义相伴相生、交融一体。

其次,作为主体表意实践的基点,意图所蕴含的是清晰、明确、自我同一的法则,这就为阐释边界的形成,为意义之确定性的呈现提供了保障。赫希观察到,反意图论一方面颠覆了作者的权威,激活了读者参与文本的潜能;但另一方面又使读者占据了作者过去的权威地位。一旦所有的读者都以权威自居,将自己的看法或意见奉为至高律令,那么,阐释将失去赖以维系的坐标,陷入言人人殊的混乱状态。由此,赫希对意图的重要性做出了进一步阐发。他将文本意义划分为本原性的"意义"(meaning)和衍生性的"意味"(significance)两个维度。意义基本等同于作者意图,即"作者借助特定语言符号所传递的内容";意味则是一种较为灵活、自由的存在,即"意义同某个人、某个概念、某种情境或任何可以想见之物的关系"。[3] 赫希承认,意味的变动性和生长性将使文本增色不少;但他同样强调,哪怕是再天马行空的意味也必须以意义为评判标准。这就好比,王子只有在水晶鞋的指引下,才能在万花丛中找到自己心心念念的灰姑娘,而作者的原初意义恰恰便是那只凝聚着规范性和标准性的"水晶鞋":"一旦承认一种意义可以改变其属性,那么,我们将无法从所有候选人中找到真正的灰姑娘。作为可信依据的水晶鞋已不复存在,因为旧

---

[1] Steven Knapp and Walter B. Michaels, "Against Theory", *Critical Inquiry*, Vol. 8, No. 4, 1982, pp. 727–728.

[2] Steven Knapp and Walter B. Michaels, "Against Theory", *Critical Inquiry*, Vol. 8, No. 4, 1982, p. 736.

[3] Eric D. Hirsch, *Validity in Interpretation*, New Haven: Yale University Press, 1967, p. 8.

阐释的边界：一个文学理论关键命题的探究

的鞋子已不再适合新的灰姑娘了。"① 对此，安托万·孔帕尼翁（Antoine Compagnon）深表赞同："唯有承认作者意图存在的可能并参照之，在阐释中利用一致性和复杂性标准才有意义。"② 舒斯特曼（Richard Shusterman）则有更深入的思考。他相信，作者意图的规范性不同于一成不变的绝对性。在阐释活动中，意图一方面保证了"客观真理的可能性和文学阐释的一致性"，另一方面，其内在于作者精神的隐晦和难以捉摸，又暗示"这种客观真理或意义无法被一劳永逸地完全确证"。③ 这样，意图将体现出调适与更新的能动性，从而在一定程度上摆脱本质主义（essentialism）的困局。

再次，在具体的阐释实践中，尤其是在面对一些比较特殊的情况时，作者意图往往能起到重要的参照作用。丹尼尔·纳森（Daniel O. Nathan）指出，当文本中出现隐喻（即作者以此物来暗示彼物）或反讽（即作者刻意"正话反说"或"反话正说"）的桥段时，人们无法从字面上把握文本意义，而只能通过诉诸作者意图来设定意义的大致范围。④ 托尔斯滕·彼得森（Torsten Pettersson）发现，阐释者有时会就同一文本做出无法兼容（incompatible）的解读。譬如，他们可以将亨利·詹姆斯《螺丝在拧紧》中的幽灵解释为真实的灵异现象，也可以将其解释为女家庭教师在精神失常状态下的臆想。从逻辑上讲，两种彼此悖逆的解读不可能皆为正确（就如一个人不可能既站着又坐着一般），阐释者势必在二者之间做出相对明确的选择。在彼得森看来，作者意图恰恰为化解阐释的逻辑困境提供了方案，它有助于阐释

---

① Eric D. Hirsch, *Validity in Interpretation*, New Haven: Yale University Press, 1967, p. 46.

② [法] 安托万·孔帕尼翁：《理论的幽灵——文学与常识》，吴泓缈等译，南京大学出版社 2011 年版，第 86 页。

③ Richard Shusterman, "Interpretation, Intention, and Truth", *Intention and Interpretation*, Gary Iseminger ed., Philadelphia: Temple University Press, 1992, p. 67.

④ Daniel O. Nathan, "Irony, Metaphor, and the Problem of Intention", *Intention and Interpretation*, Gary Iseminger ed., Philadelphia: Temple University Press, 1992, p. 182.

第三章　阐释边界的建构路径

者建构认知坐标，从彼此冲突的解读中找到更具正确之可能性的选项。[1] 刘毅青观察到，在特定时代背景下，作者为规避政治压力或文化审查制度，会通过虚构、扭曲、象征、暗示、佯装等手段，传达出某些言外之意。面对这些"隐微写作"的文本，对意图的回溯起到了拨云见日的作用，它不仅有助于呈现作品的本真内涵，同时也将推动人们由点及面，重构作者创作的原初语境。[2] 此外，在反意图论者的话语场域中，还潜藏着可笑的"双重标准"——在他们将作者意图拒之门外时，又渴望所有人对自己的观点深信不疑，于无形中将一种反意图的"意图"擢升为至高法则。有学者这样说道："在巴尔特宣称'作者死去'时，他所创作的文本却并非没有作者。"[3] 欧文则一语道破了反意图论的虚伪性："这是一个奇怪的现象，那些习惯于无视作者意图的人，常常因自己的意图被别人忽视而心烦意乱。"[4]

在当代文论话语中，对作者意图的摒弃是一个值得深究的问题，其中涉及中心与边缘、界限与越界、结构与解构、理性与非理性、同一性与差异性等因素的错综交织。基于此，赫希等人试图说明，意图在当下或许已成为明日黄花，甚至已成为一种孱弱而虚无的幻象；但同时，意图又是一种"必要的幻象"，它充当了理解与阐释的重要参照，有助于从多方面维系文学活动中的动态平衡。当然，说到底，作者意图"更多的是一个分析性的历史范畴，而不是一个实证性的科学范畴"[5]，它具有构造阐释边界的

---

[1] Torsten Pettersson, "The Literary Work as a Pliable Entity: Combining Realism and Pluralism", *Is There a Single Right Interpretation?*, Michael Krausz ed., University Park: The Pennsylvania State University Press, 2002, p.214.

[2] 刘毅青:《作者意图的隐匿性及其阐释》,《人文杂志》2019 年第 9 期。

[3] Donald E. Pease, "Author", *Critical Terms for Literary Study*, Frank Lentricchia and Thomas McLaug eds., Chicago: University of Chicago Press, 1990, p.112.

[4] William Irwin, *Intentionalist Interpretation: A Philosophical Explanation and Defense*, Westport, Conn: Greenwood Press, 1999, p.23.

[5] 汪正龙:《论文学意图》,《文学评论》2002 年第 3 期。

阐释的边界：一个文学理论关键命题的探究

能力，但显然无法应对阐释中的所有难题。彼得森指出，诉诸意图只能解答一些"地方性"的疑惑，在面对体量较大的文本时往往收效甚微。① 孔帕尼翁则以"打网球"为喻来说明意图作为阐释标准的特殊性——正如网球手只是将球打向前方，而从未规定其精确落点，意图或许为阐释提供了大致明晰的框架，但不可能将其中的含混或歧义尽数澄清。②

三 意图的阐释之道

意图论者深信，对作者意图的恰切把握，是阐释成功与否的关键所在。对这种观点的最强烈质疑，是阐释者基于个体经验而重构意图的不可能性。雷蒙德·塔里斯（Raymond Tallis）强调，意图居于人类精神的幽微之处，其面目模糊不清，那些貌似精确还原意图的阐释实践，无不裹挟着"难以避免的不确定性"③。张隆溪直言："诉诸作者的意图几乎不能解决任何问题，因为所谓作者意图，其实往往不过是解释者的解释而已，它同样跳不出论证上的循环。"④ 美学家布洛克（H. G. Blocker）同样认为，即使是艺术家本人也无法就其意图做出绝对精确的解释："提出一种绝对符合诗之真义的确切解释，是永远不可能的。"⑤ 鉴于此，意图论者从不同的知识积淀和研究视域出发，

---

① Torsten Pettersson, "The Literary Work as a Pliable Entity: Combining Realism and Pluralism", *Is There a Single Right Interpretation?*, Michael Krausz ed., University Park: The Pennsylvania State University Press, 2002, p. 216.
② [法]安托万·孔帕尼翁：《理论的幽灵——文学与常识》，吴泓缈等译，南京大学出版社2011年版，第83页。
③ Raymond Tallis, *Not Saussure: A Critique of Post-Saussurean Literary Theory*, London: Macmillan, 1988, p. 234.
④ 张隆溪：《道与逻各斯：东西方文学阐释学》，冯川译，江苏教育出版社2006年版，第212页。
⑤ [美]H. G. 布洛克：《美学新解——现代艺术哲学》，腾守尧译，辽宁人民出版社1987年版，第363页。

第三章　阐释边界的建构路径

试图对作者意图加以尽可能真切的领会，进而衍生出各种解读策略或"阐释之道"。

探究意图的第一条路径可称为"共鸣论"，即阐释者基于移情或感应能力，通过神秘的"精神共鸣"（spiritual resonance）而洞察作者之意。

诚然，在人类文化史上，主体在精神层面的契合是一个源远流长的话题。如维柯便认为，远古先民之所以能够实现沟通与交流，盖因一种"共同意识"（common sense）——即"整个人类所共有的不假思索的判断"[①]——在发挥作用。但真正将心灵共鸣引入文本解读领域的，是浪漫主义阐释学家施莱尔马赫。如前所述，施莱尔马赫将回归作者意图视为消弭误解并抵达客观确定性的关键。然而，在阐释者和历史性作者之间，横亘着由岁月更迭和文化变迁所造成的鸿沟。那么，如何保证被唤回的作者精神维持其本然形态，而不会如"某种从火中救出来但具有烧伤疤痕的东西"[②]，总是残留着阐释者自身的情趣、喜好和价值预期？施莱尔马赫坦言，对意图的勘察并非理性思辨，而是一种非理性的预测（divination）。在面对陌生的文本时，阐释者有必要将其理解为作者生命的表征，以设身处地的姿态，对潜藏其中的人格或心性加以再度体验。在此过程中，阐释者将"自觉地脱离自己的意识而进入作者的意识"[③]，在"同声相应，同气相求"的强烈共鸣中达成对作者意图的顿悟。

从共鸣论中，不难见出浪漫主义的思想底蕴，亦即对个体—万物、主观—客观、心灵—自然之水乳交融的崇尚。当然，

[①] ［意］维柯：《新科学》上，朱光潜译，商务印书馆1989年版，第104页。

[②] ［德］汉斯-格奥尔格·加达默尔：《真理与方法：哲学诠释学的基本特征》，洪汉鼎译，上海译文出版社2004年版，第219页。

[③] Friedrich Schleiermacher, "The Aphorisms on Hermeneutics from 1805 and 1809/10", *The Hermeneutic Tradition: From Ast to Ricoeur*, Gayle L. Ormiston and Alan D. Schrift eds., New York: State University of New York Press, 1990, p. 58.

阐释的边界：一个文学理论关键命题的探究

作为意图论阐释学的前现代范式，共鸣论尚有不少值得商榷之处。必须注意，在施氏的话语体系中，共鸣更多是一种神启式的交感呼应，而缺乏学理层面的缜密论证。更重要的是，施莱尔马赫一方面强调阐释者经由共鸣而通达意图，另一方面又多次声明，阐释者应彰显其能动性和自主性，在某些情况下"甚至要比创造者更出色地理解其话语"①。这种"捍卫意图"和"超越意图"的此消彼长，无疑使共鸣论获得了更多有待开掘的空间。

探究意图的第二条路径可称为"中介论"，即阐释者经由形式化的中介，以相对"有据可凭"的方式达成对作者之意的把握。这其实是共鸣论的一种改良版本，其代表是意大利阐释学家埃米里奥·贝蒂。

贝蒂对作者意图在阐释中的重要性深有体会。他指出，阐释学是一种有别于自然科学的独特精神科学（Geisteswissenschaften），作为精神科学的阐释学要获取合法性，必须以"内在于原初意图的标准"② 为参照，建构意义解读的基本规则体系。在此基础上，贝蒂将黑格尔关于"理念—感性显现"的讨论与20世纪蔚为大观的形式论思想融合，提炼出"富有意义的形式"（sinnhaltige Formen/meaning-full forms）命题。富有意义的形式，即意图借以持存并显现的物质载体，"从迅速逝去的言说到固定的文献和沉默的留存物，从书写到密码和艺术性的符号，从清晰表达的语言到形象的或音乐的表象，从解释说明到主动的行为，

---

① Friedrich Schleiermacher, "The Hermeneutics: Outline of the 1819 Lectures", *The Hermeneutic Tradition: From Ast to Ricoeur*, Gayle L. Ormiston and Alan D. Schrift eds., New York: State University of New York Press, 1990, p. 93.

② Emilio Betti, "Hermeneutics as the General Methodology of the Geisteswissenschaften", *The Hermeneutic Tradition: From Ast to Ricoeur*, Gayle L. Ormiston and Alan D. Schrift eds., New York: State University of New York Press, 1990, p. 164.

第三章　阐释边界的建构路径

从面部表情到举止方式和性格类型"①，皆可归入此列。贝蒂认为，富有意义的形式对阐释而言不可或缺，它一方面使作者精神变得可感可触，另一方面，又成为了一种充满吸引力的征兆，不断发出"关于我们的理解能力的呼请"②。这样，阐释便成为了一个"三位一体的过程"（triadic process）：居于两端的，是作为能动主体的阐释者和作为终极目标的意图；联结二者的纽带，则是作为"精神客观化物"（objectivation of mind）的富有意义的形式。③ 这种形式化的中介，使阐释不再是施莱尔马赫心目中个体生命的神秘共振，而是呈现出更加客观、理性的状态。换言之，阐释者只需对富有意义的形式沉潜观照，便足以洞悉创作者凝聚其中的精神意蕴，这就避免了直接进入他人心灵的唐突和难以理喻。

中介论为通达作者意图提供了可操作的路径，同时也在一定程度上调和了"主体"与"语言形式"这两个维度的紧张。但中介论的短板同样明显。米切尔舍林观察到，在贝蒂的理论中，形式更多起到"承接"或"转换"作用，促使人们领会意图的关键，其实是一系列莫可名状的"共有经验"或"普遍人性"。④ 这就是说，中介论只是对共鸣论的一种有限修正，它并未消除后者留下的浪漫主义印记。

---

① Emilio Betti, "Hermeneutics as the General Methodology of the Geisteswissenschaften", *The Hermeneutic Tradition: From Ast to Ricoeur*, Gayle L. Ormiston and Alan D. Schrift eds., New York: State University of New York Press, 1990, p. 160.

② Emilio Betti, "Hermeneutics as the General Methodology of the Geisteswissenschaften", *The Hermeneutic Tradition: From Ast to Ricoeur*, Gayle L. Ormiston and Alan D. Schrift eds., New York: State University of New York Press, 1990, p. 160.

③ Emilio Betti, "Hermeneutics as the General Methodology of the Geisteswissenschaften", *The Hermeneutic Tradition: From Ast to Ricoeur*, Gayle L. Ormiston and Alan D. Schrift eds., New York: State University of New York Press, 1990, p. 163.

④ Jeff Mitscherling, et al., *The Author's Intention*, Lanham: Lexington Books, 2004, p. 69.

阐释的边界：一个文学理论关键命题的探究

探究意图的第三条路径可称为"假想论"，即意图并非作者的真实见解，而是阐释者基于特定情境所做出的"构想"或"假设"。

作为一条颇具开创性的阐释路径，假想论以其"激进的洞见"在欧陆学界赢得不少拥趸。在发表于 1979 年的一篇论文中，威廉·托尔赫斯特（William Tolhurst）直言，有必要将言语意义理解为一种意图，"这种意图是预期读者（intended audience）根据自己的知识和态度而最合乎情理地归因于作者的"[1]。列文森承袭托氏的思路，提出"假设的意图论"（hypothetical intentionalism）主张。他发现，传统意图论的一大误区，是过分追求对真实作者之意的复现，但何谓"真实作者"，其实是众说纷纭、难有定论的。因此，对阐释者而言，介入文本的更恰切方式，在于"将有关作者意图的最佳假设（而非作者的实际意图）作为解码文学作品之核心意义的关键所在"[2]。由此，列文森试图为"最佳"设定标准。他强调，假设的合理程度与阐释者对信息的占有能力紧密相关，而最佳的假设是"一个理想读者（ideal reader）在掌握全部证据的情况下所进行的最有可能为正确的归因（attribution）"[3]。循此思路，即使金庸亲口声明，自己笔下的反派"云中鹤"只是一个虚构形象，但在对种种背景资料了若指掌的理想读者看来，更可取的假设依然是，金庸意在借文学虚构调侃那位风流多情的表兄。

假想论的思想动因有二：其一，是对文学之独特性的发现，

---

[1] William Tolhurst, "On What a Text Is and How It Means", *British Journal of Aesthetics*, Vol. 19, 1979, p. 11.

[2] Jerrold Levinson, "Hypothetical Intentionalism: Statement, Objections, and Replies", *Is There a Single Right Interpretation?*, Michael Krausz ed., University Park: The Pennsylvania State University Press, 2002, p. 310.

[3] Jerrold Levinson, "Intention and Interpretation: A Last Look", *Intention and Interpretation*, Gary Iseminger ed., Philadelphia: Temple University Press, 1992, p. 224.

第三章 阐释边界的建构路径

即相信文学语言是一种不同于日常语言的,以想象、虚构和独创为标志的存在,阐释者与其执着于一个缥缈的真实意图,不如以能动的方式构造一种近乎理想的意图形态;其二,是盛行于20世纪下半叶的新实用主义(Neo-Pragmatist)思潮,受其影响,阐释者将不再执着于"大写"的作者本意,而是从个性化的需要与诉求出发,不断生成属于自己的"小写"意图。假想论凸显了读者的建构潜能,但反转了作者和读者所固有的二元模式,即促使人们将读者的意义创造等同于作者的意义赋予。① 殊不知,一旦意图不再以作者为本原,"作者意图"这一概念将失去合法性,而意图论阐释学的边界也将骤然瓦解。这就如舒斯特曼所言,假想论"通过拆解作者概念而颠覆了意图论以作者为导向的总体规划"②。

作为作者意图的三条阐释之道,共鸣论、中介论和假想论拥有不同的价值取向和哲性根基,它们一方面从不同向度对意图予以描画,另一方面又暗示了意图在某种程度上的难以复原。但无论如何,大多数意图论者依然深信,意图绝非无法触碰的幽暗领域,相反,阐释者往往从一开始便预设了意图的存在,进而通过对语境的勘探,对证据材料的梳理和辨析,不断修正既有的认知图式,不断增加趋近并揭示意图的可能性。对此,欧文做出了较充分的阐述。

---

① 上述思路演绎到极端,便是卡纳普和迈克尔斯的"反对理论"(against theory)。两位学者认为,"理论"的最显著特征,就在于将两个浑然一体的概念剥离开来,然后再大费周章地论证其间的关联。在阐释学领域,一些人试图通过作者意图来把握文本的确定性意义,但这种行为实属画蛇添足,因为"意图"与"意义"原本便是彼此等同的。上述观点看似以意图为本位,但其实是一种"读者中心论",它将读者置换为作者,将意图理解为读者基于实际需求所构想之物。参见 Steven Knapp and Walter B. Michaels, "Against Theory", *Critical Inquiry*, Vol. 8, No. 4, 1982, pp. 725-730。

② Richard Shusterman, "Interpreting with Pragmatist Intentions", *Is There a Single Right Interpretation?*, Michael Krausz ed., University Park: The Pennsylvania State University Press, 2002, p. 169.

阐释的边界：一个文学理论关键命题的探究

> 我们坚信作者意图……始终保持开放性，随着新证据的积累始终处于修正之中。即便有时作者本人明白无误地公开了自己的创作意图，可随着新证据的积累，也不能完全排除作者意在讽刺，或根本就是存心欺骗的可能。意图真实论的作者建构不会武断局限真实作者的可能意图，而是帮助人们把注意力集中到真实作者的"真实"意图上来。①

综上，在文学阐释的知识谱系中，作者意图占有难以替代的位置，它不是刻板、单一的理论范畴，而是与作者、文本、读者等因素错综交织，呈现出复杂的"关系性"形态。如果说，在传统"作者中心论"的统摄下，意图意味着阐释中至高无上的法则；那么，自20世纪以来，作者意图在阐释中的核心地位则备受冲击。然而，在意图论者的言说中，作者意图又彰显了建构阐释边界的重要作用，从而在当代文论话语的版图中占据一席之地。"如何揭示意图"始终是困扰阐释者的一个难题。意图论者试图从精神共鸣、形式中介、主体假设等多个维度出发，以不同方式对意图加以趋近。上述"阐释之道"具有一定的合理性，同时又暗示了意图在本质上的难以还原。

第二节　文本中心路径

在作者意图之外，"文本"（text）是建构阐释边界的另一条重要路径。② 在文学理论的知识谱系中，文本是一个很难用三

---

① ［美］威廉·欧文：《意图论与作者建构》，杨建国译，《社会科学战线》2017年第2期。

② 由于在汉语中，不存在与text相对应的词汇，于是，学界便制造了"文本"和"本文"这两种译法。经过时间的检验，人们发现，文本较之本文在表意上有更多优势——尤其是"本文"很容易与汉语中表示"这篇文章"的"本文"相混淆。因此，研究者在今天普遍采用"文本"的译法。

第三章 阐释边界的建构路径

言两语说清的概念。有学者观察到，文本最初是西方文论中的一个常用词，同"作品"（work）基本可交替使用。到了20世纪六七十年代，文本则呈现出明显的两歧性：一方面，在结构主义思潮的驱动下，文本成为了客观、严肃、价值中立的化身，与作品的精神性和情感性形成对照；另一方面通过德里达、巴尔特、克里斯蒂娃等人的理论实验，文本又表现出对本质、权威、中心的瓦解或颠覆，成为了一种带有激进革命色彩的话语实践。[1] 当然，文本在今天已不再是科学主义或激进主义的代名词，而是转变为一个相对中性的理论命题，主要表示"由诸多表意元素（elements of signification）组成的结构，这些表意元素的或大或小的统一体在结构中显现"[2]。从狭义上说，文本指语言文字所构造的体系；从广义上说，文本则涵盖了包括自然、影像、声音、身体、建筑、时尚、想象、记忆、梦幻、虚拟现实等在内的丰富现象。

在文学阐释场域，文本的重要性不可小觑。理查德·帕尔默有言："正如我们所知，人类存在事实上总是涉及语言，故而，人类的任何阐释理论都必须处理语言现象。"[3] 相应地，作为"语言编织物"[4]的文本同样是意义解读中不容忽视的环节。如果说，赫希等人将意图视为把握确定性意义的关键；那么，一部分理论家则聚焦于文本，试图以文本的形式、组织或结构为契机，实现对阐释边界的趋近或重构。

---

[1] 钱瀚：《西方文论关键词：文本》，《外国文学》2020年第5期。

[2] Irena R. Makaryk, ed., *Encyclopedia of Contemporary Literary Theory*, Toronto: University of Toronto Press, 1993, p. 639.

[3] Richard E. Palmer, *Hermeneutics: Interpretation Theory in Schleiermacher, Dilthey, Heidegger, and Gadamer*, Evanston: Northwestern University Press, 1969, p. 9.

[4] 巴尔特发现，text一词来源于拉丁语textus，表示"编织物"。巴尔特由此强调，文本并非同质化的体系，而是由多种表意元素交织而成的动态过程。参见〔法〕罗兰·巴特《从作品到文本》，杨扬译，《文艺理论研究》1988年第5期。

阐释的边界：一个文学理论关键命题的探究

一 文本中心的理论谱系

应该说，对文本的关注拥有久远的理论渊源。在中国古代，就有文字学、音韵学、训诂学等立足于文本经验的研究领域。在西方，则有修辞学（rhetoric）和语文学（philology）这两种古老的知识体系，前者致力于对文本的语言策略和效果加以探讨，后者旨在考察古典文本在线性时间流程中的内涵演变。20世纪以来，随着现代语言学的发展，以及文学研究"科学化"诉求的迫切，文本逐渐超越作者意图，成为文学理论研究的主导范式。从俄国形式主义，到英美新批评，再到法国结构主义，一大批理论家聚焦于文本，将其指认为意义之确定性的唯一合法根源。

在20世纪的文论话语中，俄国形式主义发出了文本中心论的先声。形式主义者从建构文学科学的诉求出发，对传统的文学史研究予以反驳。雅各布森（Roman Jakobson）提出，文学史家就像游走于字里行间的警察，他们不仅搜捕犯人（即应该研究的对象），而且还将在大街小巷上遇到的每一个人（即无须研究的对象）统统抓起来，这无法使文学成为真正的科学。由此，雅各布森断言，文学研究的目标并非大而化之的"文学"，而在于"文学性"（literariness），亦即"使一部作品成为文学作品的东西"。[①]在他看来，这个使文学成其为文学的文学性，乃是文本所独有的语言形式和表现技法，与外在于文本的心理、历史、政治、文化等因素无关。另一位形式主义领袖什克洛夫斯基（Viktor Shklovsky）宣称，文学性的关键，在于语言的"陌生化"（defamiliarization）效应。创作者通过隐喻、夸张、扭曲、形变、位移等语言策略，使人们习以为常的事物变得新奇而陌生，这就延长了

[①] ［苏］鲍·艾亨鲍姆：《"形式方法"的理论》，载［法］茨维坦·托多罗夫编选《俄苏形式主义文论选》，蔡鸿滨译，中国社会科学出版社1989年版，第24页。

第三章　阐释边界的建构路径

阅读的时间，增加了阅读的难度，使人们恢复对生活的血肉鲜活的本真体验。① 作为形式主义的延伸，捷克布拉格学派同样聚焦于语言形式。穆卡洛夫斯基（Jan Mukarovsky）曾就日常语言和文学语言加以比较。他指出，日常语言关注信息的如实传达，语言本身自然沦为"背景"；在文学语言中，语言作为"前景"凸显出来，读者需要做的，不是纠结于信息的准确与否，而是潜心体会语言形式的诗性魅力。② 可以说，形式主义标志着文学研究"向内转"的一次重要尝试。如同维克多·厄利希（Victor Erlich）所言，在面对文学作品时，"形式主义批评家首先想要了解的，不是作品是为什么或由谁创作出来的，而是它是'怎么制作出来的'"，"他们不会起而追问形成作品的心理动机或社会压力问题，而是探求特定文学类型所内含的美学规范"。③ 从某种程度上说，这就为文本在阐释中的核心地位做出了铺垫。

新批评是文本中心论的集大成者。在新批评的拥趸看来，文本是一个独立、自足的有机整体。文学研究的任务，不是搜寻无关于文本的外部信息，而是聚焦于文本这一"精致的瓮"④，通过字斟句酌的"细读"（close reading），揭示出隐含在语言文字背后的稳定不变的价值或意义。兰色姆（John C. Ransom）于1937

---

① 当然，有研究者指出，使语言变得新奇而引人注目，其实只是陌生化的表层诉求。陌生化的更内在动因，是在异邦语言占据主位的背景下，将大量被边缘化的民间俗语引入文学作品，"通过文学实践，把俄罗斯民间语言锻炼成俄罗斯标准语"。在此过程中，陌生化将扮演建构民族身份认同的更重要角色。参见杨磊《何以"陌生化"："现代俄罗斯"的再启蒙》，《首都师范大学学报》（社会科学版）2017年第6期。

② ［捷］扬·穆卡洛夫斯基：《标准语言与诗歌语言》，竺稼译，载赵毅衡编选《符号学文学论文集》，百花文艺出版社2004年版，第18—19页。

③ ［美］V. 厄利希：《俄国形式主义：历史与学说》，张冰译，商务印书馆2017年版，第286页。

④ 该说法出自新批评骨干布鲁克斯（Cleanth Brooks）的同名作品，参见［美］克林斯·布鲁克斯《精致的瓮：诗歌结构研究》，郭乙瑶等译，上海人民出版社2008年版。

143

阐释的边界：一个文学理论关键命题的探究

年发表《批评公司》一文。他在文中谈道，彼时，文学批评界充斥着大量的业余者或跨界人士，其专业性相对薄弱。由此，兰色姆呼吁，有必要建立由专业研究者所掌管的"批评股份有限公司"，以保证批评的科学化、系统化和规范化。兰色姆宣称，文学批评应尽可能摒弃社会、历史、道德、文化、个人印象等外在于文本的因素，以保证一种立足于文学作品本身的，精湛、细致、专业化的研究工作，其最终目标，则是从文本中发掘出作为核心而存在的，"可以辨认的逻辑客体或一般性客体"。[1] 维姆萨特和比尔兹利断言，意义并非悬浮于空气之中，而是与物质性的文本紧密交织："一首诗只能是通过它的意义而存在——因为它的媒介是词句……诗就是存在，自足的存在而已。诗是一种同时能涉及一个复杂意义的各个方面的风格技巧。"[2] 他们区分了文本解读的三重根据：其一，是语音、语义、句法、修辞等内在于文本的根据；其二，是外在于文本的根据，如诗人的个人信息，其创作的原因、背景、心境等；其三，是中间性的根据，"它是关于作者的性格或关于作者或是作者所属的集团赋予一个词、一个题目的个人或半个人性质的意义"[3]。在两位学者看来，第一种根据与文本意义直接相关，第三种根据与文本意义只有一些间接关联，第二种外部根据则完全与文本意义无关。由此，两位学者提出了著名的"意图谬见"（intention fallacy）和"感受谬见"（affective fallacy）命题，强调批评家不应以作者的创作动机或读者的主观反应来充当释义标准。他们相信，意义不在于作者意图，不在于读者的多元化解读，而

---

[1] ［英］约翰·克·兰塞姆：《批评公司》，严维明译，载［英］戴维·洛奇编《二十世纪文学评论》上册，上海译文出版社1987年版，第398—404页。

[2] ［美］威廉·K. 维姆萨特、［美］蒙罗·C. 比尔兹利：《意图谬见》，罗少丹译，载赵毅衡编选《"新批评"文集》，中国社会科学出版社1988年版，第210页。

[3] ［美］威廉·K. 维姆萨特、［美］蒙罗·C. 比尔兹利：《意图谬见》，罗少丹译，载赵毅衡编选《"新批评"文集》，中国社会科学出版社1988年版，第217—218页。

第三章　阐释边界的建构路径

是潜藏在文本的语言形式之中。在出版于1949年的《文学理论》中，另一位新批评巨头韦勒克（René Wellek）对文学的"外部研究"持审慎态度，而将聚焦于谐音、节奏、格律、文体、意象、隐喻、象征、叙述等因素的"内部研究"视为正宗。① 这再次呼应了文本中心论的核心诉求。

在形式主义和新批评的基础上，结构主义对文本中心论做出了有效推进。在索绪尔结构语言学——尤其是索绪尔对"语言"和"言语"、"能指"和"所指"等范畴的辨析——的启发下，结构主义逐渐发展壮大，成为20世纪60年代以来影响深远的文论思潮。② 在结构主义者看来，文学作品由可见的表象和不可见的内在结构组成，前者错综复杂、形态各异，但并非最具决定性的层面；后者虽然隐匿在表象背后，却成为了整个文学世界的依据或支撑。因此，结构主义试图穿透文本经验的表象，从中发掘出隐而不彰的深层次结构，笃信一旦把握住这种结构，便足以洞察文学世界中万变不离其宗的真相。无论是普洛普（Vladimir Propp）对俄国民间故事中角色功能的概括，还是斯特劳斯对俄狄浦斯神话中"二项对立"模式的探究；无论是格雷马斯（Algirdas Greimas）对叙事作品中"语义矩阵"的提炼，还是托多罗夫对《十日谈》的叙事句法规则的深度解析，都试图揭示出潜藏在表象背后的恒定的意义中心。对此，约翰·斯特罗克（John Sturrock）深有体会："每个文本及其作者都是独一无二的，但为了确定这种独特性是什么，我们需要理解它们存在于其中的文学'系

---

① ［美］勒内·韦勒克、［美］奥斯汀·沃伦：《文学理论》，刘象愚等译，江苏教育出版社2005年版，第71—323页。

② 当然，有学者认为，作为一种文论话语的结构主义其实可追溯至浪漫主义。在浪漫主义时期，人们对语言的理解发生了重大转变，亦即"从一种原子和本体语言观（单个词反映了现实中的物体）转向一种上下文和认识论性质的语言观（词的组合反映了思维过程）"。这种对不同语言单位之间关系的强调，在一定程度上为结构主义奠定了精神根基。参见［美］罗伯特·休斯《文学结构主义》，刘豫译，生活·读书·新知三联书店1988年版，第272页。

阐释的边界：一个文学理论关键命题的探究

统'（system）。不同的文本和作者拥有比想象中多得多的共同之处，结构主义试图将这些共同之处展现出来。结构主义试图探究每一部文学作品的'言语'（parole）的'语言'（langue）。"[1] 作为一种典型的"一元论"（monism）意义观，结构主义其实还蕴含着方法论层面的一元论倾向，"其特征是提出某种普遍性的解释模式或方法，广泛用于任何作品的解释"[2]。这就如格雷马斯将其语义矩阵运用于对各色叙事作品的解读，或如托多罗夫"平衡—失衡—再平衡"的模式适用于分析从古典小说到好莱坞电影的不同文本。用形象的话来说，结构主义者其实是想发明一把"万能钥匙"，以此来开启千差万别的文本之锁。

通而观之，文本中心论表现出三个环环相扣的特征：其一，是强调文本的独立性和自足性，将文本视作自成一体的微观宇宙；其二，既然文本是一个完整、自洽的有机体，那么，意义自然也内在于文本之中，与外在于文本的诸因素无关；其三，在文本解读的实践中，人们既不必诉诸作者意图，也不必诉诸读者的主观态度，更不必将目光转向社会、历史、文化、政治等领域，而是要聚焦于文本的语言形式或深度结构，以达成对确定性意义的追问与探寻。

对文本中心论的思想进路，罗伊斯·泰森（Lois Tyson）做出了颇为精辟的概括：

> 文学作品是一个恒定不变的、自主（自足）的语言客体。读者和阅读方式可能变化，但是文学文本始终不变。文本的意义如同它在纸上的字迹一样客观，因为构成文本的文字相互之间形成了特定的关系——特定文字按照特定的顺序排列在一起。这种独一无二的关系创造了一种复杂意义，这

---

[1] John Sturrock, *Structuralism*, Oxford: Blackwell, 2003, p. 98.
[2] 周宪：《关于解释和过度解释》，《文学评论》2011年第4期。

是其他文字组合无法复制的。[1]

二 文本与阐释边界的建构

在阐释边界的建构中，文本的价值自然不容小觑。迈克尔·里法岱尔（Michael Riffaterre）坦言，"一个有效的阐释，有必要形成一幅关于文本的稳定画面"[2]。乔治·格雷西亚（Jorge J. E. Gracia）相信，"当理解从内涵上被考虑时，理解的同一性取决于文本的同一性"[3]。有学者更是宣称："认识论方向的诠释学，从作者中心论转向文本中心论，几乎是不可避免的。"[4] 可以说，正是文本所蕴含的客观性、实证性和公共性，为阐释者对确定性意义的探寻提供了相对稳固的坐标。

首先，较之难以捉摸的作者意图，文本体现出更鲜明的实证特征，它将创作者的心绪、感受或意念固化于可触可感的语言符号之中，从而为理解提供了相对客观的、有迹可循的路径。在《文本的权威》一文中，比尔兹利曾历数作者意图论的三个重要缺陷：其一，某些文本（如电脑随机生成的诗行）在并无作者参与的情况下形成，它们没有携带作者意图，但显然拥有意义，且能够被解码或阐释；其二，某些文本的意义在作者去世后将发生变化，但作者无法在离开人世后变更其意图；其三，在某些文本中，有可能潜藏着作者尚未意识到的意义，即是说，文本可以包含作者意图之外的意义。[5] 一言以蔽之，在比尔兹利看来，不同

---

[1] Lois Tyson, *Critical Theory Today: A User Friendly-guide*, New York and London: Routledge, 2006, p. 137.

[2] Michael Riffaterre, "Interpretation and Undecidebility", *New Literary History*, Vol. 12, No. 2, 1981, p. 227.

[3] [美] 乔治·J. E. 格雷西亚：《文本性理论：逻辑与认识论》，汪信砚等译，人民出版社 2009 年版，第 137 页。

[4] 潘德荣：《西方诠释学史》，北京大学出版社 2016 年版，第 520 页。

[5] Monroe C. Beardsley, "The Authority of the Text", *Intention and Interpretation*, Gary Iseminger ed., Philadelphia: Temple University Press, 1992, pp. 25–27.

阐释的边界：一个文学理论关键命题的探究

于意图的暧昧和充满变数，文本为阐释活动提供了更稳固的依据和支撑。保罗·利科将文本中心论引入阐释学场域。在他看来，文本实质上是对话语（discourse）的固定[①]，这种固定所带来的是一种"间距化"（distanciation）效应，其最直观的表现，在于使文本在时间流逝中逐渐远离其创作者，获得一定程度上的自主性和独立性。这样，文本将摆脱作者意志的摆布与操控，而彰显其在意义生成中的合法性和核心地位；相应地，阐释者也就不必执着于隐秘的作者本意，而只需关注文本的语词结构和话语体系，从中发掘出具有永恒性的价值或意义。基于此，利科提出了著名的"占有"（appropriation）命题。他指出，对阐释者而言，不应将自己的先入之见强加于文本，而是应自觉投身于文本之中，在一定程度上被文本所征服或占有。在此过程中，阐释者丧失了部分的主体性或自我意识，但同时又获得了对文本乃至自身的更充分、完满的把握："理解就是将自己放置于文本之前的理解。它不是将我们有限的理解力施加于文本，而是在文本面前暴露我们自己，并从文本中接受一个放大的自我……所以，理解完全不同于主体占据中心的建构。在此方面，更为正确的说法是，自我是由文本'内容'所建构的。"[②]

[①] 利科提出，"话语"在如下五个方面有别于我们常说的"语言"：其一，话语并非抽象的规律，而是存在于某一种行动（action）之中，从而表现出事件（evetnt）的特征；其二，话语总是伴随着一系列的选择（choice），它使某些意义得以凸显，使某些意义被排除在外；其三，这些选择将制造新的排列组合，造成"数目上可能无限多的新句子的产生"；其四，话语使语言获得一种指称（reference），使语言总是针对某物而言说；其五，话语的上述四个特征（即事件、选择、革新和指称）将昭示主体的存在，使言语活动成为一种交互主体性（intersubjectivity）的行为。足见，较之结构语言学对封闭、抽象、孤立的语言规则的强调，话语命题所凸显的，乃是语言在具体运用中的个体性和情境性，以及由此所彰显的动态生成特征。这种从"语言"向"话语"的位移，意味着20世纪人文学术的深刻转变。参见［法］保罗·利科《解释的冲突——解释学文集》，莫伟民译，商务印书馆2008年版，第104—106页。

[②] ［法］保罗·利科：《诠释学与人文科学：语言、行为、解释文集》，孔明安等译，中国人民大学出版社2012年版，第104页。

第三章　阐释边界的建构路径

其次，从阐释实践的角度来看，作为一种公共性的物质实存，文本为阐释提供了赖以维系的稳固基点。诚然，在某些时候，阐释者心向往之的，是那个隐藏在语词背后的神秘的初始性意义，但即便如此，阐释者也必须立足于文本这一语言文字的构成物，通过对文本经验的细致勘察来推动理解的完成。对此，不少研究者心有戚戚。沃尔特斯多夫谈道，古典阐释学常常以理解作者意图为宗旨，但事实上，阐释学的目标应当是准确把握作者所言说之物。[①] 这就暗示了文本在通达确定性意义的过程中所起到的中介作用。帕特里克·斯文登（Patrick Swinden）断言，无论是意图论还是反意图论，其实都陷入了一个误区，那就是对意图的偏狭理解，将其指认为一种非实存（non-entity），一种纯主观的情绪体验，一种潜藏在创作者意识或无意识之中的冲动。这样的做法，只会使意图变得越发暧昧不清，难以被真切地把握与体认。斯文登提出，有必要将意图理解为文本的伴生物，从语言文字的肌理中对其加以勘察。如此一来，意图将转化为"人与人交流的非主观的公共层面"[②]，蕴含其中的客观性特质也将随之而彰显。更有意思的，是艺术哲学家布洛克的观点。布洛克发现，在现实生活中，对意图的判定与"行动"紧密相关。如法官对"过失杀人"与"蓄意谋杀"的界定，所依据的便不是罪犯的心理活动，而是其有据可查的实际行为。基于此，他试图说明，在阐释活动中，对意图的探究无须深入作者隐微难察的内心世界，而是要考察作者之意在文本中的直观表现："虽然艺术品有表达的意义，同艺术家的'意图'有因果关系，但它仍然有着自己独立的存在。……一旦艺术家将自己的意图体现于一个适用于公共交流的表现形式中，该意图便成为艺术品的一部分，成

[①] Nicholas Wolterstorff, "Resuscitating the Author", *Hermeneutics at the Crossroads*, James K. A. Smith and Bruce Ellis Benson eds., Bloomington and Indianapolis: Indiana University Press, 2006, p.37.

[②] Patrick Swinden, *Literature and the Philosophy of Intention*, London: Macmillan, 1999, xi.

阐释的边界：一个文学理论关键命题的探究

为公共财产。"① 这种对文本经验的关注，彰显了意义的公共性和实在性，在一定程度上规避了执着于作者本意所可能带来的"凭空猜测"的责难。

再次，值得一提的是，即使是旨在颠覆文本权威的读者中心论，实际上也承认了文本对维系阐释边界的必要性。美学家英伽登（Roman Ingarden）观察到："文学作品描绘的每一个对象、人物、事件等等，都包含着许多不定点（places of indeterminancy），特别是对人和事物的遭遇的描绘。"② 伊瑟尔（也译作伊泽尔）在一定程度上承续了英伽登的思路。他指出，文学作品并非铁板一块的实体，其中充斥着形形色色的"空白"（blanks）："在虚构性本文中，空白是一种典型的结构；它的功能是在读者那里引起有结构的运作过程，这个过程的实施把本文位置的相互作用传输给读者的意识。"③ 无论是"不定点"还是"空白"，其核心都是将意义之确定性暂且搁置，从而诱导读者发挥其能动性，调动各自的知识积淀和文化储备来消除文本中悬而未决之处，形成错综复杂的意义形态。但必须注意，在英伽登和伊瑟尔的理论言说中，还存在着一句重要的潜台词：既然意义通过读者对文本中不定点和空白的"具体化"而生成，那么，意义的限度和可能性其实已暗含于文本的结构之中。这就是说，文本一方面为读者的自由解读提供了空间，另一方面又使释义活动维持在文本所规定的阈限之内，从而避免了意义的相对主义甚至是"无政府主义"的出现。譬如，元稹的《行宫》有云："白头宫女在，闲坐说玄宗。"诗人用文句的省略造成了不定点或空白，激发了读者对宫女所说之内容的无尽想象。但无论如何，读

---

① ［美］H. G. 布洛克：《美学新解——现代艺术哲学》，滕守尧译，辽宁人民出版社1987年版，第353页。

② ［波］罗曼·英加登：《对文学的艺术作品的认识》，陈燕谷等译，中国文联出版公司1988年版，第50页。

③ ［联邦德国］W. 伊泽尔：《审美过程研究——阅读活动：审美响应理论》，霍桂桓等译，中国人民大学出版社1988年版，第278页。"本文"在此处与"文本"同义。

第三章　阐释边界的建构路径

者的想象终究处在诗歌语言所划定的边界（即"说"的是关于玄宗的生前身后事）之内，而不太可能成为天马行空式的胡思乱想。伊格尔顿对此深有同感。他强调，意义并非私人的占有物，而是寓居于语言性的文本之中，从而体现出明显的公共属性："意义隶属于语言，而语言是从人们对世界共同的理解之中提炼出来的，并不是自由浮动的。相反，它与我们作用于现实的方式，与社会价值、传统、固有观念、体制乃至物质状况都紧密相联。"[1] 由于意义依附语言而存在，而语言又凝聚着人们长期以来所分有的公共规范，因此，任何人都无法随心所欲地对意义加以塑造，而必须经受语言性文本的限定和约束。

作为建构阐释边界的一条重要路径，文本中心论体现出一定的积极意义，它彰显了文本在意义生成中的导向作用，使阐释不再是非理性的"心灵感应"，而是获得了比较明确的对象、依据和经验支撑。当然，文本并非建构阐释边界的万全之策，尤其是一旦阐释者完全聚焦于文本，而将阐释中的其他因素置之度外，那么，文本中心论的合法性同样将面临质疑。

首先，如果说，极端的作者意图论将转化为阐释的权威，那么，对文本的关注一旦走向极端，同样很容易形成一种意义的独断论，从而切断文本与其他文学要素，甚至与整个社会文化语境的内在关联。在这个问题上，安德鲁·本尼特（Andrew Bennett）的说法可谓一针见血。他强调，文本固然对现实加以表征，但这种表征原本便植根于现实场域，并经受现实经验的规约与塑造："文本已经是现实的一部分，文本形成了我们所处的现实，构造了我们所生活的世界。"[2] 相应地，对文本的考察同样不是孤立、

---

[1] ［英］特里·伊格尔顿：《文学阅读指南》，范浩译，河南大学出版社2015年版，第165页。

[2] ［英］安德鲁·本尼特、［英］尼古拉·罗伊尔：《关键词：文学、批评与理论导论》，汪正龙等译，广西师范大学出版社2007年版，第32页。

阐释的边界：一个文学理论关键命题的探究

封闭的行为，而应被安置于一张由不同文学和文化因素交织而成的网络之中。更进一步，在实际的理论操作中，文本中心论的构想其实很难真正"落地"。譬如，维姆萨特和比尔兹利虽然将意图视为一种"谬见"，但其实并未否认作者拥有意图，只是相信，研究者应将意图作为文本所蕴含之物来加以理解。① 再如，俄国形式主义聚焦于文本形式，但其关注的"陌生化"等形式效果，终究还是要通过读者反应而得以检验，以至于有学者断言，形式主义在一定程度上揭开了接受美学的序幕。② 以上种种，无不说明，文本中心论一方面主张绕开"外围"因素而专注于文本，另一方面，又常常有意无意地将那些原本避之不及的因素纳入其话语体系。

其次，虽然文本中心论将文本视为意义的唯一来源，但事实上，文本是一种缄默无声的存在，它无法使意义独立地显现出来。说到底，文本意义只能由阐释者来赋予或建构。赫希敏锐地指出："一个语词序列没有什么特别的含义，直到某人用它来表示什么，或从中理解了什么。在人类的意识之外，不存在一片关于意义的神奇领域。"③ 安德斯·彼得森（Anders Pettersson）意识到，文本由语言编织而成，而语言乃是一种抽象（abstraction），它不具备因果作用力（causal powers），无法使某一事件发生，更无法对意义加以创造。④ 言下之意是，文本不过是一种中性的介

---

① 这就如本尼特所言："如果意图无法在文本中'生效'（become effective），根据定义，它就不是文本的一部分。如果意图不是文本的一部分，那么，探寻或关注意图便不应是批评家的工作。换言之，'意图谬见'并未拒斥而是接纳了作者意图，只不过认为，意图内在于文学文本，它就是特定的语词意义。"参见 Andrew Bennett, *The Author*, London and New York: Routledge, 2005, p. 77.

② ［联邦德国］H. R. 姚斯、［美］R. C. 霍拉勃：《接受美学与接受理论》，周宁等译，辽宁人民出版社1987年版，第292—300页。

③ Eric D. Hirsch, *Validity in Interpretation*, New Haven: Yale University Press, 1967, p. 4.

④ Anders Pettersson, *The Idea of a Text and the Nature of Textual Meaning*, Philadelphia: John Benjamins Publishing Company, 2007, p. 137.

第三章　阐释边界的建构路径

质,真正使文本蕴含意义的,依然是作为能动主体的阐释者。由于意义终究要靠阐释者来发现,不同阐释者又拥有不同的知识积淀、文化诉求和价值取向,他们从文本中发掘出的意义往往不尽相同。这样,"在符合语言规范的前提下,几乎所有语词序列都可以合法地表征一个以上的复杂意义"①,相应地,文本中心论也就很容易造成不同阐释话语的激烈冲突。譬如,美国学者詹姆逊在北京大学的系列讲座中,曾以格雷马斯的"语义矩阵"对《聊斋志异》中的一则故事《鸲鹆》加以分析,认为《鸲鹆》在诙谐取乐的表象下,隐含着更深层次的内在结构,亦即对人在文明化过程中的困境,对金钱和友情、奴役和自由、权势和人道之间复杂关系的思考。② 显然,詹姆逊想要提炼出文本中稳定不变的内涵。但在张江看来,詹姆逊的解读却是从主观预设出发,"用先验的恒定模式套用具体文本",以至于"得出虽深奥却颇显离奇的结论"。③ 先不论两位学者孰对孰错,可以肯定的是,二人都不会认为自己的解读背离了《鸲鹆》的文本经验。足见,在文本中心论的话语中,依然潜藏着主观主义或相对主义的趋向。

　　文本为阐释带来了有效参照,但文本并不能提供作为终极依据的标准答案。因此,我们不应坚持狭隘的文本中心论,而是要适时超越文本的限度,实现文本与文学阐释中诸因素的良性互动。这就如有学者所言:"以'文本'为中心,并不是说将'文本'视为诠释的唯一因素,而是指,以文本为基础来合理地安顿作者与读者,只有在对文本有了某种程度的正确理解

---

① Eric D. Hirsch, *Validity in Interpretation*, New Haven: Yale University Press, 1967, p.4.
② [美]杰姆逊:《后现代主义与文化理论》,唐小兵译,北京大学出版社2005年版,第108—112页。
③ 张江:《当代西方文论若干问题辨识——兼及中国文论重建》,《中国社会科学》2014年第5期。

的基础上,读者的体悟和义理发挥才具有合理性与合法性的基础。"①

三 理论中心与文本的回归

对文本的关注,不仅为阐释边界提供了建构路径,同时也指向了当代文学理论的现实症候——即是说,研究者沉湎于对理论的摆布或操演,而将本然的文本经验置之度外。归根结底,理论绝非纯粹的说理或思辨,而是蕴含着朝向文本回溯的内在冲动。从词源学考察,"理论"(theory)一词的产生可追溯至古希腊动词"看"(theatai),后者又充当了名词"剧场"(theatre)的词根。故而,自诞生伊始,理论便体现出明显的"观察性"特质,并始终与生动、丰富的文本经验保持着难以割裂的血肉关联。②在文学研究场域,理论和文本的亲缘性表现得尤为充分。人文学者的最重要使命之一,便在于通过对各色文本的深度耕犁,将"形而下"的感受与体验升华为"形而上"的追问与沉思,最终打破各种常识、惯习或"刻板印象",得出具有穿透力和创造性的见解。然而,自20世纪下半叶以来,文学理论呈现出越发明显的"扩容"或"膨胀"状态。在大多数情况下,研究者执着于从理论到理论的抽象言说,热衷于理论的自我生成、自我增殖和自我扩散,而悬置了语言性文本在阐释中理应扮演的角色。受此影响,人们往往带着较强的现实功利目标,将理论不予取舍、不加限定地施加于文学作品,造成了对丰沛文本经验的蚕食与剥夺。

对这种以理论为本位的趋向,不少人文学者已做出一定的思考。在《西方正典》的中译本序言中,布鲁姆指出,现今大学的文学教育俨然被形形色色的政治或社会理论所充斥,作为人类文

---

① 潘德荣:《西方诠释学史》,北京大学出版社2016年版,第523—524页。
② 周宪:《文学理论的创新问题》,《中国社会科学》2015年第4期。

化之瑰宝的文学（尤其是文学经典）反倒显得无足轻重："这是一种由伪马克思主义、伪女性主义以及各种法国/海德格尔式的时髦东西所组成的奇观。西方经典已被各种诸如此类的十字军运动所代替，如后殖民主义、多元文化主义、族裔研究，以及各种关于性倾向的奇谈怪论。"① 卡勒观察到，自20世纪60年代以来，文学研究者已不再专注于文学，而是明显转向了政治学、社会学、心理学、伦理学、语言学、艺术史、思想史、伦理学等知识领域。在这个意义上，"理论已经不是一套为文学研究而设的方法，而是一系列没有界限的、评说天下万物的著作，从哲学殿堂里学术性最强的问题到人们以不断变化的方法评说和思考的身体问题，无所不容"②。在那本小有名气的《审美的复仇》中，迈克尔·克拉克（Michael P. Clark）断言，现今，文学研究者习惯于挪用一整套社会或文化理论，从政治意识形态的视角来审视文学，而绕开了本然的文本经验或审美形式。在此过程中，"当代文学理论中的论争，已经从关于文学形式之本质的论争，转向了关于文学在外部世界中的社会功能，以及文学分析与历史分析以及政治改革之关系的更广泛论争"③。自然，文本在意义解读中的本原性和独立地位也就遭到了折损。

张江对此亦有深切感受。他提出，当代文学理论在历经"作者中心""文本中心""读者中心"的范式转换后，已经进入了一个"理论中心"的阶段。所谓理论中心，即理论不只是文学研究的参照，而是成为了文学研究的立足根基、表现形态和终极归

---

① ［美］哈罗德·布鲁姆：《西方正典：伟大作家和不朽作品》，江宁康译，译林出版社2005年版，"中文版序言"第2页。

② ［美］乔纳森·卡勒：《文学理论入门》，李平译，译林出版社2008年版，第4页。

③ Michael P. Clark, "Introduction", *Revenge of the Aesthetic: The Place of Literature in Theory Today*, Michael P. Clark ed., Berkeley and Los Angeles: University of California Press, 2000, pp. 3–4.

阐释的边界：一个文学理论关键命题的探究

宿。在他看来，理论中心时代的文学理论表现出如下特征：其一，是"放弃对象"，即文学理论不再以文学为研究对象，而是将文学作为某种佐证或补充，以文学经验来证明理论本身的合法性；其二，是"关系错位"，即不再将文学视作文学理论的本原，而是将理论视作文学赖以维系的支柱，甚至在具体的研究展开之前，便先入为主地设定一套既定理论，以此对研究的路径或策略加以规约；其三，是"消解对象"，即不再讨论文本、语言、审美、形式、结构、修辞、叙事这些涉及文学的最基本问题，而是在理论的诱导下，将关注的目光转向外在于文本的更复杂情境，换言之，"既然理论本身把哲学、语言学、历史学、政治理论、心理分析等各方面的思想融合在一起，所谓的文学研究就没有必要去正视其所要研究和解读的文本究竟是不是文学"。[①] 一言以蔽之，理论中心时代的最显著标志，乃是尽可能彰显理论的自主性，而消解文学在理论研究中的价值。长此以往，文学将丧失其存在理由，而沦为供理论操演或摆布的工具："文学成为理论的侍女，任人随意打扮。同一个文本，置于不同的理论之下，生产完全不同的意义；同一个理论，针对不同的文本，生产完全相同的意义。"[②] 基于此，张江断言，我们在当下所面对的已经是一种"没有文学的文学理论"。

之所以会出现这种理论中心的局面，个中原因不难理解。首先，文学并非同质化的实体，而是"交织着多层次意义和关系的一个极其复杂的组合体"[③]，是一个极具包容性的存在。上至国家的盛衰得失，下至个人最微妙的生命体验，都可以成为文学的表

[①] 张江：《理论中心论——从没有文学的"文学理论"说起》，《文学评论》2016年第5期。

[②] 张江：《理论中心论——从没有文学的"文学理论"说起》，《文学评论》2016年第5期。

[③] [美] 勒内·韦勒克、[美] 奥斯汀·沃伦：《文学理论》，刘象愚等译，江苏教育出版社2005年版，第18页。

第三章　阐释边界的建构路径

现对象。这种强烈的包容性,也就为各种理论学说——无论属于文学还是不属于文学——的驰骋与竞逐提供了空间。其次,当代文论话语的最激进实践者,通常是黑人、工人阶级、少数族裔、另类性取向者等来自"底层"或"边缘"的知识分子。他们为了发出自己的声音,彰显其文化身份和合法性地位,势必要将来自社会学、伦理学、人类学、心理学、性别研究等领域的理论为己所用,以此对正统的"欧洲白人中产阶级男性异性恋"发起挑战。[①] 在此背景下,理论的无限扩张,以及理论对文本的宰制也就在所难免。

理论中心时代作为上述两者里应外合的产物,原本无可厚非,但其中依然潜藏着较严重的问题。众所周知,一切学科之所以成立,关键是要有明确、稳定、清晰的研究对象。一旦文学研究以理论为中心,而遮蔽作为理论基点的文本经验,那么,文学理论也就失去了具有"标出性"(markedness)的研究对象,其作为独立知识体系的合法性也就大可质疑。更进一步,理论的绝对主导很容易造成"强制阐释",即驱使研究者从既有的理论构想出发,对错综复杂的文本经验加以割裂或简化,从中得出先行预设的结论。对此,不少研究者深有所感。瓦伦丁·康宁汉姆(Valentine Cunningham)直言,对理论的滥用,将使文学批评转化为一些机械的定式:"理论在单一化,使文本单一化,也使读者单一化。理论吁请你作为一个女人,一个马克思主义者,一个解构主义者,一个新历史主义者,一个后殖民主义者来阅读,或作为一个德里达派,一个拉康派,一个福柯派来阅读。"[②] 布鲁姆

[①] 如周宪便观察到,在今天,"文学理论研究与其说是知识探求,不如更准确地说是一个'文化战场',这里充满了政治争斗的硝烟"。参见周宪《文学理论的来源与用法——关于"场外征用"概念的一个讨论》,《清华大学学报》(哲学社会科学版) 2015 年第 2 期。

[②] Valentine Cunningham, *Reading After Theory*, Oxford: Blackwell, 2002, pp. 123 - 124.

阐释的边界：一个文学理论关键命题的探究

斥责道，所谓"憎恨学派"（the school of resentment）——即女性主义、后殖民主义、新历史主义、族裔批评、新马克思主义、文化研究等——往往抛开文本经验，将先在的社会、政治、文化诉求作为立论基点，使文学理论家沦落为"业余的社会政治家、半吊子社会学家、不胜任的人类学家、平庸的哲学家以及武断的文化史家"①。对理论中心所带来的阐释中的"观念先行"，弗兰克·伦特里奇亚（Frank Lentricchia）同样有辛辣嘲讽："告诉我你使用的是哪一种理论，我就可以提前告诉你，你将就文学作品说些什么，尤其是那些你还没有读过的作品。"② 鉴于理论对文本经验的胁迫，希利斯·米勒做出了更惊世骇俗的论断："文学理论的繁荣标志着文学的死亡。"③

强制阐释是理论中心时代的产物，它不是从文本中衍生出理论，而是"执拗地以理论为基准阐释和规整文学"④，这就削弱了理论的阐释力，造成了理论的空洞化或泡沫化。这样，如何以适当的方式回归文本，便成为了亟待人文学者思考的问题。要知道，人文研究以阐释学为方法论基调。唯有立足于坚实的文本经验，人文学者的阐释实践才会有相对明确的对象、边界和依据，才会在语言文字的场域中被不断检验，而不致在理论的裹挟下失去方向，成为悬浮在空气之中的，无甚价值可言的话语游戏。正因为如此，张江强调，人文学术需要从"强制阐释"转向"本体阐释"，即不再唯理论之马首是瞻，而是坚持"以文本为出发点

---

① ［美］哈罗德·布鲁姆：《西方正典：伟大作家和不朽作品》，江宁康译，译林出版社 2005 年版，第 412 页。
② Frank Lentricchia, "Last Will and Testament of an Ex-Literary Critic", *Quick Studies: The Best of Lingua Franca*, Alexander Star ed., New York: Farrar, Straus and Giroux, 2002, p. 31.
③ ［美］希利斯·米勒：《文学死了吗》，秦立彦译，广西师范大学出版社 2007 年版，第 54 页。
④ 张江：《理论中心论——从没有文学的"文学理论"说起》，《文学评论》2016 年第 5 期。

第三章 阐释边界的建构路径

和落脚点，确证文本的自在含义"，① 尽可能使文学研究由"理论"回归"文学"。

张江的观点在当代学界不乏回响。卡勒认为，在文学研究中，存在着阐释学（Hermeneutics）和诗学（Poetics）这两种传统。前者旨在对文本意义——无论是初始性意义，还是文本对当代读者的意义——加以考察；后者则追问"怎样的规则与惯例使文本对读者产生意义和影响"②，亦即从语言性的文本出发，探讨文本意义的可能性和可理解性条件。卡勒观察到，在当下，文学不再被视为对现实生活的再现，而被理解为一种主观表现，围绕"文学表现什么"的问题，便衍生出不同的阐释性批评。马克思主义、心理分析、女性主义、结构主义、生态批评等流派秉持不同立场，以不同方式介入文学作品，从中得出各自预先设定的答案，为了占有文化资本、吸引公众目光而展开竞争。对上述混乱状况，风靡于20世纪的哲学阐释学可谓收效甚微，它无法告诉我们哪些阐释是误导性的，也无法提供一种阐释优越于另一种阐释的确凿理由。鉴于此，卡勒宣称："文学研究所需要的，不是对理解之普遍本质的反思，而是专注于特定文学形式或类型发挥作用和被理解的方式。"③ 在他看来，阐释学有必要重建与诗学的亲缘性，从而通过对文本的细致勘察，对潜藏于语言文字背后的确定性意义加以趋近。

无独有偶，电影理论家波德维尔（David Bordwell）主张建构一种电影的"诗学"，以弥补影像阐释中"观念先行"所带来的缺失。

---

① 毛莉：《当代文论重建路径：由"强制阐释"到"本体阐释"——访中国社会科学院副院长张江教授》，《中国社会科学报》2014年6月16日第A4版。

② Jonathan Culler, "Hermeneutics and Literature", *The Cambridge Companion to Hermeneutics*, Michael N. Forster and Kristin Gjesdal eds., Cambridge: Cambridge University Press, 2019, p. 304.

③ Jonathan Culler, "Hermeneutics and Literature", *The Cambridge Companion to Hermeneutics*, Michael N. Forster and Kristin Gjesdal eds., Cambridge: Cambridge University Press, 2019, p. 321.

阐释的边界：一个文学理论关键命题的探究

不同于主流电影批评对规范化操作程式的推崇，电影诗学所彰显的是一种"自下而上"的姿态，它聚焦于电影作品本身，通过对"解析性剪辑、主角的视点、以人物为中心的因果关系、长镜头、银幕内外的空间、场景的概念、交叉剪辑、剧情声音"[①]等因素的探究，对影像文本的意义生产过程加以重构。上述观点，显然与卡勒将"诗学"与"阐释学"相结合的诉求形成了交集。

综上，作为阐释边界的另一条建构路径，文本中心论在20世纪以来蔚为大观，通过形式主义、新批评、结构主义等理论学说而体现。文本所具备的客观性、公共性和实存性，为阐释者对意义之限度的探寻提供了稳固基点，同时也将在一定程度上矫正"理论中心"时代的"强制阐释"倾向。在中国文论话语中，长期存在着"文以载道"的传统；自20世纪下半叶以来，人文学者又深受意识形态批评的影响。因此，在很多时候，研究者习惯于绕开语言性文本，直接去打捞某个虚无缥缈的精神内涵。[②] 这样的做法，非但无法达成对意义的透彻理解，反倒常常事倍功半，甚至使人误入歧途。故而，对文本经验的适度回归，不仅有助于对阐释边界和确定性意义的把握，也将推动我们反思文学理论中的一些症候，重构当代文论话语的动态平衡。

第三节　文化惯例路径

在阐释边界的建构中，无论是作者意图路径还是文本中心路

[①]　[美]大卫·波德维尔：《建构电影的意义——对电影解读方式的反思》，陈旭光等译，北京大学出版社2017年版，第294页。

[②]　朱国华感叹道，曾几何时，在中国学界，文学理论和文本实践处于融贯一体的状态，"彼此之间，构成了一个共同超越传统、标新立异的文学话语的良性循环系统"。然而，随着时间推移，文学理论在变得越发严谨、周密，越发具有科学性的同时，也越发远离文本，成为一种"进行概念自我循环的自娱游戏"。参见朱国华《渐行渐远？——论文学理论与文学实践的离合》，《浙江社会科学》2020年第12期。

第三章　阐释边界的建构路径

径，其实都存在着偏于单一化的弊端，它们在彰显其合理性的同时，也可能将阐释限定于意图或文本的狭隘领域，而切断意义和更复杂的外部因素的联系。鉴于此，一些研究者提出，我们有必要将关注目光转向外在于作者或文本的社会文化语境。伊格尔顿直言，意义作为语言的伴生物，并非如私有财产一般独立存在，而是"与我们作用于现实的方式，与社会价值、传统、固有观念、体制乃至物质状况都紧密相联"①。卡勒承认，意义兼有主体经验和语言符号的双重属性，因而显得扑朔迷离、难以辨认，紧接着又话锋一转："如果我们一定要一个总的原则或者公式的话，或许可以说，意义是由语境决定的。因为语境包括语言规则、作者和读者的背景，以及任何其他能想象得出的相关的东西。"② 在这种诉诸语境的过程中，人们越发注意到"惯例"（conventions）在文本解读中的枢纽作用，这就形成了建构阐释边界的文化惯例路径。

一　惯例界说

应该说，惯例是日常生活中普遍存在的经验形态。在面对一些难以决断的问题时，我们往往会不自觉地诉诸既往的惯例；在遇到一些挑战或打破惯例的事件时，我们又多半会感到有些无所适从。按照《现代汉语词典》的解释，惯例主要有两层意思：其一，"一向的做法，常规"；其二，"司法上指法律没有明文规定，但过去曾经施行、可以仿照办理的做法或事实"。③ 我们可以在此基础上稍做扩展，将惯例指认为"人们在思考和行动中约定俗

---

① ［英］特里·伊格尔顿：《文学阅读指南》，范浩译，河南大学出版社2015年版，第165页。
② ［美］乔纳森·卡勒：《文学理论入门》，李平译，译林出版社2008年版，第70页。
③ 中国社会科学院语言研究所词典编辑室编：《现代汉语词典》（第6版），商务印书馆2012年版，第482页。

阐释的边界：一个文学理论关键命题的探究

成、不言自明的一整套法则、规范或程式"。

总体看来，惯例的特征有三。首先，从时间上看，惯例并非形成于一朝一夕，而是在漫长的时间进程中积淀而成，并体现出较强的稳定性和历史延续性。今人熟悉的"女士优先"或"长者为尊"，就来源于人类在长期的沟通与交往中形成的惯例。其次，从空间上看，惯例一般不是被个体所专有，而是被作为一个群体的人们共同遵循，在某一民族、社会或文化范围内产生广泛影响。中国人习惯于使用筷子，法国人习惯于使用刀叉；东方人看到月亮想到故乡，西方人看到月亮想到狼人，这些都是不同群体所墨守的文化惯例。再次，更重要的是，惯例并非形诸语言文字，亦非被明确的条条款款所框定，而是潜移默化地渗入人们的精神世界，成为一些无须言明，但又有普遍约束力的思想参照和行动坐标。尽管法律从未对男性和女性的象征物予以明文规定，但相信在上厕所时，绝大部分人还是会将"烟斗"认同为男厕，而将"裙子"认同为女厕。总之，惯例并非简单的思维或实践体系，而是蕴含着复杂的历史底蕴和社会文化心理；惯例的每一次形成或更替，都不只是思维或行为方式的调整，而是意味着人类精神状态乃至"感觉结构"（structure of feelings）[①]的深刻改变。

在人类生活中，惯例的种类不胜枚举。从餐饮娱乐到节庆仪式，从社交礼仪到国际关系，都存在着一些令人印象深刻的惯

[①] 所谓感觉结构，是英国文化唯物主义者威廉斯提出的，用以同"世界观"或"意识形态"等正统概念相区分的一个命题。在《马克思主义与文学》一书中，威廉斯对感觉结构做出了如下定义："我们谈及的正是关于冲动、抑制以及精神状态等个性气质因素，正是关于意识和关系的特定的有影响力的因素——不是与思想观念相对立的感受，而是作为感受的思想观念和作为思想观念的感受。这是一种现时在场的，处于活跃着的、正相互关联着的连续性之中的实践意识。"作为一种特殊的文化精神实践，感觉结构涉及个体在特定社会情境中所独有的价值判断、信仰体系和生存体验，它具有一定的稳定性，又往往呈现出变动不定的"可能性"状态。参见［英］雷蒙德·威廉斯《马克思主义与文学》，王尔勃等译，河南大学出版社2008年版，第141页。

第三章　阐释边界的建构路径

例。在文学活动中，同样不难找到惯例的踪迹。一般来说，人们对某些文学形象的使用会形成惯例，如芳草象征离愁别绪，红豆象征男女爱情，流水象征时光的飞逝，乌鸦暗示荒凉冷寂的氛围，等等。不同的文学类型也蕴含着不同的惯例，如诗歌多半要分行，要有较强的音乐性，充斥着鲜明的象征和隐喻；小说往往以叙事为主，包含着引人入胜的悬念和突转，以及充满个性的人物形象；戏剧通常以冲突为催化剂，尤其强调时空的高度集中和台词的动作性；等等。作为一个整体的文学亦有区别于其他艺术形态的惯例，如文学是虚构、想象和创造的产物，以抽象的语言文字为本体形态，以强烈的主观感情为内在动因，等等。以上这些都不是对文学的明文规定，但无疑融入了人类的审美经验和集体记忆，成为了一些具备普遍性和通约性的，无须追问或辩驳的文化律令。

二　作为意义话语的惯例

一旦作为生活经验的惯例与意义问题相结合，便会呈现出更微妙、复杂、耐人寻味的状态。在这个问题上，维特根斯坦（Ludwig Wittgenstein）是绕不开的人物。维特根斯坦发现，按照传统观点，意义是潜藏在语言文字背后的，普遍、永恒而绝对的存在。在语言符号及其所表征的意义之间，存在着一一对应的关系。故而，研究者完全可以通过对语言性文本的开掘，对隐含其中的深层次内涵加以呈现。上述思路可以概括如下："语言中的单词是对对象的命名——语句就是这些名称的组合。——在语言的这一图画中，我们找到了下面这种观念的根源：每个词都有一个意义。这一意义与该词相关联。词所代表的乃是对象。"[①] 在学术生涯的后期，维特根斯坦对这种"本质主义"（essentialism）意

---

① ［奥］维特根斯坦：《哲学研究》，李步楼译，商务印书馆1996年版，第3页。

阐释的边界：一个文学理论关键命题的探究

义观做出了反思。① 在他看来，语言并不是一种有生命力和自主性的存在，相反，语言实质上是一种中性的甚至有些空洞的符号，它需要向血肉鲜活的主体敞开，通过主体的一次次参与或使用而彰显其意义。由此，维特根斯坦提出了著名的"意义即用法"命题。他这样说道："在我们使用'意义'这个词的各种情况中有数量极大的一类——虽然不是全部——，对之我们可以这样来说明它：一个词的意义就是它在语言中的使用。"② 这就好比，我们之所以明白象棋中"车""马""炮"的意思，不是因为这些概念先天便拥有相应的意义，而是我们通过对此类概念的使用，在纷纭变幻的棋局中赋予其特定的内涵或功能；我们也不是一开始就理解什么是足球比赛中的"红牌""点球""越位"，而是通过对上述规则的身体力行的参与，使之逐渐变得清楚而明晰。意义即用法，也在一定程度上开启了维特根斯坦关于"家族相似"（family resemblance）的论说。③

基于此，维特根斯坦将"生活形式"（form of life）纳入关注视域。他强调，"语言的述说乃是一种活动，或是一种生活形式的一个部分"④。在他看来，意义并非内在于语言符号之中，而是

---

① 当然，从总体上看，前期维特根斯坦对意义的本质主义思路持认同态度，这在其代表作《逻辑哲学论》中有充分表现。在讨论逻辑命题的形式时，他这样说道："看来现在可以给出最一般的命题形式：即给出一个关于任何一种记号语言的命题的描述，使得每一种可能的意义都能够用适合这种描述的符号来表达，而且，在适当地选择名称指谓的前提下，每一个适合这种描述的符号都能表达一种意义。"足见，维氏对本质主义意义观的反思，其实也是对其前期思想的某种修正。参见［奥］维特根斯坦《逻辑哲学论》，贺绍甲译，商务印书馆1996年版，第61页。

② ［奥］维特根斯坦：《哲学研究》，李步楼译，商务印书馆1996年版，第31页。

③ 依照维特根斯坦之见，我们无法找到特定事物的唯一本质或共同属性，呈现在我们眼前的，其实不过是关于该事物的彼此交叠而又各有所异的不同说法。恰如维氏所言，一个家庭的成员，或许在"体形、相貌、眼睛的颜色、步姿、性情"等方面有诸多相似性，但从未分有一个本质主义式的普遍特征。参见［奥］维特根斯坦《哲学研究》，李步楼译，商务印书馆1996年版，第48页。

④ ［奥］维特根斯坦：《哲学研究》，李步楼译，商务印书馆1996年版，第17页。

第三章　阐释边界的建构路径

人类的一切实践活动（以及由此所建构的文化观念和精神体系）的产物。相应地，意义也就不可能恒定不变，而总是随着时空的更迭和情境的转换，呈现出变动不定的形态。不难发现，维特根斯坦在一定程度上将惯例引入了阐释活动。他试图向我们说明，一切相对稳定的意义都不是本然的实存，也不是隐藏在字里行间，有待人们来揭示的"本质"或"中心"；恰恰相反，意义蕴含着明显的公共性和关系性，它不是独立自在的体系，而是在文化、制度、习俗、惯例等因素的"合力"下生成和改变。

对惯例在意义场域中的作用予以进一步阐发的，是影响深远的"艺术界"（art world，又译为"艺术世界"）理论。艺术界这一说法来自美国学者阿瑟·丹托（Arthur C. Danto），主要指研究者将某一对象指认为艺术品的艺术史或艺术理论的背景。① 在丹托的基础上，乔治·迪基（George Dickie）对艺术界做出了更详尽的界定：

> 艺术世界是若干系统的集合，它包括戏剧、绘画、雕塑、文学、音乐等等。每一个系统都形成一种制度环境，赋予物品艺术地位的活动就在其中进行。可以包括在艺术的总概念名下的系统不可胜数，每一主要系统又包括一些次属系统。
>
> 艺术世界的中坚力量是一批组织松散却又互相联系的人，这批人包括艺术家（亦即画家、作家、作曲家之类）、报纸记者、各种刊物上的批评家、艺术史学家、文艺理论家、美学家等等。就是这些人，使艺术世界的机器不停地运转，并得以继续生存。此外，任何自视为艺术世界一员的人也是这

---

① ［美］阿瑟·C. 丹托：《艺术世界》，王春辰译，载汝信主编《外国美学》第20辑，江苏教育出版社2012年版，第344—359页。

阐释的边界：一个文学理论关键命题的探究

里的公民。①

所谓艺术界，其实是不同社会成员围绕艺术所形成的松散而又彼此关联的群体。这一群体常常就关于艺术的一些重要问题加以权衡或决断。由此，迪基断言："类别意义上的艺术品是：1. 人工制品；2. 代表某种社会制度（即艺术世界）的一个人或一些人授予它具有欣赏对象资格的地位。"② 言下之意是，艺术从来就没有一个与生俱来的本体属性。我们今天所熟悉的艺术，实际上来源于艺术界成员就"何为艺术""艺术何为""艺术如何"等问题所做出的，带有普遍性和共识性的阐释。这些阐释的形成，则归因于艺术界成员所分有的文化经验、审美趣味、知识积淀和认知惯例。这就在一定程度上说明了，为什么杜尚的《泉》或沃霍尔的《布里洛洗衣粉盒》会被视作艺术家族的一员——其关键不在于作品本身的形式是否精妙，内涵是否深邃，也不在于作品中是否充溢着创作者的灵感和激情，而在于艺术界成员在某些文化惯例的引导下所进行的"资格赋予"。③

霍华德·贝克尔（Howard S. Becker）对惯例之于艺术界的作用亦有深入思考。贝克尔相信，艺术从来不是个体在孤独状态下的创造，从来不是艺术家在某一瞬间灵光乍现的产物；相反，从

---

① ［美］J. 迪基：《何为艺术?》，载［美］M. 李普曼编《当代美学》，邓鹏译，光明日报出版社1986年版，第109—111页。

② ［美］J. 迪基：《何为艺术?》，载［美］M. 李普曼编《当代美学》，邓鹏译，光明日报出版社1986年版，第110页。

③ 在20世纪80年代，针对比尔兹利等人的意见，迪基对其艺术界理论又有所调整。他修改了自己对艺术的既往定义，强调"一件艺术品就是那种被创造出来而呈现给艺术界观众的人工制品"。其中，"'艺术家'是理解一个艺术品被制作出来的参与者"；"'公众'是一系列的人，这些成员在某种程度上准备去理解要提交给他们的物"；"'艺术界'是整个艺术界系统的整体"；"一个'艺术界系统'就是一个艺术家将艺术品提交给艺术界公众的构架"。上述调整，使构造艺术界的诸因素更好地融贯为一个环环相扣的整体。参见［美］乔治·迪基《艺术惯例论：早期版本与晚期版本》，刘悦笛译，《烟台大学学报》（哲学社会科学版）2015年第2期。

第三章　阐释边界的建构路径

陈列在卢浮宫的传世名作，到乡野村夫制作的手工艺品，任何我们在今天称得上"艺术"的东西，其实是不同人集体协作、聚沙成塔的结果："这些人拥有不同的技能和才华，来自不同的背景，属于不同的职业群体。尽管他们的训练和背景有所不同，但他们却找到一种合作方式，制作了他们那种艺术典型的最终成品。"①更进一步，贝克尔强调惯例在艺术活动中所具有的枢纽地位。在他看来，惯例乃是"创作艺术的人和阅读、聆听或观看艺术的人所共有的观看之道和聆听之道，任何参与其中的人都对此了若指掌，因此这为他们的集体行动提供了基础"②。作为一套约定俗成的话语体系，惯例为人们对艺术的理解提供了最基本的框架，使人们就艺术的边界、特征、功用、生产流程、表现策略等问题达成共识，对自身在艺术活动中的职责和义务形成最基本的认知。如此一来，人们将携带着相似的"游戏规则"，以大体相近的态度投身于艺术界，并由此展开协调一致的行动。

另一个和惯例颇具相关性的命题，是科学哲学家托马斯·库恩的"范式"（paradigm）。库恩认为，科学共同体由致力于同一研究领域的科学家组成，他们"经受过近似的教育和专业训练""钻研同样的技术文献"，且能够"从中获取许多同样的教益"。③库恩相信，范式乃是科学共同体赖以维系的肯綮所在："一个范式就是一个科学共同体的成员所共有的东西，而反过来，一个科学共同体由共有一个范式的人组成。"④他进一步总结了范式的四个构成要件：其一是"符号概括"，即共同体成员不假思索地使

---

① ［美］霍华德·S. 贝克尔：《艺术界》，卢文超译，译林出版社2014年版，"中文版前言"第1页。
② ［美］霍华德·S. 贝克尔：《艺术界》，卢文超译，译林出版社2014年版，"二十五周年纪念版前言"第10页。
③ ［美］托马斯·库恩：《科学革命的结构》，金吾伦等译，北京大学出版社2003年版，第159页。
④ ［美］托马斯·库恩：《科学革命的结构》，金吾伦等译，北京大学出版社2003年版，第158页。

阐释的边界：一个文学理论关键命题的探究

用的各种公式或定理；其二是范式中的"形而上学部分"，即共同体成员不约而同地尊奉的信念，如"热是物体构成部分的动能"等；其三是"价值"，即共同体成员始终坚持的选择或价值判断，如"预言应当是精确的"，或"定量预言比定性的更受欢迎"等；其四是"各组范例"，即科学共同体中具有标志性的研究案例，其作用在于提供最典型的研究示范，提示人们应如何对研究中出现的问题加以解答。① 以上这些，凝聚为科学共同体所独有的话语规则或惯例体系，它们并非强行赋予的结果，而是科学家在长期实践中逐渐积累的产物。正是它们的存在，使科学家对共同体的内涵、属性和使命做出相对一致的理解，在某些共识性承诺的推动下投身于研究实践。诚然，相较于不那么严谨、整饬的艺术界，范式具有周密、客观、精确的特质；但在强调惯例对艺术或科学之边界的维系上，二者又表现出显而易见的相通之处。

三 惯例与阐释边界的建构

伴随晚近学界对语境和文学体制（literary institution）的关注，惯例在文本解读中的重要性变得越发醒目。不少人注意到，文学活动并非自由不羁，而是被无处不在的惯例所裹挟。鉴于此，一些研究者试图以惯例为基点，对确定性意义的基本轮廓加以勾画，形成了阐释边界建构中的文化惯例路径。透过惯例的视角，不难发现，意义并非由作者所赋予，亦非由语言性的文本所规约，更不是由小写、多元、复数的读者任意创造，而是在文化惯例的复杂影响下逐渐生成。恰恰是惯例的存在，使人们的释义行为维持在一定的限度之内，而不会溢出边界，造成无法把控的混乱状况。

对惯例之于阐释边界的建构作用，不少研究者深有所感。布

---

① ［美］托马斯·库恩：《科学革命的结构》，金吾伦等译，北京大学出版社2003年版，第164—168页。

第三章　阐释边界的建构路径

洛克尽管并未否认释义的多重可能性，但同样承认，艺术品的意义应当被限定在绝大多数人默许的范围之内："各种解释不管怎么不同，这种不同也只不过是在上述总的意义范围内的不同，或者说，人们所争论的最多不过是，在上述范围内，究竟哪一种解释最好，对于其意义的大体范围，却基本上是一致的。"① 显然，为这一意义范围设定边界的，乃是不同阐释者所共有的知识系统和文化惯例。伊格尔顿一方面主张将作者逐出阐释场域，另一方面，又坚称"怀疑作者能否全盘掌控意义并不意味着我们可以任意解读作品"②。在他看来，意义并非私人化的心绪、体验或感受，它从根本上"象征了特定时空下人类之间的契约，代表了共同的行为、感受和思维方式"③。故而，读者也就无法对文本加以任意摆布，而必须经受惯例这一人类文化中"神圣契约"的约束。李勇指出，读者的自主性并不意味着阐释的恣意妄为，相反，任何阐释其实都处于一定的边界之内。这首先表现为个体对自身的限制，即阐释者在眼界、智识、鉴赏力等方面的有限性，使之不可能像上帝一般无所不能。同时，必须注意到，阐释者置身其中的历史文化传统，使其潜移默化地习得了一整套认知惯例。这同样形成了一条重要的阐释边界，使阐释者"不可能用他不知道的观点去理解一个给定的文本"④。

更有意思的是赵毅衡的观点。他从符号学的视角出发，对阐释中的"无限衍义"（unlimited semiosis）问题予以反思。按照艾柯的说法，无限衍义指阐释者对文本意义的演绎没有尽头，"像

---

① ［美］H. G. 布洛克：《美学新解——现代艺术哲学》，腾守尧译，辽宁人民出版社1987年版，第326页。
② ［英］特里·伊格尔顿：《文学阅读指南》，范浩译，河南大学出版社2015年版，第158页。
③ ［英］特里·伊格尔顿：《文学阅读指南》，范浩译，河南大学出版社2015年版，第165页。
④ 李勇：《阐释的边界及其可变性》，《学术研究》2016年第1期。

阐释的边界：一个文学理论关键命题的探究

水流一样毫无约束地任意'蔓延'"①，从而造成文化虚无主义的危机。但赵毅衡笃信，艾柯所担忧的情况不太可能真正发生。他指出，在大多数情况下，编码者会对其符号意义的延展程度有一个大致期待，相应地，解码者也会尽量配合编码者的期待，使释义活动在某一个阶段自然终止。②这样，信息的"编码"和"解码"将达成——至少是暂时达成——一种动态的平衡，而这种平衡的出现，则理应追溯至共同体成员基于某些惯例所产生的默契。

当然，在阐释边界的建构中，文化惯例路径通过如下三种学说得以集中表现，即"意欲类型说""文学能力说""阐释团体说"。

（一）意欲类型说

先来看"意欲类型说"，这种观点的倡导者是美国阐释学家赫希。前文已述，作为一位著名的意图论者，赫希将作者意图视为探求文本中确定性意义的关键所在。在他看来，意图并非凝固不变的实体，它可以被界定为一种兼具开放性和限定性的"意欲类型"（willed type）。赫希对"类型"（type）和生物学上的"物种"（species）加以辨析。他指出，物种强调某一自然群体在基因链上的关联，它标记了不同生命体之间的界限；类型则与之不同，它在坚守边界或底线的同时，又体现出一种"根据情况灵活变通的原则"（the principle mutatis mutandis），有助于我们"不断

---

① [意]安贝托·艾柯等：《诠释与过度诠释》，王宇根译，生活·读书·新知三联书店2005年版，第25页。

② 为说明这一点，赵毅衡举了一个例子：一种名叫"沙漠王子"的西瓜，会让人想到有益于西瓜生长的沙漠；想到待在宫殿之中，无须风吹日晒的王子；想到王子和公主的浪漫爱情；甚至想到圣·埃克苏佩里笔下和飞行员在沙漠邂逅的外星小王子。但无论如何，这种意义的发散依然有一个大致的阈限，而不会出现混乱或"失控"的局面。参见赵毅衡《意图定点：符号学文化研究中的一个关键问题》，《文艺理论研究》2011年第1期。

第三章　阐释边界的建构路径

检验个体内在世界的全部复杂性,而不会失去整体的眼光"。① 作为一种类型化的存在,作者意图是"一个可以由各不相同的实例或意识内容来再现的整体"②。一方面,意图拥有延展和扩容的较充足空间,往往基于不同解读而呈现出丰富形态;另一方面,作为一个可以被明确体察的整体,意图又携带着一条明晰可见的边界,使阐释者的能动解读无法越出边界的限定,不会陷入漫无头绪的状态。

至此,一个有些棘手的问题出现了——类型的边界究竟由何种因素决定?赫希试图凸显惯例所具有的建构作用。他宣称,意图的可理解性有赖于公众对言语意义的普遍分有,而言语意义的可分有性(sharability),则取决于"被分有之惯例(shared conventions)的存在"③。

赫希指出,所谓惯例,就是将"语言使用、个别特征、法则、习俗、形式上的必然性,以及构成某个特定语义类型的社会规则"④ 等因素包容其中的整个文化知识系统。正是在惯例的引导下,人们的交流才能在一个明晰、稳定的框架内展开,而不会出现难以沟通的情况。⑤ 按照赫希的看法,惯例的最重要作用,在于将阐释控制在大多数人接受的范围内。换言之,创作者要避免自说自话,就必须将特定惯例凝缩于自己的表达中;而阐释者

---

① Eric D. Hirsch, *Wordsworth and Schelling: A Typological Study of Romanticism*, New Haven: Yale University Press, 1960, p. 9.

② Eric D. Hirsch, *Validity in Interpretation*, New Haven: Yale University Press, 1967, p. 50.

③ Eric D. Hirsch, *Validity in Interpretation*, New Haven: Yale University Press, 1967, p. 67.

④ Eric D. Hirsch, *Validity in Interpretation*, New Haven: Yale University Press, 1967, p. 92.

⑤ 赫希举了一个例子:试想丈夫向妻子感叹:"我今晚太累了!"基于二人在长期的共同生活中形成的惯例,妻子很容易明白,丈夫这么说是暗示"不想承担今晚的家务",而不仅仅是交代自己的身体状况。参见 Eric D. Hirsch, *Validity in Interpretation*, New Haven: Yale University Press, 1967, p. 53。

阐释的边界：一个文学理论关键命题的探究

只有在掌握同样惯例的基础上，才有可能对文本意义加以相对真切的领会。如在扬·凡·艾克的名作《阿尔诺芬尼夫妇的婚姻》中，充斥着镜子、蜡烛、苹果、木屐、扫帚、小狗等繁复的视觉意象，但倘若对 15 世纪北方文艺复兴时期的世俗生活和文化惯例有所了解，观看者便会在第一时间内联想到上述意象所大体包含的象征意蕴。另一个有意思的案例，是罗伯特·莱利（Robert M. Ryley）对英国诗人豪斯曼（A. E. Housman）的田园小调《在清晨》的解读。豪斯曼在诗中写道："在蔚蓝银白的清晨/他们躺在干草堆上/彼此凝望对方/很快移开了目光。"无疑，"他们"一词的涵盖面是惊人的，它几乎可用于表示任何单个以上的对象。但莱利相信，该人称代词不会对理解造成太多障碍。这是因为，诗人在字里行间融入了绝大多数英国人熟悉的惯例：首先，在 20 世纪初的英国乡村，人们很少有机会到咖啡馆、电影院、街心公园消磨时光，因此，春心萌动的情侣便常常在静谧的草场共度良宵；其次，在当时，婚前性行为被视为道德上的堕落，故而，当新的一天降临，青年男女的视线在日光下交接时，他们将发自内心地感到羞愧；再次，作为一位有据可考的同性恋诗人，豪斯曼的一生遭遇了太多诋毁、诽谤与不公，这种创伤体验使他很难在诗中直白渲染同性之间的情愫。鉴于此，莱利强调，当读者与隐含于诗中的惯例达成契合后，便会潜移默化地将"他们"的意义限定于"一对在草场欢聚后倍感尴尬的异性恋情侣"，而不会将其理解为两个过家家的小孩，一对女同性恋者，甚至两只偶然相遇的动物。[①]

通过将惯例引入其阐释体系，赫希使阐释边界呈现出更丰富的演绎空间，以及更复杂的社会公共属性。但由于赫希基本上将作者意图等同于文本的确定性意义，在其意义理论中，由惯例所

---

① Robert M. Ryley, "Hermeneutics in the Classroom: E. D. Hirsch, Jr., and a Poem by Housman", *College English*, Vol. 36, No. 1, 1974, pp. 46–50.

第三章　阐释边界的建构路径

设定的阐释边界，在很大程度上依然是作者表意实践的边界；而阐释者需要做的，则是以惯例为线索，尽可能达成对作者之意的还原或重构。这就简化了我们对惯例之功能的理解，同时也遮蔽了作者和读者之间的微妙互动关联。

（二）文学能力说

再来看"文学能力说"，这一学说的最重要代表是乔纳森·卡勒。如果说，赫希将惯例安置于外在的社会文化层面，那么，卡勒则更多将惯例内化于主体的经验模式与认知结构。卡勒的观点受到了语言学家乔姆斯基（Noam Chomsky）的深刻影响。乔姆斯基强调："我们必须把语言能力（competence，即说话人—听话人对自己语言的知识）和语言运用（performance，即在具体情景中对语言的实际使用）从根本上区分开来。"[①]"语言能力"（language competence）不同于一般意义上的言语行为，而是语言共同体成员所掌握的一套语用规则和语义生成机制，它保证了我们在不同情境下对语言的灵活使用和能动创造。在乔姆斯基看来，语言能力并非后天习得，而是由遗传系统所决定，蕴含于主体的精神结构之中，在一定程度上充当了"作为实际行为基础的心理现实（mental reality）"[②]。

基于对语言能力的思考，卡勒试图对文学研究中的结构主义加以重估。在他看来，结构主义与其说是对文本内部封闭单元的发现，不如说是"一种旨在确立产生意义的条件的诗学"[③]。按照结构主义的基本预设，某一文本或语言序列要有意义，"那么其中必有一套使这一意义成为可能的区别特征和程式

---

① ［美］诺姆·乔姆斯基：《乔姆斯基精粹》，李梅译，上海人民出版社2021年版，第503页。
② ［美］诺姆·乔姆斯基：《乔姆斯基精粹》，李梅译，上海人民出版社2021年版，第503页。
③ ［美］乔纳森·卡勒：《结构主义诗学》，盛宁译，中国社会科学出版社1991年版，第16页。

阐释的边界：一个文学理论关键命题的探究

化的系统"①。这种赋予语言对象以意义的内在特征和系统，便是所谓"文学能力"（literary competence）。卡勒进一步解释道：

> 使用某种语言说话的人听见一串语言序列，就能赋予这串语言序列以意义，因为他把一个令人惊叹的意识到和未意识到的知识储存运用于这项交流行为之中。他掌握了他的语言中的音韵、句法、语义系统，就能使他把声音划分为互不连贯的语音单元，识别词语，即使所产生的语句对他来说是陌生的，他也能对它作出结构描述，作出阐释。没有这样一种内含的知识，即内化了的语法，声音序列对他就毫无意义。②

如果说，语言能力是人类所共有的深层次语言结构，那么，文学能力则是不同读者所共有的基础性的解码或释义结构，这种深度结构的形成，在很大程度上要归因于读者和作者在长期的文学活动中分有的话语规则和惯例体系。对文学阐释之边界的建构，文学能力可谓不可或缺。正是在文学能力的支撑下，读者才会以相似的姿态进入文本，从中发掘出大体相近的内涵，从而以潜移默化的方式，与作者就文本意义达成总体上的契合或一致。这就好比，在写下"床前明月光"时，李白或许并未明确想到"思乡"，但事实上已将"月"在千百年来所积淀的象征意蕴融入诗中；读者——基于长久以来的文学熏陶和审美体验，他们已具备了解读相关意象的文学能力——在接触到李白的诗句时，自然很容易从中发掘出强烈的怀乡之意，从而不

---

① ［美］乔纳森·卡勒：《结构主义诗学》，盛宁译，中国社会科学出版社1991年版，第25页。
② ［美］乔纳森·卡勒：《结构主义诗学》，盛宁译，中国社会科学出版社1991年版，第173页。

第三章 阐释边界的建构路径

由自主地陷入情感共鸣。不难发现，相较于赫希对作者一极的关注，卡勒更侧重于呈现作者和读者在阐释实践中的互动或沟通。当然，卡勒并未否认阐释中差异或分歧的存在，但他坚信，恰恰是文学能力在不同读者之间所制造的共识，为意义之多元生成提供了重要的背景或参照系："我们承认阐释的差别，恰恰是因为我们把见解一致视为在共同的阅读程式之上进行交流的自然结果。"①

卡勒对文学能力的探讨在当代文论中不乏回应。塞尔断言，意义不会如德里达所设想的一般，随着能指的滑动而无限分衍、蔓延或流变；相反，"在存在着一套固定的背景能力（background capacities）和意向性网络（network of intentionality）——其中包括说者和听者所共有的一套语言装置（linguistic apparatus）——的前提下，意义和交流是完全确定的"②。在他看来，构成这种背景能力或意向性网络的，乃是主体在长期的文化交流中积累的文化知识或阅读惯例，它保证了在大多数情况下，理解与阐释被框定在一个大致稳定的阈限之内，而不会出现天马行空、随性所致的情况。艾布拉姆斯对耶鲁解构学派的"去中心化"意义观颇有微词。他认为，人们一旦拥有相近的文化经验或审美经验，就会逐步将某种"相同但心照不宣的规则"③内化于心。这种可供分享的规则，使言语意义在某一时间节点停止其自我生产，形成相对稳定的状态。基于此，我们才有可能说清自己的意思并理解他人之所说。这就好比有人说："那儿有一只猫。"在解构主义者看

---

① ［美］乔纳森·卡勒：《结构主义诗学》，盛宁译，中国社会科学出版社1991年版，第374页。

② John R. Searle, "Literary Theory and Its Discontents", *Theory's Empire: An Anthology of Dissent*, Daphne Patai and Will Corral eds., New York: Columbia University Press, 2005, p. 167.

③ ［美］M. H. 艾布拉姆斯：《以文行事：艾布拉姆斯精选集》，赵毅衡等译，译林出版社2010年版，第239页。

阐释的边界：一个文学理论关键命题的探究

来，这句话中的每一个能指都潜藏着无限演绎和蔓生的可能性；但倘若从艾布拉姆斯的视域出发，则不难意识到，共享的意义规则（以及蕴含其中的文化惯例）将使我们对"那儿""有""一只""猫"等语词的所指形成大体一致的约定，而不会揪住每一个能指的内涵无休止地追问下去。足见，文学能力一方面揭示了阅读的内在机制，另一方面又使阐释者不得不遵守某些隐性的支配法则。这样，文学能力说也就为抵制意义的相对主义或虚无主义提供了重要路径。

（三）阐释团体说

最后谈一谈"阐释团体说"，其代表当数读者反应批评的头面人物斯坦利·费什（Stanley Fish）。费什坦言，读者反应批评聚焦于"流动性，即意义经验的'运动性'"，从而将研究的重心转向"阅读经验中读者主动而且一直在活动着的意识"。① 在他看来，意义并非潜藏于文本或作者精神之中，有待人们揭示或探寻的对象，甚至算不上一种真切可感的实存："意义是话语，即分析对象的一种（部分的）结果，但并不等同于话语——对象本身。……这种信息，仅仅是一种效果，产生另一种反应，是意义经验中的另一组成部分，但这种信息绝不是意义本身，没有什么是意义本身。"② 既然意义只是一些主观的经验或效果，那么，读者在意义生产中的唯一合法性将随之凸显。换言之，正是读者的能动参与和想象性建构，使意义以相对稳定的形态显现出来。这就如伊格尔顿所言："作品对我们'做'什么实际上只是一个我们对作品做什么的问题，即解释问题……作品中的一切——其语法，其种种意义，其种种形式单位——都是解释的产物，它们绝

---

① ［美］斯坦利·费什：《读者反应批评：理论与实践》，文楚安译，中国社会科学出版社1998年版，第160页。
② ［美］斯坦利·费什：《读者反应批评：理论与实践》，文楚安译，中国社会科学出版社1998年版，第188页。

第三章 阐释边界的建构路径

不是'实际上'给定的。"①

在此,出现了一个难以回避的问题:由于读者是不同的个体,拥有不同的情感、心性、品味、价值判断,那么,如果将阐释的权柄完全交到读者手中,势必会造成意义的主观主义和相对主义,以及阐释者之间沟通与交流的失效。为解答上述问题,费什引入了著名的"阐释团体"(interpretive community,又译为"解释团体""阐释社群""阐释共同体"等)命题:"意义既不是确定的以及稳定的文本的特征,也不是不受约束的或者说独立的读者所具备的属性,而是解释团体所共有的特性。解释团体既决定一个读者(阅读)活动形态,也制约了这些活动所制造的文本。"②

阐释团体不是一个有形的群体,而是一个确保理解发生的制度化结构,是特定文化圈层的成员在意义交流中所积累的阐释惯例、标准和规则。依照费什之见,在具体的阐释活动中,读者看似随心所欲地制造意义,但事实上,其一举一动都在阐释团体的支配之下,甚至可以说,读者就类似于一个"中介"或"转换器",他们以貌似个性化的行为,将群体性的阐释惯例付诸实践,由此建构起"一个合于习惯的,在习惯的意义上可被理解的客体"。③ 联系实际的阅读经验,费什的观点不难找到印证。譬如,面对同一部《人生》,感情敏锐的女性从中读出爱情的脆弱和速朽;向往大城市的青年从中读出改变身份或地位的艰辛;而更富人生阅历者,或许会从中读出不同价值观之间难以弥合的鸿沟。这些解读与其说是个体读者的"原创",不如说是阐释团体成员

---

① [英]特雷·伊格尔顿:《二十世纪西方文学理论》,伍晓明译,北京大学出版社2007年版,第83页。
② [美]斯坦利·费什:《读者反应批评:理论与实践》,文楚安译,中国社会科学出版社1998年版,第46页。
③ [美]斯坦利·费什:《读者反应批评:理论与实践》,文楚安译,中国社会科学出版社1998年版,第58页。

阐释的边界：一个文学理论关键命题的探究

在某些规则或惯例的引导下"达成默契"的结果。

应该说，阐释团体在一定程度上反映了文学阐释中的实际。必须看到，阐释从根本上说是一种社会实践，其根基不在于阐释者的自主行为，而在于各种社会文化因素的复杂交互作用。因此，个体固然拥有建构意义的权利，但终究要接受某种群体性法则的规约；相反，如果任凭读者自由发挥，而无法获得共同体的普遍认可，那么，其阐释的合法性和有效性势必大打折扣。更进一步，阐释团体还有助于提供一种视域，使我们对阐释的主观性和客观性加以调和。按照费什的构想，意义一方面来源于读者的发现或建构，带有明显的主观性、私人性和个体性；但另一方面，由于读者总是活跃于阐释团体内部，被隐含其中的文化惯例所限定，因此，由读者生成的意义又带有明显的客观性、公共性和社会性。这样，阐释将摆脱"非此即彼"的窘迫，呈现出主客两极"兼而有之"的状态。用费什的话来说：

> 这些意义既不是主观的，也不是客观的，至少用那些在传统框架内立论的人的话来说是如此：它们不是客观的，因为它们始终是某种观点的产物，而不是被简单地"解读出来"（read off）的；它们不是主观的，因为这种观点始终是社会性或制度性的。或者以同样的方式推理，人们可以说这些意义既是主观的，也是客观的：它们是主观的，因为它们内在于特定观点之中，因而不是普遍性的；它们是客观的，因为它们借以传达的观点是公共性和惯例性的，而不是个体性或独一无二的。①

---

① 《读者反应批评：理论与实践》的译者文楚安先生疑似漏译了原文中"they are subjective because they inhere in a particular point of view and are therefore not universal"一句。因此，笔者结合费什《这门课里有没有文本》一书的英文原文重译了这段引言。参见 Stanley Fish, *Is There a Text in This Class? The Authority of Interpretive Communities*, Cambridge: Harvard University Press, 1980, pp. 335 – 336。

第三章 阐释边界的建构路径

阐释团体虽有助于实现阐释的一致性和可通约性，但依然会暴露出不甚完满的一面。原因很简单，尽管阐释团体可以遏制团体内部成员在释义实践中的分歧，但无法消除不同团体之间在意义问题上的竞争或冲突，甚至无法提供一个用于权衡取舍的相对明晰的标准。这样，阐释团体在建构阐释边界的同时，仍不免向意义的主观主义和相对主义敞开大门。

在文学阐释场域，惯例意味着研究视角的调整与新变。尤其是在"作者意图论"和"文本中心论"捉襟见肘时，文化惯例将为阐释边界的建构带来一些新的思路。应看到，惯例的一个重要作用，在于将社会文化维度融入阐释过程，使阐释呈现出更具客观性和实证性的姿态。众所周知，对文本中确定性意义的探求始终困难重重，这是因为，任何以客观、公允、精确自居的阐释实践，其实都是对一个隐微难察的"他人之心"的揣测，都携带着程度不一的主观色彩。理查德·帕尔默坦言，在大多数情况下，人们宣称发现的确定性意义，实际上依然"由当下的历史境遇所构造"[1]。安妮·谢泼德（Anne Sheppard）更是直言不讳地指出："如果一位评论家坚持某种一般的、关于应当怎样解释文学本文的理论，那么，这种理论就会预先决定他或者她将认为一个文学本文的哪些特征是重要的。"[2] 面对上述困境，诉诸惯例将提供一种有效的解决方案。基于惯例的视角，我们不难发现，阐释固然发端于主体的选择和诉求，但又处于共同体成员所约定的疆界之内，在某些普遍的法则或惯例的支配下展开。这样，阐释将不完全是主体的精神操演，阐释者也将避免"以主观意念推求客观意义"的不可能性，获得来自社会文化层面的参照与支撑。

---

[1] Richard E. Palmer, *Hermeneutics: Interpretation Theory in Schleiermacher, Dilthey, Heidegger, and Gadamer*, Evanston: Northwestern University Press, 1969, p. 65.
[2] ［英］安妮·谢泼德：《美学》，艾彦译，辽宁教育出版社1998年版，第135页。"本文"在此处与"文本"同义。

阐释的边界：一个文学理论关键命题的探究

当然，在阐释边界的建构中，文化惯例路径也存在着一些有待商榷的问题。首先，必须承认，阐释者不仅是社会的一员，不仅是某一共同体的构成要素，同时也是一个拥有自主性和批判精神的主体。由此，我们便有必要追问，惯例在构造相对稳定的意义状态的同时，是否会遮蔽阐释者本应拥有的自主性和能动精神？或者反过来说，阐释者在接受惯例之限定的同时，又是否保持着对惯例加以超越或突破的可能性？[1] 显然，上述问题将使阐释与惯例的关系变得更为复杂。其次，说到底，惯例是一种不断分衍、蔓延、流变的经验形态，或如塞尔所言，是"一张由知识、信仰、欲望编织而成的相当复杂的网络"[2]，它不存在一个明确的所指，似乎也很难被精确观察与详尽把握。因此，在大多数情况下，阐释者将无法建构"任何能确定文本意义的非任意的惯例体系"[3]，最终不得不返回对意义的主观构想。再次，在强调惯例对阐释边界的建构作用时，还需要关注潜藏于惯例之中的权力话语所产生的微妙影响。按照福柯的观点，权力并非可见的经济资本或政治威权，而是一种隐性的话语形态，它以潜移默化的方式，渗透于社会生活的每一根毛细血管。[4] 在文学阐释中，权力表现为某种意义解读的优先权，它决定了大多数人应该秉持何种态度，以何种姿态，对何种文本加以解读，从中得出怎样的答

---

[1] 如余虹便就此发出过连珠炮式的追问："读者个人真的只是一个输送群体规则的'通道'吗？他只能被动地服从规则而对规则无所作为吗？或者，在阅读活动中，读者个体对群体规则不能进行自由反思和批判改造吗？还有，是否所有的文本都能顺利进入既有规则造就的读者'通道'，还是有的文本拒绝进入这一通道并激发了读者打破这一通道而重建规则本身？"参见余虹《文学知识学——余虹文存》，北京大学出版社2009年版，第124页。

[2] John R. Searle, "Literary Theory and Its Discontents", *Theory's Empire: An Anthology of Dissent*, Daphne Patai and Will Corral eds., New York: Columbia University Press, 2005, p. 149.

[3] Anders Pettersson, *The Idea of a Text and the Nature of Textual Meaning*, Philadelphia: John Benjamins, 2007, p. 125.

[4] Michel Foucault, *The History of Sexuality: Volume I: An Introduction*, Trans. Robert Hurley, New York: Pantheon Books, 1978, pp. 94–96.

案。放眼文学批评场域，无论将《关雎》解读为男欢女爱或"后妃之德"；无论将《红楼梦》解读为宫闱秘史或社会批判；无论将《安娜·卡列尼娜》解读为伤风败俗或人性解放，其实都不只是"阐释团体"或"文学能力"问题，而涉及围绕"话语权"所展开的激烈争夺。对权力如何在文化惯例中发挥作用，我们还需要做出更深入的考察和更审慎的辨析。

综上，在阐释边界的建构中，文化惯例起到的特殊作用得到了越发频繁的讨论。惯例是日常生活中司空见惯的经验形态，其作用在于为交流者提供相对稳定的框架，以促使共识或认同的形成。通过维特根斯坦的"意义即用法"和"生活形式"命题，以及丹托、迪基、贝克尔对"艺术界"的阐发，惯例逐渐由一种生活经验步入意义场域。在文学阐释中，惯例通过"意欲类型说""文学能力说""阐释团体说"而得以集中表现，它一方面为阐释者保留了能动解读的权利，另一方面，又使阐释者的解读始终受制于隐性的文化规范，而不会陷入信马由缰、无所节制的状态。由此，惯例也就在一定程度上实现了对阐释之特殊性和普遍性、主观性和客观性的兼容。当然，文化惯例本身充满了"盲点"和不稳定性，它无法保证我们对阐释边界加以恰如其分的重构。因此，我们有必要由惯例转向更复杂的意义生成系统，亦即将边界或确定性意义视为多种因素交互作用的产物，这就为一种交互主体性视域的引入奠定了基调。

第四节　交互主体性路径

前文已述，惯例是建构阐释边界的一条重要路径。倘若稍加细究，不难发现惯例并非与生俱来，亦非铁板一块，而是在不同文化因素的交织、叠加中形成。安妮·谢泼德有言："一位艺术家之所以会运用他或者她所处的时代具有的各种艺术形式和艺术惯例，并且遵守

阐释的边界：一个文学理论关键命题的探究

这个时代在道德、社会以及政治方面所具有的各种假定，不仅是因为这些东西都是他或者她所了解的，而且也是因为这些东西是其观众所了解的。"① 这就是说，惯例之所以是惯例，关键在于它被创作者和阐释者所共有，并不断在二者之间制造对话或互动；相反，如果惯例只是被创作者或阐释者中的某一方拥有，那么，对话与互动无从发生，而惯例也将失去约定俗成的普适效应。

在文学阐释场域，惯例所指向的是集体性的协商（negotiation），即创作者与阐释者以文本为轴心，在特定情境下暂时达成的默契。其中，创作者就文本在何处终止其衍义做出了初始性的预设，阐释者对意义生长的可能性也持有最基本的期待。在这种磋商和斡旋的过程中，意义将大体维持在所有人普遍接受的范围内，避免了无休止的延宕与发散。这就提醒我们注意，在阐释边界的建构中，有必要超越单一意义因素的阈限，而涉入更复杂的"交互主体性"（intersubjectivity）领域。

一 从"主体性"到"交互主体性"

要理解何为交互主体性，首先必须对我们常说的"主体性"（subjectivity）有所把握。所谓主体性，通常指"人之为人的条件，和/或我们成为人的过程"，亦即"我们如何被建构为主体并开始体验我们自己"。② 主体性聚焦于主体成其为主体的依据所在，它致力于回答"我是谁？"这一千古谜题，并驱使我们建构关于自我身份和独特性的一整套话语。伴随理性主义的盛行，以及笛卡尔"我思，故我在"命题的深入人心，拥有反思和批判能力的主体成为了世界的主导（即所谓"人是宇宙的菁华，万物的灵长"）。这一方面彰显了主体的潜能和独特价值，另一方面又造

---

① ［英］安妮·谢泼德：《美学》，艾彦译，辽宁教育出版社1998年版，第165页。
② Chris Barker, ed., *The Sage Dictionary of Cultural Studies*, London: Sage Publications, 2004, p.194.

第三章　阐释边界的建构路径

成了对主体的过分拔高，使其在一定程度上绝缘于周遭世界，陷入了孤立、封闭的状态。① 面对上述困境，葛兰西（Antonio Gramsci）、福柯、拉康（Jacques Lacan）、阿尔都塞（Louis Althusser）、齐泽克（Slavoj Žižek）等人试图揭示主体被规训或"询唤"（interpellation）的真相，由此对主体性的根基加以拆解。另一些思想家则秉持不同的思路，他们并未抹杀主体的存在，而是将其置于更复杂的情境下，通过不同主体的对话、互动与沟通，就主体性问题加以反思和重估。这样，交互主体性也就被纳入了人文研究的视域。

如果说，主体性涉及主体的内在价值和本质属性，那么，交互主体性则侧重于呈现主体心灵之间所存在的某种交流（communication），"每一个交流的心灵不仅意识到对方的存在，而且还意识到自己向对方传递信息的意图"②。这就消弭了横亘在主体之间的鸿沟，使不同主体在交互作用中获得了观照他者，同时又反观自身的契机。应该说，在交互主体性命题的建构中，胡塞尔的现象学是一个不容忽视的环节。现象学相信，没有独立于主体意识而存在的对象，相反，任何对象都需要"通过特定之人在意识层面的感知来获取意义"③。循此思路，既然自我（作为主体）是他人（作为对象）生成和显现的前提条件，那么，自我作为他人眼中的对象，同样需要在他人的意向性活动中彰显其合法性。这就在一定程度上为交互主体性哲学拉开了帷幕。在学术生涯的后期，胡塞尔为回应其遭到的"唯我论"（solipsism）审判，更是明

---

① 正因为如此，有学者才会认为，作为一种"元话语"的主体性在今天已日薄西山："主体性观念已然正在丧失着它的力量，这既是由于我们时代的具体经验所致，也是因为一些先进哲学家们的探究所致。"参见［美］弗莱德·R. 多尔迈《主体性的黄昏》，万俊人译，广西师范大学出版社2013年版，第1页。

② Ted Honderich, ed., *The Oxford Companion to Philosophy*, Oxford: Oxford University Press, 2005, p. 441.

③ Julian Wolfreys, et al., eds., *Key Concepts in Literary Theory*, Edinburgh: Edinburgh University Press, 2006, p. 78.

阐释的边界：一个文学理论关键命题的探究

确提出，自己的关注焦点，已经从自我对观念的构造，转向了"如何可能从我的绝对自我走到其他的自我——它们毕竟不是真正地在我之中，而只是被我所意识到"①。他进一步解释道：

> 我就是在我之中，在我的先验还原了的纯粹意识生活中，与其他人一道，在可以说不是我个人综合构成的，而是我之外的、交互主体经验的意义上来经验这个世界的。对每一个人来说，这个世界就存在那里，它的所有对象都可以为每个人所通达。但是，每一个人都有他的经验，他的诸呈现（Erscheinungen）和呈现的诸统一性，他的世界现象（Weltphänomen），而这个经验的世界本身是与所有经验的主体和他们的世界现象相对峙的。②

在胡塞尔看来，自我并非纯粹的自我，而是以他人为存在前提；他人亦非纯粹的他人，而是与自我互为表里、彼此映照。正是在这种自我和他人的双向运动中，作为一种存在方式的交互主体性获得了充分的生长空间。在胡塞尔的启示下，交互主体性在人文学术中得到了越发频繁的讨论。从萨特对自我与他人的"目光辩证法"的揭示，到马丁·布伯对"我"和"你"的灵魂交融状态的描画；从梅洛·庞蒂对个体与世界通过身体而沟通的思考，到列维纳斯对一种以他人为导向的主体性哲学的阐发，研究者从不同的视角切入，试图对交互主体性的表现形态和演绎轨迹加以呈现。足见，交互主体性为人类认识自身提供了新的思路，它迫使我们追问，"为什么我们的内心生活似乎无可避免地涉及

---

① ［德］埃德蒙德·胡塞尔：《笛卡尔沉思与巴黎讲演》，张宪译，人民出版社2008年版，第127页。
② ［德］埃德蒙德·胡塞尔：《笛卡尔沉思与巴黎讲演》，张宪译，人民出版社2008年版，第128页。

他人——要么作为需要、兴趣或欲望的对象，要么作为共同经验的必要分享者"①。

对此，日本学者广松涉（Hiromatsu Wataru）深有体会。他宣称，主体的交互作用不仅充当了社会生活的基础，同时也构造了人类意识活动的核心："意识主体，不是天生同型的，而是通过社会交往、社会的共同活动，才形成交互主体的，只有在作为这种共同主观的'我们思'的主体那种'我作为我们'、'我们作为我'所实现的自我形成中，人才成为认识的主体。"② 显然，这种从"我思"（cogito）到"我们思"（cogitamus）的转变，有助于消解"主客二分"的传统认知模式，在自我与他人的"共在"（mitsein）状态下，对人类存在的可能性加以重新发现。

二 交互主体性的知识谱系

围绕交互主体性问题，人文知识分子基于不同立场，提出了丰富的见解或学说。纵观交互主体性的知识谱系，有三种思想资源尤为值得关注，它们一方面揭橥了交互主体性的独特精神取向；另一方面又为交互主体性涉入文学阐释领域奠定了基调。这就是巴赫金（Mikhail Bakhtin）的"对话"，伽达默尔的"视域融合"，以及哈贝马斯的"交往理性"。

（一）巴赫金与"对话"

先来看巴赫金对"对话"（dialogue）的讨论。在《陀思妥耶夫斯基诗学问题》一书中，巴赫金将小说划分为托尔斯泰所代表的"独白"（monologue）和陀思妥耶夫斯基所代表的"复调"（polyphony）这两种类型。他认为，在前一类小说中，创作者以

---

① Nick Mansfield, *Subjectivity: Theories of the Self from Freud to Haraway*, New York: New York University Press, 2000, p. 3.
② ［日］广松涉：《世界交互主体的存在结构》，邓习议译，南京大学出版社2020年版，第20页。

阐释的边界：一个文学理论关键命题的探究

居高临下的姿态掌控一切，使文本以一种单声部、同质化、亦步亦趋的方式加以展开；后一类小说的核心则在于一种对话，在于作者和读者、作者和主人公、读者和主人公，乃至主人公内心矛盾态度的抵触、分裂、瓦解、共鸣和重组。由此，巴赫金就对话问题展开了深入思考。他宣称，陀思妥耶夫斯基的高明之处，在于他敏锐地发现了人类思想的对话性本质：

> 思想不是生活在孤立的个人意识之中，它如果仅仅留在这里，就会退化以至死亡。思想只有同他人别的思想发生重要的对话关系之后，才能开始自己的生活，亦即才能形成、发展、寻找和更新自己的语言表现形式、衍生新的思想。人的想法要成为真正的思想，即成为思想观点，必须是在同他人另一个思想的积极交往之中。这他人的另一个思想，体现在他人的声音中，就是体现在通过语言表现出来的他人意识中。恰是在不同声音、不同意识互相交往的联接点上，思想才得以产生并开始生活。①

巴赫金相信，思想并非封存于僵滞、凝固的空间，而是处于向外界敞开的状态，始终期待着他人的理解或回应。故而，思想将超越个体生命的阈限，而转变为"在两个或几个意识相遇的对话点上演出的生动的事件"②。更进一步，巴赫金还试图揭示对话的精神内涵。在他看来，人类作为一种社会性动物，自诞生伊始，便栖居于不同主体所编织的复杂网络中，与他人保持着"剪不断，理还乱"的紧密关联，通过与他人的交互呼应而确证自身

---

① ［俄］巴赫金：《陀思妥耶夫斯基诗学问题：复调小说理论》，白春仁等译，生活·读书·新知三联书店1988年版，第132页。
② ［俄］巴赫金：《陀思妥耶夫斯基诗学问题：复调小说理论》，白春仁等译，生活·读书·新知三联书店1988年版，第132页。

第三章　阐释边界的建构路径

的存在。这样，对话也就成为了人与生俱来的本能，倘若没有对话，没有通过对话所获得的生命体验，人类也将失去存在的根基："一切都是手段，对话才是目的。单一的声音，什么也结束不了，什么也解决不了。两个声音才是生命的最低条件，生存的最低条件。"① 这不仅将对话提升至生存论高度，同时也昭示了一种交互主体性的精神诉求。

应看到，巴赫金的对话理论体现出较强的现实指向性。现代社会似乎为主体允诺了充分的表达自由，但在很多时候，人们的不同见解或声音又会被一个大写的权威所遮蔽，从而由多元归于单一，由喧闹归于沉寂，由各抒己见归于众口一词。② 巴赫金意识到，对话不仅是一种人际交往的方式，它还将构造一个"众声喧哗"的独特空间。在这一空间中，一切的话语权威都将灰飞烟灭，留下的只是不同主体基于自身立场的个性化言说。既然权威已然消散，那么，不同的观点或见解也就没有高低优劣之分，而是保持各自的独立性，在争辩和角逐中彰显其生命力。鉴于此，有学者认为，"对话"所体现出的是对差异性和多元性的包容，它与德里达的"延异"，德勒兹的"游牧"，以及利奥塔的"小叙事"一道，为后现代解构思潮敞开了大门。③ 但必须承认，对

---

① ［俄］巴赫金：《陀思妥耶夫斯基诗学问题：复调小说理论》，白春仁等译，生活·读书·新知三联书店1988年版，第344页。
② 阿瑟·丹托讲述过一则逸事：安迪·沃霍尔的《布里洛洗衣粉盒》曾于1965年送往加拿大展览，但在经过海关时遇上了麻烦。按照加拿大海关的规定，凡是货物均需缴纳关税，凡是"原创雕塑"则可以免税。策展人一口咬定，《布里洛洗衣粉盒》是不折不扣的原创之作；海关官员则认为这只是一些普通日用品。双方相持不下，又到加拿大国家美术馆馆长那里寻求仲裁，而馆长在一番思索后，则宣称"我看得出来它们不是雕塑"。不难看出，美术馆馆长基于自己的头衔和身份，就"何为艺术"这一问题做出了权威裁断，压倒了其他人的意见和主张。因此，在整个论争中，不同人的"对话"不得不屈从于一种单声部的"独白"。参见［美］丹托《再论艺术界：相似性的喜剧》，殷曼婷译，载周宪主编《艺术理论基本文献·西方当代卷》，生活·读书·新知三联书店2014年版，第251页。
③ 周宪：《20世纪西方美学》，高等教育出版社2004年版，第228—234页。

阐释的边界：一个文学理论关键命题的探究

话者在激烈竞争的同时，同样有可能达成——至少是在特定情境下暂时达成——某些共识或一致意见，从而将不同的声音整合起来，形成一个"比单声结构高出一层的统一体"①。因此，在阐释边界的建构中，对话同样不失为一个重要的理论支点。

（二）伽达默尔与"视域融合"

再来说伽达默尔对"视域融合"（the fusion of horizons）的构想。如果说，在巴赫金的对话理论中，交互主体性尚处于萌芽状态，那么，伽达默尔则立足于本体论阐释学，试图对交互主体性问题做出更深入考察。在此，有必要提及伽达默尔对海德格尔的承续。在《荷尔德林与诗的本质》一文中，海德格尔创造性地重构了"说"和"听"的关系。我们通常认为，"说"是一种积极、能动的行为，而"听"只是对所"说"信息的被动接收。海德格尔反转了这一思路，在他看来，"能倾听并不仅仅是与他人讲的结果，恰恰相反，毋宁说能倾听是与他人讲这一过程的前提"②。换言之，"听"并非"说"的陪衬或附庸，而是"说"赖以维系的根本所在，如果没有"听"，那么"说"便失去了动因和方向，其存在意义也就要打上问号。海德格尔强调，恰恰是"说"与"听"的交互作用构成了言谈的完整过程："讲的能力和倾听的能力同样是基本的。我们成为交谈，这就是说，我们能倾听他人。……在此基础上，我们被结合在一起，从而达到了我们的本质性的存在。"③应该说，这种"听与说"的辩证法在伽达默尔的思想中打下了深刻烙印。

伽达默尔以语言为基点展开思考。他相信，作为一种公共

---

① ［俄］巴赫金：《陀思妥耶夫斯基诗学问题：复调小说理论》，白春仁等译，生活·读书·新知三联书店1988年版，第50页。

② ［德］马丁·海德格尔：《荷尔德林与诗的本质》，刘小枫译，载伍蠡甫、胡经之主编《西方文艺理论名著选编》下卷，北京大学出版社1987年版，第577页。

③ ［德］马丁·海德格尔：《荷尔德林与诗的本质》，刘小枫译，载伍蠡甫、胡经之主编《西方文艺理论名著选编》下卷，北京大学出版社1987年版，第577—578页。

第三章　阐释边界的建构路径

性的存在，语言无法被某一个人所掌控，而是在人与人的交往中释放其潜能。因此，语言将"永远伴随着内部无限的对话，这种对话在每一个讲话者和他的谈话对象之间不断发展"[①]。既然语言以对话为本位，那么，语言性文本所召唤的，同样是不同主体、不同立场、不同文化精神之间的生动对话。伽达默尔提出，如果将阐释者理解为"我"，将阐释对象——即作为历史流传物的文本——理解为"你"，那么，在阐释活动中，"我"和"你"将呈现出三种关系。其一，"我"将"你"视作隶属于自身目标的工具；其二，"我"虽然承认"你"的存在，但依然将"你"视作自身精神世界的一个投影；其三，则是伽达默尔真正推崇的"我—你"关系，即"我"将"你"作为一个独立的主体，始终向"你"的言说保持开放，始终准备好接纳不同见解，并更新自己固有的观念体系。这种"我"和"你"敞开襟怀、平等对话的状态，也就成为了视域融合的至关重要的前提。[②]

所谓"视域"（horizon），原本指"眼界"或"地平线"，它意味着观看的某种限度与可能性。[③] 伽达默尔将视域引入阐释学领域。他发现，每个人自诞生伊始，便置身于特定的社会、历史、文化情境之中，拥有不同的人生阅历、知识积淀、情感体验和价值取向。以上种种，使他们形成了特定的视域，并习惯于透过自己的视域，以相对有限的方式对周遭世界加以解读。伽达默尔笃信，视域不会使人们变得目光短浅，"它不具有任何

[①] ［德］汉斯-格奥尔格·加达默尔：《哲学解释学》，夏镇平等译，上海译文出版社2004年版，第17页。

[②] ［德］汉斯-格奥尔格·加达默尔：《真理与方法：哲学诠释学的基本特征》上卷，洪汉鼎译，上海译文出版社2004年版，第465—470页。

[③] Philip Babcock Gove and the Merriam-Webster Editorial Staff, eds., *Webster's Third New International Dictionary of the English Language Unabridged*, Springfield: G & Merriam Company, 1961, p. 1090.

189

阐释的边界：一个文学理论关键命题的探究

绝对的立足点限制，因而它也从不会具有一种真正封闭的视域"①。在他看来，视域并非静止不变，而是处于运动的过程中，呈现出调整、更新与扩充的丰富空间。在文本解读中，阐释者自然拥有个性化的视域，而文本同样携带着原初的历史视域。在一种理想的状态下，阐释者不会唯文本之马首是瞻，也不会以自身视域来强行同化文本视域；相反，阐释者和文本将通过和谐、平等、融洽的对话，使两种不同的视域融合起来，向更具普遍性的状态趋近，"这种普遍性不仅克服了我们自己的个别性，而且也克服了那个他人的个别性"②。在视域融合中，阐释者和文本获得了彼此参照、互为镜鉴的契机，他们将超越各自的盲点或偏颇之处，进入一种较之从前更为公允、恰切、稳定的意义状态。所以，伽达默尔才会宣称："获得一个视域，这总是意味着，我们学会了超出近在咫尺的东西去观看，但这不是为了避而不见这种东西，而是为了在一个更大的整体中按照一个更正确的尺度去更好地观看这种东西。"③ 当然，伽达默尔不忘强调，视域融合并非理解的终点；随着时间的推移和情境的转换，以及阐释者与文本关系的变化，新的融合还将继续发生。相应地，融合所带来的共识也并非永恒不变，而是保持着延展与开放的可能性，等待着在下一次融合中向更高的普遍性提升。④ 这样的理论姿态，使伽达默尔与施莱尔马赫等方法论阐释学家拉开了距离。

对伽达默尔的视域融合命题，也有学者做出了敏锐反思。赫

---

① ［德］汉斯-格奥尔格·加达默尔：《真理与方法：哲学诠释学的基本特征》上卷，洪汉鼎译，上海译文出版社2004年版，第393页。
② ［德］汉斯-格奥尔格·加达默尔：《真理与方法：哲学诠释学的基本特征》上卷，洪汉鼎译，上海译文出版社2004年版，第394页。
③ ［德］汉斯-格奥尔格·加达默尔：《真理与方法：哲学诠释学的基本特征》上卷，洪汉鼎译，上海译文出版社2004年版，第394—395页。
④ ［德］汉斯-格奥尔格·加达默尔：《哲学解释学》，夏镇平等译，上海译文出版社2004年版，"导言"第33—34页。

希发现,在伽达默尔的言说中,潜藏着一个吊诡之处。诚然,伽达默尔相信,不存在真正的意义本原,任何意义说到底,都是阐释者视域与文本视域相融合的产物。但伽达默尔无法回答的是:如果阐释者尚未真切把握文本的原初意义,又怎么可能让自己的视域与文本的视域充分地融合起来?[①] 由此,赫希断言,伽达默尔脱离确定性意义而侈谈视域融合,在一定程度上陷入了自说自话的理论圈套。不过,我们还可以顺着赫希的观点进一步追问:什么是阐释者有必要把握的文本原意?阐释者对这种原初意义的指认,是否又掺杂着难以避免的主观色彩?当然,这就是另一个更复杂的问题了。

(三)哈贝马斯与"交往理性"

最后谈一谈哈贝马斯对"交往理性"(communicative reason)的阐发。作为交互主体性的一个重要支点,交往理性的形成与"公共领域"(public sphere)密不可分。哈贝马斯指出,在17—18世纪的欧洲,伴随资本主义的演进和自由民主主义的兴起,一些知识分子产生了倾诉与表达的诉求,他们聚集在沙龙、茶室、剧院、咖啡馆、俱乐部等公共场所,围绕当时的一些重要社会问题,展开自由的论辩、沟通与协商,形成了一个介乎国家和市民社会之间的相对独立的所在——即资产阶级公共领域。[②] 交往理性也正是在公共领域中逐渐萌生。虽然到了19世纪晚期,由于国家干预的增强,以及大众传媒和消费文化的兴盛,公共领域逐渐失去其批判潜能而走向衰微,但在哈贝马斯看来,对交往理性的恪守,依然是抵御公共领域的"再封建化"(refeudalization),建构民主、平等、包容的现代国家的必由之路。

[①] Eric D. Hirsch, "Truth and Method in Interpretation", *The Review of Metaphysics*, Vol. 18, No. 3, 1965, p. 497.

[②] [德]尤根·哈贝马斯:《公共领域》,汪晖译,载汪晖、陈燕谷编《文化与公共性》,生活·读书·新知三联书店2005年版,第125—133页。

阐释的边界：一个文学理论关键命题的探究

哈贝马斯发现，我们在今天所面临的是"工具理性"（instrumental reason）的泛滥。工具理性的最重要特质，在于将主体与客体截然分离，使主体基于自身的欲望和需要，对他人或世界加以征用。因此，工具理性其实是一种独断论话语，它试图"从认知主体和行为主体的角度，而不是从被感知和控制的对象的角度，来表现主体与客体之间的关系"[①]。在哈贝马斯看来，工具理性的最恶劣后果，是一种极端的主体中心主义。当每个人都以主体自居，都从自身的立场出发介入社会公共生活，而对他人的意见置若罔闻时，整个社会将充斥着自说自话的"独白"，一切的共识或一致性也将消散无踪。在这样的情况下，我们自然很难建立起客观、有效的社会公共规范。由此，哈贝马斯断言，交往理性将成为矫正工具理性弊端的一种重要方案。

类似于伽达默尔，哈贝马斯将"言说"（或"听说关系"）视为思考的起点，但不同于伽氏对语言的本体论沉思，哈贝马斯赋予语言以更丰富的文化实践内涵。他相信，交往理性孕育于言语行为之中，而要想使交往理性真正形成，言说者必须满足如下要求：

> 在交往行为关系中，言语行为永远都可以根据三个角度中的一个加以否定：言语者在规范语境中为他的行为（乃至直接为规范本身）所提出的正确性要求；言语者为表达他所特有的主观经历所提出的真诚性要求；最后还有，言语者在表达命题（以及唯名化命题内涵的现实条件）时所提出的真实性要求。[②]

[①] ［德］尤尔根·哈贝马斯：《交往行为理论：行为合理性与社会合理化》，曹卫东译，上海人民出版社2004年版，第373页。

[②] ［德］尤尔根·哈贝马斯：《交往行为理论：行为合理性与社会合理化》，曹卫东译，上海人民出版社2004年版，第292页。

第三章 阐释边界的建构路径

所谓"正确性",即言说者遵循客观的原则或规范,建立起一种正当、公允、适度的交往关系;所谓"真诚性",即言说者开诚布公地表明自己的想法,而不会出现欺瞒、哄骗或心口不一的情况;所谓"真实性",即言说者基于对世界的真切体察,如实地呈现自己的认识、观点和见解,使交流者实现对知识的普遍共享。这样,一种交往理性的氛围将在共同体中形成,而交流的普遍性和有效性也将有可能实现。至此,不难体会到交往理性的独到之处。如果说,工具理性旨在划定主体和客体的界限;那么,交往理性则相信,我们不应执着于主客体之间的"二元对立",而是有必要建构不同主体的良性互动关系。总体上看,交往理性拥有两个逻辑支点:一是所有人都可以公开、自由、平等地参与讨论,不会出现门槛或身份的限制;二是在讨论中,人们以充分的理据和精辟的见解来说服他人,不会依凭政治或经济上的权威地位来强加自己的主张。诚如哈贝马斯所言,在交往理性的氛围中,沟通将成为"一个相互说服的过程","它把众多参与者的行为在动机的基础上用充足的理由协调起来",以推动共识或一致性的达成。[①]

在另一篇文章里,哈贝马斯更是将交往理性的核心指认为一种"纯粹的交互主体性"。他这样说道:

> 纯粹的交互主体性是由我和你(我们和你们),我和他(我们和他们)之间的对称关系决定的。对话角色的无限可互换性,要求这些角色操演时在任何一方都不可能拥有特权,只有在言说与辩论、开启与遮蔽的分布中有一种完全的对称时,纯粹的交互主体性才会存在。[②]

[①] [德]尤尔根·哈贝马斯:《交往行为理论:行为合理性与社会合理化》,曹卫东译,上海人民出版社2004年版,第375页。

[②] Jürgen Habermas, "Social Analysis and Communication Competence", *Social Theory: The Multicultural and Classic Readings*, Charles Lemert ed., Boulder: Westview Press, 1993, p. 416.

阐释的边界：一个文学理论关键命题的探究

在哈贝马斯看来，这种"对话角色的无限可互换性"，以及随之而来的，我与你，应与答，言说与倾听之间和谐、融洽的交互主体性转换，不仅有助于构造一个理想的交往情境，同时也恰如其分地折射了交往理性的精神内涵。当然，哈贝马斯并未否认，交往理性"带有调和和自由色彩的乌托邦视角"①；但无论如何，交往理性毕竟为我们提供了一个参照系，它告诉我们，怎样的思考和行动方式，在何种程度上更接近真理。这样，交往理性也就为实现群体认同，为建构公共性社会规范，为抵御工具理性所带来的精神困境开辟了一条重要路径。②

由上可知，巴赫金、伽达默尔以及哈贝马斯从不同向度丰富了交互主体性的知识谱系。从他们的言说中，不难发掘出交互主体性的几个关键环节。一是交互性，即交流并非被某个权威或中心所垄断，而是存在于复杂的关系之中，通过多种因素的协同作用——类似于巴赫金的"对话"，或海德格尔的"听说关系"，或伽达默尔的"视域融合"——而展开；二是平等性，即在交流中，不存在某一方对另一方的胁迫，也不存在某一方磨灭其个性而屈从于另一方的情况，每个交流者都拥有表明其态度、吐露其心声的机会，在充分的论辩、沟通与协商中，逐步扬弃各自的局限性，向某种普遍性或一致性趋近；三是开放性，既然在交流

---

① ［德］尤尔根·哈贝马斯：《交往行为理论：行为合理性与社会合理化》，曹卫东译，上海人民出版社2004年版，第380页。

② 另一位批判理论家阿克塞尔·霍耐特（Axel Honneth）接续了哈贝马斯的思路。他提出，"承认"（Anerkennung/Recognition）是现代社会彰显其合法性的关键所在，而人类社会的发展历程，其实也正是处于复杂社会关系中的人们为追求承认而斗争的历程。在霍耐特看来，承认涉及个体之间的平等和相互尊重（即包含在"爱"之中的承认），涉及公民和社会就彼此所应当享有之权利、所应当履行之义务所达成的共识（即法律所规定的承认），同时也涉及不同社会群体对个体的身份、经验与独立性的认可（即伴随"社会团结"所出现的承认）。纵观霍耐特对承认的探讨，不难见出自我与他人、主体与对象、个人与社会通过平等对话而达成共识的交互主体性特质。参见［德］阿克塞尔·霍耐特《为承认而斗争》，胡继华译，上海人民出版社2005年版，第100—135页。

中，不存在一个君临一切的权威，那么，交互主体性所达成的共识显然就不是一锤定音式的决断，而是呈现出不断调整与更新的"未完成"状态——这就如伽达默尔所言，在交互主体性过程中，"我们所发生的一切实质上都是没有终点的"①。接下来，我们将聚焦于文学阐释场域，探讨交互主体性原则在阐释边界的建构中所起到的微妙作用。

三 交互主体性与阐释边界的建构

应看到，文学蕴含着丰富的交互主体性潜能。从"外展"的向度上看，文学原本便是为交流而生，不同社会成员以之为枢纽聚集在一起，分享各自的情绪、感受或见解，形成了一个松散而自足的精神共同体。② 从"内聚"的向度上看，文学并非单一化、同质化的存在，而是将包括作者、文本、读者、世界等在内的诸多因素裹挟其中，编织了复杂的关系性网络。因此，如何将交互主体性视角纳入对文学阐释的考察，便成为了一个值得深思的问题。

如果说，文学携带着交互主体性的精神取向，那么，文学阐释同样是一个多种因素互渗与交融的交互主体性过程。早在浪漫主义时期，施莱格尔便提出，理解就像是一场双人舞，舞者根据情况不断调整步态，以适应对方的节奏，其目标不是要完成一个期待之中的目标，而是要达成一种令彼此惬意的状态。③ 这就为阐释赋予了交互主体性的内涵。自20世纪以来，人们越发注意

---

① ［德］伽达默尔、［德］杜特：《解释学 美学 实践哲学：伽达默尔与杜特对谈录》，金惠敏译，商务印书馆2005年版，第38页。

② 这就如托多罗夫所言，文学的核心诉求，乃是为各色人等提供对话与沟通的契机："我们所有的人都是由其他人所成全：首先是我们的父母，其次是我们周围的人；文学使我们与其他人互动的可能无限开放，因而使我们无限丰富。"参见［法］茨维坦·托多罗夫《濒危的文学》，栾栋译，华东师范大学出版社2016年版，第43页。

③ Fred Rush, "Hermeneutics and Romanticism", *The Cambridge Companion to Hermeneutics*, Michael N. Forster and Kristin Gjesdal eds., Cambridge: Cambridge University Press, 2019, pp. 73 – 74.

阐释的边界：一个文学理论关键命题的探究

到，文学在诞生伊始，其实和一个纸质的"物品"无异，"它只不过是以它的某处的无生命的在场表明它作为物的存在"①。唯有当文学脱离静止、封闭的状态，融入主体之间错综复杂的关系之网时，其内在的价值与可能性才会充分释放。这样，交互主体性也就成为了文学阐释中不可缺失的维度。里法岱尔坦言，人们需要通过文本来发现作者意图，而文本又只能在读者的阅读过程中被体认与感知，这就暗示了作者、文本、读者之间所存在的对话空间。② 沃尔特斯多夫发现，在传统意义上，人们将阐释理解为施加于人工制品的行动（或一系列行动）；而在他看来，阐释其实是读者以人工制品为中介，与某个人（无论是创作者还是编撰者）所展开的精神交流。③ 姚斯（Hans Robert Jauss，也译作尧斯）更直白地指出，在文学阐释中，潜藏着"作者、作品和公众之间"，"艺术的现时经验和过去经验之间"的持续不断的交互作用。④ 因此，从某种意义上说，"一部艺术作品的解释历史是经验的交流，或者可以说是一场对话，一个问答游戏"⑤。以上种种，无不向我们暗示，意义的确定性或可通约性并非由单一因素决定，而是在多种文学要素的张力结构中形成。

在阐释边界的建构中，交互主体性带来了颇具启示性的思路，它一方面推动阐释者摆脱单一文学因素的限制，涉入充满张

---

① ［比］乔治·布莱：《批评意识》，郭宏安译，广西师范大学出版社 2002 年版，第 237 页。

② Michael Riffaterre, "Interpretation and Undecidebility", *New Literary History*, Vol. 12, No. 2, 1981, p. 227.

③ Nicholas Wolterstorff, "Resuscitating the Author", *Hermeneutics at the Crossroads*, James K. A. Smith and Bruce Ellis Benson eds., Bloomington and Indianapolis: Indiana University Press, 2006, p. 36.

④ ［德］汉斯·罗伯特·尧斯：《接受美学与文学交流》，沈兰芳译，载张廷琛编《接受理论》，四川文艺出版社 1989 年版，第 196 页。

⑤ ［德］汉斯·罗伯特·尧斯：《接受美学与文学交流》，沈兰芳译，载张廷琛编《接受理论》，四川文艺出版社 1989 年版，第 196 页。

第三章　阐释边界的建构路径

力与可能性的意义领域；另一方面，又提供了一个独特的观照视角，有助于我们对文学阐释中长期存在的问题加以审视和重新发现。

首先，对交互主体性的认识，将引导我们从意义的"单因论"（singularism）转向多元、复杂、动态的意义系统。

所谓单因论，即阐释者立足于文学中的某一要素，对意义的限度或可能性加以规划。前文提到的"作者意图论"和"文本中心论"，就是单因论的典型范例；"文化惯例论"虽然在一定程度上突破了封闭的阐释视域，但更多专注于外在的社会背景或文化语境，依然带有若隐若现的单因论气质。应看到，单因论在彰显其洞察力的同时，也可能将完整的阐释活动肢解为零散的片断，甚至还可能陷入绝对主义或极端主义的困境。在此背景下，交互主体性将为反思边界问题带来新的方向，它提醒我们注意，意义之确定性并非由意图、文本或惯例中的某一极所构造，而是阿尔都塞所谓"多元决定"（over-determination）的结果，是不同文学要素冲突、妥协、斡旋所形成的相对稳定的状态。对这种交互主体性意义观，不少研究者深感认同。佩斯利·利文斯顿（Paisley Livingston）强调意图在阐释中的核心位置，同时又宣称，意图带有图式性（schematic）的特征，它将伴随不同文学要素的交互作用，在开放的状态下不断调整与更新。[①] 丹尼尔·纳森认为，无论是作者意图论还是读者中心论，其实都是带有极端化色彩的阐释模式。因此，阐释者有必要建构一种以对话和沟通为导向的交互主体性模式，使作者与读者的关系由"非此即彼"转向"兼而有之"。[②] 周宪则明确提出，文学阐释并非由单一动因所驱使，而

[①] Paisley Livingston, *Art and Intention: A Philosophical Study*, Oxford: Oxford University Press, 2005, p. 8.

[②] Daniel O. Nathan, "Irony, Metaphor, and the Problem of Intention", *Intention and Interpretation*, Gary Iseminger ed., Philadelphia: Temple University Press, 1992, p. 199.

阐释的边界：一个文学理论关键命题的探究

更类似于一种复杂的，交织着多种可能性的"星丛"或网状结构，这样，一种协商性（negotiated）意义观的建构便显得尤为必要：

> 所谓协商性，是指不同要素之间的某种关系性，它表明阐释活动是经过某种交流、讨论或争辩而产生的，其结果更像是恩格斯所说某种"平行四边形"合力状态，即不同阐释所达成的某种协商性状态。文本意义作为一种非规整的网状结构，乃是多种解释相互交流作用的产物，是交互主体性的协商之产物。在这一协商性的构架里，有无数节点彼此交织。不同的解释主体带着各自的文化和理解进入，又与其他解释主体发生关联，进而形成某种关联性的更广阔的理解。①

作为交互主体性的生动写照，协商的要旨，不在于一种文学要素对另一种要素的压制或征服，不在于所有要素褪去个性而归于千篇一律，而是要通过平等、积极、融洽的对话或互动，形成一种充满张力的，具有能动性、包容性和生长性的意义状态。透过协商性的视角，我们将发现，意图、文本或惯例，固然是文学阐释中不可缺失的维度，但又都不是永恒、唯一、不容置疑的维度，它们在阐释中无法被孤立、封闭地对待，而应被纳入同诸多文学要素的协商性过程中，作为"意义网络"的一个节点而彰显其价值。这种协商性的研究思路，一方面，有助于祛除单因论对阐释的宰制，凸显对话或互动在意义契约的缔造中所起到的作用；另一方面，也呼应了意义所蕴含的动态生成的关系性特质，有助于深化我们对阐释边界在当代文论中独特位置的理解。

其次，交互主体性视域的引入，有助于我们对文学阐释中的

---

① 周宪：《文学阐释的协商性》，《中国文学批评》2015 年第 2 期。

第三章 阐释边界的建构路径

"误读"（misreading）现象加以澄清。

在很长一段时间，人文学者崇尚的是所谓"正读"，即依循文本中确凿无疑的证据或线索，对潜藏于字里行间的原初意义加以追索。自20世纪下半叶以来，研究者逐渐意识到，任何人——哪怕是作者自己——都无法客观、精确地重构文本原意；相反，意义蕴含着生长与变动的可能性，随着时间、空间、情境的转换而呈现出无限丰富的形态。同时，克里斯蒂娃的"互文性"（intertexuality）理论相信，"每个文本都是文本与文本的交汇，在交汇处至少有一个'他文本'（读者文本）可以被读出"[①]。这就向我们暗示，文本意义并非融洽、统一的整体，而是不同意义片断连缀、拼接、叠加而成的"复数"存在；阐释者一旦接近文本，很快便会陷入千头万绪的互文性网络之中，难以找到一个稳定不变的意义本原。在此背景下，人文学者开始质疑正读的合法性，而将误读理解为一种合乎文学经验的本体论意义上的必然。

作为一种颇具创造性和生产性的阅读策略，误读并未执着于对历史性意义的复原，而是以阐释者的经历、见闻、情感、秉性、趣味等为契机，就文本的原初意义加以创造性发挥，使之呈现出丰富、多元、生动的形态。从某种意义上说，误读对文学阐释而言不可或缺，它可以使文本摆脱静止、凝滞的状态，获得不竭的动力和广阔的生长空间。哈罗德·布鲁姆断言，作者要摆脱前辈大师所带来的"影响的焦虑"，有必要通过误读来寻找新的灵感之源。故而，"一部诗的历史就是诗人中的强者为了廓清自己的想象空间而相互'误读'对方的诗的历史"[②]。乐黛云承认，

[①] ［法］茱莉娅·克里斯蒂娃：《主体·互文·精神分析：克里斯蒂娃复旦大学演讲集》，祝克懿等译，生活·读书·新知三联书店2016年版，第14页。

[②] ［美］哈罗德·布鲁姆：《影响的焦虑：一种诗歌理论》，徐文博译，江苏教育出版社2006年版，第5页。

阐释的边界：一个文学理论关键命题的探究

误读在跨文化交流中不可避免，同时又指出，恰恰是误读成为了"促进双方文化发展的契机"，"因为恒守同一的解读，其结果必然是僵化和封闭"。① 在文艺批评中，不乏创造性误读的精彩案例——如海德格尔对梵高《农鞋》中存在论内涵的发掘便是如此。② 但在某些情况下，对文本的误读有可能偏离阐释所应有的轨道，而畸变为一种牵强附会的"曲解"。如元代学者对韦应物《滁州西涧》的政治化解读，郭沫若对杜甫《茅屋为秋风所破歌》的阶级论分析，以及一些当代批评家将朱自清《荷塘月色》指认为"性苦闷"表征的尝试，都在不同程度上暴露出荒唐可笑之处。因此，我们亟待回答的是，误读和曲解的界限究竟何在？或者说，误读如何才能维持其合法性，而不至于沦落为一种曲解？

在此，交互主体性或许能带来一些有益的启发。事实上，在误读和曲解背后，隐含着一个重要的评判标准，即是否以交互主体性的态度来对待文本（以及潜藏其中的主体精神），是否不再将文本视为一个可以随意差遣或支配的工具，而是将其视为一个需要真诚以待的平等对话者？如果在文本解读中，阐释者只是从主观预设和功利动机出发，对文本施以单向度的"独白"，而不顾本然的文本经验，那么，这样的阐释将无法体

---

① 乐黛云：《文化差异与文化误读》，载乐黛云、[法]阿兰·勒·比雄主编《独角兽与龙——在寻找中西文化普遍性中的误读》，北京大学出版社1995年版，第111页。

② 海德格尔这样写道："从鞋具磨损的内部那黑洞洞的敞口中，凝聚着劳动步履的艰辛。这硬梆梆、沉甸甸的破旧农鞋里，聚积着那寒风陡峭中迈动在一望无际的永远单调的田垄上的步履的坚韧和滞缓。鞋皮上粘着湿润而肥沃的泥土。暮色降临，这双鞋底在田野小径上踽踽而行。在这鞋具里，回响着大地无声的召唤，显示着大地对成熟的谷物的宁静的馈赠，表征着大地在冬闲的荒芜田野里朦胧的冬冥。这器具浸透着对面包的稳靠性的无怨无艾的焦虑，以及那战胜了贫困的无言的喜悦，隐含着分娩阵痛时的哆嗦，死亡逼近时的颤栗。这器具属于大地，它在农妇的世界里得到保存。"参见[德]海德格尔《艺术作品的本源》，孙周兴译，载孙周兴选编《海德格尔选集》上，上海三联书店1996年版，第254页。

现其有效性，而降格为话语的暴力，或是故弄玄虚的噱头。① 反过来讲，如果阐释者在彰显个性化立场的同时，尽可能与文本保持亲和关系，主动关注文本的实际状况，倾听来自文本的诉求和声音，那么，由此所产生的误读，即使在一定程度上有悖于文本原意，也可以成为充满魅力的"二度创造"，甚至以另辟蹊径的方式达成对作品中真理价值的发现。可见，要想使误读成为激情、灵感与想象力的来源，而将隐含其中的负面效应降至最低，对一种积极、能动的交互主体性立场的建构无疑是关键所在。

再次，交互主体性将引导人文学者摆脱"强制阐释"的窠臼，走向恰切、公允、适度的阐释的公共状态。这就有必要谈及张江对"公共阐释"的讨论。

张江发现，阐释学的德文"Hermeneutik"和英文"Hermeneutics"对应于汉语中的"阐"。从词源上看，"阐"主要表示"以双手开门"，即去除可能的障碍或束缚，将自己的意思清晰、明白地传达给他人，与公众就某个问题进行开诚布公的交流。② 这就在一定程度上昭示了阐释的公共潜能。阐释所起到的，是一种居间斡旋的作用，它在立场、态度、倾向不同的主体之间加以沟通，以促使理解或认同的达成。在此过程中，"理解的主体、被理解的对象，以及阐释者的存在，构成一个

---

① 汪正龙归纳了曲解的三种形态：其一，"游离于文本所提供的客体化内容和规定语境之外，对文本意义作毫无根据的随意的解释"；其二，"脱离文本的语言建制和审美特征，对文学作品作单纯的历史分析甚至庸俗社会学分析，根据自己的好恶任意肢解文本内容"；其三，"机械搬用新的思想、方法和阐释框架，后者不能有效地与文本的客体化内容和审美特性相匹配，给人以牵强、拼合之感"。上述解读方式，表现了阐释者主体性的过分膨胀，以及随之而来的，一种缺乏对话精神的独断专行。参见汪正龙《"正读"、误读与曲解——论文学阅读的三种形态》，《江西社会科学》2005年第4期。

② 张江：《"阐""诠"辨——阐释的公共性讨论之一》，《哲学研究》2017年第12期。

阐释的边界：一个文学理论关键命题的探究

相互融合的多方共同体，多元丰富的公共理性活动由此而展开"①。由此看来，阐释从来就不是孤独的私语言说，它试图超越个体的有限性，在一个开放的场域中向更多人发出声音。倘若失去了公共交流的目标，阐释将沦为无意义的呓语，毫无留存于世的必要。

基于对阐释之公共性的体察，张江就当代文论中的强制阐释倾向加以反思。在他看来，强制阐释的最显著标志，在于从研究者固有的理念、见解或诉求出发，对血肉鲜活的文本经验加以宰制或生硬切割，从中得出自己预先设定的答案。在强制阐释的实施中，"要改变的不是阐释者自己的意图、立场和结论，而是其他人的意图、立场和结论，是文本、事实和历史，并借此证明阐释者意图、立场和结论的正确性或确当性"②。说到底，强制阐释的一大症结，乃是将阐释理解为主体私人动机和一己之见的表露，忽视了阐释必须首先进入公共领域，并得到公众的普遍认可，方能体现其有效性与合法性。

鉴于此，张江提出了"公共阐释"命题，以此作为对强制阐释的积极纠偏。强制阐释是一种张扬理论家先入之见，不惜悖逆文本原意的阐释。公共阐释则与之不同，它承认阐释的特殊性，即"认证确定语境下多元语义的确定性，宽容同一语义的多元理解"，同时，又致力于"以普遍的历史前提为基点，以文本为意义对象，以公共理性生产有边界约束，且可公度的有效阐释"。③ 进一步，张江概括了公共阐释的主要特征：其一，理性的主导性，即坚持以理性为阐释依据，非理性因素必须经过理性的提纯与过滤，方能被纳入阐释实践；其二，澄明

---

① 张江：《公共阐释论纲》，《学术研究》2017 年第 6 期。
② 张江、[德] 哈贝马斯：《关于公共阐释的对话》，《学术月刊》2018 年第 5 期。
③ 张江：《公共阐释论纲》，《学术研究》2017 年第 6 期。

性，即阐释应诉诸晦涩难解的文本，使隐匿其中的确定性意义得以彰显；其三，公度性，即阐释应诉诸历史传统和基本共识，在"阐释与对象、对象与接受、接受与接受"等因素之间达成可通约性；其四，建构性，即在阐释中超越个体理解，建构公共理解，尽可能使公共视域得以扩展；其五，超越性，即由个体阐释出发，融合公共理性和公共视域，实现对阐释者个体经验的扬弃或超越；其六，反思性，即在对话与交流中不断自我修正，使阐释由个体层面进入公共层面，形成新的公共理解和公共阐释。① 足见，公共阐释的要旨，乃是以阐释的公共性或普遍性来约束阐释的个体性或特殊性。按照公共阐释的逻辑，主体拥有自由解读乃至创造性误读的充分自由，但主体的阐释不可能走向泛滥无度，它必须作为一种公共话语，被框定于一条相对明晰的边界之内。在此过程中，"公共理性"发挥了难以替代的作用，它决定了哪些阐释符合公众的普遍期许，可以在公共领域中广为传播，哪些阐释只是隐秘的自说自话，只能被纳入非公共的私人空间。同时，正是公共理性自身的演绎，为阐释边界的建构赋予了能动性，使主体不断突破隔阂或障碍，不断向一种新的普遍价值或真理状态趋近。

公共阐释以公共理性为基准，而公共理性的形成，显然与内在于公共领域的交互主体性过程紧密相关。公共理性不同于一般意义上的"公众意见"。公众意见是各种观点的零散汇聚，常常呈现出"众声喧哗"的混乱状态，难以产生有普遍说服力的见解。公共理性则是"一种逻辑的、思辨的、规律性的、反思性的或者说审视性的共识的结果"②，是不同社会成员秉持"将心比心"的诚恳态度，通过不厌其烦的沟通、斡旋和协商，所建构

---

① 张江：《公共阐释论纲》，《学术研究》2017年第6期。
② 张江、[德]哈贝马斯：《关于公共阐释的对话》，《学术月刊》2018年第5期。

阐释的边界：一个文学理论关键命题的探究

的大致稳定的话语规则和意义体系。对此，美国学者艾尔文·古德纳（Alvin Gouldner）有更详尽的阐述。他发现，在知识分子群体中，一种公共批判理性的形成包含三个环节：其一，讨论者的"出发点"和"落脚点"都必须集中于议题本身，不应溢出既定的边界而弥散至无关的领域；其二，在论辩的具体过程中，讨论者保持平等对话的状态，通过充分的说理来彰显其主张，不会以某一方面的权威地位相威胁；其三，论辩的结果来自讨论者心悦诚服的认可或赞同，是论证本身的合理性所自然衍生的产物。[①] 这就是说，公共理性绝非一边倒的应允或反驳，而是不同言说者在敞开心扉的状态下，相互倾听、积极对话的产物，它内在于主体的交流过程中，也必将随着交流活动的深入，不断走向自我的调整与更新。这种以交互主体性为内核的公共理性，有助于祛除强制阐释的负面效应，建构一种以对话和交往为基调的，更加合理、恰切，更具正当性和普适性的阐释路径。

当然，在交互主体性的阐释话语中，存在着一些值得检讨或深究的问题。首先，在哈贝马斯等人的交互主体性思想中，"理性"是一条贯穿始终的主线，但倘若一味强调理性在文学阐释中的作用，则有可能造成对文学之独特性的贬损。要知道，文学不是从属于理性目标的载体或工具，而是"交织着多层次意义和关系的一个极其复杂的组合体"[②]，其要旨并非纯粹的说理或批判，而在于意义的不断衍生和流变，以及随之而来的狂喜、怨愤、悲悯、好奇、沉浸、震惊、痴迷、入魔、惶恐、癫狂等复杂体验。然而，哈贝马斯等人在彰显理性的枢纽地位的

[①] ［美］艾尔文·古德纳：《知识分子的未来和新阶级的兴起》，顾晓辉等译，江苏人民出版社2002年版，第34页。

[②] ［美］勒内·韦勒克、［美］奥斯汀·沃伦：《文学理论》，刘象愚等译，江苏教育出版社2005年版，第18页。

第三章　阐释边界的建构路径

同时，往往不自觉地将文学等同于理性思辨的对象，而忽视其在话语蕴藉和情感表达方面的独特魅力，这不能不说是一个重要的理论盲点。[①]

其次，更重要的是，交互主体性以自我与他人的平等对话为根基，但这种所谓的"平等对话"，在很大程度上来源于自我的主观体验。如果说，在日常生活中，人际交往具有在场性、当下性和鲜明的互动性；那么，在文本解读中，阐释者面对的不是血肉鲜活的言说者，而只是一个沉默不言的文本，在大多数情况下，他只能在内心的"小剧场"中构造一个交流的情境，即想象有一个（或多个）主体以文本为中介与自己互动或沟通。故而，在阐释边界的建构中，看起来和谐、融洽的交互主体性过程，说穿了依然是阐释者主观意志的外化或投射。对此，不少研究者颇有感触。潘德荣认为，在伽达默尔推崇的"视域融合"中，貌似客观存在的"历史视域"，其实悬浮于阐释者的精神世界之中，它是阐释者基于"当下视域"所衍生之物："所谓的'历史视域'与读者的视域的区分，实质上转化成了'唯一的视域'（读者的视域）中内外的两种因素。理解则表现为这两种因素内在张力的平衡。"[②]佛克马和蚁布思夫妇发现，尽管交互主体性强调主体之间的能动对话，但在文学活动中，任何对话都是读者对文本的单向度行为，都蕴含着难以祛除的"独白"特质："所谓'与本文的对话'是一个比喻的说法，因为本文完全不会说话，而从作者和读者一般并不拥有相同的时

[①] 鉴于此，英国学者吉姆·麦克盖根（Jim McGuigan）提出"文化公共领域"（cultural public sphere）命题，意在突出当代文化在生产、流通与消费中所凝聚的情感、想象、梦幻、直觉、欲望等"形而下"的非理性因素。这些非理性因素有助于矫正哈贝马斯式公共领域的过度理性化的弊端，使其呈现出更加立体、丰满、生动的面貌。参见 Jim McGuigan, "The Cultural Public Sphere", *European Journal of Cultural Studies*, Vol. 8, No. 4, 2005, pp. 427 – 443.

[②] 潘德荣：《西方诠释学史》，北京大学出版社 2016 年版，第 503 页。

阐释的边界：一个文学理论关键命题的探究

空参数这一意义上来说，交往的情境是分离性的。这种不对称交往的后果就是，接受者——在没有经过说话者/作者同意的情况下——对别人言辞的理解只由他自己一个人负责。"[1] 如此看来，在交互主体性的阐释实践中，自我的欲望、动机或诉求常常遮蔽他人的本真状态，而所谓的平等对话或视域融合，则不过是一种带有乌托邦色彩的理论虚设。

综上，在阐释边界的建构中，"交互主体性"为人文学者提供了新的思路。交互主体性发轫于对"主体性"及其潜在隐患的反思，它致力于超越"主体"与"客体"的二元模式，呈现出主体与主体互为前提、互相倾听、彼此对话、和谐共存的交互性状态。胡塞尔对"唯我论"的反思，在一定程度上为交互主体性哲学敞开大门；而巴赫金对"对话"与"复调"的探讨，伽达默尔对"视域融合"的展望，以及哈贝马斯对"交往理性"的追问，则为交互主体性涉入文学阐释领域奠定了基调。在具体的阐释实践中，交互主体性起到了独特的作用：它克服了"单因论"的局限性，使阐释者转向一个意义生成的复杂论系统；它引导人们对"误读"与"曲解"加以辨析，在最大限度内消除阐释的破坏性，释放其创造性潜能；它还有助于突破"强制阐释"所带来的理论困境，使阐释呈现出以理性为枢纽的，正当、公允、适度的公共状态。在文学阐释场域，交互主体性意味着一个契机，使我们围绕阐释边界展开更具建设性的对话、论辩与磋商。值得注意的是，在中国古典文论中，其实不乏类似的思想资源。曾子云："君子以文会友，以友辅仁。"[2] 孟子有言："颂其诗，读其书，不知其人，可乎？是以论其世也，是尚友也。"[3] 上述说法，强调

---

[1] ［荷］D. 佛克马、［荷］E. 蚁布思：《文学研究与文化参与》，俞国强译，北京大学出版社1996年版，第21页。"本文"在此处与"文本"同义。
[2] 杨伯峻译注：《论语译注》，中华书局2009年版，第130页。
[3] 杨伯峻译注：《孟子译注》，中华书局2010年版，第232页。

第三章 阐释边界的建构路径

主体以文本为契机所展开的平等对话、友善交流，从而折射出交互主体性的精神轨迹。如何基于对阐释边界的探讨，使这些传统文论话语在现代情境下释放新的活力和可能性？这将是另一个有待深究的问题。

本章小结

如果说，基于对不确定性思潮的质疑，阐释边界在一定程度上获得合法性，那么，探寻阐释边界的建构之道又成为一个难题。基于理想型的研究方式，我们可划分出当代文学理论中阐释边界的建构路径：一是作者意图路径：将作者意图指认为实现阐释之客观有效性的先决条件。古老的传记批评是其原初形态，而施莱尔马赫的"精神共鸣"、贝蒂的"富有意义的形式"、列文森等人的"假设的意图论"是其理论延伸。二是文本中心路径：即聚焦于语言性的文本，从文本的形式、结构、修辞等向度入手，对意义的限度或可能性加以构造。从俄国形式主义，到英美新批评，到法国结构主义，再到"理论中心"时代对"回归文本"的诉求，可窥见这一路径的发展轨迹。三是文化惯例路径：即将阐释边界的形成依据归结为一套共有的规范、惯例或程序，从而在阐释的个体性与社会性之间加以协调。该路径由维特根斯坦等人所开辟，通过赫希的"意欲类型说"，卡勒的"文学能力说"，以及费什的"阐释团体说"而得以集中表现。四是交互主体性路径：即通过主体之间的对话、沟通与协商，形成一个相对稳定的意义结构。巴赫金的"对话"，伽达默尔的"视域融合"，以及哈贝马斯的"交往理性"，是这一路径的典型范例，而一些学者对阐释之公共性的发掘，则是这一路径的"在地化"演绎。上述路径彼此交织，一方面使阐释边界呈现出充满张力的"可能性"状态；另一方面也说明阐释边界并非凝固不变，而毋宁说是一条

阐释的边界：一个文学理论关键命题的探究

"移动的、富有弹性的边界"，"它存在却不僵固，它是想象的却也给文学阐释提供导向，它有自身的定性却又给合理阐释提供新的生长空间"。[①] 这就暗示了阐释中"边界"和"非边界"的暧昧关联，从而引导我们将关注点转向阐释边界的本体构造问题。

---

① 周宪：《二分路径与居间路径——关于文学研究的一个方法论问题》，《学术界》2015年第9期。

第四章　阐释边界的本体形态

　　本章试图从本体论视域出发，对阐释边界的存在方式和表现形态加以探究。在当代文论中，不同理论家试图从不同的知识积淀和话语策略出发，建构自己理想中的阐释边界。上述理论实践虽各具特色，但依然存在着一些共性，其最显著表现，在于对现象背后的普遍性或绝对性因素的开掘。可以说，正是这种比较明显的"本质主义"（essentialism）倾向，使关于阐释边界的理论学说常常遭受非议。如批评家威廉·盖因（William E. Cain）便认为，赫希等学者在试图为阐释划定界限的同时，也暗中树立起一个阐释的权威，从而"不仅对阐释横加干涉，还可能对其施以暴政"①。周宪基于对"作者"概念的考察来展开对阐释边界的反思。他发现，一旦作者被视为意义的根源和文本的唯一拥有者，那么，"作者"（author）将转变为一种"权威"（authority）；而一旦作者的权威地位被无限拔高，那么，"权威"又将转变为一种"集权主义"（authoritarianism）。② 由此，周宪试图强调，在作为阐释边界的重要支点的作者本意中，隐含着一种刻板、粗暴、独断专行的危险倾向。

---

　　① William E. Cain, "Authority, 'Cognitive Atheism', and the Aims of Interpretation: The Literary Theory of E. D. Hirsch", *College English*, Vol. 39, No. 3, 1977, p. 345.
　　② 周宪：《重心迁移：从作者到读者——20世纪文学理论范式的转型》，《文艺研究》2010年第1期。

阐释的边界：一个文学理论关键命题的探究

洪汉鼎则试图将阐释边界置于两种阐释学的张力中来理解。在他看来，伽达默尔等人所代表的是一种"探究型"的阐释学，其要旨在于，意义并非内在于某一对象，而是在读者的解读中形成和显现。因此，"对作品意义的理解，或者说，作品的意义构成物，永远具有一种不断向未来开放的结构"①，而不会被既定的界限所约束。相较之下，对意义之边界的捍卫则属于一种"独断型"的阐释学：

> 独断型诠释学代表一种认为作品的意义是永远固定不变和惟一的所谓客观主义的诠释学态度，按照这种态度，作品的意义只是作者的意图，我们解释作品的意义，只是发现作者的意图。作品的意义是一义性，因为作者的意图是固定不变的和惟一的。我们不断对作品进行解释，就是不断趋近作者的惟一意图。这种诠释学态度的主要代表人物是施莱尔马赫，理解和解释的方法就是重构或复制作者的意图，而理解的本质就是"更好理解"（besserverstehen），因为我们不断地趋近作者的原意。②

顾名思义，独断型阐释学具有"独白"或"专断"的特点，其核心观点如下：其一，在语言文字的表象下，存在着一个大写的、作为标准的确定性意义；其二，这个意义一经发掘，便不会调整或变更，而将维持其恒定的在场；其三，阐释者的目标，不是个性化的演绎或发挥，而是对这个终极意义加以谨慎的，甚至是亦步亦趋的追寻。由此，不难感受到当代学界对阐释边界所持有的怀疑态度。

无论是对阐释边界的认可还是拒斥，常常将其理解为一种静

---

① 洪汉鼎：《诠释学——它的历史和当代发展》，人民出版社2001年版，第20页。
② 洪汉鼎：《诠释学——它的历史和当代发展》，人民出版社2001年版，第20页。

第四章　阐释边界的本体形态

止、僵硬、凝固的范畴，而忽视这一概念本应拥有的微妙内涵与丰富生长空间。如若稍加细究，即可发现，阐释边界并不意味着对"唯一的"或"最好的"意义的推崇，并不意味着对终极标准或普遍法则的"本质主义"信仰，也不意味着将个性与差异性拒之门外的阐释的"集权主义"。相反，大多数理论家在捍卫阐释边界的同时，往往借助一系列微妙、审慎的理论操作，为意义的多元发散和动态生成预留一定的空间。正因为如此，对阐释边界的本体形态加以探讨，一方面，将加深我们对边界问题的理解，另一方面，也有助于澄清关于边界的歧见或刻板印象，使阐释边界呈现出更加立体、完整、生动的面貌。

第一节　意义的"本原性"和"衍生性"：阐释边界的外展形态

在"外展"的向度上，阐释边界基于意义的"本原性"（original）与"衍生性"（generative）这两个维度而得以显现。[①] 可以说，在围绕阐释边界的言说中，对意义之本原性与衍生性的区分是极具分量，同时也颇具争议的内容：之所以极具分量，是因为谁都无法否认，这种区分为阐释边界的形成提供了最基本的坐标；之所以颇具争议，则是因为人们常常怀疑，这种区分是否符合实际的阅读经验，是否可以有效运用于具体的阐释实践。在本节中，我们首先将辨明"本原性意义"和"衍生性意义"的概念内涵，发掘其哲性背景和思想动因；其次，阐明本原性意义和衍

[①] 对意义的"本原性"和"衍生性"两个层面，不少学者都有一定的认识，但具体称谓不同。其中最耳熟能详的，要数赫希对"meaning"与"significance"（一般译为"意义"与"意味"）的划分。然而，意义和意味两个词在现代汉语中有某些近似之处，有可能导致读者对这两个概念的进一步混淆。鉴于此，我们在书中采用"本原性意义"和"衍生性意义"这种相对直白的说法，以期更充分地呈现两个意义层面的不同特质和精神取向。

阐释的边界：一个文学理论关键命题的探究

生性意义的理论指向，彰显其对不确定性的抵御，对阐释边界和确定性意义的诉求；再次，将意义的本原性与衍生性问题引入更宏阔的论域，探讨在一个"后理论"的背景下，上述两个范畴是如何超越纯然的文论话语，在社会生活和文化实践中发挥启示作用。

一 "本原性"和"衍生性"的概念辨析

"本原性"和"衍生性"命题的提出契机，是当代文论话语中的"读者转向"。自 20 世纪下半叶以来，哲学阐释学、接受美学、读者反应批评、耶鲁解构学派竞相登场，力图瓦解确定性在传统文学批评中的优势地位，转而强调文本意义在读者的阅读（或误读）中所呈现出的不断生成、转换、弥散的动态过程。鉴于此，一些阐释边界的捍卫者提出了不同意见。他们认为，读者转向并未使意义走向彻底的差异性和无序性：伴随读者的多元解读而发生变化的，只是意义构造中比较"外围"的因素，而意义构造中更内在、更具奠基性的因素则保持着稳定不变。由此，对意义之本原性和衍生性的思考也就应运而生。顾名思义，所谓本原性，大致指文本意义中具有唯一性和持续性，相对而言明晰、稳固、纯粹的层面；所谓衍生性，则是指文本意义中具有发散性和生长性，相对而言变动不居的层面，它是本原性意义在不同的时间、空间、情境下，基于不同读者的解读而衍生的更丰富内容。作为意义构造中的两个重要向度，"本原性意义"和"衍生性意义"有着紧密的关联，前者为后者提供了立足根基，后者则使前者所蕴含的可能性得以释放和弥散。

对文本意义的本原性和衍生性这两个层面，不少人文学者都有所体认。阿尔维托·曼古埃尔曾就"何为理想的读者"加以讨论。他指出，理想的读者应该是一种充满创造性的"层积式读者"，"一本书每读一次，就为叙述新添一层记忆"；同时又不忘

第四章　阐释边界的本体形态

强调，即便是理想的读者，也不可以"将自己的见解塞入文字"，其创造性必须接受内在于文本的初始性律令的约束。① 这就在一定程度上触及意义之本原性和衍生性的辩证关系。电影理论家波德维尔坦言，视觉文本是一种缄默无声的存在，其意义来源于读者、听众或观众的建构。在此基础上，波德维尔提出，公众对意义的建构并不意味着文本的空无一物；相反，人们"总是认定文本的线索已经在那里了"，"即便他们是以不同的方式解读这些线索"。② 这同样暗示，在文本的意义系统中，存在着一个相对开放、变动的层面和另一个相对闭合、固定的层面。阿兰·古德曼发现，在作者的表意实践中，一方面，包含着形诸文本的、确凿无疑的字面断言；另一方面，又包含着作者借助语言符号所构筑的虚拟世界，它将吁请读者介入文本，调用自身的知识积淀和文化想象，对作者未曾明言之处加以填充——海明威小说《太阳照常升起》的模棱两可的结局便是如此。③ 大体上看，前者所对应的是大写的、单数的、中心化的本原性意义，后者所对应的则是小写的、复数的、多元化的衍生性意义。汪正龙对此有更明确的阐述。他提出，我们有必要超越传统意义研究中"语词""思想""实在"的三维模式，将文学意义进一步区分为"物理的语言意义"和"人文的文化意义"。前者主要指语言文字所固化和具体化的内容，"它对应于文学作品的字面意思或文本客体化内容所呈现的相对确定的意义层面"；后者主要指文本意义中随读者理解或情境更替而变化的内容，"它对应于文学作品中通过隐喻、

---

① ［加］阿尔维托·曼古埃尔：《理想的读者》，宋伟航译，广西师范大学出版社 2019 年版，第 184 页。
② ［美］大卫·波德维尔：《建构电影的意义——对电影解读方式的反思》，陈旭光等译，北京大学出版社 2017 年版，第 4 页。
③ Alan Goldman, "The Sun Also Rises: Incompatible Interpretations", *Is There a Single Right Interpretation*?, Michael Krausz ed., University Park: The Pennsylvania State University Press, 2002, pp. 18–19.

阐释的边界：一个文学理论关键命题的探究

象征、沉默与空白等传意方式蕴含的潜在意义和有待进一步解释重构的言外之意"。① 从上述见解中，同样不难窥见意义之本原性和衍生性的思想轨迹。

当然，在围绕"本原性"和"衍生性"问题的讨论中，最耳熟能详的是美国阐释学家赫希的观点。众所周知，赫希是一位意图论（intentionalism）的拥趸，但他在维护作者意图之合法性的同时，还试图通过对意图的深度解析和价值重估，展开对阐释边界和确定性意义的持续追问。在赫希捍卫阐释边界的过程中，对意义之本原性和衍生性的辨析成为了重要的思想支点。在其代表作《阐释的有效性》中，赫希提出，文本意义并非凝固不变的实体，而是包含着"意义"（meaning）和"意味"（significance）两个层面。在他看来，意义是创作者"借助特定语言符号所传递的内容"，是文本中稳固、恒定、确切无疑的初始性意义；意味则涉及"意义同某个人、某个概念、某种情境或任何可以想见之物的关系"，它是文本原意与瞬息万变的现实世界相交织而衍生的更丰富内涵。② 总体上看，在赫希的理论框架中，"意义"大致对应于意义构造中的本原性维度，它可以被视作文本作者"意欲表达"的东西，隐含其中的，是一条相对清晰的"确定性"原则；"意味"则大致对应于意义构造中的衍生性维度，它可以被理解为文本"对接受者而言"所表达的东西，隐含其中的，是一条主观、相对的"变动性"原则。赫希对意义和意味的关系亦有较深入的探讨。他坦言，较之本原性的"意义"而言，衍生性的"意味"是一种更开放、复杂，更难被详尽描述的存在。同时，他又强调，意味充其量只是一种外在于文本的关系性（relational）存在，而"这种关系的一个恒定不变的极

---

① 汪正龙：《文学意义研究》，南京大学出版社2002年版，第5—6页。
② Eric D. Hirsch, *Validity in Interpretation*, New Haven: Yale University Press, 1967, p. 8.

第四章 阐释边界的本体形态

点便是文本所意指的东西"[1]。倘若没有了意义的支撑，多元、驳杂的意味也将失却赖以维系的坚实基础。

在具体的文本经验中，意义之本原性和衍生性有着生动的表现。或许，伊格尔顿的一则故事有助于我们理解这两个意义维度的特质：男孩与父亲争吵后离家出走，途中，他失足跌入一个深坑。正午，寻找儿子的父亲来到深坑旁。此时，太阳恰好升至最高点，阳光使父亲发现了困在坑底的儿子。最终，父亲救出儿子，二人在和解后踏上了归家之途。伊格尔顿提出，这则不那么惊心动魄的故事将引发多样化的解读：人道主义者通常认为，它所表现的是人际交往中挥之不去的困惑；精神分析学家多半相信，它暗示了男性为摆脱父权而"遁入子宫"的尝试；结构主义者往往假定，在故事背后，隐含着"高"与"低"、"光明"与"黑暗"诸因素的对立统一；在解构主义者眼中，男孩的短暂冒险则无异于一场祛除深度与内涵的能指游戏。[2] 在此，不同阐释者的差异性解读属于衍生性意义，它们是驳杂、含混、歧义纷呈的；故事创作者的本意则大致相当于本原性意义，它是意义之所以不断衍生的前提条件。这不禁让人想到鲁迅对《红楼梦》"单是命意，就因读者的眼光而有种种"[3] 的评述，也颇有些类似于清人王夫之在《姜斋诗话》中的说法："作者用一致之思，读者各以其情而自得。"[4]

如果说，伊格尔顿更多立足于语言文字作品，对"本原性"和"衍生性"的内涵加以阐发，那么，艺术史家贡布里希（E.

---

[1] Eric D. Hirsch, *Validity in Interpretation*, New Haven: Yale University Press, 1967, p. 8.

[2] ［英］特雷·伊格尔顿：《二十世纪西方文学理论》，伍晓明译，北京大学出版社 2007 年版，第 91—92 页。

[3] 鲁迅：《〈绛洞花主〉小引》，载《鲁迅全集》第 8 卷，人民文学出版社 2005 年版，第 179 页。

[4] （清）王夫之：《姜斋诗话》，人民文学出版社 1981 年版，第 4 页。

阐释的边界：一个文学理论关键命题的探究

H. Gombrich）则将上述两个意义维度引入了图像分析领域。在《象征的图像》一书中，贡布里希从赫希的"意义"和"意味"命题出发，对伦敦皮卡迪利广场（Piccadilly Circus）上的爱神厄洛斯（Eros）雕像展开分析。这座雕像创作于1886—1893年，其建造初衷是纪念沙夫茨伯里（Shaftesbury）伯爵的慈善之举："盲目的爱神不加区别地，但却是有目的地射出他的仁慈之箭，永远像飞鸟展翅一样疾速，从不喘息，从不思索，只是一味地向上飞翔，置自身的安危于不顾。"[①] 在随后的日子里，这座雕像逐渐被人们赋予了更丰富的意涵，尤其是在相对保守的维多利亚时代，厄洛斯作为享乐和狂欢的化身，为枯燥的日常生活注入了活力。基于上述事实，贡布里希试图反转人们对厄洛斯形象的惯常理解。在希腊神话中，厄洛斯是爱神阿芙洛狄特（Aphrodite）之子，他常常恶作剧式地射出金箭，使中箭者在猛然间坠入爱河。因此，按照大多数人的理解，厄洛斯的最基本意义是肉欲、激情和爱的神秘。然而，贡布里希称，姑且不论爱神形象所承载的普遍的象征内涵，就这座伫立在皮卡迪利广场的具体的厄洛斯雕像而言，其本原性的"意义"就是创作者的本意，即通过具象化的方式"象征沙夫茨伯里伯爵的慈善"；而雕像在时代变迁中所获取的一切附加性意义，则只能被纳入衍生性的"意味"之列。[②]

作为意义构造中的两个重要维度，"本原性"和"衍生性"并非理论的虚设，而是拥有较坚实的思想根基。大致看来，对本原性意义和衍生性意义的界定受到了如下观点的启发。

其一，是逻辑哲学家弗雷格（Gottlob Frege）关于"含义"

---

① ［英］E. H. 贡布里希：《象征的图像——贡布里希图像学文集》，杨思梁等译，广西美术出版社2014年版，第27页。
② ［英］E. H. 贡布里希：《象征的图像——贡布里希图像学文集》，杨思梁等译，广西美术出版社2014年版，第30页。

第四章　阐释边界的本体形态

(Sense) 和"指称"(Reference) 的论说。弗雷格认为，符号通过含义与对象发生指称性关联。含义指对象的思想蕴含，类似于语言学中的"所指"(signified)；"指称"涉及对象的真值，即真或假、实存或虚设。弗雷格发现，符号指称对象的一致并不意味着其含义相同，如说康德"是三大批判理性的奠基人"和说他"出身于虔信派教徒家庭"共同指称的是"康德"这一称谓，但二者的含义显然有所区别。[①] 可以说，在捍卫阐释边界的过程中，赫希等学者对意义之本原性和衍生性的区辨，在一定程度上效仿了弗雷格的观点。只不过，赫希等人强调，弗雷格仅仅注意到不同含义拥有相同指称的情况，而忽视了"随着时间的推移，相同含义或许会获得不同指称"[②]。基于此，他们断言，并非不同的本原性意义派生于同一种衍生性意义，而是多元化的衍生性意义以唯一的本原性意义为轴心展开。

其二，是胡塞尔的现象学思想。胡塞尔致力于描画现象在主体意识中生成和显现的图景。在他看来，主体的"意向性行为"(intentional acts) 必然与既定的"意向性对象"(intentional object) 紧密关联。唯有在主体意识的烛照下，现象世界才可能告别被遮蔽状态而真正敞开。胡塞尔注意到，"被感觉的内容的存在完全不同于被感觉的对象的存在，后者通过前者而得到体现……但却不是实项地被意识"[③]。即是说，主体的意识活动与具体的意识目标不应彼此混淆，在二者之间，始终存在着一条相对明确的边界。在胡塞尔的启示下，阐释边界的捍卫者提出，如果将文本意义构想为一个潜在的意向性对象，将读者的感知、体认与理解指认为各有所异的意向性行为，那么，正如意向性对象可

[①] Gottlob Frege, "Sense and Reference", *The Philosophical Review*, Vol. 57, No. 3, 1948, pp. 209–230.

[②] Eric D. Hirsch, "Objective Interpretation", *PMLA*, Vol. 75, No. 4, 1960, p. 464.

[③] ［德］埃德蒙德·胡塞尔：《逻辑研究》第2卷，倪梁康译，上海译文出版社2006年版，第449页。

阐释的边界：一个文学理论关键命题的探究

以在纷纭的意向性行为中维持其自足形态，读者的多重解读亦将诉诸具有同一性的文本意义，而不会改变其固有的面貌与特质。① 更进一步，他们断言，衍生性意义不过是主体与文本的意向性关联所衍生的"附加物"，它们虽充满丰富的可能性，却始终处于游移不定的状态，而不会对作为稳固中心的本原性意义造成丝毫损益。

其三，具体到文学批评场域，"本原性"和"衍生性"的划分还与韦勒克的"透视主义"（perspectivism）文学观紧密相关。在出版于1949年的《文学理论》中，韦勒克将透视主义标举为文学史研究的重要策略："'透视主义'的意思就是把诗，把其他类型的文学，看作一个整体，这个整体在不同时代都在发展着，变化着，可以互相比较，而且充满着各种可能性。"② 在皇皇巨著《近代文学批评史》中，韦勒克同样宣称："我主张的是一种'透视眼光'——争取从各个可能的方面去看待一个客体，同时确信存在着一个客体：例如尽管盲人各持一说，大象却是存在的。"③ 所谓透视主义，即承认文学的意义既取决于创作者的赋予，同时又并非一成不变，而是在线性的时间进程中，经由不同读者的阐发而呈现出不同面貌。因此，批评家在面对作品时，应秉持一种兼具历史性与当下性的公允姿态，"既要阐释批评文本的本来意

---

① 阿兰·古德曼曾谈道，当人们通过不同视角来打量同一栋建筑时，会产生各不相同的印象和感受，但很显然，他们所面对的依然是一栋独立、完整、稳定的建筑。由此，古德曼试图说明，文本意义一方面拥有丰富的关系属性，故而会通过不同阐释者的解读而产生丰富的衍生性意义；但另一方面，在文本意义中，依然存在着一个非关系的、难以改变的本原性维度。上述见解无疑体现出对胡塞尔学说的承继。参见 Alan Goldman, "The Sun Also Rises: Incompatible Interpretations", *Is There a Single Right Interpretation?*, Michael Krausz ed., University Park: The Pennsylvania State University Press, 2002, pp. 19-20。

② ［美］勒内·韦勒克、［美］奥斯汀·沃伦：《文学理论》，刘象愚等译，江苏教育出版社2005年版，第37页。

③ ［美］雷纳·韦勒克：《近代文学批评史》第3卷，杨自伍译，上海译文出版社2009年版，"序言"第3页。

义，又要考虑到历史上对它们的各种理解；既要阐释各种各样的理论观点，又不能放弃自己对它们的判断"①。虽然赫希等学者并未直接提及韦勒克，但显然，透视主义在一定程度上成为了本原性和衍生性命题的理论底色。基于这一研究策略，韦勒克向阐释边界的捍卫者暗示，在文学研究中，固然要致力于发掘文本的原初意义，同时，也要将文本在历史演进中所"生长"的新意纳入考察范围。如此一来，阐释者才可能避免"绝对主义"或"相对主义"的极端，而形成在作者与读者、文本与语境、过去与未来之间良性对话的状态。

二 "本原性"和"衍生性"的理论诉求

基于对意义之"本原性"和"衍生性"的辨析，我们可以勾勒出一条阐释边界的基本轮廓，其中"本原性意义"大致居于边界之内，而"衍生性意义"则相对灵活地游离于边界之外。现在，我们有必要追问的是，在本原性和衍生性的意义构造中，是否还潜藏着某种更深层次的理论诉求？

从根本上看，意义之衍生性和本原性的理论指向，在于廓清阐释边界，为人类的认识活动提供坚实、稳固的基点。众所周知，当代社会的一个重要标志，在于各种事件、思想、文化、潮流、理念如过山车一般忽上忽下、左奔右突，令人应接不暇。借用赫拉克利特的说法，在这个急剧转折与裂变的时代背景下，一个人不仅无法"两次踏入同一条河流"，甚至连"一次踏入同一条河流"都显得困难重重。社会生活的变动不居释放了新的可能性，带来了未知的诱惑，同时也造成了一些负面效应，亦即弗莱所说的"对于变化的惊恐情绪"②，或霍妮眼中由不确定性所诱发

---

① 杨冬：《韦勒克的批评史研究方法述评》，《文艺理论研究》1999年第4期。
② ［加］诺斯洛普·弗莱：《现代百年》，盛宁译，辽宁教育出版社1998年版，第8页。

219

阐释的边界：一个文学理论关键命题的探究

的"焦虑"（anxiety）①。这就使人们产生了重构阐释边界或意义坐标的需要。

阐释边界的捍卫者提出，要想实现对世界的有效把握，人们有必要尽其所能，将某些相对清晰、确定的因素从驳杂、动荡、充满变数的生活体验中暂时抽离，从而使自己免受瞬息万变的外在状况的干扰。若非如此，按照赫希的说法，人们甚至不可能辨认出相片、墨水盒、招贴画这些"哪怕是昨天刚刚照面的对象"②。更进一步，阐释边界的捍卫者试图将讨论引入文本解读领域。他们发现，在阐释过程中，不确定性的泛滥将使读者失去认知坐标，陷入茫然失措的状态。在这种情况下，如何从纷乱、驳杂的文本经验中提炼出足以被真切把握的内容，便显得颇为重要——而本原性和衍生性命题的提出契机正在于此。他们强调，在具体的阐释行为中，人们之所以有机会抵达作为"本质"或"中心"的确定性意义，其必要前提便在于将意义的本原性和衍生性维度加以明确区分，倘若这样的区分无法达成，阐释者便势必陷入无止境的困厄与迷惘之中，因为"哪怕对最短小、最乏味的文本而言，其意味在字面上也将是毫无限制的"③。对上述思路，不少研究者感同身受。高建平曾谈道，如果将本原性意义（或赫希所谓"意义"）比作设计师根据图纸（亦即作者意图）建好的房子，那么，衍生性意义（或赫希所谓"意味"）则大致相当于不同人住在房子里的具体感受。④ 这种居住的感受是因人而异、变化不定的，但倘若压根儿便不承认房子的存在，那么，

---

① [美]卡伦·霍妮：《我们时代的神经症人格》，冯川译，贵州人民出版社1988年版，第42页。

② Eric D. Hirsch, *The Aims of Interpretation*, Chicago: University of Chicago Press, 1976, p.3.

③ Eric D. Hirsch, *Validity in Interpretation*, New Haven: Yale University Press, 1967, p.63.

④ 高建平：《作为阐释活动中预设存在项的作者意图》，《探索与争鸣》2020年第4期。

第四章 阐释边界的本体形态

再丰富的主观感受也无异于空谈。周宪则以著名的川剧"变脸"为例,对"本原性"和"衍生性"的关系加以阐发。具体说来,文本所固有的本原性意义就好比表演变脸的演员,而演员所变出的不同脸谱则类似于本原性意义所派生的衍生性意义,它"总是变换着自己的面目"来接近读者,"并无一个明晰可见、始终如一的面貌"。[①] 诚然,形形色色的"脸谱"(亦即"衍生性意义")使表演充满魅力,但如果没有意识到那个隐藏在脸谱之后的表演者(亦即作为衍生性意义之生产机制的"本原性意义"),那么,一切的表演同样将沦为无本之木。

以意义之本原性和衍生性为契机,阐释边界的捍卫者同伽达默尔的本体论阐释学形成了对话。在当代文学理论从"作者"转向"读者",从"同一"转向"差异",从"何为意义"转向"意义如何生成"的过程中,伽达默尔充当了一个不容忽视的节点。他承袭了海德格尔以"此在"(Dasein)为核心的阐释学思想,试图将主体及其置身其间的历史语境纳入关注视域。在其代表作《真理与方法》中,伽达默尔指出,施莱尔马赫等方法论阐释学家的核心关切,在于祛除阐释的个体性和主观性,以达成对意义的如实还原和真切把握。然而,施莱尔马赫等人的问题在于,他们忽视了阐释者本身便是一种历史、文化、精神的造物,本身便携带着挥之不去的历史性和情境性因素。伽达默尔强调,在面对作为历史传承物的文本时,阐释者往往基于各自的知识、经历、见闻、情绪、价值观而建构起理解的先验构架,并透过形形色色的"前见"(Vorurteilen/prejudices)——即对阐释对象的某种预先的判断或把握——来打量有待阐释的对象。这样,阐释者便有机会超越固有的"本原"或"中心",投身于多元、开放、动态的意义生产活动:

---

① 周宪:《二分路径与居间路径——关于文学研究的一个方法论问题》,《学术界》2015 年第 9 期。

221

阐释的边界：一个文学理论关键命题的探究

　　本文的意义超越它的作者，这并不只是暂时的，而是永远如此的。因此，理解就不只是一种复制的行为，而始终是一种创造性的行为。把理解中存在的这种创造性的环节称之为完善理解，这未必是正确的。……实际上，说理解不是完善理解，既不是由于有更清楚的概念因而有更完善的知识这种意思，也不是有意识性对于创造的无意识性具有基本优越性这个意思。我们只消说，如果我们一般有所理解，那么我们总是以不同的方式在理解，这就够了。①

　　既然在前见的引导下，理解总是以不同的方式进行；那么，相应地，文本一经完成，其意义也便处于不断流转、更迭、嬗变的时间性进程中，难以获得统一、稳固的表现形态。对此，卡尔·西蒙斯深有体会："对伽达默尔而言，真正的阐释并不是重构（reconstruction）——即恢复一种固定不变的过去的意义，而毋宁说是一种建构（construction）——即在阐释者与作品的对话中建构起一种意义。"② 约埃尔·魏因斯海默（Joel Weinsheimer）的评价则更是精辟，他强调，在伽达默尔的阐释学体系中，"理解不仅涉及我们的所想和所为，还有发生在我们身上的超越我们的所想和所为"③。

　　如果说，本体论阐释学强调主体基于独特体验所生成的多元化解读，使阐释摆脱对绝对性和普遍性的执着，而呈现出更丰富的演绎空间；那么，阐释边界的捍卫者则聚焦于对意义之本原性

---

① ［德］汉斯-格奥尔格·加达默尔：《真理与方法：哲学诠释学的基本特征》上卷，洪汉鼎译，上海译文出版社2004年版，第383页。"本文"在此处与"文本"同义。
② Karl Simms, *Hans-Georg Gadamer*, London and New York: Routledge, 2015, p. 82.
③ ［美］约埃尔·魏因斯海默：《哲学诠释学与文学理论》，郑鹏译，中国人民大学出版社2011年版，第40页。

第四章 阐释边界的本体形态

和衍生性的辨析，试图暴露出本体论阐释学的盲点或困境。在《阐释中的真理与方法》一文中，赫希明确提出，伽达默尔将"意义"转换为难以穷尽的可能的意义（亦即"意味"），它所等待的是同样难以穷尽的可能的阐释。但若是如此，便没有一种阐释可以准确地揭示出文本意义，因为"没有任何神奇的方法可以使一种阐释，甚至是无数阐释，与一种可能性意义的轨迹完全等同"[①]。在赫希等人看来，伽达默尔学说的一大隐患，在于想当然地将本原性的"意义"和衍生性的"意味"混为一谈，将意味的变动性和不确定性等同于意义所固有的存在状态，而忽视了"文本意义和这种意义与某一当下情境的相关性之间的基本区分"[②]。当伽达默尔揪住衍生性的"意味"大做文章，而对本原性的"意义"视若无睹时，便势必陷入一种认知的误区：正因为对意义之本原性和衍生性的混淆不清，在伽达默尔的话语体系中，意义才会被瞬息万变的外部状况所裹挟，才会丧失其本应拥有的根基而左右摇摆，如同无根的浮萍一般飘泊不定。足见，伽达默尔虽并未刻意追求"相对主义"和"虚无主义"，但其实际的思想进路，却在一定程度上造成了相对主义和虚无主义的效果。

当然，对伽达默尔的本体论阐释学，阐释边界的捍卫者也并非一味拒斥。不难发现，在赫希等人同伽达默尔的交锋中，其实还隐含着一些重要的契合之处——他们都意识到阐释所理应具有的开放性和能动性。只不过，赫希等人的关注点是意义的衍生性潜能，伽达默尔则聚焦于主体介入阐释活动的充分自由。然而，二者的理论取向又有着根本性的区别。相较于伽氏对意义之动态生成特质的青睐，赫希等人相信，在花样翻新的衍生性意义之

[①] Eric D. Hirsch, "Truth and Method in Interpretation", *The Review of Metaphysics*, Vol. 18, No. 3, 1965, p. 492.

[②] Eric D. Hirsch, "Truth and Method in Interpretation", *The Review of Metaphysics*, Vol. 18, No. 3, 1965, p. 498.

阐释的边界：一个文学理论关键命题的探究

下，潜藏着相对稳定的、作为基点与归宿的本原性意义。正是本原性意义的在场，为阐释提供了最基本的法则与规约，使主体的阐释行为能够有所节制，而不至演绎为一场漫无边际的游戏。① 古德曼提出，文本阐释的最理想状态，乃是"一个单一的阐释对象……在一个单一的可接受的阐释标准（这一标准允许作品独立存在而不会消失）之下，能够激发丰富多样的解读，从而以不同方式来反馈读者"②。这恰切地概述了意义之本原性和衍生性所应有的关联。

意义之本原性和衍生性分别对应于两种阐释路径，前者以客观、理性、规范、绝对为标志，后者则以主观、感性、自由、相对为特征。必须承认，在阐释实践中，对"衍生性"维度的捕捉具有重要作用。芮塔·菲尔斯基直言："任何认识的火花都产生于文本与读者摇摆不定的信仰、希望、恐惧之间的互动，因此从文学作品中得来的想法会随着时间与地点的变化而变化。"③ 赫希更是明确指出，本原性的"意义"固然是认知得以维系的保障，但单一的原意往往是刻板、凝滞、令人生厌的，在很多时候，恰恰是附着其上的衍生性的"意味"成为了"同样客观的，甚至是

---

① 在《阐释的目的》一书中，赫希以日常生活中习见的事例来论证自己的观点。他谈道，如果在高速公路旁竖起一块巨大的指示牌，提示在一公里外有一个供官方车辆掉头的缺口，那么，依照伽达默尔的阐释学观点，该指示牌的意义在各色人等眼中将大不相同：在循规蹈矩的司机看来，它表明前方的缺口不可随意闯入；对穷途末路的罪犯来说，它指明了一条逃避警方追捕的捷径；一位哲学家则可能认为，它所涉及的是命运、人生、存在等更深刻的问题。赫希重申，上述琳琅满目的解读只能被归入衍生性的"意味"之列，它们只有在把握指示牌的本原性的"意义"（即不远处确实有一个缺口）时才会产生。倘若缺少意义的参照而任凭意味扩散，人们将失去阐释的依据，无法推导出任何符合情理的答案。参见 Eric D. Hirsch, *The Aims of Interpretation*, Chicago: University of Chicago Press, 1976, pp. 86–87。

② Alan Goldman, "The Sun Also Rises: Incompatible Interpretations", *Is There a Single Right Interpretation?*, Michael Krausz ed., University Park: The Pennsylvania State University Press, 2002, p. 25.

③ ［美］芮塔·菲尔斯基：《文学之用》，刘洋译，南京大学出版社 2019 年版，第 72 页。

第四章　阐释边界的本体形态

更为重要的东西"。① 在文学场域中，类似的案例可谓比比皆是。鲁迅在《〈绛洞花主〉小引》中谈道，同一部《红楼梦》，在不同人眼中将呈现出不同面貌："经学家看见《易》，道学家看见淫，才子看见缠绵，革命家看见排满，流言家看见宫闱秘事……"② 这就是说，不同读者携带着各自的"前见"进入文本，从中提炼出形形色色的衍生性意义。如此一来，《红楼梦》的意义才可能超越"此时此地"的局限性，而获取绵延与生长的更充分空间。

同样，对《圣经·创世记》中亚当夏娃传说的接受状况，格林布拉特（Stephen Greenblatt）有过如下描述：

> 在整个上古晚期、中世纪和文艺复兴，许许多多不同领域的专家试图探索亚当和夏娃命运的意涵。苦行者沉思身体的诱惑，从经文上寻找线索，推测第一对人类男女本来可能采取的另类繁殖方式。医生们研究亚当和夏娃在伊甸园里采取的素食主义饮食方式对健康可能会有的好处。语言学家设法断定亚当和夏娃使用何种语言，追寻这种语言可能留下来的痕迹。自然科学家反省伊甸园的生态意义，当时人类和其他动物的关系迥异于今日。在犹太人和穆斯林之间，宗教法的专家推敲这故事的教义和法律意涵。在三大一神教社群，哲学家争论这个故事的道德意义。在基督教世界，视觉艺术家热烈接受一个邀请：刻画充满光荣和羞耻的人类身体。③

不同社会群体基于不同的视角、境遇和实际需求，从作为

---

① Eric D. Hirsch, *Validity in Interpretation*, New Haven: Yale University Press, 1967, p. 143.
② 鲁迅：《〈绛洞花主〉小引》，载《鲁迅全集》第 8 卷，人民文学出版社 2005 年版，第 179 页。
③ ［美］史蒂芬·葛林布莱：《亚当与夏娃的兴衰》，梁永安译，台北：立绪文化事业有限公司 2019 年版，第 13—14 页。

阐释的边界：一个文学理论关键命题的探究

"原文本"的亚当夏娃传说中发掘出错综复杂的衍生性意义。虽然这些解读不一定契合文本的写作初衷，但必须承认，通过衍生性意义的渲染与映衬，亚当与夏娃的故事将不断诱发人们的揣测、体味与思忖，其经典性也将随之而不断彰显。

当然，阐释边界的捍卫者相信，在具体的阐释活动中，"本原性"始终拥有凌驾于"衍生性"之上的主导地位。正是通过对本原性意义的详尽、真切的把握，衍生性意义的丰富性才得以充分释放；反过来，即使不同阐释者就衍生性意义无法取得一致，但对他们来说，至少也存在着本原性意义这一"产生分歧的普遍基础"①。赫希认为，对意味的追逐同样有"适当"和"不适当"之分，前者始终以确定性意义为出发点和归宿；后者则无视文本原意而随意发挥，因而也很可能偏离既定轨道，陷入紊乱或失控的状态。② 这就好比人们可以从自然风光、民情风俗、宗教信仰、神话传说等多重视域出发，对乔尔乔内名作《暴风雨》的"意味"加以阐发，但上述解读又必须建立在对文本原意加以共识性体认的基础之上；相反，如果将初始性意义抛诸脑后，认为该作品暗含了高深的数学定理，或是以隐晦的方式传达出外星人入侵地球的信号，那么，这样的说法只会给人以匪夷所思的荒诞感受。不难想象，一旦作为阐释中"阿基米德支点"的本原性意义消散无踪，那么，我们就意义问题所展开的一切讨论都将无以为继。③

---

① Eric D. Hirsch, *Validity in Interpretation*, New Haven: Yale University Press, 1967, p. 160.

② Eric D. Hirsch, *Validity in Interpretation*, New Haven: Yale University Press, 1967, pp. 158 – 159.

③ 值得注意的是，伽达默尔在承认前见的与生俱来的同时，也强调需要对"真前见"（die wahre Vorurteile）和"假前见"（die falsche Vorurteile）加以区分。在他看来，真前见植根于本然的历史传统，有助于引导人们抵达文本的真实含义；假前见来源于功利目标或流俗之见，非但无助于理解，反倒常常造成对文本意义的扭曲。这再次暗示了伽达默尔与赫希等人在分歧背后的某些契合之处。参见［德］汉斯-格奥尔格·加达默尔《真理与方法：哲学诠释学的基本特征》上卷，洪汉鼎译，上海译文出版社2004年版，第385—386页。

第四章 阐释边界的本体形态

对本原性和衍生性这两个意义维度的划分，还有助于我们对阐释中互不相容（incompatible）的情况加以回应。众所周知，文学具有极强的开放性和包容性，各种情节、形象、思绪和线索在其中盘根错节地交织。这就造成了一种很有意思的情况，即两种解读看上去完全相悖，但又都能从文本中找到同样有说服力的依据。我们可以自信地宣称：哈姆雷特真的发了疯，《太阳照常升起》的结局暗示了人物道德的提升，《恬睡锁住了心魂》中的"露西"已经离开人世；我们也可以掷地有声地回应：哈姆雷特只是为了麻痹对手而装疯，《太阳照常升起》的结局暗示了人物道德的堕落，《恬睡锁住了心魂》中的"露西"并未死去，而是在天地万物的辉映下获得永生。两种解读相持不下，形成了"阐释的冲突"（conflicts of interpretation）。

一般而言，对上述情况有"单因论"（singularism）和"多因论"（multiplism）两种解释方式。单因论认为，对文本的解读只可能有唯一正确的答案，因此，两种彼此冲突的阐释势必一对一错。这种思路在维护确定性的同时，不免陷入阐释的暴政，而扼杀了意义的生长空间。多因论则强调，文学意义拥有多重的本原和动因，在某些情况下，相互对立（甚至激烈竞争）的解读非但不会造成困惑，反倒有助于达成更充分的理解。这种思路彰显了阐释者的能动性，但违反了最基本的认知逻辑，或者如居尔所言，"一部作品的意义为 x，同时又不是 x 而是 y，这种说法既不可能合理，也不可能正确"[1]。基于此，迈克尔·克劳斯提出，使不同阐释彼此对立而又不会无法兼容的一种手段，乃是"确定每一种阐释所面对的是不同的对象"[2]。同样，通过对意义之本原性

---

[1] Peter D. Juhl, *Interpretation: An Essay in the Philosophy of Literary Criticism*, Princeton: Princeton University Press, 1980, p. 202.

[2] Michael Krausz, "Introduction", *Is There a Single Right Interpretation?*, Michael Krausz ed., University Park: The Pennsylvania State University Press, 2002, p. 2.

阐释的边界：一个文学理论关键命题的探究

和衍生性的辨析，我们将看到，那些貌似激烈冲突的解读，或许并非存在于文本意义的同一层面，而是分别从属于更内在的本原性意义和相对灵活、发散的衍生性意义。一旦如此，阐释的冲突将涣然冰释，而阐释的不相容性（incompatibility）也将转变为一种"良性的多元主义（benign pluralism）"①。当然，如何寻找（或至少尽可能接近）那个更具奠基意义的确定性"本原"，将是我们在下一章中继续讨论的问题。

三 "本原性"和"衍生性"的文化实践

不少人认为，文学研究已进入了一个"后理论"（Post Theory）阶段。作为对传统文论话语的反思，后理论一方面对那种以包罗万象自居的"大理论"保持警惕，转而建构一种小写的、多元的、地方性的理论知识；另一方面，又不满于当前文化理论对日常生活中细枝末节的关注，试图保持强烈的现实关切，以回应包括"道德、形而上学、爱情、生物学、宗教与革命、恶、死亡与苦难、本质、普遍性、真理、客观性与无功利性等"②在内的重要问题。在此背景下，对意义之"本原性"与"衍生性"的讨论，同样有必要超越单纯的文本解读，而涉入更具现实性的文化实践领域。限于篇幅，我们仅从两个案例来揭示意义之本原性和衍生性的文化实践内涵。

首先，是"本原性"和"衍生性"维度由意义领域向"知识"（knowledge）和"价值"（value）领域的延伸，这主要来自赫希的阐发。

作为人文研究中的两个重要范畴，知识与价值既紧密关联，

---

① Michael Krausz, "Introduction", *Is There a Single Right Interpretation?*, Michael Krausz ed., University Park: The Pennsylvania State University Press, 2002, p. 2.
② ［英］拉曼·塞尔登等：《当代文学理论导读》，刘象愚译，北京大学出版社2006年版，第338页。

第四章 阐释边界的本体形态

又有所区别。通俗地讲，知识指人类在社会实践中获取的信息、观念和原理的集合，其特征在于：第一，知识具有相对的独立性，不依附于特定的时间、地点、情境而存在；[1] 第二，知识具有较明显的确定性，它可以被不同群体普遍分有，不会因目标受众的不同而改变。价值指某事物对人而言的效益、功用或重要性，其特征在于：第一，相较于知识，价值是一种"关系性"的存在，它总是对某个人（或某些人）而言的价值；第二，与之相应的是，价值带有更明显的主观性或相对性，某一对象的价值何在，其实并不取决于对象本身，而是取决于人们的不同处境、态度、感受和需求——这也就是我们常说的"萝卜白菜，各有所爱"。基于此，赫希提出，知识的独立性和确定性，使之很容易同意义的本原性维度相关联；而价值的关系性和因人而异，则使之常常同意义的衍生性维度形成契合。在他看来，本原性的"意义"是"阐释中知识的稳固对象"，"若没有意义，更宽广的人文知识将不可能存在"；反观衍生性的"意味"，其核心关切则在于"价值的不稳定领域"，"在特定语境下，意义的意味决定了它在该语境下所拥有的价值"。[2]

赫希将"意义"与"意味"的辩证法引入了关于知识与价值的讨论。他反对研究者对知识的无节制追求，主张正视价值为人文学术所注入的动力。换言之，只有当文本具备多样化的价值潜能时，才足以成为人们倾注心力的对象；反过来，"如果一个文本在大多数情况下对大多数人来说毫无价值，那么对其意义的认知，无论多么准确，多么具有学术性，也都是没有价值的知识"[3]。但同

---

[1] 当然，我们在这里所说的，是对知识的一般意义上的理解，并未涉及福柯那种与权力相结盟的"知识"。

[2] Eric D. Hirsch, *The Aims of Interpretation*, Chicago: University of Chicago Press, 1976, p. 146.

[3] Eric D. Hirsch, *The Aims of Interpretation*, Chicago: University of Chicago Press, 1976, p. 146.

阐释的边界：一个文学理论关键命题的探究

时，赫希又不忘强调知识在人文研究中的不可替代。在他看来，正如变动性的意味必须以意义为根基，倘若没有知识的佐证与支撑，再丰富的价值阐发也无异于空谈。赫希进一步指出，近年来人文学术中的一种倾向，乃是"试图创造价值来代替知识，造成了使知识与价值同时贬值的危机"[1]。这就指向了当前文化批判理论的症候，即过分沉迷于一些知识含量极低的琐屑问题，甚至是脱衣舞、避孕套、街头小报、色情图片、黄色笑话一类粗鄙不堪的文化现象，硬要从中发掘出所谓的微言大义或崇高价值——如断言其中蕴含着民粹主义的反叛力量，释放了个体的快感和欲望，动摇了现代"监禁社会"对主体的宰制，等等。这样的研究理路不能说毫无道理，但若是没有确凿可靠的知识作为依据，上述"唯价值是从"的解读只会沦为一些牵强造作的笑料，其对人类精神的启示意义也值得怀疑。鉴于此，赫希宣称，人文科学的良性发展取决于以下两点：其一是"认知自信"（cognitive self-confidence），即研究者"在研究逻辑上的忠诚"；其二是"价值论自信"（axiological self-confidence），即研究者"觉得自己是在进行有价值的探索"。[2] 唯有在二者相得益彰的基础上，人文学科才真正成其为一个完整、有序的体系。

此外，基于"意义"的知识还在个体交流中起到了坐标作用。诚然，价值彰显了主体阐释的能动性，但过于主观化的解读，很容易成为"独白"，难以达成交流的有效性。今天，随着专业分工和学科分化的加剧，人们被规训在自己狭隘的专业领域，从事（且只懂得从事）自认为有价值之事，而失去了在不同知识体系之间沟通的能力。[3] 再者，数字媒介时代一方面似乎扩展了人们的眼界；

---

[1] Eric D. Hirsch, *The Aims of Interpretation*, Chicago: University of Chicago Press, 1976, p. 147.

[2] Eric D. Hirsch, *The Aims of Interpretation*, Chicago: University of Chicago Press, 1976, p. 154.

[3] 有趣的是，"学科"与"规训"所对应的英文单词均为"discipline"，这在一定程度上暗示了两个概念在支配主体精神上的相似性。

第四章　阐释边界的本体形态

另一方面其特有的"回音室效应"（echo chamber effect）又制造了一个相对封闭的空间，使人们总是看到满足自己的兴趣，符合自己的价值判断的东西。长此以往，人们将越发龟缩在自己的"小圈子"中，难以在交流中形成公允、恰切的判断。这样，对确定性知识的分享便体现出重要意义，它有助于我们的价值阐发立足于共同的基点，而不致陷入"对空言说"的无效状态。赫希意识到："只有通过积累共享的符号，以及这些符号所代表的共享信息，我们才能学会在我们的国家社区中有效地与他人交流。"① 他从20世纪80年代开始编撰《文化素养词典》，其内容涵盖历史、政治、经济、自然科学、文学、哲学、宗教、语法、神话传说等诸多方面。赫希的用意，在于推动美国人对一些在交流和实践中必不可少的，具有普遍性、稳定性、持续性和公共性的信息——即所谓"核心知识"（core knowledge）——加以掌握。他相信，对核心知识的分有将为主体的交流提供相对稳固的平台，同时也有助于一种"共同体"意识的逐步形成。②

其次，在当前颇受瞩目的跨文化研究（Cross-cultural Studies）中，"本原性"和"衍生性"这两个意义维度同样能带来一些启示。

应该说，在全球化语境下，跨文化研究俨然已成为一门"显学"；但同时，必须注意，跨文化研究又是一个充满争议和冲突的场域。这显然应归因于人文科学的独特属性：如果说，自然科学的可预测性以及对"标准答案"的青睐，使研究者很容易克服文化差异而达成意见的一致；那么，人文科学相对灵活、包容的

---

① Eric D. Hirsch, *Cultural Literacy: What Every American Needs to Know*, New York: Vintage, 1987, xvii.
② 《文化素养词典》的最新版已于2018年由福建教育出版社引入中国。虽然该书的目标受众是美国公民，但其思路对当下中国的人文素养普及依然有一定的镜鉴意义。参见［美］艾瑞克·唐纳德·赫希等《新文化素养词典》，许可译，福建教育出版社2018年版。

阐释的边界：一个文学理论关键命题的探究

"软理论"（soft theory）性质，以及对差异性解读的强烈兴趣，则促使不同研究者从不同的文化视域出发，就特定现象做出彼此竞争，甚至是难以调和的解读。① 这样，跨文化研究在一定程度上也就同阐释学产生了交集。

归根结底，跨文化研究中的意见分歧来源于研究的高度选择性，即不同研究者基于各自的需要和诉求，对同一文化现象做出符合其主观设想的，倾向性极强的解读。这种选择性的凸显，则与研究者身处其间的文化语境紧密关联。可以说，正是不同的历史传承、现实境遇、生存经验、思维方式和文化惯例，使立足于不同文化领域的研究者形成了各有所异的观念、兴趣、需要和价值判断，从而由陌生的他者文化中解读出自己先行预设之物。对跨文化阐释的这种"语境化"（contextualization）特征，不少研究者已有所思考。无论是姚斯的"期待视野"（the horizon of expectations），伽达默尔的"前见"（prejudices），再或是贡布里希的"图式"（schema），无不向我们暗示，在跨文化研究中，阐释绝非客观、中立的行为，而总是在各种情境性因素的支配下，表现出固定的、程式化的效果预期。有学者的说法格外形象："人人都从某个文化居室的窗后观看世界，人人都倾向于视异国人为特殊，而以本国的特征为圭臬。"②

由此，对意义之本原性和衍生性的辨析，为我们提供了介入跨文化阐释的一条路径。大体说来，我们可以将某一文化的初始内涵理解为本原性意义（或赫希所谓"意义"），可以将跨文化研究者对这一文化的多样化阐发理解为衍生性意义（或赫希所谓"意味"）。在跨文化研究中，研究者基于其文化情境所形成的差异性解读实乃不可或缺。正是这些充满张力的衍生性意义，使他者文化超越了静止、凝

---

① 周宪：《关于跨文化研究中的理解与解释》，《外国文学研究》2014年第5期。
② [荷]莱恩·T. 塞格尔斯：《"文化身份"的重要性》，龚刚译，载乐黛云、张辉主编《文化传递与文学形象》，北京大学出版社1999年版，第344页。

第四章　阐释边界的本体形态

固的状态，随着时间的推移和空间的转换而不断释放出新意。这样，跨文化研究也将变得更加有趣，更令人印象深刻。

但同时，必须注意，在跨文化研究者的差异性解读中，往往裹挟着一些不那么合理的衍生性意义。尤其是部分强势群体完全从自身的权力话语和文化想象出发，对研究对象加以刻意为之的扭曲、夸大与变形，造成了跨文化阐释的同质化和刻板化，遮蔽了他者文化的真实面貌。这一点在爱德华·萨义德（Edward Said）对"东方学"（Orientalism）的界说中有充分表现。萨义德提出，所谓东方学，不只是一种关于"东方"的理论学说或思维方式，而更多是一套权力话语的建制，亦即"通过做出与东方有关的陈述，对有关东方的观点进行权威裁断，对东方进行描述、教授、殖民、统治等方式来处理东方的一种机制"[1]。在他看来，东方学所建构的是一种"得到普遍接受的过滤框架"[2]，这一过滤框架将东方纳入"西方中心主义"的视野之中，使人们将西方解读为文明、理性、现代、强大、中心化的所在，而将东方解读为蒙昧、神秘、落后、柔弱、边缘化的所在。这样，西方较之于东方的优越地位将不断被巩固。

放眼西方知识分子对异域文化的书写，带有东方学印记的桥段可谓屡见不鲜。如乔治·奥威尔（George Orwel）在造访摩洛哥的马拉喀什（Marrakech）期间，对自己眼中的"东方人"有如下描绘：

> 他们和你果真是一样的人吗？他们有名字吗？也许他们只不过是一种没有明显特征的棕色物质，像蜜蜂或珊瑚虫那

---

[1] ［美］爱德华·W. 萨义德：《东方学》，王宇根译，生活·读书·新知三联书店1999年版，第4页。
[2] ［美］爱德华·W. 萨义德：《东方学》，王宇根译，生活·读书·新知三联书店1999年版，第9页。

阐释的边界：一个文学理论关键命题的探究

样的单个个体？他们从泥土中诞生，他们挥汗如雨，忍饥挨饿，不久即复归泥土，湮没在无名无姓的墓穴之中，没有人注意到他们的诞生，也没有人留意他们的死去。甚至墓穴自身不久也消散于泥土之中。①

当奥威尔对"东方人"投以怜悯之情时，无形中亦将其指认为远远逊色于"西方人"的、卑微、愚钝、等而下之的存在。从阐释学的角度看，这种衍生性意义显然背离了东方的本真状态，成为了赫希所说的"不适当'意味'"，或伽达默尔眼中的"假前见"，或海德格尔想要规避的"偶发奇想和流俗之见"②。

在跨文化研究中，之所以不乏先入之见和刻板印象，关键在于某些文化群体对他者文化的解读僭越了本原性意义的边界，形成了阐释的"强制"。因此，我们有必要坚持"本原性"和"衍生性"的辩证法：一方面，要承认衍生性意义的积极作用，肯定其为他者文化所赋予的活力与可能性；另一方面，也必须坚持，任何对衍生性意义的生产，都必须立足于意义的本原性根基，都必须以对他者文化的尊重和真切把握为前提。尽管他者文化的本真内涵似乎难以企及，但这不妨碍其成为研究者在跨文化阐释中致力于抵达的归宿。由此看来，如何建构哈贝马斯所谓我与你、应与答、言说与倾听之间"对话角色的无限可互换性"③，在主客双方的"视域融合"（the fusion of horizons）中尽可能重构他者文化的真实形态，这是跨文化研究中值得思考的问题。

---

① George Orwell, *The Collected Essays, Journalism and Letters of George Orwell*, Vol. 1, New York: Harcourt, 1968, p. 388.
② ［德］马丁·海德格尔：《存在与时间》，陈嘉映等译，生活·读书·新知三联书店 1987 年版，第 188 页。
③ Jürgen Habermas, "Social Analysis and Communication Competence", *Social Theory: The Multicultural and Classic Readings*, Charles Lemert ed., Boulder: Westview Press, 1993, p. 416.

综上，作为阐释边界的"外展"形态，意义之"本原性"和"衍生性"的张力彰显了文学阐释学的悖论：一方面，在抽象语言符号编织而成的文本之中，掺杂着大量含混、朦胧的不确定性因素，于是，阐释者主观经验和立场的置入便成为了无法避免的环节；另一方面，恰如伊格尔顿所言，文学意义固然呈现出流变不居的面貌，但"我所看到的必须是可以和别人分享的，这样方可称为'意义'"①，因此，阐释又必须在一个普遍的意义框架内展开，而不应走向放任无度的状态。可以说，对本原性和衍生性这两个意义维度的区辨，有助于我们把握文本阐释的基本趋向与特性。当然，问题依然存在：在想象性、情感性的阅读经验中，"本原性意义"和"衍生性意义"的界限是否如赫希等人所预设的一般泾渭分明？在二者之间，是否还潜藏着一些暧昧不清的"灰色地带"？这是一个难以解答的问题，故而也暴露出阐释边界建构中偏于理想化的一面。

第二节 从"非此即彼"到"亦此亦彼"：阐释边界的内聚构造

如前所述，通过对意义之"衍生性"和"本原性"的辨析，我们大体能勾勒出一条阐释边界的轮廓：维持在边界之内的，是相对客观、稳定的"本原性意义"；游走于边界之外的，则是更加灵活、流变的"衍生性意义"。至此，一个问题也随之而浮现，即人们在区分衍生性和本原性这两个维度的同时，是否过分拔高了本原性意义的统摄作用，将其默认为一经存在便远离任何争议的绝对中心？对此，一些学者做出了相对悲观的回答。加里·麦迪逊（Gary B. Madison）认为，赫希等人将文本原意构想为独立

---

① ［英］特里·伊格尔顿：《文学阅读指南》，范浩译，河南大学出版社2015年版，第165页。

阐释的边界：一个文学理论关键命题的探究

于阐释者意识的纯粹实体，将阐释简单化为对作者本意的还原与复现，遮蔽了隐含在文本之中的更丰富潜能。[1]罗伯特·伯格兰德（Robert de Beaugrande）则指出，对本原性意义的强调将削弱阐释者的能动性，以至于"恶化了主体与客体、专业人士与普通读者之间已然岌岌可危的关系"[2]。

面对上述质疑，阐释边界的捍卫者提供了一种解决方案，他们将意义构造为一种"亦此亦彼"（both…and）的独特存在，将意义的主观性和个体性包裹于客观性和社会性之中，从而使阐释边界得到了更加立体、辩证的描画。当然，亦此亦彼的意义形态并非凭空产生，而是来源于对如下状况的反思——简言之，便是阐释中"客观主义"（objectivism）和"相对主义"（relativism）的紧张，以及阐释者在二者之间"非此即彼"（either…or）的选择。

一 "非此即彼"：客观主义与相对主义的紧张

在文学阐释场域，存在着形形色色的争论与冲突。从20世纪60年代皮卡尔（Raymond Picard）和巴尔特关于《论拉辛》的对峙，到1976年艾布拉姆斯等人和米勒关于"意义与解构"问题的交锋，再到艾柯于1991年在剑桥大学丹纳讲座发起的关于"阐释与过度阐释"的讨论，不一而足。纵观这些复杂的理论争鸣，不难发现，我们可以从中提炼出两种对立的阐释范式，其中一种强调阐释的客观性和有效性，力图对文本中唯一、绝对的意义中心加以把握；另一种则强调阐释的多元化和相对性，致力于消解文本中亘古不变的意义中心，呈现出多元、开放、流变的意

---

[1] Gary B. Madison, *The Hermeneutics of Postmodernity: Figures and Themes*, Bloomington and Indianapolis: Indiana University Press, 1988, pp. 5-6.

[2] Robert de Beaugrande, *Critical Discourse: A Survey of Literary Theorists*, New York: Alex Publishing, 1988, p. 126.

第四章　阐释边界的本体形态

义状态。按照美国学者伯恩斯坦的说法，我们可以将前者称为阐释的"客观主义"，将后者称为阐释的"相对主义"。这两种"主义"本无可厚非，但问题在于，人们常常在二者之间做出"非此即彼"的选择，这就造成了某种理论的困境。

（一）客观主义："非此即彼"的形态之一

客观主义是一种影响深远的哲学理念，它不是要追求认识论意义上的"客观"或"科学"，而是相信，在错综复杂的表象背后，"存在有或者必定有一些永久的与历史无关的模式或框架"①，只要找到这些模式或框架，便有可能把握世界的万变不离其宗的全部真相。柏拉图对无始无终、不生不灭之"理式"的捍卫，黑格尔对周而复始、循环不息之"绝对理念"的阐发，是客观主义的典型范例。在文本解读领域，客观主义者致力于发掘普遍、绝对的意义中心，坚信一旦如此，便足以对文本加以完整、清晰的把握和深刻、透彻的诠释。

客观主义的一个重要表现是"作者意图论"，亦即将作者意图视为意义之客观确定性的唯一本原。应该说，作者意图论是一种历史久远的阐释学思想。浪漫主义者华兹华斯有言，"诗是强烈情感的自然流露"②。实证主义批评家圣伯夫则相信，文学是作者心灵的记录，要真正理解文学作品，首先要理解作者的精神世界："不去考察人，便很难评价作品。就像考察树，要考察果实。"③ 在中国古典文论中，同样不乏以作者意图为核心的见解学说。从孟子的"以意逆志"和"知人论世"，到流行于唐宋年间的"本事批评"，再到清代文人所尊奉的乾嘉考据之学，无不就作者之意在文本解读中的重要性予以充分说明。当然，在具体的

----

①　[美]理查德·J.伯恩斯坦：《超越客观主义和相对主义》，郭小平等译，光明日报出版社1992年版，第9页。
②　[英]W.华兹华斯：《〈抒情歌谣集〉序言》，曹葆华译，载王春元、钱中文主编《英国作家论文学》，生活·读书·新知三联书店1985年版，第31页。
③　伍蠡甫主编：《西方文论选》下卷，上海译文出版社1979年版，第195页。

阐释的边界：一个文学理论关键命题的探究

阐释实践中，作者意图论常常遭到质疑：在某些情况下，文本的作者已经离世或根本无从考证，那么，该如何对作者意图加以真切无误的还原？在某些情况下，作者会伪造或掩饰自己的真实动机，那么，这些被伪饰的意图是否还可以为阐释提供标准？在某些情况下，作者的精神世界本身便处于变动状态——甚至作者本人对此也一无所知，那么，作者意图是否还足以充当解码文本意义的关键？显然，一味诉诸作者之意无法对上述问题加以妥善解答。

正因为如此，在20世纪以来的文论话语中，作者意图论也出现了一些变体。赫希承认作者本意（即"意义"）在阐释中的奠基地位，同时又着眼于意图与"另一种思想，另一个时代，更广泛的主题，一个陌生的价值体系"[①]之间的关系（即"意味"）。列文森认为，文本意义与作者的真实意图无关，而涉及一位掌握全部背景资料的理想读者（idea reader）就"何为作者意图"所做出的最合理假设。[②]卡纳普和迈克尔斯更激进地宣称，阐释者无须在作者意图与文本意义之间建立起某种纽带，相反，"意图"与"意义"原本便彼此等同。[③]这些理论家一方面将意图置于阐释的中心；另一方面，也将文学活动中的更多因素纳入关注视域，使作者意图呈现出更具包容性的形态。

客观主义的另一个重要表现是"文本中心论"，它坚持以文本为中心，基于对文本的考察来实现对客观意义的把握。20世纪以来，文本中心论伴随语言学的发展和文学研究的"科学化"诉

[①] Eric D. Hirsch, *The Aims of Interpretation*, Chicago: University of Chicago Press, 1976, pp. 2 – 3.

[②] Jerrold Levinson, "Hypothetical Intentionalism: Statement, Objections, and Replies", *Is There a Single Right Interpretation?*, Michael Krausz ed., University Park: The Pennsylvania State University Press, 2002, pp. 309 – 318.

[③] Steven Knapp and Walter B. Michaels, "Against Theory", *Critical Inquiry*, Vol. 8, No. 4, 1982, pp. 725 – 730.

第四章　阐释边界的本体形态

求而强势登场，通过从形式主义到新批评再到结构主义的思想进路而不断壮大。俄国形式主义将"文学性"（literariness）——即文学之为文学的核心所在——作为关注焦点，而文学性的核心，乃是文学的语言组织和形式技法，与外在于文本的生活世界无关。借用什克洛夫斯基的形象化说法，形式主义者关心的"不是世界棉布市场的形势，不是各托拉斯的政策"，"而是棉纱的标号及其纺织方法"。① 英美新批评将文本视为独立、自足的有机体系，主张在封闭的状态下对文本加以"细读"（close reading）。作为新批评的骨干力量，维姆萨特和比尔兹利驳斥了文本解读中的"意图谬见"（intention fallacy）和"感受谬见"（affective fallacy）：前者着眼于创作者的动机和诉求，"其始是从写诗的心理原因中推衍批评标准，其终则是传记式批评和相对主义"；后者着眼于读者的主观感受，"其始是从诗的心理效果推衍出批评标准，其终则是印象主义和相对主义"。② 这就切断了文本与作者、读者、语境等外部因素的关联，彰显了文本在阐释中的主导作用。结构主义从方法论层面对文本中心论做出了推进。作为"在事物之间的关系中、而不是在单个事物内寻找实在的一种方法"③，结构主义致力于穿透复杂多变的文本经验，从中揭示出具有普遍性和稳定性的结构模式。无论是斯特劳斯对神话中"二项对立"的提炼，托多罗夫对"叙事语法"的分析，还是格雷马斯对"语义矩阵"的建构，都体现出聚焦于文本，从中发掘出深层次结构系统的尝试。

应该说，文本中心论抓住了"文本"这一意义生成中的最核

---

① [苏] 维·什克洛夫斯基：《散文理论》，刘宗次译，百花洲文艺出版社 1997 年版，第 3 页。
② [美] 威廉·K. 维姆萨特、[美] 蒙罗·C. 比尔兹利：《感受谬见》，黄宏熙译，载赵毅衡编选《"新批评"文集》，中国社会科学出版社 1988 年版，第 228 页。
③ [美] 罗伯特·休斯：《文学结构主义》，刘豫译，生活·读书·新知三联书店 1988 年版，第 5 页。

阐释的边界：一个文学理论关键命题的探究

心要素，但稍加留心，不难发现我们在批评实践中很难完全以文本为中心，如形式主义的"陌生化"（defamiliarization）效果虽来源于文本，但需要通过读者反应而发挥作用；新批评在放逐作者的同时，同样承认了作者之意在语言性文本中的具体呈现；结构主义固然相信意义内在于文本，但这一文本之内的恒定意义，同样等待着读者的解读和揭示。另外，文本毕竟是一种缄默无言的存在，当一群情趣、禀赋、偏好各不相同的读者面对文本时，得出的结论自然各有所异。因此，文本中心论在建构客观主义话语的同时，又在一定程度上为相对主义埋下了伏笔。

作为客观主义的两个分支，作者意图论和文本中心论的理论诉求貌似迥异，实则殊途同归，二者都试图建构一个具有普遍性和排他性的阐释模式（一为意图，一为文本），从多样化的文本经验中提炼出一个稳定的意义中心。因此，二者又体现出鲜明的"单因论"和"本质主义"倾向。当然，意义是一个颇为复杂的、拥有多层次内涵的范畴。在文本解读中，将意义限定于一个绝对本原的做法是不现实的。这样，意义的相对主义也就获得了生长的空间。

（二）相对主义："非此即彼"的形态之二

自 20 世纪以来，人们逐渐发现，客观主义有可能遮蔽世界所蕴含的丰富潜能，使认识踏上一条危险的不归之途。因此，作为一种哲学话语的相对主义也便大行其道。不同于客观主义对唯一本原或中心的迷恋，相对主义坚持一种"不可还原的多元性"，致力于对任何"独立存在的中心框架或单个的元语言"加以挑战。[①] 在文学阐释场域，相对主义者相信，意义并非客观、中立、价值无涉的真理话语，而是被历史、文化、政治、权力、意识形态等因素所塑造而成的幻象。故而，对意义的探究也将呈现出多

---

① ［美］理查德·J. 伯恩斯坦：《超越客观主义和相对主义》，郭小平等译，光明日报出版社 1992 年版，第 10 页。

第四章　阐释边界的本体形态

元、开放、流变莫测的状态。

在当代文论话语中，维特根斯坦揭开了相对主义意义观的帷幕。在其代表作《哲学研究》中，维特根斯坦这样说道："在我们使用'意义'这个词的各种情况中有数量极大的一类——虽然不是全部——，对之我们可以这样来说明它：一个词的意义就是它在语言中的使用。"[①] 在他看来，语词是一些中性化的符号，本身不包含任何意义；只有在语词被具体运用的血肉鲜活的过程中，语词的表意潜能才真正得以释放。这也就是所谓的"意义即用法"，即人们不是预先掌握一个普遍的意义本质，而是在语言的使用中学会理解语词的意义。由此，维特根斯坦彰显了语言的公共性特征。他指出，"语言的述说乃是一种活动，或是一种生活形式的一个部分"[②]。这就是说，语言并非私密的自说自话，而是存在于公共的交往情境中，通过不同言说者的具体使用而呈现出不同面貌。既然语言随着空间、时间和使用方式的改变而各有所异，那么，我们也就不可能穿越千差万别的语言现象而抵达一个普遍的意义中心。在此基础上，维特根斯坦进入了对"家族相似"（family resemblance）命题的思考。众所周知，一个家族的成员之间有着各种相似性——如哥哥的眼睛像妈妈，弟弟的鼻子像爸爸，弟弟走路的姿势像哥哥，哥哥的脾气像叔叔，不一而足——但很显然，我们找不到一个囊括全部家族成员的共同属性。[③] 同理，在面对某些对象（如"美"或"艺术"）时，我们无法从中发掘出一个普遍、必然、放之四海而皆准的本质，而只能衍生出有关该对象的无数彼此关联又不尽相同的说法。可以说，维特根斯坦在一定程度上颠覆了客观主义的理论诉求，即消解了文本中恒定不变的"元话语"或深度模式，为一种多元、开

---

① ［奥］维特根斯坦：《哲学研究》，李步楼译，商务印书馆1996年版，第31页。
② ［奥］维特根斯坦：《哲学研究》，李步楼译，商务印书馆1996年版，第17页。
③ ［奥］维特根斯坦：《哲学研究》，李步楼译，商务印书馆1996年版，第48页。

阐释的边界：一个文学理论关键命题的探究

放、变动的意义生产提供了契机。

在维特根斯坦的基础上，巴尔特、德里达和福柯等人从不同向度深化了相对主义的意义观。

巴尔特致力于消解"作者"这一传统文论话语中的权威形象。他提出，作者的主导地位并非与生俱来，而只是现代社会发展的产物；作者也不是作品的"父亲"或专有者，而是与作品同时诞生。由此，巴尔特强调，当人们对作者的合法性加以过分夸大，甚至将作者指认为一个上帝式的、不容质疑的意义本原时，便势必遮蔽意义的差异性和多样性，扼杀文学解读的多维空间。因此，巴尔特郑重宣布："读者的诞生必须以作者的死亡为代价。"[①] 不难想见，一旦作为"群"的读者占据作者的位置，获得了对文本加以"书写"的自由，那么，文本意义自然将呈现出小写、复数、流变的状态，不再固守于一个恒定的中心。

德里达将相对主义意义观纳入对"逻各斯中心主义"（logocentrism）的解构。他生造了"延异"（différance）这一概念，以此来反对索绪尔结构主义语言学对"深度"或"中心"的推崇。按照索绪尔的观点，"能指"和"所指"存在着一一对应关系，我们可以通过能指来把握所指，通过表层的语言现象来把握更深层的意义中心。但德里达认为，能指在通往所指的过程中总是被不断延迟，总是在转换为一个又一个新的能指，永远无法抵达最终的所指。[②] 由此，德里达断言："'延异'是诸差异之非完全的、非简单的、被建构的和差分的本原。因此，'本原'之名对

---

① ［法］罗兰·巴尔特：《作者之死》，林泰译，载赵毅衡编选《符号学文学论文集》，百花文艺出版社2004年版，第512页。

② 这就好比，我们可以将能指"猫"界定为"圆脸，大眼睛，全身长毛，会捉老鼠的哺乳动物"。一旦如此，"圆脸""大眼睛""老鼠""哺乳动物"等语言单位便又成为了能指，需要我们做出进一步的界定。可想而知，这种"从能指到能指再到下一个能指"的过程是没有尽头的。

第四章 阐释边界的本体形态

它也不再适合了。"① 在延异的过程中，意义就如同层层剥落的洋葱一般，始终无法袒露出唯一而绝对的本原。我们所能感受到的，不过是从能指到能指的无尽游戏。

如果说，巴尔特和德里达的讨论更多集中于文本层面，那么，福柯则试图将视角延伸至更复杂的社会文化领域。福柯对"权力"（power）问题做出了创造性思考。他认为，权力并非传统意义上的经济掠夺或政治威慑，并非"自上而下"的暴力强制，而是体现出能动性、交互性和弥散性，逐步形成了一种"贯穿于各个机构和制度，但并未局限于其中的密集网络"②。基于此，福柯着重探讨了"知识"与"权力"的内在关联。在他看来，知识充当了权力的载体，同时又受到权力的隐性塑造。换言之，一切知识都是"被认定为正确"或"被公认为事实"的知识，这些知识"只有在权力编排（arrangements of power）的支撑下才得以存在"③。这极大地颠覆了传统的意义观。过去，我们将意义理解为一种客观、理性的知识体系，相信一旦意义被发现，便足以成为检验人们的思维方式和阅读效果的标准。通过对权力/知识的思考，福柯向我们暗示，意义从来就不是无法辩驳的真理，相反，它作为一种知识话语而存在，与权力休戚相关，在权力的作用下呈现出不稳定的形态。

相较于客观主义执着于单一意义本原所可能陷入的困局，相对主义释放了意义解读的更丰富可能性，使阐释者的视域得以拓展。同时，相对主义也意味着研究者关注重心的调整，亦即从

---

① ［法］雅克·德里达：《延异》，张弘译，载李钧主编《二十世纪西方美学经典文本》第3卷，复旦大学出版社2001年版，第499页。
② Michel Foucault, *The History of Sexuality: Volume I: An Introduction*, Trans. Robert Hurley, New York: Pantheon Books, 1978, p. 96.
③ Ellen K. Feder, "Power/knowledge", *Michel Foucault: Key Concepts*, Dianna Taylor ed., Durham: Acumen, 2011, p. 56.

阐释的边界：一个文学理论关键命题的探究

"何谓意义"转向"意义如何产生"。① 在意义研究中，这是一个引人注目的范式转换。当然，当我们用微观的、星丛式的意义生产取代宏观的、统揽一切的意义本原时，一个问题也随之而出现，那就是阐释中不可通约性（incommensurability）的加剧，以及交流的失效和共识的难以达成。

通过以上论述，我们可以发现，客观主义和相对主义体现出不同的理论指向，从不同向度丰富了阐释学的知识谱系，以及我们对意义的本体论观照。从阐释边界的角度来说，客观主义更倾向于对边界的维护，而相对主义则表现出更具反叛性的一面，蕴含着破坏或瓦解边界的冲动。两种思想进路各有其特色，也各有其理论盲区。在目前的意义研究中，最让人困扰的问题，其实不是客观主义和相对主义孰优孰劣，而是大多数研究者总是采取非此即彼的态度，在二者之间做出非黑即白的切割，仿佛一旦坚持客观主义立场，就无法涵纳任何主观性和可变性；一旦站在相对主义位置，则必须将一切的确定性抛诸脑后。伯恩斯坦用诗性语言描述了这种必须在两极之间择一而从的焦虑："要么，我们的存在有某种支撑，我们的知识有固定的基础；要么，我们不能逃脱黑暗的魔力，它用疯狂，用知识上和道德上的混沌，将我们裹缠起来。"②

二 "亦此亦彼"：超越客观主义和相对主义的道路

如前所述，在围绕客观主义与相对主义的论争中，人们常常表现出"非此即彼"的偏执。应该说，非此即彼的方法论根基，是一种二分法（dichotomy），它倾向于将世界分解为泾渭分明的两极，将其中一方尊奉为至高无上的律令，加以激进辩护与热烈

---

① 周宪：《系统阐释中的意义格式塔》，《中国社会科学》2018年第7期。
② ［美］理查德·J. 伯恩斯坦：《超越客观主义和相对主义》，郭小平等译，光明日报出版社1992年版，第22页。

第四章 阐释边界的本体形态

追随；对另一方则反应淡漠，甚至弃若敝屣。这就使人们习惯性地将两种倾向视为水火不容，而忽视了二者之间本应存在的对话与沟通。诚然，二分法是一种高效的认识策略，它可以使人们以单刀直入的方式，在最短时间内把握对象的最核心特质。[①] 但必须注意，如果在认识中过分执着于"二元对立"，将遮蔽隐含在现象背后的更复杂内涵，造成理解的单一化和刻板化。[②] 更进一步，对二分法模式的过度迷恋，还可能于无形中瓦解我们的认识根基，造成一些意想不到的负面效果。

美国学者唐纳德·克罗斯比试图对困扰当代人的虚无主义（nihilism）倾向加以追问。他发现，虚无主义并非来源于"万事万物皆为虚妄"的观念，它的出现恰恰与二分法的流行紧密相关：

> 关于现代西方心灵的假设性框架的一个特别令人震惊的事实，就是它严重倾向于根据错误的二分法来思考问题，这种非此即彼的思维方法，把我们引向两个极端，让我们无法认识到在两个极端之间或许还存在替代物。我们已经在很多地方遭遇到了这种二分法的例子，我们可以在这里更清楚地列出一些我们曾经讨论过的例子：要么信仰上帝，要么绝望地生存；要么是以人类为中心的世界，要么是毫无意义的世界；要么价值有其外在性，要么价值不存在；要么绝对主

[①] 在中国文化中，我们不难找到大量彼此对立的范畴，如天地、阴阳、冷暖、高低、上下、盛衰、远近、荣辱、贵贱、尊卑、刚柔、男女、利弊、强弱、明暗等。实际上，这就是一种对复杂现象加以条理化和明晰化的二分法策略。

[②] 譬如，我们常常对东西方做二分法式的理解，认为东方文化和西方文化所代表的是两种截然不同的精神气质和价值取向。但这样的二元对立其实是大有问题的。值得追问的是，东西方文化是否真的完全无法兼容，在二者之间，是否还存在着一些暧昧不清的领域？进而言之，东方或西方本身是否又真的是"铁板一块"，其中是否还蕴含着各种"地方性"文化的冲撞与交织？显然，如果坚持二分法的思维方式，我们便无法对上述问题加以有效回应。

阐释的边界：一个文学理论关键命题的探究

义，要么相对主义；要么绝对的确信，要么绝对的怀疑主义；要么个人不朽，要么毫无意义；要么对应真理，要么没有真理；要么基督教世界观，要么科学世界观（科学主义）；要么客观主义，要么主观主义；要么量，要么质；要么还原论，要么二元论；要么因果决定论，要么彻底的唯意志论；要么个人主义，要么集体主义；要么事实，要么价值；要么理性，要么感性；要么推理，要么意志；要么无聊，要么苦难；要么无法实现的理想，要么没有理想。[1]

克罗斯比认为，二分法一旦走向极端，便会带来非此即彼的思维模式。在此模式下，人们很容易陷入一种错觉，即"如果这些极端的二分法中的任何一方被拒绝，那么唯一可以仰赖的，就是另一方了"[2]。在意义研究中，克罗斯比的担忧同样有醒目表现。目前，不少研究者认识到了客观主义的合理性。他们深信，在碎片化和"祛除深度"的情境下，我们有必要为阐释设置一条边界，有必要寻找一个支撑全部知识和价值的意义基点。但问题在于，如果对阐释边界和确定性意义的信仰太过坚定，以至于毫无保留；那么，一旦面临某些偶然性或变动性因素的冲击，人们的这种信仰将骤然坍塌。他们将摇身一变，从客观主义的辩护者，转化为相对主义甚至是文化虚无主义的信徒。无论是极端的客观主义，还是极端的相对主义，都暗含着非此即彼的激进态度，它们显然不利于建构良性、有序的文论话语。

"非此即彼"的困境表明，在阐释边界的本体建构中，我们有必要超越客观主义和相对主义的对立，建构一种非绝对化的、

---

[1] [美]唐纳德·A. 克罗斯比：《荒诞的幽灵——现代虚无主义的根源与批判》，张红军译，社会科学文献出版社 2020 年版，第 431—432 页。
[2] [美]唐纳德·A. 克罗斯比：《荒诞的幽灵——现代虚无主义的根源与批判》，张红军译，社会科学文献出版社 2020 年版，第 432 页。

第四章　阐释边界的本体形态

在两种态度之间游移、斡旋的"亦此亦彼"的阐释路径。所谓亦此亦彼，既非两种因素的重合或并置，亦非对立双方的抵触与冲突，而更侧重于描述不同意义成分在张力中的动态平衡，它有助于阐释者穿透貌似难以调和的矛盾，实现更加公允、恰切，更具穿透性的理解。纵观当代文论的知识谱系，亦此亦彼的思路在一些研究者的论述中得到了体现。

赫希是"亦此亦彼"的重要倡导者。他致力于赋予阐释边界以合法性，但又不是一个彻头彻尾的客观主义者。[①] 因而，在赫希的阐释学中，常常表现出将确定性与不确定性、"捍卫边界"与"突破边界"相交织的尝试。具体说来，赫希认为，作者意图基本等同于文本意义，而这个确定性的文本意义，又总是以一种"意欲类型"（willed type）的形态而呈现。意欲类型的提出契机，在于对弗洛伊德的无意识学说予以回应。弗洛伊德相信，在貌似井然有序的意识背后，潜藏着深邃而混沌的无意识世界。人们的所作所为并非来自有意识的决断，而是在无意识的操控下"不自知"地展开。赫希提出，既然创作者所暗示的内容常常超出其明确所知，那么，要保证意义的完整与稳固，阐释者便有必要"对构成文本意义的暗示和未构成文本意义的暗示进行区分"[②]。在他看来，对意义中的无意识成分加以取舍的标准，乃是"创作者就该意义的概括性类型所建构的观念"[③]。

[①] 赫希对客观主义的适度背离在他对"何谓文学"的解答中有所体现。传统客观主义者往往从语言、虚构、情感、想象力、创造性等维度着眼，试图为文学寻找不容辩驳的终极定义。赫希则认为，所谓文学其实是一个"不存在本质的异质文本的多样统一体"。因而，人们可以根据各自的审美取向和价值诉求来决定什么是文学。参见 Eric D. Hirsch, "'Intrinsic' Criticism", *College English*, Vol. 36, No. 4, 1974, pp. 446 – 457。

[②] Eric D. Hirsch, *Validity in Interpretation*, New Haven: Yale University Press, 1967, p. 62.

[③] Eric D. Hirsch, *Validity in Interpretation*, New Haven: Yale University Press, 1967, p. 49.

阐释的边界：一个文学理论关键命题的探究

赫希相信，意义并非难以变通的实体，而总是以一种类型化（typification）的面貌为阐释者所体知。如果某些无意识的暗示能够与类型相协调，并由此融入一个总体性的类型框架中，那么，这些无意识因素则理应被归入文本原意。他指出，类型的独特性表现在两个方面：首先，类型具有较强的包容性和生长性，往往由各不相同的具体情境所再现。如一句"下雨了"的简单陈述，所凝聚的是"交代天气状况"的抽象类型。但这一貌似单调的类型可经由诗人的咏叹、父母的提醒、朋友的寒暄、电台的播报等多样化的途径而展开。其次，类型又包含相对明晰的边界和底线，从而使人们足以判定某些内容是否存在于既定类型之中。如"感觉痛苦"这一类型可以由"饥寒交迫""去国离乡""疾病缠身""妻离子散"等个案来加以表现，但倘若有人将其演绎为"看喜剧电影"或"享用美味佳肴"，恐怕任何有理智的人都会难以接受。[①] 基于对意欲类型的思考，赫希在一定程度上践履了亦此亦彼的理念，他一方面为类型预留了动态、开放的生长空间；另一方面也强调了类型所固有的限定性与规约性，使文本解读不至于陷入随心所欲的状态。这样，意义便成为了自由与秩序的集合体，它在类型所框定的边界内获得游移、弥散乃至暂时越界的契机，但又因无法最终僭越边界而保持着总体上的客观、稳固与同一。显然，在客观主义和相对主义的对峙中，赫希对意欲类型的界定起到了居间调和的作用。

在讨论意欲类型时，赫希还不忘对弗洛伊德的理路加以反转。弗洛伊德曾说过，如果意识相当于冰川中浮出水面的部分，那么无意识则更接近冰川中沉在水下的部分，正是这广袤而不可见的领域成为了冰川（即主体精神结构）存在的先决条件。赫希则强调，恰恰是冰川中直观、可见的部分扮演了更重要角色，唯

---

① Eric D. Hirsch, *Validity in Interpretation*, New Haven: Yale University Press, 1967, pp. 49–50.

第四章 阐释边界的本体形态

有在熟悉该部分的构造与属性的前提下,人们才能对究竟何为冰川做出恰切估量,而不会错将水面下的一切统统视为冰川。这就暗示,唯有通过对意义之边界的充分认识,阐释者才能对掺杂于意义中的无意识因素加以公允定位,而不会陷入无从取舍的困境。[1]

如果说,赫希的讨论更具哲性思辨特质,那么,托尔斯滕·彼得森则试图从文本解读的实践中勘察"亦此亦彼"的思想进路。这集中表现在他将意义界定为一种"柔韧的实体"(pliable entity)的尝试上。彼得森发现,对阐释者而言,存在着这样一种悖论:我们承认,训练有素的读者能够就作品展开多重解读;但同时,我们又习惯性地从文本中寻找作为标准的确定性意义。这就是文学阐释中"变色龙"(chameleons)和"试金石"(touchstones)的紧张。前者类似于相对主义或建构论(constructivism),强调文本意义由读者建构,有如变色龙一般随时空和情境而改变;后者类似于客观主义,致力于揭示文本中稳固不变的意义中心,有如试金石一般对批评加以检验。[2] 鉴于此,彼得森提出,我们有必要将意义构想为一种兼具变色龙与试金石双重属性的"柔韧的实体":"它包含在作品为我们的感知提供不同模式的能力中,这些模式或许各不相同,甚至互不相容,但依然受限于作品对语言表达手段、文学惯例,以及关于世界的文化假设的特殊运用。"[3]

作为文本意义的构造形态,柔韧的实体同样蕴含着亦此亦彼

---

[1] Eric D. Hirsch, *Validity in Interpretation*, New Haven: Yale University Press, 1967, pp. 53–54.

[2] Torsten Pettersson, "The Literary Work as a Pliable Entity: Combining Realism and Pluralism", *Is There a Single Right Interpretation?*, Michael Krausz ed., University Park: The Pennsylvania State University Press, 2002, p. 211.

[3] Torsten Pettersson, "The Literary Work as a Pliable Entity: Combining Realism and Pluralism", *Is There a Single Right Interpretation?*, Michael Krausz ed., University Park: The Pennsylvania State University Press, 2002, p. 219.

阐释的边界：一个文学理论关键命题的探究

的逻辑。彼得森承认，文本是一个开放性的场域，它允许读者以不同姿态介入，从中发掘出各有所异甚至彼此龃龉的意义。但他不忘强调，意义的多元生成并非漫无边际，而是保持在一个相对明确的耐受性（durability）范围之内。这就好比一张塑料胶片，它可以在外力作用下随意地弯曲或折叠，但任何外力的改造，都必须以胶片的本然属性为前提——不难想象，无论怎样弯折塑料胶片，都不会让它变成一张白纸，或一个实心球。由此看来，柔韧的实体既不同于客观主义的终极确定性，亦有别于相对主义的无限蔓延或延展，而是暗示了一条带有折中色彩的阐释路径。

基于"柔韧的实体"这一命题，彼得森试图介入文学批评中的一些论争。他发现，在人们对莎翁名剧《李尔王》的解读中，常常出现两种观点的纠葛：一种可称为"虚无论"，即认为《李尔王》以悲怆的笔调，来书写世间毫无意义的痛苦，因而意味着对希望或救赎的否弃；另一种可称为"救赎论"，即认为剧中的一切苦难都出自上帝的安排，其目的是让人物经受考验，以准备好来世的救赎。[1] 两种观点的支持者都能轻易从《李尔王》的文本中找到佐证，形成了相持不下的局面。[2] 彼得森提出，由于文本意义是一个柔韧的实体，因此，两种观点的冲突并不像我们想象中那样难以消解。事实上，支持某一种解读的批评家常常

---

[1] Torsten Pettersson, "The Literary Work as a Pliable Entity: Combining Realism and Pluralism", *Is There a Single Right Interpretation?*, Michael Krausz ed., University Park: The Pennsylvania State University Press, 2002, pp. 225 - 226.

[2] 如虚无论的拥护者发现，在剧中，深陷灾难的人们一次次对上帝抱以期待，但这种期待又一次次被更大的灾难所摧毁——如考狄利娅和李尔在和解后的死亡便是一个例证；救赎论的信徒则发现，随着剧情的推进，读者将隐约感受到剧中人物与《圣经》人物的相似之处，并逐渐从文本中发掘出一种"从苦难通往救赎"的叙事模式。参见 Torsten Pettersson, "The Literary Work as a Pliable Entity: Combining Realism and Pluralism", *Is There a Single Right Interpretation?*, Michael Krausz ed., University Park: The Pennsylvania State University Press, 2002, pp. 225 - 226。

第四章 阐释边界的本体形态

将另一种解读纳入自己的意义框架,在貌似截然对立的两者之间形成内在的联动关系。如虚无论的拥趸可能会注意到《李尔王》中的救赎元素,同时不忘强调,这些救赎元素只会加深我们对未来的美好幻想,一旦幻想破灭,其震撼将更令人难以承受;而救赎论的推崇者可能会承认苦难的真实存在,同时坚持认为,剧中的一切苦难都来自上帝的筹划,是等待救赎者注定要经历的痛苦:"上帝可以让一切陷入无可救药的黯淡,但不管怎样,祂还是会统揽大局,并昭示拯救的可能性。"① 由此,彼得森彰显了文学研究有别于科学研究的独特性。自然科学所秉持的,是一种典型的非此即彼的态度,它无法容忍逻辑上相互矛盾的答案。文学研究则有所不同,它一方面表现出"柔韧性"的特质,向意义的多元性和变动性敞开大门;另一方面又保持着"实体性"的状态,将意义的动态生成限定于一个大致稳定的阈限之内。故而,柔韧的实体使亦此亦彼的意义观在文本经验中得以显现。

在张江对阐释边界的讨论中,同样可见出"亦此亦彼"的思想轨迹。张江提出,所谓"阐释的边界",更准确地说其实是"阐释的有效边界"。我们无法否认,阐释者作为能动的主体,拥有自由解读文本的权利;但我们又必须承认,唯有处在有效边界之内的阐释——亦即与公共理性相契合,可以被公众普遍认可的阐释——才有可能在人类社会中广泛流传,不断生产或再生产出新的意义。② 既然主体的阐释活动具有潜在的无限性和扩张性,而阐释的有效边界具有潜在的有限性和聚敛性,那么,应当如何将二者整合为一个更融洽的体系?张江从圆周率 π 的求解中得到

---

① Torsten Pettersson, "The Literary Work as a Pliable Entity: Combining Realism and Pluralism", *Is There a Single Right Interpretation?*, Michael Krausz ed., University Park: The Pennsylvania State University Press, 2002, p. 227.

② 张江:《论阐释的有限与无限——从 π 到正态分布的说明》,《探索与争鸣》2019 年第 10 期。

阐释的边界：一个文学理论关键命题的探究

了启发。所谓π，即圆的周长和直径的比值，它是一个除不尽的无理数，其数值为"3.1415926535897……"从公元前2000年的古巴比伦至今，人们一直没有停止对π的探究。到2019年，在超级计算机的运算下，π已经被推算到小数点后的31.4万亿位。张江观察到，对π的求解其实暗示了阐释的基本属性："π为无限诠释的区间界定。在区间约束下，诠释是开放的、无限的，无限开放的诠释，收敛于诠释的起点与极点之间。诠释的无限性，在其有限性中展开，其有限性，以对无限性的约束而实现。"[①] 在他看来，对π的推算是一个不断延伸的过程，甚至可以说永远没有止境，这就类似于阐释者解码文本的无限可能性；但必须注意，π又是一个有限的数值，它从3.1415开始，无限趋近于3.1416，始终无法超越这个既定的区间，这就暗示了阐释所固有的界限和规约。由此看来，对文本意义的解读，在一定程度上类似于对π的推演，亦即在一个限定性的阈值中呈现出无尽的变数与分歧。这样，阐释将一方面表现出突破边界的冲动，另一方面又维持在由"起到"到"极点"的限度之内。可以说，张江对π之有限与无限，约束与开放，"突破边界"与"捍卫边界"相统一的阐发，成为了亦此亦彼在中国文论话语中的一次重要实践。

在我们对客观主义和相对主义的考察中，亦此亦彼的意义观提供了一种颇具启示性的思路。透过亦此亦彼的视域，我们意识到，客观主义和相对主义并非难以兼容的两极，而是同一个意义生产过程的两个侧面。客观主义不同于阐释的本质主义或集权主义，而是为意义的变动性和生长性预留了空间；相对主义不同于阐释的虚无主义或无政府主义，而是维持在一条界限之内，以最低程度的共通性为前提。事实上，如果抛开其中的任何一方，另

---

① 张江：《论阐释的有限与无限——从π到正态分布的说明》，《探索与争鸣》2019年第10期。

第四章　阐释边界的本体形态

一方也将变得无法理解。这种亦此亦彼的理路，与中国古典文化对"中和之道"的推崇不谋而合。①

从更宏阔的视野来看，"亦此亦彼"不只是一种意义的建构路径，它还与人类生存的本然状态休戚相关。伊格尔顿曾就"人生的意义何在"这一历久弥新的问题展开思考。他提出，人生的意义无法被预先设置，相反，人生首先意味着一种空无，"它与一缕微风的起伏或腹中的一声闷响一样，没什么内在意义"②。这样，我们便可以通过自己的思考和实践来创造意义，赋予人生以个性化的内涵。在此基础上，伊格尔顿断言，人生的意义无法等同于纯个人的感受或判断，它有必要被一种神圣的终极关怀所支持，有必要通过一种"意味深长的模式"——即一种关乎爱与死的宏大叙事——而最终实现。③ 如此看来，人生的意义既非绝对的客观与恒定，亦非绝对的主观与流变，而是在一个总体化、普遍性的框架内展现出无限丰富的面貌。用伊格尔顿的话来说，人生的意义就好比爵士乐队的演奏，每个成员都可以依凭自己的个性而尽情发挥，但他们的个性化演绎又必须汇入作为"神圣整体"的主旋律之中。④ 可以说，伊格尔顿的思考体现出一种在整体与局部、群体与个体、有限与无

---

① 李泽厚在《美的历程》中这样说道："与中国哲学思想相一致，中国美学的着眼点更多不是对象、实体，而是功能、关系、韵律。从'阴阳'（以及后代的有无、形神、虚实等）、'和同'到气势、韵味，中国古典美学的范畴、规律和原则大都是功能性的。它们作为矛盾结构，强调得更多的是对立面之间的渗透与协调，而不是对立面的排斥与冲突。"这种在对立两极之间沟通、调节、转化的思路，在一定程度上与亦此亦彼的意义构造形成了契合。参见李泽厚《美的历程》，广西师范大学出版社2000年版，第69页。

② [英]特里·伊格尔顿：《人生的意义》，朱新伟译，译林出版社2012年版，第29页。

③ [英]特里·伊格尔顿：《人生的意义》，朱新伟译，译林出版社2012年版，第43页。

④ [英]特里·伊格尔顿：《人生的意义》，朱新伟译，译林出版社2012年版，第98—99页。

阐释的边界：一个文学理论关键命题的探究

限之间迂回的辩证法，而亦此亦彼的逻辑则充当了这种辩证法的哲性根基。

三 "亦此亦彼"与阐释边界的兼容性

作为一条另辟蹊径的思路，"亦此亦彼"为阐释边界的建构带来了新的特质。其最明显的表现，在于一种较强的兼容性（compatibility），它使不同意义维度摆脱彼此背离的状态，而统合为一个相互印证与指涉的有序体系。基于对阐释边界的审视，我们不难体察到如下几对范畴的兼容。

首先，是"差异性"（difference）和"同一性"（identity）的共生。应该说，文学始终以对差异性和多元化解读的追求为己任。卡尔维诺有言，文学的重要使命，乃是在一个趋于扁平化和同质化的语境下，使不同的对象或观念狭路相逢，"非但不锉平、甚至还要锐化它们之间的差异，恪守书面语言的真正旨趣"[1]。德里克·阿特里奇宣称，文学阅读"就是对建构作品写作的独特性和他性的一种表演"，它始终"为特定语境中的特定读者而存在"，从而蕴含着个性化演绎的丰富空间。[2] 基于亦此亦彼的思路，阐释边界体现出对差异性的充分包容，它并未使阐释限定于一个绝对精确的目标，而是设置了一个相对宽松的可能性范围。这就为千差万别的解读敞开了大门。面对哈姆雷特的延宕，人们可以做出从叙事策略到政治无意识再到精神病理学的多种解释；曹雪芹笔下的林黛玉，也将因读者目光的不同而呈现出各有所异的面貌、姿态和性格特质。但归根结底，意义是一种介于私人性和公共性之间的存在。如伊格尔顿所言，"除非一个隐含意义能

---

[1] ［意］伊塔洛·卡尔维诺：《新千年文学备忘录》，黄灿然译，译林出版社 2009 年版，第 46 页。

[2] ［英］德里克·阿特里奇：《文学的独特性》，张进等译，知识产权出版社 2019 年版，第 131 页。

第四章　阐释边界的本体形态

够貌似合理地对其他人也存在，否则它就不能也作为一种意义对我存在"[1]。差异性的解读之所以能够相互比照，形成有效的交流空间，关键在于它们分有了某些公众普遍认可的特质，并由此同属于一个大致稳定的释义体系。换言之，纵然人们对哈姆雷特有千奇百怪的解读，但哈姆雷特终究是那个忧郁的王子，而不会是麦克白或奥赛罗；纵然不同读者眼中有不同的林黛玉，但林黛玉终究是那个多愁善感的大家闺秀，而不会变成薛宝钗，更不会变成王熙凤。由此可知，意义的差异性尽管使文学充满魅力，但必须植根于同一性的土壤之中。[2]

其次，是未来性（futurity）和过去性（pastness）的交织。文学作品并非凝固的实体，而是潜藏着大量可供阐发的空间。因此，在大多数情况下，文本意义将体现出强烈的未来指向性，在线性的时间流程中调整和更新。借用伽达默尔的说法，时间不是吞噬一切可能性的鸿沟，在时间的作用下，"对一个本文或一部艺术作品里的真正意义的汲舀（Ausschopfung）是永无止境的，它实际上是一种无限的过程"[3]。这就好比荷马史诗《奥德赛》，在启蒙时代被理解为对人之尊严和智慧的礼赞，随着现代性危机的凸显，在批判哲学家的眼中，奥德赛的隐忍与狡忮却象征着一种堕落："在与神话斗争的过程中，他所表现出来的具有支

---

[1]　［英］特里·伊格尔顿：《如何读诗》，陈太胜译，北京大学出版社2016年版，第162页。

[2]　美学家布洛克认为，意义的差异性有必要限定于一个为绝大部分人遵守的范围内："各种解释不管怎么不同，这种不同也只不过是在上述总的意义范围内的不同，或者说，人们所争论的最多不过是，在上述范围内，究竟哪一种解释最好，对于其意义的大体范围，却基本上是一致的。"这可以被视为差异性与同一性相兼容的一个旁证。参见［美］H. G. 布洛克《美学新解——现代艺术哲学》，腾守尧译，辽宁人民出版社1987年版，第326页。

[3]　［德］汉斯-格奥尔格·加达默尔：《真理与方法：哲学诠释学的基本特征》上卷，洪汉鼎译，上海译文出版社2004年版，第385—386页。"本文"在此处与"文本"同义。

阐释的边界：一个文学理论关键命题的探究

配色彩的自我克制，恰恰代表着不再需要克制和支配的社会。"[1] 再如说不尽的《阿Q正传》，长期以来被视作对国民性的叩问，但在一个"后革命"的语境下，经过一些批评家的重释，阿Q的卑琐、怯懦、善妒、好色等性格缺陷，则成为其"对于自己处境的本能的贴近"，故而在一定程度上表征着"某种个人觉悟的可能性"。[2] 然而，意义在不断向未来伸展的同时，还蕴含着不断向过去回溯的维度。通过亦此亦彼的视角，我们不难发现，意义固然可以随着时间推移而涵纳新的因素，但一切新异的解读终将以某些确凿、真切的既有经验为支点。这就像赫希所说，当毕加索把一只狒狒的头颅画成玩具汽车时，这种充满奇思妙想的设计依然以毕加索对"狒狒"和"玩具汽车"这两个对象的谙熟为前提。[3] 若非如此，这一作品便根本无法在阅读共同体中引发任何回应——无论是肯定性还是否定性的回应。可见，任何阐释都绝非无中生有，而是立足于旧有经验之上的拓展性存在。

再次，是含混性（ambiguity）与明晰性（clarity）的互涉。诚然，"含混"或"歧义"是文学经验中的常态。不同于自然科学对"标准答案"的执着，文学艺术不可能摒除一切含混不清的因素，而达成绝对的客观与精确。燕卜荪坦言，"朦胧"作为一种审美特质，有助于"吸引人们探索人类经验深处的奥妙"，[4] 从而使诗歌增色不少。保罗·利科强调，文学的独特之处，在于它

---

[1] ［德］马克斯·霍克海默、［德］西奥多·阿道尔诺：《启蒙辩证法——哲学断片》，渠敬东等译，上海人民出版社2006年版，第45页。

[2] 汪晖：《阿Q生命中的六个瞬间》，华东师范大学出版社2014年版，第40—41页。

[3] Eric D. Hirsch, *Validity in Interpretation*, New Haven: Yale University Press, 1967, p. 105.

[4] ［英］威廉·燕卜荪：《朦胧的七种类型》，周邦宪等译，中国美术学院出版社1996年版，"序言"第11页。

第四章　阐释边界的本体形态

非但不会排斥歧义，反倒兴致盎然地拥抱歧义。[1] 安德鲁·本尼特则宣称，文学的魅力在于以模棱两可的语言展现似是而非的内容，使读者"根本无法把握意义，从而形成无知"[2]。进而言之，含混性也是阐释边界得以维系的必要条件。如果说，"边界"意味着意义居于一定的范围之内，为那些"符合要求"的解读预留了空间；那么，一旦将所有的含混性因素彻底清除，意义将局限于一个极为具体的对象，人们也就无须"阐释意义"，而只需"陈述事实"即可。然而，含混性终究无法遮蔽对明晰性的诉求。倘若意义始终处在暧昧不明的状态，人们便无法从中提炼出任何可供分享的公共性内容，这样，一切的对话与沟通也将因此而难以为继。如在面对埃舍尔（M. C. Escher）著名的《上升与下降》时，人们可以认为画中的僧侣是从顺时针的方向上行，也可以断言僧侣是从逆时针的方向下行，但无论是"上升"还是"下降"，两种不同理解必然以一个悖论性构图的真实存在为前提。此外，含混性和明晰性在某种程度上其实是一体双面的存在。当人们承认某些对象的朦胧、晦涩、难以理解时，其实便已将其限定在一个相对明确的框架之中，即该对象"就是其所是的东西——也就是模棱两可而含糊不清的——而不是单义的和精确的"[3]。故而，在亦此亦彼的意义建构中，始终蕴含着将含混性与明晰性整合为一的冲动。

复次，是"怀疑"（suspicion）和"恢复"（recollection）的并存。利科指出，在"意义与阐释"问题上，存在着如下两种倾向的紧张："一方面，解释学被设想为一种意义的显现和恢复，

---

[1] ［法］P. 利科尔：《言语的力量：科学与诗歌》，朱国均译，《哲学译丛》1986年第6期。

[2] ［英］安德鲁·本尼特：《文学的无知：理论之后的文学理论》，李永新等译，河南大学出版社2014年版，第210页。

[3] Eric D. Hirsch, *Validity in Interpretation*, New Haven: Yale University Press, 1967, p. 44.

阐释的边界：一个文学理论关键命题的探究

这种意义以一种信息的方式，一种声明的方式，或如人们时常所言，以一种宣教的方式传达给我们；另一方面，它被设想成一种去神秘化，一种对幻想的减少。"① 前者可称为"恢复性阐释"（interpretation as recollection of meaning），其要旨在于"重新建构产生作品的原始语境"，"使当今的读者接触文本的原始信息"；后者可称为"怀疑性阐释"（interpretation as exercise of suspicion），其要旨在于"揭示文本可能会依赖的、尚未经过验证的假设"，以此穿透表象，发掘出隐含在语言文字背后的更深度真实。② 胡塞尔对主体经由多样化"意向性行为"而通达同一性"意向性对象"的论述，在一定程度上印证了恢复性阐释的思路；马克思对历史事件中意识形态机制的洞察，尼采对真理背后的修辞术和权力话语的揭示，以及弗洛伊德对意识表象下的隐秘无意识世界的探究，则大体上遵循了怀疑性阐释的思路。两种阐释范式蕴含着不同的哲性根基和方法论取向，形成了难以调和的状态，或利科所谓"阐释的冲突"。基于亦此亦彼的逻辑，赫希等学者在建构阐释边界的过程中，试图对阐释中"怀疑"与"恢复"的倾向加以协调。他们一方面注意到，在文学阐释场域，总有一些因素躲藏在未知的幽暗领域，等待人们带着怀疑的目光去审视与去蔽；另一方面也承认，在错综复杂的文本经验中，存在着作为终极归宿的确定性意义，笃信阐释者可以通过细致的文本勘察，对这一意义的终极加以不断趋近。这样的思路很容易让人想到安德烈亚斯·胡伊森（Andreas Huyssen）的隐喻。在谈及"现代性"和"后现代性"的关系时，胡伊森曾将前者比作"刺猬"，将后者比作"兔子"，坚信后者只能在一定程度上超越前

---

① [法]保罗·利科：《弗洛伊与哲学：论解释》，汪堂家等译，浙江大学出版社2017年版，第27页。
② [美]乔纳森·卡勒：《文学理论入门》，李平译，译林出版社2008年版，第7页。

第四章 阐释边界的本体形态

者，而不可能真正战而胜之。① 或许，我们也可以说，作为"兔子"的怀疑性阐释能够向作为"刺猬"的恢复性阐释发起挑战，甚至在某些情况下动摇其方法论根基，但终究无法消解内在于其中的客观性律令。

最后，是"事件"（event）与"结构"（structure）的兼容。所谓事件，是一个近些年引起关注的命题。按照齐泽克的理解，事件是一种突如其来的状况，它往往"在毫无准备的情况下"，以"骇人而出乎意料"的方式骤然发生，从而"打破了惯常的生活节奏"。② 事件的突发性、偶然性和难以把控，使之成为了人文研究中带有"刺点"（punctum）性质的存在："事件非但不会提供基础，提出根据，反倒是动摇了现今已确实存在的基础的结构和组织，并使其瓦解，它是对有意图的估计和预测的背叛。"③ 晚近，研究者越发注意到文学的事件属性，试图从事件的视域出发对文学加以理解。在他们看来，作为事件的文学并非静态的语言体系，而更类似于一种指向未来的言语行为（speech act），它伴随读者的每一次阅读（重读）而敞开，不断将新的异质性因素纳入其中，不断给人以惊奇和陌生的感受。④ 事件使文学摆脱了线性、僵滞、凝固的状态，获得更丰富的生长空间。但事件只是文学的一个侧面，它无法脱离结构的限定而独立存在。如果说，事

---

① Andreas Huyssen，"Mapping the Postmodern"，*New German Critique*，Vol. 33，1984，p. 49.
② ［斯洛文尼亚］斯拉沃热·齐泽克：《事件》，王师译，上海文艺出版社2016年版，第2页。
③ ［日］小林康夫：《作为事件的文学——时间错置的结构》，丁国旗等译，知识产权出版社2019年版，第1页。
④ 何成洲从如下三个向度对"文学的事件"（literature as event）加以勾勒：其一，作者在拥有文本的同时，又在一定程度上放弃意义生产的权利，成为文本的一个积极对话者；其二，文本一经问世，便以独立的姿态向神秘莫测的未来生长，不断改变人们对世界的感知与想象；其三，读者在操演性（performative）的阅读中同作者遭遇，在充满偶然性的状态下释放新的快感和活力。参见何成洲《何谓文学事件?》，载何成洲、但汉松主编《文学的事件》，南京大学出版社2020年版，第1—20页。

阐释的边界：一个文学理论关键命题的探究

件意味着文学"必须在永恒运动中进行自我完成"；那么，结构则意味着文学中"不可改变性与自我完成"的一面，它为变动不居的事件提供了相对稳定的框架，使事件的独特性得以彰显。[1] 遵循亦此亦彼的思路，不难发现阐释边界对事件和结构的兼容。大体看来，结构对应于阐释中建构边界的诉求，事件则对应于阐释中颠覆边界的冲动。对阐释者而言，作为事件的文学是不确定性的化身，它摆脱了必然性的宰制，随着时空转换而生成、转折和裂变，朝向未知的边缘地带逃逸。但无论如何，"文学的事件"又必然被安置于一条结构化（structuration）的边界之内，唯其如此，它才能以有迹可循的状态进入公共空间，成为阐释之潜能得以释放的基点。"事件"与"结构"的互涉，为我们对阐释边界的审视提供了又一个契机。

阐释边界的兼容性，在一定程度上更新了我们对确定性意义的理解：一方面，我们意识到，意义并非全然封闭、凝固的实体，而是表现为一个弹性的、相对宽松的范围，从而为差异性、未来性、含混性、怀疑性、事件性的演绎提供了较充足空间；另一方面，我们又不得不承认，意义的多元生成必然处在一个具备同一性、过去性、明晰性、恢复性、结构性的总体框架中，而不会陷入毫无节制的动荡与混乱。上述状态不禁让人想到政治哲学家弗雷德·多尔迈的理论构想。多尔迈曾提出"整体多元论"（integral pluralism）的著名命题，意指在跨文化交流中，诸种异质因素一方面保持其独立性，另一方面又彼此卷入、渗透和交织，形成一个类似"联邦共和国"的独特存在。[2] 整体多元论既避免了"一元论"对复杂性和多样性的抹杀，又避免了"多元

---

[1] ［英］特里·伊格尔顿：《文学事件》，阴志科译，河南大学出版社 2017 年版，第 226—227 页。

[2] Fred Dallmayr, *Integral Pluralism: Beyond Culture Wars*, Lexington, KY: The University Press of Kentucky, 2010, p. 9.

第四章　阐释边界的本体形态

论"所带来的分裂、隔绝和中断，从而与"亦此亦彼"的兼容性产生了交集。

综上，作为阐释边界的"内聚"构造，"亦此亦彼"有效缓解了阐释中"非此即彼"的困境：它一方面允诺了意义的游移、生长和流变，避免了客观主义对阐释之丰富性的扼杀；另一方面又将形形色色的解读圈定于一个相对清晰的范围内，避免了相对主义所可能带来的"怎么都行"（anything goes）的乱象。当然，亦此亦彼的意义观并非无可挑剔。如前所述，亦此亦彼的一个关节点，在于对意义之可变性加以限定的不变的一面——这就是赫希所谓"意欲类型"的界限，或彼得森所谓意义的"试金石"特质，或张江所谓 π 的"起点"到"极点"的阈值。那么，这一相对稳定不变的"边界"又该由何种因素决定？对上述问题，最令人信服的解答，恐怕还要数集体性的协商（negotiation），即不同阐释者基于交互主体性作用，在特定情境下就意义之限度所暂时达成的默契。① 协商的合理性，在于将社会文化维度引入阐释过程，有助于化解"以阐释者主观意念置换客观意义"的责难。但必须承认，阐释者的协商在很多时候又可能蔓延无际乃至彻底失控，如此一来，"亦此亦彼"的阐释边界将面临自我解构的危机。

本章小结

虽然阐释边界在当代文论话语中面貌各异，但综观各家论说，不难从两个向度揭示其本体形态：首先，在"外展"的向度

---

① 如张江断言，"阐释的有效性由公共理性的承认和接受所决定"，正是公共理性的约束，使阐释从"无限"向"有限"收敛。在他看来，公共理性来源于阐释共同体成员在交互主体性状态下的商谈、论辩与沟通，随着交往活动的深化而不断自我反思与修正。参见张江《论阐释的有限与无限——从 π 到正态分布的说明》，《探索与争鸣》2019 年第 10 期。

261

阐释的边界：一个文学理论关键命题的探究

上，阐释边界通过对意义之"本原性"和"衍生性"的区分而得以显现。"本原性意义"是文本中稳固、恒定、难以化约的因素；"衍生性意义"是本原性意义与纷繁现实相交织而生成的更丰富意涵。前者提供了一条相对清晰的"确定性"原则，并大体维持在边界之内；后者则孕育了一条主观、相对的"变动性"原则，因而也可能游移于边界之外。其次，在"内聚"的向度上，阐释边界贯彻了一种"亦此亦彼"的构造逻辑。一方面，边界并非封闭、凝固的实体，而是表现为一个大致的、相对宽松的范围，为阐释者的多元性、差异性、动态性解读预留了充足空间；另一方面，边界又包含着一个同一性、规范性、有序性的总体构架，从而保证了阐释不会滑入无限扩张、蔓延的失控状态。上述两个向度的交互作用，使阐释边界呈现出"兼而有之"的特质，不断在"客观主义"与"相对主义"的紧张中维持动态的平衡。

第五章 阐释边界的实践之道

本章聚焦于阐释边界所衍生的文学批评实践。自诞生伊始，阐释学便拥有丰富的实践内涵。阐释学（Hermeneutics）之名得自希腊神话中的信使神赫尔墨斯（Hermes），其最重要的职责，乃是以身体力行的方式，在诸神与凡人之间加以沟通，"对诸神的晦涩不明的指令进行疏解，以使一种意义关系从陌生的世界转换到我们自己熟悉的世界"[1]。作为现代阐释学的三大源头，无论是中世纪的《圣经》注释学，还是文艺复兴人对罗马法的解读，再或是亚历山大学派的语文学研究，无不聚焦于具体的文本经验，通过对语言文字的细致爬梳，对潜藏在文本深处的意义加以揭示。[2] 纵观中国古典文论，尽管不乏"感兴""神会""妙悟"一类强调理解之非理性特质的观点，但同样充溢着鲜明的实践品格。从先秦诸子对名实关系的辨析，到汉代学者对谶纬之学的探究，到隋唐僧人对印度经文的译解，到宋代儒家对圣人之言的重释，再到清代史家对经典文献的探微考辨，如何以恰切的方式进入深邃的文本世界，从中发掘出特定的思想蕴含或精神旨趣，始终是一个无法忽视的问题。

---

[1] 洪汉鼎：《诠释学——它的历史和当代发展》，人民出版社2001年版，第2页。

[2] Robert Holub, "Hermeneutics", *The Cambridge History of Literary Criticism*: *From Formalism to Poststructuralism*, Raman Selden ed., Cambridge: Cambridge University Press, 1995, pp. 255–256.

阐释的边界：一个文学理论关键命题的探究

然而，19世纪以来，阐释学已越发远离文本解读的实践经验。应该说，在施莱尔马赫、狄尔泰、海德格尔、伽达默尔、哈贝马斯、利科等人的推动下，阐释学逐渐成为了一种普遍的、带有哲性思辨意味的理论学说，而在相当程度上背离其本然的实践诉求。《霍普金斯文学理论和批评指南》指出，阐释学在今天已不再专注于文本，而只是将文本"作为人与人之间的理解事件的一个例子来加以处理"[①]。彼得·斯丛狄（Peter Szondi）断言，阐释学曾经是一套阐释的规则体系，在当下，则转变为一种纯粹的理解理论。故而，"在解释文学作品的实际理论（即是说，一种有助于实践的理论）的意义上，我们在今天并未拥有一种文学阐释学"[②]。此外，阐释学与实践经验的渐行渐远，还与晚近"表征的危机"（crisis of representation）紧密相关。过去，我们相信，在符号表象同现实世界之间，存在着严丝合缝的对应关系。但在20世纪以来，各种先锋文学或实验艺术层出不穷，其含混、晦涩、歧义、分裂、悖论、反讽、多声部、碎片化的表现形态，使我们不禁怀疑，自己能否用符号如实地再现现实世界，又是否有可能穿透错综复杂的表象，从中发掘出相对稳定的价值或意义？对此，巴尔特、德里达、布鲁姆等人信奉"一切阅读皆为误读"，试图以读者的自由意志来取代对意义之确定性的坚持；以苏珊·桑塔格为代表的知识分子则秉持"反对阐释"的立场，驱使读者沉湎于形式化的感官体验，而不再执着于对"深度"或意义中心的探寻。以上种种，从不同向度造成了实践之维在文学阐释场域的缺失。

在阐释学走向形而上的哲思，走向去中心和多元化，走向感

---

① [美] 迈克尔·格洛登等主编：《霍普金斯文学理论和批评指南》，王逢振等译，外语教学与研究出版社2011年版，第753页。

② Peter Szondi, *Introduction to Literary Hermeneutics*, Trans. Martha Woodmansee, Cambridge: Cambridge University Press, 1995, pp. 12–13.

官愉悦而祛除深度的背景下，一部分学者彰显了不同的理论姿态。他们致力于建构一套具备当下性和现实关切，适用于具体文本经验的阐释策略，并试图以此为契机，逐步实现对阐释边界和确定性意义的重构。当然，这样的阐释实践并未聚焦于一个刻板的、同质化的意义中心，而是在恪守确定性律令的同时，将丰富的偶然性或变动性因素涵纳其中，呈现出一种在主观与客观、封闭与开放、本质与非本质之间游移斡旋的更微妙状态。其具体表现有三，一是对阐释之"澄明"和"书写"的辨析；二是对"或然性"的意义状态的指认；三是对一种介乎"表层"和"深层"之间，在现实经验中不断自我修正的"渐进式"阐释路径的构造。

第一节　阐释的"澄明"与"书写"

如前所述，在讨论阐释边界的本体形态时，赫希等学者将意义划分为"本原性"和"衍生性"两个维度。相应地，我们也可以区分出两种具体的阐释策略。借用戴维·诺维茨的说法，我们可以将其中一种命名为"澄明性阐释"（elucidatory interpretation），将另一种命名为"书写性阐释"（writerly interpretation）。两种阐释策略紧密关联，共同构造了文学阐释的实践体系。

一　作为阐释实践的"澄明"与"书写"

在《反批评多元论》一文中，诺维茨提到，在文本解读中，我们之所以会面对一些矛盾或悖谬，原因通常不在于阐释对象本身，而在于我们对一些作为前提而存在的概念或范畴未能明确分辨。由此，他试图区分出两种介入文本的最基本方式。其中一种是"澄明性阐释"，它主要指人们为达成确切、有效的理解而展开的具体行动："每当我们意识到，我们所拥有的知识和信念不

阐释的边界：一个文学理论关键命题的探究

足以消除自己的无知与困惑时，澄明性阐释便成为了迫切所需。"① 另一种是"书写性阐释"，它不涉及理解的明晰性和精确性，而试图对充溢于文本的不确定性加以填补："由于我们可以用不同方式来应对这些不确定性，因此便出现了为数众多的阐释，这些阐释同样合乎情理，但并不总是彼此兼容。"② 顾名思义，澄明性阐释所指向的是一种智性的规划，其核心诉求，在于揭示出文本中确凿的、相对稳固不变的内容。书写性阐释的提出，则明显受到了巴尔特的启发。巴尔特（也译作巴特）断言，古典的"可读之文"（readerly text）只会使人们对既定内容加以亦步亦趋的接受，制造了一大批墨守成规的文学消费者；现代的"可写之文"（writerly text）是一种不断生长的网状组织，它以迷宫般的姿态诱导读者介入，使理解由个体经验扩展至无限的意义空间。③ 与之相应，书写性阐释并未执着于不变的意义中心，而是对潜藏在文本深处的悖谬、隔阂、盲点、空缺或裂隙深感兴

---

① David Novitz, "Against Critical Pluralism", *Is There a Single Right Interpretation?*, Michael Krausz ed., University Park: The Pennsylvania State University Press, 2002, p. 105.

② David Novitz, "Against Critical Pluralism", *Is There a Single Right Interpretation?*, Michael Krausz ed., University Park: The Pennsylvania State University Press, 2002, p. 106.

③ 在那部才情横溢的《S/Z》中，巴尔特对"可写之文"有如下描述："能引人写作之文，并非一成品，在书肆汲汲翻寻，必劳而无功。其次，能引人写作之文，其模型属生产式，而非再现式，它取消一切批评，因为批评一经产生，即会与它混融起来：将能引人写作之文重写，只在于分离它，打散它，就在永不终止的（infinie）差异的区域内进行。能引人写作之文，是无休无止的现在，所有表示结果的个体语言（parole）都放不上去（这种个体语言必然使现在变成过去）；能引人写作之文，就是正写作着的我们，其时，世界的永不终止的运作过程（将世界看作运作过程），浑然一体，某类单一系统（意识形态，文类，批评），尚未施遮、切、塞、雕之功。单一系统减损入口的复数性、网络的开放度、群体语言的无穷尽。能引人写作之文，是无虚构的小说，无韵的韵文，无论述的论文，无风格的写作，无产品的生产，无结构体式的构造活动。"上述言论道出了可写之文有别于古典文本的开放性、生长性、变动性以及未完成性特质。参见 [法] 罗兰·巴特《S/Z》，屠友祥译，上海人民出版社2000年版，第61—62页。

趣。这就有助于激活读者的自我意识，使他们打破理解的边界，投入对文本意义的想象、扩充乃至"创造性重写"之中。

如果在一定程度上超越诺维茨的阈限，我们或许能够对阐释的"澄明"与"书写"做出更具概括性的定义。大体说来，澄明性阐释的目标是穿透纷繁芜杂的现象表层，对文本的原初面貌和本真内涵加以精确呈现；书写性阐释则关注意义在生长与蔓延中的无限可能性，旨在充分释放读者的能动精神，对文本原意加以具有开放性和创造性的演绎与发挥。前者大致对应于文本的"本原性意义"，它所践履的是客观、公允、理性、规范的确定性原则；后者大致对应于更丰富的"衍生性意义"，它所践履的是主观、激进、感性、善变的不确定性原则。

作为两种并行不悖的阐释策略，澄明性阐释与书写性阐释并非向壁虚构的产物，而是植根于阐释学久远的精神传统。斯丛狄发现，阐释学在发轫时期的关注焦点，是解决文本随时间流逝而变得不可理解的问题。基于此，阐释学衍生出两种彼此关联而又相互对立的实践策略。其中一种是"语法的阐释"（grammatical interpretation），它所关注的是文本在特定历史背景下的意义，并试图"用新的语言表达方式（严格说来，是符号）来代替在历史上变得陌生的语言表达方式，或是用新的语言表达方式对后者加以修饰、补充和说明，从而使这种过去的意义得以持存"。[1] 另一种是"寓意的阐释"（allegorical interpretation），它同样致力于发掘文本意义，但这种意义并非内在于文本的观念世界，而是来源于阐释者主观向度的体察、揣测与建构。因此，在大多数情况下，"寓意的阐释不必对字面意义（sensus litteralis）提出质疑，因为它以文本中多重意义的可能性为根基"[2]。归根结底，语法的

---

[1] Peter Szondi, *Introduction to Literary Hermeneutics*, Trans. Martha Woodmansee, Cambridge: Cambridge University Press, 1995, p. 8.

[2] Peter Szondi, *Introduction to Literary Hermeneutics*, Trans. Martha Woodmansee, Cambridge: Cambridge University Press, 1995, p. 9.

阐释的边界：一个文学理论关键命题的探究

阐释遵循了一条"还原性"的思路，试图跨越或克服时间的距离，使历史性文本的内涵以尽可能详尽、真切的面貌呈现；寓意的阐释遵循了一条"延展性"的思路，它并不试图还原文本在某一历史阶段的真实状态，而是聚焦于文本在历史变迁中所衍生的更复杂面向，以及阐释者从不同的视域或诉求出发，为文本所增添的多层次的复杂意涵。上述两种阐释实践，在一定程度上成为了澄明性阐释与书写性阐释的精神原型。

纵观当代文论的话语谱系，类似于澄明性阐释和书写性阐释的划分不可谓罕见。赫希在讨论本原性的"意义"（meaning）和衍生性的"意味"（significance）时，还重点关注"阐释"（interpretation）与"批评"（criticism）这两种文本解读策略。在他看来，阐释以客观性和本质论为核心，致力于对文本中统一、稳固的意义要素（亦即作者意图）加以把握；批评的宗旨则在于将文本置于更广阔的社会、文化、历史背景下，探究文本意义与外在境遇相交织而形成的斑斓多变的意味。[1] 换言之，阐释以意义之确定性为目标，批评则旨在建立某种关系（relation）或指涉（reference），它所指向的是"一切由读者所发现的无法归诸作者意图的模式和关系"[2]。威廉·欧文将德语中表示"起源"的前缀"ur"纳入自己的阐释学体系。他将阐释者介入文本的方式分为两种，即起源性阐释（urinterpretation）和非起源性阐释（non-urinterpretation）。他指出，起源性阐释"不一定是对文本的最初的阐释（original interpretation），而是同作者想要传达的初始性意义（original meaning）相契合的阐释"[3]。相较之下，非起源性阐

---

[1] Eric D. Hirsch, *Validity in Interpretation*, New Haven: Yale University Press, 1967, pp. 143-144.

[2] Wendell V. Harris, *Literary Meaning: Reclaiming the Study of Literature*, London: Macmillan, 1996, p. 14.

[3] William Irwin, *Intentionalist Interpretation: A Philosophical Explanation and Defense*, Westport, Conn: Greenwood Press, 1999, p. 12.

第五章　阐释边界的实践之道

释并不试图把握作者意图，而更多指向赫希所说的意味："非起源性阐释无关于对过去的回顾，而是关系到同当下的对话。"① 很显然，起源性阐释具有"澄明性"的特质，它致力于发掘潜藏于文本深处的意义本原，一般不容许多种彼此龃龉的答案；而非起源性阐释具有"书写性"的特质，它不是去探寻一个意义的终极，而涉及意义与当下情境的更复杂关联，因此对不同的解读方式持开放态度。张江的观点与赫希等人有异曲同工之妙。他在同德国学者奥特弗莱德·赫费（Otfried Haffe）的对话中提出，在文本解读的实践中，存在着"原意性阐释"和"理论性阐释"这两条最基本的路线。前者接近澄明性阐释，通常指"对文本自在意义的追索"；后者类似于书写性阐释，通常指阐释者在某些诱因的刺激下，以既定的理论学说为导向，"在理解文本原意基础上的'发挥'"。② 上述见解学说，在一定程度上印证了阐释之"澄明"与"书写"的普适性。这就如有学者所言，阐释学所面对的，乃是"恢复隐含意义"（recovering hidden meanings）和"揭示新生意义"（disclosing new meanings）之间的持续不断的紧张。③

澄明性阐释和书写性阐释的区分之所以成立，自有其理据和内在的合法性。首先，从意义的传达过程来看，意义并非凝固不变的实体，而是处于文学活动的复杂状态中，随着线性的时间流程而衍生出不同形态。从作者对意义的生产与赋予，到文本对意义的承载和传递，再到读者对文中之意的阅读与解码，在上述每

---

① William Irwin, *Intentionalist Interpretation: A Philosophical Explanation and Defense*, Westport, Conn: Greenwood Press, 1999, p. 12.
② 张江、[德] 奥特弗莱德·赫费：《"原意性阐释"还是"理论性阐释"——关于阐释边界的对话》，《学术月刊》2019 年第 10 期。
③ Andrew Bowie, "Hermeneutics and Literature", *The Routledge Companion to Hermeneutics*, Jeff Malpas and Hans-Helmuth Gander eds., London and New York: Routledge, 2015, p. 436.

阐释的边界：一个文学理论关键命题的探究

一个环节中，意义既体现出某种稳定性和延续性，同时又必然发生程度不一的改变。于是，以兼具"澄明性"和"书写性"的双重态度来对待文本意义，也就成为了必然的选择。其次，从文本的构造方式来看，文本始终是可变性与不变性、确定性与不确定性的聚合体，其中既包含着一些确凿无疑的、可以被经验印证的内容，同时又包含着大量扑朔迷离的不确定性因素，即英伽登所谓"不定点"（places of indeterminancy），或伊瑟尔所谓"空白"（blanks），或古德曼所谓"文本所映射的虚拟世界"。[1] 这样，文本所召唤的便是两种阐释姿态，一种致力于把握一以贯之的意义中心，另一种就文本中的不确定性加以填补或重构，衍生出丰富、多元、形态各异的解读。再次，对阐释之澄明性与书写性的划分还涉及语言的复杂性。按照塞尔的观点，同一段语言文字往往呈现出双重面向，从而决定了阐释者所采取的不同态度：当我们将眼前的语言文字视为有意图的言语行为时，必须尽可能回溯隐含其中的意义的本原；当我们将这段语言文字视为一段公共的语言序列时，便可以在符合语言规范或惯例的前提下，对其加以自由发挥和创造性演绎。[2] 可以说，语言的前一种属性，为澄明性阐释奠定基调；语言的后一种属性，则使书写性阐释获得了较充分的存在理由。

二 "澄明"的有限性与"书写"的无限性

"澄明性阐释"和"书写性阐释"的更深刻哲学底蕴，乃

---

[1] Alan Goldman, "The Sun Also Rises: Incompatible Interpretations", *Is There a Single Right Interpretation?*, Michael Krausz ed., University Park: The Pennsylvania State University Press, 2002, p. 17.

[2] John R. Searle, "Literary Theory and Its Discontents", *Theory's Empire: An Anthology of Dissent*, Daphne Patai and Will Corral eds., New York: Columbia University Press, 2005, p. 163.

第五章　阐释边界的实践之道

是一种"有限"和"无限"的辩证关系。美国学者詹姆斯·卡斯（James P. Carse）提出，存在着"有限的游戏"（finite games）和"无限的游戏"（infinite games）这两种对待世界的态度。有限的游戏所关注的是"一个明确的终结"，以及参与者对游戏结果——通常是"谁赢得游戏"——的普遍认同。[①] 故而，有限的游戏往往用规则对参与者施以限制，以促使游戏在某一个时间节点顺利完成。相较于有限的游戏对结果的渴求，无限的游戏既没有空间和时间上的界限，也没有一个明确的终点或结局，其至高宗旨，在于"阻止游戏结束，让每个参与者都一直参与下去"[②]。故而，在无限的游戏中，规则的目标并非限制参与者，而是促成参与者之间的对话，以保证游戏能无休止地进行下去。

根据卡斯的说法，我们也可以将澄明性阐释界定为一种有限的游戏，将书写性阐释界定为一种无限的游戏。作为以"有限"为标志的阐释实践，澄明性阐释以确定性为归宿，致力于重构一条相对明晰的阐释边界。作为以"无限"为标志的阐释实践，书写性阐释并不执着于一个闭合的结局，而是沉湎于挑战或僭越边界的快感之中，使意义处于永恒的增殖、弥散与延宕状态。借用卡斯含义隽永的说法，澄明性阐释的参与者"在界限内游戏"（play within boundaries），而书写性阐释的参与者则是"与界限游戏"（play with boundaries）。[③]

应该说，在具体的阐释实践中，不少理论家对趋于"无限"

[①] ［美］詹姆斯·卡斯：《有限与无限的游戏：一个哲学家眼中的竞技世界》，马小悟等译，电子工业出版社2019年版，第3页。
[②] ［美］詹姆斯·卡斯：《有限与无限的游戏：一个哲学家眼中的竞技世界》，马小悟等译，电子工业出版社2019年版，第8页。
[③] ［美］詹姆斯·卡斯：《有限与无限的游戏：一个哲学家眼中的竞技世界》，马小悟等译，电子工业出版社2019年版，第12页。

阐释的边界：一个文学理论关键命题的探究

的书写性阐释予以高度关注。曼古埃尔直言，理想的读者"不会把作者写下的字视作理当如此"，他们往往能"剖析文本，掀开体表，切进神髓，追索每一条血脉、每一条肌理，然后使之恢复生机，成为全新的有情生命"。[①] 菲尔斯基强调，文学阅读的要旨不是对意义的精确还原，相反，"任何认识的火花都产生于文本与读者摇摆不定的信仰、希望、恐惧之间的互动，因此从文学作品中得来的想法会随着时间与地点的变化而变化"[②]。欧文指出，以"书写"为特征的非起源性阐释悖逆了意义的本原，在伦理上似乎也有失当之处（即存在着对作者之意加以滥用的嫌疑），但依然体现出不可替代的价值："事实上，这种阐释能够以新的方式赋予文本生命，播撒下进步与灵感的种子。一个只有起源性阐释的世界，将会是一个了无生趣、暮气沉沉的世界。"[③] 法国学者玛丽埃尔·马瑟（Marielle Macé）则认为，阅读不只是一种静态的审美观照，它还意味着主体存在方式对文本的渗透，意味着一种个体化的风格赋予："个体化不只是意味着虚幻地选择自己可能区别于他人的微小不同或特性，不是要通过阅读显得与众不同，而是说每个人都在阅读中投入生命的曲线，嵌入可供分享的形象，在自身内部的可能性中融入导向和歧化的能力。"[④] 可以说，正是阐释者充满个性和激情的创造性书写，使文本告别凝滞、僵化、一成不变的状态，随着时间的转换和空间的更迭而呈现出丰富的生长空间。

---

① ［加］阿尔维托·曼古埃尔：《理想的读者》，宋伟航译，广西师范大学出版社2019年版，第183—184页。

② ［美］芮塔·菲尔斯基：《文学之用》，刘洋译，南京大学出版社2019年版，第72页。

③ William Irwin, *Intentionalist Interpretation: A Philosophical Explanation and Defense*, Westport, Conn: Greenwood Press, 1999, p. 12.

④ ［法］玛丽埃尔·马瑟：《阅读：存在的风格》，张琰译，华东师范大学出版社2018年版，第18页。

第五章　阐释边界的实践之道

放眼文学阐释的实践场域，无论是巴尔特对《萨拉辛》的抽丝剥茧的细读与解码，还是海德格尔对《农鞋》的深邃隽永的哲性分析，再或是米兰·昆德拉对《白象似的群山》中隐藏文本的连绵不断的想象，无不彰显了书写性阐释的巨大魅力。更令人印象深刻的，是唯美主义者佩特（Walter Pater）对达·芬奇传世之作《蒙娜丽莎》的如下阐发：

> 这朵玫瑰很奇怪地被画在了水边，她表达了千百年来人们希望表达的东西。她的肖像意味着这样一个标题："世界末日即将来临"……她比她置身其中的岩石更苍老，就像吸血鬼一样，已经死过多次，熟知坟墓的秘密。她像吸血鬼一样潜入深海，总是为吸血鬼堕落的日子所笼罩；她向东方商人购买了奇异的织物；她像特洛伊的海伦的母亲勒达，像马利亚的母亲圣安娜；所有这一切对她来说只是像七弦琴和长笛的声音，只能在一种柔和的光线中，才能与富有变化的表情和色调较淡的眼睑和双手相匹配。将一万种经验堆积在一起以得到一种永恒生活的构想，这种做法太老派了，现代哲学已经想出了这样的主意：人性通过自我反思，在所有思想与生活的方式中均能形成。①

上述解读充溢着各种惊人之语和越界之思，它似乎不太符合人们对《蒙娜丽莎》的常规化理解，也不太符合该作品在文艺复兴语境下的原初意义，但显然融入了阐释者诚挚而鲜活的生命体验。由此，这种书写性阐释也将超越关于《蒙娜丽莎》的种种陈词滥调，而带来一种触动人心的力量。这样，我们便不难理解，为何就连阐释边界的最坚定捍卫者赫希也会宣称："以一种有趣

---

① ［英］佩特：《文艺复兴：艺术与诗的研究》，张岩冰译，广西师范大学出版社2002年版，第160—162页。

阐释的边界：一个文学理论关键命题的探究

而切中肯綮的方式来曲解过去，要远远好过以重建历史之名对过去加以歪曲和压抑。"①

然而，无论在何种情况下，澄明性阐释仍然是一个不容忽视的维度。前文已述，意义具有强烈的发散性和生成性，但这种发散或生成又并非毫无节制，而是被维持在一定的边界或限度之内。因此，在文本解读的实践中，阐释者固然应发挥书写的能动性和创造性，使文本呈现出某些令人耳目一新的面向；但哪怕是再精彩、再富于洞见和穿透力的"书写"，也必须以阐释者对文本中某些确定性因素的"澄明"为前提。这是阐释之所以恰切、适度的关键所在，也是阐释边界得以在实践中建构的题中之义。对此，不少研究者颇有感触。欧文曾就赫希的"阐释"与"批评"命题予以深究。他承认，批评的书写性特质可以使文本充满活力，并刺激意义的不断更新；同时又不忘强调，阐释的澄明性特质，使之成为了文学批评中"一个至关重要的开端"，即是说，"把握文本意义的阐释，为富有成效的批评提供了平台"。② 周宪一方面认识到阐释中挥之不去的差异性，另一方面又指出，这些差异性阐释必须满足两个条件，方能体现出合法性，而不会沦为对文本的暴力："第一，这些差异性的阐释本身是理性的、严谨的和有根据的；第二，这些差异性阐释又是可交流和可理解的，决不是个人密语或无法理解的阐说。"③ 前者强调阐释的合乎情理和自圆其说，后者凸显出阐释在共同体内部的可通约性（commensurability）。要做到以上两点，则需要对文本中的确定性因素加以清晰体察和深入理解。张江同样谈道，文本的意义尽管需要阐释者的自由演绎，但终究是"自身和内在的'有'（存在）"，

---

① Eric D. Hirsch, *The Aims of Interpretation*, Chicago: University of Chicago Press, 1976, p. 40.

② William Irwin, *Intentionalist Interpretation: A Philosophical Explanation and Defense*, Westport, Conn: Greenwood Press, 1999, p. 114.

③ 周宪：《文学研究与研究文学的不同范式》，《中国文学批评》2015 年第 3 期。

第五章 阐释边界的实践之道

"是你终于发现了它,或者按照海德格尔的说法,是随着你一次又一次与文本的思想对话,由文本自身显现或呈现出来的"。① 这就是说,唯有对内在于文本的意义本原有所把握,阐释的创造性和书写性才能够获取相对稳固的根基。

反过来说,如果阐释者为了博得关注或制造话题而任性"书写",甚至从某些预先设置的理论立场出发,对文本加以刻意为之的误读或"强制",全然不顾对文本之本然状态的"澄明"。那么,书写性阐释便很容易畸变为故弄玄虚的荒谬之词,其有效性也将随之而大打折扣。如个别学者从精神分析视域出发,将朱自清的散文《荷塘月色》解读为作者性苦闷的表征,不遗余力地从文本中搜寻与"力比多"相关的意象。这非但不会带来发人深省之感,反倒会让人感觉有些可笑。更具讽刺性的,是近些年流行于网络的一则段子:

鲁迅:"晚安!"
语文老师:"'晚安'中'晚'字点明了时间,令人联想到天色已黑,象征着当时社会的黑暗。而在这黑暗的天空下人们却感到'安',侧面反映了人民的麻木,而句末的感叹号体现了鲁迅对人民麻木的'哀其不幸怒其不争'。"
鲁迅:"……"

上述文字虽不乏夸大之处,但无疑指向了当下文学阐释中的某种弊病——即为了阐释而阐释,为了寻求所谓的"微言大义",不惜矫揉造作、生搬硬套。此类病态化的阐释在今天的教学或研究中不难觅得踪迹。故而,如何在阐释之澄明性与书写性之间维持必要的平衡,在促使阐释者释放其灵感、个性与激情的同时,

---

① 张江、[德]奥特弗莱德·赫费:《"原意性阐释"还是"理论性阐释"——关于阐释边界的对话》,《学术月刊》2019年第10期。

275

阐释的边界：一个文学理论关键命题的探究

又保证阐释边界和确定性意义维持其在场，而不会湮没于形形色色的个性化言论之中，这是阐释边界的实践者需要思考的问题。

此外，对澄明性阐释和书写性阐释的辨析，还在一定程度上推动了我们对伽达默尔"应用"（Anwendung/application）命题的思考。在《真理与方法》中，伽达默尔这样说道："本文——不管是法律还是布道文——如果要正确地被理解，即按照本文所提出的要求被理解，那么它一定要在任何时候，即在任何具体境况里，以不同的方式重新被理解，理解在这里总已经是一种应用。"[①] 在他看来，要理解作为历史传承物的文本，阐释者需要"将之联系于我们所处身的具体的解释学情境"[②]，使意义在他者与自我、过去与现在、历史传统与当下境遇的对话中生成和显现，而不必对文本生成的历史现场加以精确还原。通过对应用命题的阐发，伽达默尔强调了阐释的能动性潜能，以及阐释者基于具体的时代、社会、文化情境对意义的延伸与建构，这就在一定程度上契合了阐释的书写性特质。当然，从阐释边界的视角来看，伽达默尔理论的一个症候，是他专注于应用的情境性和创生性，而忽视了初始性意义这一阐释中不可缺失的坐标。或者说，伽达默尔在某种程度上将澄明性阐释纳入书写性阐释之中，相信通过阐释者的个性化"应用"或"书写"，便足以达成对文本意义的"还原"或"澄明"。[③] 这样的思维方式，有可能使阐释失

---

① ［德］汉斯-格奥尔格·加达默尔：《真理与方法：哲学诠释学的基本特征》上卷，洪汉鼎译，上海译文出版社2004年版，第400页。
② ［德］伽达默尔、［德］杜特：《解释学 美学 实践哲学：伽达默尔与杜特对谈录》，金惠敏译，商务印书馆2005年版，第19页。
③ 如欧文便认为，伽达默尔与赫希的重要分歧，是他将应用所产生的"意味"等同于文本中相对稳定的"意义"："理解对伽达默尔而言包含应用和参与。这就是说，阐释者通过将意义应用于自身境况而参与文本意义的形成。伽达默尔否认赫希所谓'意义'与'意味'的分离性（separability）。对伽达默尔而言，我们不可能拥有离开意味而存在的意义；只有通过将文本应用于人们自身的境况——通过产生意味——人们才能够发现意义。"参见 William Irwin, *Intentionalist Interpretation: A Philosophical Explanation and Defense*, Westport, Conn: Greenwood Press, 1999, p. 90。

去边界的规约,而转变为纯粹的主观构想与猜测。当然,作为伽达默尔学说的反思者,赫希等人在后期也修改了既有的学说,试图对伽氏的应用观加以更充分的吸收和转化。① 由此,我们不难感受到阐释之澄明性和书写性所存在的复杂关联。

综上,作为阐释中不容忽视的两个维度,"澄明性阐释"和"书写性阐释"具有不同的实践品格。前者侧重于对意义之本原的确切把握,后者侧重于阐释者对文本的创造性演绎,从而为多重解读的共存带来了契机。前者类似于一场"有限的游戏",使阐释维持在一个大致明晰的阈限之内;后者类似于一场"无限的游戏",蕴含着突破边界,释放意义之丰富性的内在诉求。乍看上去,书写性阐释更具活力和趣味,更容易突破庸常之见,使读者感受到洞见和新意。但任何"书写"都不应该是天马行空式的随意发挥,而必须以对阐释边界和确定性意义的体认为前提。由此引出的一个问题是:在具体的阐释实践中,我们是否有可能达成对文本意义的真正"澄明"?这就涉及本章所讨论的第二个问题,亦即对一种介于确定性和不确定性之间的"或然性"状态的追寻。

第二节 阐释的"或然性"状态

如前所述,对确定性因素的"澄明"是一种奠基性的阐释实践,亦是阐释边界得以在经验层面显现的前提条件。但必须承认,如何在文本解读中真正抵达这种确定性,其实是一个非常棘手的问

---

① 在发表于20世纪80年代的一篇论文中,赫希发现,文本意义具有超越"此时此地"之形态而不断生长的潜能,故而,对意义的诸种应用并非一定居于阐释边界之外。这就好比,在阅读莎士比亚的情诗时,某人会很自然地想起自己的恋人,而此人的朋友在阅读同一首诗时,则往往将自己的恋人代入其中。尽管如此,诗歌意义(即对恋人的款款深情)对两人而言无甚区别,因为他们都清楚,"文本意义不只局限于一个特定范例,而且能包容许许多多的其他范例"。参见 Eric D. Hirsch, "Meaning and Significance Reinterpreted", *Critical Inquiry*, Vol. 11, No. 2, 1984, p. 210。

阐释的边界：一个文学理论关键命题的探究

题。鉴于此，阐释边界的捍卫者建构了以"或然性"（probability）为轴心的阐释实践体系，在承认意义之含混性和未完成性的基础上，为最大限度地接近并复现确定性意义提供了契机。

一 何谓"或然性"？

"或然性"命题的提出契机，在于对阐释者所面对的现实困境的反思。对阐释边界的捍卫者而言，对意义之确定性的探寻与重构，乃是不容推卸的严肃使命。但一个不争的事实是，在阐释者和作为阐释对象的文本之间，存在着由不同的历史传统、生存境遇、文化心态和精神氛围所制造的鸿沟和裂隙。从本体论阐释学的视域出发，这些鸿沟和裂隙一方面带给阐释者"一种积极的创造性的可能性"①，为意义的不断生成和蔓延提供了契机；另一方面，又形成了一道令人沮丧的屏障，使客观、有效的阐释很难真正实现。② 更进一步，我们有必要追问的是，阐释者自以为如实还原的文本意义，是否就是绝对的公允、恰适、不偏不倚？对此，不少人同样持怀疑态度。理查德·帕尔默坦言，在大多数情况下，阐释者宣称发现的客观意义，实际上依然"由当下的历史境遇所构造"③。张隆溪更直白地指出，所谓意义本原并非客观的实在，而总是"包含着一种来自批评家的主观性因素"④，因而也

---

① ［德］汉斯－格奥尔格·加达默尔：《真理与方法：哲学诠释学的基本特征》上卷，洪汉鼎译，上海译文出版社2004年版，第384页。
② 伽达默尔的门徒让·格朗丹（Jean Grondin）对此颇有感触。他指出，在本体论阐释学的思想谱系中，"理解不仅是一种可能性，一种能力，同时亦是一种不可能性，一种无能为力"。参见 Jean Grondin, "Understanding as Dialogue: Gadamer", *The Edinburgh Encyclopedia of Continental Philosophy*, Simon Glendinning ed., Edinburgh: Edinburgh University Press, 1999, p. 224。
③ Richard E. Palmer, *Hermeneutics: Interpretation Theory in Schleiermacher, Dilthey, Heidegger, and Gadamer*, Evanston: Northwestern University Press, 1969, p. 65.
④ 张隆溪：《道与逻各斯：东西方文学阐释学》，冯川译，江苏教育出版社2006年版，第194页。

第五章 阐释边界的实践之道

很难摆脱心理重建（psychological reconstruction）的嫌疑。

面对上述困境，一些研究者在论证阐释边界之合法性的同时，试图将或然性命题纳入其话语体系。在他们看来，意义的确定性不同于一成不变的绝对性（absoluteness），亦有别于吞噬一切差异和变数的权威性（authority），而总是以或然性的面貌为人们所体知。所谓或然性，是逻辑哲学中的重要范畴，用以表示从一个真前提出发不一定推演出一个真结论的情况——即我们常说的"前提为真，结论不一定为真"①。格雷马斯进一步解释道："作为对不相信不存在（ne pas croire ne pas être）模态结构的命名，或然性是认识论模态范畴的词项之一，在这个范畴中，未必可能是它的矛盾项，而不确信性是它的子级相反项。"② 可见，或然性提供了一个处于"必然如此"和"必然非此"之间的模糊地带，它一方面消解了某一局面或事态的必然性和可预测性，另一方面，又不排除该局面或事态在某种程度上的可能性，呈现出在"可能性"和"不可能性"之间迂回的状态。基于对或然性命题的思考，阐释边界的捍卫者获得了启发。他们一方面承认，不确定性是阐释活动中的常态，甚至是一种挥之不去的常态；另一方面又相信阐释者可以通过反思、比较与求证的方式，尽可能从各有所异的解读中找到最具正确之可能性的选项。足见，对阐释中或然性状态的诉求，固然以意义之确定性为基点和归宿，但同时又以对种种不确定性因素的默认为必要前提。

或然性理念的最重要探讨者和实践者，是美国阐释学家赫希。在《阐释的有效性》中，赫希坦言，阐释者可以从不同的知

---

① Robert Audi, ed., *The Cambridge Dictionary of Philosophy*, London: Cambridge University Press, 1999, pp. 743–745.

② ［法］A. J. 格雷玛斯、［法］J. 库尔泰斯：《符号学：言语活动理论的系统思考词典》，怀宇译，百花文艺出版社2011年版，第262页。

阐释的边界：一个文学理论关键命题的探究

识积淀和文化视域出发，就同一对象做出原则上无限丰富的解读，这些解读往往适用于特定的场合或情境，并体现出相对有限的"当下的有效性"（present validity），它们无法达成对一种"最终的正确性"（ultimate correctness）的揭示。同时，赫希又强调，尽管普遍而绝对的阐释似乎遥不可及，但这不妨碍人们"根据已知情况来确定最具或然性的推论，并就此推论取得一致意见"[1]。在他看来，或然性不同于无懈可击的精确性，它不是对意义的盖棺定论式判定，而只是对某一阐释的正确程度的指认："事实上，在某些情况下，'更多'与'更少'是我们可以做出的最严格而确切的推断。"[2] 诚然，或然性无法提供一个最终的标准答案，但它终究暗示了最大限度地重构确定性意义的方向。换言之，倘若一种阐释不仅符合最基本的认知规范，同时"在正确的可能性上超出或等同于其他人所共知的设想"[3]，那么，该阐释便有可能从多元化的解读中凸显出来，获得更强的可通约性和更普遍的合法地位。虽然这样的阐释并非一经出现便无法更改，但它至少在特定情境下保持着趋于客观、有效的最大可能性，为人们提供了——至少是暂时提供了——相对稳定的认知坐标。对赫希的思路，威廉·欧文可谓心有戚戚。他提出，尽管对文本的历史性意义加以精确复制总是困难重重，甚至无异于一个不可能完成的任务，但这种困难性"并不意味着我们无法或多或少地达成精确的复制"[4]。

---

[1] Eric D. Hirsch, *Validity in Interpretation*, New Haven: Yale University Press, 1967, p. 173.

[2] Eric D. Hirsch, *Validity in Interpretation*, New Haven: Yale University Press, 1967, p. 174.

[3] Eric D. Hirsch, *Validity in Interpretation*, New Haven: Yale University Press, 1967, p. 169.

[4] William Irwin, *Intentionalist Interpretation: A Philosophical Explanation and Defense*, Westport, Conn: Greenwood Press, 1999, p. 95.

第五章 阐释边界的实践之道

二 如何呈现"或然性"？

既然"或然性"理应成为阐释者追求的目标，随之而来的问题便是，在文本解读中，如何对阐释的或然性程度做出相对公允的评判？赫希格外强调证据材料（evidences）的重要性。他认为，尽管审美价值在阐释中有一定的参照作用，但审美价值毕竟是一种个性化的，因人、因时、因地而异的体验，一味纠结于此只会使问题变得更加复杂。赫希指出，虽然任何阐释都带有"假定"或"预设"的成分，但对阐释者而言，"最出色的假设（hypothesis）总是可以对绝大部分的证据材料加以说明"[1]。可见，赫希所青睐的，是佛克马、蚁布思所谓"建立在解释力基础上的证实方式"[2]，即在相关证据材料的支撑下，最大限度地消除阐释中可能出现的悖谬、讹误或偏颇，呈现出最具正确之或然性的意义状态。

大体说来，阐释者可资利用的证据材料包括两类。一类可称为"内在证据"（intrinsic evidences），即聚焦于作为语言编织物的文本，观察阐释者的某一假设能否更恰切地融入文本，又能否"使沉默文本中的更多要素发挥作用"[3]。这就好比，《诗经·关雎》既可被理解为对男女爱情的书写，亦可被理解为对"后妃之德"的颂扬。但若是对文本详加勘察，不难得出结论，前一种相对人性化的解读更容易与诗中的语词、句式、韵律、情感、意象、隐喻、节奏等相契合，也更容易融入全诗回环往复的抒情氛围，故而更接近文本的原初意义。然而，赫希更关注的是另一类

---

[1] Eric D. Hirsch, *Validity in Interpretation*, New Haven: Yale University Press, 1967, p. 183.

[2] ［荷兰］佛克马、［荷兰］蚁布思：《文学研究与文化参与》，俞国强译，北京大学出版社1996年版，第26页。

[3] Eric D. Hirsch, *Validity in Interpretation*, New Haven: Yale University Press, 1967, p. 190.

阐释的边界：一个文学理论关键命题的探究

"外在证据"（extrinsic evidences），即超越文本的阈限，将目光转向文本所生成的社会、历史、文化语境，通过对繁复背景信息的搜集、梳理与甄辨，逐步确立同文本最具相关性（most relevant）的证据材料。这样，阐释者便能够以环环相扣的方式，不断缩减文本意义的所属范围，尽可能达成对意义之原初状貌的重现。[1] 戴维·诺维茨同样对外在证据关注有加。他强调，一种正确的阐释在原则上是有可能出现的。为此，我们需要诉诸"关于文化惯例的知识"，需要诉诸"一系列发生学因素（genetic factors），尤其是主体在创造作品时的意图"，除此之外，还需要诉诸"文类的因素"，"亦即我们关于特定艺术形式、艺术类型或文化对象的知识"。[2] 以上观点，说明了外在证据对阐释者而言的独特价值。

在面对"阐释的冲突"时，外在证据的作用表现得颇为明显。前文已述，阐释的冲突主要指关于某一文本的两种（或多种）阐释难以兼容，又都能以令人信服的方式论证其合法性，由此形成了相持不下的局面。或如曼弗雷德·弗兰克所言，阐释的冲突乃是"具有同等合理性的论证之间（由于缺乏元规则）而导致的不可统一性"[3]。较之聚焦于文本的内在证据，外在证据似乎可以为阐释者带来消解冲突的更恰切路径。

譬如，华兹华斯《露西组诗》中的这首《恬睡锁住了心魂》，便常常使读者陷入无从取舍的困境：

> 昔日，我没有人间的忧惧，

---

[1] Eric D. Hirsch, *Validity in Interpretation*, New Haven: Yale University Press, 1967, pp. 183–184.

[2] David Novitz, "Against Critical Pluralism", *Is There a Single Right Interpretation?*, Michael Krausz ed., University Park: The Pennsylvania State University Press, 2002, p. 119.

[3] ［德］弗拉克：《理解的界限——利奥塔和哈贝马斯的精神对话》，先刚译，华夏出版社2003年版，第74页。

第五章 阐释边界的实践之道

恬睡锁住了心魂；
她有如灵物，漠然无感于
尘世岁月的侵寻。

如今的她呢，不动，无力，
什么也不看不听；
天天和岩石树木一起，
随地球旋转运行。①

读罢此诗，我们不禁心生疑惑：诗人笔下的"露西"（Lucy）②究竟处于何种状态？她是早已香消玉殒，还是伴随世间万物永世长存？对此，克林思·布鲁克斯和弗雷德里克·贝特森（F. W. Bateson）有截然不同的理解。布鲁克斯提出，诗人以反讽（irony）的手法，刻画了激烈运动背后所潜藏的静止、空虚和死寂。全诗所书写的，其实是抒情主人公"看到他爱人此刻不能再行动时的痛苦和惊愕"，以及"对她极端的、可怕的无生气状态所产生的反应"。③ 贝特森与之针锋相对。他坚持认为，华兹华斯的诗歌并未表现令人哀痛的死亡，相反，诗人在某种泛神论（pantheism）精神的支配下，描绘了天地神人交融一体的神圣图景："露西虽然死了，但她实际上获得了更伟大的生命，因为她现在不只是人类的一个'物'（thing），而是成为了自然生命的一部分。"④ 由于两种观点在逻辑上彼此悖逆，因此，我们不太可能

---

① ［英］华兹华斯：《华兹华斯诗选》，杨德豫译，广西师范大学出版社2009年版，第94页。
② "露西"是华兹华斯诗歌中常常出现的、带有神秘色彩的年轻女性形象。
③ ［美］克林思·布鲁克斯：《反讽———一种结构原则》，袁可嘉译，载赵毅衡编选《"新批评"文集》，中国社会科学出版社1988年版，第343页。
④ F. W. Bateson, *English Poetry: A Critical Introduction*, London: Greenwood Press, 1950, pp. 80–81.

阐释的边界：一个文学理论关键命题的探究

找到将二者兼容为一的解读。① 同时，由于两位批评家都在细读文本的基础上，对自己的观点做出了言之凿凿的论证，故而，诉诸文本之内的证据似乎很难有太大帮助。于是，外在证据的价值便得以凸显。

在《客观的阐释》一文中，赫希从三个环节入手，试图缩减诗歌意义的所属范围，对两种解读中更接近确定性意义的一种予以探究。首先，赫希聚焦于华兹华斯所活跃的 18、19 世纪之交，发现在彼时的英国，存在着一种身体—心灵、主观—客观、个体—自然相融合的倾向；其次，他梳理了华兹华斯同时代诗人的作品，发现其中大多蕴含着强烈的能动性（agency）和自我意识，甚至连那些书写"熄灭之生命"的作品亦复如是；再次，赫希对华兹华斯的整个诗歌体系加以审视，发现诗人所惯用的一些意象，如"草木""岩石""河流""星辰""云朵"等，大多不是僵滞的客体，而是蕴含着"向死而生"的淡定心态。基于此，赫希断言，贝特森相对乐观的解读似乎更符合诗人的初衷，同时也将体现出正确的较高或然性。② 尽管在赫希的研究中，依然残留着"作者中心论"的痕迹，但纵观其批评实践，我们不难感受到外在证据在阐释中所扮演的重要角色。

三 "或然性"和语境的复兴

在探寻意义之"或然性"的过程中，赫希等学者对外在证据的重视，在一定程度上推动了"语境"（context）在文学研究中

---

① 这就如居尔所言："说华兹华斯的这首诗既表达了恋人的悲伤和痛苦，又没有表达这种情感，而只是表达了一种泛神论式的断言（pantheistic affirmation），这是非常怪异的。没有证据表明，在实践中，批评家或其他读者会认为逻辑上互不兼容的解读是同样正确的。"参见 Peter D. Juhl, *Interpretation: An Essay in the Philosophy of Literary Criticism*, Princeton: Princeton University Press, 1980, p. 201。

② Eric D. Hirsch, "Objective Interpretation", *PMLA*, Vol. 75, No. 4, 1960, pp. 471–473.

第五章　阐释边界的实践之道

的复兴。作为文学理论中的一个基本命题，语境主要指一切对阐释产生影响的外在于文本的特征，如文本的生产与接受状况，文本所生成的历史背景和文化氛围，文本作者的传记信息，不一而足。[①] 美国学者格雷西亚对语境的内涵有更深入思考。他发现，context 一词由表示文本的"text"和前缀"con"组成，由此提出，语境的核心在于"伴随着文本"（with the text）。这就是说，"任何围绕着文本的东西，即以某种方式与文本相关、却不是文本组成部分的任何东西，不论它是否会影响文本，都将是文本语境的一部分"[②]。

在文学阐释场域，语境的最重要作用，在于对文本未曾交代的信息加以弥补，以消解可能出现的语意不清或一词多义的现象。[③] 然而，在当代文论话语中，语境的重要性遭到了极大的削弱。形式主义、新批评和结构主义专注于语言形式，将文本视为意义生成的终极依据，将语境视为与文本不甚相关的因素，如"布丁中的面疙瘩或机器中的'疵点'"[④] 一般排除在外。以伽达默尔为代表的本体论阐释学，则相信理解并非对作品的抽丝剥茧的剖析，而是人生在世的一种方式，通过"向存在以及倾听（hearing）——即倾听作品向我们提出问题——保持开放"[⑤] 而实现。故而，在释义活动中，人们不必寻求语境的参照，只需在存

[①] Julian Wolfreys, et al., eds., *Key Concepts in Literary Theory*, Edinburgh: Edinburgh University Press, 2006, p. 24.

[②] ［美］乔治·J. E. 格雷西亚：《文本性理论：逻辑与认识论》，汪信砚等译，人民出版社2009年版，第47页。

[③] 斯蒂芬·戴维斯指出，类似"奥斯卡到来的夜晚群星惊人"这样的诗句，想必会让人感到费解。但倘若将上述句子置于18世纪的语境中，我们便至少可以确认，"奥斯卡"一定不是指那个著名的电影颁奖典礼。参见［美］斯蒂芬·戴维斯《艺术哲学》，王燕飞译，上海人民美术出版社2008年版，第114页。

[④] ［美］威廉·K. 维姆萨特、［美］蒙罗·C. 比尔兹利：《意图谬见》，罗少丹译，载赵毅衡编选《"新批评"文集》，中国社会科学出版社1988年版，第210页。

[⑤] Richard E. Palmer, *Hermeneutics: Interpretation Theory in Schleiermacher, Dilthey, Heidegger, and Gadamer*, Evanston: Northwestern University Press, 1969, p. 168.

阐释的边界：一个文学理论关键命题的探究

在论层面上同作品对话，进入作品所开启的无限的精神空间。

　　文学阐释是一个复杂的过程，作者、文本、读者、语境、媒介诸因素在其中紧密交织、协同作用。因此，对阐释者而言，一味执着于语境固然不可取，但倘若将语境完全置之度外，也并非开启文本的公允、恰当的方式。在语境的价值不断被遮蔽的背景下，赫希等人对或然性状态的探究，以及由此而来的对外在证据的倚重，实际上将语境重新纳入文学阐释场域，使之获得了更充分的生长空间。这种从"去语境化"（decontextualization）到"再度语境化"（recontextualization）的思路得到了不少研究者的认同。韦勒克和沃伦（Austin Warren）坚持文本中心论，强调文学作品既非作家生活的摹本，亦非对作家的情感体验和心路历程的复现，但同样承认，"作家的传记和作品之间，仍然存在不少平行的、隐约相似的、曲折反映的关系"[①]。戴维斯指出，新批评理论家相信意义封闭于文本内部，而忽视了意义在本质上依然由外在的背景因素所塑造："诗歌的内在含义取决于诗歌中词的含义，但是，词的含义却取决于大的语言环境中这些词的用法。"[②] 因此，在文本解读中，语境始终是一个不容忽视的维度。张江在围绕阐释边界的讨论中，致力于回归文本的原初历史语境："从文本生产的时间度量上看，具体文本的生成总是在一定时间中逐渐展开的。我们应该在那个时代的背景和语境下阐释文本的意图。超越了那个时间或时代阐释文本，以后来人的理解或感受解读文本，为当下所用，那是一种借题发挥，有明显强制和强加之嫌。"[③] 李遇春同样对语境颇为关注。他相信，任何公正、合理、适度的阐释，必然以实证为基础，除去立足于审美形式的"形

[①] ［美］勒内·韦勒克、［美］奥斯汀·沃伦：《文学理论》，刘象愚等译，江苏教育出版社2005年版，第81页。

[②] ［美］斯蒂芬·戴维斯：《艺术哲学》，王燕飞译，上海人民美术出版社2008年版，第120页。

[③] 张江：《阐释的边界》，《学术界》2015年第9期。

第五章　阐释边界的实践之道

证"和以作者之意为核心的"心证"之外,还务必做到"史证",即"必须立足于作者和作品存在的整体外部社会历史文化语境来阐释文本的意义,而不能简单地割裂作家作品与外部历史语境之间的有机联系"。① 这就凸显出语境对重构阐释边界的难以替代的作用。

关于语境在阐释中的重要性,卡尔·西蒙斯做出了更有意思的讨论。他以伽达默尔对保罗·策兰诗歌《托特瑙山》的解读为例,揭示了本体论阐释学对语境的遮蔽以及潜藏其中的问题。《托特瑙山》是策兰的一首引起广泛讨论的诗歌。全诗如下:

> 山金车,小米草,
> 舀口井水喝,井上有颗
> 星星骰子,
>
> 在那间
> 小屋里,
>
> 书中
> ——接受过谁的名字,
> 在我之前?——,
> 这本书中
> 写下的那行字,怀着
> 一份希望,今天,
> 盼望一个思想者
> 说一句
> 掷到

---

① 李遇春:《如何"强制",怎样"阐释"?——重建我们时代的批评伦理》,《文艺争鸣》2015年第2期。

阐释的边界：一个文学理论关键命题的探究

> 心坎里的话，
>
> 林中草地，未平整，
> 兰花兰花，各自开，
>
> 后来，在车上，鲁莽
> 溢于言表，
>
> 为我们开车的，那人，
> 也听见了，
>
> 走了一半
> 高山沼泽地的
> 木排路，
>
> 湿物，
> 很多。①

　　该诗的写作背景，是策兰和海德格尔的一次不那么惬意的会面。1967年，策兰应海德格尔之邀，前往后者坐落在托特瑙山（Todtnauberg）黑森林中的小屋一叙。对策兰而言，这次见面有其特殊性：一方面，他将海德格尔奉为精神偶像，其诗作也充溢着海氏存在论哲学的气质；另一方面，作为一位犹太裔诗人，策兰有着对奥斯维辛集中营的惨痛记忆，而海德格尔曾经加入纳粹，并从未对自己有污点的行为道歉。因此，不难想象，策兰对海德格尔的态度是非常复杂的。在这次见面中，二人到底有过怎

---

① ［德］保罗·策兰：《保罗·策兰诗选》，孟明译，华东师范大学出版社2010年版，第389—390页。

第五章　阐释边界的实践之道

样的交流？所有人不得而知，唯一清楚的是，在见面后的一周，策兰写下了这首《托特瑙山》，将其赠送给海德格尔。如此一来，该诗扑朔迷离的内涵，便成为众多批评家竞相追问的议题。

为充分阐释《托特瑙山》，伽达默尔特意撰写《在虚无主义的影子里》一文。文中，伽达默尔提出，从本体论阐释学的视域出发，策兰的这首诗并非对一次五味杂陈的造访经历的记录，而更类似于对一段艰辛的思想之路的预言：

> 这位变得晦暗的诗人在这次拜访中没有经验到进入希望和光亮的变易（Wandlung）。这就成了一首诗，因为这些经验到的东西为他和我们所有的人做了表述。这首诗描述一次真实发生的拜访，这在策兰作品中并非独一无二。……但这并不是要求我们去研究诗人的生平。与境况的联系性赋予诗一些偶遇的东西，似乎要求我们去了解确定的事件，其实就是这种境况关联性被提升到一种意义丰富的、真的东西的范围，这范围让其成为一首真正的诗。它在为我们所有的人说话。①

伽达默尔笃信，《托特瑙山》之所以成其为诗，关键并不在于它陈述了一个事实，或是传达了诗人的某种思想，而是它站在生存论的高度上向芸芸众生言说，呈现出每个人或多或少都可能面临的精神境遇。因此，对阐释者而言，一切关乎语境的背景知识其实无关紧要，它们顶多不过是一种理解的参照；至关重要的，乃是阐释者与诗歌在精神层面的对话，以及真理在此过程中的自行显现。对此，伽达默尔有颇为生动的阐述："人们无需去黑森林研究那里的风景，以期能更好地理解这首诗。人们应该理

---

① ［德］汉斯-格奥尔格·伽达默尔：《美学与诗学：诠释学的实施》，吴建广译，北京大学出版社2013年版，第359页。

阐释的边界：一个文学理论关键命题的探究

解为，对于思想者来说，对我们思想者来说，没有平坦的路。"①

对伽达默尔的观点，西蒙斯提出了不同意见。他发现，伽达默尔对《托特瑙山》的本体论阐发，其实存在着一些悖论或难以自圆其说之处。具体说来，伽达默尔不得不面对的一个问题是，如何在悬置该诗的产生背景的情况下，将其指认为对一段崎岖的思想之路的寓言？显然，上述问题是伽达默尔无法回答的，这是因为，"我们必须经由较低的阶段——亦即对该诗所描绘的具体境况的把握——而抵达一个更高的境界"②。西蒙斯断言，尽管我们不得不承认，伽达默尔使诗歌的背景信息遁入幕后，但事实上，正是伽氏对策兰的创伤性经历，对海德格尔的政治丑闻，对黑森林中的那次会晤的了解，使他较之普通读者享有理解的优先权，更容易从具体的意象或细节上升至此在、精神、命运等带有形上思辨色彩的层面。③ 这就好比，要想达到"看山不是山，看水不是水"的境界，非得先有对"看山是山，看水是水"的体察不可。由此可知，伽达默尔对《托特瑙山》的外部语境的漠视，很难在实践操作中真正实现，而他在具体的文本解读中，恰恰悖论性地体现出自己对语境的谙熟。上述见解，在一定程度上接续了赫希等人的思路，为语境在文学阐释中的复兴提供了又一个注脚。

当然，在探寻意义之或然性的过程中，语境同样会带来一些困扰。首先，对语境的勘察有助于阐释者接近文本的意义本原，但语境本身又是一种不断扩张、蔓延和变动的存在，它的开放性和未完成性，使借助语境来划定阐释边界的尝试更像是一种权宜

---

① ［德］汉斯-格奥尔格·伽达默尔：《美学与诗学：诠释学的实施》，吴建广译，北京大学出版社2013年版，第358页。

② Karl Simms, *Hans-Georg Gadamer*, London and New York: Routledge, 2015, p. 104.

③ Karl Simms, *Hans-Georg Gadamer*, London and New York: Routledge, 2015, p. 105.

第五章　阐释边界的实践之道

之计，无法将种种不确定性尽数消解。① 故而，有学者才会补充道，语境虽然没有边界，但在文学的虚构世界中，那些"作者有可能假定的语境"（the contexts that an author could possibly have assumed）却处于边界之内。② 然而，什么是"作者有可能假定的语境"，这依然是一个难以回答的问题。其次，在围绕语境的讨论中，我们还将面对"阐释的当下性与历史本真的关系问题"③。具体说来，阐释者所面临的困境，是在"历史"和"当下"之间辗转反侧。如果一味"向后看"，执着于文本的原初历史语境，将使意义处于僵化、凝滞的状态，丧失更丰富的生长空间；若是一味"向前看"，将历史语境弃置不顾，任凭阐释者基于当下需求而随意发挥，则势必造成历史虚无主义的局面。因此，如何建构在历史和当下之间调和、斡旋的状态，使阐释者和文本通过积极的"视域融合"（the fusion of horizons），向一种更高的普遍性提升，对意义之或然性的呈现有重要意义。这就如周宪所言，阐释并非"以我观物，物皆著我之色彩"，亦非"以物观我，不知何者为我，何者为物"，而始终是"有我之境"（即阐释者的个体性和当下性）和"无我之境"（即阐释者对原初历史语境的回溯）的融汇、互渗与交织。④

综上，作为阐释者追求的理想目标，或然性彰显了介于确定

---

① 卡勒这样说道："如果我们一定要一个总的原则或者公式的话，或许可以说，意义是由语境决定的。因为语境包括语言规则、作者和读者的背景，以及任何其他能想象得出的相关的东西。但是，如果我们说意义是由语境限定的，那我们必须要补充说明一点，即语境是没有限定的：没有什么可以预先决定哪些是相关的，也不能决定什么样的语境扩展可能会改变我们认定的文本的意义。意义由语境限定，但语境没有限定。"参见［美］乔纳森·卡勒《文学理论入门》，李平译，译林出版社2008年版，第70—71页。
② Wendell V. Harris, *Literary Meaning: Reclaiming the Study of Literature*, London: Macmillan, 1996, p.111.
③ 张江:《阐释的边界》,《学术界》2015年第9期。
④ 周宪:《二分路径与居间路径——关于文学研究的一个方法论问题》,《学术界》2015年第9期。

阐释的边界：一个文学理论关键命题的探究

性和不确定性之间的更微妙状态，深化了我们对阐释边界的理解。同时，或然性还推动了语境在阐释中的复兴，使阐释学不再是一套抽象的哲性话语，而获得了更坚实的实证基础。需要注意的是，或然性一方面暗示了阐释的开放性和未完成性，但另一方面，在判断阐释的或然性程度时，阐释者对证据材料的高度关注，又可能使阐释成为一种按部就班的，比较烦琐、枯燥的工作，在一定程度上消解了文学的审美体验特质。① 故而，我们需要一种更符合文学之独特性的阐释策略，正是在此背景下，一种"渐进式"的阐释路径被提上了议事日程。

第三节 "渐进式"的阐释路径

如果说，"或然性"状态的要旨，是通过对语境信息的勘察，在最大限度内实现对阐释边界和确定性意义的诉求。那么，在此基础上，阐释边界的捍卫者还建构了一种不断调整与更新的"渐进式"（progressive）阐释路径，从实践层面深化了对边界问题的思考。这种渐进式的阐释路径，一方面，缓解了文学阐释中"深度"与"去深度"的紧张，另一方面，也使阐释边界的实践之道呈现出闭合与开放、同一与差异、理性与非理性相交融的更丰富面向。

一 "深度"与"去深度"的紧张

在文学阐释场域，存在着两种理论姿态和研究范式的紧张。

---

① 如王峰便认为，在文学阐释场域，或然性状态所召唤的，不是一个敏感的审美主体，而是一个擅长搜集材料的"编纂学者"："他能够对作者所表达的领域有深刻的认识和充足的知识，他能够在大量的材料中间分清楚哪些是与自己要面对的对象有关的，哪些是无关的，再小心翼翼地把这些有关的材料组织在一起，形成一个大致的范围，划分出大致的界限，进而确定出一个基本词义。……他有很好的批评史才华，但不必有深刻的审美体会，因此，在那个作者表达的文本中，他能够确切地找到一些确定的含义，因为别的人也是这么说的，或曾经这么说的。"参见王峰《西方阐释学美学局限研究》，黑龙江人民出版社2007年版，第35页。

第五章 阐释边界的实践之道

前者强调，阐释的最重要使命，乃是揭穿表象，发掘出潜藏于文本之中的深层次内核；后者宣称，阐释的终极归宿，不是一个虚妄的"深度"或"中心"，而是意义在能指层面的演绎、播撒和弥散，以及阐释者从中获得的直观、生动的快感体验。前者可以被视为阐释的"深度"（depth）模式，后者可以被视为阐释的"去深度"（depthless）模式。在阐释学的漫长发展中，两种倾向此消彼长，形成了复杂的张力关系。

（一）阐释的"深度"模式

在很长一段时间，对意义之深度的追问在文学阐释中占据主导。从历史上看，深度模式的建构可追溯至中世纪的《圣经》注释学。彼时，一些解经者发现，在《圣经》中不时出现两种彼此悖逆的观点，如既要求人们"以牙还牙"，又要求人们"把左脸也转过来由他打"；既鼓励人们"博爱"，又鼓励人们"同自己的父母子女相疏远"。在日常交流中，两种相互矛盾的言说势必一对一错。但在《圣经》文本中，这样的情况却不会发生，因为但凡上帝所言必然是永恒、绝对正确的。面对上述困境，一种可行的处理方式，是将《圣经》对事实的陈述转化为一种隐喻（metaphor），笃信在语言文字的表象背后，一定还存在着某些隐微难察的深刻意蕴。对解经者而言，人们之所以从《圣经》中看到不协调，是因为执着于庸常之见，无法对语词背后的微言大义加以把握；一旦人们洞察了内在于文本的"真相"或"本质"，那么，一切貌似难以兼容的细节或桥段都将得到合理、有效的解释。[1] 这种对深度的关注由但丁所承续。在《致斯加拉大亲王书》中，但丁谈道，文本意义并非单一、凝固的存在，而是蕴含着"字面的意义"和"比喻的、或者神秘的意义"这两个层面。前者是意义构造中相对直观、外显、明晰的层面，后者是意义构造中相对

---

[1] 潘德荣：《西方诠释学史》，北京大学出版社2016年版，第72—73页。

阐释的边界：一个文学理论关键命题的探究

含蓄、内隐、暧昧的层面。譬如，从字面意义来看，《旧约·出埃及记》是对摩西率领以色列人离开埃及这一事实的记述；从比喻或神秘的意义来看，这一段文字则暗示了基督替世人赎罪，或灵魂从罪孽走向崇高与神圣，或圣灵从被束缚的状态走向永恒的自由王国。① 很明显，要想实现对文本的透彻理解，阐释者便有必要揭开语言文字的表象，呈现出更深层次的比喻性、道德性、寓言性内涵。

随着现代性的演进，以及科学精神和理性思辨能力所得到的关注，阐释的深度模式逐渐成为人文研究中的普遍趋向。按照詹姆逊的概括，现代人文学术由四种深度模式所统摄：其一，黑格尔和马克思将世界区分为"现象"和"本质"，要求穿透变动不定的现象，发掘出隐含在内部的本质或规律；其二，弗洛伊德将主体精神结构区分为显在的"意识"和隐匿的"无意识"，主张破译意识层面的迹象或征兆，揭示出被压抑在无意识层面的深度真实；其三，存在主义哲学将存在区分为"非本真性"和"本真性"，倡导从非本真性的面具下找到未被异化和扭曲的本真性状态；其四，结构主义语言学将语言单位区分为"能指"和"所指"，强调所指内在于能指之中，而研究者的任务，则是以能指为契机，揭示出语言符号背后所隐藏的更深刻意涵。②

在图像学研究中，阐释的深度模式亦有充分表现。欧文·潘诺夫斯基（Erwin Panofsky）指出，艺术品的意义包含三个层次。首先，是"第一性或自然意义"（primary or natural meaning），即我们仅仅凭借感官体验或日常经验，便可以理解的意义；其次，是"第二性或程式意义"（secondary or conventional mean-

---

① ［意］但丁：《致斯加拉大亲王书》，杨岂深译，载伍蠡甫、胡经之主编《西方文艺理论名著选编》上卷，北京大学出版社1985年版，第152—153页。
② ［美］杰姆逊：《后现代主义与文化理论》，唐小兵译，北京大学出版社2005年版，第182—183页。

第五章　阐释边界的实践之道

ing），即我们将艺术品纳入自己的文化规范或惯例体系，从中提炼出的某些程式化意涵；再次，是"内容"（content）或"内在意义"（intrinsic meaning），即潜藏在文本最深处的，具有普遍性和本质性的意义要素。① 三个层次环环相扣，呈现出一种递进关系。潘诺夫斯基认为，内在意义在视觉文本的解读中至关重要，它"不仅支撑并解释了外在事件及其明显意义，而且还决定了外在事件的表现形式"②。同时，内在意义还涉及"某些根本原理"，"这些原理揭示了一个民族、一个时代、一个阶级、一个宗教和一种哲学学说的基本态度，这些原理会不知不觉地体现于一个人的个性之中，并凝结于一件艺术品里"③。故而，在潘诺夫斯基看来，内在意义理应成为阐释者致力于抵达的归宿。从上述思路中，同样不难见出一种从"浅表"向"深层"趋近的内在逻辑。

　　总体说来，阐释中深度模式的特征有三。其一，是坚信外部和内部、表层与深层之间有显著区别，那些可以被直接感知的表象，大多只具备有限的真实性，而最接近真实的内容则始终在表象背后。其二，是坚信阐释者作为能动的主体，可以通过对文本的细读与勘探，在一定程度上揭开表象，暴露出潜藏在语言文字之中的意义的本原。其三，是坚信这种意义本原一旦被发掘，便

---

①　［美］欧文·潘诺夫斯基：《图像学研究：文艺复兴时期艺术的人文主题》，戚印平等译，上海三联书店2011年版，第1—3页。为说明这三个意义层次，潘诺夫斯基举了一个例子：试想你走在街头，突然看到一个男人向你脱帽致意。在此，第一个意义层次指你从直观经验出发，对脱帽致意这一动作本身的理解；第二个意义层次指你将脱帽致意的行为纳入西方文化传统（主要是中世纪的骑士制度）之中，将其理解为文明与礼仪的独特表达方式；第三个意义层次指你将视野进一步扩展，从脱帽致意这一看似个体化的行为中窥见历史、文化、民族、教育等"构成其个性的一切东西"。
②　［美］欧文·潘诺夫斯基：《图像学研究：文艺复兴时期艺术的人文主题》，戚印平等译，上海三联书店2011年版，第3页。
③　［美］欧文·潘诺夫斯基：《图像学研究：文艺复兴时期艺术的人文主题》，戚印平等译，上海三联书店2011年版，第5页。

阐释的边界：一个文学理论关键命题的探究

会表现出较高的普遍性和较强的阐释力，足以对错综复杂的经验事实做出透彻的、令人信服的说明。作为前现代或现代的阐释路径，深度模式一方面有助于人们由表及里，从流变不居的现象中发掘出相对稳定的意义坐标；另一方面又常常使人们困守于一个有些空洞的"深度"之中，遮蔽了阐释本应拥有的多元、动态的演绎空间。

（二）阐释的"去深度"模式

作为对阐释中深度模式的反思，一种以"去深度"为标志的阐释模式在20世纪下半叶以来蔚为大观。应该说，去深度模式的流行与晚近"后现代主义"（postmodernism）的文化氛围紧密相关。尽管迄今为止，后现代主义依然是一个众说纷纭的概念，但对"深度"或"中心"的拒斥却是贯穿其中的一条主线。詹姆逊有言，现代主义意味着对深度的信任乃至崇拜，而后现代主义则意味着"平面感"对传统深度模式的取代。[①] 伊哈布·哈桑观察到，"无自我性"（selflessness）和"无深度性"（depthlessness）乃是后现代主义的重要特征之一："自我在语言的游戏中丧失，在多样化现实的种种差异中丧失，还将这种丧失拟人化为死亡悄然追踪它的猎物。它以无深度的文体向四面八方飘散，回避解释，拒绝解释。"[②] 在文学阐释场域，对意义之深度的怀疑同样是一种带有普遍性的趋向。

在一些学者看来，阐释中去深度模式的奠基者，是法国新小说派的领袖阿兰·罗伯-格里耶（Alain Robbe-Grillet）。[③] 格里耶认为，以巴尔扎克为代表的传统现实主义小说，致力于编

[①] ［美］杰姆逊：《后现代主义与文化理论》，唐小兵译，北京大学出版社2005年版，第179页。

[②] ［美］伊哈布·哈桑：《后现代转向：后现代理论与文化论文集》，刘象愚译，上海人民出版社2015年版，第293页。

[③] 孙燕：《反对阐释：一种后现代的文化表征》，上海三联书店2007年版，第62—63页。

织一个关于深度的神话:"作家的传统使命,就在于在自然中挖掘,深化它,以求达到越来越隐秘的层次,最终发掘出一种令人不安的秘密的什么残片来。"① 在他看来,这种对深度的信仰,所带来的只会是虚假的妄念,它将遮蔽文本的本然属性和审美特质,而代之以阐释者的主观欲想和一孔之见。由此,格里耶呼吁,有必要创造一种新的小说,使世界以"如其所是"的面貌得以呈现:"世界不再在一个隐藏的意义中找到它的证明,不管它是什么样的意义,世界的存在将只体现在它具体的、坚实的、物质的在场中;在我们所见的一切(我们凭借我们的感官所发现的一切)之外,从此再也没有任何东西。"② 这就在一定程度上消解了对深度的执迷,使世界通过生动、鲜活的感官表象而彰显其在场。

承袭格里耶的思路,苏珊·桑塔格和罗兰·巴尔特对阐释的去深度模式做出了更详尽的阐发。

桑塔格指出,现今,人们已陷入了一种思维怪圈,那就是重视本质而轻视外表,重视内容而贬抑形式。马克思对社会生活中政治经济动因的探究,弗洛伊德对意识世界背后的无意识领域的关注,是这种思维方式的极端形态。长此以往,人们将执着于一个虚无缥缈的意义中心,忽视对事物的本然状态的直观感受,这就很容易造成审美体验能力的退化。故而,桑塔格认为,那种无视文本的形式感和审美特质,强行从中发掘出深邃内涵的举动,不啻"智力对世界的报复",它将使原本生动多姿的世界变得暗淡无趣:"去阐释,就是去使世界贫瘠,使世界枯竭——为的是另建一个'意义'的影子世界。阐释是把世

---

① [法]阿兰·罗伯-格里耶:《为了一种新小说》,余中先译,湖南文艺出版社2011年版,第27页。
② [法]阿兰·罗伯-格里耶:《为了一种新小说》,余中先译,湖南文艺出版社2011年版,第46页。

阐释的边界：一个文学理论关键命题的探究

界转换成这个世界（'这个世界'！倒好像还有另一个世界）。"① 由此，桑塔格宣称，在感官体验被不断剥夺的当下，"重要的是恢复我们的感觉。我们必须学会去更多地看，更多地听，更多地感觉"②。要做到这一点，关键不在于发现更多内容，而是使作品的审美表象袒露在我们面前，亦即"削弱内容，从而使我们能够看到作品本身"③。

巴尔特于1973年出版《文之悦》一书，对桑塔格的观点予以回应。书中，巴尔特以后现代意义上的文本观挑战现代意义上的作品观。在他看来，作品（work）是一个中心化的有序体系，由上帝一般的作者支配或操控。因而，对作品的解读遵循的是深度模式，阐释者需要涉入作品内部，发掘出作者深藏在字里行间的原初意义。文本（text）则是一种纵横交错，不断生长、蔓延的网状组织，它并未摆出深不可测的姿态，要求读者去寻找隐秘的意义，而是体现出感官化和肉欲化的气质，诱惑读者投身其中，通过与语言符号的狂欢而获取难以遏止的快感："他是文的读者，此刻他攫住一己的悦。如此，古老的《圣经》神话被颠倒了，诸多整体语言（langues）之间的杂乱违碍已不再是种惩罚，经种种群体语言（langages）的同居，交臂迭股，主体遂臻醉（jouissance）境；悦的文，乃是幸福怡然的巴别（Babel），通向成功的巴别。"④ 在这种几乎湮没人理智的快感中，读者放弃了由能指通往所指的执念，一度被奉若圭臬的深度模式也随之而消解。

---

① ［美］苏珊·桑塔格：《反对阐释》，程巍译，上海译文出版社2003年版，第9页。
② ［美］苏珊·桑塔格：《反对阐释》，程巍译，上海译文出版社2003年版，第17页。
③ ［美］苏珊·桑塔格：《反对阐释》，程巍译，上海译文出版社2003年版，第17页。
④ ［法］罗兰·巴特：《文之悦》，屠友祥译，上海人民出版社2009年版，第4页。

第五章　阐释边界的实践之道

　　总体说来，阐释的去深度模式有如下特征：其一，是将传统意义上的"深度"或"内容"视为一种幻觉，甚至是一种资产阶级意识形态的阴谋，要求人们对其加以祛魅。其二，是将作品视为拥有独立生命和价值的存在，而非某种深层次意义的附庸，或如桑塔格所言，"一件艺术作品就是世界中的一个物，而不只是关于世界的一个文本或评论"①。其三，是放弃对确定性意义的求索，转而推崇一种浅表化、肉体性、充满魅力的形式体验，使读者在同语言形式的嬉戏中获得强烈快感。在今天，去深度的阐释实践有其积极意义，它有助于激活主体的知觉和感受能力，使人们在一定程度上摆脱技术或理性的左右，学会如何与世界沟通。②但一味执迷于形式化的快感体验，将使阐释成为一种无的放矢的行为，甚至成为一种毫无责任感可言的能指游戏，使人们放弃对意义之边界或限度的探究。因此，如何在阐释的"深度"与"去深度"之间加以协调，将成为一个值得关注的问题。

二　"渐进式"的阐释路径：意义在过程之中

　　如前所述，"深度"与"去深度"构成了阐释中意味深长的两极。阐释的深度模式致力于穿透表象，暴露出隐而不彰的意义内核，但常常使阐释者困守于深度的幻觉之中，而遮蔽意义本应拥有的丰富生长空间。阐释的去深度模式拒绝对"本质"或"中心"的偏执，旨在激活主体对文本的血肉鲜活的感官体验，这一

---

　　①　[美] 苏珊·桑塔格：《反对阐释》，程巍译，上海译文出版社2003年版，第25页。
　　②　加拿大学者厄休拉·富兰克林（Ursula M. Franklin）指出，科学知识在当下已成为了"描述现实的唯一方式"，从而造成人类感官体验能力的大幅度降低。她以一个例证来说明自己的论断：今天，大多数人其实都知道哪个节点上的噪声会让自己头痛，但他们依然会请一位专业人士携带仪器来检测噪声分贝，以确定这种程度的噪声真的会让自己不适。面对这种有些荒谬的情况，我们或许能体会到桑塔格呼吁我们"学会去更多地看，更多地听，更多地感觉"的良苦用心。参见 [加拿大] 厄休拉·M. 富兰克林《技术的真相》，田奥译，南京大学出版社2019年版，第50—52页。

阐释的边界：一个文学理论关键命题的探究

方面释放了阐释的革命潜能，对暮气沉沉的日常生活形成冲击；另一方面又可能使人们沉湎于从能指到能指的肤浅游戏，造成精神层面的匮乏与空无。归根结底，二者所涉及的，不只是两种阐释姿态的冲突，还在于捍卫确定性与拥抱不确定性，坚守阐释的精神职责与推崇阐释的快感至上，坚持意义的客观有效性与强调意义的动态生成性等立场的更复杂纠葛。

在深度与祛除深度的冲突中，"渐进式"的阐释路径应运而生，为我们对文学阐释的理解提供了新的视角。如果说，阐释的深度模式主张，意义潜藏在语言文字的帷幕背后，有待我们去勘探与揭秘；阐释的去深度模式相信，意义游走于语言符号的表象世界，终将被形式所激发的感官愉悦所裹挟与吞没。那么，渐进式的阐释路径则表明，意义不是一个需要被发掘的隐秘内核，也不是一种漂浮在连绵快感之中的无深度游戏；相反，意义总是处于一种"现在进行"状态，处于一个不断被发现、被求证、被追问、被接近的动态过程之中。这个过程没有终点，也难以提供一个皆大欢喜的标准答案，甚至其中还充斥着迂回、曲折与挫败，但它终究昭示了一种对阐释边界和确定性意义的执着信仰。显然，渐进式的阐释路径提供了文学阐释的"第三条道路"，有助于在深度与祛除深度的紧张中寻求更恰适的平衡。

纵观文学阐释的知识谱系，一些研究者对这种渐进式的阐释路径已有所思考。早在18世纪，迈耶尔等阐释学家相信，在文本中，存在着唯一真实的原初意义，同时又强调，"人们不可能穷尽作为整体的解释对象，因而诠释学的结论也永远不可能是确定无疑的必然真理"[①]。换言之，阐释者无法准确无误地把握文本意义，充其量只能通过漫长的反思、调整与修正，对作为终极真

---

① 潘德荣：《西方诠释学史》，北京大学出版社2016年版，第216页。

第五章 阐释边界的实践之道

理的意义加以尽可能真切的（但又始终是不彻底的）重构。张隆溪基于对东西方文学阐释学的考察，对阐释的有效性问题做出了更审慎的判断："阐释的有效性并不是绝对的，而只是暂时的、有条件的，最好的阐释不过是在阅读过程中对众多的因素作出了说明，对文本进行了最前后一致的解释和从整体上揭示了文本的意义而已。"[①] 这就暗示了阐释的可修正性和未完成性，暗示了无懈可击的阐释只是一种理论构想。温德尔·哈里斯表现出类似的态度。他指出，在阐释活动中，确定性只是一个可望而不可即的理想，但无论如何，阐释者往往从一开始便假定这种确定性的存在，并通过对研究方法的反思，对证据材料的整合与分辨，尽可能增加揭示确定性意义的概率。[②]

若论将渐进式的阐释思路付诸实践，最有代表性的当数希腊学者亚历山大·尼哈玛斯（Alexander Nehamas）和美国文艺批评家赫希，前者建构了一种介乎浅表与深度之间的"广度与拓展"的阐释模式，后者试图将阐释设定为一种不断调整与更新的"可修正的图式"。两位学者的共同诉求，乃是超越阐释中深度和去深度的紧张，以渐进的姿态实现对阐释边界和确定性意义的趋近。

先说尼哈玛斯的阐释学思想。尼哈玛斯发现，大多数人文学者相信，在语言文字的表象之后，存在着一种不易觉察的，然而又更真实的深奥意义。这种对"表象"（what merely appears）和"事实"（what really is the case）的粗糙区分，是阐释在今天备受抨击的原因："如果阐释在事实上预设了这种区分，而我们有充分理由怀疑这种区分，那么，或许我们也有充分理由对阐释本身

[①] 张隆溪：《道与逻各斯：东西方文学阐释学》，冯川译，江苏教育出版社2006年版，第260页。

[②] Wendell V. Harris, *Literary Meaning: Reclaiming the Study of Literature*, London: Macmillan, 1996, pp. 118–119.

阐释的边界：一个文学理论关键命题的探究

表示怀疑。"①

由此，尼哈玛斯试图对阐释加以重新发现。他指出，人们之所以阐释，其实是为了做出设想（assumption），将特定对象或事件解释为一系列行动（actions）的产物。譬如，我们可以将挥动手臂解释为一种问候；将偶然的遗忘解释为无意识的侵袭；将一些自然现象解释为神迹的显现；等等。如此看来，阐释的要旨，便不再是揭开表层，暴露出深藏其中的意义内核，"更确切地说，它是让某一活动、对象或文本置于某一追问、说明或解释之下。它想要问'为什么'，并等待一个关于主体、意图和理性的答案"②。

基于此，尼哈玛斯提出，阐释者有必要摒弃"深度与揭露"（depth and uncovering）的隐喻，而代之以"广度与扩展"（breadth and expansion）的隐喻。③ 在他看来，既然阐释是一种设想而非对深度的勘探，那么，当某一设想脱离其原初论域，被置入更广阔的背景之下时，必然也将被新的经验所检验，而不断地延展、充实和更新。这就好比，在阅读卡夫卡小说《城堡》时，我们很容易将其解释为对科层社会的讽刺；随着对卡夫卡儿时创伤性经验的了解，我们自然会将其对父亲的复杂态度纳入既有的阐释体系；随着对小说中荒诞境遇的感同身受，我们很可能进一步调整阐释坐标，将一种更普遍的生存困境引入对小说的解读。从原则上说，这种对原初设想的调整可以无限延续下去。从尼哈

---

① Alexander Nehamas, "Writer, Text, Work, Author", *Literature and the Question of Philosophy*, Anthony J. Cascardi ed., Baltimore and London: Johns Hopkins University Press, 1987, p. 276.

② Alexander Nehamas, "Writer, Text, Work, Author", *Literature and the Question of Philosophy*, Anthony J. Cascardi ed., Baltimore and London: Johns Hopkins University Press, 1987, p. 277.

③ Alexander Nehamas, "Writer, Text, Work, Author", *Literature and the Question of Philosophy*, Anthony J. Cascardi ed., Baltimore and London: Johns Hopkins University Press, 1987, p. 277.

第五章 阐释边界的实践之道

玛斯的论说中，不难感受到卡尔·波普尔（Karl Popper）"证伪主义"（falsificationism）的思想轨迹。① 只不过，在自然科学中，某一假说一旦被证明为错误，很快便会被新的假说所取代；文学阐释则体现出更具包容性的特质，它并未将旧的设想彻底清除，而是使不同设想彼此交叠、渗透，以形成一个更完整的视野，在渐进的过程中不断向确定性意义趋近。

再来看赫希对渐进式阐释路径的构造。在《阐释理论的现状》一文中，赫希谈道，阐释学面临的一个困境，是阐释者的确定性诉求和语言文字的丰富表意潜能之间的紧张。显然，在公共状态下，一段语言文字拥有多重解读的可能性，那么，阐释者将如何拨开多元化的意义面纱，对更具正确之可能性的解读加以确认？为回答这一问题，阐释学在历史进程中衍生出三种模式。其一，是来源于神学阐释学的直觉主义（intuitionism），它将理解视为精神与精神之间的对话，"将文本视为与神或其他人进行直接精神交流的契机"②。直觉主义认为，阐释者可以超越语言文字的阈限，以"心有灵犀"的方式洞察文本原意。但在具体的阐释实践中，要想将语言文字完全置之度外，其实是不那么现实的。其二，是来源于法律阐释学的实证主义（positivism），它强调文本在阐释中的核心位置，而将意义降格为语言文字的附庸："在实证主义中，文字与精神之间的神秘区别被否定。阐释者应无视语

---

① 在《科学发现的逻辑》一书中，波普尔这样说道："我并不要求科学系统能在肯定的意义上被一劳永逸地挑选出来；我要求它具有这样的逻辑形式：它能在否定的意义上借助经验检验的方法被挑选出来；经验的科学的系统必须有可能被经验反驳。"在他看来，一切科学理论必然具有可证伪性（falsifiability）。科学家基于观察而提出假设，该假设将接受经验的检验，一旦被证明为错误，则被新的假设所取代。科学理论就是在这种"猜想与反驳"（conjectures and refutations）的过程中无限接近真理。参见［英］卡尔·波普尔《科学发现的逻辑》，查汝强等译，中国美术学院出版社2007年版，第17页。

② Eric D. Hirsch, "Current Issues in Theory of Interpretation", *The Journal of Religion*, Vol. 55, No. 3, 1975, p. 300.

阐释的边界：一个文学理论关键命题的探究

言机器（verbal machine）中的幽灵，只是说明语言机器如何实际发挥作用。"[1] 但问题在于，文本自身无法被确切感知和描述，相反，在大多数情况下，实证主义者对语言形式的把握取决于对文本意义的理解。故而，实证主义对意义的漠视便暴露出悖谬之处。其三，是英国学者奥斯汀（John L. Austin）的"言语行为理论"（speech-act theory）。奥斯汀借鉴维特根斯坦"意义即用法"的观念，探讨同一语词序列是如何通过不同"言外之力"（illocutionary force）而拥有不同意义或用法。由此，奥斯汀试图将直觉主义和实证主义这两种倾向整合起来："他一方面告诉实证主义者，一种超出惯用语及其规则的力量或行为，的确需要有一个明确的意义。另一方面，他又向直觉主义者暗示，言外行为（illocutionary acts）不存在于任意的主观领域，而是从属于语言的惯例体系，通过在某些述行语之前加上'我认为'、'我保证'一类的前缀而得以表现。"[2] 但事实上，奥斯汀只是为旧有对立赋予了新的形式，即一方面强调语言使用中的规范性和公共维度，另一方面又凸显出个体意图对语言的用法和表现形态的塑造作用。这无法从根本上回答"如何探寻或接近确定性意义"的问题。基于对上述阐释模式的反思，赫希提出了"可修正的图式"（corrigible shemata）命题，旨在构造一条通达确定性意义的渐进式路径。

赫希直言，自己对"可修正的图式"的构想受到了发展心理学家皮亚杰的启发。皮亚杰指出，"图式"（scheme）是人类认知的基本模式或框架，它类似于生产中使用的"模具"，有系统性、完整性和可重复性等特征。当主体面对外在刺激时，会出现两种情况：一是主体能够与陌生对象相适应，从而将其纳入既有的图

---

[1] Eric D. Hirsch, "Current Issues in Theory of Interpretation", *The Journal of Religion*, Vol. 55, No. 3, 1975, p. 302.

[2] Eric D. Hirsch, "Current Issues in Theory of Interpretation", *The Journal of Religion*, Vol. 55, No. 3, 1975, p. 305.

第五章　阐释边界的实践之道

式,实现认知层面的暂时平衡,这就是"同化"(assimilation);二是主体无法适应陌生的对象,导致认知层面的失序或动荡,推动既有图式的调整与更新,由此形成新的图式,这就是"顺应"(accommodation)。① 赫希将皮亚杰的学说纳入自己的阐释学体系。他这样说道:"我们所理解的东西,本来便是我们自己所建构的假设,是一个图式,或一个范型(genre),或一个类型(type),它激发了我们的期望,这种期望被我们的语言经验所证实——或者,当它们没有被证实时,将会使我们调整自己的假设或图式。"② 在他看来,阐释既非对深层次意义的开掘,亦非流连于文本形式的感官享乐,而更类似于一种建构与修正图式的实践。在面对文本时,阐释者将尝试确立一个认知图式,对文本的表意逻辑做出大致的、总体化的预判与估测。伴随阅读活动的展开,阐释者将不断与新的语言经验遭遇。在某些时候,阐释者的预判和估测与这些语言经验相协调,潜藏其中的图式也随之得到巩固。然而,在绝大多数情况下,阐释者的预判与估测无法与陌生语言经验形成契合,甚至在复杂语言现象的拷问下显得捉襟见肘,这样,阐释者便需要自觉求变,对既有的图式加以修正和更新,使之以新的方式向确定性意义趋近。由此,意义的私人性和语言的公共性也将在一定程度上兼容。

在阅读玄学派诗人约翰·但恩(John Donne)的这首《赠别:不许伤悲》时,我们对图式的可修正性将有更直观的感受。但恩在诗中这样写道:

即便是一分为二,也如同
僵硬的圆规双脚一般;

---

① Jean Piaget, *The Psychology of Intelligence*, London: Routledge, 2003, pp. 8 – 9.
② Eric D. Hirsch, "Current Issues in Theory of Interpretation", *The Journal of Religion*, Vol. 55, No. 3, 1975, p. 311.

阐释的边界：一个文学理论关键命题的探究

> 你的灵魂，那定脚，不动，
> 倘若另一脚移动，才动弹。
>
> 虽然定脚稳坐在中心，
> 但是另一脚在外远游时，
> 也侧身倾听它的足音，
> 等那位回家，就把腰挺直。
>
> 你对我就将如此，我不得
> 不像另一脚，环行奔跑；
> 你的坚定使我的圆正确，
> 使我回到起始处，终了。①

　　此处出现的，是一个典型的但恩式"奇喻"（conceit），亦即用圆规的旋转来比喻男女之间的爱情。那么，诗人在这个别具一格的比喻中融入了怎样的意涵？一开始，阐释者往往基于对但恩诗作的总体印象，建构一个带有思辨性和玄学色彩的认知图式，相信诗人借圆规周而复始的运动，展现了一种无法被死亡所战胜的、永恒而崇高的神性之爱。随着阅读经验的积累，一旦阐释者发现，但恩在他的爱情诗中更多聚焦于"死亡"和"暂时别离"之间的暧昧关系，他们将很快调整既有图式，对该诗做出相对世俗化的解读，认为诗人就是以故作庄重的姿态书写了夫妻在分别时的不舍。可想而知，随着新的证据材料浮出水面，上述图式还将得到进一步的补充、修正和完善。显然，这种"构造图式—重构图式"的实践将贯穿阐释过程的始终。

　　基于可修正的图式命题，赫希践履了一种渐进式的阐释路

---

① ［英］约翰·但恩：《约翰·但恩诗集》，傅浩译，上海译文出版社2016年版，第137页。

第五章　阐释边界的实践之道

径。他相信,在文本解读中,存在着难以祛除的主观因素——这就是海德格尔所谓理解的"前结构"(fore-structure),或伽达默尔所谓"前见"(prejudices),或姚斯所谓"期待视野"(the horizon of expectations)。因此,阐释不可能一蹴而就地完成,也不太可能达到绝对的客观、公允、不偏不倚。但这不意味着我们可以放弃对确定性的坚持,沉湎于颠覆边界所带来的狂欢化体验,相反,无论何时,"确定性都是难以忽视且不可或缺的"①。于是,我们有必要通过智性层面的艰辛尝试,通过对既定图式的自觉反思与持续修正,使阐释逐渐走向客观化和精确化。诚然,作为终极归宿的确定性或许难以企及,甚至类似于一种乌托邦式的想象,但我们始终不应放弃对之加以趋近的希望。这就如赫希所言:"虽然阐释有实践的具体性和差异性,但阐释的基本兴趣却是一致的——推测作者原意是什么。尽管我们从来无法肯定,我们做出的阐释性推测是正确的,但我们知道,我们的这个推测将会是正确的。"②

通过对渐进式阐释路径的构造,尼哈玛斯和赫希在某种程度上触及文学的独特之处。如今,越来越多的研究者相信,在文学的虚拟场域,潜藏着一些神秘的、难以被理性所规约的内容。法国批评家白兰达·卡诺纳(Belinda Cannone)强调,写作并非审慎的思辨,亦非对现实世界的关切,而是由强烈的欲望所充溢:"也许我的词语永远不会抵达事物的核心。我只是想要围着欲望舞蹈。"③ 俄裔美国作家约瑟夫·布罗茨基(Joseph Brodsky)相信,艺术并非对生活的模仿,而是要书写"那个生活没有为其提

---

① Eric D. Hirsch, *Validity in Interpretation*, New Haven: Yale University Press, 1967, p. 163.

② Eric D. Hirsch, *Validity in Interpretation*, New Haven: Yale University Press, 1967, p. 207.

③ [法]白兰达·卡诺纳:《僭越的感觉　欲望之书》,袁筱一译,华东师范大学出版社2015年版,第151页。

阐释的边界：一个文学理论关键命题的探究

供任何概念的王国"①。故而，艺术将表现出较之生活而言更高级的抒情效果，不断指向一种凌驾于俗世之上的，难以用概念言说的境界。雅克·朗西埃（Jacques Rancière）宣称，文学具有一种"沉默"的特质，它一方面试图传达"外界的诗性，精神生活或是意义的内在世界的象征作品"；另一方面，又意味着"未加修饰的书写，左右摇摆的、沉默而多语的言语，在写满文字的书页上，由平凡的读者随飘忽的注意力而变，随着注意力在纸面所提取的内容，随着词语和图像的链条而波动变化"。② 所有这些，无不向我们说明，文学是一个有自身节奏和韵律的生命体，它无法被既有的规范或秩序所确证，而是处于一个开放的、不断被发现与重构的过程之中。在渐进式的阐释路径中，隐含着对文学之特殊性的认同。阐释者一方面通过检验和证伪的实践，彰显了对阐释边界和确定性意义的坚持；另一方面，又聚焦于阐释的自我修正的图式化状态，避免将文学意义限定于凝固不变的极端。这样，阐释的闭合性与开放性、一元论与多元论、本质主义与反本质主义等倾向也在一定程度上得以协调。

值得注意的是，虽然伽达默尔与阐释边界的捍卫者存在着不少分歧③，但在伽氏的阐释学体系中，同样不难发现一种渐进式的思想轨迹。应该说，伽达默尔的思考肇始于对"阐释的循环"（Hermeneutical Circle）问题的追问。所谓阐释的循环，是阐释学中源远流长的问题，亦即对阐释者而言，要想理解文本的各部

---

① ［美］约瑟夫·布罗茨基：《小于一》，黄灿然译，浙江文艺出版社2014年版，第84页。
② ［法］雅克·朗西埃：《沉默的言语：论文学的矛盾》，臧小佳译，华东师范大学出版社2016年版，第204页。
③ 如在《阐释中的真理与方法》一文中，赫希指出，伽达默尔与阐释边界的捍卫者在意义之确定性，"意义"和"意味"的关系，"理解"和"阐释"的关系，对待"视域融合"的态度，对待"前见"或理解之"前结构"的态度等方面存在着激烈的思想交锋。参见 Eric D. Hirsch, "Truth and Method in Interpretation", *The Review of Metaphysics*, Vol. 18, No. 3, 1965, pp. 488–507。

分，首先要理解作为整体的文本；要想理解文本的整体，则非理解文本的各部分而不可。由此，便形成了"整体"与"部分"之间的无休止循环。① 长期以来，不少人将阐释的循环视作理解的阻碍，希望通过神秘的"感悟"或"共鸣"而消除这一循环（如施莱尔马赫便是这种观点的拥趸）。对此，伽达默尔持不同态度。在他看来，既然人们总是携带着"前见"而投身于理解，那么，循环便不再是一种需要克服的障碍，而是成为了理解的基点或必要前提："它既不是主观的，又不是客观的，而是把理解活动描述为流传物的运动和解释者的运动的一种内在相互作用（Ineinanderspiel）。"② 在面对文本时，前见使我们形成了一种对意义的总体期待，即伽达默尔所谓"完全性的先把握"（Vorgriff der Vollkommenheit）③。在文本解读的实践中，我们带着对整体的前见来理解每一部分，经由对部分的理解，我们又会产生更深刻的体验和感受，从而修正对作为整体之文本的理解。于是，我们将再次带着新的前见来观照部分，又由此而再次修正自己关于整体的前见。如此循环往复，以至无穷。恰恰是在这样的循环中，我们将逐渐接近自己想要抵达的目标。当然，伽达默尔所探寻的并不是一般意义上的阐释边界，而是一个带有超验性、绝对性和永恒性的至高真理——也就是他念兹在兹的"内在化逻各斯"（inner logos）。但这种通过反复的省思与修正而趋近于终极归宿的理路，却与尼哈玛斯和赫希形成了微妙契合。

综上，作为阐释边界的重要实践之道，渐进式的阐释路径体现出在"深度"与"去深度"之间斡旋的特质。通过尼哈玛斯和

---

① Jean Grondin, "The Hermeneutical Circle", *The Blackwell Companion to Hermeneutics*, Niall Keane and Chris Lawn eds., Oxford: Blackwell, 2016, p. 299.

② ［德］汉斯－格奥尔格·加达默尔：《真理与方法：哲学诠释学的基本特征》上卷，洪汉鼎译，上海译文出版社 2004 年版，第 379 页。

③ ［德］汉斯－格奥尔格·加达默尔：《真理与方法：哲学诠释学的基本特征》上卷，洪汉鼎译，上海译文出版社 2004 年版，第 379 页。

阐释的边界：一个文学理论关键命题的探究

赫希等人的论说，我们将认识到，对意义的解读不是一种"穿透表象，暴露本质"的行为，而是一个更具动态性和延展性的释义过程，它以"一系列越来越复杂、详尽和精细的假设"① 为基点，呈现出从主观到客观，从单薄到充实，从相对粗疏到越发明晰的趋势。在此过程中，意义或许无法得到精确无误的重构，但始终处于一种被趋近的可能性状态，始终保持着最终彰明较著的希望。在阐释边界的捍卫者看来，渐进式的阐释路径不仅是把握确定性意义的策略，同时还暗示了一种对待真理的微妙态度，这一点在第六章中将有更详尽的阐述。

本章小结

在文学批评的当代实践中，阐释边界的捍卫者践履了如下方法论策略：一是对"书写性"与"澄明性"阐释的辨析：前者着眼于意义在多元化阅读（误读）中的演绎、增殖与弥散，并成为文本生命力得以延续的保证；后者旨在抵达作为稳固中心的确定性意义，从而为阐释的有效性奠定了坚实基础。二是对意义之"或然性"状态的追求：即阐释者通过对经验事实的开掘，对更具确切之可能性的解读加以判断，从而避免了对确定性的狭隘理解，并推动了语境在文学阐释中的复兴。三是对一种"渐进式"阐释路径的构造：即主张打破"浅表—深度"的经典隐喻，转而将阐释界定为一个由单薄走向充实，由相对粗疏走向越发精确的类似于"猜想与反驳"的动态过程。以上策略有效回应了"反对阐释"的当下思潮，同时，又使阐释边界的建构呈现出主观与客观、开放与封闭、一元与多元相交织的特质，而免于陷入"非此即彼"的困境。

---

① Alexander Nehamas, "Writer, Text, Work, Author", *Literature and the Question of Philosophy*, Anthony J. Cascardi ed., Baltimore and London: Johns Hopkins University Press, 1987, p. 277.

第六章　阐释边界与阐释的文化政治

本章旨在突破语言文字的阈限，探讨阐释边界所蕴含的现实关切和文化政治诉求。阐释，素来与政治问题紧密相关。布鲁斯·克拉耶夫斯基（Bruce Krajewski）发现，在前现代社会中，在不存在法官一类的仲裁者的情况下，拥有释义能力的一小撮人（通常是占卜者、先知或预言家），在重大政治事务的决断中扮演了重要角色。[①] 蒂娜·费尔南德斯·博茨（Tina Fernandes Botts）相信，从阐释学的视角出发，包括性别和种族在内的一切，都可以被指认为"拥有解释性的、关乎语境的、集体生成的、可改变的意义和存在"[②]。这有助于颠覆人们对性别或种族的刻板印象，为女性主义或族裔批评的文化政治实践敞开大门。史蒂芬·梅利克斯（Steven Mailloux）对此同样深有所感。他强调，我们不应从意图、文本或阅读惯例中的某一个要素出发，对阐释问题加以纯学术化理解，而是有必要专注于"阐释性的修辞"（interpretive rhetoric），考察阐释"为何总是一种带有政治利益的说服行为"。[③]

[①] Bruce Krajewski, "Hermeneutics and Politics", *The Blackwell Companion to Hermeneutics*, Niall Keane and Chris Lawn eds., Oxford: Blackwell, 2016, p. 73.

[②] Tina Fernandes Botts, "Hermeneutics, Race and Gender", *The Routledge Companion to Hermeneutics*, Jeff Malpas and Hans-Helmuth Gander eds., London and New York: Routledge, 2015, p. 498.

[③] Steven Mailloux, "Interpretation", *Critical Terms for Literary Study*, Frank Lentricchia and Thomas McLaug eds., Chicago: University of Chicago Press, 1990, p. 127.

阐释的边界：一个文学理论关键命题的探究

然而，本章所讨论的"政治"拥有更丰富的内涵。在此，有必要引入美国文化批评家莱昂内尔·特里林（Lionel Trilling）的观点。特里林相信，人文学术的一大使命，在于揭橥"文学"与"政治"的微妙关联，这种政治并非一般意义上的政治制度、政治权力或政治治理，而是一种关乎人类生存境遇的更广义政治，"其意义就是人类为了这样或那样的目的而对生活作出的组织方式，同时以此来对情感进行修正，也就是说，以此来改变人类生活的质量"[1]。作为当代文论话语中的一个关键命题，阐释边界所涉及的，恰恰是这种生存论意义上的更广义政治，它以意义之确定性为契机，驱使我们直面复杂的文化精神生活，发掘潜藏其中的各种"与多样性、可能性、复杂性以及困难性相关的问题"[2]。借用伊格尔顿的说法，阐释边界并非绝缘于现实的理论虚设，而是"精力充沛地与日常生活结合在一起的成果"[3]。基于对边界问题的思考，我们有可能超越文本分析的狭隘场域，去化解虚无主义所引发的焦虑，去应对权力与资本对审美经验的剥夺，去调和精神世界和世俗生活之间的抵牾与分歧。

作为一个开放性的场域，阐释边界涵盖了纷纭多样的文化政治问题，本章将从中遴选出三个关节点来详加阐述：其一，是阐释边界所带来的人文精神的复兴；其二，是阐释边界对审美理想的激活，对政治实用论的"观念先行"趋向的反拨；其三，是伴随"捍卫边界"而萌生的，对认识中盲目与混乱的抵御，对普遍性和真理价值的执着追寻。

---

[1] ［美］莱昂内尔·特里林：《知性乃道德职责》，严志君等译，译林出版社 2011 年版，第 542 页。

[2] ［美］莱昂内尔·特里林：《知性乃道德职责》，严志君等译，译林出版社 2011 年版，第 544 页。

[3] ［英］特里·伊格尔顿：《批评的功能》，程佳译，西南师范大学出版社 2018 年版，第 29 页。

第六章　阐释边界与阐释的文化政治

第一节　阐释边界与人文精神的复兴

应该说，阐释学始终与人文主义紧密交织，甚至有学者断言，"人文主义的当代形式就是阐释学"①。作为一种独特的精神科学，阐释学不仅关注语言性的文本，还将文本作为主体生命体验和文化记忆的某种征兆，对人们的生存方式、文化方式、情感方式加以探究。更进一步，我们在解读文本的过程中，其实也在对自身加以理解，"按照这种理解，我们开始以一种更充实、更丰富的方式，更自觉地塑造自己的生活"②。故而，如何从人文主义视域出发，对阐释边界问题加以审视与重估，便显得颇为重要。从某种程度上说，阐释边界不仅是对意义之确定性的指认，同时，还承载着丰沛的人文主义内涵，它将引导我们穿透虚无主义的迷雾，对不灭的"人性之光"加以追寻。

一　人文主义的精神轨迹

在人类文明史上，"人文主义"（Humanism）是一个具有里程碑意义的概念。③ 作为一种学术话语的人文主义产生于相对晚近的阶段。根据艾布拉姆斯的考察，在16世纪，人们发明了

---

① István M. Fehér, "Hermeneutics and Humanism", *The Blackwell Companion to Hermeneutics*, Niall Keane and Chris Lawn eds., Oxford: Blackwell, 2016, p.592.

② István M. Fehér, "Hermeneutics and Humanism", *The Blackwell Companion to Hermeneutics*, Niall Keane and Chris Lawn eds., Oxford: Blackwell, 2016, p.590.

③ 一个与人文主义相近的概念是"人道主义"（humanitarianism）。在一般情况下，我们常常不加区分地使用这两个概念。欧文·白璧德（Irving Babbitt）则试图对二者加以辨析。在他看来，人道主义代表这样一种信念，亦即"对全人类富有同情心、对全世界未来的进步充满信心，也亟欲为未来的进步这一伟大事业贡献力量"；人文主义则与之不同，它更多着眼于"个体的完善，而不是全人类都得到提高那种伟大蓝图"，它虽然不排斥同情，但相信"同情必须用判断来加以制约和调节"，从而致力于"在同情与选择之间保持着一种正当的平衡"。参见［美］欧文·白璧德《文学与美国的大学》，张沛等译，北京大学出版社2011年版，第6—7页。

阐释的边界：一个文学理论关键命题的探究

"人文主义者"（Humanist）一词，用以指代那些专注于"文法、修辞、历史、诗歌与道德哲学"的教学者或研究者；到了19世纪，"人文主义"一词才正式诞生，主要表示那些"文艺复兴时期的人文主义者，以及许多承继了同样传统的后世作家在人类本性、普遍价值观及教育理念上所持的共同观点"。[1] 然而，作为一种思想观念的人文主义却贯穿于人类文化的始终。早在古希腊，人文主义便已显露端倪。无论是普罗泰戈拉的经典命题"人是万物的尺度"，还是铭刻在德尔斐神庙上的箴言"认识你自己"，无不体现出对人之内涵与独特性的思考。文艺复兴时期，人文主义得到了尤为充分的表现。如布克哈特（Jacob Burckhardt）所言，文艺复兴"首先给了个性以最高度的发展，其次并引导个人以一切形式和在一切条件下对自己做最热诚的和最彻底的研究"[2]。这就驱散了中世纪所投下的阴霾，使人类获得了观照世界、同时亦反观自身的契机。随后的启蒙运动，旨在发掘人文主义的理性内核，强调"把批判理性应用于权威、传统和习俗时的有效性"[3]。在此背景下，人作为具备理性思辨能力的主体，以强烈的怀疑意识与批判精神而彰显其存在。

随着时间的推移，战争、贫困、污染、剥削、歧视等问题的加剧，使我们对人的存在意义产生了怀疑。同时，在某些情况下，人文主义又成为了一种"意识形态障眼法"（ideological smokescreen），它以"民主"或"进步"的名义，美化了现代社会对普通人的压迫与"边缘化"，甚至掩盖了法西斯主义"全面

---

[1] ［美］M. H. 艾布拉姆斯、［美］杰弗里·高尔特·哈珀姆：《文学术语词典》，吴松江等编译，北京大学出版社2014年版，第161页。

[2] ［瑞士］雅各布·布克哈特：《意大利文艺复兴时期的文化》，何新译，商务印书馆1979年版，第302页。

[3] ［英］阿伦·布洛克：《西方人文主义传统》，董乐山译，生活·读书·新知三联书店1997年版，第84页。

第六章　阐释边界与阐释的文化政治

战争"的暴行。[①] 但无论如何，人文主义的精神诉求不会泯灭。20 世纪二三十年代以来，欧文·白璧德等人发起"新人文主义"（New Humanism）运动，试图以人文精神来抵御物质主义、享乐主义和虚无主义对美国人心灵的摧残。只不过，白璧德赋予人文主义以不同内涵。在他看来，人文主义并非一味强调人类和人性的伟大，而是秉持一种折中、调和的态度，它在"纪律"与"同情"、"统一"与"多样"、"过度的自然主义"与"过度的超自然主义"之间保持平衡，其目标在于塑造完美的人性。[②] 这样的观念，彰显了人文主义作为一个历久弥新的命题所拥有的丰富生长空间。

由上可知，人文主义有其内在的复杂性，它不是铁板一块的实体，而是以"人"这一议题为核心，呈现出不同观点、见解、学说的竞争与纠缠，以至于阿伦·布洛克（Alan Bullock）认为，人文主义与其说是一些明确的条条款款，不如说是"一种宽泛的倾向，一个思想和信仰的维度，一场持续不断的辩论"[③]。尽管如此，人文主义所蕴含的某些精神取向却始终如一——那便是对人的尊严、价值与不可替代性的肯定，对人通过自己的才能、巧智和能动精神来改变周遭世界的信仰。这就如布洛克所言，人文主义者深信，"在命运面前，人不是束手无策的，他们有着创造性的能力，一旦释放出来，就可以掌握局面"[④]。在充满变数的当下，这种大写的"人文精神"，依然是我们屹立于世的坚实保障。对此，不少知识分子深表认同。萨义德坦言，人文主义的本质，乃是"把人类历史理

[①] Tony Davies, *Humanism*, London and New York: Routledge, 2001, p.5.
[②] ［美］欧文·白璧德：《文学与美国的大学》，张沛等译，北京大学出版社 2011 年版，第 15—21 页。
[③] ［英］阿伦·布洛克：《西方人文主义传统》，董乐山译，生活·读书·新知三联书店 1997 年版，第 3 页。
[④] ［英］阿伦·布洛克：《西方人文主义传统》，董乐山译，生活·读书·新知三联书店 1997 年版，第 280 页。

315

阐释的边界：一个文学理论关键命题的探究

解为不断的自我理解和自我实现的过程"[1]。克里斯蒂娃强调，人文主义的最显著标志，在于将人定义为一种"不可毁灭的独特性"[2]。基于对这种独特性的洞察，我们才有可能从全球化语境下的种种精神病态中抽身而出，重获"人之为人"的精神根基。更发人深省的，是社会学家彼得·什托姆普卡（Piotr Sztompka）的观点。在讨论社会变迁的根本动因时，他这样说道："社会变迁，包括大规模的历史性转折，是人类行动者的成就，是他们行动的结果。在社会历史上，没有什么不是人类努力的结果，有的是有意所为，有的是无意之举。"[3] 在什托姆普卡看来，人类是社会变迁的最积极践履者，也是社会变迁所引发的诸多物质、文化与精神后果的最直接体验者和承担者。这种对人类的潜能和创造性的推崇，为人文精神提供了再恰当不过的注脚。

二　边界的重构与人文精神的复兴

在人类历史进程中，人文主义面临诸多争议，且观点纷然、流派林立，很难用单一的学术话语来加以概括。但谁也无法否认，人文主义及其精神诉求不仅是当代文化生活的支撑，同时，也对当代文论话语的建构产生了深刻影响。印度裔美国学者哈比布（M. A. R. Habib）注意到，在20世纪的文学研究中，人文主义与新浪漫主义、新批评、马克思主义文论、精神分析文论、结构—解构主义文论、女性主义文论、读者反应批评、新历史主义文论等思潮比肩，形成了一股不容忽视的力量。[4] 英国学者彼

---

[1] ［美］爱德华·W. 萨义德：《人文主义与民主批评》，朱生坚译，中央编译出版社2017年版，第32页。
[2] ［法］茱莉娅·克里斯蒂娃：《克里斯蒂娃自选集》，赵英晖译，复旦大学出版社2015年版，第161页。
[3] ［波兰］彼得·什托姆普卡：《社会变迁的社会学》，林聚任等译，北京大学出版社2011年版，第250页。
[4] ［美］M. A. R. 哈比布：《文学批评史：从柏拉图到现在》，阎嘉译，南京大学出版社2017年版，第516页。

第六章　阐释边界与阐释的文化政治

得·巴里（Peter Barry）相信，当下争奇斗艳的各种理论学说，无不以"自由人文主义"（liberal humanism）为原点或"理论基调"。所谓"自由"，即对任何激进政治立场的拒斥；所谓"人文主义"，即对人性的永恒与神圣所抱有的执着信念。在巴里看来，自由人文主义虽并未得到清晰、明了的理论阐述，但依然以潜移默化的方式渗入了人文学者的思维方式和知识结构："那是一系列态度、看法、观念，当我们进行英语语言文学研究的时候，它们就悄无声息地钻进我们脑海之中，构成了英语语言文学学习的真实对象。"①

在"意义与阐释"问题上，人文主义做出了颇有见地的思考，其中最引人注目的，莫过于在人文精神和确定性意义之间建立起了紧密关联。巴里曾谈道，在当代文论话语中，自由人文主义所遵循的是如下基本信条：

　　1. 优秀的文学应当具有永恒的意义，能够超越作者的时代特性和局限，而直接同人性中恒定不变的内容对话。

　　2. 文学文本包含着自身的意义，根本毋须刻意把它放到具体的语境之中。

　　3. 要理解文本，就必须把它从各种语境中剥离出来，孤立地研读。……任何意识形态假定、政治先决条件，或任何特定期待统统都要抛到脑后，因为所有这些都会对批评的真正意义造成致命的影响。

　　4. 人性永恒不变，同样的情感和境遇在历史上一次次重现。因此，延续对于文学的意义远大于革新。

　　5. 个性牢固地蕴藏于每个人的身上，构成了个人特有的"精髓"，超越环境的影响。

---

① ［英］彼得·巴里：《理论入门：文学与文化理论导论》，杨建国译，南京大学出版社2014年版，第17页。

6. 文学的根本目的就是美化生活，宣扬人文价值，不过，不可系统化为之。

7. 形式和内容在文学中融合为有机整体，有其一，必得其二。文学形式不应当是罩在业已完整的结构外面的花衣裳。

8. 文学形式的有机整体性首先要体现于文学之"诚挚"上。所谓"诚挚"（包括经验的真实、对自我诚实，还有广博的同情心和感受力）是文学语言的内在品质。

9. 文学所珍视的是"默默呈现"，而不是解说或直言。因此，思想必须取得具体的呈现形式，否则对文学毫无价值。

10. 批评的任务就是阐释文本，充当文本和读者的中介。从理论上阐述阅读的性质，或者文学的一般性质，这对于批评并没有什么用处，只会令批评家陷入"概念预设"的困境，令种种预设概念阻隔在批评家和文本之间。①

从以上十大信条中，可以删繁就简地整理出几个关键环节：首先，人文主义者相信，文学（尤其是经典之作）拥有卓越的道德教化功能。这就如威廉斯所言，文学是"通过阅读所得到的高雅知识"②，或如阿诺德（Matthew Arnold）所言，文学意味着"时代最优秀的知识和思想"，因而也无愧于"美好与光明的真正源泉"。③ 其次，伟大的文学作品在道德上如此高尚，原因其实有很多，如对人的情感和心性的净化，对美好生活的展

---

① ［英］彼得·巴里：《理论入门：文学与文化理论导论》，杨建国译，南京大学出版社2014年版，第17—19页。

② ［英］雷蒙·威廉斯：《关键词：文化与社会的词汇》，刘建基译，生活·读书·新知三联书店2005年版，第268页。

③ ［英］马修·阿诺德：《文化与无政府状态：政治与社会批评》，韩敏中译，生活·读书·新知三联书店2008年版，第35页。

第六章　阐释边界与阐释的文化政治

望与憧憬，对积极、融洽的交往情境的建构，不一而足；但其中最重要的，则是凝聚在文本之中的至高无上的人性，正是对这种人性的反复书写，使文学不只是语言文字的造物，而具备丰厚的历史底蕴和敏锐的现实关怀。再次，回到阐释问题上，既然人性是如此的高贵与庄重，那么，作为人性在文学经验中的折射，潜藏于字里行间的意义，同样将体现出永恒性和神圣性，同样有可能经过时间洗礼而呈现出历久弥新的形态——用巴里的话来说，这样的意义"不仅属于一个时代，更属于永远"①。由此，作为阐释者的我们，便无须纠结于外在的历史境况或文化背景，而只需以沉潜静观的姿态，对作品本身加以细致入微的研读和解析，从中发掘出恒定不变的价值或意涵。反过来说，对这种恒久、稳固的文本意义的维护，在一定程度上也就成为了对意义的缔造者——人——的尊崇，成为了对崇高、神圣、不容亵渎的人性的确证。这样，在文学阐释场域，阐释边界和确定性意义也就不再是纯粹的学术命题，而是充溢着深邃、隽永的人文精神内涵。

基于对人文精神的坚守，阐释边界的捍卫者展开了对后现代解构主义的反思。在本书第二章中，我们曾提到，解构主义在拆解阐释边界的同时，也暴露出一些难以自圆其说的逻辑困境。但事实上，解构主义的更严重隐患，在于通过对意义之确定性的颠覆，消解了隐含其中的人文精神，消解了人类千百年来引以为傲的尊严和信念。如此一来，当代人便很容易丧失赖以维系的精神家园，有如无根浮萍一般飘荡不定。斯坦利·罗森（Stanley Rosen）发现，解构思潮带来了文化虚无主义的困境，它构造了一种"未知和不可知但却被期待（hope-for）的未来"，以此来否定一切的过去，进而抹杀人们"为了实现甚至仅仅见证历史转变的过

---

① ［英］彼得·巴里：《理论入门：文学与文化理论导论》，杨建国译，南京大学出版社2014年版，第17页。

阐释的边界：一个文学理论关键命题的探究

程而坚持的理由"。① 心理学家热拉尔·波米耶（Gérard Pommier）提出："后现代性的核心，是一个越来越深的黑洞：未来缺席，过去眩晕。"② 在他看来，后现代解构游戏在瓦解确定性诉求的同时，也抽空了人类的潜能、价值和意义，使之沦为失去理想和欲望的躯壳。为了寻找存在的合法性，人们往往借助技术手段（尤其是新媒介技术）来进行自我展现，甚至通过不断塑造自己的身体来获取缥缈的存在感。但越是如此，他们便越是无可自拔地陷入虚空之中。法国哲学家马太伊（Jean-François Mattéi）对此亦有深刻体察。他断言，解构主义对稳固意义中心的拒斥，其实只是浅表层面的工作；这一理论思潮的要旨，则是通过使一切变得"无意义"，而将人的存在本原一笔勾销："人成了人最糟糕的敌人，不是在肉体上摧毁他——如历史中一直发生的那样，而是从概念上删除他，而哲学从未这么教过。解构主义的意识形态没有给人带来任何希望，人的面容注定要在沙漠中变得模糊不清，随着时间的流逝而流逝。"③ 一言以蔽之，解构主义不仅使确定性意义分崩离析，同时也摧毁了人的完整性和独立性，摧毁了人们反思并改造现实的能动精神。于是，自古希腊以来一直绵延不断的人文精神，也就面临着濒临破产的危机。

通过对阐释边界的僭越，对意义之确定性的贬损，解构主义消解了"人之为人"的精神内核。故而，如何对神圣而久远的人文精神传统加以回溯，在虚无主义蔓延的当下激活人的勇气和信心，彰显人的优越性和存在意义，便成为了亟待思考的问题。在此背景下，对阐释边界的重构，将体现出一定程度上

---

① ［美］斯坦利·罗森：《虚无主义：哲学反思》，马津译，华东师范大学出版社2019年版，第127页。
② ［法］热拉尔·波米耶：《后现代性的天使》，秦庆林译，华东师范大学出版社2020年版，第28页。
③ ［法］让－弗朗索瓦·马太伊：《被毁灭的人：重建人文精神》，康家越译，长江文艺出版社2021年版，第211页。

第六章　阐释边界与阐释的文化政治

的救赎功效，它不仅是一种重建意义坐标的尝试，同时也体现出强烈的文化政治诉求，亦即凭借对确定性意义的维护，来捍卫赋予这种意义的主体——人——的尊严、价值和合法性。这样的理论姿态，有助于我们穿透虚无主义的迷雾，在人文精神凋敝的氛围中重构人的生存根基。对此，思想家彼得·沃森（Peter Watson）颇有感触。他指出，随着尼采宣告"上帝之死"，在一个失去精神皈依的"虚无时代"（the age of nothing），对确定性意义的召唤起到了不容忽视的作用，它使人的思考与认知获得了相对稳固的基点，以保证人文精神在充满不确定性和虚无感的语境中平稳着陆。借用一个形象化的说法："意义是一项重要的事，一张安全毯。"[1]

虽然在今天，解构主义已然成为一种时尚，但依然有不少文学研究者身体力行，试图以阐释边界的重构为契机，来推动人文精神的觉醒与复兴。赫希宣称，阐释者有必要从确定性意义的崇尚者，转换为"有关内容的传统主义者"（traditionalists about content）[2]，通过对某些知识或价值的普遍共享，使人文学者的交流在统一、稳固的平台上展开。这样，人文精神也才能获取难以被轻易"解构"的立足根基。托多罗夫有感于现今"虚无主义者的悲歌和唯我中心主义者的数不胜数"[3]，提出人文学者应摆脱对形式技巧的执着，摆脱对那些卑微、琐屑、无足挂齿之物的迷恋，通过对"大叙事"和意义中心探究，而投身于关乎人与人性的伟大对话。换言之，"阅读文学和理解文学的人，不是要变成分析文学的一个专家，而是要成为人类存在

---

[1] ［英］彼得·沃森：《虚无时代：上帝死后我们如何生活》，高礼杰译，上海译文出版社 2021 年版，第 620 页。
[2] Eric D. Hirsch, *Cultural Literacy: What Every American Needs to Know*, New York: Vintage, 1987, p. 126.
[3] ［法］茨维坦·托多罗夫：《濒危的文学》，栾栋译，华东师范大学出版社 2016 年版，第 125 页。

阐释的边界：一个文学理论关键命题的探究

的一个行家里手"①。更值得关注的，是艾布拉姆斯围绕意义之人文价值的阐发。在与耶鲁解构学派的论争中，面对来势汹汹的希利斯·米勒等人，艾布拉姆斯试图从多方面予以回击。他谈道，解构主义对文学之丰富性的削减，解构大师所形成的难以撼动的权威，以及解构主义者对前人经验的不自觉倚重，使解构主义的激进构想很难真正"落地"。在此基础上，艾布拉姆斯强调，解构主义之所以必将溃败，最重要的原因在于，面对绵延上千年的"以人为本"的文学阅读传统，解构批评终将暴露出孱弱无力的一面：

> 传统的文本阅读是将作为文学作品的文本读作关于人的记录——对和我们非常相似的角色那些思想、行为、感受的虚构性呈现，让我们参与其经验，由作为人的作者表达和控制语言，使作为人的读者得到感动和快乐。解构批评家不承认这些特点，把它们当作非出自作者的，语言促生的幻象或"效果"。文学作为表现人的乐趣、快乐和关注的人类角色和事务被阅读，已经不止千年。这种阅读中的价值观念，将文学读作目标为一套无解的谜题的修辞喻体的读法想取而代之是绝无可能的，不管它多么新颖和诱惑，都是再显然不过的。②

作为人文主义的当代拥趸，艾布拉姆斯深信，文学是人类最伟大的精神产品，是人的才能、智慧、情感、意趣和想象力的最宝贵结晶；与之相应，凝聚于文学之中的确定性意义（以及充当其底蕴的人文精神），则不可能因为某些奇技淫巧式的解构策略

---

① ［法］茨维坦·托多罗夫：《濒危的文学》，栾栋译，华东师范大学出版社2016年版，第129页。
② ［美］艾布拉姆斯：《以文行事：艾布拉姆斯精选集》，赵毅衡等译，译林出版社2010年版，第301—302页。

而消散无踪。上述观点,使阐释边界闪耀着庄重而不容侵犯的人文主义光辉。

综上,在人类思想史上,人文主义与阐释问题始终紧密相关。人文主义者坚信,人的理性、自由和天赋,蕴藏着历久弥新的力量;相应地,作为人类精神产品的文学,以及作为文学之精髓的意义,同样也将历经时间的洗礼而不朽。这样,对阐释边界和确定性意义的维护,在一定程度上也就成为了对人文精神的印证。20 世纪下半叶以来,后现代解构思潮的风行,不仅动摇了意义的确定性根基,同时也剥夺了人的价值、尊严和合法性,造成了人文精神的萎顿与凋敝。故而,如何对阐释边界加以创造性重构,从中发掘出对人的尊崇和关切,对永恒不变的"人性之光"的信仰,将成为一项重要的工作。唯其如此,我们才能在一定程度上摆脱虚无主义的盲目,而获得坚实、稳固的精神支点。此外,在今天这个所谓的"后人类"(Post Human)时代,研究者从"道德哲学""科学和技术研究"以及"反人文主义者的主观性哲学传统"出发,对人的内涵和境遇予以反思。[1] 在此背景下,以边界问题为切入点,对人文精神的拓展与重新发现,也将为我们对"人"这一经典命题的考察提供新的思路。

第二节 阐释边界与审美理想的回归

除了对人文精神的涵纳,阐释边界还使我们注意到"审美"与"政治"的复杂纠葛。前文已述,阐释不只是一种文本分析的抽象技巧,同时还涉及不同文化因素的张力与对峙,其中最引人瞩目的,则是如下两种理论取向的紧张——前者可称为"审美理

---

[1] [意]罗西·布拉伊多蒂:《后人类》,宋根成译,河南大学出版社 2016 年版,第 55 页。

阐释的边界：一个文学理论关键命题的探究

想论"，后者可称为"文化政治论"。对两种理论取向，周宪有如下阐述：

> 前者要把文学作为文学来思考，后者则把文学作为文化政治的理论阐释素材；前者是一种向心式的研究，以文学性为焦点，后者则是离心的分析，要穿越文学而进入其他领域；前者是一种本质主义的解释模式，即相信文学文本有某种内在的、客观的意义和价值，后者则是反本质主义的阐释模式，即坚信文本的意义是在话语活动中经由阐释而产生的，因此文本的意义和价值不在于其自身，而在于其持续不断的阐释活动的生产性。①

以上二者，其实都是解码或阐释文学作品的范式，二者的最关键区别，在于对待文本经验的不同态度。文化政治论将文学视为彰显研究者政治立场和文化理念的手段，自觉或不自觉地绕开了审美之维；审美理想论则与之不同，基于对阐释边界的捍卫或重构，它使审美理想在一定程度上复归人文学术场域。两种阐释范式的交锋，不仅深化了我们对阐释问题的理解，同时也进一步彰显了阐释边界的复杂文化政治内涵。

一 文化政治论与阐释的"强制"

作为当前颇为流行的阐释范式，文化政治论的显著标志，是驱使阐释者从先在的政治预设出发，对文本加以征用、逼促甚至是胁迫，这就背离了本然的审美经验，使人文学术陷入了观念先行式的"强制阐释"，难以形成正当、公允、恰适的解读。

在很长一段时间，人文学者高度关注文学的审美特质，将文

---

① 周宪：《也说"强制阐释"——一个延伸性的回应，并答张江先生》，《文艺研究》2015年第1期。

第六章　阐释边界与阐释的文化政治

学理解为一个充溢着美感的，能给人以感官满足和精神愉悦的对象。这种观点发展至巅峰，便是盛行于19世纪后期的唯美主义思潮。① 然而，自20世纪下半叶以来，在女性主义、后殖民主义、生态批评、族裔批评、文化研究、新历史主义、酷儿理论、动物理论、意识形态批评等各种当代批判理论的带动下，文化政治论成为了文学研究中的主导趋向。研究者以自己心念念之的现实社会问题为切入点，试图借助文学这一中介，来推行其秉持的社会变革方案或文化政治主张。由此，文学研究也就出现了意味深长的转变，亦即"从关于美、审美经验和艺术普遍价值的分析，转向了阶级、身份、族裔、性别、记忆等范畴的讨论"②。换言之，研究者所关注的与其说是"美的文学"，不如说是早已萦绕于心间的文化政治问题。

在当下，文化政治论之所以蔚然成风，个中原因不难理解。首先，文学研究的一个本体论特征，在于高度的选择性和鲜明的价值判断。在很多时候，研究者将立足于各自的身份、境遇或诉求，带着不同的价值取向来审视周遭世界，从中读解出自己心向往之的答案——从尼采的"视角主义"（perspectivism），到伽达默尔的"前见"（prejudices）；从姚斯的"期待视野"（the horizon of expectations），到赫希的理解的"循环性"（circularity），无不对此有充分说明。如此看来，在阐释或分析文学作品时，研究者文化政治立场的预先置入，其实是一种很难避免的现象。其次，更值得注意的是，在今天，文学研究者大多不是"象牙塔"

---

① 唯美主义领袖戈蒂耶（Théophile Gautier）有言："一般来说，一件东西一旦变得有用，就不再是美的了；一旦进入实际生活，诗歌就变成了散文，自由就变成了奴役。所有的艺术都是如此。艺术，是自由，是奢侈，是繁荣，是灵魂在欢乐中的充分发展。绘画、雕塑、音乐，都绝不为任何目的服务。"上述见解彰显了审美独立于世俗生活的纯粹性和神圣性，成为了唯美主义诗学的一个重要注脚。参见［法］戈蒂耶《〈阿贝杜斯〉序言》，黄晋凯译，载赵澧、徐京安主编《唯美主义》，中国人民大学出版社1988年版，第16页。

② 周宪：《美学的危机或复兴》，《文艺研究》2011年第11期。

阐释的边界：一个文学理论关键命题的探究

里的读书人，而是拥有复杂的政治背景和强烈的社会关切，甚至本身就属于那些被主流话语拒斥的边缘群体。基于此，他们不仅积极投身于各种社会运动，同时还试图借助文学的广泛影响力，在公共领域发出自己的声音，建构自己的文化立场和身份认同。①如此一来，文学也就被赋予了新的使命：它不只是审美欣赏的对象，同时也充当了特定社会群体宣扬其政治理念和政治诉求的契机，甚至在某些情况下，政治话语的建构成为了文学阐释的终极目标，文学的审美体验或审美理想反倒是无足轻重的附庸。

作为文学阐释中的一种主导范式，文化政治论体现出一定的革命潜能，它有助于穿透似乎是波澜不惊的文学表象，从中发掘出隐而不彰的文化策略或意识形态计谋。同时，对阐释中政治预设的强调，使文本不完全是语言文字的造物，而是可以为特定社会群体（尤其是那些在资本和权力配置中相对弱势的群体）所用，成为对抗社会权力中心的精神武器。②但文化政治论的弊端同样非常明显，它将使人文学者纠结于文本中的政治议题或权力纠葛，而对文学本身做出单向度、刻板化的理解，

---

① 弗朗索瓦·库塞（Francois Cusset）对此深有体会。他观察到，以德里达、福柯、德勒兹等人为代表的"法国理论"在本土已失去活力，但在大洋彼岸的美国却以令人惊异的速度成长壮大。上述情况的出现，多半要归因于法国理论与彼时美国如火如荼的自由民主主义和反主流文化浪潮形成了契合。于是，"法国理论将不再只是革新的话语、时尚的文集、文学领域神奇的工具，而是思想交锋之火焰更直接的目标以及话语的新政治使用的剧场"。应该说，这种理论实践和政治期许的结合，在一定程度上揭示了文化政治论大行其道的原因。参见［法］弗朗索瓦·库塞《法国理论在美国——福柯、德里达、德勒兹公司以及美国知识生活的转变》，方琳琳译，河南大学出版社2018年版，第124页。

② 对文化政治论的革命效应，也有研究者投以怀疑目光。美国学者约瑟夫·诺思（Joseph North）提出，文化政治论看似积极地介入了社会公共生活，但事实上，它对现实政治问题的反思并未超越语言性文本的场域，这就使知识分子成为了擅长"务虚"的"空头政论家"，使文学研究成为了"仅仅做出观察评论的学科，止于追踪文化的进展而不再抱有任何干预文化的大使命"。由此，诺思断言，在文化政治论的激进姿态背后，其实隐藏着一种保守主义的退却。参见［美］约瑟夫·诺思《文学批评：一部简明政治史》，张德旭译，南京大学出版社2021年版，第16页。

第六章 阐释边界与阐释的文化政治

甚至将其指认为一种与意识形态相勾连的政治话语。这种简单粗暴的处置方式，显然遮蔽了"审美"在文学中的特殊性和不可替代性。

随之而来的更严重问题是，在文化政治论的长期濡染下，人文学者习惯于从特定的政治立场出发，想当然地搬用来自性别、种族、阶级、资本、权力、身份等领域的思想资源，对耳闻目见的文学作品予以观念先行式的解读，从中得出一些能证明其既有主张的结论。这种带有"循环论证"色彩的研究路径，便是张江深感不满的"强制阐释"，它不仅有损于阐释的正当性和有效性，同时，也常常造成对人文研究本身的伤害。高小康直言，文化政治论对阐释实践的统摄，使研究者脱离直观、生动的审美经验，将来自"场外"的政治话语不分青红皂白地强加于文本，从而导致知识生产的"转基因化"，以及理论研究的自我复制和"泡沫化"。① 菲尔斯基发现，当代批判理论家的终极目标，乃是从文本中挖掘出社会、文化、心理、历史、语言等方面的深层次动因。为此，他们不惜"践踏文本，对文本施以象征性暴力，惩罚和斥责文本，将一个'形而上的'真理加诸文本"②。长此以往，文本将失去独立的审美价值，成为外在文化政治因素的衍生物，而批判理论的合法性也将面临质疑。卡勒指出，在今天，不少阐释者刻意无视文本的审美特征，只是戴着政治的有色眼镜来审视文本，以寻求符合其先入之见的关于"文学是什么"的解答——"是关于阶级斗争的（马克思主义）"，"是关于恋母情结矛盾冲突的（心理分析）"，"是关于遏制颠覆力量的（新历史主义）"，"是关于性别关系不对称的（女权主义）"，"是关于帝国主义的阻碍的（后殖民理论）"，"是关于异性恋根源的（同性恋研

---

① 高小康：《理论泡沫化与学科转基因》，《文艺争鸣》2015 年第 10 期。
② Rita Felski, *The Limits of Critique*, Chicago and London: The University of Chicago Press, 2015, p. 10.

阐释的边界：一个文学理论关键命题的探究

究）"，不一而足。① 这种"政治对审美的剥夺"，不仅使文本变得黯然无光，同时，也将使人文学者的眼界和洞察力大打折扣。

二 "捍卫边界"与审美理想的回归

文化政治论的实质，在于将政治场域中的知识储备和理论范畴，生硬运用于文学这一其力有不逮的对象。这就造成了阐释者立场的前置，使阐释偏离了文学中本然的审美经验，在一定程度上沦为自说自话的游戏。在此过程中，阐释边界和确定性意义也遭到了可想而知的破坏。然而，在政治话语对文学的围追堵截下，审美依然是一个难以被遮蔽的维度。英国学者奥斯汀·哈灵顿（Austin Harrington）说道："社会理论把艺术品的价值归因于社会机制、社会惯例、社会感知和社会权力等语境不断变化的社会事实。但我们主张，社会理论不能从社会事实推出艺术品的价值，社会理论本身不能产生艺术品的审美判断。"② 换言之，审美才是文学成其为文学的关键所在，我们可以将文学理解为政治境况或社会背景的衍生物，甚至有可能解构文学的自主性和独立性，但无法对文学的最本然属性——即文学的审美经验、审美感知和审美价值——造成丝毫威胁。或如赫伯特·里德（Herbert Read）所言，审美和艺术乃是"人类精神之非政治性的显现"③。

既然审美是文学赖以维系的根本特质，那么，要想实现对阐释边界的维护，对确定性意义的探求，阐释者便有必要排除政治预设的干扰，尽可能沉潜于文本的语言、修辞、意象、隐喻、象征、情感、想象、体验、韵味等审美因素之中，通过对文本之审

---

① ［美］乔纳森·卡勒：《文学理论入门》，李平译，译林出版社2008年版，第68页。
② ［英］奥斯汀·哈灵顿：《艺术与社会理论——美学中的社会学论争》，周计武等译，南京大学出版社2010年版，"导论"第4页。
③ ［英］H. 里德：《艺术的真谛》，王柯平译，辽宁人民出版社1987年版，"序言"第4页。

第六章　阐释边界与阐释的文化政治

美属性的充分把握，来矫正文化政治论对"观念先行"的执迷，建构客观、公允、适度的阐释姿态。因此，从某种意义上说，对阐释边界的捍卫，也就与人文学界对"审美回归"的呼唤形成了契合。

自20世纪八九十年代以来，"审美回归"已经成为了当代人文学术中越发高亢的旋律。基于对文化政治论的批判性反思，不少研究者试图对"审美"这一历久弥新的议题予以重估，从而由盲目的"向外转"走向了审慎的"向内转"，由围绕政治理念所展开的循环论证，走向了对审美的潜能和建构意义的深度开掘。在2011年访问中国期间，卡勒将一种"新形式主义"或"对美学的回归"概括为当代文学理论的六大趋势之一。①阿诺德·贝林特（Arnold Berleant）坦言："艺术和审美经验在人类社会中的地位已经得到了拓展，并越来越突出。从在日常生活的物品和情境中的存在，到社会关系的各种形式中都发现了审美价值。"②沃尔夫冈·韦尔施（Wolfgang Welsch）注意到，"美"这一在20世纪颇为沉寂的话题，在近几十年来再度成为了人文学术中的焦点："美学家在经过漫长的很少谈论美的时段之后，现在又重新开始了谈论。……不是美的现象回来了，而是在知识分子的这个舞台上正在产生探讨美的话语。"③

关于审美回归的最经典论述，来自美国批评家戴夫·希基（Dave Hickey）。希基观察到，在20世纪的大多数时间里，人文学者倾向于摒弃艺术的审美功能，将其"重新指派给一个由博物

---

①　［美］乔纳森·卡勒：《当今的文学理论》，《外国文学评论》2012年第4期。卡勒所总结的其他五大趋向，分别为"叙事学的复兴""德里达研究""人与动物关系研究""生态批评""后人类研究"。

②　［美］阿诺德·贝林特：《玫瑰不叫玫瑰》，李媛媛译，载［斯洛文尼亚］阿莱西·艾尔雅维茨、高建平主编《美学的复兴》，河南大学出版社2020年版，第100—101页。

③　［德］沃尔夫冈·韦尔施：《美的回归》，胡菊兰译，载［斯洛文尼亚］阿莱西·艾尔雅维茨、高建平主编《美学的复兴》，河南大学出版社2020年版，第41页。

阐释的边界：一个文学理论关键命题的探究

馆、大学、官方、基金会、出版商和捐赠基金所组成的松散同盟"①。这个所谓的"治疗性机构"（therapeutic institution），建构了一套烦琐的理论分析手段，执着于对一个内在的（然而又空洞无比的）精神内涵加以发掘，这就在很大程度上遮蔽了艺术的审美特质，遏制了蕴藏其中的感官解放潜能。鉴于此，希基提出，人文学者有必要聚焦于艺术的感性形式或"美的外观"，从而突破制度性力量对艺术的规训，使艺术摆脱理论言说的深渊，重新获得使人沉浸其中难以自拔的精神力量。对审美的永恒而神圣的魅力，希基的如下说法可谓传神："'美'，恰好在那儿盘旋着，它是一个无须任何语言来实现的词语，在那个严肃井然且制度性的空间中，它是那么安静和缓，令人惊奇，违和疏离，而且不可思议——就像一条拉斐尔前派笔下的龙，振动它的皮翼，高旋在上。"②

在文学阐释场域，"审美回归"的呼吁同样不乏回响。一部分研究者致力于探究审美理想论的积极内涵，从文本中具体、生动的审美经验出发，对文化政治论所带来的阐释的意识形态化予以反思，对意义的客观性、完整性和稳定性加以重建。莫瑞·克里格（Murray Krieger）强调，审美所带来的是一种无法被概念框定的感性形式，它有助于我们对流变不居的人类经验，对内在于文艺作品的丰富可能性加以把握。基于此，克里格宣称，审美的一个重要使命，乃是"抵御外部观念的操控，同时依然致力于用形式来统摄经验"③。这就暗示，在阐释实践中，对审美理想的涵

---

① [美]戴夫·希基：《神龙：美学论文集》，诸葛沂译，江苏凤凰美术出版社2018年版，第49页。
② [美]戴夫·希基：《神龙：美学论文集》，诸葛沂译，江苏凤凰美术出版社2018年版，第2页。
③ Murray Krieger, "My Travels with the Aesthetic", *Revenge of the Aesthetic: The Place of Literature in Theory Today*, Michael P. Clark ed., Berkeley and Los Angeles: University of California Press, 2000, p. 211.

第六章　阐释边界与阐释的文化政治

纳与吸收,将成为矫正文化政治论的偏执倾向,彰显文学艺术之独特性的有效策略。瓦伦丁·康宁汉姆不满于阅读中"政治化"的泛滥,倡导以一种"动情的阅读"(touching reading)取而代之。这种动情的阅读,"开始于亲密的身体接触,然后转化为同文本的亲密的精神和情感接触",随着阅读的深入,读者将经历一个自我塑造(self-making)的过程,即是说,"你所潜心观照的文本成为了你,介入了你,在你的身上留下了个性化印记"。[①] 不难见出,所谓动情的阅读,其实就是一种"物我两忘"的非政治化阅读,它使阐释者不再以某些外在的功利目标为导向,而是调动自己的情感、知觉和想象力,全身心地沉浸于文本的审美世界之中,从中发掘出更本真的快感体验和精神蕴藉。这种摆脱一切世俗羁绊,放下一切戒备和顾虑的阅读状态,其实和对待热恋中情人的方式颇有些相似。安德鲁·本尼特提出了"文学的无知"(literary ignorance)这一新颖命题。在他看来,文学的魅力不在于为读者传递知识,而在于以模棱两可的语言展现似是而非的内容,使读者"根本无法把握意义,从而形成无知"[②]。以上见解,看上去是对文学的贬抑,但其更深层次动机,乃是以"不破不立"的态度对待文学,卸下其千百年来所承载的认知的、伦理的、实践的重负,使各种先行设定的政治观念无法被硬塞进文学,使文学不再充当各种政治话语争斗和角逐的竞技场。既然"无知"将祛除政治所打下的"思想钢印",那么,我们就能以更公允、恰切的姿态来面对文本,使文本的审美属性得到更充分的展现。纵使是以解构批评家自居,主张拆解一切统一、稳固之物的希利斯·米勒,依然强调审美"沉浸"的魅力:"阅读就应是

[①] Valentine Cunningham, *Reading After Theory*, Oxford: Blackwell, 2002, pp. 147–148.

[②] [英]安德鲁·本尼特:《文学的无知:理论之后的文学理论》,李永新等译,河南大学出版社2014年版,第210页。

阐释的边界：一个文学理论关键命题的探究

毫无保留地交出自己的全部身心、情感、想象，在词语的基础上，在自己内心再次创造那个世界。这将是一种狂热、狂喜，甚至狂欢。"[1] 这同样说明，审美理想或许是文学阐释中无法被解构的一个维度。

在影像文本的阐释中，审美同样走上了一条回归之路。电影理论家波德维尔观察到，在 20 世纪 70 年代以来的电影研究中，研究者一方面对诸种理论学说越发谙熟，另一方面又深受文化政治论的影响，于不经意之间陷入了立场前置的圈套。在阐释实践中，他们一旦接触到女性形象，便必称"厌女症"或"性别剥削"，一旦接触到不同角色的视线交织，便必称"窥淫"或"自恋"，一旦接触到稍有些朦胧的意象，便必称"视觉症候"或"欲望的扭曲满足"……如此一来，"'理论'将被选择性地纳入规范化的阐释程式之内"，[2] 而阐释者也将偏离本然的审美经验，无法就文本做出有说服力的解读。鉴于此，波德维尔提出，有必要推行一种"电影诗学"（poetics of cinema），以应对影像阐释中牵强附会和矫揉造作的弊端。不同于当代批评界对阶级、性别、种族、传媒、消费、亚文化等问题的迷恋，电影诗学所彰显的是一种以审美理想为内核的阐释路径，它所关注的是如何从镜头、视角、光影、色彩、构图等环节出发，对影像文本的意义生产过程加以揭示，其中既涉及"把图式作为工具，理清线索或者支持抽象的语义场"，也涉及"检视人物模式如何使得观众建构人物角色，对布景的了解如何依赖于空间惯例，以及运用轨迹模型如何推导出因果关系、时序、平行因素或行动"。[3] 足见，波德维尔

---

[1] [美] 希利斯·米勒：《文学死了吗》，秦立彦译，广西师范大学出版社 2007 年版，第 173 页。

[2] [美] 大卫·波德维尔：《建构电影的意义——对电影解读方式的反思》，陈旭光等译，北京大学出版社 2017 年版，第 272 页。

[3] [美] 大卫·波德维尔：《建构电影的意义——对电影解读方式的反思》，陈旭光等译，北京大学出版社 2017 年版，第 293 页。

第六章　阐释边界与阐释的文化政治

试图通过对电影中审美因素——尤其是审美形式因素——的细读式分析，来提升阐释的普遍性和可通约性，建构客观、稳定、自洽的意义体系。波德维尔的思路，显然与当下文学研究对审美理想的召唤产生了交集。

值得一提的是，审美理想的复归在中国当代文论中亦不无体现。近年来，童庆炳对"文化诗学"的倡导，赵宪章对"形式美学"的探究，孙绍振对"文学文本解读学"的构想，王一川对"感性修辞批评"的阐发，无不试图使文学研究由"外部"转向"内部"，由"自上而下"和政治本位转向"自下而上"和审美本位，以对抗意识形态对文本经验的挤压，激发我们对文学之审美属性的敏感。① 面对文化政治论所造成的"强制阐释"，范永康提出，人文研究的当务之急，是建构一种以审美为核心的阅读范式，尽可能消解政治理念对文本的绑架，使阐释获得坚实的立足根基。在他看来，"审美阅读"的要点有三：其一，基于康德所谓审美的"反思判断力"，遵循"从特殊到普遍"的思想进路，从鲜活的审美经验和美感形式出发，对作品加以直观、真切的把握；其二，重视文学的"质量"或"分量"，对经典之作的原创性和审美价值予以深入考察，揭橥作品在历史进程中所体现的强大感染力，对试图将经典与非经典、文学与非文学等量齐观的"文化平民主义"保持警醒；其三，重提"审美溶解"的观念，即不是以既定的政治话语来支配或掌控文本，而是强调，"外在的现实生活、社会历史和意识形态因素必须以'溶解'的方式有机地融入文学的审美世界、意象世界、人的情感世界，而化身为诗性的现实生活、诗性的社会历史、诗性的意识形态"。② 相信随

---

① 以上学者对文学中审美特质的讨论，参见范永康《反对"强制阐释"与"中国审美阅读学"的兴起》，《学术论坛》2018年第1期。

② 范永康：《"强制阐释"的突破之途——理论之后的审美阅读策略研究》，《东岳论丛》2016年第6期。

阐释的边界：一个文学理论关键命题的探究

着研究的深入，审美在文学阐释中的潜能还将得到进一步释放。

对审美理想的诉求，一方面有助于抵御文化政治论所带来的阐释的"强制"，使文本意义维持在一个更合乎情理的阈限之内；另一方面，也将推动我们对人的存在境遇加以更深刻体认——即是说，人不只是一种社会或政治的动物，同时也是一种审美的动物，他不应听任某些意识形态法则的驱策或差遣，而是应摆脱世俗功利的羁绊，沉浸于一个想象、情感与虚构的诗性的审美世界。唯其如此，人才能将自己建构为一个更加立体、完整、血肉鲜活的生命。① 当然，回归审美并不是要我们重蹈文化政治论的覆辙，即无限放大审美在阐释中的决定作用，而将文化政治方面的考量彻底湮没。我们需要做到的，是使阐释的"审美之维"和"政治之维"保持适当的平衡，在二者之间寻找一条"和而不同"的兼容性路径。下面，我们将通过对文学"经典"问题的重估，对这种可能的平衡之道加以探讨。

三 作为阐释问题的经典：在"审美"与"政治"之间

"经典"（canon）是当代文论话语中的奠基性命题。经典一词发轫于希腊文"kanon"，意指"一种度量标杆或度量尺"，后引申表示"列表或目录"。② 在文学研究中，经典一般指"伟大的著作"（great books）或"伟大的传统"（great tradition），即一些最具权威性的文学文本，"每个人都应该研习或了解这些文本，

---

① 进而言之，"审美"并非无关于政治，而是拥有丰富的革命性与解放性潜能。马尔库塞曾谈道，现代艺术的"陌生化"或"去人性化"，其实是"朝向主体解放的一种方式"，亦即使主体不再满足于既有的存在方式，而是挣脱资本和物质的束缚，投身于一种"新感性和新感受"之中，由此获得精神超越的空间。足见，文化政治论在将审美设定为观念之载体的同时，其实也遮蔽了审美所包含的更复杂面向。参见〔德〕赫伯特·马尔库塞《审美之维：马尔库塞美学论著集》，李小兵译，生活·读书·新知三联书店1989年版，第197页。

② 〔美〕M.H.艾布拉姆斯、〔美〕杰弗里·高尔特·哈珀姆：《文学术语词典》，吴松江等编译，北京大学出版社2014年版，第41页。

第六章　阐释边界与阐释的文化政治

以证明自己具备文学方面的教养"。① 应该说，在文学史的漫长历程中，经典拥有显赫而崇高的地位，它意味着文化的典范，道德的标尺，同时也为后世作家提供了不竭的灵感之源。然而，经典又是一个常常引发争议的概念：何谓经典？经典如何形成？如何对"经典"与"非经典"加以甄别？围绕上述问题，人文学者各抒己见，而争议的关节点在于，经典究竟来源于文本的审美属性，还是来源于人们在文化政治目标的导向下所做出的"资格授予"？用周宪的话来说，前者是经典的"审美理想论"，后者则是经典的"文化政治论"。②

审美理想论相信，经典之所以成为经典，取决于某些稳固不变的"经典性"（canonicity），而经典性的核心，在于经典所蕴含的历久弥新的审美特质和人文内涵。因此，经典将体现出穿越历史长河而不朽的永恒性，如同恒星一般闪耀于夜空之中。放眼经典研究的知识谱系，审美理想论的拥趸可谓甚众。布鲁姆断言，经典所拥有的是一种"审美的力量"，而这种力量又融合了丰富的审美因素——"娴熟的形象语言、原创性、认知能力、知识以及丰富的词汇"。③ 弗兰克·克默德（Frank Kermode）强调，经典的最显著标志，在于不断给人以审美的愉悦，这种愉悦将转化为一种微妙的内在动力，使经典从鳞次栉比的文学作品中脱颖而出。④ 孔帕尼翁指出，形式上的独特性和精神上的普遍性构成了经典的两翼，因此，"伟大的作品既是唯一的又是普遍的"⑤。前

---

① Julian Wolfreys, et al., eds., *Key Concepts in Literary Theory*, Edinburgh: Edinburgh University Press, 2006, p. 19.
② 周宪：《经典的编码和解码》，《文学评论》2012年第4期。
③ ［美］哈罗德·布鲁姆：《西方正典：伟大作家和不朽作品》，江宁康译，译林出版社2005年版，第20页。
④ ［英］弗兰克·克默德：《愉悦与变革：经典的美学》，张广奎译，译林出版社2009年版，第3—25页。
⑤ ［法］安托万·孔帕尼翁：《理论的幽灵——文学与常识》，吴泓缈等译，南京大学出版社2011年版，第25页。

阐释的边界：一个文学理论关键命题的探究

大英博物馆馆长麦克格雷格（Neil MacGregor）谈道，莎士比亚戏剧被奉为传世经典，是因为莎翁擅长以动人心魄的美感，将人类所面临的种种心灵困境展露无遗："说得更简单一些，它为我们捕捉到了动荡世界中动荡人生的精髓。"[①]

如果引入阐释视角的话，可以说，审美理想论经典观，其实也是一种本质主义或"边界论"的经典观，它不否认经典需要由人文学者发现，但坚持认为，在经典文本中，蕴含着一套普遍、绝对、亘古不变的审美标准，因此，任何人对经典的言说都不可能随心所欲，而必须受到一条较为清晰的审美边界的约束。当然，"审美"在此拥有更宽泛的内涵，它可以是美的形式，可以是感官的快适，也可以是对人的生命意识的激活与更新。

文化政治论相信，经典并非与生俱来、亘古常在，而是不同社会群体基于各自的政治诉求或文化期许所建构之物。故而，经典将体现出更迭与嬗变的丰富可能性，在某些情况下，甚至如划过长夜的流星一般，闪耀片刻之后便难觅踪迹。20世纪下半叶以来，文化政治论逐渐压倒审美理想论，成为经典研究中的主导趋向。历史学家霍布斯鲍姆（Eric Hobsbawm）发现，一旦社会面临急剧转型或重大历史性变革，人们便会有意识地"发明"一些文化传统，从而以一种潜移默化的方式，"为所期望的变化（或是对变革的抵制）提供一种来自历史上已表现出来的惯例、社会连续性和自然法的认可"[②]。在这些"发明的传统"之中，经典无疑占据了不容忽视的位置。政治学家本尼迪克特·安德森（Benedict Anderson）提出，现代民族国家在建构过程中，往往运用诸

[①] ［英］尼尔·麦克格雷格：《莎士比亚的动荡世界》，范浩译，河南大学出版社2016年版，第325页。

[②] ［英］E. 霍布斯鲍姆、［英］T. 兰格：《传统的发明》，顾杭等译，译林出版社2004年版，第2页。

第六章 阐释边界与阐释的文化政治

如庆典、仪式、习俗、官方语言、统计调查、印刷媒体一类的符号载体，使来自天南海北的人们"逐渐感觉到那些在他们的特殊语言领域里数以十万计，甚至百万计的人的存在"①，主动将自己融入一个不容触犯的"想象的共同体"（imagined community）之中。作为人类文化中璀璨的精神资源，经典自然是构造想象共同体的最重要策略之一。更值得注意的，是福柯围绕"权力/知识"（power/knowledge）的讨论。在福柯看来，权力与知识总是盘根错节地交织在一起：权力悄无声息地渗入知识场域，使之在一定程度上被公认为事实；同时，知识又印证了权力的天经地义，使之拥有不容置疑的权威地位。②循此思路，作为人类文化知识的典范，经典并非植根于某些稳固不变的审美特质，而是与外在的政治情境和权力关系密切相关。具体说来，某些社会群体出于维护自身合法性的需要，通过教科书编撰、文学史书写、媒体宣传等手段，刻意将一些合乎社会主流价值观的作品——特别是出自男性、白种人、中产阶级以上人士之手的作品——纳入经典序列，而将另一些不那么合乎主流价值观的作品——特别是出自妇女、有色人种、社会底层人士之手的作品——排除在经典之外。反过来说，那些暂居社会边缘的群体，也可能立足于自身的政治立场和身份认同，以特定方式选择符合其需求的文学或文化经典。这样，经典便成为了"那些反抗者在为权力而斗争的过程中，打算将其作为成功之回报而要占有的东西"③。在这种复杂的权力纠葛中，经典不再是伟大作品的罗列，而是充当了一个征服与反征服、控制与反控制的战场。

---

① ［美］本尼迪克特·安德森：《想象的共同体——民族主义的起源与散布》，吴叡人译，上海人民出版社 2003 年版，第 52 页。
② Ellen K. Feder, "Power/knowledge", *Michel Foucault: Key Concepts*, Dianna Taylor ed., Durham: Acumen, 2011, pp. 55-57.
③ ［英］弗兰克·克莫德：《经典与时代》，毛娟译，载阎嘉主编《文学理论精粹读本》，中国人民大学出版社 2006 年版，第 56 页。

阐释的边界：一个文学理论关键命题的探究

如果引入阐释视角的话，可以说，文化政治论的经典观，其实是一种建构主义或"非边界论"的经典观。较之审美理想论对经典之边界的框定，文化政治论认为，对经典的言说无须接受审美法则的规约，人文学者需要做的，只是从所属群体的文化政治诉求出发，主动构造带有个性烙印的经典序列。换言之，从来就没有作为不变之本质的"经典性"，一切的文本——即使是那些看似"不登大雅之堂"的文本——其实都存在着被"阐释"或"解读"为经典的潜质。

上述两种经典观，在彰显其洞见的同时，又都暴露出一定的片面性。审美理想论注意到"审美"这一经典阐释中不可缺失的维度，但往往将经典的形成依据限定为一个普遍而绝对的审美本质，从而掩盖了经典在历史进程中更丰富的演绎或流变，这是不符合文学史实际状况的。文化政治论揭开了经典的神秘面纱，呈现出经典的建构性和动态生长性，但很容易将经典视为主观构造的产物，忽视蕴含其中的某些难以消解的特质。在某些情况下，文化政治论甚至将诱导人们不顾文本之本然状况，无中生有地炮制一些经不起时间考验的"伪经典"，造成对公众阅读趣味的扭曲。以上两种经典观的最大问题，在于陷入一种粗率的二元模式，而遮蔽了经典在"审美"与"政治"、"本质"与"反本质"、"边界"与"非边界"之间的更复杂状态。

鉴于此，我们有必要突破审美理想论和文化政治论的对立，探寻从中斡旋的"第三条道路"。一方面，我们需要承认，经典的底蕴和根基，乃是某些相对稳定的审美特质，亦即布鲁姆所谓的"原创性"，克默德所谓的"愉悦"，或麦克格雷格所谓的"对动荡世界中动荡人生精髓的捕捉"。唯有以这样或那样的审美属性为前提，经典才能在岁月的涤荡中越发熠熠生辉，也才能在话语的重围下维持其本然形态。这就如卡尔维诺所言，经典将"不断在它周围制造批评话语的尘云，却也总是把那些

第六章　阐释边界与阐释的文化政治

微粒抖掉"①。另一方面，我们也需要认识到，经典的形成离不开读者、批评家、文学史家、专业机构等社会群体，正是他们在特定文化政治动因驱使下所做出的追问、阐发与建构，使内在于经典的审美价值不断显现。如此看来，经典的形成方式，其实类似于前文提到的"交互主体性"（intersubjectivity），它是文本与读者、意义与阐释、审美与政治等诸因素"对话"的结果。② 故而，经典不会是一个僵滞的话语体系，它将随着对话的深入，随着时间、空间、文化情境的变迁，而呈现出动态生长的可能性。

但无论如何，一个不争的事实是，对经典的阐释终究要维持在一定的"边界"之内，它应当以文本中的某些固有属性——其中最主要的当然是审美属性——为基点或先决条件，而不应成为一种"无边界"的随意指认。南帆直言，我们不太可能从经典中找到一个颠扑不破的审美本质，接着话锋一转："至少在今天，一部文学作品与一张请假条或者一份电冰箱说明书之间的首要区别仍然是审美。"③ 在他看来，姑且不论"审美"本身是如何争议重重，唯有满足这一基本的准入条件，作品才会给读者以演绎或发挥的空间，才足以被指认或界定为文学经典。童庆炳曾提出，文学经典在六个因素的"合力"下生成，亦即"作品本身的艺术价值"，"作品的可阐释空间"，"意识形态和文化权力的变动"，"文学理论和批评的价值取向"，"特定时期读者的期待视野"，以及"经典的'发现者'"。同时，他又强调，作品的艺术

---

①　[意]伊塔洛·卡尔维诺：《为什么读经典》，黄灿然等译，译林出版社2006年版，第5页。

②　对经典建构中的交互主体性，萨义德有较深入的思考："对一部经典作品的每一次阅读和解释都在当下把它重新激活，提供一个再次阅读它的契机，使得现代的、新的东西一起处于一个宽阔的历史境域；这个历史境域的好处在于，它向我们表明，作为一个争论的过程，历史还处在构成（make）之中，而不是一劳永逸地完成和固定了的。"参见[美]爱德华·W.萨义德《人文主义与民主批评》，朱生坚译，中央编译出版社2017年版，第31页。

③　南帆：《文学经典、审美与文化权力博弈》，《学术月刊》2012年第1期。

阐释的边界：一个文学理论关键命题的探究

或审美价值，是经典能否激发阅读快感和精神共鸣，能否被不断重新发现，能否伴随时间更迭和情境变迁而越发令人神往的关键所在。[①] 张江对此同样深有所感，他这样说道：

> 我赞成，经典是话语建构的经典。但这个话语不是批评家的话语，或者说主要不是批评家的话语。经典不是因为批评家的批评，更不是因为各路精英的无边界阐释而成为经典。经典的要义是它所表达的全部内容，包括它的形式和叙事方式，能够让一代又一代读者——这里的读者主要是普通读者，而不是职业的批评家——从中获取他们喜欢或渴望获取的东西，这些东西本身就是多元的，可能是思想，可能是审美，也可能就是简单的快乐。[②]

在张江看来，经典固然同读者的遴选或价值判断有关，但隐含在其中的、关乎感性愉悦或智性满足的审美特质，却始终是一个难以动摇的维度。换言之，不是读者怀揣政治愿景或文化冲动，就可以随心所欲地将任何作品"阐释"为经典；而是说，首先要存在着"审美"这一经典的根基，读者才会就经典达成至少是最低限度的共识，作品也才会在一种交互主体性的对话中，等待读者来不断体悟或发掘其经典性内涵。这种"审美"与"政治"相兼容的经典观，一方面，深化了我们对经典问题的理解，另一方面，也显示了阐释边界为重审当代文论话语所提供的契机。

综上，阐释边界不仅有助于人文精神的复兴，同时，还在一定程度上推动了我们对"审美"的重新发现。作为当前流行的研究范式，文化政治论驱使人文学者绕开审美之维，以先在的政治

[①] 童庆炳：《文学经典建构诸因素及其关系》，《北京大学学报》（哲学社会科学版）2005 年第 5 期。

[②] 张江：《阐释的边界》，《学术界》2015 年第 9 期。

第六章　阐释边界与阐释的文化政治

预设来剪裁或塑造文本，以自我循环的方式印证其主张的合法性，造成对阐释边界的僭越。要想捍卫阐释边界，核心在于重构确定性意义，矫正阐释中的"立场前置"和"观念先行"，而矫正的良方，则在于深入文本的机理，对隐含其中的审美价值和审美理想予以开掘。因此，对阐释边界的探讨，不仅使阐释摆脱文化政治论的"强制"，获得审美的更坚实支撑；同时，也有助于阐释者在审美与政治、个体与群体、文学体验的独特性与社会实践的公共性等因素之间保持平衡。在文学经典问题上，审美理想论和文化政治论的张力亦有所体现，而阐释边界的引入，则为我们提供了一种兼容性的解答：在某种程度上，经典来源于不同社会群体，在既定阶级、性别、种族诉求下的指认或阐释；但同时，经典又必须以某些相对稳定的审美属性或审美质素为根基，通过不同文学要素的交互作用而显现其魅力。一言以蔽之，对经典的文化政治论建构，有必要被限定于一条审美的边界之内。

第三节　阐释边界与真理价值的追问

从文化政治视域出发，阐释边界还涉及一个更严肃的问题，亦即在一个支离破碎的语境下，对真理这一"大叙事"的守望与坚持。现今，电子媒介的泛滥带来了信息的冗余，使人们受困于碎片化、浅表化、刻板化的认知方式，逐渐丧失将现实经验整合为一体的能力。同时，当代人习惯于从"效益至上"的实用理性出发，强行以主观欲念拆解客观对象，从而背弃了本然的经验事实——无论是父权制对女性的想象，还是后殖民话语对东方的书写，都在不同程度上暴露出这一症候。基于对阐释边界的重构，人文知识分子试图将文本意义的有限性转换为人类精神生活的确定性，通过反复的思考与求证，尽可能实现对普遍性与真理价值的把握。故而，阐释边界将有助于人们摆脱天马行空的虚妄，立

阐释的边界：一个文学理论关键命题的探究

足于更坚实的精神根基。

一　数字媒介与认知的迷津

技术，与人类的存在休戚相关。按照贝尔纳·斯蒂格勒（Bernard Stiegler）的观点，技术一方面暗示了人类的匮乏或不足，另一方面又引导人们"运用生命以外的方式来寻求生命"[①]，成为了主体性建构中至关重要的环节。作为以互联网为主导的技术形态，数字媒介深刻影响了主体的实践方式、认知方式和情感方式，如同水之于鱼一般，成为了当代人生活中不可缺失的维度。数字媒介提升了主体的能动性和参与意识，极大地扩展了主体认知的疆域和可能性；但同时，其难以祛除的技术性症候，又常常使主体陷入认知的迷津，甚至沦为被资本和欲望操控的工具。

首先，数字媒介的"去语境化"（decontextualization）倾向，使人们常常游走于信息的碎片之间，很难形成客观、公允、理性的认知。数字媒介文化是一种典型的"微文化"或"微叙事"，其最醒目的标志，在于各类信息一方面以惊人的速度实现广泛的、大规模的传播；另一方面这些信息又常常遭到肢解而呈现出不完整的形态。以当前颇为流行的微信为例，一旦刷新朋友圈，即可发现，无数视频、音频、图片和文字以"点对点"的方式在这一平台上发布，其速度之快，涉及面之广，令人咋舌。然而，数字媒介在传播上的广度与速度又常常以牺牲信息的完整性为代价。发布者为保证信息的时效性和易读性，大多选择以只言片语来概述事件的整个过程，同时，为尽可能抓住受众的眼球，又常常主动对事件做出剪裁或加工，从中挑选出最有煽动性与诱导性的内容加以集中表现。这样，呈现在人们眼前的，往往是脱离原

---

① ［法］贝尔纳·斯蒂格勒：《技术与时间：爱比米修斯的过失》，裴程译，译林出版社2000年版，第21页。

第六章　阐释边界与阐释的文化政治

初语境和背景的，残缺、破碎的视听信息。这些碎片化的信息，显然阻碍了人们从整体着眼，对周遭世界加以全方位的观察、理解和把握。

其次，数字媒介中信息的"混杂化"和泥沙俱下，使人们迷失在信息的丛林之中，难以建构稳固的意义坐标。数字媒介是一个极具包容性和延展性的领域，各种信息以芜杂、混乱、未加分辨的状态呈现于受众面前。海量的信息拓宽了人们的眼界，但同时也造成了辨析与选择的困难。对此，尼尔·波斯曼（Neil Postman）深有感触。他提出，在传统社会中，存在着一个统摄人类知识的权威，如基督教的《圣经》或中国的四书五经便是如此。但在数字媒介时代，情况则大不相同，各类视听讯息以铺天盖地之势涌现，而缺乏一个帮助人们权衡或取舍的有效参照。因此，在很多时候，人们将"在信息洪流中被冲得晕头转向"[1]，逐渐丧失理性思考和客观体察的能力。更进一步，当人们通过轻击鼠标便可以占有数量惊人的信息时，他们很可能因此而变得极度自信（或极度自以为是），时刻以自己的主张或见解（即使是错误的主张或见解）为中心，拒绝听从一切"业内人士"的引导或劝诫。按照托马斯·尼科尔斯（Thomas Nichols）的看法，这种人人以"阐释者"自居的局面不仅造成了"专业知识理想国的消亡"，[2]同时，又导致传统的"大叙事"和"真理话语"不断被零散、琐碎、良莠难辨的"微观话语"所侵蚀，最终使主体的认识陷入盲目、偏狭的状态。

再次，数字媒介是一个信息更新极度频繁的场域，无数信息在其中以令人意想不到的速度转换、更迭与流变，这种迅疾变

---

[1] ［美］尼尔·波斯曼：《技术垄断：文化向技术投降》，何道宽译，北京大学出版社2007年版，第41页。

[2] ［美］托马斯·M. 尼科尔斯：《专家之死：反智主义的盛行及其影响》，舒琦译，中信出版社2019年版，第4页。

阐释的边界：一个文学理论关键命题的探究

幻、浅尝辄止的观感体验，自然也将对主体的思维方式和认知方式带来影响。尼古拉斯·卡尔（Nicholas Carr）曾指出，当人们面对印刷物等传统媒介时，所采取的是一种凝神屏气、全神贯注的阅读方式，而在各种信息纷繁驳杂的数字媒介场域，人们就如同"一个摩托快艇手，贴着水面呼啸而过"[1]，因而很容易停留于现象层面，难以进行有深度的开掘与探究。凯瑟琳·海尔斯（Katherine Hayles）观察到，在当代社会，人们的认知模式出现了从"深度注意力"（deep-attention）向"过度注意力"（hype-attention）的转型。其中前者多见于传统媒介时代，它使主体的注意力长期凝聚于单一的目标，由此而获得了较高的专注度和忍耐力；后者则是数字媒介时代所特有的认知模式，它使主体的注意力在多个对象之间连续跳转、切换，逐渐习惯于追求强烈的、稍纵即逝的感官刺激，同时对单调、枯燥、持续的阅读心生厌倦。[2] 数字媒介缩减了人们的阅读时间与思考强度，使他们总是在浅表化的、动荡不定的状态下对文本投以匆匆的一瞥，这种隔靴搔痒的认知方式，实际上很难达成对稳固意义中心的有效把握。

最后，在数字媒介这一特殊场域，"螺旋上升的沉默"（the spiral of science）效应同样扰乱了认知的客观性和有效性。德国学者诺尔-诺依曼（Elisabeth Noelle-Neumann）宣称，在特定观念或信息的传播中，通常存在着一种根深蒂固的"从众"心理：当人们的意见受到旁人的认可时，他们往往会表现出超凡的主动性与自信心，不遗余力地推动这种观点的扩散；当人们的意见（即使是正确意见）在群体内部无法引起共振时，他们则多半会变得

---

[1] ［美］尼古拉斯·卡尔：《浅薄：互联网如何毒化了我们的大脑》，刘纯毅译，中信出版社2010年版，第5页。

[2] ［美］凯瑟琳·海尔斯：《过度注意力与深度注意力：认知模式的代沟》，杨建国译，载周宪、陶东风主编《文化研究》第19辑，社会科学文献出版社2014年版，第4—5页。

第六章　阐释边界与阐释的文化政治

谨小慎微，甚至不惜放弃原有立场而支持那些流行的错误见解。这样，在公共舆论的形成与发展中，便出现了某一方的声音越发强势，另一方的声音不断消退的"螺旋式"的诡异进程。[①] 如前所述，在数字媒介文化中，信息的不完整、非逻辑和迅速更替，所造就的是一大批"碎微化"的认知主体，他们一方面缺乏宏观的、整合性的思考与架构能力；另一方面又难以忍受持久的、相对艰深的观看或阅读体验，转而对那些令人兴奋甚至是耸人听闻的信息青睐有加。在此背景下，某些熟悉数字媒介的话语规则与议程设置的人，便往往乘虚而入，通过"投其所好"的方式来迎合公众的兴趣并左右舆论的走向。故而，在数字媒介文化中，人们的认知常常呈现出惊人的趋同状态——在某些情况下，少数人宁肯盲从众口一词的错误观点，也不愿意发出自己稍显另类，但显然更公正、理智的声音。长此以往，数字媒介将诱导我们远离客观的确定性意义，进一步沉陷于认知的迷津。

二　实用理性与真相的溃退

在媒介技术之外，实用主义（Pragmatist）的泛滥，同样使当代人的认知能力遭受折损。实用主义滥觞于19世纪70年代的C. S. 皮尔斯（C. S. Pierce），通过威廉·詹姆斯（William James）和约翰·杜威（John Dewey）的理论建构，在20世纪初成为盛行于欧美学界的哲学思潮。[②] 此后，实用主义经历数十年的沉寂，在20世纪七八十年代以来再度蔚为大观。应该说，这种"新实用主义"（Neo-Pragmatist）与后现代的精神气质形成了耦合：简言之，既然在后现代解构思潮的冲击下，一切的"本质"或"中

---

① ［德］伊丽莎白·诺尔-诺依曼：《沉默的螺旋：舆论——我们的皮肤》，董璐译，北京大学出版社2013年版，第1—8页。
② ［英］彼得·沃森：《20世纪思想史：从弗洛伊德到互联网》，张凤等译，译林出版社2019年版，第110—115页。

345

阐释的边界：一个文学理论关键命题的探究

心"都意味着话语的造物，都将暴露出矫饰或虚伪的面向；那么，我们与其纠结于一个颠扑不破的本原或真相，不如索性放下对确定性或本真性的执念，转而承认，自己完全可以从个性化的体验或诉求出发，以"效益""实用"或"满足"作为认知的最根本依据——就我们个人而言，这种基于个人体验或诉求的主观知识，便是最真实、可靠，最值得钦慕与追随的对象。理查德·罗蒂对此深信不疑。在他看来，"一个信念之真，是其使持此信念的人能够应付环境的功用问题，而不是其摹写实在本身的存在方式的问题"；循此思路，"关于主体与客体、现象与实在的认识论问题可以由政治问题，即关于为哪些团体目的、为何种需要而从事研究的问题，取而代之"。①

虽然实用主义说到底是一套学术话语，但作为其精髓的实用理性（pragmatic reason），却已然渗入了公众的思维方式和"感觉结构"（structure of feelings），诚如有学者所言，实用理性精神在今天"已实实在在地成了一种悬浮于空气之中的普遍的社会文化心态"②。实用理性是一种"用于购物时效果极佳的理性"③，它秉持"收益大于付出"的原则，以现实的功利目标为导向，对经验世界加以倾向性极强的构造。这有助于我们摆脱对"大叙事"的习惯性跟从，为一种小写、多元、复数的"地方性知识"（local knowledge）提供生长空间。但实用理性的蔓延，也可能带来一些极端化后果，它将使人们从自己的利益、需要和诉求出发，对本然的文化经验加以先入为主的解读，得出有违事实真相的结论。故而，人们将失去赖以维系的精神坐标，陷入茫然、偏狭与

---

① ［美］理查德·罗蒂：《后哲学文化》，黄勇译，上海译文出版社2004年版，"作者序"第1页。

② 盛宁：《人文困惑与反思——西方后现代主义思潮批判》，生活·读书·新知三联书店1997年版，第110页。

③ ［英］R. W. 费夫尔：《西方文化的终结》，丁万江等译，江苏人民出版社2004年版，第6页。

第六章　阐释边界与阐释的文化政治

困厄的状态。① 更值得警惕的是，在某些情况下，实用理性将溢出个体认知的阈限，在更广阔的社会交往实践中产生负面影响。现今，不同社会群体的接触越发频繁，而实用理性的过度膨胀，将使某些群体——尤其是那些掌握话语权的群体——陷入极端的唯我论状态，使其从自身的功利考量或意识形态诉求出发，对作为对象的他者文化群体加以刻意为之的误认。较之文学阐释中的观念先行，这种文化解读中的"立场前置"，常常造成更严重的抵牾或分歧。

一个比较典型的案例，是父权制（patriarchy）对女性群体的扭曲。尽管男性对女性的压抑或"边缘化"可谓源远流长，但在现代性复杂演进的当下，父权制对女性的排拒以更隐晦、曲折的方式得以表现。通过大到公共仪式、小到生活细节的多元化路径，男权话语将女性置于一个关乎社会身份的框架之中，将其指认或解读为"一个特殊类型的族群，一个被视为天生的群体，一群被认为在肉体上具有特殊性的群体"②。其目标，则是要将男性对女性的歧视自然化和必然化，一方面，对男性的权威地位予以确证，另一方面，又使女性失去精神上的自主性，陷入遭受摆布或操控而全然不察的境地。罗伊斯·泰森提出，在日常生活中，父权制的惯用策略，乃是"不断地施加压力，削弱女性的自信和果敢"，同时，又试图"以此为据，证明女性的自轻自贱和唯命是从是天生的，因而也是正确的"。③ 譬如，女性一旦在逻辑思维上表现不佳，便会得到诸如"女性原本便是如此"的劝慰，而一

---

① 英国学者费夫尔（R. W. Fevre）对此颇有感触，他这样说道："现在我们明白，将世俗的实用理性运用在我们生活中越来越多的领域中意味着我们剥夺了自己的判断力，因为我们甚至在事情萌芽之前就排除了所有的可能性。"参见［英］R. W. 费夫尔《西方文化的终结》，丁万江等译，江苏人民出版社2004年版，第6页。

② ［法］莫尼克·威蒂格：《女人不是天生的》，李银河译，载［美］佩吉·麦克拉肯主编《女权主义理论读本》，广西师范大学出版社2007年版，第189页。

③ Lois Tyson, *Critical Theory Today: A User Friendly-guide*, New York and London: Routledge, 2006, pp. 86 – 87.

阐释的边界：一个文学理论关键命题的探究

旦有了比较出色的表现，则又会被视为格格不入的另类。这就遮蔽了女性本然的生活方式和情感状态，使之被男性中心主义话语牢牢束缚。在植根于传媒文化的大众娱乐中，类似的意义构架同样比比皆是。狄安娜·米汉（Diana M. Meehan）曾考察美国的黄金档电视连续剧，发现其中存在着不少刻板化的女性类型，如"小魔鬼型""贤妻良母型""悍妇型""泼妇型""受害型""诱骗型""色诱型""交际花型""女巫型""女家长型"，等等。[①]不难见出，美剧中的女性形象呈现为两个极端，要么是极度温顺、单纯、被动，要么是极度叛逆、疯狂、邪魅。上述形象谱系，同样背离了女性的本真状态，不断向人们暗示，女性的宿命，始终是卑微、驯顺地居于男权秩序之中，一旦越出这种秩序，则会变身为不可理喻的怪物。实质上，父权制是一种效益为先的认知模式，它以满足男性欲望为出发点，对女性加以刻板化和同质化的演绎，从而实现对女性的"被支配"地位的合法化，在此过程中，女性的真实生存图景显然遭到了遮蔽。

另一个有代表性的案例，是后殖民话语对东方世界的构想。在全球化的语境下，西方中心主义者以"东方学"（Orientalism）为基点，由此展开对东方（乃至一切"非西方"）的理解。作为一套言说东方的知识话语，东方学并非来源于本真的东方经验，而毋宁说是"一种先在的西方思想的虚构"[②]，它带着根深蒂固的先入之见——即西方文明的高尚和卓越——而介入对东方的阐释，对东方及其文明加以刻板化和单一化，从而达成彰显其优越性和合法性的需要。前文中奥威尔对摩洛哥马拉喀什人的描述，便是东方学发挥作用的一个案例。萨义德对此同样有所体察。他断

[①] Diana M. Meehan, *Ladies of the Evening: Women Characters of Prime-Time Television*, Metuchen, NJ: Scarecrow Press, 1981, p.131.

[②] ［英］齐亚乌丁·萨达尔：《东方主义》，马雪峰等译，吉林人民出版社2005年版，第14页。

第六章 阐释边界与阐释的文化政治

言,现今西方的媒体人大多以生搬硬套的方式,将西方与伊斯兰世界的关系镶嵌于中心与边缘、正义与邪恶的意识形态框架之中,将后者塑造为一个野蛮、好战、激进、丑恶、病态、疯狂、歇斯底里的群体,从而使西方于无形中占据了道德制高点。①

齐泽克聚焦于2003年的伊拉克战争,发现在这场战争中,以美国为核心的现代西方文明,同样秉持东方学的思路,以拙劣的方式为战争寻找借口:

1. 萨达姆·侯赛因拥有大规模杀伤性武器,这不仅对邻国和以色列,而且对所有民主制的西方国家构成"明白无误和正在发生"的危险。

2. 纵使萨达姆不拥有大规模杀伤性武器,他因为参与了基地组织(al-Qaeda)的"9·11"袭击,所以应受惩罚,既作为对"9·11"袭击进行正义报复的一部分,也为了防患于未然。

3. 即使没有证据表明与基地组织的联系,但由于萨达姆政权是个冷酷的独裁政权,威胁邻邦,祸害民众,单凭这一事实就有足够理由将它倾覆……②

在此,西方文明构造了一个变动中的阐释框架,它不断调整角度,不断以新的方式来曝光伊拉克的"罪孽"。这样,无论事态如何演进,无论有多少真相浮出水面,西方都将理所当然地拥有话语主导权,从而将自己的野蛮侵略渲染为"正义"。如此看来,东方学的核心,同样是一种实用理性所主导的阐释机制,在

---

① 关于以上观点的更详尽阐述,可参见[美]爱德华·萨义德《报道伊斯兰:媒体与专家如何决定我们观看世界其他地方的方式》,阎纪宇译,上海译文出版社2009年版。

② [斯洛文尼亚]斯拉沃热·齐泽克:《伊拉克:借来的壶》,涂险峰译,生活·读书·新知三联书店2008年版,"引言"第2页。

349

阐释的边界：一个文学理论关键命题的探究

此机制下，东方并非本然的实存，而只是"西方为了自身行动中的现实效用以及西方思想的进步而所作的一种建构"①，它不断被西方征用，成为其维护霸权或攫取经济利益的象征手段。

类似的案例其实不胜枚举。在一次访谈中，张江也曾谈道，实用理性对认知的侵入，及其在文化政治中造成的"阐释的暴力"，是一个非常值得关注的问题。②应该说，实用理性所带来的，是一种自我陶醉式的循环论证，它在一定程度上反转了我们的认知方式或路径。换言之，我们之所以认识世界，不是为了发现真相，而只是为了满足自己的需要，印证自己的主观欲念或一己之见。为此，我们常常不顾本然的性别经验、文化经验或生存经验，对耳闻目见的事实加以刻意为之的剪裁或切割。这就造成了原则的缺失与真相的溃退，以及文化交往本身的紊乱和失效。

三　从阐释边界到"真理的政治"

现今，媒介技术和实用理性的合围，一方面，消解了阐释的限度和认知的边界，另一方面，也造成动荡、分歧与刻板印象的滋生。在很多时候，我们将失去思维的参照与行动的坐标，难以分辨何为真实，何为假象，陷入迷茫、焦虑与深度的精神空虚。用费夫尔的话来说，"我们不幸福是因为我们再也不能判断我们是否在以正确的方式生活"③。在此背景下，阐释边界将再度彰显其文化政治潜能，如何以对确定性意义的捍卫为契机，逐渐达成对"真理"（truth）这一古老命题的追问与重构，将体现出意味深长的价值。

---

①　[英]齐亚乌丁·萨达尔：《东方主义》，马雪峰等译，吉林人民出版社2005年版，第85页。

②　毛莉：《当代文论重建路径：由"强制阐释"到"本体阐释"——访中国社会科学院副院长张江教授》，《中国社会科学报》2014年6月16日第A4版。

③　[英]R. W. 费夫尔：《西方文化的终结》，丁万江等译，江苏人民出版社2004年版，第2页。

第六章　阐释边界与阐释的文化政治

真理，是人类精神生活中具有奠基性的范畴，同时，真理又是一个极为复杂，甚至需要无数哲人用一生去求解的范畴。在最常规的意义上，真理指"那些与现实相契合，对现实境况做出具体说明的命题的属性"①，而人文学术的核心关切，则是对这一属性的本质加以揭示。然而，真理的内涵远不止于此，它在洞察世界之真实状况的同时，还进一步与信仰、断言、知识、逻辑、现实性等问题纠缠在一起，呈现出充满无限可能性的形态。② 虽然关于真理的见解纷纭，但真理的最核心特质依然为世人公认："真理是我们的断言和信念的准则：我们的目标在于拥有真正的信念，如果我们发现其中一条信念是错误的，我们就必须对之加以拒绝。"③ 换言之，真理所提供的是一种终极规范，它给我们以明辨是非曲直的最基本参照，它告诉我们应当如何思考，如何行动，如何信仰，应当如何穿越扑朔迷离的表象，以正当、公允、恰适的姿态投身于现实生活。

20 世纪以来，社会生活出现了异常激烈的变化，现代性的突飞猛进，"将我们所有的人都倒进了一个不断崩溃与更新、斗争与冲突、模棱两可与痛苦的大漩涡"④。在不确定性的笼罩下，人们在一定程度上丧失了思考和行动的依据，产生了既无法把控自我，亦无法驾驭生活的挫败感。鉴于此，一些人文学者试图以阐释边界为契机，通过对确定性意义的持续追问，发掘潜藏其中的具有普遍性和永恒性的真理内涵。在此过程中，阐释边界将再度

---

① Robert Audi, ed., *The Cambridge Dictionary of Philosophy*, London: Cambridge University Press, 1999, p. 929.
② Michael P. Lynch, "Introduction: The Mystery of Truth", *The Nature of Truth: Classic and Contemporary Perspectives*, Michael P. Lynch ed., Cambridge: The MIT Press, 2001, p. 2.
③ Pascal Engel, "Philosophical Theories of Truth", *Encyclopedia of Philosophy and the Social Sciences*, Byron Kaldis ed., London: Sage Publications, 2013, p. 1023.
④ ［美］马歇尔·伯曼:《一切坚固的东西都烟消云散了——现代性体验》，徐大建等译，商务印书馆 2003 年版，第 15 页。

阐释的边界：一个文学理论关键命题的探究

超越语言性文本的阈限，而彰显其深刻的精神诉求和文化政治冲动。

意大利学者毛里齐奥·费拉里斯（Maurizio Ferraris）谈道，在充斥着动荡、分裂和不确定性的语境下，当代人总是在企盼并寻求确定性；但问题在于，确定性并不总是与温馨、舒适、惬意相伴，它在某些时候同样是一种糟糕的体验——恐怖主义带给我们的确凿无疑，然而又触目惊心的伤害，便是一个明证。由此，费拉里斯郑重提出，我们有必要将对确定性的渴慕，升华为一种对真理价值的执着追寻："我们应该记住，正是以真理之名，对确定性的承诺才给予了我们平和——也许就像伟大哲人安东尼奥·罗斯米尼以'敬拜，喜乐，保持沉默'结束了尘世生活那样。"[1] 唯有在真理的感召下，我们才有可能穿透后现代生活的迷雾，重新获得方向感和精神支撑。

英国学者弗兰克·富里迪（Frank Furedi）观察到，在今天，知识的"商品化"成了流行趋势。一旦知识被公认为一种商品，"它与它自己的文化和思想根源之间的联系就变得模糊不清了"[2]。换言之，随着商品化的层层推进，知识不再以独特的精神价值给人以启示，而是成为了不同文化群体基于现实需求，随意拆解或挪用，甚至是尽情"讨价还价"的对象。在此背景下，作为知识之精髓的真理也将黯然失色，逐渐隐入幕后。鉴于此，富里迪宣称，"在阅读一本书的过程中，意义是同寻求真理的活动相结合的"[3]。在他看来，阅读不只是一个探求确定性意义的过程，同时还与对真理的追问休戚相关。具体说来，"在读者进行解释并获

---

[1] [意]毛里齐奥·费拉里斯：《新实在论宣言》，王成兵等译，北京理工大学出版社2017年版，第112页。

[2] [英]弗兰克·富里迪：《知识分子都到哪里去了》，戴从容译，江苏人民出版社2005年版，第7页。

[3] [英]弗兰克·富里迪：《阅读的力量：从苏格拉底到推特》，徐弢等译，北京大学出版社2020年版，第293页。

第六章　阐释边界与阐释的文化政治

得意义的过程中，他们可以学会如何进行批判性的思考并最终做出自己的判断"①，这种反思与批判的敏锐意识，有助于人们摆脱世俗功利的羁绊，对作为终极归宿的真理加以趋近。

在阐释边界转向真理政治的过程中，赫希做出了尤为引人注目的贡献。如前所述，赫希试图以作者意图为契机，达成对阐释边界和确定性意义的重构。随着学术生涯的推进，赫希将研究视角转向了更广阔的社会文化领域，旨在对隐藏于边界背后的真理命题予以深入考察。在《阐释理论的政治》一文中，赫希指出，在当代人文学术的阐释实践中，存在着两种意识形态话语的错综纠葛。前者可称为世俗的"政治意识形态"（ideologies of politics），它以彰显某些利益集团的政治立场或文化诉求为目标，将本然的经验事实搁置一旁。因此，在这种意识形态的影响下，"我们欲求并且在某些情况下会预先决定一个特定的结果"②。后者可称为"真理意识形态"（ideologies of truth），它试图在独立于各种偏见或倾向性的状态下运作，尽可能洞察周遭世界的真理内涵。因此，在这种意识形态的规约下，"我们对特定结果的欲求服从于我们对正确性的渴望"③。基于此，赫希断言，相较于政治意识形态的粗暴武断，作为人文学术基点的真理，更值得我们致以虔诚的敬意。换言之，人文学者的当务之急，在于超越政治话语的规训，"尽可能讲述他们仔细研究过的现实世界中某些方面的客观历史性真理"④。在《超越惯例》一文中，赫希延续了自己对真理的思考。他谈到，根据对待惯例（conventions）的不同

---

① ［英］弗兰克·富里迪:《阅读的力量：从苏格拉底到推特》，徐弢等译，北京大学出版社2020年版，第293页。
② Eric D. Hirsch, "The Politics of Theories of Interpretation", *Critical Inquiry*, Vol. 9, No. 1, 1982, p. 236.
③ Eric D. Hirsch, "The Politics of Theories of Interpretation", *Critical Inquiry*, Vol. 9, No. 1, 1982, p. 236.
④ Eric D. Hirsch, "The Politics of Theories of Interpretation", *Critical Inquiry*, Vol. 9, No. 1, 1982, p. 246.

阐释的边界：一个文学理论关键命题的探究

态度，我们可以从人文研究中提炼出"强惯例论"（strong conventionalism）和"弱惯例论"（weak conventionalism）两种范式。前一种范式认为，真理并非超验、独立的存在，而是被社会机制和文化惯例所塑造，随着时空的更迭和情境的转换而呈现出不同形态；后一种范式不否认惯例对意义生产过程的影响，但相信，真理终究会超越惯例的束缚，而彰显其庄重、神圣、不容亵渎的精神坐标意义。① 赫希承认，"强惯例论"在20世纪下半叶已然成为时尚［德里达、罗蒂、希拉里·普特南（Hilary Putnam）、纳尔逊·古德曼（Nelson Goodman）等人均是其拥趸］，而"弱惯例论"则显得有些式微。但他依然宣称，人文学者有必要回到一度被忽视的弱惯例论，对潜藏其中的真理价值和同一性律令加以充分体认，这有助于他们摆脱言人人殊的混乱状态，尽可能触及历史和世界的本真面貌。② 当然，赫希的真理观很容易陷入"二元对立"的定式，但纵观其建构理论体系的实践，我们仍不难感受到人文知识分子所秉持的济世情怀。

应看到，阐释边界的真理政治，将我们引向了对"大叙事"（grand narratives）的重构。在当代文化思想中，对"小叙事"（little narratives）的崇拜是一种主导趋向。小叙事蕴含着激进的反叛性和去中心化（decentralization）诉求，旨在对人类历史上的普遍真理或永恒本质加以颠覆。在文学阐释场域，小叙事体现出鲜明的特征，即追求意义的碎片化、差异性和独立性，强调不同阐释策略并无高低优劣之别，而是处于平等、交互、对话的状态。作为一种颇具后现代气质的阐释范式，小叙事自然有其优长，它使意义摆脱了本质主义的压抑或禁锢，呈现出更复杂、丰

---

① Eric D. Hirsch, "Beyond Convention?", *New Literary History*, Vol. 14, No. 2, 1983, p. 391.
② Eric D. Hirsch, "Beyond Convention?", *New Literary History*, Vol. 14, No. 2, 1983, pp. 395–396.

第六章　阐释边界与阐释的文化政治

富的动态生长空间。但小叙事的弊端同样不容忽视，它驱使人们对一切意义对象投以"平均化"的目光，而失去在林林总总的解读中取舍分辨的能力。故而，小叙事虽然避免了大叙事的刻板化和保守倾向，但反过来，又可能"把文学研究带入了一个平庸委琐的地步"[①]。换言之，小叙事诱导人文学者沉湎于无足轻重的枝蔓或细节，而将那些与人类生存休戚相关的议题——如理性、真理、存在、历史、道德、合法性，等等——统统抛诸脑后。由此看来，以阐释边界为契机，对真理价值加以持续追问，将体现出振聋发聩的力量：它一方面有助于将游离、散漫的知识话语整合为一个稳固体系；另一方面也将推动我们寻找一种伊格尔顿所谓的"元语言"（meta-language），或一个具有普适意义的精神参照系，借此而"提出有关人类的更普遍、更基本的问题"[②]。在此过程中，人文学者将再度担负起精神导师的使命，一度摇摇欲坠的大叙事也将在某种程度上得以重建。

此外，阐释边界的真理政治还与福柯的晚期思想产生了共振。20世纪七八十年代以来，福柯开始对古希腊文化中的"直言"（parrhēsia）详加探究。所谓直言，意味着无所畏惧地言说真理，而敢于承担一切可能之风险："在直言时，言说者运用其自由，他选择坦率而非说服，选择真相而非谎言或缄默，选择死亡的危险而非生命与安全，选择批判而非阿谀，选择道德责任而非一己私利和道德冷漠。"[③] 福柯进一步认为，直言涉及五个彼此关联的维度：其一，坦率（frankness），即开诚布公地说出心之所想，而不会掩饰或故意欺瞒；其二，真理（truth），即所说的是举世皆然的普遍律令，而不是个人偏狭的主观见解；其三，危险

[①]　周宪：《关于解释和过度解释》，《文学评论》2011年第4期。
[②]　［英］特里·伊格尔顿：《理论之后》，商正译，商务印书馆2009年版，第78页。
[③]　Michel Foucault, *Fearless Speech*, Trans. Joseph Pearson, New York: Semiotext (e), 2001, pp. 19–20.

阐释的边界：一个文学理论关键命题的探究

（danger），即充满勇气地言说，甚至不惜为真理而身处险境；其四，批判（critcisim），即直言不讳地指出问题所在，不会迫于对话者的权势而有所保留；其五，责任（duty），即在一种道德责任感的召唤下说出真理，而不愿保持自欺欺人的沉默。[①] 一言以蔽之，直言使真理不再是一个笛卡尔意义上的认识论问题，而是升华为一种自我塑造的方式，一种同个体生命休戚相关的道德实践。诚然，相较于福柯的锋芒毕露，赫希等人更倾向于通过对边界问题的沉思，以相对迂回曲折的方式达成对真理的探问。但必须承认，在这个充斥着变乱、危机和不确定性的当代社会，在人们不断陷入惶恐、焦虑和身份危机的背景下，上述理论家对真理的虔敬信仰，以及为恪守真理而甘愿与世界为敌的勇气，足以使每一位人文知识分子掩卷深思。

当然，在今天，人们对过去那种统揽一切的真理观有了不同理解。阿甘本有言，"一切可以被放进一种对象化的话语中的最终真理，就算看起来令人满意，也必然是一种厄运"[②]。在他看来，传统意义上永恒、绝对的真理话语压抑了人的潜能，窒息了艺术的灵性，对世界的创造性生成带来了阻碍。卡普托则提出，真理在当下沿着三条线路演进：其一，是尼采的"视角主义"（perspectivism），即不同观察者基于各自的情趣、秉性或天赋，从不同视角对真理加以书写；其二，是维特根斯坦的"语言游戏"（language games），即主体置身于斑斓多变的生活世界，根据特定的"游戏规则"构造带有自身精神印记的小写真理；其三，是托马斯·库恩的"范式"（paradigm），即真理并非封闭的话语体系，而是如范式的转换一般，在"静态"与"动态"、"变"

---

① Michel Foucault, *Fearless Speech*, Trans. Joseph Pearson, New York: Semiotext(e), 2001, pp. 12 – 20.
② ［意］吉奥乔·阿甘本：《散文的理念》，王立秋译，南京大学出版社 2020 年版，第 23 页。

第六章　阐释边界与阐释的文化政治

与"不变"之间交替运动。①这就暗示，真理从来不是一锤定音式的裁断，而是具有鲜明的个性和可证伪性（falsifiability），随着时间、处所、文化心理的改变而呈现出不同形态。由此看来，我们不应当臣服于柏拉图意义上君临天下的大写真理；相反，我们一方面要坚持真理的庄重和不容僭越，另一方面，又必须承认，真理并非铁板一块的存在，而是拥有生成、演绎和变动的丰富空间，在血肉鲜活的人类经验中释放其可能性。这就如伊格尔顿所言："绝对真理并不意味着是非历史的真理：它并不意味着那种从天而降的真理，也不是犹他州的哪个假冒预言家恩赐给我们的。相反，绝对真理是通过争论、证据、实验和调查发现的。在任何一个特定时期被认定是（绝对）为真的许多事毫无疑问都可能最后被证实为伪。"②

对真理在当下的微妙境遇，赫希有较深入的思考。在《阐释的目的》一书中，他从神学出发，对三种不同的真理观加以辨析。其一，是"有神论"（theism），它对真理的存在深信不疑，但常常过分执着于真理而无法自拔，从而被一种权威主义话语所操控；其二，是"无神论"（atheism），它试图从根本上抹杀真理的存在，将其指认为少数人一厢情愿的杜撰或虚构，但这种真理观的泛滥，很容易使人们陷入恣意妄为的"无政府主义"状态（就像某些在现实生活中毫无敬畏之心的"无神论者"一般）；其三，赫希更愿意追随的，是一种关于真理的"不可知论"（agnosticism），这种观点承认，真理远未被我们真切体察和充分把握（就像我们永远无法触及某一位具体的神祇），同时又坚信，在世俗生活中，真理终将维持其难以磨灭的在场，并值得当代人为之

---

① ［美］约翰·D. 卡普托：《真理》，上海文艺出版社 2016 年版，第 197—237 页。
② ［英］特里·伊格尔顿：《理论之后》，商正译，商务印书馆 2009 年版，第 105 页。

阐释的边界：一个文学理论关键命题的探究

倾注心力。① 按照不可知论的逻辑，真理一方面难以企及，更遑论被精确重构；另一方面，又作为一个终极归宿而昭示其存在。因此，我们有必要竭尽所能，通过漫长、繁重而艰辛的阐释实践，在最大限度内对真理的"彼岸世界"加以趋近。在此过程中，我们也将如加缪笔下日复一日推石上山的西绪弗斯（Sisyphus），在似乎是看不到尽头的苦业中获得精神的慰藉。显然，上述见解回应了后现代主义对"大叙事"的解构，使真理在一个"众声喧哗"的语境下呈现出更复杂面向。

综上，数字媒介对日常生活的渗透，使人们在汪洋恣肆的信息中迷失方向；同时，实用理性的风靡，又带来危险的唯我论倾向，导致了真相的溃退与交流的失效。有感于此，阐释边界的捍卫者试图以确定性意义为契机，对作为终极归宿的真理加以追问与重构，尽可能使当代人摆脱茫然与困厄的状态，重新获得赖以维系的精神支撑。当然，或许有人认为，这种对真理的坚持很难真正实现，甚至只不过是一种乌托邦式的虚构。但事实上，乌托邦对人类而言不可或缺，它在某种程度上"超越了对美好生活会是如何的憧憬，而成为主张美好生活能够如何、应当如何的诉求"②。换言之，乌托邦提供了一种"何为美好生活"的期许，倘若没有这种期许，人类生活将变得平庸乏味、黯淡无光。由此，我们也可以说，在赫希等人对真理的诉求中，包含着挥之不去的乌托邦色彩，但正是这种乌托邦的召唤，为我们提供了信心、勇气和希望，有助于我们超越世俗生活的羁绊，不断对某些更崇高、严肃的目标加以追寻。故而，阐释边界的真理政治，也就为我们带来了在这个支离破碎的世界上继续前行的理由。

---

① Eric D. Hirsch, *The Aims of Interpretation*, Chicago: University of Chicago Press, 1976, p.12.
② ［英］鲁思·列维塔斯：《乌托邦之概念》，李广益等译，中国政法大学出版社2018年版，第1页。

第六章　阐释边界与阐释的文化政治

本章小结

"意义与阐释"是人文社会科学的枢纽所在，因此，围绕阐释边界的讨论，也将体现出更复杂、深刻的文化政治诉求，为我们反思人类的生存方式、精神困境和情感纠葛带来启示。首先，阐释边界并非纯然的学术话语，而是蕴含着丰富的人文精神内涵，这有助于抵御虚无主义对人之完整性和独立性的贬损，重塑真实、生动的人文根基。其次，阐释边界以重构确定性意义为旨归，引导我们对文本的审美特质和审美属性加以细致观照，这有助于超越"文化政治论"对文本经验的胁迫，使主体在"审美"与"政治"之间维持动态的平衡。再次，基于对阐释边界的思考，我们的关注点从意义的确定性，转向了人类精神生活的庄重、神圣和不可侵犯，转向了对真理这一"大叙事"的敬仰与不懈追寻。诚然，这种对真理的憧憬带有"知其不可为而为之"的色彩，但它终将为我们昭示一种终极的精神规范，一种关于如何思考、如何行动的参照或坐标。阐释边界的文化政治，一方面，推动了人文学者对主流学术话语的反思，另一方面，也促使我们将意义问题置入更广阔的知识谱系，揭示其与当代文化生态的难舍难分的"互文性"关联。

结　　语

　　在文学中，意义是一个神秘莫测，同时又拥有无穷魅力的要素。丹尼·卡瓦拉罗（Dani Cavallaro）相信，对意义的探究"包含了不计其数的各种思考活动"①，这些千头万绪的思考伴随人类求知欲的滋长而不断延伸。埃兹拉·庞德（Ezra Pound）有言，"文学是充注了意义的语言"，"伟大的文学正是在可能的极致程度上充注了意义的语言"。② 意义的重要性，使"阐释"成为了人文学术中永恒不变的主题。与之相应，"阐释的边界"也将体现出难以忽视的价值，从而在当代文论的知识版图中占据一席之地。

　　通过以上诸章节的探讨，我们可以大致勾勒出阐释边界在当代文学理论中的基本面貌，并遵循"概念内涵—历史谱系—存在依据—建构路径—本体形态—实践策略—文化政治"的总体思路，一步步揭示出阐释边界所蕴含的复杂、丰厚的理论内涵。

　　本书的最核心论点集中体现在如下几个方面。

　　首先，阐释边界以及潜藏其中的思想进路，已经全方位融入了当代文论的话语体系。尽管 20 世纪中叶以来，不确定性呈现

---

　　① ［英］丹尼·卡瓦拉罗：《文化理论关键词》，张卫东等译，江苏人民出版社 2006 年版，第 5 页。
　　② ［美］埃兹拉·庞德：《阅读 ABC》，陈东飚译，译林出版社 2014 年版，第 14 页。

出风靡之势，但阐释边界依然从逻辑、心理、认知、伦理等层面彰显其合法性，成为了文学研究中无法消解的一个维度。可以说，脱离阐释边界这一问题域，我们便无法对当代文学理论——尤其是关乎"意义与阐释"的各种观点学说——加以充分理解和深刻体认。

其次，在阐释边界的建构中，"确定性"（determinacy）是一以贯之的核心，但必须注意，这种确定性并非不容触犯的意义权威，亦不同于放诸四海而皆准的本质主义话语，它所涉及的是多重的文化动因和思想脉络，并试图在维持某种"底线意识"的同时，在一定程度上将差异性、偶然性和变动性纳入其理论构架。正因为如此，阐释边界无法被视作一条单数、封闭、僵滞的分界线，而是呈现出复数、开放、动态生成的特质；同时，阐释的"边界论"与"非边界论"也并非冰炭不容，二者往往处于交织、调和、转换、互为镜像的总体性进程中，共同折射了文学理论在当代的思想转折和话语变迁。

再次，在当代文学理论中，阐释边界体现出独特的意义，它不仅是一个充满张力的学术命题，同时还充当了一个恰适的理论契机：一方面，阐释边界有助于我们以点带面，较为清晰、完整地勾勒出当代文论话语的知识谱系；另一方面，阐释边界也提供了一种动力来源，促使我们对文学理论中备受瞩目的问题——如意图、语言、文本、语境、惯例、主体、阅读、经典、结构、解构、审美、真理，等等——加以积极反思和批判性重估。透过阐释边界这一视角，以上这些耳熟能详的问题将呈现出某些新的面向和可能性。此外，由于边界问题在中西方意义理论中皆有较充分的体现，故而，围绕阐释边界所展开的探讨或论争，也将推进中西方文论资源的比较与参照，有助于本土理论的话语再生和范式转换。

最后，在作为意义话语的阐释边界和当代人的生命体验之

阐释的边界：一个文学理论关键命题的探究

间，还存在着交互呼应、彼此促发的"互文性"关联：一方面，当代生活的"碎片化"和"无根性"（rootlessness）造成了诸多精神困境，使人文学者对不确定性意义观的反思，对阐释边界的追问与诉求成为了必然；另一方面，阐释边界本身蕴含着强烈的文化政治潜能，作用于文本这一错综复杂而又精彩纷呈的虚拟空间，在一定程度上实现了人文精神的觉醒，审美理想的复归，以及虚无主义的祛魅和真理价值的重构。我们有理由相信，随着时间的推移，阐释边界与当代文化生态的关联还将得到更加微妙、生动，更富戏剧性的演绎和书写。

当然，在关于阐释边界的研究中，还存在着一些有待深入开掘的空间。首先，在讨论边界问题时，本书的关注点集中于一般意义上的语言文字作品，而较少涉及当代语境下的文艺现象——尤其是伴随数字媒介文化而形成的新的文学艺术景观。在当代文学理论中，"媒介"俨然已擢升为经典"四要素"之外的又一个关键环节。[1] 近些年来，在数字媒介的建构下，文艺的存在方式、生产方式、传播方式、接受方式等无不发生了巨大变化，这些变化更新了我们对文学艺术的理解，同时也带来了新的批评话语和释义路径。在这样的背景下，阐释边界的概念内涵和精神指向是否会不同于既往，人文学者对阐释边界的认识又是否会发生微妙的改变？这些问题，显然值得我们做出进一步的追问与探究。

其次，本书从意图、文本、惯例、交互主体性等向度涉入对阐释边界的考察，而较少从社会关系或权力话语的层面出发，对边界问题加以更具批判性的思考。按照卡勒的观点，在关于"有效阐释"和"过度阐释"的抗衡中，存在着一个关乎"文化资本"（culture capital）的复杂问题。当某种阐释范式居于主位时，其支持者便会尽可能抑制不同的声音，"拒斥必须允许争论存在

---

[1] ［美］阿瑟·阿萨·伯杰：《眼见为实——视觉传播导论》，张蕊等译，江苏美术出版社2008年版，第79页。

结　语

以使知识体和各种计划系统得以可能的观念"①，从而垄断有限的文化资本，确保自身的合法性和权威地位。倘若另一种阐释范式想要崭露头角，其拥趸的惯常做法，便是以"不走寻常路"的姿态，建构一套完全不同甚至截然相反的意义规则，从而为自己开辟理论言说的独特空间，在主流学术话语之外生成一片新的知识场域。循此思路，在阐释的"边界论"与"非边界论"的此消彼长中，是否暗含着关于"制定规则"与"破坏规则"的角逐，又是否潜藏着一场为争夺名誉、头衔和口碑所展开的看不见硝烟的战争？这同样是一个需要认真思考的问题。

再次，更耐人寻味的是，在围绕阐释边界及其相关问题的讨论中，存在着阐释之有限性和文学之无限性的深刻紧张。在阐释实践中，"边界"意味着对意义的限定或规约，使之不致落入难以把控的相对主义状态。尽管前文提到，阐释边界并非凝固的实体，而是在一定程度上包容了差异或变化，但在其本体构造中，对规范或秩序的坚守依然是一以贯之的主线。相较之下，文学的最重要特质，则在于意义生成的无限可能性。作为虚构、想象和情感宣泄的产物，文学天生便拥有不拘一格的颠覆性和反叛潜能，它从不会恭顺地听任研究者的规划或摆布，而总是要打破既定的阅读程式或释义框架，向一个充满诱惑力的异样世界延展。这就如海伦·加德纳（Helen Gardner）所言：

> 伟大书籍的意义不可穷尽，这不但不是失望的根源，而是研究文学、教授文学的诸多乐趣之一。一个懵懂的学生，他被正在讨论的作品真正打动、刺激，来了兴趣，提了一个问题，可能改变、置疑、敞开整部作品的意义，原本习以为常的东西再次变得"神奇"。如果一个想象性的文本或小说，

---

① ［美］乔纳森·卡勒：《理论中的文学》，徐亮等译，华东师范大学出版社 2019 年版，第 155 页。

阐释的边界：一个文学理论关键命题的探究

真的可以通过"阐释"，最终获得完全而充分的"意义"，那么，这个文本将不再值得阅读。如果一个文本要对读者的想象保持吸引力，其意义必须总是存在于阐释者的力量之外。阐释者只能在这里或那里投入一束光……提供一点儿"照明"，但他永远不可能成为文本的主人。①

从上面这段话中，不难见出文学与阐释之间的复杂纠葛。阐释者——或广而言之，一切以破译文本为己任之人——意在"划定边界"，以相对明晰、真切的方式对意义加以把握；而文学则往往执拗地，甚至一意孤行地试图"突破边界"，通过丰富生动的形象，扣人心弦的情节，以及"言有尽而意无穷"的语言表达，尽可能摆脱一切的法则、秩序或条条框框，不断改写人们认知和感受的既有图谱。如何对阐释的规范性诉求和文学的开放性冲动加以调和，从而在"划界"和"越界"之间形成一种动态的平衡？这是我们在本书中试图解决，但未能充分解决的问题。

以上种种问题，形成了一个强大的"召唤结构"（calling structure），吁请人文学者投身其中，就阐释边界这一当代文论中的关键命题展开更深入的思考。因此，本书的完成与其说是一个终点，不如说是一个充满未知诱惑的新的开端。

---

① ［英］海伦·加德纳：《捍卫想象》，李小均译，广西师范大学出版社2019年版，第235页。

附　录

阐释边界的实践之维
——以赫希的文艺阐释学思想为中心

在人文社会科学中，意义的限度与可能性始终是备受关注的问题。自 2014 年以来，随着"强制阐释论"的提出以及在中国学界所产生的广泛影响，"阐释的边界"（the boundaries of interpretation）更是成为一个不容忽视的理论焦点。在围绕阐释边界的论争中，美国文艺批评家赫希（Eric D. Hirsch）是时常被征引的人物,[①] 这位在中国学界颇有些"冷门"的学者亦由此进入人们的视域。赫希在 20 世纪六七十年代确立了一套以作者意图为核心，以确定性意义为旨归的阐释体系和话语范式，并借此在当代西方文论的版图中占据一席之地。在崇尚"碎片化"与"流动性"的当代语境下，赫希所体现的是一种"逆流而上"的理论姿态，他不仅在一定程度上丰富了文艺理论中关于阐释边界的既有论说，亦针对当代西方文论的主导趋向和本体症候展开了批判性反思，从而使研究视角深入价值、规范、伦理、信仰等更加意味深长的领域。

[①]　如张江便提出，希望强制阐释论成为从桑塔格的"反对阐释"到赫希的"阐释的有效性"再到艾柯的"过度阐释"这条前后承继的理论链条上的一个新环节。参见张江《关于"强制阐释"的概念解说——致朱立元、王宁、周宪先生》，《文艺研究》2015 年第 1 期。

阐释的边界：一个文学理论关键命题的探究

赫希对阐释边界的追问从未止步于抽象的哲性分析，而是与文学、艺术的经验世界相伴相随。从历史上看，阐释学在其源头处便蕴含着开启文本并"带来理解"的强烈诉求。[1] 在赫希的思想谱系中，同样可见出对古老阐释学传统的回应。在《阐释的有效性》中，赫希对《旧约·创世记》中巴别塔（Babel）的传说表现出浓厚兴趣。按照通俗的解读，巴别塔的坍塌意味着操持不同语言的个体在交流中的无能为力。赫希则意识到，既然人类曾满怀憧憬地建造一座统一、稳固的巴别塔，那么，这同样表明，尽管身处驳杂纷乱的世俗生活，但每个人在内心都潜藏着对共识与一致加以追逐的自发冲动。[2] 由此，赫希试图在具体的文艺批评实践中达成对确定性的效果预期。基于"或然性判断"与"有效性验定"这两种紧密关联的方法论策略，赫希为阐释提供了切实可行的操作模式，同时，又强调了意义在一定程度上的不可还原性（irreducibility），从而使阐释边界的建构呈现出"开放"与"封闭"、"深度"与"去深度"相交织的特质。

一 或然性判断："开放"与"封闭"的互涉

在赫希的阐释实践中，"或然性判断"（probability judgments）是揭示文本意义的重要路径。这一理论命题源自赫希对伽达默尔本体论阐释学（ontological Hermeneutics）的反思。伽达默尔相信，在主体与作为历史传承物而存在的文本之间，始终横亘着由不同的知识积淀、价值取向、情感态度所构成的隔阂或障碍，因此，阐释者要穿越历史长河而接近文本的原初意义，是一项几乎

---

[1] 阐释学（Hermeneutics）之名得自希腊神话中的信使神赫尔墨斯（Hermes），而赫尔墨斯的最重要使命，在于将诸神的言说译解为可以被凡俗之人理解的意义。参见 Richard E. Palmer, *Hermeneutics: Interpretation Theory in Schleiermacher, Dilthey, Heidegger, and Gadamer*, Evanston: Northwestern University Press, 1969, p. 13.

[2] Eric D. Hirsch, *Validity in Interpretation*, New Haven: Yale University Press, 1967, pp. 127–133.

不可能完成的任务。① 赫希对上述见解深感疑惑。他提出，即使在同时代人（contemporaries）的交流中，伽达默尔所关注的分歧与差异依然是一种常态。如果说，在现实生活中，主体能克服一己之见而达成与他者的认同，那么，在面对历史性文本时，阐释者同样有机会挣脱其文化给定性而实现对确定性意义的领悟。② 然而，赫希意识到，由于阐释必然以主观的精神世界为依托，而后者又是一片变幻无常、难以名状的场域，因此，理解的超时间性（timelessness）并不意味着阐释者可以对意义加以精确无误的重构。由此，赫希提出，确定性并非不容更改的权威，而总是以一种"或然性"的姿态得以呈现。

所谓或然性（probability），是一个与必然性（necessity）相对应的范畴，主要指借助真命题推导出诸多未必为真的结论。从认识论上看，或然性所描述的是介于"必然存在"与"必然不存在"之间的复杂而微妙的状态。③ 赫希认为，既然一切阐释都带有主观猜测的成分，那么，对或然性的权衡与评判便成为了阐释者抵达文本原义的有效策略。按照他的思路，如果某种阐释不仅能自圆其说，而且"在正确的可能性上超出或等同于其他人所共知的设想"④，那么，该阐释便足以获得普遍的合法性地位。赫希承认，人类精神行为往往表现出驳杂、分裂、动荡的面貌，但他同样相信，通过对诸种假说或构想的比较与参照，阐释者可以对

---

① 加拿大学者格朗丹对此深有体会，他观察到，在伽氏的阐释学中，"理解不仅是一种可能性，一种能力，同时也是一种不可能，一种无能为力"。参见 Jean Grondin, "Understanding as Dialogue: Gadamer", *The Edinburgh Encyclopedia of Continental Philosophy*, Simon Glendinning ed., Edinburgh: Edinburgh University Press, 1999, p. 224。

② Eric D. Hirsch, *Validity in Interpretation*, New Haven: Yale University Press, 1967, p. 42.

③ Robert Audi, ed., *The Cambridge Dictionary of Philosophy*, London: Cambridge University Press, 1999, pp. 743–745.

④ Eric D. Hirsch, *Validity in Interpretation*, New Haven: Yale University Press, 1967, p. 169.

阐释的边界：一个文学理论关键命题的探究

意义中不甚合理的成分加以检验与证伪，并逐渐从多样化的解读中遴选出最接近初始性意义的一种。可见，或然性判断固然以确定性为目标，但又必须以难以穷尽的非确定因素为逻辑前提。

  在或然性判断的展开过程中，对证据材料的掌握是一个至关重要的环节。正是在相关经验事实的支撑下，阐释者才可能剔除无关于文本原义的点缀或附庸，进而在最大程度上将客观、有效的阐释付诸实践。赫希认为，或然性判断所必需的证据材料包括两类。其中一种是"内在证据"（intrinsic evidence），即聚焦于具体文本，分析某种阐释能否"对更多的事实或要素加以说明"[1]。如在威廉·布莱克的名作《病玫瑰》中，"玫瑰"的意象可被理解为炽烈、奔放的爱情，亦可被理解为天真、淳朴的人性。但如果结合全诗的总体氛围加以考量，便可发现，后一种伦理化的解读似乎更切合诗人的初衷，也更容易将包括主题、结构、象征、隐喻、情感在内的诸因素凝合为一个有机体系。另一种是所谓"外在证据"（extrinsic evidence），即将关注点转向更广阔的社会、文化语境，基于文本所从属类别的固有特征，对该文本中尚不为人知悉的内涵加以预判和估测。[2] 不难想见，阐释者对类别的限定越是严格，就越可能勾勒出确定性意义的大致轮廓。在赫希对华兹华斯名篇《恬睡锁住了心魂》的解读中，外在证据的重要性有明确体现。华兹华斯在诗中写道：

    昔日，我没有人间的忧惧，
    恬睡锁住了心魂；
    她有如灵物，漠然无感于

---

[1] Eric D. Hirsch, *Innocence and Experience: An Introduction to Blake*, New Haven: Yale University Press, 1964, p. viii.

[2] Eric D. Hirsch, *Validity in Interpretation*, New Haven: Yale University Press, 1967, pp. 183 – 184.

尘世岁月的侵寻。

如今的她呢，不动，无力，
什么也不看不听；
天天和岩石树木一起，
随地球旋转运行。

　　上述诗句的暧昧性，使之引发两种截然不同的解读：布鲁克斯等人断言，诗人所传达的，是听闻恋人噩耗时难以抑制的悲痛之情；以贝特森为代表的批评家相信，全诗的基调为达观而非凄怆，充盈其中的，乃是"天人合一，万物化生"的哲理意蕴。赫希提出，由于一个人在作诗时不可能既从容惬意，又抑郁消沉，因而，便不存在将以上两种态度整合为一的"兼容并包"的解读。[①] 由此，赫希从三方面切入，以期缩减诗歌所属的类别范围，并对更具或然性的阐释加以揭示。他首先聚焦于华兹华斯所活跃的18、19世纪之交，发现在此时的英国，存在着一种身体—心灵、主观—客观、个体—自然相融合的神秘主义倾向；接下来，他梳理了华兹华斯在同时期的其他诗作，发现其中大多蕴含着强烈的能动性（agency）和自我意识，甚至连那些书写"熄灭之生命"的作品亦复如是；进一步，他还对华兹华斯的作品加以细读式考察，发现诗人所惯用的一些意象，如"草木""岩石""河流""星辰"等，往往并非僵滞的客体，而是暗示出一种"向死

[①] 在此，赫希展现出对燕卜荪"朦胧"（ambiguity）观点的反思。燕卜荪将朦胧定义为诗歌中模棱两可、含混不清的语义表达特质，他相信该特质具有难以言喻的魅力，并有助于引导读者"探索人类经验深处的奥妙"。赫希发现，燕卜荪的误区在于，不同阐释在多数情况下并非互为补充，而是表现出难以协调的"离心化"趋向。因此，并非激发越丰富阐释的文本便拥有越强的表意潜能。参见［英］威廉·燕卜荪《朦胧的七种类型》，周邦宪等译，中国美术学院出版社1996年版，"序言"第1—11页。

阐释的边界：一个文学理论关键命题的探究

而生"的从容心态。综上，赫希得出结论，贝特森相对积极的解读更符合诗人的原义，亦将体现出正确的较高或然性。① 在赫希的分析中，可见出丹纳艺术社会学的思想轨迹。丹纳认为，一件艺术品并非孤立的存在，而应被安置于"艺术家的全部作品""艺术家所隶属的派别""与艺术家同时同乡的人"这三个环环相扣的总体中加以解析。② 上述观点在一定程度上启发了赫希对外在证据的关注。当然，丹纳所贯彻的是一种"外展"的逻辑思路，即由个体艺术家扩展至特定时代的民族共同体，进而释放艺术品更丰富的文化精神内涵；赫希则倾向于一种"内聚"的逻辑思路，即由普遍的时代氛围转向具体、可感的创作经验，从而在最大程度上实现对文本意义的精确呈现。

或然性判断可以被界定为一种基于语境（context）的综合分析模式，其要旨在于通过对语境的全方位考察，使隐含于文本的确定性意义得以显现。按照赫希的理解，语境并非新批评意义上内在于文本的封闭体系，而是涉及传统、惯例、习俗、规约、文化心态等驳杂多样的外在因素。③ 故此，或然性判断将超越纯粹的"上下文"或语词关系，而体现出更开阔的理论格局。基于对语境的关切，赫希试图对经验研究在文艺阐释学中的地位加以重估。有学者发现，"理论"（theory）的源头可追溯至希腊文中的"看"（theatai），该希腊语又由"剧场"（theatre）一词衍生而来。因而，自诞生伊始，理论便蕴含着某种"此时此地"的观察性潜能。④ 然而，在当前的文艺理论研究中，理论与实践的断裂已成为一种常态。研

---

① 参见 Eric D. Hirsch, "Objective Interpretation", *PMLA*, Vol. 75, No. 4, 1960, pp. 471–473。

② 参见 [法] 丹纳《艺术哲学》，傅雷译，广西师范大学出版社 2000 年版，第 37—41 页。

③ Eric D. Hirsch, *Validity in Interpretation*, New Haven: Yale University Press, 1967, pp. 86–87.

④ 参见周宪《文学理论的创新问题》，《中国社会科学》2015 年第 4 期。

究者往往沉迷于从理论到理论的抽象思辨，将文本简化为印证某一观点学说的载体或材料。① 或然性判断强调对语境的细致探究，一方面推动阐释者关注文本的组织构造与修辞技法；另一方面，又提醒人们将目光转向文本生成、演绎和流变的更复杂进程。这样，或然性判断不仅凸显了文艺作品中真切可感的经验维度，亦将弥补当代学术研究偏重形上推演的极端化倾向。

至此，赫希的思路与旨在"知人论世"的传记批评产生了某些交集。众所周知，以丹纳、斯达尔夫人、圣伯夫、勃兰兑斯等人为代表的传记批评曾一度盛行于欧陆学界，其核心诉求，在于对创作者的生平经历和文化背景予以细致考察，从中寻求文本意义的解读之道。自20世纪以来，传记批评越发被视为一种陈旧、落伍的研究方式而饱受诟病。如韦勒克虽然承认，在作者的传记资料和文本之间，确乎存在着"不少平行的、隐约相似的、曲折反应的关系"，但同样坚称，"任何传记上的材料都不可能改变和影响文学批评中对作品的评价"。② 基于对或然性判断的运用，赫希在一定程度上承袭了传记批评的思路，从而有助于对此种研究范式在当下的合法性予以重新发现。当然，较之传统传记研究对所谓"标准答案"的执着，赫希的见解要更显辩证。他宣称，"确切理解的不可能性"（the impossibility of certainty in understanding）不等于"理解的不可能性"（the impossibility of understanding）。③ 换言之，意义虽无法得到绝对精准的还原，但总是处于

---

① 如有学者观察到，在当前风头正劲的"法国理论"中，研究者往往从一种"政治实用主义"的激进立场出发，将特定的批判意识与文化—政治诉求植入具体的文学、艺术作品。这样的态度在很大程度上带来了主观预设和观念先行的研究趋向。参见周宪《也说"强制阐释"——一个延伸性的回应，并答张江先生》，《文艺研究》2015年第1期。

② ［美］勒内·韦勒克、［美］奥斯汀·沃伦：《文学理论》，刘象愚等译，江苏教育出版社2005年版，第81页。

③ Eric D. Hirsch, *Validity in Interpretation*, New Haven: Yale University Press, 1967, p. 17.

阐释的边界：一个文学理论关键命题的探究

被权衡、估测与探究的状态，并保留着最终彰明昭著的希望。由此，文本阐释亦将呈现出"开放"（即对多元性和差异性的接纳）与"封闭"（即对同一性和确定性的坚守）互涉的形态，而免于在两极之间挣扎纠结的困境。

二 有效性验定："深度"与"去深度"的斡旋

作为与或然性判断相匹配的范畴，"有效性验定"（validation）伴随赫希的自我反思而逐步确立。在其理论生涯早期，赫希将验证（verification）视为追溯文本意义并建构阐释边界的必由之路。所谓验证，指借助一套严格而规范的操作程序，对阐释与初始性意义的契合程度加以审视与检验。在验证的过程中，阐释者需遵循下列标准：其一，合法性（legitimacy），即阐释能否与公共性的语言规范相协调；其二，一致性（correspondence），即阐释能否对文本的任一部分加以有效说明；其三，文类适宜性（generic appropriateness），即阐释能否满足特定文类所包含的效果预期；其四，可信性或连贯性（plausibility or coherence），即阐释能否言之成理，并由此产生较强的说服力。[1] 验证为阐释者对不同意义成分的辨析提供了依据，从而在一定程度上呼应了或然性判断的宗旨；但同时，验证又暗示出某种保守性和凝固性，它很容易造成如下错觉，即"无论如何，对阐释的有效性或一致性的认同都将保持不变"[2]。

随着研究的深入，赫希意识到，阐释实质上是一个逐渐展开的过程，而意义在当下的合乎情理绝不意味着无可争辩的正确性。由此，赫希试图用有效性验定来替代验证这一似乎"已成定

---

[1] Eric D. Hirsch, "Objective Interpretation", *PMLA*, Vol. 75, No. 4, 1960, p. 475.

[2] Eric D. Hirsch, *Validity in Interpretation*, New Haven: Yale University Press, 1967, p. 170.

局"的概念。相较于验证对文本原义的一锤定音的确认，在有效性验定中，阐释者往往结合既有经验而做出粗线条、轮廓化的解读，又在新的经验事实的支撑下，对该解读加以持续不断的调整、补充和修正。如在面对约翰·邓恩"圆规式旋转"的经典隐喻时，阐释者通常会试探性地提出，诗人所传达的是"穿越死亡而抵达永生"的神圣意味；一旦他们发现，邓恩在绝大多数诗作中更擅长对"死亡"与"暂时离去"的关联性加以刻画，便会对该意象做出不那么严肃的阐发；不难想象，当新的资料或信息出现后，阐释者的认识还将发生更复杂、微妙的转变。从原则上说，这样的自我更新甚至可以无限度地延续下去。

通过对有效性验定的思考，赫希暗示出自己对阐释边界的理解。在他看来，既然阐释带有明显的主观构想色彩，那么，意义便无法被巨细靡遗地完整把握，而只能"以大致准确的面貌得以呈现"[1]。但赫希注意到，在任何阐释实践中，"确定性都是难以忽视且不可或缺的"[2]。因此，阐释者有必要以丰富的现实经验为参照，对既有理解加以层层推进的校正与重构，并尽可能接近作为终极归宿的确定性意义。可见，在赫希的理论中，阐释的有效性无法被简化为一成不变的绝对性，而是处于被反复追问与诉求的"进行时态"中。

作为探究阐释边界的独特策略，有效性验定得到三类思想资源的启发。首先，是波普尔的科学哲学理念。波普尔认为，科学的存在依据在于一种可证伪性。科学家通过对现实世界的观测而提出若干猜想，又在层出不穷的后续经验的引导下，对既往的猜想加以检验与批判性反思，以此更新自己的答案，并逐渐抵达隐

---

[1] Eric D. Hirsch, *Validity in Interpretation*, New Haven: Yale University Press, 1967, p. 17.

[2] Eric D. Hirsch, *Validity in Interpretation*, New Haven: Yale University Press, 1967, p. 163.

阐释的边界：一个文学理论关键命题的探究

藏在现象背后的终极实在。① 依循上述"猜想与反驳"（conjectures and refutations）的研究思路，赫希认识到，尽管阐释携带着与生俱来的主观因素，但这种主观性同样需要接受客观实在的审查与拷问，从而在一次次的"试错"中不断增加揭示文本原义的可能性。

其次，是皮亚杰对"同化"（assimilation）与"顺应"（accommodation）这两种心理倾向的解析。所谓同化，指主体在与外部世界的交接中，基于本然的知觉和感受能力，将新信息纳入现存的思维模式和感觉结构；所谓顺应，指主体在无法对新的刺激加以同化时，会自觉调节并改造其原有的认知结构，以适应变动不居的现实。皮亚杰相信，人类的认识能力正是在同化与顺应的交互作用下不断发展。② 皮亚杰的观点在赫希的阐释学中得到了回应。依照赫希的见解，在具体的阐释行为中，始终存在着同化与顺应的深刻张力。主体一方面从先在的意念或立场出发，用既定的阐释框架来整合当下的经验事实；另一方面，当旧有的阐释失去效力时，阐释者便应主动谋求改变，以便对不期而至的新状况加以妥善应对。

再次，有效性验定还受到贡布里希"图式"（schema）概念的直接影响。所谓图式，即主体在特定文化习俗的长期濡染下形成的风格模式或心理定向，它为艺术家对周遭世界的再现提供了先在的前提或构架。正是在图式的支配下，艺术家才往往"看到他要画的东西，而不是画他所看到的东西"③。同时，图式又并非观念的凝缩，它将伴随主体阅历的积累和眼界的拓宽，

---

① 参见［英］卡尔·波普尔《猜想与反驳——科学知识的增长》，傅季重等译，上海译文出版社1986年版，第47—83页。

② ［瑞士］皮亚杰、［瑞士］英海尔德：《儿童心理学》，吴福元译，商务印书馆1980年版，第6—7页。

③ ［英］贡布里希：《艺术与错觉：图画再现的心理学研究》，范景中等译，浙江摄影出版社1987年版，第101页。

在与现实经验的磨合中得以调节和矫正。① 赫希从贡氏的图式说中获取理论参照，继而将有效性验定的核心归结为"可修正的图式"（corrigible shemata）。在他看来，主体对意义的探究并非散漫、无序的行为，而是被某种图式化的期待所左右。如果阐释者的期待得到经验性文本的印证，那么，隐含其中的图式将随之而得以巩固；倘若上述期待无法与具体的文艺作品相适应，阐释者将在一种挫败感的驱使下，对既有图式加以不间断的反思和修正。② 在这种建构图式—重构图式的双向运动中，阐释成为了一个具有能动性的开放体系，而阐释边界亦将得到越发清晰的描摹与展现。

基于对有效性验定的探讨，赫希试图协调文艺阐释中"深度"与"去深度"的激烈冲突。按照传统阐释学的观点，在多变的表象下总是潜藏着不变的本原或中心。如中世纪的《圣经》研究便主张，阐释者应尽可能揭示语词背后的象征性、道德性、教谕性乃至超验性内涵。沿袭古典思路的潘诺夫斯基（Erwin Panofsky）则采取"由表及里"的方式，试图从图像的自然素材过渡到文化惯例，并最终抵达更内在而深刻的真理意蕴。③ 自20世纪下半叶以来，越来越多的研究者发现，传统的深度模式其实是一种需要被祛魅的幻象。无论是德里达对层层剥落的"洋葱"隐喻的描述，还是巴尔特对反复交织、纠缠的"恋人絮语"的书写，再或者桑塔格对引人遐想的"艺术色情学"（Artistic Eroticism）的规划，无不专注于形式或媒介本身，将阐释置换为充溢着挑逗意味，甚至颇有些"活色生香"的游戏，以期对意义的深层次内

---

① ［英］贡布里希：《艺术与错觉：图画再现的心理学研究》，范景中等译，浙江摄影出版社1987年版，第86页。
② Eric D. Hirsch, "Current Issues in Theory of Interpretation", *The Journal of Religion*, Vol. 55, No. 3, 1975, p. 310.
③ 参见［美］欧文·潘诺夫斯基《图像学研究：文艺复兴时期艺术的人文主题》，戚印平等译，上海三联书店2011年版，第3—5页。

阐释的边界：一个文学理论关键命题的探究

核加以颠覆和消解。上述"反阐释"立场在彰显批判潜能的同时，亦可能使阐释者沉溺于从能指到能指的快感体验，并逐渐失去从文本中发掘和把握确定性因素的能力。鉴于此，希腊学者尼哈玛斯提出，阐释既非对内在意义的勘探，亦非对感性形式的单纯迷恋，而应被界定为在线性时间序列中渐次展开的行动（action），它所伴随的是连续不断的补充、丰富与自我完善。因此，阐释者有必要打破"深度"（depth）与"隐匿"（concealment）的经典隐喻，转而建构一种以"纵深"（breadth）与"拓展"（expansion）为标志的新的阐释学图景。[1] 在赫希的理论体系中，尼哈玛斯的构想得到了恰如其分的演绎。借助对有效性验定的分析，赫希试图指出，阐释绝不意味着"揭开表象，暴露深层"的程式化操作，而应被界定为一个从单薄走向充实，从相对草率走向更加精确的动态过程。在此过程中，确定性或许无法被最终抵达，但终将呈现出一种不断"被确定"的可能性状态。[2] 可见，赫希试图探求的是当代阐释学的"第三条道路"，并借此消弭阐释者在浅表与深度之间偏执一端的误区。

透过有效性验定的阐释实践，可见出赫希与伽达默尔的微妙契合。伽达默尔对以德里达为原点的激进阐释学思想同样持怀疑态度。他发现，德里达标志性的"解构"（Deconstruction）命题实际上由海德格尔的术语"解析"（Destruktion）演变而来。在海德格尔的原初论域中，解析并非将对象拆毁和肢解，而是蕴含着某种"创造性破坏"的潜能，亦即"拾起那些僵化的、无

---

[1] Alexander Nehamas, "Writer, Text, Work, Author", *Literature and the Question of Philosophy*, Anthony J. Cascardi ed., Baltimore and London: Johns Hopkins University Press, 1987, p. 277.

[2] 美国学者威廉·欧文对赫希的观点深表认同，他强调指出，尽管对文本的历史性意义加以精确复制总是举步维艰，但这种困难性"并不意味着我们无法或多或少地达成精确的复制"。参见 William Irwin, *Intentionalist Interpretation: A Philosophical Explanation and Defense*, Westport, Conn: Greenwood Press, 1999, p. 95。

生命的概念，并再次赋予其意义"。① 然而，德里达基于其广义相对论诉求而刻意"误读"了海氏学说，将隐含其中的建构冲动转化为对一切中心化秩序的消解，以及对意义之播撒、蔓延、延宕状态的礼赞。在伽达默尔看来，这种"致命的误解"将导致文本解读走向虚无化和神秘主义，而日渐丧失其本然皈依。由是观之，伽达默尔其实不希望将边界和限度全然拒之门外，他仍然试图为阐释活动寻找某种足以依凭的规范性标准。具体说来，伽达默尔主张，主体应借助"视域融合"（fusion of horizons）而克服彼此的局限性，并最终实现对普遍性、终极性或本质性——即所谓"内在逻各斯"（inner logos）——的揭示。同时，按照伽达默尔的理解，超验的意义中心又并非不容僭越的绝对权威，它所蕴含的是难以摆脱的暂时性，并始终向不可预知的未来开放，始终期待在下一次的视域融合中迎来超越与提升的契机。② 诚然，伽达默尔与赫希的阐释学之争已成为当代西方文论中的一次著名事件，③ 但在对普遍意义和真理价值的无限趋近上，二人又保留有对话与沟通的充足空间。

三　阐释边界的真理内涵

在当代文艺理论的话语体系中，赫希的阐释实践带来了重要启示。应看到，赫希的尝试有助于弥补"阐释边界论"在经验层面的缺失。现今，诸种边界理论的最显著症候，是精于形上的理论辨析，而疏于"自下而上"的方法论观照。研究者竞相从本体论、知识论、价值论、伦理学等向度赋予边界合法性，鲜少对"如何抵达

---

① ［德］伽达默尔、［法］德里达等：《德法之争：伽达默尔与德里达的对话》，孙周兴等编译，同济大学出版社2004年版，第82页。

② 参见［德］汉斯-格奥尔格·加达默尔《哲学解释学》，夏镇平等译，上海译文出版社2004年版，"导言"第33—34页。

③ 参见 Christopher E. Arthur, "Gadamer and Hirsch: The Canonical Work and the Interpreter's Intention", *Philosophy Social Criticism*, Vol. 4, No. 2, 1976, pp. 183–197.

阐释的边界：一个文学理论关键命题的探究

阐释的边界"这一问题做出正面回答。① 赫希的独到之处，在于通过细致的文本耕犁，为阐释边界的建构提供具体、可行的路径与策略。在不少人盲从"反对阐释"之风，从而使"揭示文本意义"近乎成为奢求的当下，赫希的理论姿态值得关注。更重要的是，基于方法论层面的探究，赫希对阐释边界做出了更深入的思考。从赫希的阐释实践中，不难提炼出两个紧密交织的环节：首先，阐释者应专注于对边界和确定性的不懈追寻；其次，边界并非僵滞、凝定的铁板一块，它更类似于一个弹性的、相对宽松的大致范围，从而为意义的演绎、弥散与动态生成预留了充足空间。借此，赫希试图说明，阐释的"边界论"与"非边界论"并非冰炭不容，二者往往处于交织、调和、转换、互为镜像的总体进程中，并共同折射了文艺阐释学在当下的思想转折和话语变迁。正是对阐释边界的独特诠释，使赫希与意义的本质主义（essentialism）倾向保持距离，进而展现出深邃的洞察力和敏锐的思想锋芒。②

当然，赫希的阐释实践并非毫无瑕疵。不难发现，在确立阐释边界的过程中，赫希所强调的经验材料与背景知识，暗示出他对读者的专业性和信息储备的过高要求。有学者意识到，赫希往往习惯于"人为地制造一位'读者'，他以赫希的方式来解读文本"③。王峰更明确地指出，在赫希的理论中，读者不再是敏感的

---

① 如在围绕"过度阐释"（overinterpretation）的著名论战中，卡勒谈道，艾柯在痛陈过度阐释的诸种弊端时，并未花费心力以说明何为"健全、正当和适度的阐释"。参见［美］乔纳森·卡勒《理论中的文学》，徐亮等译，华东师范大学出版社2019年版，第145页。

② 赫希的态度得到理查德·帕尔默的认同。后者相信，阐释学的复杂性使其无法由一种潮流或学说统揽天下。因此，在阐释的边界论和非边界论之间，始终存在着一个渐变的光谱，存在着对话、沟通与交融的丰富可能，而不会出现一方被另一方彻底压制或拆解的情况。参见 Richard E. Palmer, *Hermeneutics: Interpretation Theory in Schleiermacher, Dilthey, Heidegger, and Gadamer*, Evanston: Northwestern University Press, 1969, pp. 66 – 67。

③ Robert de Beaugrande, *Critical Discourse: A Survey of Literary Theorists*, New York: Alex Publishing, 1988, p. 124.

审美主体，而更莫过于以搜集词义为己任的"编纂学者"①。此外，赫希以实证主义为基调的阐释实践，还可能对文艺作品的本然属性造成贬损。众所周知，文学、艺术具有与生俱来的情感性、想象性和不可预测性。如席勒认为，艺术是一种超越世俗规范的"游戏"；安德鲁·本尼特相信，文学的魅力在于使读者陷入茫然、困厄的"无知"状态；莫瑞·克里格则强调，文学语言总是"将自身创造成一种自我确证的诗性虚构"②，进而以独立的姿态向一片充满幻想与谵妄的图景开放。无论作为游戏、无知，还是虚构，在面对文艺作品时，需要的都是沉潜、体悟和介入，是界限的弥合与距离的消解。然而，赫希对意义范围与验证程序的高度关注，则可能将阐释转化为一套烦琐、枯燥的技术操作，使主体失去通过感性形式进入自由王国的途径。上述状况无疑暴露了赫希理论中难以避免的困局。

赫希的阐释实践从未止步于文本领域，而是体现出强烈的现实关怀与文化政治诉求。伴随21世纪的到来，人们越发深切地感受到，秩序的失落与原则的溃退似乎已成为常态。造成此种局面的一个原因是技术对当代社会的宰制。电子媒介的扩张不仅带来了唾手可得的信息，亦极有可能导致信息的堆积、膨胀、紊乱、无序乃至彻底失效。③ 故而，主体将沉溺于稍纵即逝的虚幻快感，而失去将残破、琐碎的现实整合为一个总体化进程的能力。更值得注意的是，在弥漫着实用主义气息的当代语境下，阐

---

① 王峰：《西方阐释学美学局限研究》，黑龙江人民出版社2007年版，第35页。
② [美] 莫瑞·克里格：《批评旅途：六十年代之后》，李自修等译，中国社会科学出版社1998年版，第221页。
③ 如媒介学家尼尔·波斯曼认为，在传统语境下，存在着对信息加以规范或节制的经典文本（如《圣经》便是其重要代表）。然而，在面临"技术垄断"的当代社会，传统的文化中心已不复存在，取而代之的，是公众对技术及其信息生产能力的非理性崇拜。长此以往，整个社会将犹如失去免疫系统的器官一般，难以抵御大量冗余信息的干扰与侵蚀。参见[美] 尼尔·波斯曼《技术垄断：文化向技术投降》，何道宽译，北京大学出版社2007年版。

阐释的边界：一个文学理论关键命题的探究

释往往被降格为论证一家之言的工具或手段，而初始性意义则遭到可想而知的轻慢与漠视。英国学者费夫尔对此深有体会，他强调指出，在"收益大于支出"的工具理性的驱使下，阐释者习惯于以个体或集团利益为导向，强行将主观欲念置入本然的文化事实中，从而造成歧见纷呈、莫衷一是的乱象。① 相较于文艺阐释中的观念先行，这样的立场"前置"只可能带来更令人胆寒的破坏效应。② 面对相对主义和虚无主义的精神荒原，赫希的选择是超越纯粹的学理思辨，将自己对阐释边界的重构升华为对普遍性和真理价值（truth-values）的执着守望。这种孜孜以求的态度不仅决定了赫希理论的高尚品格，亦将为这个躁动不安的时代增添难能可贵的果敢和信念。

赫希的真理信仰觉醒于对阐释与意识形态关系的开掘。自20世纪80年代以来，他逐渐认识到，阐释绝非对意义的个性化探究，而总是体现出鲜明的意识形态属性，并牵涉到不同权力话语的交织、呼应与复杂纠葛。赫希提出，在作为文化实践而存在的阐释学中，隐含着两种意识形态立场的深刻张力。其中，世俗的政治意识形态"期待并时常预先决定正确的答案"；而在以真理为核心的意识形态中，"对结果的诉求从属于对正确性的渴望"。③ 言之，前者视阐释为少数人一己之见的产物，并时常对其他观点施以压制与暴政；后者则坚信客观真理的难以磨灭，并对其致以

---

① ［英］R. W. 费夫尔：《西方文化的终结》，丁万江等译，江苏人民出版社2004年版，第3页。

② 如萨义德观察到，现今西方的媒体人和知识分子大多以先入为主的姿态，将西方与伊斯兰世界的关系镶嵌于中心与边缘、正义与邪恶的意识形态框架中，进而对后者加以浅表化、歪曲化、妖魔化的视觉演绎。在这类牵强附会的解读中，隐含着维护西方霸权和攫取经济利益的狂热冲动。萨义德试图说明的，是阐释的功利化在国际关系领域所造成的严重危害。参见［美］爱德华·萨义德《报道伊斯兰：媒体与专家如何决定我们观看世界其他地方的方式》，阎纪宇译，上海译文出版社2009年版。

③ Eric D. Hirsch, "The Politics of Theories of Interpretation", *Critical Inquiry*, Vol. 9, No. 1, 1982, p. 236.

虔诚而真挚的敬意。显然，赫希是真理意识形态的忠实拥趸。在他看来，唯有对真理的恪守，才能使人们摆脱天马行空的虚妄，而立足于更坚实的精神根基。进一步，赫希还将其真理观延伸至对当代人文学术的考察。他发现，在现今的人文社会科学中，包含着两种研究范式的对话与争锋。其中，"强惯例论"（strong conventionalism）宣称，真理绝非恒定、独立的存在，而更多来源于外在社会规制的建构与塑造；"弱惯例论"（weak conventionalism）主张，客观真理始终能超越外在境遇的宰制，而维持其超验的、不可变更的形态，这种观点在近年来的学术话语中常常被轻慢对待。[1] 赫希意识到，"强惯例论"虽暗含多元主义的宽容态度，但不免造成言人人殊的混乱局面，自然无法为研究者提供有效的指导原则。由此，他主张对日薄西山的"弱惯例论"予以关注，进而再度表现出对真理价值和同一性律令的由衷期待。[2] 当然，在赫希的理论视域中，真理从来不是教条主义的代名词，而是具有相对的开放性与流动性。因此，人们便有机会通过反复的争辩、求证与自我反思，以渐进的姿态实现对普遍真理的追问与把握。[3]

赫希对真理话语的专注与福柯形成了一定的契合。在其学术生涯的末期，福柯致力于对古希腊文化中的"直言"（parrhēsia）详加探究。所谓直言，意味着无所畏惧地言说真理，而敢于承担一切可能之风险："在直言时，言说者运用其自由，他选择坦率而非说服，选择真相而非谎言或缄默，选择死亡的危险而非生命

---

[1] Eric D. Hirsch, "Beyond Convention?", *New Literary History*, Vol. 14, No. 2, 1983, p. 391.

[2] Eric D. Hirsch, "Beyond Convention?", *New Literary History*, Vol. 14, No. 2, 1983, pp. 395–396.

[3] Eric D. Hirsch, "The Politics of Theories of Interpretation", *Critical Inquiry*, Vol. 9, No. 1, 1982, p. 238.

阐释的边界：一个文学理论关键命题的探究

与安全，选择批判而非阿谀，选择道德责任而非一己私利和道德冷漠。"[1] 直言使真理不再是一个笛卡尔意义上的认识论问题，而是升华为一种自我塑造的方式，一种同个体生命休戚相关的道德实践。[2] 诚然，相较于福柯的言之凿凿和锋芒毕露，赫希更倾向于经由对阐释边界的沉思，以某种隐微曲折的方式达成对真理的探问。但必须承认，在这个充斥着变乱、危机和不确定性的当代社会，在惶恐、妄念和流言蜚语如影随形的背景下，在种种魑魅魍魉甚至比文学虚构更令人瞠目结舌的现实生活中，两位思想家对真理的虔敬信仰，以及为恪守真理而甘愿与世界为敌的勇气，足以使每一位人文知识分子掩卷深思。

四 结语

综上，通过对或然性判断和有效性验定的深入分析，赫希从实践层面确证了阐释边界的合法性；通过对真理话语的恪守与坚持，赫希则尝试将围绕阐释边界的实践引入错综复杂的文化政治领域，使之不再驻足于纯然的学术话语，而获取更丰富的精神内涵。作为赫希念兹在兹的理想，阐释边界并非凌空高蹈的"虚幻枷锁"，亦非不容置疑的"卡里斯马"式权威，而是借由审慎、细致的理论操作，在文艺阐释的生动经验中彰显其潜能，并终将指向对一个"精神共同体"的追问与重塑。诚然，赫希的阐释实践仍存在偏于理想化的症候，甚至仍不时落入"二分法"的窠臼，但他在建构体系的过程中倾注的热情，以及随之而闪现的智性光芒，却昭示了人文知识分子所特有的济世情怀。在深受西潮影响而热衷于将一切稳固中心拆分、瓦

---

[1] Michel Foucault, *Fearless Speech*, Trans. Joseph Pearson, New York: Semiotext(e), 2001, pp. 19 – 20.

[2] Brad Elliott Stone, "Subjectivity and Truth", *Michel Foucault: Key Concepts*, Dianna Taylor ed., Durham: Acumen, 2011, pp. 146 – 147.

解的中国学界,① 赫希的思想无疑体现出疗救时弊的现实意义。

最后,让我们以赫希的一段妙语来结束全篇。在《阐释理论的政治》一文中,赫希对帕斯卡尔的"打赌"隐喻做出了创造性发挥。帕斯卡尔宣称,人们应义无反顾地赌上帝的存在:假如赌局失败,他们其实一无所失;倘若上帝的神圣光芒真的笼罩大地,他们将立即赢得一切的荣耀与福祉。② 借助对帕氏言论的拟仿,赫希表明了自己对阐释边界,对确定性意义,对纷纭历史中某些恒定不变之物的笃信不渝:

> 让我们权衡一下赌客观历史真理存在这一方的得失吧。让我们估价这两种情况:假如你赢了,你就会得到某些东西;假如你输了,你却一无所失。因此,你就毫不迟疑地赌客观的历史真理存在吧。③

---

① 自20世纪80年代以来,后现代思潮在大陆的盛行,使知识分子越发倾向于将确定性问题抛诸脑后。如有学者曾将中国当代文化界定为一种"没有历史,没有现实,也没有文化记忆"的无根文化,以期为先锋文学与后现代主义的嫁接提供契机。当他对中国文化的无根性大书特书时,遭到遮蔽的,势必是一种对客观确定性的敏感与自觉。参见陈晓明《无边的挑战——中国先锋文学的后现代性》,广西师范大学出版社2004年版,第37页。
② [法]帕斯卡尔:《思想录:论宗教和其他主题的思想》,何兆武译,商务印书馆1985年版,第110页。
③ Eric D. Hirsch, "The Politics of Theories of Interpretation", *Critical Inquiry*, Vol. 9, No. 1, 1982, p. 243.

参考文献

中文文献

［奥］维特根斯坦：《逻辑哲学论》，贺绍甲译，商务印书馆1996年版。

［奥］维特根斯坦：《哲学研究》，李步楼译，商务印书馆1996年版。

［比］B. 斯特万：《解释学的两个来源》，王炳文译，《哲学译丛》1990年第3期。

［比］乔治·布莱：《批评意识》，郭宏安译，广西师范大学出版社2002年版。

［波］罗曼·英加登：《对文学的艺术作品的认识》，陈燕谷等译，中国文联出版公司1988年版。

［丹麦］克尔恺郭尔：《克尔恺郭尔哲学寓言集》，杨玉功编译，商务印书馆2000年版。

［德］E. 卡西勒：《启蒙哲学》，顾伟铭等译，山东人民出版社1988年版。

［德］弗拉克：《理解的界限——利奥塔和哈贝马斯的精神对话》，先刚译，华夏出版社2003年版。

［德］伽达默尔、［德］杜特：《解释学　美学　实践哲学：伽达默尔与杜特对谈录》，金惠敏译，商务印书馆2005年版。

参考文献

［德］汉斯－格奥尔格·伽达默尔：《美学与诗学：诠释学的实施》，吴建广译，北京大学出版社2013年版。

［德］尤尔根·哈贝马斯：《交往行为理论：行为合理性与社会合理化》，曹卫东译，上海人民出版社2004年版。

［德］马丁·海德格尔：《存在与时间》，陈嘉映等译，生活·读书·新知三联书店1987年版。

［德］黑格尔：《美学》第1卷，朱光潜译，商务印书馆1979年版。

［德］埃德蒙德·胡塞尔：《笛卡尔沉思与巴黎讲演》，张宪译，人民出版社2008年版。

［德］埃德蒙德·胡塞尔：《逻辑研究》，倪梁康译，上海译文出版社2006年版。

［德］阿克塞尔·霍耐特：《为承认而斗争》，胡继华译，上海人民出版社2005年版。

［德］汉斯－格奥尔格·加达默尔：《哲学解释学》，夏镇平等译，上海译文出版社2004年版。

［德］汉斯－格奥尔格·加达默尔：《真理与方法：哲学诠释学的基本特征》，洪汉鼎译，上海译文出版社2004年版。

［德］康德：《道德形而上学原理》，苗力田译，上海人民出版社1986年版。

［德］尼采：《论道德的谱系：一本论战著作》，赵千帆译，商务印书馆2018年版。

［德］尼采：《权力意志——1885—1889年遗稿》，孙周兴译，商务印书馆2007年版。

［德］尼采：《善恶的彼岸》，赵千帆译，商务印书馆2015年版。

［德］伊丽莎白·诺尔－诺依曼：《沉默的螺旋：舆论——我们的皮肤》，董璐译，北京大学出版社2013年版。

［德］叔本华：《伦理学的两个基本问题》，任立等译，商务印书

馆 2011 年版。

［德］沃尔夫冈·伊瑟尔：《怎样做理论》，朱刚等译，南京大学出版社 2008 年版。

［俄］巴赫金：《陀思妥耶夫斯基诗学问题：复调小说理论》，白春仁等译，生活·读书·新知三联书店 1988 年版。

［俄］尼古拉·洛斯基：《意志自由》，董友译，生活·读书·新知三联书店 1992 年版。

［法］A. J. 格雷玛斯、［法］J. 库尔泰斯：《符号学：言语活动理论的系统思考词典》，怀宇译，百花文艺出版社 2011 年版。

［法］P. 利科尔：《言语的力量：科学与诗歌》，朱国均译，《哲学译丛》1986 年第 6 期。

［法］皮埃尔·阿多：《作为生活方式的哲学：皮埃尔·阿多与雅妮·卡尔利埃、阿尔诺·戴维森对话录》，姜丹丹译，上海译文出版社 2014 年版。

［法］罗兰·巴特：《S/Z》，屠友祥译，上海人民出版社 2000 年版。

［法］罗兰·巴特：《从作品到文本》，杨扬译，《文艺理论研究》1988 年第 5 期。

［法］罗兰·巴特：《文之悦》，屠友祥译，上海人民出版社 2009 年版。

［法］让·波德里亚：《艺术的共谋》，张新木等译，南京大学出版社 2015 年版。

［法］热拉尔·波米耶：《后现代性的天使》，秦庆林译，华东师范大学出版社 2020 年版。

［法］雅克·德里达：《书写与差异》，张宁译，生活·读书·新知三联书店 2001 年版。

［法］白兰达·卡诺纳：《僭越的感觉　欲望之书》，袁筱一译，华东师范大学出版社 2015 年版。

［法］茱莉娅·克里斯蒂娃：《符号学：符义分析探索集》，史忠义等译，复旦大学出版社2015年版。

［法］茱莉娅·克里斯蒂娃：《克里斯蒂娃自选集》，赵英晖译，复旦大学出版社2015年版。

［法］茱莉娅·克里斯蒂娃：《主体·互文·精神分析：克里斯蒂娃复旦大学演讲集》，祝克懿等译，生活·读书·新知三联书店2016年版。

［法］安托万·孔帕尼翁：《理论的幽灵——文学与常识》，吴泓缈等译，南京大学出版社2011年版。

［法］弗朗索瓦·库塞：《法国理论在美国——福柯、德里达、德勒兹公司以及美国知识生活的转变》，方琳琳译，河南大学出版社2018年版。

［法］菲利普·拉库-拉巴尔特、［法］让-吕克·南希：《文学的绝对：德国浪漫派文学理论》，张小鲁等译，译林出版社2012年版。

［法］雅克·朗西埃：《沉默的言语：论文学的矛盾》，臧小佳译，华东师范大学出版社2016年版。

［法］让-弗朗索瓦·利奥塔：《后现代状况：关于知识的报告》，车槿山译，生活·读书·新知三联书店1997年版。

［法］保罗·利科：《弗洛伊与哲学：论解释》，汪堂家等译，浙江大学出版社2017年版。

［法］保罗·利科：《解释的冲突——解释学文集》，莫伟民译，商务印书馆2008年版。

［法］保罗·利科：《诠释学与人文科学：语言、行为、解释文集》，孔明安等译，中国人民大学出版社2012年版。

［法］伊曼纽尔·列维纳斯：《伦理与无限：与菲利普·尼莫的对话》，王士盛译，南京大学出版社2020年版。

［法］阿兰·罗伯-格里耶：《为了一种新小说》，余中先译，湖

南文艺出版社 2011 年版。

［法］玛丽埃尔·马瑟：《阅读：存在的风格》，张琰译，华东师范大学出版社 2018 年版。

［法］让-弗朗索瓦·马太伊：《被毁灭的人：重建人文精神》，康家越译，长江文艺出版社 2021 年版。

［法］贝尔纳·斯蒂格勒：《技术与时间：爱比米修斯的过失》，裴程译，译林出版社 2000 年版。

［法］让-伊夫·塔迪埃：《20 世纪的文学批评》，史忠义译，百花文艺出版社 1998 年版。

［法］茨维坦·托多罗夫：《濒危的文学》，栾栋译，华东师范大学出版社 2016 年版。

［法］茨维坦·托多罗夫：《启蒙的精神》，马利红译，华东师范大学出版社 2012 年版。

［法］茨维坦·托多罗夫编选：《俄苏形式主义文论选》，蔡鸿滨译，中国社会科学出版社 1989 年版。

［法］米歇尔·翁福雷：《享乐主义宣言》，刘成富等译，社会科学文献出版社 2016 年版。

［古罗马］奥古斯丁：《论三位一体》，周伟驰译，上海人民出版社 2005 年版。

［古希腊］柏拉图：《柏拉图全集》第 1 卷，王晓朝译，人民出版社 2002 年版。

［古希腊］亚里士多德：《范畴篇　解释篇》，方书春译，商务印书馆 1959 年版。

［古希腊］亚里士多德：《尼各马可伦理学》，廖申白译注，商务印书馆 2004 年版。

［荷］D. 佛克马、［荷］E. 蚁布思：《文学研究与文化参与》，俞国强译，北京大学出版社 1996 年版。

［荷兰］斯宾诺莎：《神学政治论》，温锡增译，商务印书馆 1963

年版。

[加拿大] 厄休拉·M. 富兰克林：《技术的真相》，田奥译，南京大学出版社2019年版。

[加] 马克·昂热诺等编：《问题与观点——20世纪文学理论综论》，史忠义等译，河南大学出版社2010年版。

[加] 诺斯罗普·弗莱：《培养想象》，李雪菲译，中国华侨出版社2018年版。

[加] 诺斯洛普·弗莱：《现代百年》，盛宁译，辽宁教育出版社1998年版。

[加] 阿尔维托·曼古埃尔：《理想的读者》，宋伟航译，广西师范大学出版社2019年版。

[加] 阿尔维托·曼古埃尔：《阅读史》，吴昌杰译，商务印书馆2002年版。

[加] 查尔斯·泰勒：《世俗时代》，张容南等译，上海三联书店2016年版。

[加] 查尔斯·泰勒：《现代性的隐忧：需要被挽救的本真理想》，程炼译，南京大学出版社2020年版。

[联邦德国] H. R. 姚斯、[美] R. C. 霍拉勃：《接受美学与接受理论》，周宁等译，辽宁人民出版社1987年版。

[联邦德国] W. 伊泽尔：《审美过程研究——阅读活动：审美响应理论》，霍桂桓等译，中国人民大学出版社1988年版。

[美] 唐纳德·A. 克罗斯比：《荒诞的幽灵——现代虚无主义的根源与批判》，张红军译，社会科学文献出版社2020年版。

[美] 阿瑟·C. 丹托：《艺术世界》，王春辰译，载汝信主编《外国美学》第20辑，江苏教育出版社2012年版。

[美] 玛莎·C. 纳斯鲍姆：《善的脆弱性：古希腊悲剧与哲学中的运气与伦理》，徐向东等译，译林出版社2018年版。

[美] 约翰·D. 卡普托：《真理》，上海文艺出版社2016年版。

[美] H. D. 阿金编著：《思想体系的时代——十九世纪哲学家》，王国良等译，光明日报出版社1989年版。

[美] H. G. 布洛克：《美学新解——现代艺术哲学》，腾守尧译，辽宁人民出版社1987年版。

[美] 乔治·J. E. 格雷西亚：《文本性理论：逻辑与认识论》，汪信砚等译，人民出版社2009年版。

[美] 理查德·J. 伯恩斯坦：《超越客观主义和相对主义》，郭小平等译，光明日报出版社1992年版。

[美] 威廉·K. 弗兰克纳：《伦理学》，关键译，生活·读书·新知三联书店1987年版。

[美] 凯伦·L. 卡尔：《虚无主义的平庸化：20世纪对无意义感的回应》，张红军等译，社会科学文献出版社2016年版。

[美] M. A. R. 哈比布：《文学批评史：从柏拉图到现在》，阎嘉译，南京大学出版社2017年版。

[美] M. H. 艾布拉姆斯、[美] 杰弗里·高尔特·哈珀姆：《文学术语词典》，吴松江等编译，北京大学出版社2014年版。

[美] M. H. 艾布拉姆斯：《镜与灯：浪漫主义文论及批评传统》，郦稚牛等译，北京大学出版社1989年版。

[美] M. H. 艾布拉姆斯：《以文行事：艾布拉姆斯精选集》，赵毅衡等译，译林出版社2010年版。

[美] M. 李普曼编：《当代美学》，邓鹏译，光明日报出版社1986年版。

[美] 托马斯·M. 尼科尔斯：《专家之死：反智主义的盛行及其影响》，舒琦译，中信出版社2019年版。

[美] 弗莱德·R. 多尔迈：《主体性的黄昏》，万俊人译，广西师范大学出版社2013年版。

[美] 霍华德·S. 贝克尔：《艺术界》，卢文超译，译林出版社2014年版。

参考文献

［美］V. 厄利希：《俄国形式主义：历史与学说》，张冰译，商务印书馆2017年版。

［美］爱德华·W. 萨义德：《东方学》，王宇根译，生活·读书·新知三联书店1999年版。

［美］爱德华·W. 萨义德：《人文主义与民主批评》，朱生坚译，中央编译出版社2017年版。

［美］阿瑟·阿萨·伯杰：《眼见为实——视觉传播导论》，张蕊等译，江苏美术出版社2008年版。

［美］本尼迪克特·安德森：《想象的共同体——民族主义的起源与散布》，吴叡人译，上海人民出版社2003年版。

［美］欧文·白璧德：《文学与美国的大学》，张沛等译，北京大学出版社2011年版。

［美］弗雷德里克·拜泽尔：《浪漫的律令——早期德国浪漫主义观念》，黄江译，华夏出版社2019年版。

［美］大卫·波德维尔：《建构电影的意义——对电影解读方式的反思》，陈旭光等译，北京大学出版社2017年版。

［美］尼尔·波斯曼：《技术垄断：文化向技术投降》，何道宽译，北京大学出版社2007年版。

［美］马歇尔·伯曼：《一切坚固的东西都烟消云散了——现代性体验》，徐大建等译，商务印书馆2003年版。

［美］克林斯·布鲁克斯：《精致的瓮：诗歌结构研究》，郭乙瑶等译，上海人民出版社2008年版。

［美］哈罗德·布鲁姆：《误读图示》，朱立元等译，天津人民出版社2005年版。

［美］哈罗德·布鲁姆：《西方正典：伟大作家和不朽作品》，江宁康译，译林出版社2005年版。

［美］哈罗德·布鲁姆：《影响的焦虑：一种诗歌理论》，徐文博译，江苏教育出版社2006年版。

阐释的边界：一个文学理论关键命题的探究

［美］约瑟夫·布罗茨基：《小于一》，黄灿然译，浙江文艺出版社2014年版。

［美］斯蒂芬·戴维斯：《艺术哲学》，王燕飞译，上海人民美术出版社2008年版。

［美］芮塔·菲尔斯基：《文学之用》，刘洋译，南京大学出版社2019年版。

［美］斯坦利·费什：《读者反应批评：理论与实践》，文楚安译，中国社会科学出版社1998年版。

［美］克利福德·格尔茨：《文化的解释》，韩莉译，译林出版社2014年版。

［美］迈克尔·格洛登等主编：《霍普金斯文学理论和批评指南》，王逢振等译，外语教学与研究出版社2011年版。

［美］艾尔文·古德纳：《知识分子的未来和新阶级的兴起》，顾晓辉等译，江苏人民出版社2002年版。

［美］顾明栋：《诠释学与开放诗学：中国阅读与书写理论》，陈永国等译，商务印书馆2021年版。

［美］卡斯滕·哈里斯：《无限与视角》，张卜天译，湖南科学技术出版社2014年版。

［美］伊哈布·哈桑：《后现代转向：后现代理论与文化论文集》，刘象愚译，上海人民出版社2015年版。

［美］凯瑟琳·海尔斯：《过度注意力与深度注意力：认知模式的代沟》，杨建国译，载周宪、陶东风主编《文化研究》第19辑，社会科学文献出版社2014年版。

［美］卡伦·霍妮：《我们时代的神经症人格》，冯川译，贵州人民出版社1988年版。

［美］杰姆逊：《后现代主义与文化理论》，唐小兵译，北京大学出版社2005年版。

［美］尼古拉斯·卡尔：《浅薄：互联网如何毒化了我们的大脑》，

刘纯毅译，中信出版社2010年版。

［美］乔纳森·卡勒：《理论中的文学》，徐亮等译，华东师范大学出版社2019年版。

［美］乔纳森·卡勒：《当今的文学理论》，《外国文学评论》2012年第4期。

［美］乔纳森·卡勒：《结构主义诗学》，盛宁译，中国社会科学出版社1991年版。

［美］乔纳森·卡勒：《文学理论入门》，李平译，译林出版社2008年版。

［美］詹姆斯·卡斯：《有限与无限的游戏：一个哲学家眼中的竞技世界》，马小悟等译，电子工业出版社2019年版。

［美］库尔特·考夫卡：《格式塔心理学原理》，李维译，北京大学出版社2010年版。

［美］托马斯·库恩：《必要的张力——科学的传统和变革论文选》，范岱年等译，北京大学出版社2004年版。

［美］托马斯·库恩：《科学革命的结构》，金吾伦等译，北京大学出版社2003年版。

［美］文森特·里奇：《20世纪30年代至80年代的美国文学批评》，王顺珠译，北京大学出版社2013年版。

［美］刘若愚：《中国文学理论》，杜国清译，江苏教育出版社2006年版。

［美］理查德·罗蒂：《后哲学文化》，黄勇译，上海译文出版社2004年版。

［美］斯坦利·罗森：《虚无主义：哲学反思》，马津译，华东师范大学出版社2019年版。

［美］阿拉斯戴尔·麦金泰尔：《追寻美德：道德理论研究》，宋继杰译，译林出版社2008年版。

［美］佩吉·麦克拉肯主编：《女权主义理论读本》，广西师范大

学出版社 2007 年版。
[美] 希利斯·米勒：《文学死了吗》，秦立彦译，广西师范大学出版社 2007 年版。
[美] 约瑟夫·诺思：《文学批评：一部简明政治史》，张德旭译，南京大学出版社 2021 年版。
[美] 威廉·欧文：《意图论与作者建构》，杨建国译，《社会科学战线》2017 年第 2 期。
[美] 欧文·潘诺夫斯基：《图像学研究：文艺复兴时期艺术的人文主题》，戚印平等译，上海三联书店 2011 年版。
[美] 埃兹拉·庞德：《阅读 ABC》，陈东飚译，译林出版社 2014 年版。
[美] 诺姆·乔姆斯基：《乔姆斯基精粹》，李梅译，上海人民出版社 2021 年版。
[美] 爱德华·萨义德：《报道伊斯兰：媒体与专家如何决定我们观看世界其他地方的方式》，阎纪宇译，上海译文出版社 2009 年版。
[美] 苏珊·桑塔格：《反对阐释》，程巍译，上海译文出版社 2003 年版。
[美] 罗兰·斯特龙伯格：《西方现代思想史》，刘北城等译，中央编译出版社 2005 年版。
[美] 艾瑞克·唐纳德·赫希等：《新文化素养词典》，许可译，福建教育出版社 2018 年版。
[美] 莱昂内尔·特里林：《知性乃道德职责》，严志君等译，译林出版社 2011 年版。
[美] 弗兰克·梯利：《伦理学导论》，何意译，广西师范大学出版社 2001 年版。
[美] 弗兰克·梯利：《西方哲学史》，葛力译，商务印书馆 1995 年版。

参考文献

[美] 勒内·韦勒克、[美] 奥斯汀·沃伦:《文学理论》,刘象愚等译,江苏教育出版社2005年版。

[美] 雷纳·韦勒克:《近代文学批评史》第3卷,杨自伍译,上海译文出版社2009年版。

[美] 默罗阿德·韦斯特法尔:《解释学、现象学与宗教哲学——世俗哲学与宗教信仰的对话》,郝长墀等译,中国社会科学出版社2005年版。

[美] 约埃尔·魏因斯海默:《哲学诠释学与文学理论》,郑鹏译,中国人民大学出版社2011年版。

[美] 理查德·沃林:《文化批评的观念:法兰克福学派、存在主义和后结构主义》,商务印书馆2000年版。

[美] 戴夫·希基:《神龙:美学论文集》,诸葛沂译,江苏凤凰美术出版社2018年版。

[美] 罗伯特·休斯:《文学结构主义》,刘豫译,生活·读书·新知三联书店1988年版。

[美] 撒穆尔·伊诺克·斯通普夫、[美] 詹姆斯·菲泽:《西方哲学史》,丁三东等译,中华书局2005年版。

[秘鲁] 马里奥·巴尔加斯·略萨:《给青年小说家的信》,赵德明译,上海文艺出版社2016年版。

[日] 广松涉:《世界交互主体的存在结构》,邓习议译,南京大学出版社2020年版。

[日] 小林康夫:《作为事件的文学——时间错置的结构》,丁国旗等译,知识产权出版社2019年版。

[瑞士] J. 皮亚杰、[瑞士] B. 英海尔德:《儿童心理学》,吴福元译,商务印书馆1980年版。

[瑞士] 荣格:《心理学与文学》,冯川等译,生活·读书·新知三联书店1987年版。

[瑞士] 雅各布·布克哈特:《意大利文艺复兴时期的文化》,何

新译，商务印书馆1979年版。

［斯洛文尼亚］阿莱西·艾尔雅维茨、高建平主编：《美学的复兴》，河南大学出版社2020年版。

［斯洛文尼亚］斯拉沃热·齐泽克：《事件》，王师译，上海文艺出版社2016年版。

［斯洛文尼亚］斯拉沃热·齐泽克：《伊拉克：借来的壶》，涂险峰译，生活·读书·新知三联书店2008年版。

［苏］安德烈·塔可夫斯基：《雕刻时光》，张晓东译，南海出版公司2016年版。

［苏］苏霍金：《艺术与科学》，王仲宣等译，生活·读书·新知三联书店1986年版。

［苏］维·什克洛夫斯基：《散文理论》，刘宗次译，百花洲文艺出版社1997年版。

［西班牙］费尔南多·萨瓦特尔：《伦理学的邀请》，于施洋译，北京大学出版社2015年版。

［新西兰］罗莎琳德·赫斯特豪斯：《美德伦理学》，李义天译，译林出版社2016年版。

［意］安贝托·艾柯等：《诠释与过度诠释》，王宇根译，生活·读书·新知三联书店2005年版。

［意］安伯托·艾柯：《开放的作品》，刘儒庭译，新星出版社2005年版。

［意］吉奥乔·阿甘本：《敞开：人与动物》，蓝江译，南京大学出版社2019年版。

［意］吉奥乔·阿甘本：《散文的理念》，王立秋译，南京大学出版社2020年版。

［意］罗西·布拉伊多蒂：《后人类》，宋根成译，河南大学出版社2016年版。

［意］毛里齐奥·费拉里斯：《新实在论宣言》，王成兵等译，北

京理工大学出版社2017年版。

［意］维柯:《新科学》,朱光潜译,商务印书馆1989年版。

［意］翁贝托·艾柯:《艾柯谈文学》,翁德明译,上海译文出版社2016年版。

［意］伊塔洛·卡尔维诺:《为什么读经典》,黄灿然等译,译林出版社2006年版。

［意］伊塔洛·卡尔维诺:《新千年文学备忘录》,黄灿然译,译林出版社2009年版。

［英］E. H. 贡布里希:《象征的图像——贡布里希图像学文集》,杨思梁等译,广西美术出版社2014年版。

［英］E. 霍布斯鲍姆、［英］T. 兰格:《传统的发明》,顾杭等译,译林出版社2004年版。

［英］R. W. 费夫尔:《西方文化的终结》,丁万江等译,江苏人民出版社2004年版。

［英］艾·阿·瑞恰慈:《文学批评原理》,杨自伍译,百花洲文艺出版社1997年版。

［英］马修·阿诺德:《文化与无政府状态:政治与社会批评》,韩敏中译,生活·读书·新知三联书店2008年版。

［英］德里克·阿特里奇:《文学的独特性》,张进等译,知识产权出版社2019年版。

［英］彼得·巴里:《理论入门:文学与文化理论导论》,杨建国译,南京大学出版社2014年版。

［英］齐格蒙特·鲍曼:《后现代伦理学》,张成岗译,江苏人民出版社2002年版。

［英］安德鲁·本尼特、［英］尼古拉·罗伊尔:《关键词:文学、批评与理论导论》,汪正龙等译,广西师范大学出版社2007年版。

［英］安德鲁·本尼特:《文学的无知:理论之后的文学理论》,

李永新等译，河南大学出版社2014年版。

[英] 卡尔·波普尔：《科学发现的逻辑》，查汝强等译，中国美术学院出版社2007年版。

[英] 以赛亚·伯林：《浪漫主义的根源》，吕梁等译，译林出版社2008年版。

[英] 以赛亚·伯林：《自由论》，胡传胜译，译林出版社2011年版。

[英] 以赛亚·伯林编著：《启蒙的时代：十八世纪哲学家》，孙尚扬等译，译林出版社2005年版。

[英] 阿伦·布洛克：《西方人文主义传统》，董乐山译，生活·读书·新知三联书店1997年版。

[英] 弗兰克·富里迪：《阅读的力量：从苏格拉底到推特》，徐弢等译，北京大学出版社2020年版。

[英] 弗兰克·富里迪：《知识分子都到哪里去了》，戴从容译，江苏人民出版社2005年版。

[英] 奥斯汀·哈灵顿：《艺术与社会理论——美学中的社会学论争》，周计武等译，南京大学出版社2010年版。

[英] 弗兰西斯·哈奇森：《论美与德性观念的根源》，高乐田等译，浙江大学出版社2009年版。

[英] 安东尼·吉登斯：《社会学方法的新规则——一种对解释社会学的建设性批判》，田佑中等译，社会科学文献出版社2003年版。

[英] 海伦·加德纳：《捍卫想象》，李小均译，广西师范大学出版社2019年版。

[英] 丹尼·卡瓦拉罗：《文化理论关键词》，张卫东等译，江苏人民出版社2006年版。

[英] 弗兰克·克默德：《愉悦与变革：经典的美学》，张广奎译，译林出版社2009年版。

参考文献

［英］鲁思·列维塔斯：《乌托邦之概念》，李广益等译，中国政法大学出版社2018年版。

［英］戴维·洛奇编：《二十世纪文学评论》，葛林等译，上海译文出版社1987年版。

［英］尼尔·麦克格雷格：《莎士比亚的动荡世界》，范浩译，河南大学出版社2016年版。

［英］赫克托·麦克唐纳：《后真相时代》，刘清山译，民主与建设出版社2019年版。

［英］佩特：《文艺复兴：艺术与诗的研究》，张岩冰译，广西师范大学出版社2002年版。

［英］齐亚乌丁·萨达尔：《东方主义》，马雪峰等译，吉林人民出版社2005年版。

［英］拉曼·塞尔登等：《当代文学理论导读》，刘象愚译，北京大学出版社2006年版。

［英］亚当·斯密：《道德情操论》，谢宗林译，中央编译出版社2008年版。

［英］斯诺：《两种文化》，纪树立译，生活·读书·新知三联书店1994年版。

［英］雷蒙·威廉斯：《关键词：文化与社会的词汇》，刘建基译，生活·读书·新知三联书店2005年版。

［英］罗纳尔德·威廉逊：《希腊化世界中的犹太人——斐洛思想引论》，徐开来等译，华夏出版社2003年版。

［英］彼得·沃森：《20世纪思想史：从弗洛伊德到互联网》，张凤等译，译林出版社2019年版。

［英］彼得·沃森：《虚无时代：上帝死后我们如何生活》，高礼杰译，上海译文出版社2021年版。

［英］安妮·谢泼德：《美学》，艾彦译，辽宁教育出版社1998年版。

［英］威廉·燕卜荪：《朦胧的七种类型》，周邦宪等译，中国美术学院出版社1996年版。
［英］罗伯特·伊戈尔斯通：《文学为什么重要》，修佳明译，北京大学出版社2020年版。
［英］特里·伊格尔顿：《勃朗特姐妹：权力的神话》，高晓玲译，中信出版社2019年版。
［英］特雷·伊格尔顿：《二十世纪西方文学理论》，伍晓明译，北京大学出版社2007年版。
［英］特里·伊格尔顿：《后现代主义的幻象》，华明译，商务印书馆2000年版。
［英］特里·伊格尔顿：《理论之后》，商正译，商务印书馆2009年版。
［英］特里·伊格尔顿：《批评的功能》，程佳译，西南师范大学出版社2018年版。
［英］特里·伊格尔顿：《人生的意义》，朱新伟译，译林出版社2012年版。
［英］特里·伊格尔顿：《如何读诗》，陈太胜译，北京大学出版社2016年版。
［英］特里·伊格尔顿：《文学事件》，阴志科译，河南大学出版社2017年版。
［英］特里·伊格尔顿：《文学阅读指南》，范浩译，河南大学出版社2015年版。
（清）王夫之：《姜斋诗话》，人民文学出版社1981年版。
北京大学哲学系外国哲学史教研室编译：《西方哲学原著选读》，商务印书馆1981年版。
戴吾三、刘兵编：《艺术与科学读本》，上海交通大学出版社2008年版。
丁国旗：《阐释的"界"线——从盲人摸象谈起》，《文艺争鸣》

2017年第11期。

范永康:《反对"强制阐释"与"中国审美阅读学"的兴起》,《学术论坛》2018年第1期。

范永康:《"强制阐释"的突破之途——理论之后的审美阅读策略研究》,《东岳论丛》2016年第6期。

高建平:《作为阐释活动中预设存在项的作者意图》,《探索与争鸣》2020年第4期。

高小康:《理论泡沫化与学科转基因》,《文艺争鸣》2015年第10期。

郭绍虞主编:《中国历代文论选》,上海古籍出版社2001年版。

何成洲、但汉松主编:《文学的事件》,南京大学出版社2020年版。

洪汉鼎:《诠释学——它的历史和当代发展》,人民出版社2001年版。

季中扬:《论西方美学思想史中的快感概念》,《北方论丛》2009年第5期。

乐黛云、[法]阿兰·勒·比雄主编:《独角兽与龙——在寻找中西文化普遍性中的误读》,北京大学出版社1995年版。

乐黛云、张辉主编:《文化传递与文学形象》,北京大学出版社1999年版。

李钧主编:《二十世纪西方美学经典文本》第3卷,复旦大学出版社2001年版。

李清良:《中国阐释学》,湖南师范大学出版社2001年版。

李勇:《阐释的边界及其可变性》,《学术研究》2016年第1期。

李遇春:《如何"强制",怎样"阐释"？——重建我们时代的批评伦理》,《文艺争鸣》2015年第2期。

刘毅青:《作者意图的隐匿性及其阐释》,《人文杂志》2019年第9期。

毛莉：《当代文论重建路径：由"强制阐释"到"本体阐释"——访中国社会科学院副院长张江教授》，《中国社会科学报》2014年6月16日第A4版。

南帆：《文学经典、审美与文化权力博弈》，《学术月刊》2012年第1期。

南帆：《作者、读者与阐释的边界》，《社会科学战线》2017年第2期。

潘德荣：《西方诠释学史》，北京大学出版社2016年版。

钱瀚：《西方文论关键词：文本》，《外国文学》2020年第5期。

盛宁：《人文困惑与反思——西方后现代主义思潮批判》，生活·读书·新知三联书店1997年版。

《十三经注疏》整理委员会整理：《春秋公羊传注疏》，北京大学出版社1999年版。

孙燕：《反对阐释：一种后现代的文化表征》，上海三联书店2007年版。

孙周兴编译：《依于本源而居：海德格尔艺术现象学文选》，中国美术学院出版社2010年版。

孙周兴选编：《海德格尔选集》，上海三联书店1996年版。

童庆炳：《文学经典建构诸因素及其关系》，《北京大学学报》（哲学社会科学版）2005年第5期。

汪晖、陈燕谷编：《文化与公共性》，生活·读书·新知三联书店2005年版。

汪正龙：《论文学意图》，《文学评论》2002年第3期。

汪正龙：《文学意义研究》，南京大学出版社2002年版。

汪正龙：《文学语言的空白结构和意义生成》，《文艺理论研究》2005年第2期。

汪正龙：《"正读"、误读与曲解——论文学阅读的三种形态》，《江西社会科学》2005年第4期。

参考文献

王春元、钱中文主编:《英国作家论文学》,生活·读书·新知三联书店 1985 年版。

王峰:《西方阐释学美学局限研究》,黑龙江人民出版社 2007 年版。

王宁:《关于"强制阐释"与"过度阐释"——答张江先生》,《文艺研究》2015 年第 1 期。

王治河主编:《后现代主义辞典》,中央编译出版社 2003 年版。

伍蠡甫、胡经之主编:《西方文艺理论名著选编》,北京大学出版社 1987 年版。

伍蠡甫主编:《西方文论选》,上海译文出版社 1979 年版。

阎嘉主编:《文学理论精粹读本》,中国人民大学出版社 2006 年版。

杨伯峻译注:《论语译注》,中华书局 2009 年版。

杨伯峻译注:《孟子译注》,中华书局 2010 年版。

杨冬:《韦勒克的批评史研究方法述评》,《文艺理论研究》1999 年第 4 期。

殷鼎:《理解的命运:解释学初论》,生活·读书·新知三联书店 1988 年版。

余虹:《文学知识学——余虹文存》,北京大学出版社 2009 年版。

张江:《不确定关系的确定性——阐释的边界讨论之二》,《学术月刊》2017 年第 6 期。

张江:《"阐""诠"辨——阐释的公共性讨论之一》,《哲学研究》2017 年第 12 期。

张江:《阐释的边界》,《学术界》2015 年第 9 期。

张江:《阐释逻辑的正当意义》,《学术研究》2019 年第 6 期。

张江:《当代西方文论若干问题辨识——兼及中国文论重建》,《中国社会科学》2014 年第 5 期。

张江、[德]奥特弗莱德·赫费:《"原意性阐释"还是"理论性阐释"——关于阐释边界的对话》,《学术月刊》2019年第10期。

张江、[德]哈贝马斯:《关于公共阐释的对话》,《学术月刊》2018年第5期。

张江:《公共阐释论纲》,《学术研究》2017年第6期。

张江、贾平凹、南帆、张清华:《意图的奥秘——关于文本与意图关系的讨论》,《文艺争鸣》2018年第3期。

张江:《开放与封闭——阐释的边界讨论之一》,《文艺争鸣》2017年第1期。

张江:《理论中心论——从没有文学的"文学理论"说起》,《文学评论》2016年第5期。

张江:《论阐释的有限与无限——从 π 到正态分布的说明》,《探索与争鸣》2019年第10期。

张江:《批评的伦理》,《求是学刊》2015年第5期。

张江:《强制阐释论》,《文学评论》2014年第6期。

张江:《"意图"在不在场》,《社会科学战线》2016年第9期。

张隆溪:《道与逻各斯:东西方文学阐释学》,冯川译,江苏教育出版社2006年版。

张汝伦:《意义的探究——当代西方释义学》,辽宁人民出版社1986年版。

张廷琛编:《接受理论》,四川文艺出版社1989年版。

赵炎秋:《阐释边界的确定与开放》,《文艺争鸣》2017年第11期。

赵毅衡编选:《符号学文学论文集》,百花文艺出版社2004年版。

赵毅衡编选:《"新批评"文集》,中国社会科学出版社1988年版。

赵毅衡:《意图定点:符号学文化研究中的一个关键问题》,《文艺理论研究》2011年第1期。

郑也夫：《神似祖先》，中国发展出版社2018年版。

周宪：《20世纪西方美学》，高等教育出版社2004年版。

周宪：《阐释规则的分层与分殊——关于人文学科方法论的几点思考》，《学术研究》2019年第10期。

周宪：《从文本意义到文学意义》，《求是学刊》2015年第5期。

周宪：《二分路径与居间路径——关于文学研究的一个方法论问题》，《学术界》2015年第9期。

周宪：《关于解释和过度解释》，《文学评论》2011年第4期。

周宪：《关于跨文化研究中的理解与解释》，《外国文学研究》2014年第5期。

周宪：《经典的编码和解码》，《文学评论》2012年第4期。

周宪：《美学的危机或复兴》，《文艺研究》2011年第11期。

周宪：《文学阐释的协商性》，《中国文学批评》2015年第2期。

周宪：《文学理论：从语言到话语》，《文艺研究》2008年第11期。

周宪：《文学理论的创新问题》，《中国社会科学》2015年第4期。

周宪：《文学理论的来源与用法——关于"场外征用"概念的一个讨论》，《清华大学学报》（哲学社会科学版）2015年第2期。

周宪：《文学研究与研究文学的不同范式》，《中国文学批评》2015年第3期。

周宪：《系统阐释中的意义格式塔》，《中国社会科学》2018年第7期。

周宪：《也说"强制阐释"——一个延伸性的回应，并答张江先生》，《文艺研究》2015年第1期。

周宪：《重心迁移：从作者到读者——20世纪文学理论范式的转型》，《文艺研究》2010年第1期。

阐释的边界：一个文学理论关键命题的探究

周裕锴：《中国古代阐释学研究》，上海人民出版社 2003 年版。

朱国华：《渐行渐远？——论文学理论与文学实践的离合》，《浙江社会科学》2020 年第 12 期。

朱彦明：《尼采的视角主义》，复旦大学出版社 2013 年版。

英文文献

Adams, Hazard and Leroy Searle, eds., *Critical Theory Since* 1965, Tallahassee: University of Florida Press, 1986.

Audi, Robert, ed., *The Cambridge Dictionary of Philosophy*, Cambridge: Cambridge University Press, 1999.

Bateson, F. W., *English Poetry: A Critical Introduction*, London: Greenwood Press, 1950.

Beardsley, Monroe C., *Aesthetics: Problems in the Philosophy of Criticism*, New York: Hackett Publishing, 1958.

Beaugrande, Robert de, *Critical Discourse: A Survey of Literary Theorists*, New York: Alex Publishing, 1988.

Bennett, Andrew, *The Author*, London and New York: Routledge, 2005.

Booth, Wayne C., *Critical Understanding: The Power and Limits of Pluralism*, Chicago: University of Chicago Press, 1979.

Cain, William E., "Authority, 'Cognitive Atheism,' and the Aims of Interpretation: The Literary Theory of E. D. Hirsch", *College English*, Vol. 39, No. 3, 1977.

Cascardi, Anthony J., ed., *Literature and the Question of Philosophy*, Baltimore: Johns Hopkins University Press, 1987.

Castle, Gregory, *The Blackwell Guide to Literary Theory*, Oxford: Blackwell, 2007.

Clark, Michael P., ed., *Revenge of the Aesthetic: The Place of Literature in Theory Today*, Berkeley and Los Angeles: University of

California Press, 2000.

Cuddon, J. A., et al., eds., *A Dictionary of Literary Terms and Literary Theory*, Oxford: Blackwell, 2013.

Cunningham, Valentine, *Reading After Theory*, Oxford: Blackwell, 2002.

Dallmayr, Fred, *Integral Pluralism: Beyond Culture Wars*, Lexington, KY: The University Press of Kentucky, 2010.

Davies, Stephen, et al., eds., *A Companion to Aesthetics*, Oxford: Blackwell, 2009.

Davies, Tony, *Humanism*, London and New York: Routledge, 2001.

Dilthey, Wilhelm, "The Rise of Hermeneutics", *New Literary History*, Vol. 3, No. 2, 1972.

Dilthey, Wilhelm, *Descriptive Psychology and Historical Understanding*, The Hauge: Martinus Nijhoff, 1977.

Felski, Rita, *The Limits of Critique*, Chicago and London: The University of Chicago Press, 2015.

Frege, Gottlob, "Sense and Reference", *The Philosophical Review*, Vol. 57, No. 3, 1948.

Forster, Michael N. and Kristin Gjesdal, eds., *The Cambridge Companion to Hermeneutics*, Cambridge: Cambridge University Press, 2019.

Foucault, Michel, *Fearless Speech*, Trans. Joseph Pearson, New York: Semiotext(e), 2001.

Harris, Wendell V., *Literary Meaning: Reclaiming the Study of Literature*, London: Macmillan, 1996.

Glendinning, Simon, ed., *The Edinburgh Encyclopedia of Continental Philosophy*, Edinburgh: Edinburgh University Press, 1999.

Hirsch, Eric D., *Wordsworth and Schelling: A Typological Study of Romanticism*, New Haven: Yale University Press, 1960.

Hirsch, Eric D., "Objective Interpretation", *PMLA*, Vol. 75, No. 4, 1960.

Hirsch, Eric D., "Truth and Method in Interpretation", *The Review of Metaphysics*, Vol. 18, No. 3, 1965.

Hirsch, Eric D., *Validity in Interpretation*, New Haven: Yale University Press, 1967.

Hirsch, Eric D., "Value and Knowledge in the Humanities", *Daedalus*, Vol. 99, No. 2, 1970.

Hirsch, Eric D., "'Intrinsic' Criticism", *College English*, Vol. 36, No. 4, 1974.

Hirsch, Eric D., "Current Issues in Theory of Interpretation", *The Journal of Religion*, Vol. 55, No. 3, 1975.

Hirsch, Eric D., *The Aims of Interpretation*, Chicago: University of Chicago Press, 1976.

Hirsch, Eric D., "The Politics of Theories of Interpretation", *Critical Inquiry*, Vol. 9, No. 1, 1982.

Hirsch, Eric D., "Beyond Convention?", *New Literary History*, Vol. 14, No. 2, 1983.

Hirsch, Eric D., "Meaning and Significance Reinterpreted", *Critical Inquiry*, Vol. 11, No. 2, 1984.

Hirsch, Eric D., *Cultural Literacy: What Every American Needs to Know*, New York: Vintage, 1987.

Honderich, Ted, ed., *The Oxford Companion to Philosophy*, Oxford: Oxford University Press, 2005.

Howard, Roy J., *Three Faces of Hermeneutics: An Introduction to Current Theories of Understanding*, Berkeley: University of California Press, 2006.

Huyssen, Andreas, "Mapping the Postmodern", *New German Critique*, No. 33, 1984.

Irwin, William, *Intentionalist Interpretation: A Philosophical Explanation and Defense*, Westport, Conn: Greenwood Press, 1999.

Iseminger, Gary, ed., *Intention and Interpretation*, Philadelphia: Temple University Press, 1992.

Juhl, Peter D., *Interpretation: An Essay in the Philosophy of Literary Criticism*, Princeton: Princeton University Press, 1980.

Kaldis, Byron, ed., *Encyclopedia of Philosophy and the Social Sciences*, London: Sage Publications, 2013.

Keane, Niall and Chris Lawn, eds., *The Blackwell Companion to Hermeneutics*, Oxford: Blackwell, 2016.

Knapp, Steven and Walter Benn Michaels, "Against Theory", *Critical Inquiry*, Vol. 8, No. 4, 1982.

Krausz, Michael, ed., *Is There a Single Right Interpretation?*, University Park: The Pennsylvania State University Press, 2002.

Lemert, Charles, ed., *Social Theory: The Multicultural and Classic Readings*, Boulder: Westview Press, 1993.

Lentricchia, Frank and Thomas McLaug, eds., *Critical Terms for Literary Study*, Chicago: University of Chicago Press, 1990.

Livingston, Paisley, *Art and Intention: A Philosophical Study*, Oxford: Oxford University Press, 2005.

Lundin, Roger, et al., *The Responsibility of Hermeneutics*, Grand Rapids, Michigan: William B. Eerdmans Publishing Company, 1985.

Lynch, Michael P., ed., *The Nature of Truth: Classic and Contemporary Perspectives*, Cambridge: The MIT Press, 2001.

Madison, Gary B., *The Hermeneutics of Postmodernity: Figures and Themes*, Bloomington: Indiana University Press, 1988.

Makaryk, Irena R., ed., *Encyclopedia of Contemporary Literary Theory*, Toronto: University of Toronto Press, 1993.

阐释的边界：一个文学理论关键命题的探究

Malpas, Jeff and Hans-Helmuth Gander, eds., *The Routledge Companion to Hermeneutics*, London and New York: Routledge, 2015.

Mansfield, Nick, *Subjectivity: Theories of the Self from Freud to Haraway*, New York: New York University Press, 2000.

Meiland, Jack W., "Interpretation as a Cognitive Discipline", *Philosophy and Literature*, Vol. 2, No. 1, 1978.

Mitscherling, Jeff, et al., *The Author's Intention*, Lanham, Md.: Lexington Books, 2004.

Mueller-Vollmer, Kurt, ed., *The Hermeneutics Reader: Texts of the German Tradition from Enlightenment to the Present*, New York: The Continuum Publishing Company, 1985.

Ormiston, Gayle L. and Alan D. Schrift, eds., *The Hermeneutic Tradition: From Ast to Ricoeur*, New York: State University of New York Press, 1990.

Rabinow, Paul and William M. Sullivan, eds., *Interpretive Social Science: A Second Look*, Berkeley and Los Angeles: University of California Press, 1987.

Palmer, Richard E., *Hermeneutics: Interpretation Theory in Schleiermacher, Dilthey, Heidegger, and Gadamer*, Evanston: Northwestern University Press, 1969.

Patai, Daphne and Will Corral, eds., *Theory's Empire: An Anthology of Dissent*, New York: Columbia University Press, 2005.

Pettersson, Anders, *The Idea of a Text and the Nature of Textual Meaning*, Philadelphia: John Benjamins Publishing Company, 2007.

Piaget, Jean, *The Psychology of Intelligence*, London: Routledge, 2003.

Riffaterre, Michael, "Interpretation and Undecidebility", *New Literary History*, Vol. 12, No. 2, 1981.

Selden, Raman, ed., *The Cambridge History of Literary Criticism*:

From Formalism to Poststructuralism, Cambridge: Cambridge University Press, 1995.

Simms, Karl, *Hans-Georg Gadamer*, London and New York: Routledge, 2015.

Smith, James K. A. and Bruce Ellis Benson, eds. , *Hermeneutics at the Crossroads*, Bloomington and Indianapolis: Indiana University Press, 2006.

Star, Alexander, ed. , *Quick Studies: The Best of Lingua Franca*, New York: Farrar, Straus and Giroux, 2002.

Sturrock, John, *Structuralism*, Oxford: Blackwell, 2003.

Swinden, Patrick, *Literature and the Philosophy of Intention*, London: Macmillan Press Ltd. , 1999.

Szondi, Peter, *Introduction to Literary Hermeneutics*, Trans. Martha Woodmansee, Cambridge: Cambridge University Press, 1995.

Tallis, Raymond, *Not Saussure: A Critique of Post-Saussurean Literary Theory*, London: Macmillan, 1988.

Tolhurst, William, "On What a Text Is and How It Means", *British Journal of Aesthetics*, Vol. 19, 1979.

Tyson, Lois, *Critical Theory Today: A User Friendly-guide*, New York and London: Routledge, 2006.

Ryley, Robert M. , "Hermeneutics in the Classroom: E. D. Hirsch, Jr. , and a Poem by Housman", *College English*, Vol. 36, No. 1, 1974.

Wolfreys, Julian, et al. , eds. , *Key Concepts in Literary Theory*, Edinburgh: Edinburgh University Press, 2006.

后　　记

　　本书是我主持的国家社科基金青年项目"'阐释的边界'与当代文学理论的话语重估研究"（18CZW006）的最终结题成果，也是四川师范大学文学院"国家社科基金丛书"的成果之一。本书的写作缘起于我在研究视域上的转换。2009—2012年，我在南京大学文学院攻读博士学位期间，在周宪先生的指导下就"意图"这一文学理论关键命题展开研究，由此逐渐涉入阐释学这一当代文论中更复杂的话语场域。伴随研究的推进，我深切感受到，作为人文学术的方法论根基，阐释是一种错综复杂的"力场"式存在，其中，对稳固意义中心的颠覆自然令人神往，但对阐释之有效性和意义之确定性的捍卫，同样将体现出无法被解构的魅力。因此，对"阐释的边界"加以勘察与细究，便成为我在一个比较长的时间段内持续推进的工作。

　　作为一部初涉阐释问题的尝试之作，本书的目标有三：一是梳理文学理论中关于阐释边界的思想资源，丰富文学阐释的知识谱系；二是考察阐释边界在当代人文学术中的生成路径和演绎形态，为反思文学理论中的诸多经典论题提供稍显不同的视角；三是发掘阐释边界所蕴含的人文精神、社会关切和道德诉求，为当代人精神家园的建构提供一定的参照或坐标。然而，随着写作的深入，越来越多的问题也浮出水面。比如，在文明互鉴的视野下，如何对中西方关于阐释边界的理论学说加以有效整合，以形

后　记

成一个完整、融贯、自足的知识体系？又如，面对人工智能所构造的文艺景观，如何通过对意图、文本、语境等因素的重新编码，来勾画阐释边界的可能性面貌？再者，本书依循学界近年来的共识，将交互主体性作为构造阐释边界的一条可行路径，但交互主体性如何发生，在何种程度上是一种真切实存而非主观虚设，如何使不同文学要素保持平等、融洽状态而不会走向一种新的"独白"？……以上种种，一方面成为了本书写作中难以消释的"刺点"，另一方面也形成了一些悬而未决、同时又饶有意味的理论契机。衷心希望在不久的将来，我还有机会就上述问题展开更进一步的追索与探究。

如果说，自古希腊以来，阐释便是一项庄重而充满劳绩的实践，那么，要将关于文学阐释的粗浅思考编织成文字，同样也难以摆脱"恒患意不称物，文不逮意"的焦虑和困扰。在本书的写作中，有许多人需要我道一声"感谢"。感谢我的博士导师周宪先生。先生没有介意我在资质上的平庸，而是一如既往地关注我的学术发展。先生常常告诫我：一个合格的学者，不能止步于"独白"状态，而是应保持"对话"的自觉；不能固守于书斋之中，而是应怀着开放的心态，对血肉鲜活的现实生活投以关注目光。这些朴素而深刻的教诲，有如明灯般指引我前行。感谢我的硕士导师阎嘉先生和他的夫人毛娟老师。阎嘉先生是我步入文学理论研究的引路人，于我而言是"精神教父"般的存在；毛娟老师是我的师母，也是我最值得信赖的同事。他们不仅在学术上给我以启发，在工作中给我以帮助，更是在生活中给我以润物细无声的关心。感谢我的同门和学友，正是我们抑或在现实、抑或在"云端"的论辩与交流，使我在收获灵感与洞见的同时，也从枯寂的理论研究中感受到了盎然意趣。感谢中国社会科学出版社的编辑王丽媛老师，多年来的合作，使我们成为了学术理念和审美趣味高度一致的、无话不聊的朋友，这份友谊必将伴随我们的成长而不断延续。感谢四川师范大学文学院的领导和同事，他们不仅为我的研究提供了良好的经济支持和物质保障，还使我在融洽、和睦的氛围中感受到了大家庭一般的温暖。四川师范大学文学院是一个欣欣向荣、饱含人文情怀的学术共同体，我深信，在未来的日子里，她还将带来更多闪光的瞬间，将更多别人眼里的不可能化为可能。

本书的部分章节曾以专题论文形式发表于《清华大学学报》（哲学社会科学版）、《外国文学》、《国外文学》、《社会科学战线》、《中国文艺评论》、《云南社会科学》、《北京社会科学》、《内蒙古社会科学》、《西南民族大学学报》（人文社会科学版）、《中南大学学报》（社会科学版）、《中外文化与文论》等刊物，衷心感谢相关编辑老师的大力提携，使这些尚显青涩的思想片段有了公开展示的机会。我的博士生冯莉钧协助我校对了书稿全文，我的硕士生代晓翠、张榆甜和陈姝利协助我调整了书稿格式，在此一并致以感谢。

最后，我想把这本小书献给我的家人——我的父亲郭洪军先生，我的母亲庞康平女士，以及我的妻子李赛乔女士。他们的鼓励和陪伴，是我一路前行的最大动力。

是为后记。

2023 年冬